NARRATIVA

376

Reyes Calderón

I NUMERI DI SATANA

Romanzo

TRADUZIONE DI
CLAUDIA MARINELLI

EDITRICE NORD

Titolo originale
Los crímenes del número primo

ISBN 978-88-429-1634-5

Gruppo editoriale Mauri Spagnol

I NUMERI DI SATANA

Il fumo di Satana è entrato nel tempio di Dio da qualche fessura... Il diavolo esiste... È un essere vivente, spirituale, perverso e pervertitore, una realtà terribile, misteriosa e temibile.

Paolo VI, 29 giugno 1972
Discorso solenne, nel nono anniversario
della sua incoronazione

PROLOGO

Nulla accade per caso. Né l'impavida luce che filtra timidamente dagli spiragli della tua finestra né la nuvola che per un misero istante fluttua nel cielo proiettando ombre sul tuo letto; niente, nemmeno questo, è dovuto a una fatalità. L'ho imparato istruendo il mio primo caso di omicidio, quello che la stampa definì «i delitti del numero primo». Lo so dal momento in cui le suole delle mie scarpe calpestarono il pavimento di quel piccolo eremo imbrattato di sangue rosso scuro, molto più scuro che rosso. Lo so perché profumo ancora di rosmarino.

Sarebbero potuti passare per accidenti fortuiti o per un fastello di incontri inaspettati, eventi amorfi che sfilano con decoro attraverso la tua esistenza senza lasciare traccia, eppure dietro quel florilegio di casualità si nascondeva la verità: il fato non ha padrone perché, in realtà, non esiste.

Crediamo di dominare tutto, sapere tutto, controllare tutto; ma, prima di venire anche solo provato, il sentimento ha già la forma di un progetto. Nel petto batte un dolce tintinnio: è lì che si trova la chiave di ogni cosa. Ascoltalo e potrai cavalcare attraverso il bosco delle ombre fino alla pura casualità, quella che non esiste.

Lo so, perché in una notte di luna crescente scesi a provarlo nel cuore delle tenebre; lo so, perché lì potei leggere il messaggio, ed era scritto negli occhi stessi del diavolo.

Non sono un numero primo, ma garantisco che esistono. Io ne ho conosciuti due molto diversi. Ho visto il cielo e l'inferno, lo zolfo e l'acqua santa, accomunati dallo stesso caso, segno che quanto non esiste non risulta, in definitiva, fondamentale.

Quando si verificarono gli avvenimenti che sto per raccontare, mi ero imbattuta rare volte in membri del clero. Non rimasi però sorpresa dal loro atteggiamento, un miscuglio di estremo rispetto ed eccessiva altezzosità. Successivamente, sempre indossando guanti di seta, ho assistito a qualche processo per reati minori, ho imposto pene minime o ammonito qualche sacerdote irretito dal piacere della velocità. Tuttavia quel giorno di giugno per me fu fondamentale, perché non m'imbattei in un religioso da quattro soldi bensì nella Chiesa stessa, con tutta la sua maestà e la sua magnificenza.

Forse un giorno la vita, nei suoi eterni riflussi, getterà di nuovo ai miei piedi tristi spoglie in abito clericale, ma so per certo che nessuna marea sarà come quella, perché la verità stava lì, sommersa ma a portata della mia mano, aspettando - supplicando quasi - che la riscattassi da quella riva scura.

Lo feci. La caccia non fu facile: gli assassini non sono mai prede facili, meno ancora quando provano il sapore del sangue e gli piace. La nostra fu una battuta lenta e sfiancante. Molte volte l'idea di abbandonare tutto sfiorò la mia mente, stanca di quell'intrico di avvenimenti, ma non cedetti alla tentazione: ero consapevole, e continuo a esserlo, che i morti - buoni o cattivi, santi o demoni - meritano tutto il nostro rispetto.

Fu forse lo zucchetto color viola, magari l'impeto dei fatti o il numero dei cadaveri. Non lo so, ma sono sicura che per quanti anni della mia vita possa dedicare ancora alla causa della giustizia, in questo o in qualunque altro ufficio istruttorio, non rivivrò un'esperienza simile.

Quello che mi prefiggo con queste righe è d'immortalare la storia. Non voglio che si ripeta, non voglio che si dimentichi.

LIBRO PRIMO

ODORE DI ZOLFO

E Satana rispose al Signore: « Pelle per pelle; tutto quanto ha, l'uomo è pronto a darlo per la sua vita ».
Libro di Giobbe, 2,4

1

Monastero benedettino di San Salvador de Leyre, Navarra
Alba di venerdì 11 giugno

Impossibile. Che padre Pello Urrutia, fragile corpo di anziano e carattere mite, abbandonasse in piena notte le mura del rifugio benedettino e si avventurasse nei dintorni disabitati sembrava a tutti gli effetti impossibile. Ma fu proprio ciò che Pello Urrutia fece all'alba di quel venerdì. L'ultima cosa che fece, prima di venire attirato dall'irrimediabile richiamo della morte.

Nessuno comprese perché. Quanti consideravano il minuto religioso come l'esempio dell'uomo mansueto e onesto si stupirono a tal punto del suo comportamento insolito da ipotizzare che fosse sconvolto. Ma, a dire il vero, padre Urrutia perdeva raramente la calma. Nessuno lo ricordava dominato dall'agitazione o dall'impazienza, nemmeno i più intimi, ma tutti loro ignoravano i particolari che alimentavano la sua angoscia: se fossero stati informati, se avessero fiutato l'odore di zolfo, forse sarebbero riusciti a salvarlo.

Invece non sapevano nulla. Ecco perché non furono in grado d'intuire per quale motivo, verso le quattro del mattino, quando la notte riposava ancora sopra le colline, l'abate Urrutia non stesse dormendo nella sua cella come il resto della comunità. Né avrebbero mai compreso perché, in quelle ore antelucane, l'abate fosse comparso nel cortile dall'interno del monastero e avesse costretto le sue gambe vacillanti ad avanzare verso il portone esterno, in fretta, al ritmo del rumore provocato dal grande rosario a grani che gli batteva sul fianco.

I suoi compagni non poterono vedere il testamento che stringeva in mano e nemmeno intuirono sulla sua fronte il terrore che gli causava la vicinanza del male, né udirono ciò che pregavano le labbra dell'abate mentre lui inseguiva il proprio destino. Se avessero sentito le sue parole, forse avrebbero capito qualcosa.

Pello Urrutia parlava del fumo, di un fumo molto speciale: si riferiva all'odore di Satana. Bisbigliava tra i denti, senza smettere di farsi il segno della croce, che attraverso qualche crepa il respiro di zolfo del re delle tenebre era filtrato nel tempio di Dio e, ormai al suo interno, tentava di perpetuarsi.

Aveva capito subito che quella era opera del maligno pervertitore, corna di montone, bestia immonda. Tuttavia non aveva neppure immaginato che a quella realtà, misteriosa ma impalpabile, nient'altro che fumo, ne sarebbe seguita un'altra assai più tangibile: il sangue, spesso e scuro.

Contemplava le sue ultime stelle, anche se non lo sapeva. Quanti sostenevano che il suo viso, ben còmbinato coi capelli candidi, fosse il frutto di qualche particolare combinazione genetica, si sbagliavano. Pello Urrutia aveva la memoria popolata di eventi che ne avevano consumato l'anima. Non erano i geni, bensì la clausura benedettina ad aver fatto sì che una dolce pace gli germogliasse nell'anima. Inoltrandosi tra quelle mura di antica tradizione monastica, era stato toccato dalla magia della vita contemplativa e aveva compreso che la metà del suo successo consisteva nel bandire qualsiasi indizio di precipitazione, la lussuria del tempo.

Ciò che per Pello Urrutia era stata una semplice convinzione finì per trasformarsi in regola cenobitica quando fu nominato all'unanimità abate del monastero benedettino di San Salvador de Leyre. Ormai erano quasi dieci gli anni trascorsi da quella designazione e, da allora, lo stile monastico di padre Urrutia aveva affascinato decine di uomini, obbligandolo ad ampliare gli alloggi originari per accogliere il folto manipolo di docili frati.

Ma quando quel venerdì all'alba i suoi piedi calpestarono il sagrato, e i suoi occhi scoprirono il sacrilegio che lì aveva avuto luogo, l'abate si sentì invadere da un rosario di sintomi fin troppo terreni. Dapprima provò una sgradevole sensazione di peso allo stomaco; quindi le gambe gli tremarono come foglie d'autunno e le sue deboli caviglie si rifiutarono di sostenerle, obbligandolo ad appoggiarsi al muro. Persino il naso, già aquilino di suo, s'inclinò pericolosamente verso la bocca, spalancata per lo stupore e la sorpresa.

E il peggio fu che, nell'imbattersi in quella iniquità, la mente di padre Urrutia si spense così come viene meno la passione: di colpo. Cieco, irrimediabilmente fuori di sé, l'abate fece ciò che non avrebbe mai consigliato a nessuno: abbandonò rapido la chiesa, diretto all'inferno. Era da molto tempo che non provava quell'intimo turbamento. Quella sarebbe stata la sua esperienza finale.

Barcollando, correndo con tutta la forza che gli consentiva il corpo consumato dalla malattia e dagli anni, si diresse verso il garage, un'insulsa costruzione adiacente all'edificio principale.

Quando lo raggiunse, dimesso e sudato, padre Urrutia aveva un aspetto penoso. Ansimante, bianco come un cencio, sollevò manualmente la saracinesca e si avvicinò alla Land Rover, proprietà del monastero. Quando salì in macchina, scoppiò in lacrime. Si sedette al posto del conducente e posò il documento sull'altro sedile. Introdusse la chiave di accensione e allacciò la cintura di sicurezza; di solito aveva un autista a sua completa disposizione e, fuori esercizio com'era, stare al volante gli causava un certo malessere. Le lacrime non accennavano a smettere, tuttavia l'abate decise di proseguire. Afferrò con entrambe le mani la sua croce pettorale e la ossequiò con generosi baci, mentre esclamava ad alta voce: « Signore, il fumo di Satana è tornato a insinuarsi nella tua casa... Proteggimi! »

Stava per girare la chiave, quando si accorse del fiato sulla nuca. Si girò e s'imbatté nella maschera nera. Sulla base scura spiccavano un paio di brillanti occhi verdi, che per un attimo gli ricordarono tempi passati.

« Salve, abate », disse una voce melodica, stranamente tranquilla. « La ringrazio per aver accettato il mio invito improvviso. »

Padre Urrutia non ebbe il tempo di rispondere. Due mani inguantate si materializzarono dall'oscurità e lo strinsero con forza. Il religioso tentò di difendersi, ma era di costituzione fragile. Il suo avversario contava sul vantaggio della sorpresa;

col braccio sinistro bloccò il petto dell'abate mentre lo obbligava a respirare attraverso un fazzoletto imbevuto di una soluzione dall'odore acre.

Dominato dal panico, padre Urrutia conficcò le unghie nel braccio dell'aggressore, ma ben presto l'anestetico fece effetto. Le dita lunghe e ossute dell'abate si rilassarono fino ad abbandonare del tutto la presa. Poi il frate svenne e la sua testa ricadde in avanti.

Diminuendo lentamente la pressione, l'aggressore lasciò che la chioma candida di padre Urrutia si abbandonasse sul cruscotto. Nonostante le apparenze, attese ancora qualche secondo per verificare che l'abate avesse abbandonato definitivamente la lotta. Quando fu sicuro che la vittima fosse immersa nel sonno, passò sul sedile anteriore.

Prima di sedersi sul sedile del passeggero, spostò la pergamena sul cruscotto. Quindi si accomodò ed estrasse dalla tasca un rotolo di nastro isolante, con cui legò i polsi e le caviglie del religioso. Soltanto allora sganciò la cintura di sicurezza dell'abate e, afferrandolo per le ascelle, ne trascinò il corpo sul retro dell'auto. Lo depose sul fondo della vettura e lo nascose con la logora coperta a quadri verdi e rossi che aveva trovato sul sedile posteriore.

Quando si sistemò al posto del conducente, l'uomo sudava: si levò il cappuccio e si asciugò la faccia. I suoi occhi felini splendevano col bagliore metallico delle lucciole. Non mise in moto subito; attese che la respirazione si normalizzasse. Mentre lo faceva, gettò un'occhiata al suo avambraccio, che sanguinava leggermente a causa delle unghiate dell'abate. Pensò di bendare la ferita con un fazzoletto, ma poi cambiò idea: avrebbe cicatrizzato meglio a contatto con l'aria.

Cercò di rasserenarsi: doveva completare il suo piano. Allungò la mano per prendere la pergamena, ma non la trovò. Sentì una stretta al cuore. Guardò in basso, il documento era finito per terra. Lo raccolse e lo ripose in una tasca.

Girò la chiave. L'auto arrancò varie volte, ma alla fine il ronzio del motore diesel ruppe il silenzio della notte. Afferrò il telecomando, fissato sul cruscotto della Land Rover. Nell'istante in cui oltrepassava il cancello e abbandonava i terreni del monastero, l'uomo fermò la macchina e guardò indietro.

Tutto era immerso nel silenzio, eppure le ombre dei muri di pietra parevano minacciarlo, recriminandone l'azione. Non fu collera quella che avvertì, tuttavia reagì come se quella visione lo avesse danneggiato in modo irrimediabile. Spinse con forza sull'acceleratore. Una nuvola di polvere si alzò indecisa sopra l'aria purissima della montagna.

Il monastero restò alle sue spalle, addormentato nella sua pacifica solitudine, alto sopra i terrazzamenti della sierra di Errando. Dall'altopiano dominava Navarra e Aragona, ma ignorava le sagome scure che minacciavano i suoi edifici millenari, costruiti in pietra e spirito.

2

In quelle fredde ore mattutine tutti gli ambienti che componevano il vetusto cenobio – il chiostro e la sala capitolare, la cucina e il refettorio, la biblioteca e la vecchia dispensa, la chiesa e le sale di ricevimento – si trovavano sotto il dominio delle tenebre, immersi nel silenzio della notte. Solo il riflesso rossiccio delle piccole luci di emergenza incrinava le ombre, sfigurando in modo grottesco *retablos* e capitelli che rivestivano ovunque le pareti.

Nelle piccole celle, disposte intorno alle arcate del chiostro, i benedettini godevano dell'ultimo sonno che quel giorno avrebbe offerto loro. Un tempo la regola di san Benedetto ordinava d'interrompere varie volte il riposo notturno, costringendo i tribolati monaci ad alzarsi per recitare l'ufficio divino. Ma il progresso aveva raggiuto il cuore stesso della Chiesa: a Leyre il riposo, che cominciava intorno alle dieci di sera, dopo l'ufficio della compieta, era rispettato fino alle cinque e mezzo del mattino, momento in cui suonava la campana del risveglio e il monastero tornava alla vita.

Erano passate le quattro da pochi minuti quando un leggero rumore graffiò il muto silenzio del monastero. Proveniente dall'ambiente più lontano dell'ala sinistra, una figura corpulenta, infilata in una tonaca troppo stretta, emerse nel passaggio deserto. Con molta cautela, evitando di trascinare i piedi e avanzando sempre all'interno della stretta moquette carminio che segnava il cammino, il monaco avanzò verso la lunga scalinata, ampia e sobria, detta di san Bernardo in onore del fondatore dei Cistercensi, primo ordine che aveva abitato il monastero.

Sebbene l'oscurità sottoponesse la costruzione alla sua ferrea disciplina, il frate avanzava risoluto. Quando credette di essere arrivato nel luogo adatto, si arrestò e allungò le mani, agitandole mentre palpava l'aria. Gli ci vollero diversi secondi per individuare il corrimano e trovare il primo gradino della scala. Dopo, fu tutto facile.

Sulla faccia di frate Fermín Chocarro c'era un largo sorriso mentre, afferrando la balaustra, scendeva le tortuose rampe della scalinata. Prima di abbandonare la cella, aveva gettato un'occhiata al quadrante fluorescente del suo orologio digitale: stavolta aveva coperto l'oscuro percorso in quarantadue secondi, due in meno rispetto al suo miglior tempo.

Correva il mese di giugno, ma la frescura dell'alba sembrava insinuarsi attraverso i muri, trasformata in una fastidiosa umidità. Il frate scese le scale sfregandosi le grandi mani per riscaldarsi, mentre ripassava mentalmente i suoi compiti di quel giorno. Discese senza soste fino al penultimo pianerottolo, dove si fermò dinanzi all'ampio portone di quercia che collegava la zona destinata al monastero con la sacrestia. Ubicato sulla parete sud del grande edificio abbaziale, l'ambiente delimitava il punto d'accesso all'esterno, spazio aperto ai rumori mondani.

La massiccia porta a due battenti, costruita nel XVII secolo, era stata rimodernata con una mano di antiestetica vernice marrone che ne occultava completamente l'origine. In cambio era stata rispettata la nicchia di coronamento, le cui tozze sculture mostravano l'apparizione della Vergine a Bernardo. Frate Chocarro accese la piccola lampada situata di fianco alla porta, con la mano sinistra scostò il suo cappuccio di pochi centimetri, a sufficienza per estrarre dalla tasca uno spesso mazzo di chiavi imprigionate in un grande anello di ferro. Con cautela le controllò, l'una dopo l'altra, fino a trovare quella che cercava: due giri e una leggera spinta furono sufficienti perché il meccanismo, ben oliato, cedesse.

Entrato in sacrestia, il frate richiuse la porta dietro di sé senza sprangarla. Di lì a poco, verso le sei, il resto della comunità si sarebbe recato al grande tabernacolo per l'ufficio delle vigilie.

La sacrestia, rettangolare e barocca, sovrastata da volte a lunetta, ospitava splendidi reliquari, preziosi ornamenti liturgici e antichissimi esemplari di oreficeria: calici di gusto plateresco, ostensori barocchi, urne sbalzate in oro e argento, busti fiorentini con le reliquie delle sante adorate in quel luogo... Ma per

Fermín Chocarro quella stanza era soprattutto il luogo di lavoro. Come sacrestano del monastero, rientrava nelle sue competenze accertarsi che nessun dettaglio del rito, per piccolo che fosse, violasse l'inerzia della vita monastica. Perciò, quando gli altri monaci ancora dormivano, lui si trascinava fino alla chiesa e controllava meticolosamente il buono stato dei libri sacri, le partiture per il canto, gli addobbi del tabernacolo e le altre cose sante. Grazie alla sua funzione, godeva di una certa libertà di movimento, vietata ad altri monaci, e ne approfittava a modo suo: si alzava prima degli altri e beneficiava della solitudine tra gli ambienti in chiaroscuro della chiesa.

Si avvicinò alla nicchia di pietra che conteneva un prezioso lavabo barocco e si bagnò appena le dita. Si era già lavato nella cella e l'acqua era molto fredda. Dopo essersi asciugato, preparò i paramenti per le celebrazioni liturgiche del giorno: camice e stola per tutti i frati; casula rossa per l'abate. Controllò che la patena contenesse ostie a sufficienza, poi le ampolle con l'acqua e col vino. Quindi che i corporali, i purificatoi e il piattino della comunione fossero al loro posto, e che i libri liturgici riportassero il segno alla pagina adatta: XII settimana della liturgia ordinaria. Soddisfatto del suo lavoro, il sacrestano prese di nuovo il mazzo di chiavi e individuò quella che gli avrebbe dato accesso all'interno del tempio.

Una volta aperto, frate Chocarro si abbandonò al romanico candore dell'antica chiesa. La sacrestia comunicava col magnifico edificio attraverso l'abside più orientale, quella dell'Epistola. Come per istinto, non appena i suoi enormi piedi che calzavano semplici sandali di cuoio calpestarono il sagrato, il sacrestano issò i talloni. Quasi fosse preoccupato di risvegliare i santi che riposavano nelle cripte, si addentrò in punta di piedi nella grande navata.

L'oscurità regnava anche sulla magnifica chiesa, ma non del tutto. Si avvicinava l'estate: in quelle ore il sole iniziava a penetrare con minuscoli filamenti di luce che andavano tessendo il giorno mentre si spargevano per l'edificio, iniziando dalle absidi romaniche e proseguendo con la volta ogivale.

La chiesa abbaziale disponeva di un moderno e costoso sistema d'illuminazione. Frate Chocarro tuttavia non accese i faretti: quel briciolo di chiarore gli sembrava sufficiente. Il padre amministratore ricordava loro costantemente che erano tempi di scarsità, alludendo a quanto fosse corta la distanza che intercorreva tra un'esistenza pacifica e la rovina. In generale Chocarro obbediva a tutti i consigli, ma se evitò di accendere la luce non fu per i costi, bensì per il piacere di assaporare l'oscurità. Conosceva a menadito il tragitto che doveva percorrere e gli piaceva attraversarlo nella penombra, avendo come unica guida i piccoli raggi di luce che penetravano dalle strette finestre. Era solito concedersi quel capriccio, anche se a volte - giusto per mortificarsi - accendeva metà delle lampadine. Quel mattino di venerdì si lasciò guidare dal piacere e camminò nell'oscurità tra pareti di pietra.

Senza nemmeno pensare a un'altra possibilità, considerò vuoto il luogo e si mosse a suo agio tra i vecchi muri. All'interno dell'antichissimo agglomerato monastico, la chiesa era l'edificio più visitato da turisti e curiosi, ma naturalmente a ore più tarde: le vecchie campane di bronzo avevano appena annunciato le cinque.

Con la sicurezza che conferisce la padronanza delle proprie abitudini, il robusto sacrestano iniziò la sua processione fino alla cappella del Santissimo, con la mente fissa sull'assoluta necessità di controllare - una volta di ritorno - che l'esemplare predisposto per la lettura biblica dell'ufficio fosse aperto alla pagina giusta. Il giovedì precedente, una deplorevole distrazione aveva fatto sì che venisse letto per la seconda volta un passo dalle *Confessioni* di sant'Agostino, quando invece si sarebbe dovuto ascoltare un bel frammento dagli *Atti degli Apostoli*, in cui era narrata l'insolita chiamata di Paolo di Tarso. Il sacrestano, rammaricato, aveva ricevuto una dura reprimenda da parte del priore, e non era disposto a ripetere l'errore. In tal caso gli sarebbe stato imposto un castigo consistente nella riduzione a pane e acqua dei pasti, e al florido frate costava molta fatica sopportare la fame.

Tuttavia Chocarro sapeva di avere tempo a sufficienza. Perciò si godette, come ogni giorno, quel momento di pace: percorse la chiesa e si fermò davanti a ciascuna delle sue cappelle laterali, salutando i rispettivi abitanti con brevi giaculatorie.

Proseguì lungo le pareti dell'Epistola fino all'imponente facciata romanica che un tempo si apriva sull'esterno e che, attualmente, ospitava col suo triplice ordine di colonne e capitelli la cappella del Santissimo. Il frate recitò un Credo, aggrappato all'inferriata in ferro battuto che impediva l'accesso; poi proseguì il suo tragitto. Durante il cammino - consapevole di possedere una scarsa sensibilità musicale - intonò tra i denti un Salve Regina, quella tra le quattro antifone che più gli piaceva. Per quanto corta, non riuscì a concluderla.

Molto prima di terminare la sua piacevole passeggiata, notò che un insolito dettaglio rovinava la bella armonia dell'insieme. Non capì subito di cosa si trattava ma, senza che ne comprendesse il motivo, uno strano nervosismo s'impadronì del suo animo e lo mortificò in modo doloroso.

Frate Chocarro fu scosso da un brivido deciso. Smise di cantare e si guardò intorno con occhi inquisitori, ma nella penombra non notò nessun movimento. Non sembrava ci fosse nulla d'insolito, e tuttavia l'istinto diceva al frate che in quegli stessi istanti, in quel tempio, stava succedendo qualcosa di molto grave. Di colpo la volta sembrò più alta e più fredda. La pietra, ferro.

Con la fronte aggrottata, le labbra strette, il sacrestano ritornò sui suoi passi. La sua sottile intuizione lo avvertì ben presto di una strana presenza. Lo invase la paura, lo stesso terrore denso e scuro che avvertiva da piccolo, quando sognava il demonio sotto le sembianze di un grosso montone nero. Sì, era come se il nemico, l'angelo nero, si fosse insinuato nella casa del Padre e lo stesse minacciando subdolamente dalle tenebre.

Quand'era spaventato, Chocarro non si dimostrava razionale. Perciò, senza pensarci due volte, uscì correndo verso l'enorme pila di marmo che conteneva l'acqua santa. Si asperse generosamente, più il palmo della mano che le dita, e si segnò varie volte. Ma in quell'occasione il potente liquido, benedetto con grande solennità dall'abate alla vigilia di Pasqua, non produsse i benefici effetti che frate Chocarro aspettava.

Il sacrestano era ormai preda del panico: s'inginocchiò per terra e riprese a declamare l'antifona. Lo fece lentamente, sgranando le sillabe, cercando di placare la respirazione agitata. Al suono di ogni parola, pronunciata in un decoroso latino, l'enorme struttura andava ritornando a poco a poco al suo stato originale, puro, semplice, spirituale, immacolato.

« *O clemens, o pia, o dulcis Virgo Maria...* » intonava Chocarro con quella voce sguaiata che tanto infastidiva il padre priore e la maggior parte della comunità. Convinto del potere della preghiera, quando ebbe concluso diede per scontato che, se una qualche presenza si era intrattenuta tra quelle absidi, senza dubbio doveva già essere scappata via. Nessuna creatura maligna avrebbe resistito a una preghiera tanto sentita e fiduciosa.

In effetti, mentre si rialzava, il luogo sembrava aver recuperato la sua pace seducente, quella che aveva conquistato il cuore di Chocarro fino al punto di strapparlo dal suo idillio con le equazioni differenziali. Il grande matematico dai capelli arruffati e dall'espressione ingenua, richiesto da università e istituti di ricerca che vedevano in lui un nuovo Einstein, aveva capitolato per sempre dinanzi a quella esistenza semplice, dinanzi alla luce serena emanata dal tabernacolo, dinanzi alla quiete della vita comunitaria.

Da quando, quindici anni prima, in cerca di qualche semplice giorno di riposo, Chocarro aveva attraversato le ripide e nude alture di Leyre per alloggiare nel monastero, la pelle gli era avvizzita, e la chioma irsuta e paglierina appariva ormai quasi nivea. La mancanza di esercizio e l'alimentazione inadeguata avevano aggravato la tendenza ad accumulare grasso, e il corpo si era gonfiato. Tuttavia nessuna delle molte scomodità proprie della vita monastica avevano inacidito il carattere di Chocarro. I suoi occhietti marroni conservavano il loro brillio originale; il suo sorriso, la freschezza di un tempo. In effetti non era trascorso un solo giorno in cui non avesse scoperto un momento di gioia in quel tempio pallido e in penombra, all'alba, quando il mondo dormiva.

Fino a quell'istante...

In piedi, con le guance ancora accese dall'ansia, il sacrestano continuò il suo cammino recitando il resto delle antifone. Non aveva declamato più di cinque sonori versi quando il terrore tornò ad assalirlo con la forza di un toro indomito. A spintoni un'idea si era fatta spazio nella sua mente, attirandolo verso i suoi pericolosi frangenti.

« Dio mio! » gemette frate Chocarro, mentre scrutava intorno per la seconda volta nel giro di pochi istanti.

Si era appena reso conto di quale fosse l'elemento perturbatore. La lampada votiva non brillava...

È costume che in tutte le chiese di culto cattolico resti sempre accesa una piccola lanterna vicino al tabernacolo, quand'è « abitato ». Anche il monastero di San Salvador de Leyre disponeva della propria lanterna, un prezioso oggetto d'argento che coi suoi scintillii illuminava il tabernacolo. Ma in quel momento non lampeggiava... Nonostante la presenza del pane celeste consacrato, la fiammella era spenta.

Mentre con espressione severa Chocarro ripercorreva i suoi movimenti della sera precedente, diresse diligentemente i propri passi verso la cappella del Santissimo. Il ricordo era netto: aveva messo un cero nuovo la sera prima, dopo l'ufficio della compieta. Sebbene fiaccole e candele fossero di qualità sempre peggiore, si disse, era impossibile che il cero si fosse consumato del tutto in uno spazio di tempo tanto breve. All'interno della grande chiesa non spirava vento, né c'erano correnti; inoltre il cero era protetto da un cilindro di cristallo.

« No, no e poi no! »

Il tono che il sacrestano impiegò lasciava intendere che non c'era spazio per il dubbio: quello stridente particolare non era frutto di un penoso incidente né di una disattenzione. Era frutto della volontà umana. Ma di chi?

Con poche falcate il corpulento frate attraversò l'ambiente. Mentre lo faceva, la sua paura si andò accentuando. Afferrato all'inferriata della cappella del Santissimo, il briciolo d'indignazione che quella dissonanza gli aveva causato si trasformò in stupore. Non ebbe bisogno di cercare la chiave, il cancello cedette alla spinta.

« Che cosa significa? Chi è entrato qui e come ha fatto? » domandò all'aria, con atteggiamento di sfida. Senza pensarci due volte, spalancò l'inferriata e raggiunse il tabernacolo. « Cos'è successo? Dove sei, mio Signore? » gridò sconcertato, girando varie volte su se stesso, coi pugni tesi verso l'alto come per proteggersi.

Con un intenso dolore dell'anima, il monaco scoprì che il tabernacolo - il suo amato tabernacolo- era stato aperto: violata la porta dorata e profanato il contenuto.

La luce filtrata dalle severe vetrate del muro meridionale era stata sufficiente per attraversare la maestosa chiesa e arrivare fin lì, ma permetteva a malapena di distinguere le sagome. Perciò, dopo essersi segnato tre volte, frate Chocarro avvicinò la testa alla casa d'oro, quasi fino a introdurla al suo interno. Da quella distanza gli sprazzi di chiarore gli confermarono la tragedia.

« No, per favore! » gridò, girandosi in modo brusco, davvero turbato. « Chiunque tu sia, restituiscilo! Non ti farò niente, lo giuro dinanzi a queste sacre mura, ma restituiscilo alla sua dimora! Non lo puoi sapere, ma devi capire che è preziosissimo! Sembra umile e fragile pane di frumento e invece è il Signore in persona! » Attese con la testa alta, spalancando gli occhi color miele.

Come per istinto, il piede sinistro del frate batteva per terra, un chiaro segno d'impazienza. L'irritazione andava acquistando a poco a poco lo status di collera.

La chiesa si riempì delle voci del silenzio, eloquenti. Gli altissimi archi sembrarono piegarsi in segno di cordoglio, le ogive puntare le loro lance verso il cielo chiedendo vendetta.

Frate Chocarro restò per qualche secondo con le palpebre socchiuse e lo sguardo annebbiato, immerso in mille riflessioni contraddittorie. Che cosa doveva fare? Cosa avrebbe fatto Gesù Cristo al suo posto? Era la domanda che si faceva sempre quando doveva affrontare un problema di difficile risoluzione.

Non ci mise molto a decidersi. Corse più in fretta che poté fino agli interruttori e accese tutti i riflettori. Non era il momento di fare economie.

« Per l'ultima volta, vieni fuori! » gridò. La sua voce risuonò potente, quasi violenta. « Non so che cosa vuoi portarti via, ma non ho intenzione di lasciarti scappare... Mi senti? Guardami bene. Osservami, ovunque tu sia nascosto: peso centoventi chili, sono agile e ho la forza di un orso. Vedi queste braccia? Sono capaci di stenderti con un cazzotto. Se ci tieni solo un po' alla tua incolumità, fatti vedere.» Scuotendosi in modo convulso la polvere inesistente dalla tonaca, Chocarro attese.

Muti testimoni, l'immagine di santa Maria e la grande scultura del Crocifisso seguivano la scena. Dietro un'altra delle inferriate, i corpi dei re di Navarra si rivoltarono nel loro pantheon e le reliquie delle sante Nunila e Alodia stridettero. Ma nessuno rispose al richiamo.

«Esci, bestia immonda, orrendo demonio dell'inferno!» ruggì Chocarro mentre, respirando con affanno, percorreva l'ampia navata in cerca di tracce del profanatore.

Nel giro di pochi minuti concluse l'infruttuosa ricerca. Non trovò nessuna traccia, e mentre percorreva il luogo così amato, per tanto tempo placido rifugio di olio mistico, quello si trasformò a poco a poco in territorio vuoto, gelido, sfuggente.

Frate Chocarro ritornò alla cappella del tabernacolo. Fino ad allora aveva cercato il ladro blasfemo: un uomo, forse un qualche demone. Non aveva avuto fortuna, ma pensava di averne di più col bottino.

«Certamente si tratta di un semplice furto. Sì, proprio così, sono di fronte a un ladro in cerca di un oggetto d'oro prezioso», dichiarò a voce alta, cercando di rafforzare la propria speranza e di placare i suoi iracondi sentimenti di vendetta.

In teoria il suo pensiero risultò corretto. Quello che mancava non era una pisside modesta, anche se decorosa, come la maggior parte di quelle impiegate per celebrare l'eucarestia nelle parrocchie ordinarie. Si trattava di un'antica coppa di oro fino, con un brillante incastonato di considerevole grandezza e profonda lucentezza. Il valore del vaso e la pietra giustificavano la scelta del bottino; il facile accesso – la serratura del tabernacolo era più di presenza che effettiva –, l'audacia.

Il sacrestano era cosciente che si trattava di una sottrazione blasfema, quel recipiente finemente sbalzato non lo preoccupava affatto. Era solo un pezzo di metallo dorato, una chincaglieria che brillava al sole, una sciocchezza cui gli uomini, e non Dio, avevano deciso di assegnare un valore. Dinanzi agli eventi che turbavano il monastero colpendo direttamente il suo Signore, un'antichità preziosa non era altro che un insignificante dettaglio. Ammesso che l'autore del furto fosse un volgare ladro, era più che probabile che si dimostrasse interessato soltanto alla parte esteriore. In tal caso si sarebbe disfatto del contenuto della pisside, che di conseguenza poteva trovarsi nei dintorni.

Incoraggiato da quei ragionamenti, frate Chocarro cercò con impegno negli angoli adiacenti al tabernacolo. Quindi in tutta la cappella del Santissimo e, per finire, nel resto del tempio. Perlustrò ogni centimetro: la romanica parte frontale, rozzamente bella; i pilastri irregolari; la navata dell'Epistola e la parete laterale del Vangelo, e da ultime, una per una, le moderne panche di legno che riempivano la navata centrale. Non trovò niente.

Consapevole della gravità di quanto accadeva, furibondo, si portò le mani alla testa e iniziò a tirarsi i capelli arruffati e ormai bianchi. Alla fine, senza sapere cosa fare, corse verso la grande scultura del Cristo in croce e cadde in ginocchio. Alzò la testa e s'imbatté nello sguardo sereno del Crocifisso, col naso affilato e gli zigomi gonfi per le percosse, la testa abbandonata. « Perdona, Signore, è stata colpa mia! Ma non ti preoccupare, ti... »

Mentre pronunciava quelle parole, una fragranza fugace gli riempì il naso. Chocarro annusò l'aria, confermando la prima impressione: sapeva di profumo, un'essenza sensuale e densa, con leggeri accenni di tabacco e di legno. Poteva essere di qualsiasi turista avesse visitato la chiesa il giorno prima, ma in tal caso l'aroma si sarebbe già dovuto disperdere.

La mente del frate iniziò a funzionare a tutta velocità: quel profumo era recente, pertanto chi se l'era messo doveva essere nei paraggi. Mantenne la posizione, prostrato, ripiegato su se stesso. Ma non pregava: stava pensando. Aveva appena ispezionato il tempio da cima a fondo. Era una chiesa aperta, senza spazi dove nascondersi.

Pensò e ripensò al problema, finché non si ricordò di quel posto...

Sotto la chiesa maggiore, in una costruzione in parte sotterranea, si trovava un'ampia cripta che riproduceva la struttura superiore di absidi e navate. Quel posto piaceva molto a turisti e curiosi. I visitatori, dietro pagamento, vi entravano attraverso una porta situata sulla parete esteriore della chiesa, però esisteva anche un accesso dall'interno del tempio. Non si utilizzava quasi mai, ma c'era una porta grezza e primitiva dell'XI secolo che metteva in comunicazione la navata con la cripta, e un antico passaggio che portava direttamente nel monastero.

Il sacrestano corse in quella direzione. Quando fu vicino, gli sembrò di sentire un respiro affannato. Si arrestò, nascondendosi dietro una colonna. Non appena fosse comparso quel ladro sacrilego, gli avrebbe appioppato un bel destro. Fosse stato anche il demonio, Chocarro era sicuro che non sarebbe rimasto immune al suo gioco di polso. Ma non apparve nessuno.

Dopo aver atteso ancora qualche istante, il frate proseguì il suo tragitto verso la porta. La spinse, ma era chiusa. Nervoso, cercò nel mazzo di chiavi; ci mise un po' a trovarla, perché i monaci usavano di rado quel percorso. Una volta che l'ebbe inserita nella serratura, però, bastò una piccola pressione perché l'anta cedesse.

Chocarro scese con circospezione le scale tortuose, strusciando la schiena contro il muro di pietra. La posizione gli permetteva di tenere i pugni liberi per affrontare, se era il caso, un assalto dell'intruso, ma soprattutto gli dava sicurezza, perché i gradini erano grezzi e irregolari.

Quando arrivò in fondo e posò i piedi su un terreno più stabile, il frate si fermò qualche secondo. Lì imperava il silenzio. Le vetrate aperte nelle absidi e le anguste finestrelle lasciavano penetrare sulla millenaria pianta quadrata strisce luminose, sufficienti perché Chocarro intravedesse gli angoli del curioso ipogeo. Ideata per salvare il dislivello del terreno e sostenere il colossale peso della parte frontale della chiesa superiore, la cripta ospitava ingenti masse di pietra, come un primitivo bosco di colonne, pilastri e immensi capitelli. Sopra gli alberi di pietra, spiccava un cielo di volte a botte.

Sempre appoggiandosi contro i muri, il sacrestano percorse la cripta. Teneva la testa china e la schiena inclinata. Sebbene fosse difficile cozzare contro le arcate, la scarsa altezza dei fusti, se relazionata con le dimensioni dei capitelli, produceva un'angosciante sensazione di claustrofobia.

Chocarro vagò per la grezza navata, suddivisa in altre navate più piccole dai grandi pilastri cruciformi, fiutando l'aria in cerca di tracce del profumo. Ma lì si sentiva solo l'odore della polvere e del tempo: chiunque fosse l'intruso, uomo o demone, non era passato di lì.

Fu allora che il frate capì. Si raddrizzò bruscamente e sbatté la fronte contro uno degli archi dell'abside meridionale. « Che stupido! » strillò, portandosi una mano alla testa. « Ho lasciato la sacrestia aperta, l'ho fatto scappare! » Abbandonò il sotterraneo come un fulmine, muovendo le braccia come un forsennato. Corse verso la sacrestia, spinse il battente della porta verso l'interno e irruppe nel locale: un tumulto di aromi affumicati - tabacco, cuoio e legno bruciato - gli schiaffeggiò la faccia. Quell'odore impregnava tutto: calici e casule, ostensori e reliquie, il lavamano di pietra, gli archi e le volte.

Chocarro provò una profonda rabbia. Con un pugno colpì ripetutamente l'enorme armadio di quercia che conteneva i paramenti - casule, amitti e cingoli, piviali e stole - e occupava tutta la parete laterale. Come una strana firma, siglata col sangue, le sue nocche restarono impresse nel legno.

Non sapeva come agire. Comprendeva che era necessario inseguire l'intruso e recuperare il Signore, ma che direzione doveva seguire? Il ladro aveva attraversato la sacrestia ed era entrato nel monastero, che era molto ampio, diviso su due piani disposti intorno al chiostro, ed era fornito di molte stanze secondarie. Poteva essere fuggito attraverso la zona delle cucine, uscendo dalla portineria o nascondendosi nella biblioteca. Oppure nel refettorio. Per di più, il cenobio disponeva di una foresteria monastica: c'erano sempre uomini del mondo esterno che trascorrevano qualche giorno coi frati, condividendo con loro preghiere e culto. Il ladro avrebbe potuto nascondersi in una qualsiasi di quelle celle...

Mentre Chocarro pensava a quale fosse la miglior direzione da prendere, la vampata di rabbia scemò e un'infinita solitudine lo invase. Avvolse la mano insanguinata con un fazzoletto e, in ginocchio, chiese perdono a Dio per quell'attacco d'ira. Non ne soffriva da così tanti anni che ricadere nell'antico vizio gli ricordò la sua condizione di peccatore. E allora vide tutto con più chiarezza: era una povera creatura incapace di fare qualcosa come si deve. Sarebbe andato da chi di dovere. Si rialzò con un balzo e uscì di corsa, in cerca del responsabile del monastero.

Le luci della chiesa restarono accese, il libro dell'ufficio divino aperto, sul leggio, alla pagina sbagliata: il vescovo di Ippona prendeva di nuovo il sopravvento sugli *Atti degli Apostoli* e sulla conversione di san Paolo.

Il grande tempio millenario ritornò deserto e silenzioso.

3

Guidò la Land Rover fino a una strada forestale di difficile accesso situata a Lumbier, ai piedi della sierra di Leyre, distante solo qualche chilometro dal punto di partenza. Lì, seminascosta dalle fronde, lo attendeva l'auto affittata per l'occasione. Le prime luci assaltavano la notte con le loro scimitarre bianche, ma in quel punto la vegetazione era particolarmente spessa.

Scese dall'auto, aprì la porta posteriore e verificò che la vittima fosse ancora in letargo. Aveva utilizzato una dose molto elevata di anestetico, considerando il peso del soggetto. Non era stata sua intenzione, in realtà si trattava di un brutto scherzo della memoria: gli antichi ricordi gli avevano restituito l'immagine di un monaco più alto e molto più robusto. Ma, ovviamente, dall'ultima volta in cui si erano visti, l'orologio era avanzato di dieci anni... Al funerale di sua madre: era stato lì.

Una fitta di dolore percorse il suo corpo e le lacrime accorsero a frotte, senza essere state convocate. Si dominò subito. Non poteva perdere tempo in inutili sentimentalismi, aveva affari urgenti da sbrigare.

Prese le chiavi del proprio veicolo e aprì il portabagagli. Una tonaca dell'ordine benedettino, perfettamente ripiegata, giaceva avvolta nel cellophane col marchio di una tintoria.

La osservò a lungo, con l'interesse di chi contempla un meraviglioso Matisse per la prima e ultima volta. Tolse la plastica e accarezzò la stoffa, non la ricordava così grezza. Prese il cingolo tra le mani e lo ispezionò da un'estremità all'altra. Sospirò, mentre depositava la tonaca sul sedile posteriore. Non voleva che il peso dell'abate la sgualcisse. Quindi tornò alla Land Rover ed estrasse il corpo del suo nemico.

Dopo averlo finalmente depositato nel portabagagli della propria auto, provò una dolorosa pulsazione alle tempie. Col tempo l'abate si era trasformato in uomo piccolo e consunto, ma anche così gli era costata fatica trasportarlo a peso morto.

Il peggio non era stato tirarlo fuori della Land Rover, quanto piuttosto issarlo sulla sua auto. Guidava un fuoristrada che, come tutte le vetture di quel tipo, risultava piuttosto alto da terra.

Ansimante, si fermò a contemplare l'abate. Nel vederlo placidamente addormentato, per un istante dubitò che quell'azione gli avrebbe permesso di compiere i suoi propositi di vendetta. Desiderava osservare il comportamento dell'abate nel momento cruciale. Sperava che fosse patetico, ossessionato da fantasmi dalle orbite vuote. Aveva sognato di vederlo implorare, come un qualsiasi uomo comune messo a forza sul ciglio della morte. Ma nel percepire quel suo alone, fu assalito dai dubbi.

L'abate Urrutia aveva sempre goduto di una singolare espressione di pace sul viso. Chi lo ascoltava dimenticava all'istante il suo naso aquilino, la piccola statura e gli occhi inesistenti, percepiva soltanto ciò che irradiava da lui: quiete, gioia, pace.

Fu invaso dalla collera. Estrasse di nuovo il nastro isolante, ne tagliò un frammento generoso e imbavagliò la vittima. Poi gli appioppò un potente schiaffone.

L'abate non si mosse.

«Figlio di puttana!» bisbigliò sottovoce, benché si trovasse a considerevole distanza da qualsiasi luogo abitato.

Si levò la maglia nera a collo alto e il cappuccio, che gli era rimasto arrotolato intorno al collo. Con esso coprì il volto dell'abate: non voleva vederlo. Tenne i guanti alle mani. La maglietta bianca che indossava sotto si era incollata al corpo sudato, mettendo in risalto muscoli ben delineati da molte ore di esercizio fisico. Abbassò la testa, chiuse a chiave e finalmente salì nella sua auto. Due gatti siamesi dormivano dentro una cesta, sistemata ai piedi del sedile del passeggero. Ne prese uno con affetto e gli accarezzò il dorso, estendendo il movimento dalla testa alla coda. Nel ricevere le carezze risapute del padrone, l'animale inarcò la schiena.

«Lo farai tu, vero gattina? E la vendetta sarà nostra.»

Il felino miagolò, pretendendo più carezze, ma venne di

nuovo depositato nella cesta. Si raggomitolò e tornò a immergersi nel suo pacifico letargo.

Dopo il ronzio del motore diesel che aveva guidato fino ad allora, i trecento cavalli della propria auto suonarono come una musica celestiale. Al telefono, l'agente della società di noleggio aveva tentato di convincerlo a scegliere una Mercedes diesel, il cui consumo era più basso; ma lui aveva rifiutato categoricamente: chi avrebbe preferito un diesel?

Inserì la retromarcia, mollò dolcemente la frizione e spinse sull'acceleratore. Aveva percorso cento metri scarsi quando frenò di colpo; tirò il freno a mano con rabbia e scese dalla macchina. Corse verso la Land Rover. Doveva recuperare la pergamena: con l'eccitazione del momento se l'era dimenticata. Non la trovò. Si chinò e cercò dietro il sedile, doveva essere caduta un'altra volta. Ma la pergamena non c'era. Controllò di nuovo e, mentre lo faceva, si ricordò che prima di arrivare a destinazione l'aveva infilata in tasca. Sì, in effetti stava lì.

Era tutto sotto controllo.

Iniziava a far giorno. Il piano stava funzionando alla perfezione. Tuttavia si stupì di essere ancora pervaso dalla collera. Non importava: era deciso a godere della vendetta, per quanto dolorosa potesse risultare. Ormai era impossibile tornare indietro.

Senza dubbio si considerava abbastanza egoista e anche un po' egocentrico, ma il suo orgoglio non era un motivo sufficiente per uccidere. Era chiaro che le ultime notizie lo avevano colpito profondamente, però sapeva che prima o poi gli artigli di Satana l'avrebbero ghermito. Ecco perché le novità avevano giocato solo il ruolo di catalizzatori del processo.

Non lo faceva per se stesso, ma per lei. Glielo doveva, e lei stava sopra ogni cosa, persino sopra Dio.

4

Fermín Chocarro era un uomo dal fisico rozzo, come i conci della sua chiesa, gli antichi capitelli, rustici nei motivi e nel tratto, come i numeri interi. Però, in armonia con la magnificenza del complesso abbaziale, il sacrestano era un monaco di sentimenti profondi, con la delicatezza e l'incanto dei numeri decimali. Mentre abbandonava la sacrestia e inforcava la porta d'accesso al monastero, per poi salire le lunghe rampe di scale, piangeva come un bimbo spaventato che avesse appena perso il padre in un assurdo incidente.

Mancavano venti minuti alle sei del mattino, ora prefissata per le preghiere mattutine. Ignari degli avvenimenti luttuosi accaduti a pochi metri da lì, gli altri monaci della comunità benedettina di Leyre concludevano la loro igiene personale e si preparavano in silenzio per recarsi in chiesa. Quando sentirono i gemiti e i lamenti emessi da frate Chocarro, alcuni monaci uscirono dalle proprie celle e contemplarono la scena. Osservarono come il corpulento sacrestano attraversasse precipitosamente il corridoio, strillando il nome dell'abate in tono di supplica. I più giovani, che alloggiavano al piano superiore, affacciarono le loro guance imberbi oltre il corrimano di pietra della scala per verificare il motivo di quello strepito; alle loro orecchie semplici, abituate al silenzio, il chiasso sembrava assordante.

La maggior parte dei membri della congregazione contemplò con stupore il bizzarro comportamento del confratello che, per il resto, era un frate modello, ma nessuno intervenne. Il grosso dei frati si limitò a mostrare a gesti il proprio profondo disappunto per quella violazione del protocollo indicato dalla santa regola benedettina. Tuttavia non tutto il tragitto del sacrestano fino alla sua meta fu senza ostacoli. Piantato in mezzo al corridoio, sopra lo stretto tappeto rosso che lo percorreva, lo aspettava padre Francisco.

Padre Francisco sembrava un semplice frate di provincia, dal carattere dolce e dal sorriso facile. Il suo fisico, tarchiato e tracagnotto, l'incipiente calvizie e i tondi occhiali dalle lenti spesse ingannavano a una prima vista: era il maestro dei novizi, e nelle sue vene scorreva sangue militare. Noto critico degli spiriti turbolenti, confidava nel suo sacro compito di vegliare sul mantenimento del silenzio nel monastero. Non era disposto a permettere che i monaci di più antica vocazione dessero il cattivo esempio ai giovani. Perciò, quando vide il sacrestano di corsa, con le floride carni che tremolavano per la velocità, lo affrontò.

Senza alzare la voce, il maestro dei novizi si rivolse a frate Chocarro con parole dolci e con un'espressione severa. Nel sentire quelle parole, obbligato dal voto di obbedienza, l'angosciato monaco si fermò per qualche istante. Con lo sguardo fisso sui propri sandali, si sforzò di ascoltare quanto emesso da quella veneranda laringe. Ma mentre padre Francisco gli ricordava che un discepolo di san Benedetto non deve strillare né piangere, né mostrarsi dinanzi alla comunità con parole o espressioni del tutto fuori luogo, il sacrestano riusciva a pensare soltanto al furto sacrilego. Ecco perché, dopo essersi passato due o tre volte le grosse dita tra i ricci argentati, Chocarro decise di proseguire il suo cammino e di non lasciarsi intimorire da chi ignorava l'accaduto. Una volta presa tale decisione, metterla in pratica non gli creò nessun problema: lasciò padre Francisco con le mani infilate nella controfodera della tonaca e lo stupore scolpito in faccia, e si dette alla fuga facendosi strada fino al limite del corridoio dove si trovava la cella dell'abate, massima autorità del cenobio.

Il sacrestano tremava ancora, quando bussò alla porta. Avvertiva una profonda spossatezza, che il suo scontro col maestro dei novizi non aveva fatto altro che accrescere. Eppure bussò con forza: tre volte consecutive, prima con le nocche, poi con tutto il pugno. Ma non ricevette nessuna risposta.

« Padre abate, è nella sua cella? » indagò, sforzandosi affinché la sua voce non lasciasse trasparire la disperazione che provava. « Ho urgente bisogno di parlare con lei! Per favore, è successo qualcosa di terribile! »

Le parole fendettero l'aria senza risultato.

Frate Chocarro esitò qualche istante. Quindi, a voce più alta, dichiarò: « Padre abate, è di estrema importanza che le riferisca una cosa! Esca, per piacere, la scongiuro! »

Di nuovo ottenne il silenzio come unica risposta.

Dio mio, che cosa devo fare?

Si girò a guardare: due giovani monaci lo osservavano da una certa distanza muovendo il capo in chiaro segno di disapprovazione.

Benché l'abate rivestisse il ruolo di padre della comunità, aiutando e esortando i monaci come figli, la sua carica direttiva gli assicurava unanime rispetto e venerazione. Quindi l'atteggiamento di prendere a pugni la sua porta risultava del tutto inappropriato. In altre circostanze frate Chocarro non avrebbe osato bussare alla cella del superiore, né tantomeno piantare in asso padre Francisco con le parole ancora sulle labbra. Ma si trattava di una situazione del tutto particolare.

In fondo, opinava il sacrestano, l'abate rappresenta Cristo, al quale entrambi dobbiamo devozione; e il Cristo è scomparso. Incoraggiato da quel pensiero, aprì la porta. Era la prima volta, nei quindici anni trascorsi nel monastero, che varcava quella soglia.

Il luogo non gli risultò estraneo. Emanava la tranquilla banalità che ci si aspetta da una cella. E, in realtà, somigliava abbastanza a quella del sacrestano: era piccola e fredda, di un bianco immacolato. Tuttavia, a differenza delle stanze occupate dagli altri frati, l'abate godeva di certi lussi che ne mitigavano la rigidità e conferivano al locale un sapore accogliente: graziose tendine arancioni coprivano la finestra; c'era una libreria piena di testi, e alla parete laterale pendevano alcuni quadri. Come in tutte le stanze del monastero, anche lì il posto centrale era riservato a un crocifisso appeso alla parete, sotto cui si trovava l'inginocchiatoio. Quest'ultimo era ricoperto di velluto verde molto consumato dall'uso. Il crocifisso sul muro non era, come quello del sacrestano, una riproduzione senza pretese in legno stuccato, bensì un prezioso esemplare antico, intagliato nell'avorio.

La cella era vuota.

Quando, alla fine, frate Chocarro si decise a curiosare al suo interno, trovò il letto fatto e la sedia al suo posto, accanto alla scrivania. Gli armadi erano chiusi, le imposte della finestra socchiuse. In quell'insieme c'era solo un elemento che stonava: la copia della regola di san Benedetto, che apparteneva all'abate. Lussuosamente rilegata in cuoio, era finita per terra, accanto all'inginocchiatoio, aperta a caso sotto lo sguardo attento del Crocifisso.

Il sacrestano la guardò di sottecchi e, senza potersi trattenere, esclamò: « La santa regola per terra! Signore, che altro succederà ancora oggi? » Estrasse il fazzoletto e si soffiò il naso, scoppiando di nuovo a piangere.

In piena crisi di pianto com'era, una mano ossuta si posò sulla sua spalla e un saluto familiare gli riempì le orecchie. « La pace sia con te, frate Chocarro! »

Distratto da quella voce e dalla pressione sulla spalla, il sacrestano si girò e si trovò a faccia a faccia con padre Ignacio, il rettore, secondo in carica nel monastero. Il suo aspetto era abbastanza diverso da quello del maestro dei novizi. Aveva un paio di begli occhi giovanili, in parte camuffati dietro gli occhiali rotondi senza montatura, e portava i capelli troppo lunghi, incolti. Ma l'autorità della sua voce era innegabile.

Chocarro rispose all'istante, ma non come si aspettava il rettore. Invece gli disse a bruciapelo: « Padre rettore... non c'è! » Ormai aveva perso qualsiasi remora.

« Sì, lo vedo anch'io », constatò il rettore, che non riuscì a dissimulare una smorfia di disapprovazione. « È piuttosto probabile che chi cerchi si trovi già in chiesa. Mancano pochi minuti alle sei... E poi, fratello, dovresti considerare che risulta inusuale introdursi in questo modo nella cella del nostro venerando superiore. »

« Lo so, padre, e mi dispiace profondamente. Forse dovrò essere ripreso per questo. Anche se ritengo che ci siano cause di forza maggiore, accetterò la penitenza che mi vorrà imporre. Però deve capire, padre Ignacio, che quando mi sono accorto della sua assenza ho perso la ragione! In questi momenti così confusi, in cui accadono cose terribili... Dove può trovarsi, chi può averlo portato via? Lei lo sa? »

« Per favore, frate Chocarro, adesso calmati. Il padre abate è un uomo dotto e santo, e sa perfettamente quello che fa. Sono sicuro che non gli è successo nulla di particolare. Tra poco potrai vederlo nel coro, mentre impartisce la benedizione ai suoi figli e recita salmi con la sua bella voce da... »

Il sacrestano lo interruppe. « Mi perdoni, padre Ignacio, sono piuttosto agitato. Come lei sa bene, quando perdo la pace non mi esprimo in modo preciso, ecco perché non mi ha capito. »

« D'accordo, fratello, tranquillizzati... Respira con calma. Quando ti sentirai più sereno, m'informerai di ciò che, a quanto pare, non so. »

L'ampio stomaco di Chocarro salì e scese varie volte, seguendo il torace nella respirazione. Ma quell'esercizio non gli servì affatto: il nervosismo persisteva e la perdita di quel tempo prezioso esasperò il sacrestano ancora di più. Tuttavia, abituato a obbedire, non obiettò. Se quella stupidaggine serviva affinché padre Ignacio gli prestasse attenzione, poco importava.

« Bene, fratello, ora che ti sei calmato mi puoi raccontare cosa succede. »

« Padre rettore, devo informarla che non è l'abate a mancare, anche se... non mi sono imbattuto in lui nel corridoio e questo è l'unico passaggio che porta alla chiesa. Chi è davvero scomparso è il Signore! »

« Il Signore? Ti riferisci al tabernacolo? »

« Esatto, padre rettore. Quando sono entrato nella cappella del Santissimo, l'ho trovato aperto e vuoto. Ecco cosa volevo comunicare all'abate: il tabernacolo è stato profanato. Per questo ho oltrepassato i limiti. »

« Profanazione! » esclamò il rettore. Non aveva mai pensato che nel monastero ci sarebbero state ore tanto cupe in cui si sarebbe pronunciata quella parola. « Ne sei sicuro? »

« Sì, padre. Ho guardato ovunque. Mi creda, ho perlustrato ogni centimetro del tempio! Sono sceso perfino nella cripta. Chi può averlo rubato? Dio mio, il Signore sacramentato sparito! »

« Il tabernacolo? Oddio, per favore, il tabernacolo no! » Dopo aver sentito quelle parole, il rettore aveva smesso di ascoltare il resto del messaggio. « È stata appena riparata la cassa! L'hanno ricoperta nuovamente d'oro, l'hanno pulita e lucidata, hanno restaurato le sculture degli angeli che l'adornano. I lavori di restauro sono costati moltissimo, una fortuna! » gridò, perdendo la compostezza. « Fratello Chocarro, è tua responsabilità, come sacrestano, controllare che gli strumenti di culto non vengano danneggiati. Soprattutto se sono appena ritornati dal laboratorio dell'orefice e la fattura si è mangiata la metà del nostro bilancio! Possibile che non ne fai una giusta? Giovedì ti sei confuso e abbiamo riletto lo stesso testo di sant'Agostino, ieri hai scambiato il colore delle casule – rosso sangue per celebrare sant'Antonio da Padova, morto nel suo letto –, oggi hai rotto il tabernacolo! Dio mio, abbiamo avuto anche troppa pazienza con te... » Notando che il proprio animo si stava infiammando, il rettore tirò un profondo sospiro. Più calmo, concluse: « Come sai bene, fratello, la santa regola è piuttosto severa in merito alla cura degli oggetti destinati al culto... »

« Padre rettore », replicò umilmente il sacrestano, con gli occhi bassi e con le mani nascoste sotto la tonaca. « Mi conosce ormai da molti anni e sa che, se fossi stato io il colpevole di questo incidente, glielo avrei confessato in tutta sincerità, disposto a ricevere il giusto castigo che avesse voluto impormi. Ma non c'entro nulla con questi avvenimenti », precisò, compunto. « E poi il tabernacolo non ha subito nessun danno: è ancora com'era ieri. E non si è rovinato nessuno degli strumenti sacri custoditi in sacrestia. Che io sappia, sono tutti intatti. È il Signore che è stato sottratto! »

« Sottratto? Il Signore? »

« Sì, è quello che sto cercando di dirle da un bel po', ma lei, tutto preoccupato dall'oro e dall'argento, non mi dà ascolto. Quello che è davvero successo è che hanno rubato il Signore sacramentato, sotto il mio stesso naso! » Chocarro scoppiò di nuovo in singhiozzi.

Il rettore osservò il sacrestano, in silenzio. Nonostante le circostanze, dovette sorridere. Come nella stragrande maggioranza delle abbazie disseminate per il vasto mondo, nel monastero di Leyre convivevano due distinte categorie di frati. La prima – i cui membri erano chiamati affettuosamente « serafici» dai loro opposti – era stata felicemente istruita nell'amore e, nel suo nome, obbediva con lealtà gli ordini del Signore com'erano stati sviluppati nella regola di san Benedetto. Ai fratelli serafici non piaceva uscire dal monastero: non desideravano avvicinarsi di nuovo al mondo, dopo averlo abbandonato. Il fratello sacrestano apparteneva a quel gruppo: nella sua grande umanità albergava l'anima di un fanciullo, che non aspirava a nient'altro che all'abbraccio amorevole del Padre. Nell'osservare l'angoscia di frate Chocarro dinanzi al furto sacrilego, il padre rettore credette per un attimo di veder rappresentata la scena di Maria Maddalena, mentre supplicava il giardiniere che le restituisse il corpo del *suo* Cristo. Quell'atteggiamento lo fece sorridere, ma solo per pochi istanti.

Padre Ignacio era un uomo pratico. La sua anima contemplativa tendeva a una virtuosa perfezione, ma lui era sufficientemente perspicace per rendersi conto che quella disposizione andava misurata molto più sul lungo periodo che sul corto. Mentre il cielo si avvicinava, il proprio allontanamento dalle regole del mondo non poteva essere assoluto. Nella sua condizione di rettore, doveva partecipare tanto del carattere attivo di Marta quanto della beatitudine di Maria.

« Frate Chocarro », disse con dolcezza. La sua voce era sottile, armoniosa, quasi femminile. « Ti prego di accompagnarmi in chiesa e di mostrarmi *in situ* quanto mi hai appena raccontato. Per favore. » E allungò una mano verso lo stupefatto Chocarro.

Il sacrestano obbedì senza obiettare. Trattenendo a fatica le lacrime, seguì il suo superiore a un passo di distanza, in segno di rispetto. Dovette fermarsi varie volte, perché l'andatura del padre rettore lo obbligava a frenare il passo. Gli altri monaci, dalle porte delle rispettive celle o in corridoio, osservavano la scena.

Quando i due entrarono in sacrestia, la notte si stava ritirando.

Padre Ignacio notò immediatamente i danni subiti dall'anta laterale dell'armadio. Si avvicinò e vide che l'anta si apriva senza difficoltà. Quindi girò su se stesso e affrontò il sacrestano; soffermò gli occhi sulla mano insanguinata, avvolta nel fazzoletto, e disse: «Padre Chocarro, sono le tue nocche che hanno prodotto questo bozzo?»

«Temo di sì, padre rettore. Mi dispiace infinitamente...»

«Dovrai confessarti per questo nuovo attacco d'ira. Gesù Cristo ci ha insegnato la mansuetudine e la pazienza.»

Il sacrestano non replicò. Sapevano entrambi che non ce n'era bisogno. Quello era il suo grande difetto: lasciarsi trasportare da collere repentine; unito alla sua enorme forza, causava disastri come quello che stavano osservando.

In silenzio oltrepassarono la porta ed entrarono in chiesa dall'abside. A quell'ora, le briciole di luce che tanto piacevano a frate Chocarro si erano trasformate in raggi festosi che mostravano al visitatore lo spettacolare capolavoro di pietra e marmo. Con quella luce radiosa nelle cappelle laterali e con la potenza dei faretti nella navata centrale, l'iniqua sottrazione fu ancora più evidente.

«Fratello, ascolta bene la mia domanda prima di rispondere, per favore», sussurrò il rettore, stupefatto, nel contemplare il tabernacolo spalancato. «Hai trovato tutto così com'è ora?»

«Era così, esattamente così», rispose frate Chocarro. «Sono arrivato molto presto, come al solito. Sono entrato senza accendere le luci, ma quasi subito ho notato qualcosa di strano. Non so, come una presenza. All'inizio non capivo cosa fosse, però poi mi sono reso conto che la lampada del Santissimo non ardeva. Ed era nuova, avevo cambiato il cero la notte precedente... Mi sono avvicinato, l'inferriata era aperta: sono entrato e ho visto che il cero era spento. Solo dopo ho notato che la porta del tabernacolo era spalancata, così ho gettato un'occhiata e ho controllato l'interno... ma non ho toccato niente.»

«Una presenza? Intendi dire che c'era qualcuno qui dentro?»

«Così mi è sembrato: ho sentito l'aria viziata e uno strano profumo. Ho subito setacciato la chiesa da cima a fondo, ma non ho trovato nessuno. Eppure ho percepito...»

«Percepito? Che cos'hai percepito?»

«Non lo so, in realtà. Posso solo dirle che c'era qualcosa d'insolito, un odore penetrante, come un profumo, una presenza indefinibile...»

«Un odore penetrante? Io non sento niente!»

«Adesso nemmeno io, ma allora l'aria era impregnata di un aroma dolciastro. Non so... In realtà era... Sembrava piuttosto...»

«Per piacere, continua!»

«Insomma, mi sembrava che fosse... che potesse essere una presenza spirituale, nonostante l'acqua di colonia. Come se una creatura maligna si fosse impadronita del luogo. Sono sceso nella cripta, pensando che potesse essersi nascosta lì.»

«Una creatura maligna?»

«Sì, padre, so che suona un po' stravagante, ma è quello che ho avvertito.»

«Ora capisco, un altro dei tuoi sogni profetici», ribatté il rettore, in tono di scherno. «Frate Chocarro, quando stamattina sei venuto per preparare gli oggetti del culto, hai chiuso il portone che collega il monastero alla chiesa?»

«No, non a chiave. Ho pensato che, mancando pochissimi minuti alle preghiere dell'ufficio mattutino, non ne valesse la pena. Ora mi rendo conto di aver sbagliato...»

«Mi stai dicendo che quella 'presenza' avrebbe potuto nascondersi ai tuoi occhi, attraversare la sacrestia e da lì uscire in direzione del monastero?» lo interruppe il rettore, con voce tagliente.

«Temo che sia andata proprio così, padre Ignacio. Quella scia di profumo deve averlo seguito, e nella sacrestia era molto intensa.»

«Grazie per l'informazione», concluse il rettore, e sembrò immergersi in profonde riflessioni su quel mistero. Dopo un po' alzò il viso e disse: «Frate Chocarro, chiuderò subito la porta del tabernacolo e andrò a cercare il padre abate. Salvo che egli disponga diversamente, reciteremo il mattutino e le lodi come previsto e nel preciso momento indicato. Dopo la colazione, si riunirà il consiglio. Penso sia inutile ricordarti che dobbiamo evitare qualsiasi commento su questa vicenda, per non spaventare i nostri fratelli più giovani e quelli malati o impressionabili».

«Come desidera, padre rettore.» Il sacrestano annuì con

umiltà. «Tuttavia ho cercato anch'io il padre abate e non l'ho trovato.»

«Non preoccuparti, sarà nei paraggi. D'altra parte, frate Chocarro, occorrerà preparare un'altra pisside e predisporre ostie a sufficienza per riportare il Signore nel tabernacolo, affinché possa essere adorato dai fedeli che lo desiderino. Te ne occuperai tu?»

Il sacrestano annuì di nuovo.

«Sei sicuro di sentirti in grado? Potrebbe sostituirti un altro confratello in questo compito.»

«Non sono sicuro di avere la forza d'animo sufficiente, ma so pure che ci viene dall'alto. *Lui* sarà forte per me. La comunità si meraviglierebbe se un altro fratello eseguisse i miei compiti.» Le lacrime si stavano impadronendo di nuovo dei suoi occhi.

«D'accordo, come desideri. Ora chiudo il tabernacolo.» Quando avvicinò la mano sinistra al tabernacolo, il rettore si accorse che la catenella d'oro con la piccola chiave utilizzata a quello scopo non pendeva dalla serratura. Il tabernacolo era custodito abitualmente sotto chiave per evitare profanazioni come quella che stavano osservando. «Hai preso tu la chiave?»

«No, padre rettore. Ho la mia», rispose frate Chocarro estraendo la chiave dalla tasca. «Ed è rimasta qui nel mazzo dalla compieta di ieri. Chiunque abbia aperto il tabernacolo non lo ha certo fatto con la mia chiave.»

«Be', l'unica altra copia esistente è quella del padre abate, e non sembra che la serratura sia stata forzata», commentò il rettore, perplesso. «Se tu tieni la tua chiave al sicuro, allora... Insomma, ho capito», affermò padre Ignacio, anche se in realtà non capiva assolutamente nulla di quanto stava accadendo. «Va' a preparare tutto l'occorrente. Sbrigati! E disinfetta quella mano, per piacere.»

5

Eremo di San Andión. Mendigorría, Navarra
Alba di venerdì 11 giugno

L'abate si risvegliò starnutendo disperatamente. Era intontito. Nonostante i postumi da anestetico, si rese conto che il luogo era ricoperto da una sottile cappa di polvere. Di sicuro c'era del polline sospeso nell'aria; ecco perché aveva gli occhi irritati e umidi, e dal naso gli scendeva un fluido acquoso. Tra le nebbie del suo stordimento, cercò di ricordare: rivedeva con nitidezza la sua uscita precipitosa dal monastero dopo aver trovato la richiesta di riscatto; in maniera assai più vaga ricordava di avere preso le chiavi ed essere salito sull'auto di proprietà del monastero. Tuttavia continuava a vedere l'immagine di un paio di freddi occhi verdi che lo minacciavano dall'oscurità. Non sapeva cosa gli fosse successo, né che cosa ci facesse in quell'umido recinto.

Il luogo era immerso nella penombra, senza dubbio si trattava di un eremo o di un qualche sito religioso. Sul fondo, l'abate riusciva a scorgere un *retablo* policromo ben conservato. La lastra d'oro brillava sotto i riflessi di due ceri accesi sopra l'altare. C'erano molte panche, ma lui si trovava seduto per terra, appoggiato contro un muro di pietra.

Ben presto iniziò il susseguirsi di sintomi che conosceva anche troppo bene: i sibili nel petto e, subito dopo, la sensazione di soffocamento. Quando iniziò a mancargli il respiro in modo angoscioso, cercò di alzarsi. Allora si accorse di avere mani e piedi legati con quello che gli parve nastro adesivo.

« C'è qualcuno qui? » chiese, ansimando. « Per carità di Dio, ho bisogno del mio inalatore. Soffro di una grave forma di asma, sono allergico alla polvere e... quasi a tutto. »

Nessuna risposta.

L'abate cercò di calmarsi, ma la dispnea aumentava rapidamente. « Per favore! » sussurrò, singhiozzando. Le lacrime iniziarono a sgorgare.

Sul fondo qualcosa si mosse, facendo rinascere le sue speranze.

A fatica, l'abate riuscì a dire: « Sia benedetto Iddio, c'è qualcuno lì! Per piacere, mi ascolti: sono Pello Urrutia, abate del monastero benedettino di Leyre e ho bisogno di aiuto ». Aveva le labbra cianotiche, e il cuore cavalcava al gran galoppo. Eppure, a poco a poco, la sua mente si stava svegliando. Ricordò la tonaca e l'enorme cappuccio che copriva il viso del suo interlocutore. « Fratello, per favore, mi aiuti! Ho urgente bisogno del suo intervento », supplicò, fiducioso che quelle vesti ospitassero un frate del suo stesso ordine.

Reagendo a quella richiesta, la figura si avvicinò molto lentamente. All'abate, steso com'era per terra, parve una sagoma gigante, quasi maestosa. Quando arrivò all'altezza dell'anziano, senza proferire parola lo sconosciuto si chinò leggermente. Quasi al rallentatore allungò le braccia verso l'abate, depositando in grembo al religioso due gatti persiani; come il resto del suo corpo, anche le mani erano coperte, ma da guanti di lattice.

« Gatti! Dio mio, i gatti no! Fratello, li riprenda, la supplico, sono allergico ai gatti! »

La figura slanciata si raddrizzò molto piano e senza dire nulla mosse qualche passo verso l'altare, si girò e rimase a contemplare la sua preda. Soddisfatto, eppure non felice. Non ebbe un solo istante di esitazione, non provò la minima ombra di pentimento.

Per il condannato, la sensazione di morire fu breve. Ebbe la fortuna che una profonda sonnolenza, provocata dall'eccesso di anidride carbonica nel suo sangue, ne alterò lo stato di coscienza.

In breve tempo la pelle dell'abate acquistò un tono bluastro. La bocca si rilassò fin quasi a sorridere. Quando il naso si affilò come succede coi profili dei moribondi, il viso cominciò a irradiare una completa serenità.

Lo sconosciuto si avvicinò con un piccolo strumento nella mano. L'abate era già spirato, e l'assassino non poteva smettere di provare ammirazione per le modalità della morte. L'aveva prevista rabbiosa, collerica, supplicante, ma si era sbagliato.

Osservò a lungo la sua vittima. Quindi gli prese la mano destra e optò per l'indice. Lo introdusse nell'orifizio di quell'aggeggio e strinse simultaneamente le due estremità. Le due lamette si mossero all'unisono, ma il dito non si staccò; l'apparecchio era stato ideato per i sigari, non per le dita. L'assassino ripeté l'operazione una seconda volta, poi una terza, fino a che il mozzicone di dito non cadde ai suoi piedi.

Raccolse l'appendice sanguinolenta e la depositò in un sacchetto di plastica, che infilò insieme con l'enorme trinciasigari in una sacca più grande. Per finire, con voce dolce richiamò i gatti che scorrazzavano per l'eremo. Li abbracciò con immensa tenerezza e abbandonò il luogo, coi felini in braccio.

Prima di salire in macchina, chiuse la porta con un comune lucchetto che lui stesso aveva acquistato da una ferramenta di Madrid. Quindi appese alla porta il cartello che aveva preparato.

REGIONE DI NAVARRA, ASSESSORATO ALL'AMBIENTE
TRATTAMENTO ANTITARMICO.
È PROIBITO L'ACCESSO, CAUSA UTILIZZO DI VAPORI TOSSICI.

6

Leyre, Navarra
Mattinata di venerdì 11 giugno

In processione, senza altri rumori che quello dei passi, trenta monaci abbandonarono le proprie preghiere e le rispettive occupazioni per prendere possesso dell'imponente coro. Con la stessa decisione di un giorno qualsiasi, la vita del monastero iniziava la sua ciclica routine.

Alle sei meno due minuti, un singolare bruco attraversò la chiesa e si diresse verso una delle cappelle laterali. Sul punto di entrarvi, la doppia fila si scompose e ogni tonaca occupò il proprio posto nel presbiterio. I monaci restarono in piedi, nel più assoluto silenzio, con lo sguardo fisso sui loro libri dei salmi; le teste erano chine, col cappuccio che occultava facce e pensieri.

La sottile voce del padre rettore annunciò l'inizio dell'ufficio. «Signore, apri le mie labbra.»

«E la mia bocca proclami la tua lode», risposero all'unisono i confratelli.

Ripeterono tre volte il verso iniziale, cui seguivano un Gloria e la sequenza dei salmi, cantati con le rispettive antifone. Cominciavano così le preghiere mattutine.

Durante lo svolgimento dell'ufficio, frate Chocarro cercò di concentrarsi sulle preghiere, ma non ci riuscì. Pur mettendoci tutto l'impegno possibile, non riusciva ad allontanare dalla propria mente gli avvenimenti recenti. Gli doleva la mano e, a ogni nuova fitta, si accresceva la pena dell'anima. Tra salmi e antifone, continuava a rimuginare sull'accaduto senza trovare una spiegazione plausibile.

La norma proibiva che i monaci sollevassero gli occhi dal libro delle preghiere. Il sacrestano si attenne scrupolosamente al precetto e la sua testa rimase per tutto il tempo appena inclinata sopra quei pentagrammi. Però, a mano a mano che si susseguivano gli accordi gregoriani, Chocarro si sentiva sempre più nervoso. Sapeva che, una volta conclusi i salmi, spettava all'abate – se si trovava nel monastero – impartire la benedizione. Era ricomparso? Poteva offrire una spiegazione accettabile per l'assenza della pisside e, soprattutto, del suo contenuto tre volte santo?

Il sacrestano, convinto che il suo superiore avrebbe saputo cosa fare, non riponeva la stessa fiducia nel padre rettore, secondo in carica a bordo di quella nave: troppo irrequieto a causa dei contatti politici e delle relazioni esterne, padre Ignacio non era, a suo parere, un buon superiore.

Frate Chocarro respirò a fondo, sperando di sentire la voce tanto attesa. Sapeva che l'abate non era in viaggio perché, se così fosse stato, gli avrebbero comunicato di ridurre il numero di stole per la celebrazione della santa messa. D'altro canto era convinto che non fosse nemmeno indisposto, poiché in quel caso lo avrebbe trovato nella sua cella quando vi aveva fatto irruzione all'alba. *Apparirà,* si disse per convincersi.

La preghiera dell'antifona terminò e il silenzio s'impadronì della grande navata. Chini con gli occhi al suolo, i monaci attendevano con trepidazione la benedizione. Anche se non potevano intuire cosa stesse accadendo, la maggior parte di loro aveva subodorato che si stava verificando qualcosa di veramente insolito. Per quel gruppo, ascoltare la voce paterna dell'abate avrebbe costituito un notevole sollievo. Tuttavia fu il padre rettore a pronunciare la benedizione finale.

Sorpreso, uno dei più giovani alzò appena la testa, che spuntò fuori del cappuccio.

A frate Chocarro non sfuggì quel movimento. La voce del rettore aveva appena confermato i suoi peggiori presagi. Di nuovo le lacrime presero a scorrergli lungo le guance per finire sulla pancia, ricoperta dalla stretta tonaca.

Dopo la benedizione tutti ripresero posto sui rispettivi scanni. Quindi, a turno, dovevano recarsi al leggio per le letture.

Il primo monaco cominciò a leggere con esagerati vocalizzi. «Oh Dio, luce del mio cuore e pane della mia anima, forza che feconda il mio essere e il mio pensiero! Io allora non ti amavo e, lontano da te, mi dedicavo ad amori fornicatori; perché non è altro che fornicazione l'amicizia col mondo lontano da te... » Il frate lettore fece una breve pausa, mentre un mormorio di disapprovazione s'impossessava della cappella.

Ma frate Chocarro non si rese neppure conto che, per la terza volta consecutiva, i monaci ascoltavano *Le confessioni* di sant'Agostino. Durante la prima parte dell'ufficio, il sacrestano non aveva smesso di fare congetture e assegnare probabilità alle differenti ipotesi da lui formulate. Abituato al calcolo complesso, era giunto alla conclusione che la scomparsa dell'abate e quella delle ostie consacrate fossero irrimediabilmente collegate. In un luogo dove la realtà era addomesticata fino al punto di trasformarla in routine, due eventi caotici in una stessa giornata dovevano essere necessariamente associati. *L'ordine dentro al caos*, si disse, ricordando le teorie matematiche che tanto aveva studiato quando viveva nel mondo. Ma qual era il primo passaggio? « Qualcosa di grave, molto grave », mormorò, corrugando la fronte.

Quando il cantore intonò l'ultimo Gloria in onore alla Santissima Trinità, che concludeva l'ufficio, frate Chocarro aveva ormai la certezza che uno spirito carico d'intenzioni malvagie si era introdotto nel suo monastero con qualche proposito inconfessabile. *Il fumo di Satana*, fu quella la frase che gli venne in mente, senza sapere perché.

Dopo la fine della lettura, i monaci abbandonarono gli scanni. Il singolare bruco si ricompose e, capeggiato dal padre rettore, uscì in silenzio dalla chiesa abbaziale costeggiando la parete sud.

Dopo aver atteso l'uscita dell'ultimo confratello, Chocarro prese la vecchia chiave di ferro battuto e chiuse la porta dietro di sé. Di nuovo la vita esteriore veniva espulsa dalla comunità, come sempre...

Come sempre, eppure quanto gli appariva diversa quella giornata! Un sentimento irreale d'insicurezza si era impadronito della sua anima. Il fulgore della paura, pronto a trasformarsi in un'intensa rabbia, si agitava dentro di lui. Con impeto, s'infilò in tasca il mazzo di chiavi. Ma la pressione esercitata in quel gesto fu eccessiva e strappò la tela. L'improvvisa vista della tonaca stracciata riportò il sacrestano coi piedi per terra. Guardò in lontananza.

Il bruco era avanzato. In fila per due, i confratelli si dirigevano veloci verso il refettorio, attraverso il corridoio di pietra. Erano le otto passate e il sole entrava ormai senza esitazioni dalle vetrate. Il giorno prometteva un caldo intenso. Alcuni dei frati che dovevano lavorare nell'orto si rallegrarono: quegli stimoli erano sempre graditi; altri che, al contrario, consideravano il sole come una maledizione che appesantiva le fatiche dei campi, si sentirono contrariati. Per di più era venerdì, giorno di digiuno...

Il refettorio del monastero, ampio e luminoso, ospitava piccoli tavoli rotondi coperti da immacolate tovaglie bianche che non riuscivano a occultarne le gambe metalliche. All'interno della sala l'abate disponeva del proprio tavolo, situato nel posto migliore, accanto alla grande porta a vetri. Lì invitava gli ospiti illustri e alcuni monaci. Solitamente si trattava di frati di una certa importanza all'interno della comunità, anche se non capitava di rado che invitasse anche frati giovani o, addirittura, postulanti, che si sentivano molto onorati per una simile cortesia.

Ma quell'11 giugno l'amabile presenza dell'abate non accompagnò i confratelli. Il suo tavolo restò vuoto a colazione, a pranzo e a cena.

Quel posto vacante provocò in qualche frate oscuri presagi, sebbene nessuno menzionasse il fatto. Qualcuno pensò a una malattia. I più svegli, come anche i malpensanti, intuirono che qualcosa oltrepassava le frontiere della normalità. Il ragionamento era schiacciante: il comportamento del sacrestano alle prime ore dell'alba era stato per lo meno inusuale, e tuttavia non aveva ricevuto nessuna punizione pubblica, come la regola invece prescriveva.

Di tutta la comunità, quello che più soffriva era proprio frate Chocarro. Soltanto lui, insieme col padre rettore, sapeva che la faccenda andava ben oltre, che arrivava fino alle porte stesse del paradiso.

Conclusa la frugale colazione – caffelatte e pane bianco –, il sacrestano osservò il resto della comunità. I ventotto frati indossavano il proprio abito e calzavano sandali di cuoio. Nessuno di loro si fregiava di un dettaglio che lo distinguesse dagli altri. Soltanto il padre abate portava al collo una croce pettorale in segno di autorità, ma la massima dignità del monastero era scomparsa.

Frate Chocarro si fece animo, supponendo che fosse giunto il momento: il padre rettore si sarebbe alzato e avrebbe convocato tutti i confratelli nel consiglio generale. Era ciò che prescriveva la regola benedettina: ogni volta che nel monastero si dovevano affrontare questioni di vitale importanza - qualora fossero di ordinaria amministrazione bastava sentire il parere degli anziani -, l'abate doveva riunire tutta la comunità ed esporre il problema ai confratelli. La decisione finale restava nelle sue mani, ma, come aveva espresso bene la saggezza di san Benedetto, a volte il Signore rivela proprio al più giovane e inesperto ciò che è meglio per il gruppo.

Il sacrestano era convinto che la questione fosse di estrema gravità, ma riteneva che il consiglio - con l'aiuto dello Spirito Santo - avrebbe risolto quel rebus blasfemo. Pensava che quello fosse il momento migliore per convocarlo. Invece il rettore si alzò da tavola senza dire una parola e tornò a presidiare la processione di frati, finché quella non si sciolse nel corridoio.

Quell'atteggiamento segnò un punto di non ritorno nell'animo di frate Chocarro. Era trascorso anche troppo tempo e riteneva che non si fosse fatto nessuno sforzo per recuperare il Signore. Certo, aveva pregato, questo sì, pur se con un po' di distrazione, ma lo stesso Gesù Cristo, quando si era dimostrato necessario, era passato all'azione. Era convinto che non fosse buona cosa restarsene con le mani in mano.

Fermín Chocarro aveva piena consapevolezza della sua situazione: non era altro che il frate sacrestano. Benché disponesse di una laurea in matematica, non era stato nemmeno ordinato sacerdote. Quando aveva preso i voti, aveva deciso che il passato sarebbe rimasto definitivamente alle sue spalle, lontano, come un logaritmo neperiano isolato. Per lui era iniziata una nuova vita, un'esistenza umile, semplice, ordinaria, come un minuscolo decimale. Perciò aveva cercato sempre gli incarichi più bassi. Diventare sacrestano era stato per lui un dono del cielo: quel compito gli permetteva di trascorrere molto tempo vicino al Signore sacramentato, di prendersi cura della sua casa, di preparare gli strumenti del sacro culto. Eppure non era uno sciocco né uno sprovveduto e sapeva che il rettore non stava agendo nel modo più corretto. Pensava di dirglielo...

Lo seguì furtivamente con lo sguardo, osservando come mormorasse alcune frasi al maestro dei novizi. Si poteva supporre che, dopo la baraonda mattutina, padre Francisco stesse chiedendo spiegazioni al rettore. Chocarro notò che si dirigevano entrambi verso la sala capitolare; il dubbio annebbiò la sua vista. La sala, però, era vuota, perché il rigido orario monacale stabiliva che dopo la colazione, alle nove, la fila di monaci dovesse tornare a formarsi per recarsi a celebrare la santa messa, cui sarebbero seguiti il lavoro e lo studio.

Ignorando ogni norma convenuta, ma convinto della necessità di quella violazione, frate Chocarro seguì il rettore e il maestro dei novizi, cercando di non dare nell'occhio. *Me ne andrò, non appena saprò che non c'è niente di cui preoccuparsi*, si disse, pensando di fare la cosa giusta.

Quando si avvicinò alla sala capitolare, i due erano appena entrati e avevano chiuso la porta a chiave. Ma stavolta la sorte sorrise al sacrestano: padre Francisco era un po' sordo e il rettore fu costretto a gridare. Prendendo la fede a giustificazione di quanto stava per fare, frate Chocarro si chinò e incollò l'orecchio contro la serratura.

« Che cosa succede, padre rettore? » chiese padre Francisco, grattandosi il mento. Col trambusto del mattino, il maestro dei novizi non era riuscito a radersi, e una timida ma fastidiosa barba stava spuntando.

« Qualcosa di grave, caro Paco », confessò il rettore.

I due monaci si erano conosciuti molti anni prima. Benché la santa regola proibisse di chiamare un confratello col suo nome di battesimo, entrambi ignoravano il precetto.

« Ignacio... non mi tenere sulle spine, che cosa c'è di tanto grave? Ha a che fare col baccano messo su stamattina da Chocarro o con l'assenza dell'abate? »

« Ha a che fare con tutto questo, Paco. Stamane il padre abate non era nella sua cella. Ho verificato che non manca nessuno dei suoi effetti personali, tuttavia la Land Rover è scomparsa. Ne deduco che sia stato lui a portarla via, perché manca il mazzo di chiavi che di solito l'abate tiene nella sua cella. Sembrerebbe che sia partito in tutta fretta, poiché uscendo ha lasciato spalancato il cancello che ci separa dal cortile.»

«E non sai dov'è andato?»

«No.»

«È possibile che abbia ricevuto qualche cattiva notizia, tale da obbligarlo a partire.»

«È possibile, ma assai poco probabile. In realtà non credo che avrebbe abbandonato il suo monastero in questa maniera. Quando capita qualche evento straordinario, mi mette subito al corrente. Non devo ricordarti che abbiamo un abate molto democratico.»

Entrambi sorrisero per quella battuta.

«Allora cosa sospetti?» chiese padre Francisco.

«A dire il vero, non so cosa pensare.»

«Non che io creda nel modello serafico, sai bene che l'uomo non è così, però ammiro il nostro abate: ama questa comunità più della sua stessa vita. Ecco perché ritengo che non abbia lasciato volontariamente il monastero. Non senza avvisare. Non infrangendo la santa regola...»

«Dici bene, la condotta e il carattere del nostro abate non si sposano affatto con questo comportamento, tuttavia...»

«Tuttavia... cosa?» replicò il maestro dei novizi, incupito.

«Vedi, Paco, non ti ho ancora informato degli altri dettagli.»

«C'è dell'altro?»

«Sì, per nostra disgrazia. Devi sapere che, insieme con l'abate, è sparito il Santo Sacramento. E la chiave del tabernacolo che stava nella cella del nostro superiore...»

«Come dici? Il Santissimo? Ma non è possibile, Ignacio! Questo è un monastero, per tutti i santi! Un edificio inespugnabile!»

«Anch'io ho fatto questa stessa riflessione. Ecco perché siamo qui da soli, a parlare in segreto all'insaputa della comunità.»

«Amico mio, non riesco a seguirti.»

Il rettore corrugò la fronte e abbassò la voce. «C'è la possibilità, non troppo remota, che sia stato lo stesso padre abate a portarsi via il Signore... Che abbia utilizzato la sua chiave per aprire il tabernacolo e prendere il Cristo sacramentato.»

«Come puoi anche solo suggerire una simile enormità? Perché? A che scopo?» replicò padre Francisco. «Sai bene come lo so io che il nostro abate è in tutto e per tutto simile a un arcangelo! Vive per l'eucarestia. Che senso avrebbe scomparire col Santissimo? Fuori di queste mura sono entrambi indifesi...»

«Non avrebbe nessun senso, questo è ovvio, però sappiamo che è successo. Forse il povero abate ha perso la testa, come il suo antecessore Virila, che trascorse tre secoli meditando senza rendersene conto.»

«Queste non sono altro che leggende da vecchie beghine», ribatté il maestro dei novizi.

«Ma la nostra non è una leggenda, Paco, bensì la realtà. Frate Chocarro, che ha trovato vuoto il tabernacolo, mi ha detto che la lampada votiva era spenta. Dobbiamo supporre che chi si è portato via il Santissimo conosca il rito e sappia che, in sua assenza, il cero deve restare spento.»

«Non lo so, forse hai ragione. Ho letto che a volte l'Alzheimer inizia così... Ti sembra possibile che Urrutia si sia smarrito in un mondo tutto suo e abbia perso la ragione?»

«Lo ignoro, Paco, ma so con certezza ciò che diranno i giornali, l'arcivescovado e persino le autorità. Sai anche meglio di me che il terreno su cui sorge il monastero non è di nostra proprietà, bensì una semplice cessione del governo regionale di Navarra: se ci fosse uno scandalo, potremmo restare senza monastero. Offri una sola scusa ai politici e quelli faranno del nostro monastero un albergo di lusso.»

«Sono certo che capiranno. Tutto ciò non è altro che uno sfortunato incidente... Al limite, un'infermità mentale.»

«Dagli solo tempo, Paco, e vedrai!» sentenziò il rettore.

«E allora che cosa proponi di fare? In assenza del padre abate, sei tu quello che prende le decisioni. Credo che dovresti riunire il consiglio e avvisare immediatamente Solesmes. La Casa madre dev'essere informata dei particolari di questa tragedia e indirizzare le nostre decisioni. Forse l'abate maggiore potrebbe parlare con l'arcivescovado e con le alte cariche del governo di Navarra.»

Un laconico silenzio s'impadronì della sala capitolare. All'esterno, frate Chocarro aguzzò l'udito.

«Dopo averci pensato molto, mio caro amico, ho deciso di non convocare il consiglio. E non contatterò nemmeno Solesmes. A quale scopo? A cosa può servire che altra gente venga informata dell'accaduto? Aumenterebbe solo il rischio che la notizia si diffonda. Sono convinto che possiamo sistemare la faccenda da soli. Se così non fosse, ci resterà sempre la possibilità di avvisarli.»

«Sì, questo è vero. Forse, se cercassimo a fondo, potremmo individuare il Santissimo o l'abate... Tentare di ritrovare la macchina...»

«Non ritenermi un insensibile, Paco, non è così, ma mi considero un uomo pratico e mi ritengo chiamato a preservare questa vita monastica. Amo questa esistenza quanto te, però dobbiamo ammettere che nel nostro mondo materialista e blasfemo le profanazioni sono all'ordine del giorno. Il Signore subisce simili torture in mille luoghi diversi. Possiamo solo cercare di fornirgli consolazione con la preghiera e la mortificazione, risarcendolo col nostro comportamento. Nient'altro.»

«Ma almeno dovremmo andare a cercare l'abate.»

«Come? Dove? L'auto aveva il serbatoio pieno...»

Il maestro dei novizi deglutì. Non era d'accordo con quell'atteggiamento. Con espressione supplicante, esclamò: «Dio mio, Ignacio, non possiamo starcene zitti come se non fosse successo nulla!»

«E invece è proprio quello che faremo, padre Francisco», fu la conclusione del rettore. Tornando a rivolgersi all'amico secondo i precetti imposti dalla regola, padre Ignacio diede per conclusa la discussione.

Frate Chocarro aveva ascoltato per intero la conversazione e ne aveva dedotto che l'interesse principale dei due monaci era di non mettere in difficoltà il monastero e di non correre il rischio che quegli avvenimenti giungessero a conoscenza dell'opinione pubblica. Un simile atteggiamento era lodevole, ma non spettava alle loro cariche né alla loro dignità. Ragionavano come uomini, quando invece avrebbero dovuto farlo come figli di Dio. Un buon figlio si sarebbe preoccupato soltanto del benessere del Signore, non di questioni politiche. Così, quando sentì con sommo orrore che non sarebbero partiti alla ricerca né del Santissimo Sacramento né tantomeno dell'abate, andò su tutte le furie. Iniziò a prendere a spallate la porta finché non riuscì a spezzare il chiavistello, ed entrò nella sala capitolare con l'impeto di un torello appena aizzato. « Padre rettore, le giuro sulla Vergine santissima, madre di Dio e madre nostra, che non le permetterò di compiere l'atrocità che suggerisce! Il Signore dev'essere cercato, il Signore dev'essere ritrovato! »

Il sacrestano mostrava un aspetto talmente ostinato e deciso che il rettore trasalì e mosse un passo all'indietro.

Con rabbia non dissimulata, Chocaro strillò: « E l'abate di Solesmes dev'essere informato immediatamente! »

Allora il maestro dei novizi si rivolse al sacrestano con studiata dolcezza. « Frate Chocarro, mi vedo costretto a ricordarti che col tuo atteggiamento rischi di venire ammonito pubblicamente. Non si possono contraddire con una simile superbia i precetti e gli ordini dei propri superiori nel Signore, né tantomeno è lecito origliare dalle serrature o caricare le porte come farebbe un toro. »

« Lo so, padre Francisco. Ma lei e il padre rettore avete appena violato lo spirito della santa regola, senza nemmeno provare rimorso. Dovreste vergognarvi entrambi. Il padre rettore deve convocare immediatamente il consiglio. Sarà quest'ultimo a decidere qual è l'atteggiamento da tenere, l'atteggiamento cristiano che bisogna adottare. San Benedetto, che ci guida dal cielo, ordina così. E contraddire la santa regola equivale alla scomunica. »

« Fratello, da questo momento sei tu a essere scomunicato », replicò con freddezza il rettore, ripresosi dalla sorpresa e dallo spavento causati dall'irruzione del sacrestano.

« No! » protestò il frate, col pugno alzato.

« Abbassa subito quel braccio! Vuoi forse colpirmi e vessare con un altro grave peccato la tua coscienza? Sai che ho il potere d'infliggerti una simile punizione, se credo che la meriti. Mi aspetto che la tua testa, piena di sogni e di chimere, sia in grado di comprendere il significato di un simile correttivo. Se continui col tuo atteggiamento, se non fai immediatamente penitenza per le tue colpe, verrai espulso prima da questo monastero e poi dall'ordine benedettino. »

La voce del rettore, famosa per il suo tono, frenò sul nascere le intenzioni del sacrestano, che balbettò varie volte e finì per uscire a testa china.

Quel venerdì, frate Chocarro non poté partecipare alla messa conventuale, cantata in latino. Né poté intervenire all'ufficio delle ore minori e nemmeno recarsi in refettorio. Scomunicato, aveva divieto d'accesso all'oratorio, e gli era vietato sedere al tavolo comune. Nessuno lo avvicinò: la santa regola impediva agli altri membri della comunità di consolarlo, fargli compagnia o rivolgergli la parola.

Ma nulla di tutto ciò preoccupava il sacrestano. Nel suo cuore albergava un'unica pena: il Signore era stato sequestrato, e nessuno lo cercava.

7

Palazzo arcivescovile, Pamplona
Sabato 12 giugno

Come tutte le mattine Lucas Andueza, segretario personale dell'arcivescovo di Pamplona, uscì puntuale dall'elegante casa dove risiedeva, per recarsi al suo posto di lavoro, nel nucleo antico della città. Aveva l'abitudine di andare a piedi: si trattava di una breve passeggiata di quindici minuti. Del resto non aveva avuto altra scelta che arrendersi all'evidenza: l'impresa di trovare parcheggio in quella zona sconfinava nel miracoloso.

La sede episcopale era situata in uno dei punti più alti della cittadina, nell'antico quartiere della Navarrería, a pochi metri dalla cattedrale gotica, costruita sulle rovine di un'altra chiesa più antica di origine romanica. La zona, di singolare bellezza, possedeva l'incanto che il tempo conferisce all'arte e il cattivo odore che regala l'incuria.

Nonostante il caldo della giornata e la pendenza della salita, padre Andueza procedeva con scioltezza, a passo leggero, senza nemmeno sudare. Le ore di palestra facevano il loro effetto: il segretario esibiva una figura invidiabile. Snello e alto, non appena se ne presentava l'occasione si compiaceva di affermare che, a quarant'anni compiuti, si sentiva ancora in piena forma.

Gli mancavano pochi metri per coronare l'ascensione cittadina quando da uno di quegli scalcagnati edifici emerse un gruppo di curiosi personaggi, abbigliati con indumenti da guerriglia e ornamenti metallici conficcati nel corpo. Un brivido attraversò il corpo di padre Andueza, che tuttavia non si fermò. Preoccupato di apparire naturale, evitò di abbassare lo sguardo e camminò con finta tranquillità in mezzo a quegli individui. Mentre le dita affusolate ravviavano la sua chioma ribelle e levavano gli occhiali, li guardò di sottecchi. Aveva provato e riprovato il comportamento da adottare in simili situazioni delicate, ma non poté evitare di mostrarsi nervoso.

Non indossava la veste lunga, che metteva soltanto in occasioni speciali: era vestito con pantaloni e camicia scuri. La collarina era nascosta nella cartella di documenti che teneva in mano – l'avrebbe messa all'ingresso nel palazzo arcivescovile –, ma anche così il suo aspetto ne metteva in evidenza la condizione clericale. Un tempo tale condizione gli avrebbe regalato riverenze al passaggio, ma i tempi erano cambiati e il pendolo della storia si trovava all'estremità opposta: ormai i preti erano oggetto di scherno e beffe improvvisate non appena se ne presentava l'occasione.

Fatta eccezione per una pietrata, il cui impatto gli era costato tre punti di sutura e un paio di occhiali appena inaugurati, in realtà Lucas Andueza non aveva subito aggressioni degne di considerazione e non si sentiva irriso o perseguitato. Ma riteneva che fosse meglio non tentare la sorte indossando la veste lunga o portando la collarina.

Nella loro insondabile ignoranza all'aroma di cannabis, gli abitanti della Navarrería vedevano nel clero un nemico, anche se erano soliti limitarsi a qualche insulto grossolano. Per sicurezza, Lucas Andueza si toglieva sempre gli occhiali: le lenti rotte avrebbero potuto ferire i suoi miopi occhi blu.

Il segretario deglutì, e ciò gli provocò un colpo di tosse. Pensando che quei tizi gli avrebbero spaccato la bocca, iniziò una preghiera allarmata.

Invece il gruppo, che vagava tra i vapori della droga e dell'alcol, non gli prestò attenzione e continuò la sua marcia con lo sguardo perso in qualche strano vuoto della coscienza.

Già così sballati, a quest'ora, pensò Andueza, con un sospiro, mentre accelerava il passo. S'infilò di nuovo gli occhiali e con un immacolato fazzoletto bianco asciugò le prove della paura.

Calle Curia condusse il chierico proprio dinanzi al portale neoclassico della cattedrale. La chiesa era aperta; i cancelli di ferro, spalancati, invitavano il viandante ad attraversarne l'atrio addentrandosi nella storia e nel culto. Un nutrito gruppo di turisti ammirava la facciata del XVIII secolo mentre ascoltava le spiegazioni della giovane guida; la poliglotta affermava che, nonostante la prima impressione, all'interno del tempio si celavano tesori raffinati che non avevano ancora mai deluso un visitatore amante dell'arte.

Padre Andueza sorrise nel sentire quel commento, ma non accennò a entrare. Al contrario, passò alla larga senza nemmeno volgere lo sguardo.

Un tempo, quand'era più giovane, soprattutto nei suoi anni di seminario, una volta arrivato in quel punto era solito oltrepassare il portale per ammirare l'interno da vicino. Inginocchiato in qualche angolo, gli piaceva assaporare il chiaroscuro e gustare il silenzio della croce latina. Ma con gli anni Lucas Andueza si era trasformato in un adulto con troppe cose per la testa per perdere tempo passeggiando tra le colonne policrome, sotto il riflesso delle vetrate. Osservate mille volte, le volte a crociera si erano trasformate per lui in pietra, il fervore infantile in matura razionalità.

Proseguì il suo tragitto, stavolta in discesa, per calle Dormitalería fino alla piazza di Santa María la Real. Costeggiava sempre il lato sinistro della strada, poiché gli edifici da quella parte erano di proprietà ecclesiastica e, quindi, più sicuri. Di colpo il palazzo arcivescovile si materializzò davanti ai suoi occhi, maestoso e al tempo stesso umile nelle proprie forme. A pianta rettangolare, costruito in pietra e mattoni e coronato da una lucida galleria di archi barocchi, possedeva una bella porta in stile Churriguera che sembrava volesse trasmettere allo stesso tempo la povertà e la ricchezza della Chiesa.

Ormai sulla soglia, padre Andueza estrasse la collarina e se la sistemò sopra la camicia nera. Quindi, dopo essersi lisciato i capelli indisciplinati, entrò nel palazzo.

Dámaso, l'anziano custode, occupava come sempre il suo posto. Salutò il segretario con affetto, abbandonando l'angusta guardiola di vetro per accompagnarlo attraverso le arcate, fino alla porta che dava accesso alle scale. C'era un piccolo ascensore, che di solito prendevano i visitatori e i religiosi dalle gambe stanche, ma Dámaso sapeva che Andueza saliva sempre i due piani a piedi. Il sacerdote ricambiò con un mezzo sorriso la delicatezza del custode. Il contrattempo coi teppistelli locali era già stato dimenticato.

« Buongiorno, don Lucas. Ha visto? In cielo non c'è nemmeno una nuvola. Questo fine settimana potrà andare in montagna. »

« Vedremo, se il lavoro ce lo permette », replicò il segretario, fingendo un'aria contrita. Aveva già preparato meticolosamente l'escursione di domenica. Si era messo d'accordo con due amici, entrambi laici, con cui era in cortese competizione, per salire sul monte Perdido. Situato nella provincia di Huesca, il monte vantava la non disprezzabile altezza di 3355 metri.

« Spero, padre, che non sia il pacchetto arrivato stamattina a impedirglielo », disse il custode, compunto. Quel pretino gli stava simpatico. Dámaso riteneva che gli servissero ben altre batoste per liberarsi di quell'aria altezzosa, ma sapeva che ci avrebbe pensato il tempo con la sua inesorabile ascia.

« Un pacchetto? Quale pacchetto? » Gli occhi di Andueza si conficcarono sul custode, evidenziando tutto il suo disappunto. « Oggi è sabato, Dámaso, e il postino non passa », precisò, in tono enfatico.

« Lo so, don Lucas. Abbiamo anche abbastanza lavoro con le lettere del resto della settimana! Ma questa spedizione è stata consegnata da un corriere, capisce? Uno del servizio pony-express. »

« Bene, lo aprirò dopo », disse Andueza, sbuffando. « L'arcivescovo è nel suo ufficio? »

« Sì, ma ha visite. »

« Visite? Ma possibile che qui nessuno osservi le regole? » sbottò il religioso, irritato. « Non erano previste udienze per oggi: l'agenda era vuota! »

« Temo si tratti di un incontro imprevisto, direi quasi forzoso. È arrivata una coppia con un ragazzino. Lei conosce il carattere di sua eminenza... Il piccolo è sulla sedia a rotelle. Hanno insistito con me perché lo avvisassi e così ho fatto. Non occorre che le dica com'è andata. Ho dovuto aiutarli a salire le scale, lasciando l'ingresso incustodito. L'ascensore è piccolo e le ruote della sedia a rotelle sono ingombranti. »

« Capisco, Dámaso, non si preoccupi », tagliò corto Andueza, dando per conclusa la conversazione, mentre pensava che l'arcivescovo e le sue opere buone avrebbero finito per rovinargli il fine settimana.

Allora, vediamo quale nuovo problema contiene questo pacchetto, si disse mentre saliva le scale. Benché fosse ricoperto da un sottile tappeto rosso, l'antico legno di quercia scricchiolava sotto i piedi.

Nell'arcivescovado l'arrivo della posta segnava l'inizio del lavoro duro, ecco perché il sabato era considerato un giorno di minor impegno. Gli invii postali ricevuti nei giorni feriali si misuravano a decine. Il postino lasciava uno o due sacchi stracolmi all'ingresso del palazzo arcivescovile. Le lettere provenivano dai luoghi più disparati e coi più diversi propositi: richieste di denaro da parte delle parrocchie per celebrazioni straordinarie, avvisi di attività liturgiche, lamentele dei fedeli, e anche lettere di ringraziamento, poche per la verità. Ma, soprattutto, al loro ufficio finiva per attraccare un'ingente collezione di documenti che riferivano di problemi interni del clero. Alla fine le orecchie e gli occhi del povero arcivescovo si trasformavano nella discarica centrale della diocesi.

Lucas Andueza ricopriva quella carica da tre mesi scarsi, ma si era già trasformato in un maestro della classificazione. In poco più di due ore era capace di organizzare la corrispondenza per temi e priorità, in modo tale che l'arcivescovo avrebbe impiegato il minimo sforzo nel suo disbrigo, dedicando il resto del proprio tempo alla ricerca di soluzioni per le tante questioni spinose. All'inizio gli argomenti avevano angosciato il segretario – più per la loro materia che per il numero – fino a togliergli il sonno. Col tempo e con la disciplina, era riuscito a imporsi un implacabile distacco e a vedere questioni asettiche dove prima vedeva persone afflitte. In tal modo aveva potuto mantenere al sicuro psiche e fede.

L'arcivescovo Blas de Cañarte, affabile e bonario nei suoi settant'anni compiuti, si lasciava umilmente organizzare la giornata, sempre che il segretario osservasse in modo scrupoloso l'orario delle preghiere e delle letture, astenendosi dall'obiettare alle decisioni, per quanto incomprensibili fossero. I nemici del porporato si burlavano di lui affermando che era più vicino al cielo, in compagnia degli angeli, che sulla terra tra i mortali. Andueza sapeva che si sbagliavano: l'uomo che serviva era un mistico, senza dubbio, ma i suoi piedi calpestavano il fango come quelli dei suoi detrattori. In quei tre mesi non c'era stato bisogno nemmeno una volta di riportare il suo superiore coi piedi per terra, insistendo sull'importanza di un bilancio o sulle difficoltà psicologiche che potevano affliggere qualche sacerdote. Sua eminenza era convinto che la Chiesa fosse un'organizzazione complessa che doveva essere sorvegliata, pianificata e controllata, oltre che oggetto di preghiera.

Se i suoi nemici lo avessero conosciuto come lo conosceva Andueza, non avrebbero detto quelle sciocchezze. Era un sacerdote santo, senza dubbio, ma aveva le sue manie e debolezze. Se quelli che lo tacciavano di troppo misticismo fossero stati al corrente di certi aspetti di sua eminenza! Aveva abitudini curiose che la maggioranza dei fedeli ignorava e che il segretario si sforzava di tenere segrete: simili informazioni potevano fare gola a molti. E, a quanto pareva, l'arcivescovo era grato che Andueza non facesse mai menzione a tali dettagli, benché quel tipo di posta passasse proprio per le sue mani.

In una comunità dove abbondavano capelli bianchi e pance voluminose, Lucas Andueza era considerato una solida scommessa tra le giovani promesse della Chiesa, e non era certo privo di ambizioni. Avvocato, aveva ricevuto tardivamente la « chiamata », mentre seguiva un master in Diritto fiscale che alla fine aveva concluso conciliandolo con gli studi di Teologia. Quindi si era trasferito a Roma per un doppio dottorato in Teologia e Filosofia, che aveva concluso col massimo dei voti. Poi era tornato nella sua Pamplona natale.

A differenza di altri colleghi di vocazione, il padre segretario non aveva perso la fede nella Città eterna, ma aggirandosi per i corridoi vaticani aveva maturato la convinzione che la Santa Madre Chiesa si reggeva in piedi *nonostante* i propri uomini. Ciò l'aveva fatto maturare, aiutandolo a comprendere le inclinazioni dell'arcivescovo, ma aveva anche alimentato antiche aspirazioni di successo. Benché cercasse di tenerli a bada, lo assalivano spesso sentimenti di superiorità, illusioni su dove sarebbe arrivato quando finalmente gli altri si fossero resi conto del suo grande potenziale umano e intellettuale.

In ogni caso, poco dopo il ritorno di Andueza da Roma, il venerando arcivescovo gli aveva concesso il rango di segretario particolare, incarico che l'ex avvocato esercitava con efficienza e con silenziosa prudenza. Era un ruolo modesto, ma degno di attenzione e non privo di prospettive. Nella sua condizione di collaboratore intimo, Andueza rappresentava per molti aspetti il braccio destro di sua eminenza. Attraverso di lui passavano innumerevoli questioni, cui attribuiva vari livelli d'importanza concedendo loro la priorità o, al contrario, ignorandole. In effetti nei pochi mesi da quando occupava l'ufficio contiguo a quello di sua eminenza, aveva conosciuto tanta gente influente. E, sebbene l'arcivescovo disponesse di un consiglio che convocava per consultarlo su diversi argomenti, Andueza sapeva che a lui concedeva tanto credito quanto a quei pezzi grossi della Chiesa.

Era sabato, stava per iniziare l'estate. Andueza pensava che, senza la posta, il suo lavoro al palazzo arcivescovile sarebbe stato assai meno impegnativo: all'una in punto avrebbe preparato armi e bagagli e se ne sarebbe tornato al suo paese, a casa della madre, per lasciarsi viziare e per mangiare quegli stufati che non riuscivano mai a farlo ingrassare, ma che lo rinvigorivano per le dure scalate della domenica.

Salì con brio le due lunghe rampe di scale, ascoltando sotto i suoi passi i lamenti del legno deformato. Il suo ufficio era molto vicino alla balaustrata, e l'arcivescovo doveva per forza passare da lì per accedere al proprio. Profumava di limone e cera d'api; la scrivania, perfettamente ordinata, brillava come uno specchio. Sopra l'antico esemplare di mogano massiccio spiccava un monitor a schermo piatto di ultima generazione. La Chiesa moderna era in lotta col male, non con la tecnologia. In quel momento il computer era spento. Accanto alla tastiera, come aveva riferito Dámaso, giaceva un minuscolo pacchetto, una busta rigonfia.

Andueza lo afferrò e lo rigirò tra le dita. Non c'erano né mittente né indirizzo; vi comparivano soltanto le parole scritte a macchina: AL SIG. ARCIVESCOVO.

Meravigliato, il padre segretario prese il telefono e compose un numero interno. «Dámaso, sono don Lucas. Volevo chiederle una cosa a proposito del pacchetto che ha lasciato sulla mia scrivania. Mi dica, è stato passato al detector? Ha qualcosa di sospetto: senza mittente né altri dati, senza i molti timbri che di solito hanno queste spedizioni... »

All'altro capo della linea, il custode sorrise. Aveva previsto quella chiamata e disse: « Don Lucas, ho avuto la stessa sensazione: non mi sembrava un pacchetto normale e così ho chiamato la società di spedizioni. Mi hanno confermato che ha superato i controlli. Alla compagnia sostengono di controllare in modo sistematico i pacchetti, quando il destinatario è un personaggio a rischio di attentato. Sembra che abbiano registrato il signor arcivescovo in questa categoria e, proprio per quello, hanno controllato il pacchetto col metal detector. 'Niente di sospetto', è proprio così che mi hanno detto ».

« Molto bene. Dámaso, lei è un gran custode. Sappiamo chi ce lo spedisce? »

« Be', sì. » La voce di Dámaso tradiva apertamente la sua soddisfazione. « Ho deciso di approfondire un po' le mie ricerche. Così ho approfittato della telefonata per chiedere informazioni sul mittente. Dicono che la fattura è a carico di *Compassion, no sacrifices*, una società domiciliata a Dublino. Non avevo mai sentito prima questo nome, pur essendo al servizio dell'arcivescovado da trent'anni. Non le sembra un nome curioso? Certo, suona evangelico, ma strano. Probabilmente si tratterà di qualche nuova organizzazione caritativa. Sa bene che le suore e i frati di Navarra sono sparsi per tutti gli angoli della terra. »

« Grazie, Dámaso, ha fatto davvero un buon lavoro e... Adesso che ci penso, perché non stacca? È già tardi. Chiuda il portone, tanto io ho una chiave. È una mattinata stupenda. »

« Grazie, don Lucas. Gliene sono molto grato, e non per andare a godermi il sole. Mia moglie non sta tanto bene: come già saprà, la sua salute è piuttosto cagionevole. L'ho lasciata a letto con la febbre. Salgo a controllare che tutte le stanze siano a posto e le persiane socchiuse – questo sole divora le vernici –, e poi me ne vado. »

« Molto bene, le auguro un buon fine settimana. E auguri di pronta guarigione a sua moglie! » Risolto il dubbio, il segretario episcopale si sedette e afferrò con decisione il tagliacarte, un moderno oggetto in argento e oro che aveva già trovato sulla scrivania al suo arrivo. Poi cambiò idea e, invece di aprire il pacchetto, avviò il computer per consultare la sua posta elettronica.

Non c'erano messaggi importanti, ma Andueza s'intrattenne a leggere i titoli delle notizie del giorno. Mancavano pochi minuti a mezzogiorno quando chiuse la connessione con Internet e recuperò il tagliacarte, con cui aprì la busta imbottita. La inclinò leggermente e ne lasciò cadere sul tavolo il contenuto: un cofanetto in legno non piallato, di rozza fattura.

«Santo Dio, che gente! Con tante modernità e tanto design, riescono appena a superare la soglia del macabro!» esclamò quando si rese conto che il cofanetto aveva la forma di una bara in miniatura. Sciolse il minuscolo gancio che fissava il coperchio e lo aprì.

Non appena vide il suo contenuto, balzò all'indietro, sconcertato. La poltrona girevole si mosse e gli fece perdere l'equilibrio. Lo salvò la parete dietro di lui. Ci rimase incollato, pietrificato, senza osare muovere un solo muscolo. Una serie di conati scosse il suo stomaco.

Stava per uscire di corsa dalla stanza – la nausea già gli saliva in bocca –, quando la mente lo obbligò a riprendere le redini della situazione. In piedi, di fronte alla scrivania, cercò di convincersi che quello era solo uno scherzo. Un po' macabro, ma solo uno scherzo di cattivo gusto. Con calma si scostò la frangia, sistemò gli occhiali e chinò leggermente la schiena per osservare meglio l'interno del cofanetto.

Quando individuò i resti di sangue sul fondo plastificato, si diresse di corsa verso l'ufficio del vescovo. Benché dovesse attraversare solo uno spazioso salone, arrivò ansimante e visibilmente sconvolto. Tanto profonda era stata l'impressione, da fargli dimenticare le sue maniere gentili; non lo frenarono né la porta chiusa né l'autorità di chi occupava in quel momento la stanza. Non osservò nemmeno la precauzione di avvisare del proprio ingresso bussando sull'anta di legno.

Entrò a sorpresa e annunciò in modo teatrale: «Signor arcivescovo, non mi crederà! Perdoni l'interruzione, ma occorre che venga un attimo con me. Subito! È urgente, molto, molto urgente! »

L'arcivescovo era un uomo affabile, paziente e ricco di evangelica clemenza, ma non era abituato ai sottoposti che interrompevano le sue conversazioni private in quel modo. La sua prima reazione fu di evidente fastidio. « Dovete perdonare il mio segretario, amici carissimi, è un po' incline a lasciarsi trasportare dai propri impulsi », si scusò con gli ospiti. « Don Lucas, come lei sa molto bene, tutte le questioni urgenti possono e devono attendere. In questo momento sono occupato. Non appena avrò finito, la chiamerò. E allora potrà rendermi partecipe di tutto ciò che vorrà. Sono stato abbastanza chiaro? »

Il segretario replicò alla ramanzina con un'animata supplica. « Arcivescovo... Eminenza, se non fosse importante non la disturberei, ma si tratta di... » I suoi minuscoli occhi miopi avevano raggiunto il doppio della loro grandezza e sembrava che volessero uscirgli dalle orbite. Il loro blu, di solito spento, brillava come un cristallo al sole.

« Non si preoccupi, signor arcivescovo, noi stavamo andando », intervenne uno dei presenti. « Non vogliamo abusare del suo tempo. »

« Si figuri, Alfredo, lei non ne abusa affatto. Vedervi per me è un piacere. »

« Però insisto », replicò l'uomo, alzandosi. « Le siamo molto grati per averci ricevuto senza appuntamento e per averci ascoltato con tanta attenzione. Le sue testimonianze di affetto c'infondono sempre tanto coraggio, non è vero, Rosa? »

« Proprio così, caro. Grazie, eminenza, per il suo tempo e per le sue parole. Anche Jorge la ringrazia... a modo suo. »

« Io ringrazio voi per essere venuti. Don Lucas vi consegnerà un rosario benedetto: ne ho portati diversi dal mio viaggio in Terra Santa. E sono sicuro che per Jorge c'è qualche caramella morbida. Non è così, Don Lucas? »

Ma il segretario non stava prestando attenzione.

L'arcivescovo allora ripeté la domanda, alzando il tono della voce.

« Come dice, eminenza? »

« Rosari, Andueza, rosari! E qualche caramella per il piccolo. »

« Rosari... Ma certo, naturalmente! Vi procuro immediatamente un paio di rosari benedetti. Li ha portati sua eminenza dalla Terra Santa... » ribadì il segretario. « Venite con me! Per di qua, prego. » Uscì dalla stanza, seguito dalla coppia e dal bambino malato. Siccome l'andatura dei visitatori era lenta a causa della sedia a rotelle, Andueza li anticipò ed entrò da solo nel proprio ufficio, evitando di dirigere lo sguardo verso la cassetta di legno. Voleva impedire a tutti i costi che quei visitatori inopportuni si trattenessero, così cercò nel primo cassetto della scrivania, da dove estrasse due rosari. Non era però fornito di caramelle morbide. *Santo cielo, siamo in un palazzo arcivescovile, non in un asilo infantile!* Tuttavia in un baleno trovò alcune belle stampe a colori. Mentre usciva dall'ufficio, i visitatori si stavano avvicinando; consegnò soddisfatto i rosari al padre e le stampe alla madre del bambino. Mentre quelli ammiravano i regali, ne approfittò per rientrare un istante. « Scusatemi un attimo, per favore. Chiamo qualcuno per farvi accompagnare. » Compose l'interno di Dámaso, per pregarlo di condurre quella famiglia fino all'uscita e risparmiarsi così l'incombenza.

Quando il custode non rispose, Andueza si ricordò di avergli dato il permesso di rincasare. Gli toccò fare gli onori di casa personalmente: se non fosse stato un prete in un palazzo vescovile, avrebbe costretto quegli ospiti inopportuni a uscire di gran carriera; invece, col suo esempio, si limitò a incoraggiarli a camminare più in fretta. Dopo averli aiutati a caricare la sedia a rotelle nel piccolo ascensore, operazione che non si dimostrò per nulla facile, Andueza scese correndo le due rampe di scale e arrivò in tempo per aprire la porta dell'ascensore. Rapidamente mostrò loro l'uscita, richiuse il portone del palazzo e risalì a due a due i gradini, ripercorrendo il corridoio fino a raggiungere l'ufficio dell'arcivescovo.

Lì, davanti alla porta aperta, si fermò di colpo. « Eminenza... don Blas... Non mi crederà! » bisbigliò, chinandosi in avanti per recuperare il fiato.

« È possibile di no, ma questo poco importa. Esigo da lei... La supplico », si corresse l'arcivescovo, « di non entrare mai più nel mio ufficio senza prima bussare. In nessuna circostanza, mi ha inteso?»

«Sì, eminenza, e mi dispiace. Però...»

«Cos'è successo, stavolta? Una cappella incendiata, un incidente stradale, un'altra vocazione troncata sul nascere?» chiese l'arcivescovo, in tono dolente. Alcuni anni prima, la spiegazione più razionale per quell'insolito atteggiamento del segretario sarebbe stato l'abbandono del posto da parte di qualche sacerdote, com'era successo in massa dopo il Concilio, ma grazie a Dio, si disse il prelato, quell'epoca ignominiosa era passata.

«Niente di tutto ciò, eminenza.»

«E allora, cosa? Speravo di avere un fine settimana tranquillo!»

«Temo che questo sarà del tutto impossibile.» Andueza si stava preparando a riferire i fatti, ma alla fine ci ripensò. «Eminenza, se avesse la gentilezza di accompagnarmi in segreteria... Credo sia preferibile che lo veda coi suoi occhi. Non credo sia il caso di toccarlo.»

«Caro don Lucas, lei mi sconcerta», replicò l'arcivescovo, strascicando le parole.

«E questo non è che l'inizio!» mormorò il segretario.

Molti anni dopo, Lucas Andueza si sarebbe ricordato in modo nitido l'espressione di orrore sul viso di sua eminenza Blas de Cañarte, arcivescovo della diocesi di Pamplona e Tudela. Non gli fu possibile indovinarne i pensieri, dal momento che l'arcivescovo quasi non proferì parola, ma quando questi prese la cassetta in mano, dopo essersi infilato gli occhiali, e se l'avvicinò alla faccia, dovette sedersi per riprendere fiato.

«Andueza, questo... è davvero...?» chiese con uno sguardo vitreo.

«Temo di sì, signor arcivescovo. Sembra un dito umano... mozzato da poco, a giudicare dai resti di sangue sul fondo della cassetta che sembrano... insomma... abbastanza freschi.»

«Ma che orrore! E cosa ci fa questo dito qui? Ha visto il cofanetto? Ha la forma di una bara!» A ogni nuovo particolare, la voce dell'arcivescovo diventava sempre più appannata.

«Sì, il dettaglio non mi è sfuggito», confermò il segretario.

Entrambi rimasero in silenzio per qualche istante, anche se

non affrontavano quella calma tesa allo stesso modo. L'arcivescovo era di nuovo in piedi, con le braccia incrociate sopra il ventre pronunciato, assolutamente immobile. Andueza si sforzava di mantenere i nervi saldi, ma camminava da una parte all'altra della stanza sfregandosi le mani in modo convulso. Alla fine i nervi ebbero la meglio su di lui.

« Per Dio, eminenza, dobbiamo avvertire subito la polizia! »

Con condiscendenza l'arcivescovo posò gli occhi sul suo segretario e accennò un gesto amabile. Poi, con una smorfia, replicò: « Don Lucas, credo che in questo momento non sia la nostra opzione migliore ».

« Eminenza, la supplico di pensarci bene. Si tratta di un dito umano, un pezzo del corpo di una persona, e ciò significa che... »

« Andueza, per favore, mi ascolti. Diamo per scontato che, a tempo debito, faremo quanto lei suggerisce: collaboreremo con la polizia e con le autorità in tutto ciò che sarà necessario. Tuttavia ora forse sarebbe prudente aspettare un po'... »

« Ma signor arcivescovo, bisogna intervenire subito! A livello legale, la mancata denuncia potrebbe causarci... »

« Suppongo, mio caro Andueza, che durante la sua lunga permanenza a Roma abbia imparato che la Chiesa, come qualsiasi altra istituzione millenaria, non giudica con simpatia la precipitazione. »

« Sì. So che è consuetudine della Chiesa osservare prudenza nelle opinioni e nelle azioni », rispose il segretario. « Ma quello che abbiamo davanti a noi non è la dichiarazione di qualche ambiguo uomo politico o di un sociologo anticlericale. Mi permetta di ricordarle che si tratta della prova inequivocabile che la vita di un essere umano corre un grave pericolo. Come cittadini, abbiamo il dovere di denunciare fatti illeciti, soprattutto se sono di questa portata. »

« Don Lucas, noto che la formazione giuridica da lei ricevuta ha lasciato nella sua mente tracce più profonde dell'apprendistato ecclesiastico. »

« È probabile, eminenza, e mi dispiace », ammise il segretario, mostrando con la testa china che l'arcivescovo aveva azzeccato in pieno.

« Vede, mio caro Andueza, dobbiamo sforzarci per chiarire questa faccenda prima di renderla pubblica, perché altrimenti l'ignoranza di alcuni buoni cristiani e la malvagità di altri - che non lo sono - potrebbero lanciare contro la Chiesa accuse ingiuste. »

« Perché, eminenza? Non abbiamo niente a che vedere con questo, siamo delle vittime anche noi! Dove si è mai visto che chi osserva il dovere civico di denunciare si trasforma nel colpevole? »

L'arcivescovo lasciò che il segretario si rendesse conto da solo di quanto fosse opinabile quell'affermazione. Non ci volle molto. Come avvocato, Andueza aveva verificato che l'atto stesso della denuncia in non poche occasioni metteva in difficoltà cittadini la cui unica spinta era stata quella di collaborare con la giustizia.

« Agire con prudenza, mio caro, consiste in gran parte nel saper applicare le esperienze del passato al momento presente. Non ho difficoltà a riconoscere che mai prima d'ora mi sono trovato davanti a un fatto simile, ma so che la precipitazione non è mai buona consigliera. Meno ancora quando la situazione è così grave. »

« Sì, eminenza. Lei ha ragione, come sempre », ammise il segretario, maledicendosi per aver violato la sua regola personale di tenere la bocca chiusa.

« Non si deprima, padre, la prudenza è una virtù e come tale si apprende esercitandola in situazioni come questa. Alla Chiesa ci sono voluti millenni per raggiungerla, noi non la conquisteremo in cinque minuti... »

« Sì, eminenza... »

« Vede, quello che deve sempre tener presente è che lei e io - e tutti coloro che, in un modo o nell'altro, formano il nucleo direttivo della Chiesa - siamo subordinati a Cristo e al bene della sua opera. Né per questa né per nessun'altra faccenda sono disposto a fornire materiale alla stampa perché attribuisca alla Chiesa azioni isolate e inspiegabili sia in un laico sia in un membro della gerarchia ecclesiastica. »

« Eminenza, lei per caso sospetta che questo dito abbia a che fare con la Chiesa? »

« Non sospetto niente, caro Andueza, niente di niente. Dico soltanto che dovremmo prenderci un po' di tempo in più per ottenere tutte le informazioni possibili. Prima di avvertire la polizia, dobbiamo verificare i fatti. Tagliare un dito a qualcuno implica una forma estrema, rabbiosa, di violenza. Che sia stato inviato a noi, in un arcivescovado di provincia, risulta... scioccante. Magari tutto questo ha un'origine interna, oppure invece no. Lo scopriremo. Forse... » L'arcivescovo non tradusse in parole i suoi pensieri successivi.

Lucas Andueza ingoiò il suo amor proprio e attese, sfregando le mani fino a renderle paonazze.

Dopo un po', i penetranti occhi dell'arcivescovo tornarono a fissare il segretario. « Don Lucas, c'era qualche messaggio di rivendicazione che accompagnava il... il pacchetto? »

« Be', ecco... Non lo so. Non ho guardato nella busta, ma... »

« Allora lo faccia, ma con cautela, la prego. »

Quella raccomandazione non sarebbe stata necessaria: Andueza era atterrito. Dopo aver visto il dito sezionato in quel macabro involto, tutti i suoi sensi si trovavano in uno stato di allerta. Con una diffidenza prossima alla paura e, tuttavia, con la maggiore attenzione che riuscì a prestare, il segretario prese la busta imbottita e tornò a inclinarla. Non ne uscì nulla.

« È vuota, eminenza. »

« Guardi bene, Andueza, in quel tipo di buste spesso i fogli restano impigliati. »

Il segretario deglutì a vuoto e introdusse il tagliacarte nell'involucro imbottito. Stavolta le sue ricerche dettero frutto: un documento, che a prima vista sembrava molto antico, si distaccò dalle pareti della busta e cadde sulla scrivania.

Come per istinto, i due religiosi indietreggiarono. Ma, subito dopo, l'arcivescovo si precipitò sulla scrivania, bramoso di esaminare la nuova scoperta. Andueza invece si allontanò quanto poté da quell'oggetto che non lasciava presagire niente di buono; come se evitare di guardarlo potesse mitigare gli orrori che nascondeva.

Ma, nonostante la naturale reticenza, nel giro di pochi istanti la curiosità spinse il segretario ad avvicinarsi di nuovo alla scrivania. Andueza riuscì a vedere una pergamena che, per quanto ingiallita dagli anni, sembrava piuttosto ben conservata. A metà di quella superficie, i caratteri miniati in nero ne segnavano il limite strappato; il segretario credette di riconoscere due tipi di scrittura.

Non sapeva tradurre il primo: la propria conoscenza di quella lingua si limitava ad alcune parole. Come tutti i suoi compagni di seminario, aveva giocato con quei caratteri, imparando a scrivere il proprio nome o quello di Gesù Cristo. Per l'arcivescovo era diverso, e Andueza non si stupì che tenesse gli occhi fissi sull'insolito documento: Cañarte era uno dei pochi specialisti in aramaico su cui la Chiesa spagnola potesse contare.

L'altra parte del messaggio era in latino. Quelle frasi era capace di leggerle anche il segretario, per cui si chinò leggermente in avanti. Avvertendo la sua presenza, l'arcivescovo si raddrizzò e lo guardò, ma sembrava che neppure lo vedesse.

Andueza si accorse che il prelato piangeva piano. Non gli sembrò che fosse la paura a provocare quelle lacrime, ma piuttosto la sorpresa. O, forse, la delusione.

«Dio santo! Com'è possibile che...?» L'arcivescovo non riuscì a terminare la frase. Si sistemò le lenti sull'estremità del piccolo naso, incurvò leggermente la schiena e fissò di nuovo lo sguardo su quel documento. Di colpo si portò le mani alla faccia, scosso dai singhiozzi.

Andueza restò immobile alle sue spalle, con gli occhi spalancati almeno quanto la bocca. Nell'osservare la piega presa dagli avvenimenti, si dibatteva tra l'impulso di avvicinarsi alla scrivania per leggere la parte del contenuto della pergamena che era in grado di decifrare e quello di consolare il superiore, che si era allontanato verso la grande finestra della stanza. Il suo cuore gli diceva che, con ogni probabilità, l'atteggiamento più corretto e caritatevole era di dedicarsi a quella seconda attività. Tuttavia, spinto dalla crescente curiosità, scelse di scoprire per proprio conto la ragione della reazione del prelato.

La pergamena era piccola, aveva più o meno le dimensioni di un foglio A4 ed era fabbricata in pelle di montone o di capra, forse di asino. Dalla struttura e dal colore, Andueza dedusse che era molto antica, del XII o XIII secolo. Ma pareva in ottimo stato: la pelle è un materiale di gran lunga più resistente della pasta di cellulosa contro gli attacchi del tempo e le conseguenze distruttrici della manipolazione costante. La superficie sembrava limpida, pulita, anche se ciò non indicava che fosse stata impiegata per la prima volta. Fin dall'Alto Medioevo, le pergamene già scritte venivano riutilizzate con frequenza per produrre nuovi codici: si cancellava il vecchio testo immergendo il materiale nel latte e sfregando successivamente l'inchiostro con la pietra pomice.

Il messaggio era stato scritto con una piuma spessa: la parte alta mostrava i caratteri che Andueza aveva riconosciuto come grafemi aramaici. Aveva identificato le lettere Mem (מ), Shim (ש) e Qoph (ק), ma non aveva nessuna idea di quale messaggio contenesse quell'iscrizione.

Più sotto, in gotica bastarda, particolarmente rotonda nelle sue curve, c'era un testo di poche righe in un mediocre e non troppo corretto latino ecclesiastico.

Al segretario sfuggì un sospiro. «*Iesu Christi Sacramentum et vicarius cohibiti sunt. A peccato liberatus, apostolis suae debet satisfacere. Mera iustitia hoc exigit. Lignum Crucis relicarium navarrensis. Azenar*», lesse ad alta voce. Benché il suo superiore conoscesse la lingua ufficiale della Chiesa assai meglio di lui, come per istinto Andueza tradusse a voce alta quel testo.

L'arcivescovo non sembrò reagire. Rimase alla finestra, immobile, a guardare con occhi persi la strada.

Cosa significa questo macabro scherzo? si chiese il segretario, senza osare verbalizzare ad alta voce i propri pensieri. Siccome il prelato restava in silenzio, Andueza iniziò a cercare per proprio conto la logica di quello strano testo.

Iesu Christi Sacramentum et vicarius cohibiti sunt. Quell'espressione era inusuale. *Cohibere* significava sottomettere o trattenere; Andueza se lo ricordava da una frase del *De Officiis* di Cicerone, che aveva studiato al liceo e ripassato più avanti durante il seminario: *Cohibere motus animi turbatos, ac appetitus obedientes efficere rationi*, sottomettere i turbamenti dell'anima e subordinare gli appetiti alla ragione.

Testualmente la pergamena informava che tanto Gesù Cristo sacramentato quanto il suo vicario, chiunque egli fosse, erano sottomessi o trattenuti. Che cosa significava? Certo, sottomettere poteva essere inteso come rinchiudere: rinchiudere i turbamenti dell'anima, oppure Gesù Cristo e il suo vicario. Chi aveva scritto quel messaggio intendeva dire che erano stati sequestrati ed erano suoi ostaggi?

Era da molto che Andueza non si dedicava alla lingua latina, ma ricordava di aver visto il verbo *cohibere* impiegato nel senso d'imprigionamento fisico e anche in quello d'impedimento morale. Si voleva dire che impedivano loro di agire? E in tal caso, che cosa vietavano loro di fare e perché? Quanto più ci pensava, tanto meno il segretario episcopale comprendeva quel messaggio.

D'altro canto, di chi si parlava esattamente? Le laconiche frasi non davano riferimenti sulla persona rinchiusa o sottomessa, tranne la sua presunta appartenenza alla Chiesa. Anche il termine *vicarius* risultava estremamente impreciso; in realtà c'erano molte persone che potevano rispondere a quel titolo: sacerdoti, vescovi, il papa stesso... Andueza non capiva a chi ci si riferisse, ma diede per scontato che – chiunque fosse – dovesse appartenergli il dito mozzato. E che cosa significava quel « Gesù sacramentato »? Quello sì che era un bel rebus: che senso aveva rinchiudere Gesù Cristo insieme col suo vicario?

Il groviglio della prima frase però non era ancora niente, se confrontato con la seconda. *A peccato liberatus, apostolis suae debet satisfacere. Mera iustitia hoc exigit*: per liberarsi dal peccato, l'apostolo deve espiare; questo esige la mera giustizia. Ma di quale peccato si parlava? Quale peccato meritava di essere espiato secondo giustizia? Quale peccato, e di chi? Si nominava un apostolo, ma che apostolo? Per definizione, ogni cristiano era discepolo e apostolo di Cristo.

Il messaggio non forniva nemmeno dati sull'autore o gli autori del fatto, tranne quello scarabocchio che, a mo' di sigla, macchiava l'angolo inferiore sinistro della pergamena. *Azenar*. Strana parola. Cosa significava? Se era un'espressione latina, il segretario episcopale ne ignorava il significato. In realtà l'unica cosa che la nota descriveva con chiarezza era un oggetto: *Lignum Crucis relicarium navarrensis*.

Lo conosceva fin troppo bene perché l'aveva visto più volte

nel museo della cattedrale, allestito in alcuni edifici vicini alla basilica, dove si custodivano i tesori della diocesi. Era uno dei pezzi forti della collezione: un preziosissimo reliquario del XIV secolo in argento e oro e ornato con smalti, creato per custodire ed esporre il *Lignum Crucis* della diocesi di Navarra.

Quella frase sembrava sciolta dal contesto. Intendeva indicare la natura del pegno o le condizioni di un presunto riscatto, nell'ipotetico caso che il verbo *cohibere* significasse effettivamente rinchiudere? Con essa si faceva riferimento forse alla restituzione di qualcosa per espiare un peccato sconosciuto? La frase sulla pergamena suggeriva che il peccato commesso esigeva espiazione. Andueza non riusciva a immaginare a quale peccato si riferisse, tuttavia il reliquario poteva ben essere l'oggetto di un'espiazione, che cercava di riparare alla situazione causata da quel peccato sconosciuto.

Il segretario cercò con lo sguardo l'arcivescovo: era ancora impassibile accanto alla finestra, con le labbra sottili che masticavano preghiere indecifrabili.

Mentre il prelato pregava, i neuroni di Andueza lavoravano a tutta velocità. Sapeva che l'atteggiamento corretto sarebbe stato quello di restare in silenzio e attendere gli avvenimenti, ma si rivolse al superiore con l'umiltà di chi chiede ciò che non sa. «Eminenza, che cosa significano queste strane frasi? E l'intestazione sembra in aramaico...»

«Lo è», sentenziò Cañarte.

«Lei la capisce? Voglio dire, è in grado di tradurla?»

«Naturalmente! *'Elì, Elì, lama sabactani?'*, 'Dio mio, Dio mio, perché mi hai abbandonato?'» tradusse l'arcivescovo. «Ecco cosa dice.»

La risposta, anziché chiarire le idee al segretario, lo confuse ancora di più. «Don Blas, che significato bisogna attribuire a tutto questo? Cosa significa che hanno sequestrato Gesù Cristo sacramentato? Non riesco a capire a cosa si riferisca. E chi è il vicario cui si allude? Dobbiamo forse indovinare di chi si tratta? E la faccenda del peccato, poi? È davvero bizzarra! E le parole in aramaico... quelle pronunciate da Gesù poco prima di spirare. Perché sono state trascritte?»

L'arcivescovo sembrò uscire dal suo letargo e disse: « Andueza, ho i suoi stessi dubbi ».

« E cosa facciamo? »

« Non lo so. Confesso che non so cosa fare... » L'arcivescovo tirò un sospiro e tornò a guardare la strada. Dopo pochi istanti sbottò: « Non è logico! Dovrebbero offrirci prove indiscutibili, per costringerci a prendere le decisioni cui loro mirano... »

Andueza lo interruppe. « Mi permetta di ricordarle, eminenza, che un dito mozzato e sanguinolento, inviato in un cofanetto a forma di bara, costituisce una prova abbastanza solida. »

« È una prova, certamente, ma con essa non ci hanno trasmesso informazioni a sufficienza. Ignoriamo a quale vicario l'abbiano tagliato e perché. Né sappiamo qualcosa riguardo al peccato di cui reclamano l'espiazione. E, poi, perché dovrebbero coinvolgere in tutto ciò il Santo Sacramento? »

« Magari si aspettano che lo indoviniamo, come se si trattasse di un enigma. »

« Non dica sciocchezze, Andueza! »

Il segretario abbassò la testa, mortificato.

« Mi dispiace, don Lucas, mi sono lasciato trasportare. Forse invece ha ragione lei: è possibile che l'informazione sia qui, da qualche parte, e noi non l'abbiamo vista. »

« No, no, eminenza. Era una stupidaggine. »

« Possiamo considerare qualsiasi supposizione, l'unica cosa che perdiamo è il tempo. Riflettiamo: loro si aspettano da noi che tiriamo le fila, dal momento che ci mandano queste frasi e non altre. In primo luogo mi pare d'intuire che, quando alludono al Signore sacramentato, si riferiscono all'ostia consacrata. Quello che non riesco a immaginare è come potrebbero sequestrarla. Forse fanno riferimento alla profanazione del tabernacolo di una chiesa, fatto che evidentemente ancora non è stato scoperto; oppure è possibile che utilizzino un linguaggio figurato. Ma se così fosse, perché non fornirci più dati? »

« Mi dispiace, eminenza, credo di non poter essere molto utile. Sono assolutamente sconcertato. Forse... »

« Dica, don Lucas... »

« Eminenza, in realtà era un'altra sciocchezza. »

« Bene, sentiamola. »

Evitando di guardare il suo superiore, il segretario disse: « Forse, sul retro, il testo potrebbe contenere un altro messaggio per chiarire quelle strane frasi ».

L'arcivescovo abbandonò di colpo la sua postazione accanto alla finestra, ritornò sui propri passi e s'incurvò sopra la scrivania. Rilesse per la terza volta il testo e quindi, cercando di sfiorare il meno possibile con le dita la superficie del documento, prese la spessa pergamena per i due angoli superiori e l'alzò, girandola con cautela per verificare il suggerimento di Andueza. Non poteva immaginare la sorpresa che il dorso di quella pergamena gli riservava.

Dicono che sia un segno inequivocabile dell'autentica speranza non lasciarsi alterare dalle contrarietà o da circostanze inaspettate, bensì proseguire indifferente dinanzi agli eventi esterni. Tuttavia coloro che affermano ciò dimenticano di precisare che solo gli uomini davvero santi, ammesso che esistano, sperano in quel modo. I comuni mortali vivono momenti in cui, senza motivo apparente, una dolce e serena speranza s'impadronisce del loro animo, mentre ne sperimentano altri in cui la speranza viene meno fino al punto di scomparire del tutto. In quel momento, ormai fuori controllo, tutto si tinge di scuro e l'animo perde definitivamente la sua bussola.

A mano a mano che Lucas Andueza si rese davvero conto di ciò che il retro della richiesta di riscatto nascondeva, un freddo intenso s'impossessò del suo corpo dissanguandone la speranza. Nel contemplare il viso dell'uomo che aveva di fronte, il segretario intuì che la sua non era l'unica speranza ferita a morte.

Blas de Cañarte teneva ancora la pergamena sollevata, per le due estremità superiori. Non contemplava lettere bensì una forma rotonda, di un bianco immacolato, che, contenuta in una bustina di plastica simile a quelle utilizzate per i CD, era attaccata alla parte posteriore della pergamena stessa.

« Credo che adesso sappiamo a cosa si riferiva il messaggio », borbottò l'arcivescovo, senza staccare lo sguardo dall'ostia candida.

Anche se avesse voluto, Andueza non avrebbe saputo cosa dire, perciò rimase in silenzio, masticando una rabbia intensa combinata con una singolare angoscia. *Il corpo di Cristo!* « Quale mente sconvolta può concepire una simile atrocità? Anche se è possibile che sia soltanto pane azzimo, uno scherzo di cattivo gusto. No, ho detto la stessa cosa anche prima, e il dito era davvero umano. Ma questo non è un buon motivo. Forse stavolta... »

L'arcivescovo rifiutò categoricamente quella possibilità. « Si sbaglia, don Lucas, l'ostia è consacrata... »

Sorpreso da un'affermazione tanto decisa, ma non osando chiedere come il prelato fosse arrivato a tale conclusione senza nessuna prova, Andueza iniziò a mordersi le unghie.

L'arcivescovo parlò lentamente. « Anche lei ha letto la nota, o almeno la parte scritta in latino. Come ben sa, è una lingua morta che non tutti conoscono: ormai la praticano solo gli studiosi di giurisprudenza, gli ecclesiastici o altre persone in qualche modo collegate con la Chiesa cattolica, poiché il latino è la sua lingua ufficiale. È ovvio che non si tratta di un testo scritto da un cattedratico: è mal coniugato, la sintassi è scorretta, risulta impreciso e inesatto. Nessun accademico avrebbe scritto in quel modo. Mi segue? »

« Sì, certo, eminenza. Capisco il suo ragionamento, ma non riesco a... »

« Se non si tratta di un accademico, il nostro universo si restringe a coloro che intrattengono una relazione stretta con la Chiesa. Ciò significa che ne conoscono i riti e i sacramenti. »

« Quanto al fatto di conoscere i riti... »

« Mi lasci concludere! » si adirò l'arcivescovo.

Andueza annuì. « Conoscono i riti, eminenza. »

« Bene, don Lucas. Adesso si soffermi sui dettagli: la grafia è elaborata con somma cura; la scrittura gotica è quasi perfetta, sembra uscita da una scuola monastica del Medioevo. Osservi lo spessore delle linee, il tratto angoloso delle lettere, la differenza tra tratti sottili e spessi. Non una sola lettera si è minimamente spostata dalla sua riga immaginaria. »

« Sì, eminenza, ha ragione. È una scrittura molto curata. »

« Esatto. Ora osservi il testo nel suo complesso. Osservi la S... »

Il segretario si sforzò. Il testo ne presentava diverse e tutte scendevano al di sotto della linea comune, com'è tipico nella scrittura gotica corsiva. E così lo riferì all'arcivescovo.

«No, no, don Lucas. Mi riferisco alle maiuscole!»

«Mi dispiace, eminenza. Sinceramente non riesco a seguirla.»

Un silenzio anche più opprimente s'impossessò dell'ambiente.

«Mi perdoni», disse infine l'arcivescovo. «Ha ragione. Ecco, volevo solo farle notare che tutte le parole del testo sono state scritte in minuscola, tranne tre: *Iesu Christi*, che è un nome proprio ed esige la maiuscola, e *Sacramentum*.»

«Sì, questo è vero.»

«Se la scrittura è così precisa, dobbiamo pensare che quella maiuscola sia voluta.»

«Senza dubbio.»

«Ma, allora, proprio non lo vede? *Sacramentum* è scritto con una maiuscola ornata! Chi ha redatto questo testo sa quello che fa. Se ignorasse che, dopo la consacrazione, il pezzo di pane si trasforma nel corpo di Cristo, non lo avrebbe scritto con la maiuscola. Questo le è chiaro, don Lucas?»

«Sì, eminenza, comprendo la logica di ciò che dice. Ma come ci dobbiamo comportare?»

«Prima di tutto, riporteremo Dio nella sua casa. È il minimo che possiamo fare. Mi porti l'ostensorio, il piviale, la mitra e un incensiere.»

«Piviale, incenso? Ma, eminenza, se si sbagliasse e l'ostia non fosse consacrata...»

«Se non fosse nient'altro che pane, le nostre lusinghe non gli faranno del male», sentenziò l'arcivescovo. «Ma se quest'ostia è stata consacrata, mi peserebbe per tutta la vita l'idea di non aver alleviato il mio Signore da simili offese. Perciò useremo tutto il cerimoniale possibile, incluso l'incenso. E non si dimentichi dell'ostensorio», concluse.

Il segretario uscì dalla stanza, si diresse alla cappella contigua e ritornò di lì a pochi minuti con gli strumenti di culto richiesti. Arrivava carico, perché l'ostensorio era piuttosto voluminoso e gli ornamenti ne rendevano ancora più difficile il trasporto.

L'arcivescovo era ancora nella stessa posizione, con la pergamena tra le mani, sovrastando l'ostia con tutta la sua corpulenza. La reggeva con somma cautela, come chi tiene tra le braccia un bimbo appena nato. «Avremo bisogno di un paio di guanti...» disse al suo aiutante.

«Guanti?»

«Può darsi che ci siano delle impronte: la polizia potrebbe risalire all'autore di questa infamia. Lasceremo l'ostia nella sua fodera, ma per prenderla dobbiamo usare i guanti.»

«Eminenza, siamo a giugno. Non saprei dove procurarmi i guanti. Gli unici che ricordo di aver visto ultimamente sono quelli utilizzati dalle donne delle pulizie.»

«D'accordo, usiamo un fazzoletto. Anzi, prenda un corporale!»

«Io?»

«Sì, lei.»

Con estrema circospezione, Andueza staccò la bustina di plastica dal retro del manoscritto e la collocò nell'ostensorio. Quest'ultimo era un bell'esemplare realizzato in oro e argento, circondato da raggi ondulati che si alternavano con raggi diritti, terminando a forma di stella.

Una curiosa processione si snodò attraverso il corridoio del secondo piano, unico accesso alla cappella arcivescovile. Il segretario procedeva, facendo oscillare il turibolo che bruciava incenso; l'arcivescovo seguiva, con in mano la bustina di plastica contenente l'ostia. Nel più assoluto silenzio depositarono l'ostia nel tabernacolo della cappella.

L'arcivescovo concluse il suo rito e rimase inginocchiato accanto al tabernacolo. Le imposte erano socchiuse e lasciavano penetrare una luce tiepida, pacifica, che avvolgeva il luogo.

Il segretario occupò la panca a destra del prelato e si mantenne in rispettoso silenzio. Mentre pregava, il suo cellulare iniziò a vibrare. Andueza rispose. «No, mamma, oggi non posso venire a pranzo», mormorò. «No, sto bene... Più tardi ti spiego, d'accordo?»

Il bisbiglio distrasse l'arcivescovo, che girò la testa guardando il segretario con un certo sdegno.

Andueza si sentì avvampare.

«Don Lucas, per favore, ho bisogno che lei convochi il consiglio», sussurrò il prelato, anche se erano soli. «Non credo sia necessario ricordarle che sua madre deve restare completamente al margine di questa faccenda...»

«Senz'altro, eccellenza, era solo un modo di dire. A che ora vuole che faccia venire i suoi consiglieri?»

«Subito.»

«D'accordo, provvedo.»

«Molto bene. Un'altra cosa: contatti tutti i monasteri di Navarra e s'informi se, in ognuno di essi, l'abate si trova nel monastero o è assente. Dalla nota si deduce che è un uomo. In ogni caso il dito che ci è stato inviato non sembra appartenere a una donna, quindi dovremmo andare sul sicuro. Inizi coi monasteri maschili. Se non troveremo niente, estenderemo la ricerca alle comunità femminili.»

«Comincio subito.» La voce del segretario suonò più animata. Finalmente facevano qualcosa di produttivo. Tuttavia, prima di metter mano all'opera, mostrò una perplessità. «Eminenza, mi può dire perché dobbiamo indagare nei monasteri di Navarra?»

«Per il termine *vicarius*. In realtà un vicario apostolico è colui al quale la Santa Sede conferisce la dignità per governare con giurisdizione ordinaria i fedeli di un territorio. In questa diocesi tale autorità è stata conferita a me, ma come può vedere conservo ancora tutte le dita.»

«È ovvio che non parlano di lei», confermò Andueza. «Quindi il termine va inteso in senso lato, cioè come qualsiasi persona che abbia ricevuto un qualche tipo di autorità ecclesiastica.»

«Proprio così, certo, ma non credo che la nota si riferisca a una rappresentanza tanto generica, perché in tal caso il messaggio resterebbe privo di contenuto. Deve parlare piuttosto di qualcuno che mi sostituisca in qualche funzione importante. Pertanto la domanda pertinente è: chi altri ha il potere di prendere decisioni importanti nella diocesi?»

«Soltanto i superiori degli ordini monastici locali hanno l'autorità per essere definiti 'vicari'. Anche se, forse, non dovremmo limitarci solo alla Navarra. In tal caso ci sarebbero più persone su cui informarsi: il presidente della Conferenza episcopale, il nunzio di Sua Santità, il primate di Spagna... Insomma, cose come questa non si vedono nemmeno in sogno! »

« Esatto, Andueza. »

Mentre il segretario usciva, l'arcivescovo si rialzò e dopo un leggero inchino verso l'altare abbandonò anch'egli la cappella.

« Qualcos'altro, eminenza? » chiese Andueza, accorgendosi che il prelato lo seguiva.

« Sì, un'altra cosa. So che lei se la cava bene con Internet. Inserisca il termine 'Azenar' e vediamo cosa trova. Se non ci fosse nulla, chiami l'archivio diocesano e chieda loro di cercare se esiste qualche dato su questa parola, in Navarra. »

« D'accordo. Desidera altro? »

« No, niente. Avrà già da fare con quello che le ho chiesto. Quanto a me, cercherò di rintracciare l'ispettore Juan Iturri. Ora è all'Interpol. So di avere il suo numero di cellulare da qualche parte, ma non ricordo in quale rubrica. Può essere che compaia nell'elenco generale, vado a dare un'occhiata. »

« Un ispettore? Questo significa che chiamerà la polizia? Credevo che avessimo escluso questa possibilità! »

« Sì, proprio così. Juan Iturri è un ispettore, ma soprattutto un buon amico. Faccia ciò che le ho detto. E in fretta, la prego. »

Non erano passati nemmeno trenta minuti e padre Andueza aveva già terminato il suo giro di telefonate, come pure la ricerca su Internet. A Navarra non c'erano più di una decina di centri di vita contemplativa. Disobbedendo ai consigli dell'arcivescovo, aveva telefonato indistintamente a monasteri e conventi maschili e femminili. Soltanto due abati si trovavano fuori delle rispettive abbazie: il superiore di La Oliva, a Madrid per assistere alle Giornate cistercensi, e quello di San Salvador de Leyre.

Andueza andò immediatamente a comunicare le nuove all'arcivescovo, che era seduto nel proprio ufficio con lo sguardo perso nel vuoto. « Eminenza, credo che le nostre ipotesi iniziali fossero errate. Ho verificato che nelle rispettive comunità non si segnala la mancanza di nessun abate né badessa. »

« Ha parlato con tutti loro? » L'arcivescovo sembrava distratto e stanco.

«Con la maggioranza. Ho chiamato fingendo che sua eminenza volesse comunicare loro di aver chiesto formalmente al Santo Padre di visitare la patria di san Francisco Javier...»

«Ah già, bene... Ma ha parlato con tutti?»

«Con tutti no, eminenza: due erano assenti. L'abate di La Oliva è impegnato a Madrid per le Giornate cistercensi; oggi doveva fare un intervento sulla tutela e gli archivi delle biblioteche monastiche. Ho rintracciato il numero di contatto che appariva su Internet e mi hanno confermato la sua presenza nell'auditorio. Mi è sembrato inutile disturbarlo, poiché sappiamo che sta bene ed è libero... e immagino abbia ancora tutte le sue dita. Non ho potuto controllare nulla a proposito dell'abate del monastero di Leyre, perché chi ha risposto è stato poco preciso e, per non sollevare sospetti, ho deviato sulle domande più compromettenti. Però posso dirle che è in viaggio per motivi personali da due giorni.»

L'arcivescovo ebbe un sussulto: conosceva bene Pello Urrutia. «In viaggio per motivi personali, l'abate di Leyre? Che strano, odia abbandonare il suo monastero! A quanto ne so io, si reca alla Casa madre di Solesmes solo quando non può proprio farne a meno.»

«Il frate con cui ho parlato dice che probabilmente è andato a trovare i propri familiari: ha una sorella malata e paralizzata, eminenza.»

«D'accordo, continui.»

«Sono riuscito a mettermi in comunicazione soltanto con due membri del suo consiglio: il generale della curia, padre Antonio Mangado, e quello pastorale, padre Tomás Pastor.» Il segretario rimase in rispettoso silenzio, affinché l'arcivescovo elaborasse quell'informazione. «Gli altri non hanno il cellulare, oppure non rispondono. Come mi aveva consigliato, ho cercato di convocarli subito; tuttavia il primo mi ha avvisato che non potrà arrivare prima delle due di pomeriggio: si trova a casa della madre, in un paese a quaranta chilometri da Madrid. Così riproverò a chiamare tutti dopo le due.»

«Bene», disse l'arcivescovo. «Questo ci concede un certo margine.»

Forse questo ispettore Iturri potrà aprire una nuova porta alla spe-

ranza, anche se in realtà quello di cui abbiamo bisogno ora è un miracolo, pensò Andueza.

« A proposito, don Lucas, ha scoperto qualcosa sulla firma del documento? »

« Oh, sì, eminenza, me n'ero quasi scordato! Ho cercato su Internet; non c'erano molte informazioni, però ne ho ricavato che 'Azenar' sembra essere un cognome, divenuto illustre in qualche momento dell'XI secolo, forse del XII. Ho rintracciato un documento che parla di un certo 'signor Azenar Azenares de Funes'. »

« Del paese di Funes! Questo significa che è una famiglia di Navarra? »

« Non saprei. Quello che ho trovato è un documento con cui si concede a quella famiglia un privilegio nel monastero di Leyre. »

« Leyre! Non mi ha appena detto che era l'abate di Leyre l'unico non rintracciabile? »

« In effetti, è così. »

L'arcivescovo si alzò, lasciando trasparire un briciolo di speranza nei suoi movimenti. « D'accordo, don Lucas, faremo due cose: la prima è verificare dove vive la sorella dell'abate. La chiami e parli con lei. Le chieda se il fratello è lì da lei, se lo ha visto di recente o se aspetta una sua visita. »

« Perfetto, farò così. Il portinaio ha menzionato un ospedale francese. »

« Poi chiami Fortún Javier, o Luis Javier, non mi ricordo bene il nome. Sa chi intendo? »

Il segretario scrollò la testa.

« È uno storico specializzato sul monastero di Leyre, collabora con noi per alcune tematiche artistiche. Suppongo che nel nostro archivio lei troverà il suo indirizzo. Per favore, chieda se gli dice qualcosa quel cognome, Azenar, e perché... »

« Vado immediatamente, eminenza. » Andueza accennò a uscire, ma non lo fece. « Eminenza, ha già parlato con quell'ispettore? »

« No, ma lo farò subito. »

8

Porto di Bayona, Pontevedra
Sabato 12 giugno

Il volto dell'ispettore Juan Iturri, torturato dall'odore indefinito del tradimento, si dibatteva tra la rabbia e il disgusto. Coi cellulari ritirati ai suoi uomini, sigillati in uno di quei sacchetti per raccogliere le prove che gli bruciava tra le mani, si era appena lasciato cadere su una delle sedie di vimini che ornavano la terrazza del club nautico di Bayona. A quell'ora il luogo sembrava mediocre e freddo con le poltroncine rovesciate sui tavoli, che mostravano le zone dove la vernice non era arrivata.

Con la respirazione ancora agitata per la rabbia, l'ispettore introdusse una mano nelle tasche del suo giubbotto antiproiettile, allacciato alla bell'e meglio, finché non rintracciò il pacchetto del tabacco e la sua pipa, vecchia e annerita. Quindi riempì il fornello e con l'indice schiacciò i filamenti che debordavano dalla cavità. Avvicinò l'accendino e aspirò. Il tabacco era secco, e uno scricchiolio squarciò l'aria.

Cercando di placare la frustrazione, Iturri fumò con ansia. Eppure quel piacere non lo soddisfaceva. Immersa in un groviglio di sentimenti, la sua mente non riusciva a digerire l'accaduto. Quale dei suoi uomini era il traditore? Quante monete aveva ricevuto il nuovo Giuda per quel tradimento?

Il dubbio lo esasperava. Come poliziotto di alto profilo, Juan Iturri non aveva mai affrontato un'esperienza simile. Sapeva, ovviamente, che per certi agenti con elevati oneri familiari o vizi costosi risultava duro arrivare alla fine del mese, ma la percentuale di coloro che sceglievano la soluzione più rapida era molto bassa. L'ispettore poteva arrivare a comprendere che alcuni ricevessero minuscoli contributi provenienti da mani anonime; poteva persino ammettere qualche beneficio in natura. Ma pensare che, per denaro, uno dei suoi avesse aiutato a sfuggire all'accerchiamento il pedofilo più ricercato d'Europa, il criminale cui davano la caccia da tre lunghi anni, eccedeva i limiti del ragionevole.

Un'idea attraversò fugace la mente di Iturri. Forse non era stato per denaro... Magari i motivi che spingevano il traditore erano molto più sottili.

L'ispettore osservò l'orizzonte. Sospinte dai venti crescenti, le onde flagellavano la costa nel tentativo di penetrare attraverso le mura della fortezza che, sospesa sopra l'Atlantico, sfidava l'oceano con le sue tre torri. Quando s'infrangevano contro gli scogli scuri, le onde lasciavano dietro di sé una scia di neve marina che brillava nella notte.

Affascinato da quella luce, Juan Iturri si dimenticò per un momento della propria angoscia. L'alba lo sorprese con gli occhi catturati dallo spettacolo. Arrivò all'improvviso. Disegnando un po' per volta il litorale, i suoi raggi iniziarono a illuminare gli arenili, a incendiare le spiagge con la luce appena inaugurata. Il chiarore spazzava il buio dalla baia, seminandola di motoscafi, barche a vela e piccoli pescherecci che approfittavano per lanciare in controluce le loro reti in cerca dei pregiati calamari dell'estuario.

Un vento traditore spirò da est ed entrò nel porto. La sua forza iniziò a issare onde che scuotevano il mare, quasi si trattasse della locale marmitta con prosciutto e radicchio che cuoceva a fuoco sostenuto. Le imbarcazioni sportive ormeggiate oscillavano, alzandosi pericolosamente per poi ricadere tra le braccia di un abisso scuro; l'uno dopo l'altro, i pescherecci ritirarono in tutta fretta gli attrezzi del mestiere. Lottando contro le forti correnti, decine di gabbiani seguivano le barche di ritorno al porto, in attesa del banchetto mattutino.

Una di quelle furiose raffiche di vento trasportò l'acqua fino al volto dell'ispettore e gli bagnò la corta barba curata. Juan Iturri non si mosse. Si spalmò il salnitro sulle guance, bruciate dalle lunghe ore di attesa all'aperto, poi asciugò le grosse mani sui pantaloni. Si alzò e, stringendo con forza il sacco che conteneva i cellulari, attraversò gli edifici dell'esclusivo yacht club.

In pochi minuti fu sul viale che correva parallelo al mare.

Prese uno dei passaggi laterali e si addentrò nel cuore della cittadina, ancora immersa nel dormiveglia. Angusti vicoletti ospitavano edifici di pietra molto folcloristici: per ogni portone c'era una taverna; poche, però, erano aperte. Iturri ne scelse una, dal nome pomposo in linea con gli stemmi che adornavano la facciata dell'edificio. La scelta tuttavia aveva poco a che fare con l'arte; si trattava, piuttosto, dei succulenti aromi che invadevano il vicolo.

L'ispettore entrò e si avvicinò al banco. Ordinò una tortilla al baccalà e si sedette sul fondo. Mentre gliela servivano, osservò come la cuoca estraeva un'enorme porzione di frittelle da un tegame gigantesco e, dopo aver scolato l'olio in eccesso, tagliava e spolverava i dolci fritti con lo zucchero. Iturri non poté resistere e si mangiò anche una mezza dozzina di quelli. Il nervosismo gli risvegliava l'appetito. S'intrattenne in quel locale mezzo deserto, a riflettere mentre sfogliava disattento le pagine di un vecchio quotidiano.

Verso le undici, con lo stomaco sazio, l'ispettore si alzò. Ricordando sua madre, che per anni aveva fatto la cameriera, lasciò una generosa mancia e abbandonò il locale.

C'era poca gente che, come lui, passeggiava per le strade; il ventaccio aveva guastato la mattinata. Una scritta al neon si accese di colpo, reclamizzando i servizi di un'agenzia di viaggi. Iturri entrò e chiese un'auto a noleggio. Non diede il tempo all'impiegata di togliersi nemmeno la giacca. Aveva davanti a sé un viaggio di ottocento chilometri, ma volare gli metteva sempre più paura.

Con le chiavi in mano, senza pensarci troppo, cercò il numero di Lola MacHor. Erano settimane che non pensava ad altro, ma esitò quando il suo nome comparve sul display. Si lisciò la barba con le dita. Come i capelli intorno alle tempie, sotto il labbro inferiore la barba iniziava a essere brizzolata e gli ricordava ogni mattino che il tempo di essere felice si stava esaurendo. Avrebbe dovuto concentrarsi su una persona libera, senza impegni. Il suo lavoro non gli lasciava molto tempo; aveva conosciuto alcune donne, ma in ciascuna di loro aveva visto un'imitazione dozzinale del giudice Lola MacHor.

Desiderava chiamarla, sentire la sua voce, tentare la sorte.

L'oracolo dei suoi sogni assicurava che l'avrebbe trovata ricettiva al suo fascino. In quei momenti Iturri sorrideva, mentre la divorava di baci. La versione più grigia presagiva soltanto che gli sarebbe costata molta fatica conquistarla; quella nera, che c'era già un uomo nel suo letto.

Lui preferiva attenersi al sogno e, per quello, afferrò il telefono. Tuttavia, col cellulare già in mano, si chiese che cosa le avrebbe detto. Dopo quasi sei mesi senza vedersi, doveva trovare una scusa credibile che giustificasse quella chiamata. Non ne trovò nessuna e così resto lì, sferzato dalla sabbia, a guardare il display.

Stava pensando al giudice, e la chiamata lo sorprese.

Numero sconosciuto, recitava lo schermo.

Chi aveva il suo numero? Tutti quelli che conoscevano il suo cellulare erano registrati nella memoria dell'apparecchio. Lo lasciò suonare, ma chi lo cercava non si arrese.

Il suo nemico aveva la malsana abitudine di compiacersi dei propri trionfi. Altre volte l'aveva fatto per e-mail, o lasciato messaggi sulla segreteria della centrale... Forse aveva cambiato tecnica. Ma come aveva ottenuto il suo numero? Doveva essere stato il traditore. Sì, certo, era stato Giuda.

Una rabbia irrefrenabile crebbe fino ad annullare qualsiasi altro sentimento. L'ispettore pigiò il tasto della risposta e senza attendere strillò: « Stavolta te la sei svignata, figlio di puttana! Hai vinto questa battaglia, ma sappi che sarò io a vincere la guerra. Ti darò la caccia, maledetto, ti giuro sui miei morti che in prigione assaggerai la tua stessa medicina! Quando i tuoi compagni di cella trasformeranno il tuo schifoso culo nell'uscita di un metrò, io sarò lì. Te lo giuro, starò lì a guardare e a godermi lo spettacolo! »

All'altro capo della linea rispose una voce incerta: « Ispettor Iturri? Juan? » Parlava in tono cortese. Vi si percepiva una gentilezza che meravigliò l'ispettore.

« Sì », rispose il poliziotto, sorpreso.

« Ispettore Iturri, credo di non aver scelto un buon momento per chiamarla. Mi dispiace, ma la questione che ho tra le mani è urgente e non mi è rimasta altra soluzione se non quella di disturbarla. Ho bisogno del suo aiuto. »

« Chi è, con chi parlo? » domandò Iturri, irritato.

« Ah, ispettore, perdoni la mia sbadataggine. Non mi sono nemmeno presentato. Sono Blas de Cañarte, arcivescovo di Pamplona. »

« Arcivescovo! Eminenza, non mi aspettavo la sua chiamata. In realtà ho memorizzato il suo numero, ma quando lo schermo mi ha indicato che era sconosciuto... Insomma, sto seguendo un caso... Per favore, se può, dimentichi quello che ha sentito », si scusò l'ispettore, incapace di offrire una spiegazione plausibile per i suoi sfoghi.

« Non c'è dubbio che mi ha trasmesso un'immagine piuttosto forte di sé, proprio quello di cui ho bisogno in questo momento. Fingiamo che io non abbia sentito niente, mio caro Juan. In realtà non ho tempo da perdere. Rivolgermi a lei è la mia più grande speranza, se non l'unica. Ispettore, ho bisogno con urgenza del suo aiuto. Può dirmi dove si trova? »

Iturri non rispose subito. L'arcivescovo attese, a labbra serrate.

« Sono in Spagna », rispose alla fine il poliziotto, senza fornire altri dettagli. « Casualmente ho appena noleggiato un'auto per andare a Pamplona, dove trascorrerò una settimana di vacanze. »

« Sia benedetto Iddio! Ringrazio il Signore: ci esaudisce prima ancora che gli chiediamo aiuto! Si rende conto, ispettore? » replicò l'arcivescovo, rincuorato.

« Non proprio, eminenza. Ma, se mi mette al corrente delle sue preoccupazioni, sono sicuro che riuscirò a farmi un'idea più chiara. »

« Sì, sì, mi scusi. Cercherò di essere preciso. È una questione delicata. »

« La prego, non si preoccupi. Ne terrò conto. »

« D'accordo, le spiego. Stamattina stessa abbiamo ricevuto un pacchetto: un cofanetto di legno a forma di bara. Contiene un dito insanguinato, un indice per la precisione, ed è assolutamente autentico, ispettore. Intendo dire che è umano. »

« Uno strano regalo, eminenza. » Iturri era solito rallentare le conversazioni interrompendo il proprio interlocutore. Quegli stacchi gli fornivano tempo prezioso, necessario per elaborare le informazioni ricevute.

«Ma c'è di più, ispettore. Il dito era accompagnato da una pergamena con certe strane frasi di rivendicazione, scritte in aramaico e in latino.»

«Mi scusi, arcivescovo, mi sta parlando forse di un sequestro?»

«Sì, è ciò che sembrerebbe, ispettore: un sequestro con una lettera di riscatto.»

«E quelle strane frasi...»

«Mi perdoni, ispettore, se la interrompo ma non ho ancora terminato. Forse è meglio che le racconti prima tutta la storia.»

«Sì, certo, continui pure.»

«Sul retro di questa pergamena c'era attaccata una bustina di plastica. Contiene una forma rotonda di pane azzimo.»

«Intende dire un'ostia?»

«Proprio così. Non sappiamo se sia consacrata o no, anche se siamo arrivati alla conclusione che lo sia. In breve, ispettore, la nota dice che hanno rapito il Dio presente nell'ostia consacrata e una persona, un vicario.»

«Un vicario...» ripeté il poliziotto.

«Il messaggio è impreciso, parla soltanto di un vicario, ma dopo molte congetture abbiamo concluso che si tratta di un abate.»

Iturri volse lo sguardo verso il mare increspato. Dopo tutti quegli anni avrebbe dovuto essersi abituato a simili situazioni, ma non era così. «D'accordo, eminenza. Andiamo per gradi: mi ripeta esattamente che cosa diceva la nota.»

«Come le ho raccontato, i suoi autori affermano di trattenere un vicario. Senza dubbio non è l'unica possibilità, però abbiamo chiamato tutte le abbazie e conventi che esistono nella nostra comunità. Siamo riusciti a parlare con le autorità a capo di tutti i centri, tranne uno: l'abate di Leyre, Pello Urrutia. Secondo i frati, sarebbe partito in viaggio, diretto alla clinica francese dov'è ricoverata l'anziana sorella. Il mio segretario si è messo in contatto con lei. La donna, benché ricoverata in un istituto psichiatrico, sembrava lucida e ha detto di non sapere niente di quella visita. Ci ha riferito che l'abate va a trovarla di rado e, quando lo fa, l'avvisa con discreto anticipo.»

«Ciò significa che Urrutia è il principale candidato, anche se dovremmo considerare altre opzioni...»

«Ispettore, credo che con Urrutia siamo sulla pista giusta. Vede, la pergamena è firmata da un certo Azenar. Abbiamo indagato un po': si tratta di un nome diffuso nella regione intorno al XI e al XII secolo. Uno storico ci ha raccontato che questo cognome figura cesellato in uno dei contrafforti della parete settentrionale del monastero di San Salvador de Leyre. Pare che il nome appartenesse a una famiglia di mastri scalpellini del Medioevo; un suo membro morì sul rogo per blasfemia in uno degli ultimi periodi di attività dell'Inquisizione... Insomma, crediamo che sia proprio Leyre. Crediamo che abbiano rapito il suo abate.»

«Avete parlato coi monaci?»

«No, lei è il primo a conoscere questi particolari. Abbiamo preferito confermare prima i dati in nostro possesso, per non spaventarli senza motivo.»

Il mare era ancora gagliardo. Nella baia le imbarcazioni si alzavano in picchiata, per ricadere poi sconfitte in mezzo alle onde.

«Quanto denaro chiedono, eminenza?» domandò Iturri.

«Quello che vogliono, fondamentalmente, è un reliquario conservato al museo della cattedrale, un oggetto d'incalcolabile valore artistico, oltre che spirituale. Contiene il più grande *Lignum Crucis* della diocesi.»

«Che cosa contiene, eminenza? Non ho sentito bene.»

In Galizia stava iniziando a piovere.

«Un *Lignum Crucis*, ispettore.»

«Perdoni la mia ignoranza, arcivescovo, ma ignoro il significato di quel termine.»

«È un'espressione latina. Significa il legno della croce, la croce di Cristo naturalmente. Il reliquario contiene una scheggia. La leggenda vuole che il sacro legno sia stato trovato da Elena, madre dell'imperatore Costantino, durante alcuni scavi e dopo un intervento miracoloso. I resti dell'oggetto furono distribuiti in tutta la cristianità. La nostra reliquia appartiene al legno su cui posava la mano sinistra del Salvatore. Naturalmente la conserviamo come la luce dei nostri occhi. »

« Che strana richiesta », osservò il poliziotto.

« Sì, ha ragione. Nemmeno io credo che i sequestratori mirino davvero a quella piccola scheggia di legno. È molto più logico mirare al contenitore, piuttosto che al contenuto. Il frammento è conservato in un bell'esemplare in stile gotico del XIV secolo, argento e oro. Somiglia molto a quello che si può osservare a San Pietro, in Vaticano. Come può immaginare, si tratta di un oggetto di estremo valore. »

« Posso immaginarlo, eminenza... Mi perdoni se le faccio un po' di domande, ma vorrei conoscere qualche altro particolare. Prima ha detto che i sequestratori vogliono, fondamentalmente, un reliquario. Se non mi sbaglio, ha usato proprio questa espressione. Voleva forse sottintendere che ci sono altre richieste *non fondamentali*? »

« Sapevo di non sbagliare a chiamarla, ispettore! Lei coglie le cose al volo! Ho sempre pensato a lei come all'uomo dei dettagli. Ma in questo caso non si tratta che di una frase infelice. Non so perché mi sono espresso in quel modo. Sarà stato il mio subconscio. »

« È quello che mi preoccupa, eminenza. I nostri subconsci sono molto più svegli di noi. »

Di nuovo calò il silenzio. L'arcivescovo si prese qualche secondo, prima di rispondere. « Lei ha ragione, senza dubbio in tutta questa faccenda... insomma, non lo so... Come le dicevo, l'esemplare in questione è molto prezioso. Solo le pietre incastonate, se vendute al mercato nero, supererebbero di gran lunga un prezzo ragionevole, ma... »

« Ma? »

« Non so, ispettore. È prezioso, ma non abbastanza: non al punto di tagliare un dito e recapitarlo così. La nostra è una piccola provincia e io sono un arcivescovo di campagna. »

« La capisco, eminenza. È possibile, in effetti, che ci sia qualcosa di anomalo in quella richiesta. » Iturri continuava a parlare ad alta voce, molto più per se stesso che per essere ascoltato dall'interlocutore. « Forse una simile richiesta non ha senso per lei o per me, ma sono assolutamente certo che lo abbia per il sequestratore.» E senza attendere i commenti dell'arcivescovo, gli chiese: «Eminenza, lei che idea si è fatto?»

L'arcivescovo non rispose subito. Sembrava che stesse cercando tra i propri ricordi qualche collegamento con quel *Lignum Crucis*. «Non so cosa dirle, ispettore.»

In quello stesso istante, Iturri scoprì che cosa gli rodeva in testa già da un bel po': il vescovo mentiva, o perlomeno nascondeva qualche dato fondamentale. Si limitò a prenderne nota. A una certa età e occupando determinate posizioni, ci si ritrova con più passato che futuro. E dal passato qualche ostacolo riemerge sempre. «Mi parli del dito, eminenza. È assolutamente sicuro che sia umano?»

«Certo. Il sangue che ne è uscito non era ancora coagulato. Quell'uomo... insomma, capisco che quanto le sto per dire suoni di pessimo gusto, ma... quell'uomo si mangiava le unghie.»

«E insieme con la richiesta di sequestro, ha ricevuto un'ostia.»

«Sì. In una bustina sigillata», precisò l'arcivescovo.

«Curiosi contenitori per regali altrettanto insoliti. Mi diceva che non sapete se l'ostia sia consacrata.»

«Lo ignoriamo, è vero. Prego Dio che sia solo pane! Da quando l'ho vista supplico che non si tratti di mani sataniche o blasfeme! Eppure temo che il cielo non ascolterà le mie suppliche.»

«Perché pensa questo?»

«Nel messaggio la parola 'sacramento' è scritta con la maiuscola. Questo particolare ha una sola spiegazione: chi l'ha scritta sa quello che fa. Ma se si trattasse di un seguace di Cristo, non avrebbe mai fatto una cosa simile, quindi...» La voce dell'arcivescovo si spezzò.

«Capisco, eminenza», concluse Iturri. «Un dito, un sequestro, un'ostia consacrata, una reliquia. Se posso essere sincero con lei, quanto mi ha raccontato non si presenta affatto bene. Dovrebbe chiamare subito la polizia, al più presto. È il miglior consiglio che posso darle.»

«Sì, sì... È proprio quello che dovrei fare, ne sono consapevole. Ma lei sa come vanno queste cose. Se la stampa ne venisse informata, forse il sequestrato sarebbe in pericolo. E il mio Signore disperso in mezzo ai malviventi!»

«Non c'è motivo che la stampa ne venga informata. La polizia, quando vuole, è in grado di agire con estrema discrezione.»

«Questa non è l'unica ragione...»

Lo sapevo! pensò Iturri, esultante. *Nascondeva qualcosa, ma ha chiamato Poirot che l'ha beccato subito.* «Don Blas, c'è qualcosa che non mi ha detto?» domandò, cercando di non lasciar trapelare la sua eccitazione.

«Vede, mio caro Juan, quella parola è davvero scritta con la maiuscola.»

«Be', non ci vedo nulla di tanto grave», ribatté l'ispettore.

«Forse no, o forse sì. Ma per scrivere la sua nota il nostro estorsore ha usato l'aramaico e il latino, due lingue inusuali per i comuni mortali. È possibile che sia o possa essere uno dei...»

«Dei suoi...»

«Esatto, esiste la possibilità, non troppo remota, che si tratti di uno dei nostri, di un membro della Chiesa.»

Iturri rimase in silenzio. Ora capiva tutto: l'arcivescovo temeva che si trattasse di qualche vendetta interna e che, se fosse venuta alla luce, la Chiesa stessa ne sarebbe stata danneggiata. Ecco perché preferiva aspettare, lasciando fuori la polizia.

«Insomma, ispettore, non vorrei pensasse che diffido dei poliziotti», riprese l'arcivescovo. «Non è così. In realtà devo ammettere che ammiro il loro valore e la loro abnegazione, ma non posso dire lo stesso della loro discrezione. Può capirmi, se le dico che non mi è possibile rischiare tanto? Lei conosce l'istituzione poliziesca dall'interno, come pure la Chiesa. Sono entrambe strutture complesse. Il rischio è alto. Se alla fine il colpevole fosse uno dell'ambiente, potremmo causare danni irreparabili alle anime semplici di molti fedeli.»

L'ispettore non riusciva più a vedere la costa: la pioggia imperversava contro i vetri della sua auto a noleggio. «La capisco, eminenza», replicò, comprensivo. «Però lei deve capire anche me. In un certo senso, mi sento imprigionato dalle scarpe che calzo.»

«Iturri, mio caro ispettore... la prego!»

Il poliziotto attese qualche secondo prima di parlare.

Stupito dalla risposta evasiva del suo interlocutore, l'arcivescovo strinse le labbra e aspettò in silenzio.

« D'accordo, eminenza, che cosa suggerisce? »

« La prego, potrebbe venire qui? » supplicò l'arcivescovo, cercando di rendere convincente il tono della sua voce.

« Sarei fuori della mia giurisdizione, non vorrei scontrarmi con gli uomini di Pamplona. Suppongo che lei sappia come nel nostro corpo le gelosie professionali causino mille problemi. »

« Di questo non si preoccupi! Farò le telefonate opportune e lei verrà destinato temporaneamente a questo commissariato: in trasferta o qualcosa del genere. Inoltre, se viene qui in vacanza, magari in maniera ufficiosa potrebbe... insomma ha capito. Per favore, amico mio, ho bisogno del suo aiuto! Ha visto in che guaio sono finito... »

Juan Iturri restò pensieroso per un momento, riesaminando i molti inconvenienti che avrebbe implicato accettare quell'invito, come pure i retroscena che nascondeva. Aveva attivato i parabrezza anteriori. Sul mare, gli elementi avevano scatenato la rivoluzione. L'ispettore rifletteva sui fatti e sul contesto, quando all'improvviso la giudice Lola MacHor s'intromise nei suoi pensieri. *Forse potrei seguire il caso con lei!* La decisione fu immediata. Blas de Cañarte non poteva vederlo, ma un grande sorriso illuminava la faccia di Iturri bruciata dal sole. « Eminenza, sarò da lei domani mattina. Per il momento, la prego di non fare niente. Cercherò di scoprire da qui quali gruppi della criminalità organizzata operano nella zona di Navarra. Mozzare dita non è un modus operandi della criminalità comune. Potrebbe trattarsi dell'incarico di qualche collezionista bizzarro o, perché no, di qualche estremista religioso. In ogni caso la terrò al corrente delle mie scoperte. Se dovesse lasciare il palazzo arcivescovile, porti il cellulare con sé. Tuttavia le raccomando di uscire il meno possibile. È probabile che i delinquenti si vogliano mettere in contatto con lei, e la via più semplice è il telefono. In tal caso, mi chiami immediatamente. »

« Mi scuso per la mia impazienza, ispettore, ma non potrebbe prendere un aereo, subito? »

Nel dizionario di Juan Iturri il lemma « aereo » non rientrava nell'elenco delle parole gradite. Eppure l'avrebbe anche fatto. Ma, prima di recarsi a Pamplona, doveva almeno avviare le ricerche sul pedofilo e sul suo traditore. « Mi dispiace, eminenza, ma non mi è possibile partire in questo momento. Sto seguendo un caso che devo chiudere. Non si preoccupi, la giornata passerà velocemente. Tutto si risolverà per il meglio. Ma la prego, non prenda nessuna iniziativa senza prima consultarmi. »

« Dio la benedica, ispettore! » replicò l'arcivescovo.

Iturri chiuse la comunicazione e posò gli occhi sul mare grigiastro. Ma, di lì a pochi istanti, l'apparecchio squillò di nuovo. L'ispettore non controllò chi lo chiamava: suppose che l'arcivescovo avesse dimenticato di riferirgli qualche particolare. « Eminenza? »

« Ora mi chiami così, amico mio? Ti ringrazio, è un termine garbato! In realtà hai perfettamente ragione: quello che faccio è quasi religioso e, a quanto vedo, non sei capace di fermarmi. Credo che nelle mie prossime riprese indosserò una lunga sottana nera! Caro ispettore, a questo punto ormai sarai convinto della tua incapacità. Ma non temere, ti ricompenserò lo stesso. Ti spedirò in ufficio la mia ultima creazione. È un gioiellino, ha solo diciotto mesi. T'immagini come si divertirà? »

« Bastardo, figlio di puttana! Giuro che ti taglierò quell'appendice di merda che chiami cazzo, figlio di puttana! » Un breve *clic* gli segnalò che l'interlocutore aveva interrotto la comunicazione, ma Iturri continuò a sfogare la propria collera. Poi di colpo scoppiò a piangere. Ancora con gli occhi umidi, dimentico della pioggia e del ventaccio, uscì dall'auto ed entrò nel primo bar che trovò. Dopo essersi scosso via l'acqua dai capelli, ordinò un cognac. « Di marca e doppio. » Il liquore lo invase con dolcezza, riscaldandogli all'istante la gola. Lo scolò in due sorsi. Pagò e tornò all'auto. Cercò il sacco che conteneva i cellulari requisiti e lo sollevò all'altezza degli occhi. « Ti prenderò e marcirai nel peggiore degli inferni, grandissimo stronzo! » Era stanco, ma si mise al volante e infilò la strada che collegava la baia di Bayona con la città di Pontevedra, dove aveva installato la sua centrale operativa.

Iturri voleva arrivare al più presto, ecco perché accelerò. Lo beccarono alla terza curva. La velocità della sua auto non passò inosservata al radar dell'autopattuglia della polizia stradale, che se ne stava camuffata dietro un enorme cartellone pubblicitario. Di lì a pochi minuti, le sirene e il fragore del megafono lo costrinsero ad accostare sulla destra. Lo fece imprecando. Restò in macchina. Dallo specchietto retrovisore osservò come un giovanissimo agente usciva dall'autopattuglia e gli si avvicinava. La pioggia gli scendeva a fiotti dal berretto sulla faccia. Il collega era rimasto nell'auto; di sicuro stava controllando la targa del veicolo fermato.

« Buongiorno, signore... » La sua voce suonò dolce, quasi infantile.

Dio mio, sono sempre più giovani! pensò Iturri.

« Si è accorto di aver superato parecchio i limiti di velocità? Favorisca i documenti, prego. »

« Agente... »

« Patente e libretto di circolazione, per favore. »

« Senta, agente... »

« Esca dall'auto. Il suo alito sa di alcol. Ha qualcosa in contrario se le faccio il test dell'etilometro? Vuole favorirmi finalmente i suoi documenti? » Il giovane iniziava a dare segni di nervosismo.

Juan Iturri non insistette. Aprì il vano portaoggetti e prese e allungò i documenti. Poi mostrò il distintivo.

« Ispettore Iturri... » lesse il giovane poliziotto. « È dell'Interpol? »

« Esatto. »

« Mi fa piacere conoscerla, ispettore, è sempre un onore incontrare qualcuno dell'Interpol, però si dà il caso che lei abbia violato il codice della strada. Devo multarla. E, a quanto sembra, ha pure bevuto. »

« Agente, sono di servizio. Sono stato costretto a bere in compagnia di un sospettato », mentì Iturri.

« Capisco, ispettore, ma in tal caso non avrebbe dovuto guidare. Immagino che neppure all'Interpol sia permesso. »

La radio iniziò a trasmettere senza sosta parole smozzicate. Il poliziotto si allontanò dalla vettura per rispondere, ma non abbastanza. Iturri poté seguire il filo della conversazione. Il collega gli chiese qualcosa e lui rispose con la parola «Interpol». Dall'autopattuglia ricevette l'ordine di lasciarlo andare «immediatamente»: l'ispettore lo sentì bene ed era segno che il capo aveva appena fatto un'urlata.

Ma il giovane agente non poté trattenersi. «Il mio sergente dice che può andare. Io però le raccomanderei di prendere una boccata d'aria prima di proseguire. Potrebbe avere un incidente o, peggio, provocarlo. Dovrebbe parcheggiare nella prossima area di sosta e dormire un po'.»

«Grazie, agente, prometto che lo farò», replicò Iturri, evitando d'incrociare lo sguardo sprezzante del giovane poliziotto. Non si mosse da lì. Cullato dal rumore della pioggia, con le palpebre socchiuse, si lasciò invadere da un torpore crescente. Era davvero stanco.

Nel suo sogno era sera e non pioveva. Stava su quello spuntone di roccia circondato dal mare. Puntava alternativamente il binocolo sull'ultimo degli ormeggi e verso il porto. Al primo stava attraccata la nave che sembrava ospitare la sua preda, una lussuosa imbarcazione chiamata *Destino*. Non sembrava che ci fosse attività a bordo: il motore ausiliare e la moto d'acqua erano ancora nel loro hangar, insieme con la gru retrattile che permetteva d'individuarli, ma la sorveglianza aveva confermato che il sospettato non era sbarcato. All'altra estremità del porto sportivo, su uno Zodiac ormeggiato a un veliero portoghese, stavano gli uomini di Iturri, pronti all'abbordaggio.

Tutti aspettavano nervosi che arrivasse l'ordine di entrare in azione. Ma il cellulare dell'ispettore continuava a non suonare. *Maledizione, cosa diavolo stanno combinando?*

Iturri si era riparato dal vento dietro uno dei cannoni di bronzo che orlavano il castello di pietra. Avevano sparato per l'ultima volta durante le guerre carliste, come gli aveva spiegato una delle guardie giurate della fortezza trasformata in resort turistico; le sue mura ospitavano gente di alto livello i cui averi richiedevano protezione.

A mezzanotte, la guardia era venuta a portargli un bicchierino di grappa alle erbe. «Non so che cosa ci fa, qua fuori, ma questo non le farà male», gli aveva detto. «I marinai lo chiamano 'sollievo'. Ma, a dire il vero, l'unica cosa contro cui dà sollievo è il freddo.»

Mentre sorseggiava la grappa, Iturri aveva finto di puntare il cannone contro l'imponente nave valutata tre milioni di euro, l'invidia del porto. «Fuoco!» aveva detto ad alta voce, imitando il rumore di uno scoppio. Quindi era tornato a contemplare lo schermo del suo cellulare, che riposava pacifico. *Per Dio! Cosa cazzo aspettano?*

In realtà l'epilogo dell'Operazione Fumo non era previsto che per qualche giorno dopo. Tuttavia la conclusione era giunta inattesa. A bordo della *Destino* il telefono aveva squillato tre volte consecutive, a pochi secondi di distanza. Nessuna delle chiamate aveva ricevuto una risposta. La centrale aveva confermato che provenivano dallo stesso numero: un cellulare clonato. Tenendo conto che erano state fatte alle quattro del mattino, Iturri aveva deciso d'intervenire subito, il che non era così semplice, perché l'operazione si stava svolgendo in contemporanea in cinque Paesi.

Erano mesi che l'ispettore dell'Interpol preparava ogni minimo dettaglio di quell'operazione: avevano seguito con pazienza decine di persone e studiato i movimenti dei loro conti bancari, e le loro connessioni informatiche. Conoscevano la struttura delle case dove abitavano o lavoravano e avevano raccolto dati sui loro clienti, sugli impiegati, sul personale domestico. Erano informati persino sui loro gusti gastronomici. Accumulare tutte quelle informazioni aveva uno scopo: evitare che un imprevisto mettesse a repentaglio la retata. Perciò il fatto d'ignorare chi e perché chiamava la loro preda a quell'ora aveva attivato tutti gli allarmi mentali di Iturri.

Da quando, cinque anni prima, aveva abbandonato la Polizia scientifica di Pamplona per arruolarsi nell'Interpol, l'Operazione Fumo rappresentava per l'ispettore il primo caso di una certa importanza, ed era determinato a risolverlo. Per questo, guardando la baia dal proprio nascondiglio mentre riceveva gli schiaffi del vento, non smetteva di pensare a quelle tre telefonate. *Cazzo, quanto ci mettono!* Il segnale di via libera, che doveva arrivare da Praga, si faceva attendere.

Duecento persone, di cui un quarto di nazionalità spagnola, erano già stata assicurate alla giustizia. Ma stavolta la retata aveva come scopo principale quello di catturare il cervello dell'organizzazione. Già in tre occasioni quell'individuo era riuscito a sfuggire alla giustizia, ma l'ispettore nutriva la speranza che il maggior pedofilo del mondo occidentale sarebbe stato finalmente arrestato.

I dati in loro possesso lo individuavano nel porto di Bayona, sulla costa galiziana, a bordo di un lussuoso Piercing 88 di ventisette metri di lunghezza. Si erano trasferiti fin lì e in quel momento lo stavano sorvegliando. Il vento e l'umidità, molto alta, intensificavano la sensazione di freddo; i colpi delle onde contro la scogliera, quella di pericolo.

Mentre si sfregava le mani, Iturri aveva pensato alla situazione appena mutata. Si rallegrava che l'operazione fosse alla fine perché, dopo aver concluso il caso, si sarebbe preso una meritata vacanza. Non voleva volare su una spiaggia esotica né andarsene a pescare in qualche posto solitario; nonostante la bellezza del luogo, ne aveva abbastanza del mare. Erano mesi che seguiva quell'operazione, settimane di stretta sorveglianza. All'interno di quell'imbarcazione, gli occupanti si godevano un soggiorno lussuoso, mentre i poliziotti erano costretti a ingoiare sale e umidità, camuffati in angoli che puzzavano sempre di pesce marcio. No, Iturri non voleva né sole né spiagge. Quello che desiderava era tornare a casa sua, a Pamplona, e dimenticare per qualche giorno l'Interpol, le vele e i pedofili.

Non aveva molti amici. Era un uomo taciturno, un avido lettore e un cacciatore volontario di solitudine. Tuttavia, benché sostenesse che un poliziotto dovrebbe evitare qualsiasi legame, nella capitale navarra contava su un piccolo gruppo di persone che erano felici di vederlo. Pachi, il suo compagno di pelota, che non era mai riuscito a battere; sua zia Alicia, che a ottantadue anni suonati cucinava ancora a puntino le *pochas*, i fagioli bianchi di Navarra... E Lola MacHor.

Il telefono si faceva pregare. Da quella posizione poteva intuire i problemi dei suoi uomini. Quando aveva messo a fuoco il binocolo, uno di loro stava vomitando a babordo, senza che ciò diminuisse la concentrazione degli altri.

Eppure sembravano di buonumore. Come consolazione per le scomodità, per il sonno in arretrato e per il nervosismo che lo rodeva, Iturri aveva caricato la pipa con una buona dose di tabacco scuro.

Non conoscevano il suo nome, ne aveva almeno una decina. Né conoscevano la sua faccia; avevano solo una foto sfocata di dieci anni prima. Dicevano che fosse rumeno, ma c'era chi gli attribuiva la nazionalità russa o persino quella danese. La Polizia scientifica, dopo una delle ultime registrazioni, aveva riferito che sembrava avere un accento gallego o forse portoghese.

Quand'erano comparse tracce di lui su un lussuoso yacht ormeggiato in Galizia, Iturri si era convinto che lo avrebbero presto catturato. Tuttavia, con sua grande sorpresa, aveva scoperto che molta gente poteva permettersi un lusso simile. Il cantiere italiano che aveva costruito l'imbarcazione aveva fornito loro sedici pagine complete di nomi di persone illustri o di pompose fondazioni.

A volte Iturri aveva dubitato che il suo avversario fosse reale; ma il dubbio lo aveva sfiorato solo per pochi istanti, perché le prove risultavano schiaccianti. Quell'uomo distribuiva filmini che lui stesso girava. I bambini erano sempre più piccoli, le pratiche sempre più atroci e i proventi maggiori. Infiltratosi nella Rete come un nuovo utente, e dietro pagamento di una cospicua quantità di denaro, Juan Iturri aveva avuto accesso a tutto quel materiale ripugnante. Mentre visionava alcune di quelle cassette, aveva dovuto abbandonare di colpo la stanza col vomito in gola. Per conciliare il sonno era stato costretto ad abusare di tranquillanti o di cognac. Ma ormai la rete era stata tessuta e, nel suo ruolo di ragno vendicatore, l'ispettore attendeva pazientemente la sua preda. Presto tutto sarebbe finito.

Poi, all'improvviso, si era reso conto che quel pensiero era un'utopia. Quelle atrocità non sarebbero mai terminate. La malvagità umana poteva essere infinita.

Almeno ne ritarderò le attività per qualche mese, aveva pensato, *e decine di bambini potranno vivere un'infanzia felice, dove il pallone o i peluche saranno gli unici giochi. E io me ne tornerò a casa, batterò Pachi alla pelota e amerò Lola, se lei me lo permetterà.*

Il silenzio teso non aveva accennato a smettere, mentre lo Zodiac balzava sul mare increspato. Quel lavoro in molti casi poteva risultare gravoso, in altri inutile; sempre, troppo lento. Iturri aveva ripassato mentalmente i particolari dell'operazione. Gli inseguimenti e le ricerche avevano offerto dati allarmanti. Gli arrestati non erano semplici psicopatici, bensì consumati pervertiti in cerca di nuove sfide: persone di aspetto comune, instancabili lavoratori, onesti esecutori delle proprie responsabilità professionali e civiche. C'erano avvocati, studenti, falegnami, professori universitari, cantanti e persino un dipendente di un ministero spagnolo. Uno di quelli che avrebbero catturato quella notte era uno dei maggiori contribuenti alle opere di carità in favore dell'infanzia; un altro era un giudice del tribunale dei minori.

Lo squillo del telefono aveva fatto sussultare Iturri, benché stesse aspettando la chiamata.

«Siamo pronti, ispettore.»

«D'accordo, si parte tutti insieme: coordinamento estremo in ogni settore. Ricordatevi che è di prioritaria importanza allontanare questi porci dai computer. Voglio che seguiate la procedura al millimetro. Qualsiasi sbaglio sarà usato dagli avvocati della difesa per tagliarci le palle. Okay! Stavolta spegniamo il Fumo. Muoviamoci!» Chiusa la comunicazione, aveva inforcato la moto della polizia ed era sceso al porto sportivo. Si era calato sullo Zodiac e si era rivolto agli uomini con cui condivideva la missione. «Se è possibile, voglio che restiate calmi e in silenzio. A meno che non vi troviate in pericolo di vita, tenete le armi nella fondina. L'ultima analisi agli infrarossi ci dice che il nostro uomo è solo. I dati sono recenti, di un'ora fa circa, e non abbiamo visto nessuno salire a bordo. Spero, quindi, che l'operazione vada via liscia. A tutti, in bocca al lupo!»

Nonostante il mare mosso, il potente motore dello Zodiac li aveva condotti rapidamente all'imbarcazione. Avevano abbordato lo yacht dalla poppa. Avevano un mandato ed erano entrati come un ciclone. La loro battaglia, però, era finita ancora prima d'iniziare.

La barca, i cui progetti avevano studiato così tante volte, era vuota. Nel salone di coperta, sopra il mobile bar, era rimasto un bicchiere da cocktail con molto ghiaccio e i resti di un liquore. Lì accanto, un filo di fumo bianco si alzava da un portacenere metallico. Due piccole luci rosse indicavano che il video e il computer portatile erano collegati, ma nessuno di essi mostrava una qualche attività. Il loro obiettivo se l'era svignata un'altra volta.

Ci erano volute due lunghe ore per perquisire lo yacht al millimetro e cercare tracce. Nessuno fiatava. Erano testimoni di un tenore di vita che a tutti loro risultava vietato. *Non ho mai visto un lavoro di falegnameria come questo,* pensava Iturri. *Anche se è stato pagato col pianto di bimbi oltraggiati, è davvero sublime.*

Avevano staccato i quadri, graziosi acquerelli d'ispirazione marinaresca, che però non nascondevano altro che la loro arte e una cassaforte vuota. Quando l'avevano aperta, un allarme silenzioso aveva suonato presso qualche società di vigilanza. Nel giro di venti minuti, a luci spiegate e sirene stridenti, un'imbarcazione aveva accostato lo yacht. Iturri li aveva cacciati in malo modo.

Poi lo avevano chiamato dalla cucina: nella spazzatura, uno degli agenti aveva trovato un CD rotto. Era difficile recuperare dati utili dal dischetto danneggiato, ma in ogni caso ci avrebbero provato. Giusto per curiosità, l'ispettore aveva aperto il frigorifero a due porte: gli scampi erano enormi, le due bottiglie di champagne sfoggiavano l'etichetta Moët-Chandon. Aveva richiuso piano, mentre rifletteva. L'operazione era fallita, risultava evidente. La loro preda doveva essere scappata a nuoto. Non avevano pensato a una simile via di fuga per via del tempo e della distanza dalla costa.

Fino a quel momento Iturri aveva mantenuto la calma, era stato persino più tranquillo del ragionevole, ma era andato su tutte le furie quando aveva sentito la prima osservazione del suo vice. Gli altri avevano abbassato lo sguardo sulla moquette dello yacht, senza sapere cosa dire.

« Un errore? No, no e poi no! Non c'è stato nessun errore. Le segnalazioni erano corrette. Siamo stati semplicemente scoperti. »

« Ma è impossibile! » aveva protestato l'agente Strong. « L'operazione è stata organizzata nel più stretto riserbo. Poche persone, oltre a noi e al giudice incaricato, sapevano della retata. E sono tutte persone di fiducia! »

« Strong, guardati intorno e vedrai dove sta l'errore del tuo ragionamento », aveva detto Iturri cercando di calmarsi. « Qualcuno ha violato quella fiducia. Ma non preoccuparti, continueremo a stargli col fiato sul collo. La prossima volta, lo catturiamo. »

Tutti avevano alzato gli occhi, già pronti ad andarsene, ma Iturri li aveva fermati. Si era rimesso i guanti di lattice, aveva estratto dalla tasca un sacchetto e lo aveva aperto con calma. Quindi si era guardato intorno, facendo girare il sacco. « Signori, vi prego di depositare qui i vostri cellulari. Vale per tutti. La centrale ve li restituirà al più presto. »

« Ispettore, cosa sta insinuando? »

« Zitto, Loire, e comincia col tuo! Agente Sábada, vedo dai segni nei pantaloni che tu ne hai due. »

« Ma questo è privato! » aveva esclamato il poliziotto, mentre cercava di nascondere con una mano le macchie di vomito che gli costellavano una gamba. « C'è la mia agenda, il numero di mia madre e quello della fidanzata. »

« Non ti preoccupare, te li restituiranno al più presto. È per il tuo bene: ora siamo tutti sospettati. Immagino che sarete interessati quanto me a essere liberati quanto prima da un simile sospetto. »

« D'accordo, ispettore, è un suo diritto... » La voce del poliziotto suonava acida. « Però si sbaglia a dubitare di noi. »

« È quello che spero, agente, però Strong ha ragione. L'operazione era ben organizzata. C'è una sola spiegazione per un simile insuccesso: tra noi c'è un traditore. Quelle tre chiamate perse erano un segnale. Suppongo che quel bastardo non si sia infilato in una tuta di neoprene solo per il gusto di farsi una nuotata. Adesso starà facendo colazione in qualche albergo di lusso. Ma non mi fermerò finché non l'avrò scovato. E che Dio abbia pietà di lui! »

Coi cellulari al sicuro, Juan Iturri aveva abbandonato l'imbarcazione e si era diretto verso il porto. Prima, però, aveva dato ordine di recuperare la moto, parcheggiata vicino agli ormeggi.

Un potente tuono risvegliò l'ispettore, che si guardò intorno. Non ricordava dove si trovasse. Fuori continuava a piovere e l'umidità rinfrescava l'ambiente, ma Iturri stava sudando.

9

Palazzo arcivescovile, Pamplona
Verso mezzogiorno di sabato 12 giugno

Monsignor Cañarte non guidava il suo gregge basandosi su studi di mercato o sulla legge del pensiero maggioritario. Riteneva di governare in nome di Cristo, morto per mano di rappresentanti riconosciuti del pensiero dominante e maggioritario della sua epoca, tuttavia intuiva che la negoziazione rientrava nelle sue funzioni di arcivescovo.

Non formalmente, ovvio. Come diretto rappresentante degli apostoli, il suo nome era scritto sul libro amministrativo del cielo. Ciò gli concedeva la facoltà di vedersela con lo Spirito Santo, interpretandone la voce e mettendone in pratica le decisioni con tutta la libertà concessagli da Roma. Eppure sapeva per convinzione ed esperienza che, in un mondo di diritti e libertà, il linguaggio dell'imposizione aveva perso molti punti, cadendo quasi in disuso. C'era stato un tempo in cui l'aveva riservato alle circostanze straordinarie, quelle da cui potevano derivare risultati fondamentali per la sua Chiesa. Era stato volutamente inquisitorio solo in due occasioni, entrambe ormai remote, entrambe giustificate.

L'arcivescovo di Pamplona sapeva che, in tempi moderni, soccombere alla tentazione dell'urlo o del comando aveva poco senso; optare per il cinismo, nessuno. Ecco perché nei venti anni trascorsi in posizioni di responsabilità ecclesiastica, prima come vescovo ausiliare e poi come arcivescovo, aveva appreso il valore della persuasione, di quell'abilità a convincere la gente a fare volentieri ciò che doveva fare.

Nonostante tutti i suoi sforzi, era consapevole che all'interno del suo gregge esisteva un settore dissidente, per il quale la sua devozione e la sua ortodossia erano segni inequivocabili di debolezza e scarso progresso. Blas de Cañarte non si lasciava intimorire da costoro, ma non osava nemmeno ignorarli. Anche Gesù Cristo aveva lasciato da sole e alla mercé dei pericoli novantanove bestie buone, per andare in cerca della traviata pecora nera.

Tale era la profondità della sua convinzione da aver nominato membro del proprio consiglio un rappresentante di quel settore dissidente. Conosceva bene il resto della sua scorta spirituale. Aveva argomenti plausibili per ipotizzare a priori quali sarebbe stati i suoi consigli in quel caso. Eppure non era del tutto sicuro delle reazioni di padre Tomás Pastor. *Peccato che proprio lui abbia risposto alla chiamata!* si era detto. Temendo che le voci incontrollate avrebbero compromesso la vicenda del riscatto dell'abate sconosciuto, pregava affinché quell'uomo, almeno per una volta, fosse prudente e rispettasse il suo voto di silenzio.

La riunione tra l'arcivescovo e due dei suoi vicari, con Andueza come testimone, iniziò alle due e mezzo del pomeriggio. Padre Tomás indossava un paio di pantaloni di cotone beige e polo blu navy. Lunghi ciuffi di capelli crespi gli scendevano scomposti sulla fronte. Al polso destro portava alcuni braccialetti fatti di variopinti fili intrecciati. Al contrario il vicario generale era in pantaloni e camicia di colore scuro, pur non indossando la collarina.

In precedenza avevano preso uno spuntino preparato loro dalla cuoca. Durante la conversazione informale, il segretario aveva suggerito in tono affabile di mantenere la polizia estranea alla faccenda, proprio per le peculiarità del caso che sembravano suggerire qualcuno fornito di conoscenze ecclesiastiche. Gli altri erano stati d'accordo e, in realtà, il consenso era stato quasi immediato. I quattro ecclesiastici temevano tutti allo stesso modo la polizia, o per lo meno alcuni dei suoi elementi, agenti scandalosamente anticlericali che avrebbero subito fatto filtrare la notizia alla stampa, equivocando tutto e limitando i loro movimenti futuri.

Più tardi era stato offerto il caffè in biblioteca. I due vicari fumavano. L'aria diventò pesante, finché non furono costretti ad aprire la finestra. La sala era priva di aria condizionata e il calore del pomeriggio estivo aumentava la sensazione di soffocamento.

«Questi sono i fatti, cari fratelli...» Dopo aver recitato un Credo, con la voce tenue e la schiena appena incurvata sotto il peso degli avvenimenti, l'arcivescovo aveva aperto la seduta. «Riteniamo che uno dei nostri fratelli sia stato rapito e che, insieme con lui, ci sia anche Nostro Signore sacramentato, costretto a subire di nuovo la croce della vessazione e dell'ignominia. Ignoriamo l'identità della persona trattenuta, cui apparterrebbe il dito da noi ricevuto, ma il candidato più probabile è l'abate del monastero di Leyre. Tra gli abati e le badesse della zona, è l'unico con cui non siamo riusciti a metterci in contatto.

«Altri dati sembrerebbero corroborare questa ipotesi. Il cognome Azenar, strana sigla con cui termina la pergamena che ci è stata recapitata, corrisponde a uno degli antichi costruttori di quel tempio. Ce lo hanno confermato gli storici locali: Azenar era uno dei maestri che incisero la propria firma su uno dei capitelli interni della chiesa abbaziale. Dal messaggio abbiamo dedotto che i presunti sequestratori promettono di liberare entrambi gli ostaggi, se consegniamo loro un prezioso esemplare del nostro museo: il reliquario del *Lignum Crucis*. Che cosa ne pensate, fratelli? Che idea vi siete fatti? Vi prego di esprimervi con la massima libertà.» Sembrava che l'arcivescovo volesse aggiungere qualcos'altro, ma si trattenne. Il suo compito consisteva nell'introdurre la questione, quindi attese a testa china.

Il vicario generale, padre Antonio Mangado, subentrò all'istante. Sorrideva al pensiero che, grazie alle proprie doti oratorie, in poche mosse avrebbe imposto la sua opinione. «Miei cari fratelli, credo che siamo tutti d'accordo: non possiamo sottometterci a un ricatto, poiché è a questo che si riduce tutta la situazione.» Gettando un'occhiata intorno a sé, il vicario cercò l'unanimità da lui stesso suggerita. «Accettare questa vile richiesta sarebbe la nostra rovina, la rovina della Chiesa intera, che non lo merita. Pagare raddoppierebbe, senza ombra di dubbio, i delitti. Oggi il sequestrato è un abate, domani sarà un vescovo e dopodomani il Santo Padre o qualcuno del suo seguito.» Il vicario generale trattenne una smorfia ironica. «Chi ha formulato una simile richiesta ignora che di tale bene

– il reliquario – non si dispone liberamente. Noi qui presenti siamo semplici amministratori di tale eredità. Non siamo azionisti proprietari, che prendono le decisioni. Anzi, dico di più: benché l'atto di proprietà spetti legalmente alla Chiesa, ci troviamo davanti a un bene che appartiene alla collettività. Quel reliquario è stato testimone d'eccezione di gran parte della storia di Navarra, una storia che non può terminare in mani estranee. Ecco perché concludo aspettandomi che condividiate tutti la mia opinione, e cioè che ci è vietato consegnare quanto quegli individui ci chiedono: non possiamo cedere ciò che non è nostro. »

Nonostante la logica di quel ragionamento e l'energia impressa in quelle parole, l'unanimità suggerita dall'eloquente discorso del vicario generale non fu raggiunta.

Padre Tomás intervenne nella discussione, con quel suo approccio alternativo che padre Antonio avrebbe volentieri messo al bando. « Non dimenticare, caro fratello, che il regno di Dio non è di questo mondo », obiettò. « Cristo in persona ci ha rammentato che la sua Chiesa è un dominio spirituale. Ciò che noi, suoi fedeli, dobbiamo cercare in questo mondo non è la ricchezza né tantomeno l'autorità in termini di cultura o storia, bensì la perfezione nella carità. Attraverso diversi passaggi evangelici, Gesù Cristo lancia un richiamo per nulla timido alla povertà. Permettimi di ricordarti la scena della vedova povera, lodata perché nella sua indigenza dona tutto ciò che possiede. O la triste condanna del giovane ricco... Quante volte ce l'ha ricordato il Signore e quanto presto lo scordiamo! Senza la carità tutti i beni, compresi quelli più sublimi, perdono il loro valore. »

Il vicario generale cercò di sorridere, ma la sua espressione ne mostrò solo la collera. Si rivolse a monsignor Cañarte e, sottovalutando il proprio collega di carica, borbottò: « Caro arcivescovo, padre Tomás ci ricorda cose ovvie: che ciascuno di noi, in quanto semplici fedeli, deve cercare la perfezione attraverso la semplicità di cuore. Tuttavia, accanto a quella virtù individuale, la Chiesa ha bisogno di strumenti materiali per realizzare il proprio compito: edifici, strumenti, cattedrali e ornamenti con cui adorare Dio. Non possiamo né dobbiamo rinunciare a essi. Quello che si è appena affermato in questo luogo è, all'atto pratico, pura entelechia».

La faccia di padre Tomás si era accesa di un colore che si avvicinava a una tonalità cremisi. Tuttavia la sua voce risuonò tranquilla, quasi pacifica. «'Va', vendi tutto quello che hai e dallo ai poveri. Così avrai un tesoro nel cielo.' Credo che il messaggio di Cristo sia inequivocabile. Non si tratta affatto di entelechia: Dio stesso ci esorta a rinunciare a tutti i beni per Lui. A Gesù Cristo non servono, è onnipotente; però ci chiede di condividerli, in nome Suo e del suo vangelo, coi poveri, i bisognosi e gli affamati. Il messaggio dev'essere applicato allo stesso modo alle persone e alle istituzioni, quindi comprende tutti i beni, inclusi i ricchi reliquari d'oro e di pietre preziose».

«E anche il *Lignum Crucis*? Forse potremmo regalare i calici e i *retablos*... e perché allora non trasformare la cattedrale di Burgos in un ostello di pellegrini?» ribatté padre Antonio, con lo sguardo pieno di rimprovero.

«Se in tal modo riducessimo la povertà e l'ingiustizia, certo che lo farei, anche mille volte!» s'imbaldanzì padre Tomás, preparando mentalmente l'attacco successivo.

«Vicari, fratelli amatissimi in Cristo nostro Signore! Non siamo qui per discutere della povertà evangelica», intervenne l'arcivescovo, con voce conciliante. «Vi prego, un nostro fratello è stato rapito! Questa, e nessun'altra, dev'essere ora la nostra preoccupazione. Miei cari fratelli, come dobbiamo comportarci?»

«Eminenza, mi vedo costretto a ribadire come risulti una pura formalità che la Chiesa di Navarra custodisca tale bene», disse il vicario generale. «Il reliquario e il *Lignum Crucis* sono un patrimonio dell'umanità, davanti alla quale noi ne rispondiamo.» E, liberandosi infine dei formalismi accademici, provò l'affondo. «Per tutti i santi, quel reliquario è ricco di storia, della sacra storia della Chiesa e del regno di Navarra! È intoccabile, intrasferibile! Non dovremmo neppure discuterne!»

«Vicario, secondo l'insegnamento di Cristo, a noi spettano le persone... e la povertà», insistette padre Tomás. «Tu dici che non possiamo sottometterci al ricatto, perché sarebbe la nostra rovina. Ma se non lo facessimo, causeremmo la rovina di un essere umano. Non voglio avere questo sulla coscienza. Lei, eminenza, si sentirebbe di sopportare un simile peso?»

Infastidito dall'ottima argomentazione, il vicario generale, che aveva ancora la camicia abbottonata fino al collo nonostante il caldo, si alzò e si avvicinò al tavolo in cerca di un altro po' d'acqua. Se ne versò un bicchiere e bevve con espressione di disgusto. Era tiepida.

Intanto monsignor Cañarte persisteva nel suo ostinato silenzio.

Il segretario Andueza, disorientato dal mutismo del superiore, decise d'intervenire per aggiungere nuovi dati alla discussione. «Vicari, permettete che vi rinfreschi la memoria? Credo che non abbiate considerato in maniera adeguata la questione del Santissimo», disse con la voce più umile che fu capace di produrre. «Vi ricordo che c'è un'altra persona sequestrata: lo stesso Cristo, vivo nell'ostia consacrata. Forse converrebbe analizzare le ripercussioni di un simile evento.»

Arrogante, il vicario generale aggrottò la fronte e gli tolse la parola con una smorfia gelida. «Che prove abbiamo di quanto sta dicendo? Su quali argomenti si basa per affermare che è consacrata? Non sappiamo niente di quell'ostia, assolutamente niente! Forse, come dice lei, è consacrata, ma forse no. Quindi non cerchi di manipolare la discussione. Io, per quanto mi riguarda, scommetterei che non lo è.»

«Perché lo affermi in modo tanto categorico? Che prove hai? Ti prego di condividerle subito con noi», sentenziò padre Tomás.

«Perché? Mi chiedi perché? È ovvio, vicario, mi baso semplicemente sulla logica: impossessarsi di un pezzo di pane senza lievito è molto più semplice che trovare un'ostia consacrata. Se il sequestratore sa che entrambe le ostie causeranno lo stesso effetto su di noi, incapaci come siamo di distinguere tra loro poiché la transustanziazione non produce nessun effetto fisico sulla materia, perché scegliere la strada più ardua?»

«In questo ti do ragione», ammise padre Tomás. «Inoltre la tua argomentazione mi permette di ribadire la mia posizione iniziale: l'importante è l'abate. Il suo sequestro, quello sì che può avere ripercussioni.»

Al segretario Andueza sfuggì un commento involontario. « Be', io non la vedo così semplice. »

I due vicari ignorarono senza troppi complimenti il segretario; non così l'arcivescovo, che ruppe il proprio mutismo per domandare: « Si spieghi, mio caro Lucas, che cos'è che non vede semplice? La natura dell'ostia, il reliquario...? »

« Niente di tutto ciò, eminenza, ma non ha molta importanza. »

« Per me invece ce l'ha, Andueza. A noi tutti piacerebbe sentire il suo parere. Sarebbe così gentile da condividere con noi le sue riflessioni? » L'arcivescovo si soffermò per qualche secondo a scrutare i due vicari. La posizione dello zucchetto viola si era appena palesata e nessuno dei due osò contraddirlo.

« Naturalmente, eminenza! Insomma, so che quanto sto per dire sembrerà disumano e privo di virtù cristiana a chi ascolta, ma credo che risponda alla realtà che domina i tempi moderni: da quand'è stato permesso ai fedeli di ricevere la comunione in mano, da quando le città e i paesi sono pieni di chiese vuote, le cui proprietà si trovano sotto l'unica protezione di un'antica chiave, le profanazioni del Santissimo sono all'ordine del giorno. Se quello che dico è vero, e credo che lo sia, allora perché inviarci anche un'ostia, consacrata o no? Il dito avrebbe costituito una prova sufficiente per costringerci a cedere davanti a qualsiasi pretesa. È un dito umano insanguinato, mozzato in modo brutale! Basta una semplice occhiata per rendersi conto del dolore sofferto dalla persona cui è stato tagliato e, di conseguenza, del dolore che ancora possono infliggerle. »

« Comprendo il suo discorso, Andueza... » Fu padre Tomás a parlare, esprimendo un sentimento condiviso. « Ma non capisco dove vuole arrivare. Quali conclusioni trae dalle sue premesse? »

« Ecco, con esattezza non lo so. » Il segretario si sentiva imbarazzato per la propria audacia e tuttavia lasciò fluire le idee, convinto di avere ragione. Non si rese conto di aver fatto sue le congetture del superiore. « Magari i sequestratori hanno pensato che noi, gli ecclesiastici, siamo sostituibili: a un abate succede un altro abate; a un papa un altro papa. Con la morte del superiore di un monastero, la Chiesa così non perderebbe nulla; anzi, al contrario, disporrebbe di un nuovo martire. Tuttavia nostro Signore non è sostituibile: Egli costituisce il nucleo della nostra fede. Con l'invio di un'ostia consacrata i rapitori ribadiscono l'argomentazione iniziale. È come se ci dicessero: 'Se non lo fate per il vostro abate, fatelo almeno per Cristo. Se il dolore del vostro vicario non è una dimostrazione sufficiente, pensate al vostro Signore, anch'Egli in nostro potere'. Forse per questo nella nota hanno inserito l'espressione *Sacramentum* con la maiuscola, ed è possibile che per lo stesso motivo abbiano protetto l'ostia con la plastica. Ci stanno dicendo che sanno ciò che fanno, ne conoscono l'importanza. Non ignorano le nostre abitudini e credenze. Ecco che cosa penso, e proprio per questo motivo non mi pare così semplice che l'ostia non sia consacrata. Ritengo che dietro di essa si nasconda qualcosa di più. Qualcosa che non siamo riusciti a scoprire», concluse il segretario.

Sorpresi dalle sue argomentazioni, i presenti non obiettarono. Dinanzi all'insolito consenso, il silenzio s'impadronì dell'ambiente.

La calma parve sorprendere l'arcivescovo: come se quella tregua lo avesse interpellato, alzò lo sguardo e, dopo aver deglutito, si costrinse a parlare. «Miei cari fratelli in Cristo, vi sarei grato se mi offriste un consiglio unanime. Ho bisogno che raggiungiamo un accordo. Che cosa credete si debba fare? Pensate che abbiamo considerato tutte le opzioni possibili? Magari, per finire, io sto sbagliando e dovremmo informare al più presto la polizia».

Padre Tomás sferrò un pugno sul tavolo e quindi si alzò, prendendo la parola. «Sembra chiaro che consegnare il *Lignum Crucis* non raccoglierà la maggioranza dei voti. Tuttavia dobbiamo fare qualcosa, dobbiamo intraprendere un'azione che sia efficace e, allo stesso tempo, rapida; una manovra che ci restituisca sano e salvo il nostro fratello, l'abate di Leyre, se alla fine si tratta proprio di lui...»

«Che cos'ha in mente?» domandò l'arcivescovo.

«Consegniamo loro dei soldi!» rispose padre Tomás. «Forse, se riuscissimo a riunirne una quantità sufficiente, i sequestratori lo libererebbero senza altri danni. In fondo, che cosa vuole un rapitore, se non il denaro? A cosa gli serve un reliquario, se non per venderlo e ricavare una cospicua fetta della transazione? »

« Ma che cosa sta dicendo! » ribatté l'arcivescovo, visibilmente innervosito. « La situazione economica della diocesi non è precisamente prospera. Voi tutti sapete che siamo devastati dai problemi finanziari. Non riusciremmo a ottenere il denaro sufficiente con tanta urgenza. »

« Utilizziamo i fondi che dovevamo destinare alla missione in America Latina », propose il vicario generale. « Se non mi sbaglio, arrivavano a oltre mezzo milione. »

« Padre, questa soluzione è impossibile », replicò l'arcivescovo.

Il suo rifiuto fu così pronto che tutti lo guardarono meravigliati.

« Possiamo sapere perché? » chiese padre Antonio.

« Quel denaro è stato trasferito », rivelò l'arcivescovo, con evidente turbamento.

« L'avete già trasferito? Pensavo che la diocesi dovesse ancora decidere a quali missioni in concreto destinare i fondi. »

« Be', pensava male », ribatté l'arcivescovo. « Su quei fondi non possiamo contare. »

« Facciamo una colletta! » propose padre Tomás. « Sì, proprio così, una colletta straordinaria! Sono sicuro che il popolo di Dio risponderà con generosità davanti a una richiesta simile. Serviamoci della stampa. »

« Non c'è tempo per organizzare una colletta », obiettò padre Antonio. « Però, magari, sua eminenza conosce qualche animo caritatevole con un fornito conto corrente, disposta a collaborare per la causa. »

« Sì, giusto! » esclamò il segretario, coinvolto ormai nella discussione come un membro a pieno diritto. « Sono certo che i sequestratori si accontenteranno di mezzo milione, forse anche meno. Eminenza, lei potrebbe ottenere duecentomila euro con un paio di telefonate. Se spiegasse le circostanze, sono sicuro che quelle persone potenti e compassionevoli glieli fornirebbero senza fare domande. »

Il viso dell'arcivescovo somigliava a un sudario, bianco e inanimato. Sembrava del tutto estraneo alla discussione.

Andueza ripeté il suggerimento, stavolta con maggior enfasi.

L'arcivescovo sollevò la testa e li guardò, uno per uno. Con molta calma si levò lo zucchetto viola, scoprendo la sua vasta calvizie. Col copricapo tra le mani, disse: « Miei cari fratelli, vi ringrazio molto per avere risposto alla mia chiamata in modo tanto tempestivo. Le vostre riflessioni mi sono state molto utili. Le valuterò con l'aiuto del Signore e poi prenderò una decisione. Questa è una di quelle situazioni in cui il peso della mia carica equivale a un'autentica lastra di marmo. Spero che lo Spirito Santo e la santissima Vergine Maria mi aiutino a portare un simile peso, fino a raggiungere una destinazione sicura. Grazie a tutti ».

« Eminenza, capisco che sia lei a dover prendere la decisione finale, ma almeno potrebbe renderci partecipi delle sue riflessioni », protestò padre Tomás, sollevando il viso giovanile e combattivo. « Magari potrebbe dirci con quale delle argomentazioni esposte si allinea la sua posizione. »

« Mio caro amico, il Signore, che servo ormai da molti anni, per il quale ho abbandonato i piaceri e i beni materiali che mi sarebbero stati concessi, il Signore grazie al quale respiro e vivo, è stato profanato. E uno dei suoi figli è stato sequestrato e ferito, magari anche mortalmente! Non è un momento per la diplomazia, è il momento di pregare. A Lui vi affido tutti. E vi ricordo - non insisterò mai abbastanza su questo punto - che tutto quanto è stato detto in questa sede è strettamente riservato. C'è in gioco la vita di una persona. »

« Ma, eminenza, il reliquario è un bene preziosissimo per la Chiesa e la storia di Navarra! » strillò padre Antonio.

« Lo so, non insista. » Alzandosi, l'arcivescovo diede per conclusa la riunione. Poi chiese: « Desiderate pregare con me nella cappella? »

Tutti lo seguirono, ma non a lungo. Padre Tomás tolse il disturbo alle cinque del pomeriggio, il vicario generale dieci minuti dopo. Solo il segretario episcopale rimase in trepida attesa, seduto sulla panca di destra, a guardare come si consumavano i minuti mentre il coraggio lo abbandonava in modo clamoroso. Un brutto presentimento si andava impadronendo di lui a passi da gigante.

Alle sei in punto, il cellulare – stavolta sotto forma di vibrazione, dato che dopo la chiamata della madre Andueza aveva eliminato la suoneria – fece alzare dal suo posto il segretario, che abbandonò la cappella. « Sì? » domandò a bassa voce. Temeva in modo puerile che, in qualche maniera, il sequestratore fosse entrato in possesso del suo numero.

« Eminenza, sono Juan Iturri. »

« Iturri? » domandò Andueza, sbalordito.

« Sì, sono l'ispettore Iturri. Con chi parlo? »

« Ah, sì, mi scusi, ispettore. Sono molto felice di sentirla, l'arcivescovo attendeva una sua chiamata. Sono il suo segretario... Glielo passo subito. » Cercando di tenere i nervi sotto controllo, Andueza si affrettò lungo il corridoio e andò a sedersi accanto al superiore. « Eminenza, mi dispiace interrompere le sue preghiere, ma la cerca l'ispettore Iturri. »

Quel nome spezzò il silenzio, riportando monsignor Cañarte alla dura realtà. Non si era mai sentito tanto solo. « Rispondo subito », disse alzandosi dalla panca, per poi inchinarsi prima di uscire. Prese il telefono ed entrò nel suo ufficio, lasciando la porta aperta; voleva che le sue parole arrivassero all'orecchio di Andueza. « Ispettore, grazie per aver chiamato così presto. Attendevo con ansia una sua telefonata. »

« Buonasera, arcivescovo. A dire il vero, non sono molti i dati che ho potuto recuperare in tempi tanto brevi. »

« Non si preoccupi, ne sono consapevole: per indagare ci vuole tempo. Ma deduco che, se mi chiama, è perché deve aver trovato qualcosa. »

« L'unica cosa che posso dirle, eminenza, è che i primi dati non sembrano quadrare con l'ipotesi di partenza. »

Con voce sfinita, l'arcivescovo disse: « La ascolto, ispettore ».

« La metto subito al corrente, però prima vorrei che mi dicesse se c'è stata qualche novità che dovrei conoscere. »

« Niente, ispettore. Ed è terribile! L'attesa si sta rivelando davvero angosciante. Con la sua chiamata ha riaperto una strada alle mie speranze. »

« Ho paura di deluderla, eminenza: non le porto le notizie

che lei attende. Abbiamo soltanto scartato come improbabili alcune delle ipotesi iniziali.»

«Bene, almeno sapremo su cosa concentrarci», replicò l'arcivescovo, con gli occhi bassi per la delusione.

«Ho indagato varie fonti, ma quasi senza risultati. Come prima cosa, ci siamo concentrati sulla questione del dito. Vede, padre, fino a qualche anno fa praticare mutilazioni era un'abitudine piuttosto inusuale nella vecchia Europa. Sfortunatamente, la caduta del muro di Berlino ha disseminato l'Occidente di molti mafiosi provenienti dai Paesi dell'Est: si tratta spesso di vecchi poliziotti, particolarmente violenti, per i quali la vita ha un valore quasi simbolico. Si guadagnano da vivere col sequestro, l'estorsione e i grandi furti. Tuttavia, fino a questo momento, Pamplona era rimasta fuori del loro territorio. Non ho trovato niente: nessuno dei nostri informatori né dei nostri esperti ha notizia, per quanto remota, di una banda di quel tipo che operi nella Spagna del Nord. Nemmeno i colombiani sembrano essere coinvolti...»

Monsignor Cañarte lo interruppe, con un sospiro di rassegnazione. «Perlomeno è un sollievo pensare che non sia in mani come quelle...»

«Sì, eminenza, questo è vero. Scartata inizialmente una simile ipotesi, mi sono concentrato sull'obiettivo del riscatto, ma nemmeno in questo caso ho ottenuto grandi risultati. I ladri di opere d'arte sono soliti essere tanto rispettosi dell'incolumità delle persone quanto sono sconsiderati con le loro proprietà. Come già m'immaginavo, l'oggetto chiesto per il riscatto e la prova inviata non convincono gli esperti dell'Interpol. I ladri di questo tipo di solito usano i guanti di velluto, non vanno in giro ad amputare dita. D'altro canto, i miei informatori affermano che nessun collezionista capriccioso ultimamente ha fatto una richiesta simile.»

«Eppure, ispettore, c'è il dito di un uomo nel mio frigorifero!»

«So quanto questo possa sembrare frustrante, eminenza, ma le assicuro che stiamo facendo tutto il possibile.»

«Mi perdoni, caro Juan, sono stato ingiusto! Non è colpa sua, però...»

« Non deve scusarsi, capisco come può sentirsi, ma questi sono i dati a nostra disposizione. »

« Bene, d'accordo. Le sue fonti in questo caso risultano inutili, tuttavia mi piacerebbe sapere che cosa ne pensa lei. L'ho chiamata perché è un amico, ma anche perché confido ciecamente nel suo fiuto. »

« Ah, il mio fiuto, eminenza, diventa ogni giorno più maldestro! »

« Però lei ha un'idea che le frulla per la testa... »

« Devo continuare a indagare, ma se le interessa la mia opinione, eccola: credo che le indagini dovrebbero seguire più la pista della profanazione che quella del riscatto. L'utilizzo dell'aramaico e del latino, le frasi strane e la sigla, l'ostia... Tutto sembra cosparso di ritualità religiosa. Devo confessarle che una simile direzione d'indagine si prospetta come molto pericolosa. Gente simile non sa proprio cosa sia la razionalità. Sono fanatici estremisti convinti delle proprie menzogne. » L'ispettore attese la replica, che non arrivò. Iturri interpretò le ombre che accompagnavano il silenzio del suo interlocutore. « In ogni caso, eminenza, la mia analisi è prematura. Devo ancora parlare con uno dei nostri esperti; forse ci chiarirà qualche dettaglio che ancora non sembra troppo comprensibile. »

« Grazie, ispettore. »

Stavolta fu Iturri a esitare qualche istante. « Eminenza, mi dispiace doverle dire certe cose, ma devo farlo: un'altra delle ipotesi che non possiamo trascurare è che si tratti di una vendetta. Non so se si ricorda, ma lei stesso mi ha detto che chi firmava il messaggio, quell'Azenar, non solo era stato uno dei costruttori di Leyre, ma era morto sul rogo per blasfemia. Non sappiamo se con quel nome i sequestratori suggeriscano Leyre o piuttosto la bestemmia e la vendetta. »

« Me lo ricordo benissimo, caro Juan, eppure non riesco a interpretarlo. »

« Eminenza, domani sarò a Pamplona. Per allora spero di aver fatto qualche progresso nelle mie indagini. »

« Grazie, ispettore. L'aspetto domani. » La voce dell'arcivescovo suonò di colpo stranamente calma.

Iturri colse al volo quella sfumatura. « Un'ultima cosa, eminenza... »

« Mi dica, Juan. »

« Eminenza, è stato lei a cercarmi. Suppongo che l'abbia fatto perché si fida di me. »

« È proprio così. Mi ha impressionato il modo in cui risolse quel furto avvenuto nel palazzo arcivescovile nel 1990. Credo che lei sia un ottimo professionista. »

« Grazie per il complimento. Ebbene, la prego, la supplico di ascoltarmi: non prenda decisioni senza fare affidamento su di me, aspetti il mio arrivo. Mi dia retta, per favore, perché non sa cosa può ritrovarsi di fronte! »

« La ringrazio del consiglio, ispettore, ma... »

« Eminenza, la conosco, so che mi sta nascondendo qualcosa, lo sento dalla sua voce. La prego, si fidi della mia parola! Non sta trattando con angeli, ma piuttosto con demoni. Lei si occupi dei primi e lasci a me i secondi. Per favore, mi dica che cos'ha in mente. »

« Non si preoccupi per me, ci vediamo domani. Grazie ancora di tutto. Se ci saranno novità, la chiamerò. » Monsignor Cañarte chiuse la comunicazione e si lasciò cadere sulla poltrona. Nascose il viso tra le mani e iniziò un rosario di singhiozzi.

Andueza osservava con imbarazzo la scena dal corridoio. Vedere piangere un uomo era uno spettacolo spiacevole; vederlo fare al suo superiore, era frustrante. Ma quando si sa che ci sono ottimi motivi per scoppiare in lacrime, si può soltanto cercare di accompagnare quel profondo dolore col silenzio.

Dopo qualche minuto, l'arcivescovo si rialzò. « Don Lucas, ho bisogno di un altro favore. »

« Ma certo, eminenza, ogni suo desiderio è un ordine. »

« Devo parlare con Ildefonso Petit, il consulente finanziario della diocesi. Ho il numero del suo ufficio, ma oggi è sabato ed è inutile chiamarlo lì: non ci sarà nessuno. Prima ho provato a rintracciarlo a casa; l'ho chiamato diverse volte, ma non risponde. Mi è venuto in mente che, visto il bel tempo, potrebbe essere andato nella sua casa di La Ribera. Ricordo di esserci stato una volta, se la memoria non m'inganna dovrebbe essere nel territorio municipale di Peralta. Vorrei parlare con lui al più presto. Crede di poterlo rintracciare con questi dati? »

« Spero che siano sufficienti. Se la proprietà è intestata a suo nome, o magari a quello della moglie, dovrebbe essere facile. Mi metto subito al lavoro. Non appena trovo il suo numero di telefono, glielo comunico. »

« No, preferisco che chiami a nome mio. Gli chieda se può raggiungerci, anche stasera... insomma, il prima possibile. Gli dica che è una questione della massima importanza e che io non posso muovermi. Sono certo che accetterà. »

Andueza non ebbe troppi problemi a scoprire dove si trovava quella proprietà. Il numero non figurava sull'elenco telefonico, ma si trattava di una proprietà abbastanza grande perché tutti gli abitanti dei dintorni la conoscessero. Non si trovava nel paese di Peralta, bensì in quello vicino di Falces, tuttavia quel dettaglio non fu di ostacolo. Il primo parroco con cui il segretario episcopale si mise in contatto gli offrì tutti i dati di cui aveva bisogno, senza la necessità di fare altre verifiche: cinquecento ettari non passano mai inosservati, tantomeno a un parroco buon osservatore che cerca fondi per riparare la chiesa del villaggio.

Nessuno dice di no a un arcivescovo, neppure Ildefonso Petit, anche se per quello si prese le acide rampogne della moglie, che si lamentava per la sua partenza improvvisa proprio quando stavano per arrivare in visita i suoceri. All'ora di cena, vinto dalla curiosità, il consulente finanziario si trovava già nell'ufficio dell'arcivescovo.

« Ildefonso! Grazie mille per essere venuto così in fretta. Ti prego di porgere le mie più sentite scuse a tua moglie. Mi dispiace di avervi rovinato il sabato pomeriggio, ma era importante. Se avessi avuto un'altra scelta... »

« Eminenza, non ha nessuna importanza. Sono io che la ringrazio: stavano per arrivare i miei suoceri. La sua telefonata mi ha evitato i soliti rimproveri di mia suocera: insiste a dire che non educo come dovrei la nostra unica figlia. » Petit notò che il suo studiato scherzo non faceva ridere il prelato. « Padre Andueza mi ha riferito che si tratta di una questione urgente. Non occorre dire che sono sempre a sua disposizione. » L'arcivescovo era molto serio, pallido e aveva profonde occhiaie, tanto che il consulente finanziario chiese preoccupato: « Don Blas, si sente bene? »

« Non ti preoccupare, sto bene. Un po' stanco, certo, e questo caldo non fa che peggiorare le cose... In breve, Ildefonso, ti ho chiamato perché ho una certa fretta. Ho bisogno di chiederti un favore. »

« Mi dica pure, eminenza. »

« Vieni nel mio ufficio, parleremo con più calma. »

Stavolta Blas de Cañarte chiuse il grande battente di quercia dietro di sé, lasciando Andueza nel salone contiguo, fuori di quella conversazione. Il segretario avrebbe voluto spiarli attraverso il buco della serratura o in qualche altra maniera, ma sapeva che era impossibile: l'ufficio dell'arcivescovo era ben protetto dagli sguardi indiscreti.

Mentre aspettava, Andueza s'intrattenne contando i gradini della sala. Avrebbe potuto ritirarsi nel suo ufficio, ma non lo fece. Aveva conservato la piccola bara nel frigorifero della cucina, ma il ricordo del suo contenuto sembrava giacere ancora sulla sua scrivania, tenendolo il più possibile lontano. In realtà aveva valutato se entrare per consultare di nuovo il computer. Era un innamorato della Rete: Internet offriva tante informazioni, anche se non sempre veritiere, sulle cose più disparate. Forse lì avrebbe trovato qualche dato che suggerisse una pista riguardo a quell'enigma.

Un'idea specialmente gli frullava per la testa. Qualche tempo prima su uno dei maggiori siti di aste on-line erano comparsi alcuni strani annunci. Si vendevano presunte ostie consacrate al miglior offerente. Il loro prezzo di partenza oscillava tra i cinquanta e i cinquecento euro, a seconda della misura, della chiesa di origine e del sacerdote che le aveva consacrate. Si diceva addirittura che una di esse provenisse dalla basilica di San Pietro e fosse stata benedetta dal papa in persona: il suo prezzo saliva a millecinquecento euro.

Insieme con un altro sacerdote e con due laici, Andueza aveva organizzato una raccolta di firme contro quelle vendite. Avevano ottenuto un grande successo: gli annunci erano durati solo dodici ore. Dopo aver ricevuto migliaia di proteste da parte di altrettanti utenti, il portale - che temeva di perdere i propri clienti tanto quanto di ritrovarsi coinvolto in lunghi e costosi procedimenti giudiziari - aveva deciso di ritirare l'offerta. Tuttavia, in quel breve periodo, il sito web aveva raccolto più di trecento offerte. Andueza non aveva informato l'arcivescovo: perché causargli un dolore inutile? Eppure in quel momento si pentiva di averglielo nascosto.

Facendo di necessità virtù, si avvicinò alla scrivania e accese il computer. Andò su un sito di aste e digitò la parola « ostia » nello spazio dedicato alle ricerche. Quasi subito sul computer comparve un messaggio con cui si avvisava che quelle offerte erano state bloccate su espressa richiesta degli utenti. Tuttavia, dietro il messaggio, s'intravedeva l'elenco di domande e offerte. Andueza lo selezionò e decise di stamparlo, anche se sapeva che da lì poteva ottenere ben poco: solo i responsabili del sito conoscevano l'identità degli offerenti. La macchina stampò dodici pagine, ma soltanto in sette casi compariva il segnale di trattativa conclusa. Il segretario li evidenziò con un pennarello rosso. Stava sottolineando l'ultimo quando giunsero alle sue orecchie la voce del consulente finanziario e il rumore di una porta che si apriva.

« Eminenza, non intendo immischiarmi nella sua vita, Dio me ne guardi! Però mi sento obbligato a dirle che quanto mi sta chiedendo non ha nessun senso. Lei conosce bene il funzionamento della Borsa, come pure il momento particolare in cui si trova: ecco perché le chiedo con insistenza di ripensare alla sua decisione. Forse questo 'problema' può risolversi in altra maniera. Con un po' di tempo in più, potrei fare di meglio. »

Andueza era sbalordito. Borsa? Di cosa avevano trattato in quella conversazione? Come poteva l'arcivescovo preoccuparsi dei rendimenti dei propri investimenti, mentre avevano da affrontare problemi ben più seri? Non era il momento più opportuno per dedicarsi a quel genere di questioni. Forse si trattava del mezzo milione menzionato... Mentre quella convinzione si faceva spazio nella sua mente, il segretario sentì che pronunciavano il suo nome.

L'arcivescovo stava salutando il consulente finanziario. « Bisogna fare come ti ho detto, amico mio, e in nessun altro modo.

Padre Andueza ti accompagnerà all'uscita. Io resto qui e aspetto tue notizie. Ti sarei molto grato se, oltre che abile – e so per certo che lo sei –, fossi anche il più sollecito possibile. Si tratta di una questione di vita o di morte.» Senza aggiungere altro né dare l'opportunità al suo segretario di porre domande, Blas de Cañarte tornò a rinchiudersi nei suoi alloggi.

Andueza e Petit presero l'ascensore. Mentre sullo schermo comparivano numeri in ordine decrescente, i suoi impassibili occupanti se ne stettero in silenzio.

Quando alcune note musicali indicarono la fine del tragitto, il consulente finanziario disse: «Don Lucas, devo confessarle che lascio questo palazzo molto preoccupato. Quello che sua eminenza ha appena fatto è una follia. La cosa più curiosa è che non mi ha fornito la minima spiegazione né ha richiesto il mio parere professionale, come fa di solito. Quando sono arrivato, aveva già preso la sua decisione, ma questa decisione è errata. E sa qual è la cosa più curiosa, don Lucas?»

«No.»

«La cosa più curiosa è che l'arcivescovo ne è consapevole. Sta commettendo un terribile errore consapevolmente!»

«Non si preoccupi, Ildefonso. Ignoro la ragione che spinge sua eminenza a fare quanto ha fatto, ma ha trascorso la sera in ginocchio davanti al Santissimo per prendere tale decisione, qualunque essa sia. Tutto andrà per il meglio, siamo nelle mani di Dio.»

«Lo so, don Lucas. Ma pregare Dio, per quanto necessario, non è sempre sufficiente. Dovremmo fare qualcosa: non so, aiutarlo di qualche modo. Quello che sua eminenza pretende è così assurdo... Non ha lasciato che lo consigliassi, ma forse lei potrebbe persuaderlo. C'è qualcosa che lo attanaglia. Insomma, non è una faccenda di mia competenza, però la pregherei di restargli vicino. Mi è sembrato che si sentisse molto solo. Come potrei dire? *Abbandonato*. Sì, è questa la parola che cercavo.»

«Lo farò, Ildefonso. Stia certo che lo farò.»

«Bene. Io farò in modo che il mio contributo a questa follia sia il più efficace possibile. Tornerò non appena avrò concluso le pratiche. Mi lasci il suo numero di cellulare, la chiamerò prima di arrivare. Non è molto prudente girare per questo quartiere con tanti soldi.»

Lucas Andueza richiuse il portone e girò la chiave. Anche se cercava di dissimulare la sua preoccupazione, era atterrito. Si avvicinava la mezzanotte e non avevano ricevuto notizie dai sequestratori. Ignorava se fosse un buon segno oppure no, ma sapeva che ciò gli stava minando i nervi.

Era mezzanotte passata, quando Ildefonso Petit arrivò al palazzo vescovile. Il suo abito appariva sgualcito e il suo viso rifletteva una stanchezza inusuale. Si fermò lì pochi minuti. Quando uscì, non aveva più la sacca sportiva con cui si era presentato.

Una volta soli, il segretario entrò nell'ufficio dell'arcivescovo deciso a consolare il suo superiore, anche se ancora non sapeva come.

Monsignor Cañarte si era slacciato la camicia e tolto la collarina. Aveva un aspetto davvero penoso. «Non ci sono novità dai sequestratori, vero?» chiese in un sussurro.

«È così, eminenza.»

«Pensavo che potessero inviare un altro pacchetto o un altro messaggio... Magari ha ricevuto una chiamata, forse qualche notizia da parte di Iturri, anche se non mi è sembrato di sentire squillare il suo telefonino...»

«Mi dispiace, eminenza, ma non si è verificato niente di tutto questo. Può anche essere che farci innervosire sia parte della loro strategia. Sono loro che hanno iniziato questa partita e adesso tocca a loro muovere le pedine. Possiamo solo aspettare.»

«E allora cerchiamo di avere pazienza», mormorò l'arcivescovo. «Come diceva santa Teresa di Ávila: 'La pazienza ottiene tutto'.»

«Ma certo, eminenza, avremo tutta la pazienza di cui ci sarà bisogno, la pazienza necessaria perché questi eventi passino e noi possiamo ritrovare di nuovo la pace.»

«Don Lucas, sua madre sarà preoccupata.»

«Il mio posto ora è qui, accanto al mio arcivescovo», rispose Andueza, infilando le mani nelle tasche dei pantaloni e simulando noncuranza, anche se per un istante evocò la montagna che non avrebbe scalato. Di colpo ricordò che avrebbe dovuto chiamare i suoi compagni di arrampicata, per avvisarli che non si sarebbe presentato all'appuntamento.

«Grazie, mio caro Lucas. Apprezzo molto che stanotte lei resti a farmi compagnia. Guido molto male e se il sequestratore mi obbligasse a uscire... Non vorrei coinvolgere l'autista: meno sono le persone che conoscono i fatti, tanto meglio.»

«Non ci pensi adesso, eminenza. Se ce ne sarà bisogno, guiderò io.» A quel punto, Andueza osò interrogare il suo superiore. «Eminenza, so per certo che non dovrei, ma lo farò lo stesso. Può essere che, parlando con me, la sua mente si chiarisca.» Quella frase trasmise in modo distorto le intenzioni del segretario, che si vide costretto ad aggiungere: «Insomma, quello che volevo dire è che quando uno esprime ad alta voce i suoi pensieri, di solito compaiono ombre e luci che prima non vedeva. Il mio ruolo in tutto ciò sarebbe quello di semplice comparsa, che si limiterà a restituirle i suoi pensieri».

Blas de Cañarte non si fece pregare. Sembrava sentisse la necessità di condividere i suoi presagi. «Vede, Andueza, nelle ore appena trascorse ho ripensato di continuo alle argomentazioni che lei ha formulato questo pomeriggio in presenza dei vicari. Devo confessarle che ho finito per convincermi che lei ha ragione. Da allora non ho fatto altro che interrogarmi sul perché di tutto questo.»

«Mi dispiace, eminenza, ma non riesco a seguirla. Ignoro fatti simili, ma ritengo che non debbano essere necessariamente collegati a una motivazione. Si tratta di un sequestro per raggiungere un obiettivo, nient'altro. I criminali non ragionano come noi.»

«Mi riferisco all'insieme dei particolari, don Lucas. Si è chiesto perché questi fatti stanno accadendo a Pamplona e non a Vitoria, a Toledo o a Bilbao? Perché hanno scelto precisamente quel reliquario e non qualche altro bene prezioso? L'esemplare è magnifico, senza dubbio, ma risulta difficile da trasportare e da nascondere. Ci sono oggetti di maggior valore che offrirebbero più sicurezza e meno rischi ai ladri. E, al di là di tutti questi dettagli, dobbiamo chiederci perché, tra i molti candidati possibili, hanno scelto proprio me.»

«Come dice, eminenza?»

«La questione fondamentale è quale ruolo interpreto io in questo film.»

«Ruolo, film? Con tutto il rispetto, credo che si sbagli di grosso. Questi fatti non hanno assolutamente niente a che vedere con lei.»

«Ne è proprio sicuro, don Lucas? Non ho molta esperienza di situazioni come questa, ma intuisco - o meglio, do per scontato - che la scelta di Pamplona non sia casuale. A me, non alla città o a qualsiasi altro vicario, va attribuita la colpa delle vicende che stanno accadendo. Lo dice chiaramente quella pergamena: '*A peccato liberatus, apostolis debet satisfacere. Mera iustitia hoc exigit*'. Per liberarsi dal peccato, l'apostolo deve espiare.»

«Lei? La colpa? Eminenza, mi perdoni di nuovo, ma credo in tutta sincerità che questa situazione stia mettendo a dura prova i suoi nervi e che quanto dice sia dettato dallo stress. Dovrebbe riposare.»

«Rifletta con me, Andueza, e ci arriverà. Il reliquario del *Lignum Crucis* non è qualcosa che si possa rivendere. Salvo il caso in cui fosse destinato a incrementare i trofei di qualche bizzarro collezionista, non ha nessun senso pretenderlo come riscatto. L'ispettore Iturri mi ha assicurato che alla polizia non risultano né individui né organizzazioni con le caratteristiche necessarie per pianificare un simile tipo di sequestro.»

«Forse non li hanno ancora schedati. La polizia non è infallibile.»

«D'accordo, ma anche se così fosse dubito che queste persone correrebbero il grave rischio di essere arrestare per quell'oggetto. Al posto loro, io avrei scelto un esemplare più prezioso, più raffinato. Le chiese spagnole ne sono piene e quasi non hanno protezione. Quadri di Goya o Velázquez pendono alle pareti dei conventi, aspettando solo di essere rubati. A Toledo ci sono reliquari che valgono il doppio del nostro. E quanto al *Lignum Crucis*, ogni diocesi ha il suo! Perché noi? Perché un'ostia consacrata? Perché coinvolgere un abate? Perché Pamplona, perché Leyre? Perché la violenza?»

« Ha ragione, eminenza, nulla di tutto ciò ha un senso. Però dobbiamo pensare che chi taglia un dito a un uomo non deve necessariamente concordare con noi su ciò che è sensato o ragionevole. Potrebbero essersi soltanto incapricciati di quell'oggetto e non di altri più preziosi. Ma, al di là di questi particolari, non capisco il motivo per cui dice che questi eventi hanno a che fare con lei. Suppongo che non sia Blas de Cañarte quello che cercano, bensì l'autorità in grado di provvedere al pagamento del riscatto. »

« Spero che lei abbia ragione. Ma, prima di concludere, mi permetta di rivelarle la mia ipotesi. Col dito, i rapitori ci hanno indicato che sono disposti a uccidere per ottenere i loro scopi; con l'ostia, che conoscono alla perfezione con chi stanno trattando. Ma se questi individui conoscono la Chiesa dall'interno, come si può dedurre dal loro messaggio, dovrebbero sapere pure che, in via generale, per noi è impossibile consegnare quanto chiedono. Perché, dunque, formulano una richiesta inaccettabile? Perché rischiare inutilmente? Non ha senso, a meno che... »

Un po' per abitudine, un po' per nervosismo, Andueza si portò un dito alle labbra e mordicchiò l'estremità dell'unghia. D'un tratto, abbozzò un sorriso. « Esatto, eminenza, proprio come lei ha appena esposto, non ha senso. Pensi invece al reliquario come l'inizio di una negoziazione che potrebbe risolversi con soddisfazione di entrambe le parti. È ciò che argomentava padre Tomás durante la riunione: è possibile che, in realtà, stiano chiedendo denaro... » Il segretario si fermò di colpo: aveva appena intuito il punto debole del suo ragionamento. « Però, certo, stavo riflettendo che, se volevano i soldi, potevano chiederli subito. »

Il volto corrugato dell'arcivescovo accennò una strana smorfia. « Infatti, Andueza, finalmente ha capito. E lì dove finisce lei, subentro io. »

« Lei? »

« Sì, io. »

« Eminenza, non vorrei smentirla, ma lo farò comunque: è arrivato il momento di chiamare la polizia. Lei è sull'orlo di un collasso e io... Insomma, dobbiamo ammettere che non siamo preparati per negoziare in questi termini. La prego, sono molto spaventato! E l'abate, chiunque egli sia, sarà terrorizzato.»

Con espressione molto seria, l'arcivescovo disse: «Don Lucas, voglio che mi confessi».

«Io, confessarla? Adesso? Per favore, eminenza, non mi faccia questo!»

«Ho bisogno di confessarmi ora, all'istante. Sono io a chiederglielo per favore!»

Il segretario osservò spaventato come il suo superiore cadeva in ginocchio davanti a lui.

«Perdonami, Padre, perché ho peccato. Sono passati tre giorni dalla mia ultima confessione.»

Invaso da un inspiegabile senso d'irrealtà, Andueza scosse la testa. «No, no, eminenza! La prego, si alzi. Non mi può fare questo. Chiamiamo la polizia, o almeno il suo amico Iturri.»

Ma l'arcivescovo non ascoltava. A voce bassa e flebile, scrutava dentro di sé.

Alla fine Andueza accettò e, inginocchiatosi anche lui, si preparò ad ascoltare.

Con gli occhi fissi in un punto invisibile dello spazio, l'arcivescovo parlò a lungo. Piano, come se il dito insanguinato non fosse mai arrivato al palazzo episcopale, come se quello fosse un sabato notte come un altro di una calda settimana del mese di giugno. Un sabato qualunque, senza posta né visite inaspettate.

Quella tempesta di rivelazioni colse Andueza del tutto impreparato. Molte delle chiacchiere, delle congetture meschine, dei giudizi ascoltati di sfuggita acquistarono la loro giusta dimensione. Comprese il senso della corrispondenza che passava per le sue mani.

«Mi comprende, padre?» chiese il penitente, dopo aver concluso il suo racconto.

«La mia missione non è comprenderla, eminenza; io devo soltanto osservare la sua condotta agli occhi di Dio», replicò il confessore, abbozzando un'espressione di biasimo. «Ciò che lei mi ha rivelato risulta comprensibile, molto umano addirittura, ma non sono sicuro che corrisponda ai doveri della sua carica.»

« Ha ragione, padre. »

« Tuttavia, eminenza, non sono qui per giudicarla: quello che importa è la grazia divina. Sono più grandi coloro che si risollevano dopo la caduta di quelli che sono sempre rimasti in piedi. Ringrazi Dio per averle concesso questa opportunità. Da quegli eventi penosi la sua anima ha tratto enormi benefici, ma non si può dire altrettanto del povero abate di Leyre. » Andueza tacque, mentre passava in rassegna quanto aveva appena sentito dalle labbra del superiore. Dopo aver ascoltato quella confessione, lo scenario della tragedia assumeva toni ben distinti da quelli che aveva intravisto in precedenza. Coi nuovi dati in suo possesso la possibilità che, in effetti, il sequestro avesse a che fare più col vescovo che col reliquario si ampliava in modo notevole.

Una frase per richiamarne l'attenzione fece sì che il segretario tornasse alla realtà.

« Don Lucas, ho bisogno della sua assoluzione. »

« Ah, sì, mi scusi! *Ego te absolvo.* »

L'arcivescovo, ancora in ginocchio, disse: « Padre, ha dimenticato d'impormi una penitenza ».

Confuso, Andueza gli ordinò di recitare tre sezioni del santo rosario. Quindi lo aiutò a rialzarsi.

« Grazie, don Lucas », sussurrò l'arcivescovo, affrettandosi a levare un pelucco che proveniva dal tappeto e gli era rimasto attaccato ai pantaloni. « Posso chiederle ancora un favore? »

« Ma certo, al suo servizio », disse il segretario, con una certa diffidenza.

« Sarebbe così gentile da andare al museo della cattedrale e portare qui il reliquario in questione? La chiave è nel cassetto della scrivania. La prego di essere prudente, eviti di farsi notare da qualcuno. »

« Non si preoccupi. »

10

Commissariato centrale di polizia, Pontevedra
Sera di sabato 12 giugno

« Ispettore, i miei tecnici hanno finito di esaminare i cellulari che ci ha portato. Nessuno di loro corrisponde ai dati che stiamo cercando. Le presento Santiago Barrios, responsabile di questa squadra, che le chiarirà qualsiasi dubbio », concluse il poliziotto, indicando l'esperto informatico.

« In effetti, ispettore, tutti i vostri cellulari sono puliti, immacolati come specchi », disse Barrios. « Intorno all'ora X soltanto uno dei suoi agenti ha effettuato una chiamata, ma verso uno dei suoi numeri abituali. La conversazione è durata cinque minuti e l'interlocutrice era una donna: la fidanzata, scommetterei. Se qualcuno l'ha tradita, di sicuro non è stato con uno di questi apparecchi. »

Iturri tentò invano di nascondere la propria gioia. « Abbiamo qualche dato che ci permetta d'identificare chi ha effettuato la chiamata? »

« Nessuno », rispose lo specialista in telecomunicazioni, agitando il braccio destro nell'aria come a indicare l'infinità del regno dominato dalle onde. « Ma se vuole sapere la mia opinione, risulta molto più che probabile che quelle chiamate fossero un segnale e che la soffiata provenisse da qui. Sono nato da queste parti: le garantisco che nessuno in pieno possesso delle sue facoltà si lancerebbe in mare con vento da est, se non per sfuggire ai suoi artigli, ispettore. »

Alzando i talloni verso l'alto, com'era abituato a fare, Iturri commentò: « Sì, è piuttosto probabile ». Poi, rivolgendosi al poliziotto, domandò: « Ha verificato i movimenti dei conti bancari dei miei uomini? »

« Abbiamo fatto quanto ci aveva chiesto. »

«Qualcosa di rilevante?» chiese l'ispettore, con un leggero tremito nella voce. Era ancora sfiorato dal dubbio.

«Be', ecco, si mantengono tutti nei limiti della normalità. Anche se l'agente Strong ha ricevuto un accredito straordinario di novemila euro. Ho fatto tutte le verifiche del caso: l'entrata proviene dall'apertura di un credito.»

«Un altro? Santi numi! Quanti ne ha?»

«Secondo la banca questo è il quarto. I tre precedenti sono tuttora attivi.»

«Maledizione! O quell'uomo educa sua moglie o lei lo ridurrà sul lastrico.»

«Proprio così, ispettore. Ma sa qual è la cosa peggiore? Che quando il suo agente sarà stato spremuto per benino, lei si cercherà un altro semplicione, lasciandolo per il resto della vita in balia di una depressione e di una sfilza di crediti da pagare.»

«D'accordo, lasciamo che Strong risolva i suoi conflitti familiari e torniamo al nostro caso. Dalle vostre indagini risulta qualcos'altro?»

«No, nient'altro. Riceverà la mia relazione lunedì mattina.»

«Lunedì mattina?»

«Sì. È tardi, vorrei andarmene a casa.»

«Lasciamo perdere la relazione, non m'importa se lo farà domani o dopodomani. Ma non può ancora andarsene, avrei un altro lavoro da affidarle.»

«Ma ispettore, è sabato!» protestò il poliziotto.

Iturri fece vagare lo sguardo per la stanza, mentre rispondeva sottovoce: «Lo so, agente. Ma per lei che è ancora in servizio e per me, che lo sono sempre, questo dato risulta del tutto irrilevante».

Il poliziotto abbassò gli occhi, imbarazzato.

«Inoltre, non le porterà via troppo tempo», aggiunse Iturri.

«D'accordo, come posso aiutarla?»

«Voglio che ripeta ciò che ha appena fatto, ma stavolta risalendo la scala gerarchica. Sono già in possesso del mandato del giudice... Deve indagare sui vertici.»

«Cioè, i nostri superiori? Tutti?»

«No, solo quelli che erano informati dell'operazione. Ma in questa nuova fase, voglio che proceda al contrario: inizi dai conti bancari, poi passi ai telefoni. E pensi in grande: alte cariche, alte cifre.»

«Vuol dire che posso cercare persino in Svizzera?»

«Certo.»

«D'accordo, vado subito a gettare le mie reti, anche se i pesci si faranno aspettare. Immagino che sia tutto ufficioso...»

«Immagina bene. C'è qualche novità sull'altra faccenda?»

«Niente, ispettore. Quello che ci hanno detto a parole è stato confermato. Non risultano elementi della criminalità organizzata provenienti dall'Est o da altre zone che operino in Spagna impiegando metodi simili. Se così fosse stato, qualcosa avremmo sentito. È complesso mantenere un sequestro sotto silenzio; tanto per iniziare, bisogna cercare un posto dove nascondere la persona senza sollevare sospetti. Lo stesso vale per il furto di opere d'arte religiosa. Insomma, credo che in quella sua indagine ci sia qualche tassello che non combacia.»

«Sì, lo penso anch'io. In ogni caso ci resta da indagare sull'altro filone. Chi abbiamo come esperto in sette o in esoterismo che potrebbe orientarmi sull'argomento?»

«Il migliore è Emilio de la Huerta. Non so dove si trovi in questo momento, ma rintraccio subito il suo numero di telefono e glielo passo.»

«D'accordo, aspetto in questo ufficio.» Iturri chiuse la porta dietro di sé e si guardò intorno. Il luogo somigliava alla maggior parte dei commissariati che conosceva: impersonale e lindo. Solo un logoro divano di cuoio spiccava tanto da richiamare la sua attenzione. Vi si sedette.

La finestra era aperta e lasciava entrare una brezza umida che l'ispettore assaporò. Se fosse stato nel suo ufficio, avrebbe messo un po' di musica; la considerava un buon antidoto contro lo stress, ma dovette accontentarsi dei suoni che provenivano dall'esterno. Gettò la testa all'indietro e cercò un appoggio sullo schienale del divano. Ormai era riuscito a sedare la rabbia risvegliata dalla chiamata del pedofilo; voleva dimenticarlo. Benché si ritrovasse costretto ad aiutare l'arcivescovo, si sarebbe goduto le sue meritate vacanze. Avrebbe dovuto rallegrarsi, eppure c'era qualcosa che lo inquietava, una sensazione interiore che lo teneva sveglio. Un brivido percorse il suo corpo, mentre quella voce interiore gli rinfacciava il proprio desiderio.

Iturri aveva conosciuto Lola MacHor in circostanze drammatiche. All'epoca lei non era ancora magistrato; era avvocato, ed era stata accusata di un delitto che non aveva commesso. E a lui erano state affidate le indagini su quel caso.

Finché non si era imbattuto in Lola, nell'anima dell'ispettore non c'era stato spazio per i sentimenti. E non per mancanza di occasioni, ma piuttosto per una convinzione razionale. Sapeva di essere un buon segugio e aspirava a progredire in quella carriera. E in quella professione l'amore poteva essere interpretato come un simbolo di debolezza, quasi una malattia. Eppure, dal momento in cui aveva incontrato il futuro giudice MacHor, Iturri aveva sofferto di quella malattia in modo virulento.

Secondo i canoni classici, Lola non era una donna bella. I ricci rossi, le guance piene di lentiggini e il corpo rotondetto non le conferivano certo l'aspetto di una top-model. Tuttavia a Iturri piaceva il modo in cui lei si sforzava di domare i suoi capelli sempre arruffati; la sua maniera di piangere; l'inclinazione della testa mentre lo guardava; la dignità con cui si era comportata quando si erano conosciuti, pur essendo detenuta; la sua tenerezza. I particolari che la sua memoria aveva custodito si erano via via deformati fino a elevare Lola sull'altare della perfezione. Il suo profumo di gelsomino, le frasi spezzate e piene di doppi sensi, la voce dal timbro profondo e insieme innocente... tutto ciò incorniciava il ritratto che lui conservava nel cuore.

Sapeva che la sua passione era proibita tanto dalla morale quanto dalle circostanze: Lola era sposata e madre di cinque figli. L'ultima volta che aveva fatto visita alla coppia, lei aveva appena dato alla luce la loro ultima figlia.

Iturri ignorava quali sentimenti provasse Lola per lui, ma aveva sempre notato una certa tenerezza nel suo sguardo. Non era amore, chiaro, eppure era sicuro che ci fosse qualcosa. Da quando l'aveva liberata da quell'accusa ingiusta grazie alle sue ricerche e al suo talento, sembrava che lei nutrisse per lui un affetto speciale.

A volte Iturri sognava che Jaime moriva in un incidente e lei rimaneva sola. E allora lui le andava incontro e l'abbracciava, e intorno tutto girava dolcemente... Ma Lola non era sua, né mai lo sarebbe stata. A meno che non fosse successo un miracolo, avrebbe dovuto accontentarsi di adorarla di nascosto.

Lo squillo del telefono lo distrasse da quei pensieri.

« Pronto, qui Juan Iturri. »

« Buon pomeriggio, ispettore, sono Emilio de la Huerta. Unità centrale Crimine organizzato, commissariato di Alcalá. Mi riferiscono che ha chiesto di me. »

« Esatto, grazie per aver chiamato. Se ha tempo, volevo parlare qualche minuto con lei: mi piacerebbe sentire la sua opinione. »

« Sempre a disposizione dei colleghi dell'Interpol! Mi dica, in cosa posso esserle utile? » Il tono della voce dell'agente denotava cortesia, ma anche stanchezza.

Iturri immaginò che de la Huerta fosse inchiodato ai suoi casi ormai da molte ore. « Non la disturberò a lungo, la sua voce mi dice che dev'essere esausto. »

« Esausto? » All'altro capo della linea l'agente s'immerse nei suoi pensieri per qualche secondo, quindi disse: « No, non è così. Non sono stanco né esaurito, e nemmeno esausto. In realtà mi sento disgustato, demoralizzato », confessò de la Huerta.

« Capisco. »

« Ogni giorno, invariabilmente, mi domando dove finirà questo nostro mondo. Siamo immersi nella merda, e non c'è rimedio! Capisce, vero? »

« Non vorrei che mi giudicasse superbo, se faccio il bastian contrario senza quasi conoscerla, ma credo che si sbagli: in realtà lei ha solo bisogno di una lunga vacanza. »

« Sa una cosa, ispettore? Ogni giorno mi è più difficile tornare a casa. Mia moglie sta per dare alla luce il nostro primo figlio. E mi rinfaccia di non avere speranza nel futuro. Invece non è così. Non mi manca la speranza, ma provo una paura esagerata, quasi morbosa. Cosa succederà a questo bambino che sta per nascere? Lo metterò in mezzo a gente senza scrupoli dalla quale non potrà difendersi. Gente cattiva. Queste leggi, che io e lei serviamo lealmente, proteggono solo i delinquenti! Ma non proteggeranno mio figlio da loro.»

Iturri lasciò che l'agente si sfogasse. Un agente sul campo non aveva molte occasioni per aprire il proprio animo e rovesciare la bile all'esterno.

«Lei ha figli, ispettore? Una moglie?»

Iturri si aspettava quella domanda. Chi era sposato gliela faceva sempre. Nella maggior parte dei casi, per lamentarsi del peso delle incombenze familiari. «Al momento, vivo da solo», rispose.

«E come fa a resistere, senza una compagna? Prende tranquillanti, beve, si droga?»

Iturri pensò fugacemente alla propria passione per il cognac, ma cancellò immediatamente quell'idea dalla testa. «La verità è che faccio qualcosa di più semplice e più sano: penso alle percentuali, che mi consolano.»

«Percentuali? Lei è l'ispettore Iturri dell'Interpol o mi hanno passato un professore di matematica?»

«Agente de la Huerta, lei e io siamo obbligati a vedere tutti i giorni i comportamenti deviati. Molto distinti dal comportamento normale, non ne rappresentano altro che un'infima frazione. La tendenza abituale, più frequente, quello che fa la maggioranza della gente è agire in modo onesto. Il normale, il frequente è che le donne siano eroiche e, come la sua, abbiano figli, li amino, li curino e diano la propria vita per loro. Il normale, il frequente è che i padri come lei si rallegrino di donare un briciolo di bontà e di bellezza in più al mondo. Questa è la percentuale corretta: il novantanove per cento. Ma lei e io abbiamo la disgrazia di vedere il mondo con la lente deformata dai crimini, un mondo sempre nero, sempre pieno di dolore.»

«Sì, ispettore, ha ragione. Mi dispiace, mi ha preso in un brutto momento. Forse è vero che sono stanco. Come posso aiutarla?»

«Ho per le mani un possibile furto sacrilego e mi hanno detto che lei segue questo tipo di faccende.»

«Quando dice 'furto sacrilego', sta parlando della sottrazione di opere d'arte religiosa, di strumenti di culto, di denaro proveniente dalle cassette per le offerte delle chiese? Di cosa si tratta?»

«Niente di tutto ciò. Si tratta di una situazione molto più seria.»

«Comprendo», mormorò Emilio de la Huerta.

«Davvero comprende quello che voglio dirle?» chiese Iturri, stupito.

«Sì, davvero. È ovvio. Se non si tratta di arte e nemmeno di denaro, resta soltanto una possibilità: lei mi sta parlando del furto di un'ostia consacrata.»

«Effettivamente stiamo parlando proprio di questo.»

«Di rado la Chiesa presenta una denuncia per profanazione di ostie: il più delle volte, perché la ignora; il resto, perché non si fida di noi.»

«A essere sincero, agente de la Huerta, devo dirle che la faccenda risulta un po' più complicata di quanto le ho appena esposto, però pensiamo che la pista dell'ostia rubata possa aiutarci a risolvere qualche incognita. Che cosa mi può dire di questo genere di furti?»

«Azioni simili sono tipiche degli ambienti satanici, oggi in piena effervescenza. Anche se i giornali ci ricordano di continuo che il nostro è un Paese laico, il sacro è tornato di moda. E dal sacro proviene il diabolico. Si tratta di movimenti che spuntano con facilità; hanno bisogno soltanto di radunare qualche ingenuo, un po' di denaro e un piccolo locale. Molte sette s'indeboliscono e si sciolgono in brevissimo tempo, dopo le prime orge. Altre restano in piedi, creano relazioni tra Paesi e riti. È tutto molto complesso. Al centro, naturalmente, ci sono le messe nere.»

«Parla in generale, o si riferisce anche alla Spagna?»

«Qui la gente possiede più cultura religiosa che in altri luoghi. Questo tipo di riti prolifera soprattutto negli Stati Uniti; in Inghilterra esistono due potenti organizzazioni sataniche, e anche in Italia c'è un considerevole numero di adepti.»

«Ma che cosa cerca quella gente?» chiese Iturri.

«Chi può saperlo? Ci sono gruppi che affermano di voler trovare 'armonia con le forze occulte della natura'; altri che, semplicemente, intendono trasgredire l'ordine costituito. Ci sono quelli che dichiarano di adorare un'entità simbolica, poco importa se si chiama Satana o Zeus. Per finire esistono altri gruppi, i più pericolosi, che definiscono la propria essenza come opposizione al dio dei cristiani. Sono gruppi molto differenti tra loro, ma è possibile metterli tutti sullo stesso piano.»

«Ah, sì? E qual è il criterio?»

«Qualche esperto ha detto che il satanismo si comporta sempre come una religione della carne. Ecco perché lasciano invariabilmente gli stessi indizi: amano la notte, l'occultismo, le droghe, la stregoneria, il sesso duro e promiscuo, i cimiteri, i bambini e le giovani vergini.»

«Che cosa sono con precisione le messe nere?»

«Una copia grossolana e stravagante di quelle autentiche, ispettore.»

«Potrebbe essere più preciso?»

«I loro riti sono rozze e strampalate imitazioni di una messa cattolica. Celebrante, diaconi, ceri, calice con vino, campanella, spada... e un crocifisso, appeso a testa in giù. Recitano preghiere in latino e in altre lingue, cantano, si travestono con indumenti neri e grandi cappucci da benedettini. Naturalmente, al posto d'invocare il nome di Dio, invocano quello di Satana e dei suoi demoni.»

«E l'ostia consacrata?»

«Come le dicevo prima, ispettore, l'essenza di simili movimenti sta tutta nella loro opposizione alla Chiesa di Cristo e a Cristo stesso. Perciò rubano o acquistano ostie per profanarle in tutti i modi possibili. Le risparmio i particolari scabrosi, che più di tanto non la possono aiutare. Quello che invece devo dirle, affinché comprenda le mie informazioni, è che tali riti di solito sfociano in orge più o meno violente. Hanno l'abitudine di utilizzare come altare il corpo di una donna nuda. E, nei casi più estremi, il sangue di un bambino.»

«Lei prima ha detto 'acquistano'. Dove si acquistano ostie?»

«Su Internet, ispettore. Pochi mesi fa c'era un sito apposito. È stato chiuso perché i cattolici alla fine sono intervenuti. Eppure ne sono state vendute diverse. Sette, per l'esattezza: immagino che verranno utilizzate in qualcuna delle loro orge. Nessuna aveva un acquirente spagnolo.»

«E ne fa parte molta gente?»

«Molta o poca: sono sempre indicazioni relative. Tra loro si trovano quelli che credono di ottenere vantaggi materiali da simili pratiche, gli eccentrici, i trasgressori, gli stupidi.»

«Le risulta qualche movimento di questo tipo in Spagna?»

«Mi risultano alcuni indizi nelle isole di entrambi gli arcipelaghi, qualche tentativo a Madrid e a Malaga, poco o niente al Nord. C'è persino un modulo che circola su Internet e che permetterebbe di vendere l'anima al diavolo semplicemente compilando una richiesta elettronica.»

«E a Pamplona? Sa di qualche iniziativa simile, in questa città?»

«Dovrei consultare il mio database, ma credo di no. Si è prospettata l'eventualità che quel furto stia in realtà nascondendo qualche movente molto più comune: denaro, potere, piacere, vendetta?»

Iturri non rispose, pur pensando che de la Huerta avesse appena azzeccato. Se quello che avevano davanti era una specie di culto satanico, perché i sequestratori avevano restituito l'ostia consacrata? Perché sforzarsi tanto a rubarla, per poi restituirla ai suoi legittimi proprietari? E che cosa aveva a che vedere tutto ciò col dito di un abate?

«Agente, mi terrà informato se dalle sue ricerche uscisse qualche dato interessante?»

«Certo, ispettore. Vuole che la chiami a questo numero di cellulare?

«Sì, grazie. Ho il telefonino sempre acceso. Non si preoccupi dell'ora, non mi disturberà. È importante.»

«E che cosa non lo è al giorno d'oggi, ispettore? L'Interpol, la Polizia nazionale, la Guardia civil, i Corpi speciali... Persino gli ausiliari che mettono le multe per sosta vietata sono stressati!»

«Posso dirle una cosa, agente?»

«Sì, certo, sono sempre felice d'imparare dai più anziani. Senza offesa, naturalmente.»

«D'accordo. Allora, eccole un consiglio: vada a casa, è sabato. Si conceda il tempo per una lunga doccia, porti sua moglie in un buon ristorante e le chieda di parlarle del bambino. Si rilassi e la renda felice, sia pure per un giorno. Quanto a me, non mi offendo, mi accorgo anch'io del tempo che passa.»

11

Palazzo arcivescovile, Pamplona
Domenica 13 giugno, una del mattino

Blas de Cañarte guardò l'orologio da sopra gli occhiali bifocali; non riusciva ad abituarsi a quelle strane lenti. Verificò che erano trascorsi cinque minuti scarsi da quando aveva controllato il quadrante l'ultima volta. La bella biblioteca costruita in legno pregiato era ampia, ma risultava troppo corta per placare il nervosismo percorrendola in lungo e in largo.

Andueza, che lottava contro il sonno, si manteneva a mala pena dritto sulla sedia; la gamba sinistra, accavallata con eleganza sopra la destra, lasciava intravedere la pelle lucente delle costose scarpe scure. Pur essendo un uomo mite, l'andirivieni dell'arcivescovo sul morbido tappeto lo aveva fatto uscire dai gangheri anche più dell'attesa. Tuttavia evitò di lamentarsi: era soltanto un segretario.

Passata la mezzanotte, avevano ricevuto le chiamate dei due vicari, che chiedevano notizie. Non avevano potuto rispondere nient'altro che la verità: non c'era stata nessuna comunicazione. I sequestratori non avevano cercato di mettersi in contatto con loro. Il telefono non aveva squillato né avevano inviato loro un altro messaggio con eventuali istruzioni. In effetti, senza farne parola con sua eminenza, Andueza a metà pomeriggio aveva chiamato il corriere chiedendo se risultava l'arrivo di qualche busta per l'arcivescovado che, a causa dei giorni festivi, sarebbe stata consegnata solo lunedì. La risposta era stata negativa: nell'elenco informatizzato non risultava niente da consegnare all'arcivescovado.

Monsignor Cañarte scrollò le spalle e alzò lo sguardo, come a domandare lumi al cielo. Poi riprese il suo andirivieni.

«Vuole che lasci entrare un po' d'aria, eminenza?» chiese Andueza, alzandosi e dirigendosi verso l'imposta della finestra più vicina. La sua voce, a causa del sonno, suonava balbettante e stopposa. Tossì per dissimulare l'imbarazzo.

L'arcivescovo invece sembrava più sveglio che mai. «Sì, naturalmente, apra. Ci farà bene un po' d'aria.»

Il segretario scostò le imposte, aprì i vetri e ne approfittò per affacciarsi. Da quella postazione poteva vedere l'ingresso del palazzo, illuminato dalla luce di un lampione vicino, e la piazza semideserta. Per un istante fu assalito da un pensiero, ma non fu in grado di trattenerlo; sapeva che era importante ma, nonostante gli sforzi, il suo subconscio non riuscì a farlo riemergere. Accostò la finestra e tornò a occupare la posizione precedente.

Sua eminenza continuava a passeggiare, con le mani dietro la schiena che sgranavano un rosario. Chino in avanti, sembrava annientato dal silenzio del cielo e da quello del telefono.

Dall'esterno arrivarono rumori di risate e canti. L'arcivescovo si fermò e si raddrizzò rapidamente. Andueza sobbalzò sulla sedia. Entrambi ascoltarono con impazienza quella che risultò essere una baldoria notturna. In pochi minuti ritornò il silenzio denso di prima e l'arcivescovo riprese a passeggiare senza sosta per la biblioteca. Gli occhi del segretario si chiusero a poco a poco, finché l'uomo non si addormentò.

Andueza si risvegliò quando un fragore di vetri infranti spezzò la tranquillità della notte. Si alzò, ma si accorse di essere annebbiato dal sonno e gli ci volle qualche secondo per riprendersi. Solo allora corse verso le imposte e sporse la testa dalla finestra. L'oscurità aveva avvolto plaza de Santa María. Il lampione, che prima illuminava la facciata churrigueresca del palazzo episcopale, era stato fracassato. Da quella posizione il segretario credette di percepire un'ombra lontana. Il rumore di passi sui frammenti di vetro testimoniarono che la vista non l'aveva ingannato. Allora si ricordò di quel pensiero premonitore che non era riuscito a trattenere. «Ecco cos'era!» esclamò. «Eminenza, scendo un attimo. Forse chi ha rotto il lampione ha approfittato dell'oscurità per infilare qualche messaggio sotto il portone.»

«Sì, ha ragione», replicò l'arcivescovo. «La prego, vada a controllare.»

Andueza scese i due piani di corsa. Mentre attraversava i corridoi, accendeva tutte le luci; era stato invaso dalla strana sensazione di doversi proteggere, anche se non sapeva esattamente da cosa. Aprì con impeto la porta che collegava le scale al chiostro e s'imbatté nell'oscurità del patio. Si arrestò di colpo: nella galleria porticata non c'era luce. Tenendo la porta con una gamba, cercò di arrivare fino a un grande vaso lì vicino. Non ci riuscì. Si tolse una scarpa e la posò vicino alla porta, così da bloccarla. Non entrava quasi luce, qualche spiraglio appena, ma era già molto meglio del buio completo. Andueza si avvicinò al vaso e cercò di sollevarlo. Non ce la fece: era di pietra e pesava parecchio. Decise di trascinarlo, piazzandolo in modo che la porta rimanesse spalancata e il chiarore dell'interno illuminasse il percorso fino alla guardiola di Dámaso. Si rimise la scarpa e si avvicinò al portone d'ingresso.

Era miope, ma vedeva abbastanza per rendersi conto che a terra c'era un foglio, forse un documento. Si avvicinò lentamente, sfregandosi le mani e allungando le dita per afferrarlo.

« Merda! » esclamò, quando si accorse che si trattava soltanto di pubblicità. Ritornò sui suoi passi a testa bassa. Stavolta, per salire, prese l'ascensore. Si era sbagliato col messaggio, tuttavia la sua paura si era intensificata e non sapeva perché.

Al centro della biblioteca, in piedi, intento a sfregarsi convulsamente le mani, lo aspettava l'arcivescovo. Si avvicinò vedendo il suo segretario con qualcosa in mano. Con voce ferma, gli raccomandò: « Lo lasci sopra il tavolo, don Lucas. Sarà meglio usare il tagliacarte e le pinzette, così da non rovinare le impronte, ammesso che ci siano ».

« Mi dispiace, eminenza, mi sono sbagliato. Non c'era nessun messaggio. Dev'essere stato qualche teppista. »

In quel momento suonò il telefono. I due restarono pietrificati.

« Eminenza, rispondo? » chiese Andueza. Sentì la nausea che s'impadroniva con forza del suo stomaco.

« No. Lo faccio io. » Monsignor Cañarte si curvò sull'apparecchio. Aveva il viso acceso, al contrario di quello del segretario, bianco come un lenzuolo lasciato a mollo nella candeggina.

« Pronto, qui monsignor Cañarte », disse molto lentamente. La voce gli tremava.

« Eremo di Andión, Mendigorría. Alle sei. Da solo. Sai già quello che voglio », bisbigliò una voce.

« Come sta l'abate? »

Nessuna risposta. La comunicazione era stata interrotta.

« Che cosa succede, eminenza? »

Cañarte non rispose subito. Si limitò a controllare l'orologio: mancavano cinque minuti alle cinque.

« Non rimane molto tempo, ma conosco bene il posto che mi hanno indicato. È piuttosto vicino, al massimo mezz'ora di auto. Sono quasi le cinque. Preghiamo perché vada tutto bene e alle sei sarà finita. Povero abate, chissà come se la starà passando male. »

« Dove le hanno dato appuntamento? »

« A Mendigorría, molto vicino. »

« Ma eminenza... don Blas, non penserà davvero di andarci? » Il segretario era sbalordito.

« Certo che ci vado! Cosa pensava? »

Andueza fissò il superiore. « Vuol dire che, nonostante tutto, consegnerà loro il reliquario? »

« Sì, lo farò. »

« Ma sa bene a cosa si espone. Magari quelli non si lasceranno convincere », obiettò il segretario.

« Non andrò a mani nude, Andueza. Porterò il denaro che Petit è riuscito a radunare e cercherò di convincerli ad accettarlo. Non è troppo, ma cercherò di essere convincente. »

« Eminenza, non può esporsi in questo modo, nemmeno con una garanzia simile! È una follia, la nostra unica via d'uscita è chiamare immediatamente la polizia. »

« Don Lucas, avrei giurato di averla convinta in precedenza che questa non era una buona opzione... »

« Sì, d'accordo, in quel momento mi era sembrato che lei avesse ragione, ma adesso so di essermi sbagliato. Potremmo trovarci davanti a un delinquente violento o a un assassino! Sta dimenticando il dito mozzato? Non posso permettere che si rechi a questo appuntamento, eminenza! »

« Andueza, temo che lei non possa impedirmelo. »

« Posso rinchiuderla qui dentro e portarmi via la chiave. Sono più forte di lei », ribatté il segretario. Non avrebbe mai pensato di arrivare a rispondere in quei termini a un arcivescovo.

Monsignor Cañarte sorrise, guardando con dolcezza il suo aiutante. « Mio caro amico, so che fa tutto questo pensando al mio bene, ma io devo rendere conto a un altro bene più alto. Devo andare, lo capisce? Credo che entrambi sappiamo a quale peccato si riferiscono. Se posso, devo evitare che si faccia del male ad altra gente o, Dio non voglia, alla stessa Chiesa. Se c'è qualcosa da chiarire, lo farò. Sono io l'unico responsabile dei miei errori. »

« Eminenza, almeno chiami il suo amico ispettore. Forse lui può fornirle qualche consiglio utile. Magari è in possesso di nuove informazioni che possono dare una svolta al caso. »

« Non c'è tempo, Andueza. Devo partire subito o arriverò in ritardo. Sospetto che, in questo caso, la puntualità sia vitale. »

Il segretario deglutì. Cercava d'ingoiare la paura che lo attanagliava, prima di fare la propria offerta. « Monsignor Cañarte, mi permetta di andare al suo posto. Se al sequestratore importa il denaro, gli risulterà indifferente chi glielo porta. Lasci a me il compito d'intervenire. »

« No, non è possibile. In realtà ignoriamo che cosa voglia davvero. Devo farlo io. »

Il segretario si arrese alla logica di quell'argomentazione, ma aggiunse: « Permetta almeno che l'accompagni. È ancora notte e, come lei stesso ricordava qualche ora fa, la sua abilità al volante lascia un po' a desiderare. Sarò il suo autista ».

L'arcivescovo sembrò esitare, ma alla fine accettò.

Andueza tirò un sospiro di sollievo, benché la paura stesse guadagnando terreno dentro di lui.

« Don Lucas, mi deve promettere che aspetterà in macchina e a una considerevole distanza. È chiaro? Non ho voglia di offrire altri ostaggi né di fornire ai sequestratori una scusa per nuocere al prigioniero. »

« Certo, eminenza, resterò in disparte, lontano dalla scena. »

« Allora partiamo subito. Chiediamo l'aiuto del cielo e saltiamo in macchina. Abbiamo i minuti contati. »

12

Mendigorría, Navarra
Alba di domenica 13 giugno

La notte ormai vecchia agonizzava, trapassata da migliaia di pallini di luce bianca, quando l'auto nera di proprietà dell'arcivescovado raggiunse la località di Mendigorría. Dopo pochi secondi, Andueza inforcò la deviazione verso l'eremo di Santa María de Andión, a pochi chilometri dal paese; aveva guidato con discreta velocità e così erano arrivati con qualche minuto di anticipo.

Il segretario si fermò a una certa distanza dall'eremo, in una stradina laterale, e nascose il veicolo alla bell'e meglio. Quel compito si dimostrò difficile, non tanto per le dimensioni dell'auto quanto per la natura spaziosa e libera del terreno.

Il sequestratore aveva preteso che Cañarte si presentasse da solo, quindi Andueza rimase in macchina, visibilmente nervoso.

L'arcivescovo, in abito nero e senza altro segno di riconoscimento che la sua croce pettorale, camminava senza guardarsi indietro. Stringeva con entrambe le mani la sacca sportiva che Petit gli aveva portato al palazzo qualche ora prima: conteneva il denaro e il reliquario.

A un centinaio di metri dal luogo, con le mani appoggiate sul bastone, Andrés osservava come l'oscurità già vecchia andasse impallidendo fino a morire del tutto. I cespugli vicini si agitarono. *Un coniglio*, pensò, brandendo il fucile. Il superbo spettacolo celeste aveva fatto sì che ritardasse la caccia. La luce esuberante stava per invadere tutto con autorità. Così, mentre il cacciatore guardava il cielo, lo sorpresero gli spari; suonarono tanto rimbombanti e vicini che lui si buttò per terra e si protesse la testa con le braccia.

Il primo pensiero di Andrés fu che si trattasse di un altro cacciatore di frodo, ma non ci furono altre detonazioni. Restò steso a terra, muto e immobile, intento ad ascoltare i suoni della campagna. Passati alcuni minuti senza sentire altro che il rumore di un'automobile, si convinse che quel fragore indicava un fatale incidente. Si rialzò con l'aiuto del bastone e, scrutando con circospezione il terreno, attraversò i campi più in fretta che poté in direzione del luogo dove si erano prodotte le detonazioni.

Quella zona, distante cinque chilometri da Mendigorría o da qualsiasi altro luogo civilizzato, non era abitata; lo era stata, molti secoli prima. Le rovine romane erano oggetto delle crescenti visite di turisti e curiosi, ma ciò non avveniva mai all'alba. L'eremo si apriva solo per celebrazioni particolari e per il pellegrinaggio in onore della Vergine di Andión, che si era già celebrato il 15 maggio.

Mentre avanzava veloce, Andrés sentì lamenti e preghiere. Temette il peggio. È risaputo che nei piccoli villaggi non è possibile mantenere nessun segreto e Mendigorría non faceva eccezione. Anche se tutti facevano finta di niente, sapevano che il farmacista, afflitto da una profonda depressione, aveva provato a uccidersi già due volte; la moglie ne aveva troncato con una ferrea vigilanza i foschi progetti, ma lui continuava a stare male: era solo questione di tempo.

Quando arrivò all'eremo, Andrés ansimava. La porta era spalancata e lui seppe subito che era successo qualcosa di grave. Si avvicinò timidamente al piccolo sagrato; dall'interno arrivava un pianto soffocato. Avanzò con cautela e oltrepassò l'arco che introduceva al sacro recinto.

Il sole attraversava lateralmente le vetrate e riempiva la navata di pezzetti di arcobaleno. Accecato, all'inizio Andrés intravide soltanto macchie. Rimase immobile finché i suoi occhi non si abituarono alla luce e poté distinguere i corpi che fino a quel momento non erano stati altro che ombre. Comprese subito i fatti: quelli che aveva sentito erano spari, ma non di un cacciatore di volpi o di conigli.

Restò lì impotente, con lo sguardo fisso sull'altare. Ai piedi del tabernacolo giaceva un corpo minuto: le braccia in croce, la testa reclinata sopra il petto scoperto. Pensò che fosse Cristo in persona, tornato a immolarsi. Poi vide che quell'uomo era un anziano, con addosso una tonaca tutta lacera; non sembrava che presentasse ferite, tranne che alla mano destra, bendata con un fazzoletto insanguinato.

Andrés prese a farsi il segno della croce, mentre retrocedeva come per istinto, deciso ad abbandonare quella scena di orrore e sacrilegio. Tuttavia i singhiozzi s'intensificarono; sembravano più vicini. Il cacciatore di frodo abbassò lo sguardo e vide un'altra forma umana. La veste nera insanguinata e la brillante croce d'argento richiamarono l'attenzione più che i danni subiti dal corpo. Andrés posò il bastone e si chinò. Uno sparo a bruciapelo aveva squarciato il petto di quell'uomo; un altro gli aveva cancellato parte della faccia. Qualche pallettone doveva avergli sfiorato la mano, anch'essa lacerata.

Sopra il torace aperto giaceva una montagna di banconote sporche di viscere e sangue. Accanto al corpo, una sacca sportiva semiaperta mostrava il resto di una cospicua fortuna. Benché si trattasse di molto denaro, Andrés non pensò nemmeno per un secondo di toccarlo. Non se c'era di mezzo la Chiesa, la faccenda sarebbe stata diversa, se si fosse trattato di fondi del municipio. Pur non essendo abile con le parole, strinse una mano dell'uomo agonizzante e lo confortò come meglio poteva.

LIBRO SECONDO

COLOR INFERNO

Stava là ritto uno, di cui non riconobbi l'aspetto,
un fantasma stava davanti ai miei occhi...
Un sussurro... e una voce mi si fece sentire:
« Può il mortale essere giusto davanti a Dio
o innocente l'uomo davanti al suo creatore? »
Libro di Giobbe, 4,16-17

13

La domenica del 13 giugno si presentò alla mia porta con una nitidezza senza misteri. Indossava gli abiti di una rigorosa primavera, il che a Navarra - sempre che succeda - costituisce una vera rarità. Sembrava quasi che si vergognasse, ma io la vidi bellissima perché l'unico aspetto di quella giornata che m'importava era la forza del suo sole.

Naturalmente non mi aspettavo la pace; né la noia né la quiete rientrano tra le aspettative di un giudice di turno. Tuttavia allora credevo ancora che non appena avesse penetrato con ardore l'alba, il sole avrebbe dato vita a un giorno senza delitti gravi.

Ho cambiato opinione: l'ipotesi che una situazione meteorologica favorevole contribuisca a svuotare qualsiasi servizio di pronto intervento, inclusi i tribunali, non è altro che una stupida ipotesi. Ma allora avevo ancora molto da imparare.

Era domenica, una bella domenica: chi avrebbe voluto trascorrere un soleggiato giorno festivo infilandosi come una formica nei corridoi di un palazzo di giustizia, potendo invece passeggiare, leggere a quella luce intensa, fare un tuffo o un'escursione verso qualche bella meta dei paraggi?

Quel giorno uscii di casa canticchiando e pensavo che mi aspettasse una giornata tranquilla. Era, credo, l'eventualità di dover istruire una causa per omicidio a terrorizzarmi. Mi ero imbattuta in essa come avvocato, ma non mi ero mai trovata davanti a quel crimine in veste di giudice. Il che significa che non avevo sentito l'odore di putrefatto, né osservato la brutta abitudine delle mosche di posarsi sugli occhi dei morti. Ma, soprattutto, ero riuscita a immaginare con efficacia ciò che davvero identifica un omicidio: il sangue, quel succo rosso scuro - molto più scuro che rosso - che diventa spaventosamente denso dopo pochi istanti; quel liquido che, come l'anima, perde immediatamente l'allegria del carminio per coagularsi in un taciturno color castagna. Come avvocato, ne avevo letto in una perizia. Ma tra leggere e vedere c'è una bella distanza; e tra vedere e istruire, un'altra ancora più grande. Una distanza che t'impedisce di guardare solo di sbieco i guanti di lattice indecorosamente asettici che i medici legali hanno la brutta abitudine di gettare nel primo cestino della zona.

« Dovrò istruire cause per omicidio? » era stata la mia prima domanda, quand'ero arrivata al tribunale.

« È abbastanza improbabile, anche se non si è mai del tutto esenti da una simile possibilità. »

Era stata questa la brusca e razionale risposta del mio superiore, che aveva giustificato la propria affermazione con gli identici argomenti che avrei utilizzato io al suo posto.

« Vedi, Lola, Pamplona rappresenta una comunità piccola e di stampo tradizionale. Di sicuro da queste parti si perpetrano crimini minori e abbondano le violazioni alla sacra legge della proprietà. Tra le nostre mani finiscono liti, maltrattamenti e altro ancora, ma negli ultimi cinque anni abbiamo istruito solo due casi per omicidio: il primo, un regolamento di conti tra stranieri; il secondo, commesso da un disturbato mentale in evidente stato di ebbrezza e scappato dall'istituto psichiatrico, è stato il frutto di un incidente. Perciò, se guardiamo alla legge delle probabilità, direi che non ti toccherà istruire casi di omicidio. »

Bisogna riconoscere che le sue considerazioni erano logiche. Rispetto alla tortuosa realtà delle metropoli, Pamplona rappresentava la tranquilla banalità dell'ordinario. Ma che tali considerazioni si basassero su una rigorosa statistica non aumentava le mie certezze né riduceva i miei timori. E, infatti, chi poteva prevedere quanto poi sarebbe successo? Chi avrebbe immaginato che una piccola perturbazione cosmica avrebbe prodotto una variazione infinitesimale che sarebbe finita col caos? Immagino che il buon frate Chocarro lo spiegherebbe così.

Estranea a tutti quei ragionamenti, mentre osservavo come il sole invadeva la mia camera da letto, m'illusi che in un giorno simile e in una città simile un crimine risultasse altamente improbabile. Convinta com'ero, m'infilai nel mio tailleur con giacca blu scuro e presi la macchina, non senza prima controllare minuziosamente il fondo dell'auto (è una delle sfortunate abitudini che ho dovuto introdurre nella mia vita da quando esercito come giudice). Lasciai Jaime e i bambini profondamente addormentati e mi diressi in ufficio.

Vivo in un quartiere residenziale che dista alcuni chilometri dal tribunale. Al capoluogo si accede solo da una strada angusta, percorsa abitualmente da variopinti pellegrini diretti a Compostela. M'imbattei in un nutrito gruppo che marciava in fila indiana, con enormi zaini sulla schiena. Mentre passavo mi salutarono agitando appena la mano, com'è abitudine. Risposi con un sorriso, fa parte della magia del *Camino de Santiago*. Ma la tranquillità del quotidiano scomparve presto. Iniziai arrivando in ritardo al mio turno.

Odio che richiamino la mia attenzione su qualche pecca, ma detesto ancora di più rendermene conto da sola, ecco perché ero uscita di casa per tempo, ma non avevo calcolato il fattore sorpresa. Mentre stavo per infilare la stretta via, fui superata da un ciclista. In sella al suo cavallo d'acciaio, avanzava a salti, a serpentine, cambiando continuamente posizione, il che m'impediva di superarlo senza rischi. Ero in anticipo, perciò decisi di restargli dietro, mantenendo la distanza di sicurezza, finché la strada non si fosse allargata, due chilometri più avanti. L'auto che mi seguiva, sportiva e nera, ornata di sporgenti alettoni e fari, non ebbe altrettanta pazienza. M'incalzò col suo clacson, senza che io la degnassi della minima attenzione. Così dunque, inondando la strada di musica assordante, iniziò la sua manovra di sorpasso. Quando si accorse che sulla strada c'era una bicicletta, era già troppo tardi.

A poco servirono il casco variopinto e la tutina riflettente: il ragazzino uscì malconcio dallo scontro. Nonostante il fatto che, cercando di evitare la collisione, urtai contro un albero, l'airbag della mia auto non si aprì; quello dell'auto sportiva nera invece sì. Mi scorreva un filo di sangue sulla faccia, quando uscii dalla macchina. Mi tamponai con un fazzoletto la ferita aperta e mi avvicinai al giovane, che giaceva sul bordo della strada, accanto alla sua cavalcatura smembrata: piangeva e si lamentava per il dolore al petto. Lo pregai caldamente di non muoversi, tornai all'auto e cercai il cellulare. Chiamai un'ambulanza, poi contattai il tribunale e avvisai del mio ritardo. Mentre, ai piedi del mio veicolo, spiegavo l'accaduto al segretario giudiziario e ne approfittavo per comunicargli che avrei aspettato la polizia, il responsabile dell'incidente riuscì a liberarsi dall'abbraccio dell'airbag e a uscire dall'auto.

Era un uomo di bassa statura, ma piuttosto corpulento. Indossava una tuta blu da lavoro, piena di adesivi e macchie di grasso. Senza darlo a vedere, ne seguii i passi prendendo nota mentalmente del suo comportamento. Ignaro del mio sguardo e senza preoccuparsi neanche un po' per il pianto del ragazzo, stava esaminando con attenzione le molteplici ammaccature del suo bolide nuovo fiammante.

Dopo aver valutato i danni tra le bestemmie, si avvicinò furibondo a me. «Stupida imbecille!» strillò. Arrivava da lontano, prendendo la rincorsa. «Mi hai fottuto la vernice e i fari antinebbia! Non potevi startene a casa a lavare i piatti, lumaca di merda? E quello della bici... così impara!»

Non replicai, ma ammetto di aver sorriso. Era la prima volta che ricevevo di prima mano i dati su un caso. Di solito, quando arriva sulla scena di un crimine, il giudice deve già accontentarsi di testimonianze di seconda scelta. Stavolta invece avevo presenziato ai fatti in diretta e ne avrei beneficiato offrendo la mia testimonianza.

Quell'essere spregevole, col suo stomaco smisurato prigioniero della tuta blu sporca di olio, interpretò correttamente il mio sorriso, perché arrivato alla mia altezza alzò il braccio all'indietro e mi appioppò un impressionante ceffone. Istintivamente alzai un braccio per cercare di parare il colpo col gomito. Tuttavia mi raggiunse e fece vacillare tutto il mio corpo. Come conseguenza dello schiaffo, il cellulare mi schizzò per aria. Non lo ritrovai più. Immagino che qualcuno dei molti spettatori, attirati via via dallo spettacolo, se lo portò con sé come ricordo.

Quando mi ripresi dallo spavento, ancora con la voce tremante e tenendo alto il braccio a mo' di scudo improvvisato, gli dissi con tutta la serietà di cui fui capace: «Sappia che ha appena schiaffeggiato un giudice nell'esercizio delle sue funzioni. Stia pur certo che mi occuperò personalmente affinché risponda davanti alla giustizia per questo e per quello». Indicai il ciclista a terra. «Intendo testimoniare. Sono sicura che la polizia si terrà la sua Ferrari e la sua patente per un bel po'. Li ho già avvisati e stanno arrivando, prenderanno i suoi dati e le impronte, poi le chiederanno il libretto di circolazione e la patente. Spero per lei che sia tutto in regola.»

Non rispose. Mi guardava con un'espressione sorpresa e, per un momento, sembrò perdere tutta la sua forza. Poi se la diede a gambe. Gli agenti ci misero sei giorni a trovarlo. Stava a Toledo, in casa di un cugino di secondo grado. Aveva parecchi precedenti per comportamento violento.

L'ambulanza arrivò in pochi minuti. Nonostante le smorfie di dolore e i singhiozzi del ciclista, i paramedici affermarono che le sue ferite non sembravano gravi. A me bastarono quattro punti di sutura sulla fronte, che mi diedero lì, dentro l'ambulanza. Uno degli infermieri coprì il filo con un grosso cerotto, di cui mi liberai abbandonando la scena dell'incidente. Il segno del ceffone andò cambiando colore col tempo.

Le pratiche dell'infrazione e della fuga m'impegnarono per più di un'ora, durante la quale il segretario giudiziario mi chiamò con insistenza, senza che il nuovo proprietario del cellulare si degnasse di rispondere. Ecco perché, quando oltrepassai la porta a due battenti del palazzo di giustizia, trovai il mio assistente in preda a una crisi isterica, assistito da Ramiro Sega, medico legale e responsabile del dipartimento forense. Costui conosceva bene il mio collaboratore e si era affrettato a somministrargli un tranquillante.

«Giudice MacHor! Grazie a Dio è arrivata, stavo per avere un infarto! Lo fa apposta? E dove tiene il cellulare, perché non risponde?» Fu allora che notò i segni sulla mia fronte. «Vostro onore, che cosa le è successo alla faccia? Ha del sangue sulla fronte! Per favore, tutto insieme è troppo, no!» concluse, sforzandosi di respirare profondamente.

«Non ti preoccupare, Gorka.» Cercai di tranquillizzarlo, anche se sapevo che nulla di quanto avrei detto poteva impedire che il segretario chiedesse un nuovo e lungo congedo per stress lavorativo. «Sono stata vittima di un'aggressione, ma, come vedi, si tratta di una ferita da poco. Durante il diverbio mi hanno rubato prima il cellulare, poi la borsa. Ecco perché non rispondevo. A te invece cos'è successo? » aggiunsi con finta ingenuità.

Quando sentì la domanda, esplose. Fu uno scoppio incontrollato, privo di qualunque logica. Le informazioni uscirono mescolate con le sue paure e coi suoi rimproveri verso la mia gestione, compreso il fatto che non gli permettevo di chiamarmi « signora giudice » e che continuavo a rifiutare una scorta. Non compresi la maggior parte di quello che diceva: frasi intricate pronunciate con voce pastosa e farneticante, probabilmente a causa dei medicinali, ma captai al volo due parole che mi lasciarono pietrificata.

È sorprendente come due semplici parole, appena un pugno di lettere, riescano a cambiare così rapidamente il futuro, trasformando un giorno di luce e allegria in un completo disastro. Quando le sentii pronunciare, il mondo mi tremò sotto i piedi.

Assassinio, sottana.

Non era possibile, quello doveva essere uno scherzo, un brutto tiro del destino cosmico! Presto avrebbe suonato la sveglia e mi sarei destata. Però non suonò proprio nulla e io non mi svegliai. Trascorso qualche istante, fui cosciente di avere davanti a me l'istruzione di un caso intricato che non aveva osato affacciarsi nemmeno nei miei incubi peggiori.

Mi ero esercitata molte volte per affrontare quella situazione. Sapevo come comportarmi in ogni singolo momento, eppure niente di quanto avevo previsto si svolgeva come nella mia immaginazione. E al momento, ben lungi dall'aiutarmi, il mio segretario era riverso sul divano di pelle del mio ufficio, coi lunghi piedi buttati su un bracciolo, e gemeva sconsolato. Mentre il medico legale, con viso di circostanza, si fumava un sigaro e riempiva di cenere il tappeto.

« Bene. Ci vado subito », dissi.

« Giudice MacHor, deve ascoltarmi: ha bisogno di protezione. Guardi cosa le è successo! »

« Gorka, questo omicidio non ha niente a che vedere con

me. A prima vista non sembrerebbe una questione di terrorismo. »

« Al momento no, vostro onore, ma è coinvolta la Chiesa! E questo eleva in modo considerevole il rischio di cospirazioni. »

« La Chiesa? A quanto ho sentito, hanno ammazzato un sacerdote. Da qui a dire che la Chiesa come istituzione sia implicata in qualche faccenda losca ce ne corre. »

« Vostro onore, lei sa bene che la Chiesa di solito risolve internamente i suoi piccoli conflitti: noi tribunali godiamo di rado della loro compagnia. Quando sono qui, significa che ci sono problemi gravi. Molto gravi! E stavolta c'è di mezzo un morto. L'arcivescovo! »

« L'arcivescovo? Avevi detto un sacerdote! »

« Perché forse non lo è? Inoltre l'arcivescovo non è né più né meno che un semplice cittadino. »

« No, Gorka, l'arcivescovo non è un cittadino come un altro. Rappresenta molte persone. Parleresti allo stesso modo, se si trattasse di un senatore? »

« Il senatore rappresenta lo Stato, questo qui no. Che io sappia, la Spagna si è autodefinita 'Stato non confessionale': articolo 16, comma 3 della Costituzione. »

« D'accordo, hai ragione. La Spagna è uno Stato non confessionale, ma non si può dire nemmeno che sia laica. La maggioranza degli spagnoli, in un modo o nell'altro, ha legami con la religione cattolica e una bella fetta di loro è praticante. E la democrazia si fonda sulla maggioranza. Lascia che ti chieda una cosa: ti saresti espresso allo stesso modo, se nel nostro tribunale si fosse materializzato Dani Pedrosa? » chiesi, conoscendo la sua passione malsana per moto e centauri.

« *Touché!* » esclamò il mio assistente, coprendosi la fronte col braccio in un gesto teatrale. Non per questo accennò a rialzarsi.

« Gorka, i tuoi pregiudizi ti fanno perdere l'obiettività. Se non ne prendi le distanze, incapperai in errori come quello appena commesso. Ora devo andare... »

« Chiamo la scorta? »

« No. Il medico legale e io ce la caveremo da soli. Vero, Ramiro? »

« Certo. Saremo in grado di affrontare la Chiesa intera », rispose, strizzando un occhio al segretario, che se ne restò lì sdraiato mentre noi abbandonavamo l'ufficio.

Anche se non sapevo come avrei reagito al momento buono, conoscevo a memoria il protocollo. Il medico legale e io dovevamo presentarci immediatamente sulla scena del crimine. Certo, la presenza del giudice istruttore non risulta così fondamentale come quella delle squadre forensi, che non possono perdere un momento: quanto più tardi arriveranno, tanto più contaminata troveranno la scena del crimine. Ma andare con Ramiro mi offriva la possibilità di affidarmi alla sua esperienza.

«Dov'è successo?» chiesi senza fermarmi, anche se procedevamo quasi di corsa. «Non ho capito la metà delle parole di Gorka.»

«Non mi stupisce, gli ho iniettato un tranquillante piuttosto potente. E, conoscendolo, gli ho dato una dose da cavallo: era isterico! Ma non ti preoccupare, ho tutte le informazioni. Sono stati trovati due cadaveri in un eremo isolato, nei dintorni della località di Mendigorría. Una graziosa località, non tanto lontana da Pamplona. La conosci?»

«No, il nome non mi dice niente», confessai. Che m'importava, in quel momento, della bellezza del luogo?

«Ci potremmo arrivare su una strada secondaria meno battuta, ma sull'autostrada di solito non c'è molto traffico in quel tratto. In quindici o venti minuti saremo lì.»

«Come preferisci, ma dovrai farmi da navigatore. Lo sai che mi perdo con facilità.»

«Vuoi che guidi io?» si offrì. «Sei molto pallida.»

«Sì, grazie. Così potrò riprendermi dallo spavento di stamattina. E se mi presti il cellulare, chiamerò la banca per farmi bloccare le carte di credito. Ho bisogno che mi metti al corrente dei fatti, Ramiro. Questo è il mio primo... Sì, insomma...»

Ramiro si fermò di colpo e mi strinse un braccio. I suoi occhi marroni mi guardavano fisso. Si era messo il gel, come sempre; eppure, prima di parlare, si ravviò i capelli. «Ascoltami, Lola, c'è una prima volta per tutto. Non devi preoccuparti più del necessario, devi solo usare il comune buonsenso.»

Corrugai la fronte. « Dicono che il buonsenso sia il meno comune di tutti i sensi. Ma ci proverò lo stesso. »

« D'accordo. Solo un altro consiglio: prima di vomitare, allontanati dalla scena del crimine. »

Quella frase mi lasciò di sasso. Una strana insicurezza s'impadronì di me. « Spero di ricordare anche questo. » Quando arrivammo al parcheggio, feci per dirigermi verso la mia auto.

« Se non ti dispiace, preferisco andare con la mia macchina. »

La Volvo di Ramiro emanava un forte odore di tabacco. Il portacenere era zeppo di mozziconi di sigaretta, e qualcuno era persino caduto per terra e sulle cassette di musica classica che il medico legale amava tanto ascoltare. Si scusò subito, recuperò le cicche cadute sul tappetino e uscì dall'auto in cerca del cestino più vicino. Ritornò col portacenere pulito, ma l'odore rimase.

Ramiro, abituato a respirare quell'aria, non sembrava rendersene conto, ma a me non succedeva lo stesso. Perciò, con la scusa che avevo bisogno di prendere un po' d'aria, abbassai il finestrino. In realtà non era tutta colpa del tabacco. Da quando la notizia dei delitti era arrivata alle mie orecchie, la nausea mi attanagliava lo stomaco; le sue Ducados avevano soltanto peggiorato la sensazione. Mi concentrai sul paesaggio, per dimenticare il malessere del corpo.

Mentre sfioravamo i limiti di velocità, la città scomparve alla nostra vista, gli edifici grigi furono soppiantati da campi color ocra, appena mietuti. Davanti ai nostri occhi si estendeva un affascinante mare di terra arata. Di quando in quando, come isole tropicali, emergevano piccoli gruppi di alberi di un verde intenso, che si ostinavano a offrire ombra.

Non erano passati ancora cinque minuti, quando Ramiro mi chiese: « Lola, ti dispiace se fumo? »

Avevamo appena preso l'autostrada in direzione di Logroño. Con la velocità, entravano dal finestrino il fresco della tarda mattinata e la lucentezza del cielo diafano.

« Questa è la tua auto », dichiarai, riluttante.

« Se ti disturba, aspetto che arriviamo. »

« A dire il vero, questo odore non mi fa proprio impazzire,

ma siccome sono stata una fumatrice incallita per anni non ho il cuore di dirti di no. Fuma, ti calmerà i nervi.»

«Grazie, Lola. In realtà sono tranquillo, ma la nicotina mi aiuta a riflettere.»

Il fumo grigio riempì l'abitacolo. Nonostante il finestrino aperto, lo percepii immediatamente. Sorrisi. Erano tre anni che avevo smesso e ancora mi sorprendevo di aver avuto la forza di volontà per abbandonare un vizio tanto stupido. Eppure per un istante, un istante soltanto, fui tentata di afferrare quel pacchetto e rubargli una sigaretta. Non lo feci. Aspettai invece che terminasse di accendere il suo sigaro, poi sparai la richiesta. «Allora, raccontami che cos'è successo e non mi risparmiare i particolari truculenti. Preferisco sentirli da te che dagli agenti.»

«Bene, ti metto subito al corrente. Verso le nove siamo stati avvertiti dalla polizia locale. Un contadino mattiniero stava passeggiando in campagna e ha trovato l'eremo aperto, le porte spalancate. Si tratta di una piccola costruzione situata un po' in alto rispetto al villaggio, fuori del nucleo urbano, a quattro o cinque chilometri di distanza. Di solito è chiusa, ma non in questa occasione. Meravigliato, l'uomo è entrato e si è imbattuto in due corpi: uno per terra, tra le panche, e un altro ai piedi dell'altare. Il contadino si è molto spaventato ed è sceso in paese per dare l'allarme. Ha rintracciato il capo della polizia municipale a casa sua. Quest'ultimo, a sua volta, ha chiamato qualcuno, potrebbe essere il sindaco, non ricordo bene, che ha avvertito noi. Tra i molti accorsi lì, c'era il farmacista che ha riconosciuto l'arcivescovo di Pamplona con cui, a quanto sembra, il paese aveva qualche contatto. L'altro cadavere dev'essere ancora identificato. Contro l'arcivescovo avevano scaricato due pallottole con uno schioppo da caccia, ma, quando il contadino l'ha trovato, era ancora vivo; però è morto quasi subito, senza che il medico del paese potesse fare niente per lui. Ignoro se abbia riferito qualcosa prima di morire.»

«Anche l'altro individuo è stato ucciso da un'arma da fuoco?» chiesi.

«Non lo so, ma mi hanno detto che sembra un Cristo.»

«In che senso?»

« Va un po' a sapere! Forse volevano dire che il suo corpo presentava molte ferite o che era nudo; forse si riferivano al modo di morire: quello tipico di un crocifisso. »

« Andiamo, Ramiro, questo no! Siamo nel XXI secolo! »

« Che differenza fa, Lola? Cos'ha il XXI secolo che lo distingue dal XX o dal Medioevo? Gli assassini continueranno ad assassinare anche quando avremo raggiunto Marte o scoperto un vaccino contro il cancro. »

Per un attimo, mi si riempirono gli occhi di lacrime. Il nodo che mi stringeva la gola fu evidente quando parlai di nuovo. « La prospettiva di seguire questo caso mi opprime talmente che... Insomma, ho paura di non essere in grado di farlo... »

« Non hai altra scelta, Lola. »

« Sono terrorizzata. »

« Ascolta, Lola: tu dai l'ordine di rimuovere i cadaveri, ma non occorre che ti fermi a lungo sulla scena. Il mio referto ti fornirà tutti i particolari di cui avrai bisogno. »

« Grazie, Ramiro. Tenterò di essere all'altezza. »

« Non ho il minimo dubbio che lo sarai. Inoltre potrai avvalerti dell'agente Galbis. Si trova sulla scena già da un po'; è partito non appena ci è arrivata la notizia. Non ha molta esperienza in questo tipo di faccende, ma ti darà una mano coi testimoni. In seguito, il caso verrà assegnato a un ispettore più esperto. Tuttavia ho paura che, con tutta quella gente che gironzolava lì intorno quand'è arrivato Galbis, la scena sarà contaminata come questo fiume », osservò indicando il color cioccolato dell'Arga.

Lo attraversavamo proprio in quel momento, sulla corsia unica di uno stretto ponte medievale ben restaurato. Portava a un'azienda agricola, costeggiata da una stradina asfaltata.

« Sono certa che gli abitanti di questa tenuta avranno qualche informazione per noi », affermai. « Chiunque sia passato di qui, dev'essere stato visto. Non c'è altro accesso. »

« Era molto presto, Lola. »

« La vita nei campi inizia quando spunta il sole. L'uomo che ha trovato i cadaveri stava passeggiando e non era ancora l'alba. »

« Forse hai ragione. Questi contadini trascorrono tutta la vita tra i campi. Le fatiche della vita agricola sono pesanti e non conoscono orari... »

« E poi ti stai dimenticando le donne, Ramiro. Certamente qualcuna stava stendendo il bucato o preparando la colazione e, sentendo il rumore, avrà sbirciato dalla finestra con curiosità... Più tardi chiederemo anche a loro. Accidenti, mi sono dimenticata della banca, mi presti un attimo il cellulare? »

« Sì, certo. È nuovo, l'ho inaugurato oggi: l'ultimo è caduto nel lavello dell'obitorio e si è distrutto. Chiqui mi chiama sempre nel bel mezzo delle autopsie. » Mentre parlava, portò una mano alla cintura e cercò di estrarre il telefono dalla custodia. Il volante gli sfuggì dalle mani e una nuvola di polvere si alzò dalla banchina. « Scusa! »

« E quando Chiqui ti chiama, tu rispondi sempre? » gli chiesi, senza fare commenti sulla sua guida temeraria.

« Cosa vuoi che faccia? Forse sarebbe meglio fare come te, che non sai mai dove hai messo il telefono: è vero che te lo hanno rubato? »

« Certo, Ramiro. T'immagini il titolo sui giornali? 'Rubati borsa e cellulare a una giudice, mentre testimonia su un caso'... »

« Siamo quasi arrivati », m'interruppe lui. « Guarda là in alto, a sinistra: quello è l'eremo. Se non ricordo male, conserva un bel *retablo*. »

« Confesso che il mio stomaco non è ancora pronto. »

« Non ci devi pensare. Alcune persone si aiutano cantando o fischiettando. Sta tutto nel riuscire a prendere le distanze dalla scena. E ricorda... »

« Sì, lo so: prima di vomitare, allontanarsi dalla zona. »

Parcheggiammo in una piccola spianata, vicino a un fuoristrada col distintivo municipale, una Citroën sgangherata e una scintillante BMW. In seguito venni a sapere che il macinino apparteneva al medico del paese, il fuoristrada al poliziotto locale e l'altra auto, naturalmente, al signor sindaco.

Alzai gli occhi in direzione dell'eremo. Un sole cocente picchiava contro i suoi muri di pietra scura. Dalla mia posizione, in controluce, la facciata appariva incorniciata da un alone di dorato mistero. Sbattei più volte le palpebre, tentando di abituare i miei occhi al chiarore, ma dovetti arrendermi e indossare gli occhiali da sole; così potei distinguerne la sagoma svettante. Catturata da quella semplicità, non riuscivo più a distogliere lo sguardo dalla costruzione, sopra la quale si ergeva una torre campanaria malconcia. Da tutto l'insieme emanava una pace che sembrava evocare passati lontani, quando quelle cose non succedevano, quando la vita aveva più valore e più senso.

Poi l'odore del tabacco riempì l'aria.

Ramiro si era acceso una sigaretta e, con quella tra le dita, contemplava la vista alle mie spalle. « Che meraviglia! » esclamò. « Aria pura, storia, luce... Poveri cadaveri! »

Cercando di mostrarmi risoluta, imboccai senza esitazioni l'unico sentiero che portava all'eremo; era orlato da cipressi slanciati in formazione perfetta. Avanzai lungo il percorso contemplando il suolo con attenzione. Come faccio quando sono di turno, avevo evitato i tacchi alti, ma su quella pietraia dal vivace color argilla l'eventualità d'inciampare era piuttosto alta. Nonostante tutto, confesso che mentre salivo per il sentiero, scortata da quegli arroganti cipressi, mi sentivo come un generale romano che sta per passare in rivista i suoi uomini.

Durante la salita, notai una moderna e antiestetica costruzione sulla sinistra dell'eremo.

Probabilmente Ramiro vide la mia smorfia di disgusto, perché commentò: « Non c'è dubbio, è orribile ».

« Che cos'è? » domandai.

« È un museo archeologico, così modesto che non so nemmeno se meriti quel nome, ma costituisce l'accesso alle rovine di una città romana. Immagino che dal biglietto d'ingresso il comune ricaverà qualche entrata. »

Annuii senza fermarmi. In quel momento non ero in vena di rovine archeologiche, per quanto interessanti potessero essere. Ramiro, al contrario, restò lì, a fumare e a curiosare attraverso l'inferriata.

Avevo quasi terminato la salita, quando mi venne incontro un robusto giovanotto in uniforme. Credo che stesse lì a montare la guardia in attesa del mio arrivo. Istintivamente lo sguardo mi andò alla cintola: una borraccia occupava il posto della pistola. Sembrava nervoso, continuava a sistemarsi la cintura e si asciugava la fronte con un fazzoletto bianco molto stropicciato. Le chiazze di sudore sulla sua camicia blu erano ampie e pronunciate.

« È lei la signora giudice? » chiese trascinando molto le vocali mentre parlava.

« Sì, sono la giudice Dolores MacHor. » Allungai la mano.

« Molto piacere, vostro onore », replicò piantandomi uno schioccante bacio sul dorso della mano, come si faceva in passato. E come si continua a fare in quei villaggi.

« Piacere mio, signore. Lei è...? »

« Rodrigo Sorauren, della Polizia municipale di Mendigorría, per servirla. Sono stato io a chiamarvi. Le due carcas... i due cadaveri sono qui, all'interno dell'eremo. » Lo disse rapidamente e senza riprendere fiato. Forse se l'avesse detto in un altro modo, nervoso com'era, non sarebbe riuscito a terminare la frase.

« Agente Sorauren, prima di tutto voglio ringraziarla per la sua collaborazione. »

« Ci mancherebbe, siamo qui per questo! »

« Mi dica, è stato lei a trovare i corpi? »

« No, vostro onore. Troppo presto per me... be', per tutti tranne che per Andrés! Stavo ancora dormendo quando mi ha chiamato. Naturalmente, dopo aver avvisato le autorità locali, sono venuto qui. Ho preso la macchina e, senza nemmeno svegliare mia moglie, mi sono presentato sulla scena del crimine. Posso garantirle che, da quando sono arrivato io, nessuno è entrato in questo posto. Prima non saprei, anche se Andrés dice di aver lasciato le cose così come le ha trovate. »

« Bel lavoro, agente Sorauren. Preservare la scena di un crimine è di vitale importanza. » Mi accorsi che le mie parole provocavano l'effetto voluto: un enorme sorriso si allargò sul volto sudato dell'agente. « Ha menzionato due volte un certo Andrés. È stato lui a trovare i corpi? »

« Proprio così. Si chiama Andrés Hernández, è del posto. Di Mendigorría, voglio dire. Tutta la sua famiglia è di qui. Brave persone, agricoltori, gente a posto. I due ragazzi hanno studiato nella capitale e, naturalmente, non vivono più qui. Qui non c'è più niente, il paese si sta vuotando a poco a poco. Sua moglie è morta l'anno scorso, nessuno sa di cosa; un giorno non si è più svegliata, e basta. Da allora, Andrés vive solo. Si alza molto presto e vaga come un'anima in pena per i boschi della zona, fino a raggiungere le sue terre che si trovano là, oltre le rovine. Ed è stato proprio durante una delle sue passeggiate mattutine che si è imbattuto in questa grana. Lei mi perdonerà l'espressione, ma le assicuro che è proprio così. »

« D'accordo, agente. Parlerò subito con lui », replicai, affabile.

« Non so se vorrà parlare con una giudice », mi avvertì l'agente.

« Non sarà mica fuori di... Insomma, è un uomo *equilibrato*? »

« Ma certo! » confermò Sorauren.

« E allora dovrà parlare con me. Tranquillo, agente, me ne occuperò io, ma adesso sarebbe così gentile da accompagnarci sulla scena? » Utilizzai il plurale perché Ramiro, che aveva assunto la sua dose di nicotina e di storia, era di nuovo al mio fianco con la sua famosa valigetta.

« Buongiorno, signore », lo salutò il poliziotto.

« Agente Sorauren, le presento il dottor Ramiro Sega, il nostro medico legale. »

« Molto piacere! » disse Sorauren, stringendogli con forza la destra. « Sa una cosa? Nessuno potrebbe indovinare la sua professione. Non somiglia per niente a quelli delle serie televisive. »

Ramiro scoppiò a ridere. « Devo prenderlo come un complimento? »

« Ma certo! Lei è... molto più elegante, non come quegli agenti americani che si possono confondere coi delinquenti. »

A quel punto fui io a sorridere. Il poliziotto aveva ragione: Ramiro girava sempre perfettamente imbrillantinato, come il socio di uno studio di avvocati di grido; persino col camice verde sembrava elegante. Poi dissi: « Agente Sorauren, abbiamo un po' di fretta. Può accompagnarci? »

« Sissignora, subito. Se volete seguirmi... »

Per raggiungere l'eremo ci volle un minuto. Erano appena trecento metri.

Davanti alla porta, a sorvegliare l'ingresso, si trovava l'agente Galbis, pallido in viso e stravolto. « Vostro onore, dottore... Una brutta faccenda... davvero brutta. Vi assicuro che per poco non vomitavo», confessò col suo inconfondibile accento andaluso.

«Ma non l'ha fatto, vero?»

«No, dottore, non l'ho fatto: conosco la cantilena...»

Lo interruppi bruscamente. «Molto bene. Ci aggiorni.»

«Dentro ci sono due cadaveri, tutti e due vestiti da prete... sì, insomma, con quegli stracci scuri con cui ai religiosi piace ornarsi. Solo che, in questo caso, uno dei due abiti è una tonaca da frate.»

«Galbis, l'agnosticismo di cui fa sfoggio non la esime dall'esprimersi in modo appropriato.»

«Come vuole, vostro onore. Ma l'avverto che lo spettacolo è dantesco. Persino il denaro, la cui presenza di solito mette di buonumore, qui risulta sconcio.»

«Denaro? Quale denaro?» domandai, sorpresa. Guardai Ramiro.

«Non ne sapevo niente», confermò il medico.

«Be', è così. C'è molto denaro lì dentro: ce n'è ovunque, soprattutto intorno al corpo più vicino alla porta...» Lo sguardo di Galbis parve illuminarsi. «Ho avuto la sensazione che l'assassino abbia voluto cospargere il cadavere con quei biglietti da cento... Come se volesse umiliarlo, non so se mi spiego...»

La situazione non mi piaceva. Quando c'è di mezzo il denaro, le cose hanno la brutta abitudine di complicarsi.

Ascoltammo ancora per qualche istante Galbis, che proseguiva nella sua cronaca nera. Poi Ramiro, impaziente, disse: «Mi dispiace, Galbis, però io devo entrare. Non vorrei offenderla, ma preferisco farmi le mie impressioni personali».

«Vada pure, dottore. Anzi sono felice di tacere, non sono cose di cui è bello parlare.»

Ramiro aprì la valigetta e mi porse un paio di guanti. «Vostro onore...»

Un brivido mi attraversò non appena la mia pelle sfiorò il freddo lattice.

«Non toccare niente, Lola, e ricorda sempre il mio consiglio», mi sussurrò a voce abbastanza bassa da non far sentire le sue parole a Galbis. Spingendo verso l'interno la spessa porta di rovere, entrò nella piccola chiesa.

Lo seguivo a prudente distanza, deglutendo a vuoto mentre varcavo la soglia. Il vestibolo era pulito.

« Andiamo? » mi disse, sorridendo.

« Non ti preoccupare per me, occupati del tuo lavoro. »

Non appena oltrepassai la soglia iniziai a provare una strana sensazione. Il momento tanto temuto stava arrivando, eppure notavo come la paura allentasse la sua morsa cedendo il posto alla curiosità. In quel momento, non so perché, fui consapevole della mia imperdonabile ignoranza. Avevo trascorso tutta la vita impegnata nel solito tran tran, schiava dei miei affetti. Sentii di essermi impantanata nelle cose di tutti i giorni fino al punto da dimenticare tutto il resto. Non che ambissi particolarmente a frequentare il crimine, ma in quell'istante mi prese un'ansia irrefrenabile di recuperare il tempo perduto e di dedicarlo all'approfondimento di tutto ciò che si trovava al di fuori della mia torre d'avorio, difesa da fobie e automatismi. Fui consapevole che le due persone che giacevano lì erano morte; io ero viva.

L'interno dell'eremo era immerso nella penombra. Feci scorrere lo sguardo sulle pareti di pietra, la cupola barocca - costruita con molta probabilità per chiudere una severa testata romanica - e il tardo barocco del *retablo* maggiore, presidiato da una Vergine medievale. Finalmente spostai gli occhi verso il centro della navata.

Trattenni il respiro e retrocessi. Mi voltai e feci per uscire, con la mano premuta sulla faccia.

Dietro di me c'era Galbis, pallido e sudato. « Glielo avevo detto, vostro onore, è una scena apocalittica », mi sussurrò.

« Ammetto che aveva ragione. »

« Se non ha bisogno di me, aspetterei fuori », si scusò Galbis. « Ne ho avuto abbastanza per oggi. »

« D'accordo, esca. La raggiungo subito. » Il mio onore, e non il coraggio, mi costrinse a reprimere la nausea e a soffermarmi davanti a quella scena insopportabile. Molto vicino alla porta, sulla destra, accanto a un gruppo di scanni, giaceva un uomo. Il suo corpo, semidisteso, poggiava leggermente sull'inginocchiatoio di una delle panche; la testa era piegata all'indietro. Non aveva più la faccia: né occhi né naso; della bocca restava solo una traccia del labbro inferiore. Qualcuno gli aveva cancellato i connotati; al loro posto c'erano sangue e ossa e resti di carne maciullata. Aveva il petto squarciato; s'intravedevano alcune parti biancastre che, nella mia ignoranza, giudicai costole. Il suo corpo era circondato da una densa pozzanghera marrone scuro.

Come aveva segnalato Galbis, tutta la scena appariva disseminata di biglietti da cento euro. Ce n'era uno che galleggiava sulla pozza di sangue e attirò la mia attenzione. Vicino al cadavere c'era una sacca sportiva semiaperta. Sbirciai dall'apertura: c'era altro denaro, lo stesso tipo di banconote.

I miei occhi s'imbatterono nell'altro cadavere: stava sul fondo della chiesa, vicino all'altare. Avanzavo come ipnotizzata verso quella visione, quando inciampai in qualcosa. Il mio piede aveva appena urtato contro un oggetto grande circa mezzo metro. Mi chinai e lo presi con la mano destra, ma era pesante e dovetti aiutarmi con l'altra mano.

Dopo averlo sollevato, mi ricordai degli avvertimenti di Ramiro e benedissi le precauzioni prese da quelli del suo settore; se non avessi indossato i guanti, avrei potuto cancellare le impronte su quell'oggetto. Lo posai sulla panca più vicina e mi avvicinai per osservarlo. Si trattava di una chiesa in miniatura, costruita in argento e maiolica; sui lati c'erano croci gotiche gemelle, ed era sormontato da una croce più grande, cui mancava un braccio.

Nonostante le mie modeste conoscenze artistiche, quell'esemplare mi sembrò notevole. Il tempietto mostrava vetrate lavorate, pinnacoli, contrafforti e piccole figure di santi, realizzate con grande maestria. Ricordo di aver pensato quanto stonasse quella splendida opera in un simile contesto.

Lasciai l'oggetto sulla panca e proseguii verso l'altare. Sotto il tabernacolo giaceva il secondo cadavere. Era vero: sembrava un Cristo. La testa era inclinata e ricadeva sul petto, mentre le braccia erano aperte a forma di croce. Anche lui sembrava un ecclesiastico, o almeno questo dicevano la tonaca da frate e il grande crocifisso d'argento che gli pendeva sul fianco destro. I miei occhi restarono incatenati a quell'oggetto brillante.

« Lola, perché non esci? » mi sussurrò Ramiro, mentre si avvicinava. A ogni passo, la polvere accumulata per terra si alzava formando piccole nuvole. « Ti riferirò subito tutto quello che posso. »

« Ti sei accorto della coincidenza, Ramiro? Entrambi indossano croci pettorali. »

« Sì, l'avevo notato. »

« Ammesso che l'altro sia l'arcivescovo, anche questo dev'essere un personaggio importante. Non so molto di queste cose, ma credo che crocifissi simili li indossino solo gli ecclesiastici di rango. »

« Lo sapremo presto. »

« D'accordo, Ramiro, è tutto tuo. Io vado. Ti aspetto fuori, e intanto sento i testimoni. » Mi stavo allontanando, quando mi ricordai del mio errore. « A proposito, Ramiro, il tempietto sopra quella panca l'ho raccolto io da terra. Mi dispiace, ci sono inciampata e l'ho tirato su... ma avevo i guanti. »

« D'accordo, lo scriverò nella relazione. Peccato non aver scattato qualche foto. »

Fui grata di tornare alla vita. Quando uscii, il sole picchiava forte. Il cielo, di un blu intenso, senza nubi, cantava l'inizio dell'estate. Mi liberai subito del giubbotto. Guardai intorno. Da quell'altezza la campagna era bellissima, colma di rosmarino. Il suo odore, forte e intenso, spiccava sopra gli altri elementi della scena del crimine.

Cercai Galbis. Dopo un giro lì intorno, lo trovai sul retro della chiesa, meditabondo, intento a fumare una Ducados. Lui e Ramiro erano gli unici due fumatori del tribunale e a me, ex fumatrice accanita, era toccato combattere con entrambi. I suoi capelli biondi, tagliati a spazzola, sembravano oro sotto quella luce.

« Mi dispiace, vostro onore, era solo per calmare i nervi! » disse, gettando la cicca per terra e calpestandola con uno stivale nero perfettamente lucidato.

« Non deve scusarsi, agente. Anche se il tabacco finirà per ucciderla, all'aperto non è vietato fumare. Ma le consiglio di raccogliere il mozzicone da terra, o il medico legale la fucilerà. S'immagini se, trovando il suo DNA nei dintorni della scena, incolpassero lei dei delitti... »

Il giovane poliziotto si chinò immediatamente e, in mezzo a nuove scuse, fece sparire le tracce del suo vizio.

« Mi dica, Galbis, sa dove si trova l'uomo che ha visto i cadaveri, quell'Andrés? »

« Andrés Hernández », confermò, consultando il bloc-notes. « Originario di Mendigorría, dove risiede. Ottantun anni, vedovo, ha trovato i corpi verso le sei e mezzo o sette meno un quarto del mattino. Sembra un uomo normale che, senza volere, si è imbattuto in questa scena. È spaventato, non vuole dire niente. »

« D'accordo, andiamo a parlare con lui. Mi faccia strada... »

Trovammo Andrés Hernández sotto il sole, presso la parete laterale dell'eremo; si appoggiava a un bastone curvo. Pur essendo in là con gli anni, sembrava godere di una salute invidiabile. Il suo viso, abbronzato e pieno di macchie color bronzo, contrastava vivacemente con l'abbondante massa di capelli bianchi pettinati all'indietro.

L'uomo pose alcune obiezioni all'interrogatorio, il che già era insolito, ma poi si astenne dal manifestare qualsiasi curiosità, il che era davvero eccezionale. Di solito le persone coinvolte, anche se in realtà desidererebbero scappare a gambe levate, dinanzi all'eventualità di vedersi implicate in una faccenda losca riferiscono ogni singolo particolare che ricordano, sopportando stoicamente l'interrogatorio. Quando però intuiscono che la loro posizione è chiarita a sufficienza e che non sono più sospettati, prendono coraggio e sono loro a iniziare il controinterrogatorio. Avendo scoperto l'atto delittuoso, credono di avere qualche autorità sulla scena, una specie di proprietà intellettuale che trasforma in merito il fatto di aver trovato un cadavere dove nessuno se lo aspettava.

Andrés Hernández sembrava impressionato, ma non troppo. Le sue argomentazioni risultarono chiare e precise.

« Buongiorno, don Andrés. » Data l'età del soggetto, scelsi di usare una forma di cortesia. Faceva un certo effetto e conferiva alle domande un carico di serietà in più, ma ero decisa a non ferire la sua sensibilità.

« Buongiorno a lei, signora. »

« Mi chiamo Dolores MacHor, sono la giudice che istruirà il

caso. Questo signore che mi accompagna è l'agente Galbis della Polizia giudiziaria.»

«Molto piacere», borbottò, già sulle difensive.

«Mi hanno riferito che è stato lei a trovare i due cadaveri. Innanzitutto, la ringrazio per averci avvisato così rapidamente.»

«In realtà ho esitato, signora. Ma quando ho visto l'anello e la croce...»

«Non si preoccupi, don Andrés, l'importante è che l'abbia fatto. Ora, mi farebbe piacere se collaborasse con noi a chiarire i fatti. Vorrei che ci raccontasse le circostanze di questo ritrovamento inaspettato, se è così gentile.»

«Non credo di volerlo fare», replicò seccamente.

«Scusi?» chiesi, confusa.

«Temo di non poter fare quanto mi chiede.»

«Non può farlo? E perché?» domandai con ingenuità. Non comprendevo il suo rifiuto. «Le assicuro che non ha nulla da temere.»

«Ho un figlio avvocato, sa? È il maggiore, vive a Bilbao e lavora in un grande studio. Lui dice sempre di non raccontare alla polizia cose che potrebbero implicarti. È meglio restare zitti. Credo che lo dica anche la Costituzione spagnola.»

«Senza dubbio, don Andrés, suo figlio non ha tutti i torti. Ma in questo caso le garantisco che non ha niente di cui preoccuparsi. La legge è qui per proteggerla. Secondo le sue dichiarazioni alla polizia locale, lei passeggiava nei dintorni e, quando ha sentito degli spari, si è avvicinato per controllare cosa fosse successo. È corretto?»

«Sì, lo è. Ho sentito gli spari e sono venuto fin qui. Poi ho visto la porta aperta e mi sono stupito, perciò sono entrato.»

«Continui, la prego», dissi, mentre Galbis prendeva nota di tutto quello che dicevamo.

«Signora, non posso dirle di più. Prima devo chiamare mio figlio.»

«Capisco...» Restai zitta per qualche istante, poi chiesi: «Conosceva i defunti, vero?»

«Conoscerli in senso stretto, no. Ma so che uno è il vescovo Cañarte, per via dell'anello e della croce. L'altro è la prima volta che lo vedo. Don Blas è venuto in paese l'anno scorso, per le cresime. Abbiamo parlato con lui per qualche minuto, c'era ancora mia moglie.»

«Quindi non era legato a sua eminenza da nessun vincolo più stretto.»

«No, signora, nessuno.»

«E allora, don Andrés, qual è il problema?»

L'uomo rimase in silenzio, con lo sguardo lontano sui campi.

Lo guardai fisso e ribadii: «Davvero mi piacerebbe capire, don Andrés. Mi dica, non desidera forse collaborare a far luce sull'accaduto? Non vuole farci prendere chi ha sparato all'arcivescovo, il religioso che è venuto in visita al suo paese e con cui lei stesso ha parlato per qualche minuto?»

«Sì, certo. È chiaro che voglio prendere quei bastardi! Con licenza parlando.»

«Ma allora, don Andrés, qual è il problema?» insistetti, testarda.

Il contadino cambiò atteggiamento. Prese la bisaccia che gli pendeva dal braccio e la aprì. Una testolina scura e pelosa emerse dalla borsa.

Mentre mi ritraevo, mi sfuggì un grido.

«È ben educato, signora, non si spaventi. Si chiama Ambrosio. Gli ho dato questo nome in memoria di mio suocero, che riposi in pace dopo che ha lasciato in pace noi tutti.»

Immagino che la mia faccia fosse una mescolanza di stupore e ribrezzo, data la paura che ho degli animali. E specialmente dei roditori. «Che cos'è quello?»

«Non li ha mai visti, signora? È un furetto. Per me è come se fosse un cagnolino. Dorme persino dentro casa, quando fa molto freddo. In inverno, da queste parti, il vento picchia forte, sa?»

«Bene, don Adrés, d'accordo», borbottai. «Questo... Ambrosio è un furetto, il suo furetto. E fin qui la seguo, ma non riesco a capire che cosa c'entri questo animale con l'arcivescovo e con l'altro morto.»

«Ah, con l'arcivescovo niente e nemmeno con l'altro, non lo conosco proprio! Quando l'arcivescovo è venuto in paese per le cresime, non l'ha portato con sé.»

«Perché allora non può raccontarci l'accaduto? Che c'entra quel furetto?»

Andrés si girò su se stesso. Gli feci un cenno con la mano, come per incoraggiarlo a continuare il racconto. Ma il contadino non si decideva.

« Credo che parlerò con mio figlio... » disse alla fine.

« Andrés, non vogliamo che la signora giudice pensi male di noi, vero? » intervenne Sorauren, il poliziotto municipale, che nel frattempo si era avvicinato a noi.

« No, certo che non lo vogliamo. »

« Capisci cosa stai facendo? Guarda che quanto è successo dentro l'eremo è una cosa grossa. Vuota subito il sacco, altrimenti finirai coinvolto in grane che non ti riguardano. Credo che la signora capirà. »

In quel momento l'anziano si rese conto della gravità dei fatti. « Ah, no, Rodrigo! Tu lo sai che io con quella faccenda lì dentro non c'entro niente! Niente di niente. »

« Ne sono convinto, adesso però devi convincere la signora giudice. Sono sicuro che Ambrosio non sarà un problema. »

Andrés si voltò verso di me e tutto in un fiato disse: « Ammetto di essere un cacciatore di frodo e che Ambrosio mi aiuta... Ma non caccio molto, glielo giuro. Un coniglio o due. Mi creda, è meglio che diminuiscano, sono il flagello della terra! So che non dovrei, perché ho superato la quota permessa e non è il periodo giusto, però lo faccio lo stesso. » Estrasse dalla bisaccia un grande coniglio. « Tenga, è suo! »

Divertita, ma a tre passi di distanza nel caso fosse comparsa qualche altra bestia, tranquillizzai il vecchio, che si era avvicinato a me tenendo per le orecchie l'enorme coniglio. « Don Andrés, credo che per stavolta possiamo dimenticarci di Ambrosio e di questo coniglio. Lo tenga pure. Di certo c'è chi saprà farne un buon salmì... Adesso ho bisogno che mi racconti quello che sa. »

« Ho sentito uno sparo, poi un altro. Mi sembrava uno schioppo da caccia. Ho seguito le tracce e sono arrivato qui. In realtà pensavo che fosse Jorg... che fosse un altro cacciatore del paese. Ma quando ho trovato la porta dell'eremo spalancata, ho capito che era successo qualcosa. È strano, di solito resta chiusa. Viene aperta soltanto per qualche attività programmata: processioni, funerali di un membro della fratellanza della

Vergine di Andión, atti di culto o cose simili, anche se immagino che l'arcivescovo possa aprirla quando gli va. È sua. Per farla breve, mentre mi avvicinavo mi è sembrato di sentire dei lamenti, e così sono entrato. Dentro ho trovato due uomini. Ora ci sono due morti, ma quando sono arrivato era morto soltanto quello ai piedi dell'altare. L'arcivescovo – ho capito che era lui dall'anello e dalla croce – stava steso a terra. Aveva perso molto sangue, ma respirava ancora. Non riusciva a parlare, perché gli avevano distrutto la faccia con un tiro a bruciapelo. Gli ho preso una mano e ho cercato di calmarlo. Gli ho chiesto se voleva che pregassi ad alta voce. Mi ha stretto. Ho immaginato che volesse dire di sì e ho iniziato con un'Avemaria. Credo di non averne recitate più di cinque, quando mi sono accorto che allentava la presa. Era morto. È stato molto coraggioso. Non un solo lamento. A lamentarsi era l'altro, il giovane. Quello che gira qui intorno vestito da prete. Era completamente isterico. Ha vomitato finché non ha avuto più niente nello stomaco. Poverino, lo spettacolo era terribile.»

«Ma mi sembra che lei l'abbia sopportato bene», osservai.

«Sono stato in guerra, sa? Volontario nelle falangi di Franco. Sono stato ferito a Las Pedrizas, a Teruel... Un'esperienza che forma il carattere.»

«Lo immagino. Mentre lei si prendeva cura dell'arcivescovo, le ha detto qualcosa?»

«Qualcosa ha detto, sì, ma non si capiva quasi. Al poveretto restava solo metà della bocca.»

«Ricorda qualche parola? Non importa se non ha capito bene, tutto può esserci utile.»

«Si riferiva al denaro, di sicuro, ma ho capito soltanto che non era sufficiente. Forse non ho sentito bene, perché mi sembrava che ce ne fosse parecchio. Quello che gli ho sentito dire chiaramente era 'abate'. 'È l'abate', diceva. Forse si riferiva all'altro corpo.»

«Qualcos'altro, don Andrés?»

«Ha detto altre frasi, però tutte religiose. Padre nostro, Dio mio, cose simili...»

«D'accordo, molto bene. Ora, don Andrés, vorrei chiederle un'altra cosa. Non mi tornano i conti: prima ha menzionato due uomini, che ora sono morti. Poi ha parlato di tre. Quello che è ancora vivo stava anche lui all'interno dell'eremo?»

«Sì, ma stava così rannicchiato, in ginocchio accanto all'arcivescovo, che all'inizio non l'ho visto. Vestito di nero e con l'oscurità, mi era sfuggito. Dopo, quando ha alzato la testa e ha iniziato a vomitare, mi sono accorto che stava accanto a me. Mi sono avvicinato, pensando che fosse ferito, ma no: era solo sconvolto.»

«Ha visto qualcuno nei dintorni, mentre veniva qui o magari anche dopo?»

«No, nessuno, ma ho sentito il rumore di un'auto che si allontanava lungo la strada.»

«Quanto tempo sarà passato da quando ha sentito gli spari a quand'è arrivato qui?»

«Non molto, cinque minuti, forse qualcosa di più. Ho dovuto recuperare Ambrosio dalla tana in cui si era infilato. Non voleva venire, aveva fiutato la preda.»

«Bene, diciamo dieci minuti. È arrivato dal sentiero di pietre?»

«No, signora, attraverso i campi. È più veloce e io sono abituato. Il bastone mi aiuta a non inciampare.»

«Quindi non ha visto l'auto. Ha solo sentito il rumore.»

«Sì, proprio così. Ma ho visto la polvere che alzava.»

Mi fermai qualche secondo. Il contadino teneva sempre lo sguardo fisso su di me. «Don Andrés, per caso vuole raccontarci qualcos'altro? Un particolare, qualsiasi cosa abbia richiamato la sua attenzione...»

«Ecco, ora non mi viene in mente nulla, ma se mi lascia il suo numero di telefono, la chiamerò non appena ricordo qualcosa.»

«Grazie. L'agente Galbis prenderà i suoi dati e le farà avere un numero dove trovarmi. La ringraziamo molto per la sua collaborazione. Suppongo che dovremo disturbarla ancora. Per qualche altro dettaglio, capisce... Su questo caso, unicamente su questo caso.»

«D'accordo, signora. Risponderò a tutte le domande di cui conosco la risposta.»

« A proposito, lei vive nell'azienda agricola che si trova all'inizio di questa strada? »

« Sì, vivo lì. E in casa mia lei è sempre la benvenuta. »

« Grazie. » Era da tanto tempo che non sentivo simili antiche cortesie rurali. « Crede che a quell'ora qualcuna delle persone con cui lei vive abbia potuto vedere l'auto in fuga? Avere qualche dato in proposito ci sarebbe di grande aiuto. »

« Vivo da solo, ma è possibile che qualcuno dei pastori abbia visto qualcosa. M'informerò. Non appena vorrà chiamarmi, saprò dirglielo. »

« Gliene sono grata. È stato un piacere conoscerla. » Andai a cercare il medico legale. La testimonianza appena raccolta era utile per fissare l'ora del delitto. Era chiaro che chi lo aveva commesso era appena partito mentre arrivava il contadino. Peccato che Andrés non avesse visto l'auto. Conoscere il modello, o almeno il colore, ci avrebbe facilitato la ricerca. « Furetti! » dissi ad alta voce, mentre mi dirigevo di nuovo verso la scena del crimine. Fui sollevata nel vedere che Ramiro usciva proprio in quel momento dall'eremo. Non avevo voglia di tornare a contemplare quel macabro spettacolo.

E lo era, senza ombra di dubbio. Ogni singolo elemento mi era parso grottesco. A cominciare dall'uomo con la tonaca da frate, sistemato a mo' di Cristo in croce, illuminato dal riflesso dei colori vivaci della vetrata. Poi il cadavere dell'arcivescovo, sfigurato, sanguinolento, circondato da mosche grasse e nere, per non parlare delle tracce di sangue che attraversavano, in entrambe le direzioni, la navata centrale. E, per finire, le banconote da cento euro. Tutto risultava repellente, immondo, proprio come l'avevo immaginato nei miei incubi più funesti. Ma quello che più mi aveva colpito era l'insieme: la scena in se stessa si presentava come uno scherzo indecente, osceno, preparato minuziosamente per essere visto. Se i corpi fossero stati nudi, il risultato non sarebbe stato più detestabile, mi dissi, pur non sapendo ancora perché avevo quell'impressione.

Ramiro era al cellulare. La conversazione sembrava piuttosto vivace. Mi tenni rispettosamente a distanza, anche se le urla arrivavano fino alle mie orecchie.

« No, Chiqui, non posso... Lo so che ho annullato gli ultimi tre appuntamenti, ma il mio lavoro è così. Ho due cadaveri che mi aspettano! È vero, sono morti e non gli importa aspettare, ma alla polizia sì... Vabbè, ci proverò, ma non ti prometto niente.»

Quando la conversazione terminò, mi avvicinai. «Mi dispiace, Ramiro. Forse possiamo accelerare qualche pratica. Insomma, è possibile che per domani sera tu sia libero.»

«Non ti preoccupare, Lola, sono contentissimo: odio i dentisti. Non sopporto i loro apparecchi, la poltrona di cuoio e persino la loro faccia. Le ho detto mille volte che non m'importa un fico secco di avere i denti... anarchici, ma niente, si è incaponita a farmi mettere certi ferri per raddrizzarli. Ma tu mi vedi con l'apparecchio, alla mia età? Sarei ridicolo!»

«Ramiro, come può farti paura il dentista? Santo cielo, sei un medico legale!»

«È diverso, Lola. Quando mi fanno sedere sulla poltrona bianca, con quell'aggeggio che mi stringe la mandibola, e accendono quell'orribile trapano, io non posso più difendermi!»

«Fifone!»

«A quanto ho visto, tu te la sei cavata molto bene.»

Assentii. «Dimmi, che idea ti sei fatto?»

Diventò molto serio. «Quello che sta sotto l'altare è morto da diverse ore. Non tantissime, però: basandomi sul rigor mortis, la pelle e le cornee, direi venti o diciotto ore, forse un po' di meno. La causa della morte non risulta evidente. Gli ho trovato qualche piccola contusione, ma non ci sono chiari segni di violenza. Dovrò fare l'autopsia per dirtelo con certezza. Presenta una evidente cianosi, il che suggerisce qualche problema respiratorio, ma potrei sbagliarmi. L'altro è morto da poco, due ore o tre, dissanguato. Gli hanno scaricato addosso due proiettili con uno schioppo da caccia: uno al cuore e l'altro in faccia. Porta un anello di un certo rilievo e una grande croce sul petto. Direi che la teoria dell'arcivescovo combacia. Le impronte saranno determinanti. Una brutta storia...»

«Sì, così sembra. Le testimonianze suggeriscono che quello più vicino alla porta è l'arcivescovo di Pamplona, ma non abbiamo ancora nessun'idea di chi sia l'anziano steso sotto il tabernacolo. Il contadino che abbiamo sentito dice che, mentre l'arcivescovo stava morendo, avrebbe menzionato un abate. E potrebbe esserlo, a giudicare dalla croce pettorale. Sai qualcos'altro che io non so? »

« La tonaca appartiene ovviamente a un monaco, ma va un po' a sapere... Inoltre l'identificazione in questo caso non sarà così semplice. Non abbiamo potuto prendergli le impronte complete. »

« Perché? »

« Gli manca l'indice della mano destra. Sembra che glielo abbiano mozzato. Dai bordi direi che lo hanno sezionato con una specie di lama, forse una cesoia o un taglierino. Lo stesso hanno fatto con l'altro, voglio dire col presunto arcivescovo, ma stavolta è l'indice sinistro. Te lo dicevo che è una brutta storia. »

« Dio mio! Chi se ne va in giro a tagliare dita alla gente? »

« Fino a qualche anno fa andava di moda. I mafiosi offrivano questo genere di ossequio alle famiglie delle loro vittime. Dita, orecchie... Puoi tenere viva una persona senza troppi sforzi, basta cauterizzare la ferita », spiegò Ramiro. « Benché sia doloroso, non causa la morte, ma sottolinea in modo chiaro il potere del carnefice sulla sua vittima. »

« Mafia? Se ci confermano che quello è proprio l'arcivescovo, sarà un grosso problema. E hai visto tutto quel denaro? »

« Sì, l'ho visto. È molto preoccupante, senza dubbio. »

« Chiesa e mafia, un abbinamento ideale per un turno di guardia. Porca miseria! »

« Sì, hai ragione. Non te lo meritavi proprio. »

« Dimmi, Ramiro, pensi che abbia sofferto molto? L'arcivescovo, intendo, sempre che sia lui. »

« Non dev'essere stato gradevole, te lo garantisco. Credo invece che l'uomo disteso con le braccia a croce non abbia penato troppo. Non oso affermarlo con assoluta certezza, ma propenderei per un arresto cardiorespiratorio. Forse dopo che gli avevano amputato il dito... »

Restai in silenzio, a meditare su ciò che Ramiro mi aveva riferito e sulle mie impressioni.

« Avanti, spara! » mi disse lui, dandomi una leggera gomitata nella schiena. Si era sfilato i guanti, ma si comportava ancora come se li indossasse.

«Cosa?»

«Quello che stai pensando.»

«È una sciocchezza.»

«E va bene, allora ci faremo una risata sopra.»

«D'accordo, stavo pensando alla scena nel suo insieme. Sembrava... non so... preparata. Come se l'assassino l'avesse progettata con cura: il modo in cui ha disposto il primo corpo, il denaro sparso tutt'intorno...»

«E gli abiti stracciati.»

«Come dici?» chiesi, stupita.

«A una prima occhiata non si vedeva, per questo forse non l'hai notato, ma entrambi avevano gli indumenti stracciati. Eppure non sembra un'aggressione di tipo sessuale. Hanno semplicemente tagliato ciò che indossavano: al monaco, la tonaca; all'arcivescovo, la camicia.»

«Come gli antichi sacerdoti ebrei... Loro però compivano un simile gesto quando sentivano bestemmiare.»

«Sì, Lola, ma quadra con la preparazione della scena. Sono d'accordo con te. Tutto è troppo 'pulito'. Sembra pianificato a lungo.»

«Mi hanno detto che c'è un testimone. Forse lui potrà spiegarcelo.»

«Sì, un giovane prete... Insomma, non più tanto giovane, diciamo di mezza età. Il medico di paese gli ha somministrato un farmaco per calmargli i nervi.»

«Posso interrogarlo in questo stato?» chiesi.

«Quando l'hanno trovato, era fuori di sé, ma suppongo che ormai il tranquillante abbia fatto effetto. In ogni caso, è in grado di parlare. Forse ci chiarirà i fatti, o almeno alcuni elementi. Io ci proverei. A volte, nei momenti di forte turbamento, le dichiarazioni sono particolarmente illuminanti.»

«Lo sentirò subito. Tu vedi di finire in fretta, e domani dal dentista!»

«Il pretino è laggiù, accanto a quel muro. Lo vedi?» mi disse, ignorando la battuta.

«Sì. Vado.» Seguii il sentiero che conduceva a un muro scalcinato, invaso dalle erbacce.

L'uomo se ne stava per terra esausto, con le braccia intrecciate intorno alle gambe piegate. Singhiozzava, col viso nascosto tra le ginocchia, prendendo ritmicamente a calci il suolo e alzando piccoli polveroni che svanivano con la stessa facilità con cui si formavano. Sembrava disperato, roso da una qualche profonda sofferenza. Qualche bruciante rimorso? In tal caso, sarebbe stato una preda facile: i rimorsi di solito si rivelano terribili per il colpevole e propizi per il giudice. In fondo aveva motivi a sufficienza per preoccuparsi: era stato trovato sulla scena del crimine insieme coi cadaveri, e le sue impronte ne rivelavano i movimenti.

Mentre mi avvicinavo, calcolai la sua età. A giudicare dai capelli e dal modello delle scarpe immaginai che avesse circa trentacinque anni, forse quaranta. Esclusa la striscia bianca al collo, era completamente vestito di nero. Portava l'orologio al polso destro, che il riflesso del sole faceva brillare. Mi parve un modello costoso, proprio come gli abiti eleganti e di buon taglio. *Qui abbiamo qualcuno d'importante o che aspira a esserlo*, mi dissi. Presi un pacchetto di fazzoletti di carta dalla mia borsa e glielo porsi. «Tenga, padre.»

Non sembrò accorgersi della mia offerta. Insistetti. Infastidito dalla mia ostinazione, agitò una mano nell'aria, ma non cambiò posizione.

«Padre, mi piacerebbe...»

Alla ripetizione di quell'appellativo familiare, il religioso soffocò l'ultimo singhiozzo e alzò la testa, indeciso. Nel vedermi lì, in piedi, coi fazzoletti in mano, si asciugò le lacrime con la manica, disdegnando la mia offerta. Come per istinto cercai di addomesticare i miei ricci, tirandoli dietro le orecchie. Sapevo che se il sacerdote si fosse imbattuto nella massa rossa di cui mi hanno fatto dono il destino e i geni irlandesi della mia famiglia, non mi avrebbe presa sul serio. Come sempre, il mio sforzo fu inutile; come sempre, il mio aspetto lo confuse.

«Qui non c'è bisogno di lei, infermiera», disse, altezzoso. «La ringrazio, ma non mi serve niente, grazie ancora. Uno dei suoi colleghi mi ha già somministrato un farmaco. Mi lasci solo...» E tornò a nascondere la faccia e la sua poca speranza tra le mani.

« Padre, sono la giudice Dolores MacHor; istruisco questo caso. Mi piacerebbe scambiare qualche impressione con lei. »

Alzò di nuovo gli occhi. Stavolta non guardò il mio viso lentigginoso, né i miei capelli rossi e ricci. Mi resi subito conto che, probabilmente in modo involontario, stava passando in rassegna i miei abiti: il tailleur, le scarpe, il foulard di marca...

Dopo quel breve esame, si alzò. La sua magrissima figura si materializzò davanti a me. Prima di rivolgermi la parola, si passò varie volte la mano tra i capelli e scosse con colpi energici la polvere dagli abiti, fino ad arrivare all'enorme macchia che gli ornava il sedere. Quando le sue dita aguzze si macchiarono di sangue, si fermò perplesso. Rimase vari secondi in quella posizione, guardandosi la destra incredulo. E intanto l'altezzosità del suo profilo aquilino andava svanendo. Riuscì a malapena a dire: « Mi perdoni, vostro onore, io... Dio mio, avrà pensato che sono uno stupido presuntuoso ».

Rimasi zitta, in attesa che proseguisse con le scuse.

« Vede, vostro onore, tutto questo è più grande di me... Comprende cosa voglio dire? Insomma, mi dispiace per la confusione: in realtà, lei non sembra proprio un'infermiera. Avrei dovuto accorgermene... »

« Non si preoccupi, capisco come si sente. Confondersi è normale in situazioni così caotiche », dissi, conciliante. Mi piacciono i testimoni vulnerabili, rendono più facile il mio lavoro. « Padre... so che per lei è un brutto momento e che, per di più, si trova sotto gli effetti di un tranquillante. Tuttavia, come giudice istruttore, mi vedo costretta a porle alcune domande. Ho bisogno di parlare con lei, o meglio che lei parli con me. Capisce? »

« Certo, vostro onore, è un suo dovere », disse, in tono sottomesso.

In quel momento non sapevo dove potesse vagare la sua mente, così decisi di non interrogarlo in maniera diretta. In tal modo avrei evitato che si mettesse sulle difensive o che crollasse. La sua testimonianza mi sarebbe stata utile e avevo bisogno di risposte rapide e dense di contenuto. Iniziai a formulare alcune domande di routine, cui potesse rispondere senza nemmeno pensare. Gli avrebbero permesso di orientarsi di nuovo sul piano della normalità e avrebbero attutito il carico emotivo della scena. Inoltre avrebbe potuto abituarsi alla mia voce, cosa che di solito aiuta il testimone a liberarsi del timore o del turbamento che causano gli incontri con la polizia o coi giudici.

« Lei è un sacerdote, o forse mi sbaglio? »

« Non si sbaglia, vostro onore. Sono un sacerdote cattolico da dodici anni, anche se in questo momento posso non sembrarlo. »

« Molto bene. In tal caso mi piacerebbe sapere come devo chiamarla. »

« Ah, scusi la mia sbadataggine! Mi chiamo Lucas Andueza. Può chiamarmi don Lu... Padre... Insomma, vostro onore, mi chiami come vuole. »

« D'accordo, don Lucas. » Guardai verso i campi punteggiati di rosmarino azzurro. « Mi dica, lei è di queste parti? »

« No, sono del capoluogo. Un pamplonese da tutta la vita. »

« Un uomo di città! Quindi, don Lucas, immagino che le costi esercitare come parroco in questo piccolo villaggio », affermai, pur conoscendo la risposta.

Lui sorrise; aveva recuperato parte della sua compostezza. « Si sbaglia, vostro onore. Anche se mi vede qui, non sono parroco di questa località. In realtà vivo e lavoro a Pamplona. In realtà sono – cioè ero, fino a qualche ora fa – il segretario personale di don Blas de Cañarte, arcivescovo della diocesi di Pamplona e Tudela... »

Era arrivato il momento, non c'era altro tempo da perdere in preamboli. Imprimendo alla mia voce la severa impronta della mia missione, precisai: « Lo stesso arcivescovo che giace morto dentro l'eremo, suppongo... »

« Sì, lo stesso », sussurrò don Lucas, prima di scoppiare nuovamente a piangere mentre farfugliava frasi sconnesse sul prelato.

Si vedeva lontano un miglio che soffriva, mentre tesseva le lodi di sua eminenza: la sua santità, la sua profonda fede, la sua carità. Mentre tracciava il ritratto dell'uomo che aveva servito e il cui cadavere sarebbe stato presto avvolto in un sacco di plastica con cerniera a lampo, mi tornò in mente una frase che ripeteva mio padre e che io avevo immortalato tra i miei ricordi di bambina (mio padre era morto quand'ero appena un'adolescente). « Liberaci, Dio, da una morte repentina », diceva. Mai, fino a quel momento, avevo capito il senso di quella cantilena. Per il futuro lontano c'è chi fa progetti e chi no, ma tutti ne facciamo per quello immediato. Devo comprare questo o quello; bisogna ritirare il completo in tintoria; c'è poco gasolio, devo chiamare perché riempiano la caldaia... Una morte come quella dell'arcivescovo significava un taglio netto con questo mondo, un'uscita fulminante da questa dimensione della realtà, per venire catapultato di colpo in un'altra assai diversa, sconosciuta, senza poterne essere nemmeno cosciente. Così era morto mio padre, in un incidente: le sue molte preghiere di morire nel suo letto, come un malato borghese, non erano state ascoltate. Così doveva essere morto il povero arcivescovo, quando non se lo aspettava, *come* non si aspettava...

« Non se lo meritava, vostro onore », disse il prete segretario. « Sua eminenza era una brava persona, molto buona, non doveva essere destinato a una simile fine. »

« Nessuno dovrebbe morire così, non crede, padre? » replicai, pensando forse a mio padre e alla sua stupida morte. Anche lui era un uomo buono. Lo ricordo quando tornava a casa, dopo aver finito le visite, con la faccia sfinita, la cravatta allentata, l'aspetto trasandato e la valigetta in mano. Ma non erano state le borse sotto gli occhi e la stanchezza a ucciderlo, bensì un guidatore ubriaco.

« Ha ragione, vostro onore », disse Lucas, riprendendo il controllo. « La vita non dev'essere strappata mai, in nessuna circostanza, meno ancora in una maniera così gratuita e atroce. »

« Padre, sa forse chi è stato? Ha qualche idea di chi abbia potuto commettere un delitto tanto ripugnante? » chiesi a bruciapelo.

Non se lo aspettava, ma sbottò senza ritegno: « L'avevo avvertito, vostro onore! L'ho pregato, l'ho supplicato di non venire qui, ma l'arcivescovo non ha voluto ascoltarmi. Io dovevo restare in macchina; è stato lui a decidere così, senza contare su di me, ignorando la mia opinione... Ha detto che non voleva mettere in pericolo la vita dell'ostaggio. Se ha lasciato che lo accompagnassi fin qui, è stato solo per l'auto: lui è... era un pessimo guidatore. Non vedeva bene, ed era ancora notte fonda. Ho accettato tutte le sue condizioni, ma quando ho sentito quei maledetti spari ho capito subito cos'era successo. Se gli avessi disobbedito, se avessi seguito il mio istinto, lui adesso sarebbe vivo! »

Lo guardai fisso, e in tono di commiserazione gli dissi: « Forse in tal caso l'arcivescovo sarebbe vivo, oppure no. Se lo avesse seguito, forse a quest'ora sarebbe morto anche lei, padre. Non lo sapremo mai. Perciò mi dia retta: smetta di tormentarsi. È inutile lasciarsi travolgere dal passato. Non abbiamo nessun controllo sugli eventi già accaduti, non si possono più cambiare. Tuttavia quello che, in questo momento, è davvero importante è che lei mi aiuti a chiarire i fatti. Padre, ho bisogno di capire cos'è successo lì dentro ».

« Non posso! » si lamentò. « Vostro onore, dovrà lasciarmi un po' di tempo. Fino a stasera o, meglio, fino a domani. La prego, per allora avrò la mente più chiara. Adesso non sono capace di affrontare questa tragedia. Non ricordo nemmeno con precisione come sono arrivato fin qui. »

Infastidita da quel suo atteggiamento, replicai: « Le ripeto, padre, che posso comprendere come si sente. Non deve pensare che mi comporto in modo disumano o che sono senza cuore. Ma ci sono ragioni precise che ci obbligano ad affrettarci ».

Rispose alla mia osservazione con un sorriso ironico: « Affrettarci, adesso? »

Assentii, sempre più infuriata. « I morti sono morti, non c'è dubbio; ma, finché ignoriamo i motivi per cui hanno perso la vita, non possiamo stare tranquilli. Forse altre persone, in questo momento, si trovano in pericolo. Non possiamo dimenticarci di loro. Questa ora è la nostra priorità. »

« Pensa che ci sia qualcuno in pericolo? »

« È possibile. »

Mi rivolse un'occhiata fugace, quindi fece di sì con la testa. « Sa una cosa? Non mi meraviglierei se la faccenda avesse radici più profonde di quelle che notiamo a prima vista. Anche se l'arcivescovo pensava che nel mirino ci fosse solo lui, ho sempre sospettato qualcosa di più. Un alone strano, malvagio circonda questi eventi. Se mi chiede il perché, posso dirle soltanto che si tratta di pura intuizione. Chi, se non un demonio, spedirebbe un dito in una piccola bara? »

Ero sbalordita. « Vi hanno inviato un dito in una bara? »

« Proprio così. Lo hanno spedito a sua eminenza ma, siccome apro la sua posta, sono stato io a trovarlo. »

« Chi ve lo ha spedito? »

« Non lo sappiamo. »

« E dov'è il dito, in questo momento? »

« Lo teniamo nella cucina del palazzo arcivescovile. In frigorifero. »

« Mi scusi un attimo, per favore. » Mi allontanai dal prete e corsi in cerca di Galbis. Gli raccontai quanto avevo appena ascoltato e gli chiesi di mandare immediatamente qualcuno alla residenza episcopale. Era molto probabile che si potesse prendere qualche impronta e questo ci avrebbe aiutati nell'identificazione del defunto.

Mentre ritornavo dal testimone, la mia mente iniziò a funzionare a tutta velocità. Mancava un dito anche all'arcivescovo di Pamplona, quindi quella catena era destinata a continuare. Mi angosciava pensare alla possibilità di un pluriomicida nascosto nell'istituzione ecclesiastica.

Don Lucas mi venne incontro. « Non mi sento bene e per di più sono ridotto a uno schifo, macchiato di vomito e di sangue! Vostro onore, deve capire che... »

« Padre, la prego, non c'è tempo per queste scempiaggini. Come le ho appena detto, può esserci qualcun altro in pericolo di morte. Mi ha capito? Qualcuno in pericolo, forse lei stesso. Converrà con me che questi fatti richiedono una spiegazione immediata. D'altro canto, stiamo parlando di un illustre dignitario della Chiesa cattolica. Un membro importante della società. Ciò crea sempre insicurezza e allarme nella popolazione. Non le dico che cosa diventerà questo posto, quando verrà informata la stampa! Mi creda, don Lucas, mi rattrista infastidirla nel suo stato, ma deve dominarsi e rispondere alle mie domande. È assolutamente necessario, ineludibile, e dev'essere fatto ora. »

« Non posso affrontare una cosa simile, ora! »

Il suo ultimo rifiuto esaurì la mia pazienza. « Don Lucas, mi ascolti bene: l'abbiamo trovata seduta accanto ai due cadaveri, macchiato di sangue e circondato da una grande quantità di denaro. Non so se capisce bene la scena. In caso positivo, si renderà conto che dovrebbe essere lei il più interessato a un felice chiarimento di questa faccenda. Guardi, se lei preferisce, posso dare ordine che la scortino in tribunale, così potrà testimoniare lì. Magari sarebbe persino fondato un provvedimento di custodia cautelare. Le effettueremo subito il test del guanto di paraffina, che ci mostrerà se lei nelle ultime ore ha usato un'arma da fuoco. »

« Non penserà che sia stato io! »

« Ancora non penso niente. Tuttavia potrei male interpretare il suo rifiuto a collaborare. » L'interrogatorio non stava andando come mi aspettavo. Chiamai Galbis perché prendesse nota.

Don Lucas si arrese. « D'accordo, chieda. Cercherò di rispondere con chiarezza, ma non le prometto niente: sono troppo confuso. »

« Ricapitoliamo, la prego: stando alle sue dichiarazioni, don Lucas, immagino possa confermarmi che il cadavere col volto sfigurato steso sul pavimento di quell'eremo, proprio vicino all'ingresso, è quello dell'arcivescovo di Pamplona, monsignor Blas de Cañarte. »

« In effetti, sì. Come ha appena detto, si tratta del cadavere di sua eminenza. È lui. »

« Molto bene, il primo cadavere è quello dell'arcivescovo. Conosce l'identità dell'altra persona morta, quella che giace sotto l'altare dell'eremo? »

« Temo di sì, anche se non ne ho la certezza. In realtà ho assunto questo incarico da pochi mesi e non avevo mai visto quell'uomo di persona. Ho vissuto a Roma fino a Natale: ci ero andato per scrivere la mia tesi di dottorato in teologia. Non so... Davvero, non lo so con certezza... »

« Molto bene, si tranquillizzi. Vuole un po' d'acqua? »

« Acqua? No, no! » Don Lucas scoppiò di nuovo a piangere.

Alla rabbia per l'essermi ritrovata invischiata in quel caso si sommava quella di dover contemplare il comportamento di un uomo umiliato nelle sue ore più nere. Gli offrii un altro fazzoletto di carta; poi ci ripensai e gli passai il pacchetto intero. I suoi singhiozzi incontrollati iniziarono a penetrare nella mia mente, mi domandavano a squarciagola che interrompessi l'interrogatorio, se non per giustizia, almeno per carità. Ma non potevo farlo, non col cadavere mutilato dell'arcivescovo nella mia giurisdizione e mentre ero di turno. Si trattava di un uomo rispettato dalla comunità e, non appena la notizia si fosse diffusa, la mia vita si sarebbe complicata ancora di più. Inoltre rimaneva aperta la questione del dito mozzato.

« Cercherò di essere il più breve possibile, ma è obbligatorio che controlli ogni dettaglio », dissi. « Altrimenti il colpevole potrebbe restare impunito, e do per scontato che né lei né io lo vogliamo. »

« Il colpevole? Non deve cercarlo, ce l'ha davanti! » obiettò don Lucas con un gesto teatrale.

« Vuole confessare? » intervenne l'agente Galbis.

Finsi di non averlo sentito. « Don Lucas, mi ascolti attentamente, la prego. È fondamentale che lei capisca quanto le sto per domandare. » Mi fermai qualche istante, affinché il prete comprendesse l'importanza della domanda. « Se preferisce, aspettiamo che chiami il suo avvocato... »

« Non ho bisogno di nessun avvocato », replicò con orgoglio.

« D'accordo, padre, prendiamo nota che rinuncia espressamente a esercitare tale diritto. Ebbene, le chiedo di rispondermi: ha premuto lei il grilletto dell'arma che ha ucciso l'arcivescovo Blas de Cañarte? »

« Dio mio, che cosa dice? Lui era l'arcivescovo, il mio arcivescovo! »

« L'ha fatto o no, padre? » insistetti.

« Ma certo che no, vostro onore! Come avrei potuto compiere una simile atrocità? »

« Don Lucas, ha forse indotto un'altra persona a farlo al posto suo? Qualcun altro ha premuto il grilletto in suo nome o in suo favore? »

« Ma, signora, è impazzita? »

« Credo di no, ma dopo le sue risposte – che giudico sincere – le conclusioni sono piuttosto facili: se lei non ha premuto il grilletto del fucile che ha ucciso l'arcivescovo, né ha indotto qualcun altro a farlo, quanto è successo non è colpa sua. Si tratta di un crimine che lei non ha commesso. Lo capisce? È d'accordo? »

Don Lucas annuì.

« Per favore, padre, mi aiuti. Per poter continuare, abbiamo bisogno di conoscere i dettagli. Lei ha citato un ostaggio. Chi è l'ostaggio? Si tratta dell'altro religioso steso ai piedi dell'altare? »

« Credo che sarà meglio parlare più tardi, vostro onore. Ho un po' di nausea. »

« La prego! Le chiedo solo un ultimo sforzo. »

« Temo che dovrà essere in presenza del mio avvocato. Mi rendo conto soltanto ora dell'aspetto che può assumere tutto ciò: lei mi trova in un eremo, accanto ai cadaveri di due uomini assassinati in modo orribile. Sono confuso e macchiato di sangue. È normale che lei pensi quello che sta pensando. »

« Non sto pensando niente, don Lucas. Se lei è innocente, non ha nulla da temere da me né dalla giustizia. Naturalmente ha il diritto di deporre in presenza del suo avvocato, ma nessuna delle domande che le vorrei fare è volta a incriminarla. »

« Immagino che propinerà queste frasi a tutti quelli che incontra accanto a un cadavere. »

« Molto bene, aspettiamo che chiami il suo avvocato. In ogni caso, se le interessa la mia opinione, credo che lei non abbia niente a che vedere con questa vicenda », mentii. « Capisco che sia disorientato e stanco. Ritengo che si senta in colpa per non essere stato capace di fermare l'assassino. »

Don Lucas corrugò la fronte. Dietro i suoi occhiali da miope, due piccoli occhi da insetto si conficcarono su di me. « È davvero questo che crede, vostro onore? Mi dica perché. »

« Vuole sapere il perché... » Riflettei per qualche secondo, poi risposi con sincerità: « Bene, glielo dirò: se lei fosse il colpevole di questi fatti, non sarebbe rimasto qui ad aspettarci. Inoltre hanno sentito qualcuno partire in tutta fretta. E lei non è scappato, anche se avrebbe potuto farlo, dal momento che ha un'auto parcheggiata qui vicino ».

« È vero: un'auto! L'ho sentita anch'io. Il motore sembrava potente. »

« Don Lucas, non vuole che catturiamo questo criminale? Mi dica chi è l'ostaggio. »

« Credo... Non lo so... » farfugliò. Continuava a esitare.

Allora passai a una nuova tattica. « Molto bene, vedo che non vuole collaborare. Immagino che lei abbia un avvocato di fiducia. A Pamplona non ci sono ottimi penalisti, poiché di solito non ne abbiamo bisogno, però alla peggio può sempre recarsi a Madrid. »

« No, non mi ha capito. Non è che non voglia collaborare, ma non so con certezza di chi si tratta. Credo che sia l'abate di San Salvador de Leyre, il monastero benedettino, però... »

« Crede? » replicai, mentre riflettevo sul dato che mi aveva appena fornito. Senza dubbio combaciava con la croce pettorale e con l'età del defunto.

« Be', ecco, il messaggio che accompagnava il dito mozzato diceva che si trattava di un vicario. Abbiamo cercato nella diocesi: ci siamo rivolti a tutti coloro che potessero avere una qualche autorità, e lui era l'unico irreperibile. Così ne abbiamo dedotto l'identità, ma io non lo conosco. Non l'ho mai visto; ho vissuto a Roma fino a pochi mesi fa. »

« Sì, sì, questo già l'ha detto », lo interruppe Galbis, impaziente.

Io restai in silenzio.

« Mi dispiace, non posso essere più preciso », si scusò il segretario, premendo un fazzoletto contro gli occhi. « L'ipotesi dell'arcivescovo, e anche la mia, era che il vicario sequestrato fosse l'abate di San Salvador de Leyre. »

« D'accordo, lo verificheremo », dissi. « Potrebbe ripetermi la faccenda del dito? Ne ha già parlato prima, ma senza menzionare nessun messaggio. »

« Sabato mattina, cioè ieri, abbiamo ricevuto un dito umano mozzato, in una bizzarra cassetta a forma di bara. Lo accompagnava una pergamena, su cui erano incise alcune frasi in latino e in aramaico. »

« In aramaico? Lei lo parla? »

«No. Conosco soltanto un paio di parole in quella lingua, ma il vescovo era uno specialista.»

«Lei, però, capisce il latino.»

«Questo sì, vostro onore. A dire il vero, le frasi non erano molto precise. Tuttavia abbiamo capito che servivano per informarci del rapimento dell'abate e che chiedevano un riscatto. Il vescovo ne ha voluto finanziare la liberazione, e qui ha trovato la morte.»

«Capisco», mormorai, in preda a un'inspiegabile agitazione. Il caso si complicava, la mia vita si complicava. E io che speravo in un turno tranquillo, in un giorno di sole. «Quindi, padre, lei crede si tratti di un sequestro perpetrato per ottenere un riscatto, che però per qualche motivo è degenerato.»

«In realtà, vostro onore, non so bene cosa credere. Ma se vuol sapere la mia opinione, non credo che si tratti di un semplice sequestro.»

Restai senza parole. Cosa ci poteva essere di peggio che un tentativo di sequestro con due cadaveri?

«Ultimamente avevate ricevuto qualche minaccia?» domandò Galbis.

«Ultimamente?» Il religioso rimase sovrappensiero per qualche secondo. «Credo che negli ultimi tempi ci siamo mantenuti nei limiti della normalità.»

«Mi scusi, padre, ma che significa? Che cos'è per lei la normalità?»

«Vede, vostro onore, molto spesso, quasi tutti i giorni, riceviamo minacce, ma sono soprattutto messaggi inoffensivi. È come tirare i sassi contro le finestre delle scuole o dei fanali: azioni deprecabili, ma comprensibili.»

«Quindi devo dedurre che, nelle ultime settimane, avete ricevuto qualche telefonata minatoria.»

«Sì.»

«Uomo o donna, giovane o anziano, spagnolo o straniero? Può fornirmi qualche dato più concreto?»

«Di solito sono uomini, anche se non mancano le donne. Di mezza età, quasi sempre con accento spagnolo.»

«E qual è stato il messaggio, il testo delle minacce?» domandai.

« Insulti contro i preti, la Chiesa, il celibato... »

« Potrebbe trattarsi di qualche seminarista risentito? »

« È difficile da determinare, ma direi di no. Se qualcuno è risentito, prima d'insultarci di solito viene a parlare con l'arcivescovo, e ultimamente non ci sono state visite di questo tipo. Questa è una vocazione dura, non tutti la sanno gestire, non tutti riescono a sentire la chiamata. Se si sono sbagliati, se ne vanno e tornano a essere cristiani comuni, non devono per forza... »

« Uccidere l'arcivescovo... sì, capisco. Padre, che cosa volevano in cambio dell'ostaggio? A quanto ammonta il riscatto? »

« Era una cosa... impossibile! »

« Quanto, padre? Lì dentro c'è parecchio denaro. »

« Non hanno chiesto soldi, vostro onore. La richiesta era di consegnare loro il reliquario del *Lignum Crucis* conservato nel museo della cattedrale. »

« Un reliquario? Tutto questo per un reliquario? » Ero sbalordita.

« Proprio così, ma non chiedevano un reliquario qualunque. Si tratta di un'opera eccezionale, in gotico francese, di grande valore materiale e maggior valore spirituale, che appartenne alla Corona di Navarra. »

« Glielo avete consegnato? »

« Sì, l'arcivescovo ne ha estratto la reliquia, che sta al sicuro nel palazzo arcivescovile, e ha portato con sé il reliquario. »

« L'oggetto di cui lei mi parla è quello che abbiamo trovato accanto al corpo dell'arcivescovo? » chiesi.

« Sì. »

« Perché qualcuno avrebbe abbandonato un'opera che, come lei ha appena detto, è tanto preziosa? »

« A questo, vostro onore, non so rispondere. Lo ignoro. »

Mi armai di pazienza e tornai alla carica. « Molto bene, come vuole. Lasci che le prospetti i miei dubbi. La prego d'illuminarmi: vago nelle tenebre e ho bisogno di vedere la luce », dissi con ironia. « Il reliquario era il prezzo del riscatto: ho capito bene, padre? »

« Perfettamente, vostro onore. »

« E lei e l'arcivescovo siete venuti qui per pagare il riscatto. »

« Infatti. »

« Ma allora perché avete portato anche il denaro? » chiesi, rpensando a quella banconota che galleggiava sopra il sangue scuro.

Prima di rispondere, don Lucas si prese qualche secondo. « Sua eminenza pensava di poterli convincere coi soldi. Avrebbe offerto loro del denaro, se per caso erano al corrente che... Basta, non posso parlare di questo. L'ho avvertito che non poteva funzionare, vostro onore, ma non mi ha dato retta! »

« Mi scusi, ma continuo a non capire: perché volevate pagare più di quanto esigessero? Non ha nessun senso! Se non aveste portato il reliquario, sarebbe logico, ma poiché l'avevate con voi... Confesso che non riesco proprio a indovinare i motivi. »

Il segretario episcopale rimase in silenzio e abbassò lo sguardo.

« Padre, non mi risponde? »

« Mi dispiace di non avere una risposta a questo, vostro onore. Ma l'arcivescovo ha voluto così, e così è stato fatto. »

« Lei era il suo segretario personale: in qualche modo deve aver partecipato... »

« Ero il suo segretario, ma non mi permetteva d'intervenire nelle sue decisioni. Le prendeva quasi sempre da solo. »

« D'accordo, don Lucas, però adesso mi dica: perché, pur essendo stati voi così generosi, i sequestratori non si sono portati via né il reliquario né il denaro? »

« Lo ignoro, vostro onore. »

« Padre, ma lei come si chiama? Si ricorda il suo nome completo? »

Mi guardò con stupore. « Certo che lo so! Mi chiamo Lucas Andueza del Castillo. »

« Meno male! Sentendo le sue risposte strampalate, stavo iniziando a sospettare che avesse perso la testa dentro l'eremo. Vedo che non è così... Bene, dunque, quanto denaro gli avete offerto? Non si preoccupi, può rispondere, questo interrogatorio è riservato », chiarii, cercando di tranquillizzarlo rispetto alle conseguenze giuridiche della sua risposta.

« Ignoro anche questo, vostro onore, perché il denaro è stato reperito dall'arcivescovo. Io so soltanto che non ha provocato l'effetto sperato. Sia lui sia l'abate sono morti. »

« Padre, quel denaro proveniva dalla diocesi? Le banconote sparse nell'eremo sono risorse della vostra chiesa? »

« Mi dispiace, non posso parlare nemmeno di questo. »

« Perché? » chiesi, seccata.

« Ho il divieto di pronunciarmi su queste questioni. »

« Chi glielo vieta? »

« Le mie sacre promesse. Sono venuto a conoscenza di questi particolari durante una confessione... Devo rispettare il segreto. »

« Non ci prenda per il culo! » esclamò Galbis.

Non lo rimproverai: avevo pensato la stessa cosa, magari soltanto con un'espressione più felice. « Chi si occupa del denaro della diocesi? » chiesi.

« L'amministrazione concreta dei beni della Chiesa spetta alla persona giuridica cui appartengono: al vescovo competono i beni diocesani; ai parroci, quelli delle parrocchie. Di solito a tale scopo i vescovi nominano un amministratore, che ogni anno rende conto della sua gestione. »

« Perché ha detto 'di solito'? A Pamplona forse non si applica questo principio? »

« Sì, vostro onore, si applica. Il fatto è che l'amministratore diocesano è mancato qualche mese fa, e ancora non è stato nominato un sostituto. »

« Quindi, in tal caso, l'arcivescovo è l'unico responsabile dei fondi. »

« Proprio così. »

« D'accordo, controllerò », dissi. Nemmeno i segreti del confessionale si possono nascondere agli occhi dell'erario dello Stato. « Un'ultima cosa, don Lucas: al monastero di Leyre hanno notizia di questi fatti? »

« Temo di no. »

« Mi vuol far credere che non li avete informati? »

« Sua eminenza pensava che fosse meglio verificare la notizia prima di chiamarli. Era del tutto inutile allarmare i poveri monaci, senza avere la certezza che il rapito fosse il loro abate.

Al monastero di Leyre credono che il superiore sia andato a trovare la sorella malata, nel sud della Francia.»

«Va bene, don Lucas, si riposi un po'. Parlerò ancora con lei nel pomeriggio. Credo che dovrà raccontarci molte altre cose, ma adesso possono aspettare. Vada a casa. Provi a ricordare i particolari: col tempo, di solito riemergono. Le sarei grata se prendesse nota per iscritto di qualsiasi dettaglio le venga in mente, per quanto insignificante. Quando uno è confuso, tende a dimenticare. L'agente Galbis prenderà i suoi dati; la contatteremo nel pomeriggio per la deposizione.»

«D'accordo, lascerò il mio numero di cellulare. E prometto di annotare tutto quello che ricorderò.»

Mi stavo già allontanando, quando mi resi conto di non avergli posto una domanda essenziale. Ritornai sui miei passi e affrontai di nuovo il religioso, senza preamboli di nessun tipo. «Perché non avete chiamato la polizia?»

Don Lucas arrossì. «Come dice, vostro onore?»

«Le sto chiedendo come mai non avete chiamato immediatamente la polizia. Un rapimento, un dito mozzato, la richiesta di un riscatto... Perché non avete chiamato per chiedere aiuto? Sarebbe stata la cosa più logica. Non eravate in grado di gestire una faccenda simile.»

«Ormai non serve più a niente, ma deve sapere che gliel'ho consigliato con tutte le mie forze.»

«Ma, a quanto vedo, l'arcivescovo non ha ascoltato il suo consiglio.»

«Sfortunatamente, no.»

«Voglio sapere perché, don Lucas.»

«Perché? Sa bene come vanno queste cose...»

«No, padre, non lo so. Me lo dica lei.»

«Ecco, esiste sempre il rischio che il sequestratore lo venga a sapere e che, avvertendo la polizia, si contribuisca alla morte dell'ostaggio.»

La rabbia mi si attorcigliò alla gola. Dovetti respirare profondamente perché la mia voce suonasse tranquilla. «Sono stanca, padre, e credo che non mi potrò riposare ancora per un bel po'. Perciò non mi faccia perdere tempo, raccontandomi sciocchezze, d'accordo? Desidero conoscere le ragioni per cui l'arcivescovo ha deciso di non chiamare la polizia, e voglio che lei mi risponda adesso. Altrimenti le servirà un buon avvocato e dovrà subirne le conseguenze.»

Don Lucas rispose subito e senza perifrasi. «È stato per il messaggio, vostro onore.»

«Il messaggio del riscatto?»

«Sì, mi riferisco alla nota che abbiamo ricevuto insieme col dito. Era scritta in latino e in aramaico.»

«Questo me l'ha già detto.»

«Lo so, ma lei mi ha chiesto una spiegazione e io gliela do: il latino e l'aramaico spiegano perché non abbiamo chiamato la polizia.»

«Devo riconoscere che è uno strano modo di chiedere un riscatto, però non riesco a capire quale importanza possa avere e, soprattutto, perché l'uso di queste due lingue vi ha impedito di agire correttamente.»

«Il latino è una lingua morta, vostro onore, e qui in Spagna ormai viene usato solo dalla Chiesa, per la quale rappresenta l'idioma ufficiale. L'arcivescovo voleva disporre di più tempo per recuperare informazioni precise.»

«Sta forse insinuando la possibilità che l'aggressione venisse dall'interno della Chiesa cattolica?»

«Sì, così credeva don Blas e, per questo, aveva deciso di scoprire alcune cose prima di chiamare le autorità competenti.»

«E siete arrivati a questa convinzione unicamente per il latino.»

«No.»

«Quali erano gli altri indizi?»

«La parola 'Sacramento' era scritta con la maiuscola.»

«Sacramento?»

Don Lucas impallidì di colpo. «Vostro onore, ho paura di non averle raccontato tutta la storia. Non è stato per cattiveria, glielo garantisco. Semplicemente, ero confuso.»

«D'accordo, voglio crederle. Ma le consiglio di muoversi e di essere convincente: in questo momento il suo credito è piuttosto scarso.»

Ascoltai in silenzio il resoconto di quella storia sempre più inquietante. Quindi, con l'angoscia nell'anima, andai in cerca del medico legale; avevo bisogno di parlare con qualcuno. Presso la porta dell'eremo m'imbattei negli uomini della Scientifica, coi loro guanti di lattice e le loro potenti macchine fotografiche che lampeggiavano in ogni angolo. Mi salutarono senza troppo entusiasmo; benché fosse il loro lavoro, non erano abituati a tanta violenza gratuita. Cercai Ramiro in mezzo a loro. Riposava appoggiato contro la parete, con le mani dietro la schiena; sembrava immerso in riflessioni profonde.

Quando mi vide, si avvicinò con un gesto d'incoraggiamento. « Com'è andata col pretino, ha cantato? »

« Non tutta l'aria, ma quanto basta. Se la sua testimonianza verrà confermata, è probabile che iniziamo a vederci chiaro. Secondo lui, questa scena macabra sarebbe il risultato di un sequestro che, per motivi sconosciuti, si è concluso in modo funesto. Qualcuno – il prete non sa di chi si tratta – ha trattenuto contro la sua volontà un abate, forse quello del monastero di Leyre, esigendo un riscatto dall'arcivescovado. Curiosamente, nonostante il mucchio di soldi che ho potuto notare lì dentro, dovevano consegnare un reliquario di non so quale secolo, conservato al museo della cattedrale. La richiesta di riscatto era accompagnata dall'invio di un dito mozzato. »

« Ti riferisci al tempietto che abbiamo trovato all'interno, quello su cui sei inciampata? »

« Sì. »

« E dici che l'uomo sotto l'altare sarebbe l'abate del monastero di Leyre? »

« Così sembra. O almeno questa è l'ipotesi prospettata da don Lucas. »

« Oltre alla croce pettorale che tu segnalavi prima, il fatto che fosse un monaco potrebbe essere testimoniato dai segni di cilicio sulle gambe e dalle cicatrici di frustate sulla schiena. Eppure è curioso.... »

« Curioso, Ramiro? Che cosa? »

« Vieni, allontaniamoci un po' e facciamo due chiacchiere », disse, puntando il dito in direzione di uno spiazzo vicino. « Qui non posso fumare. »

Mi anticipò in tutta fretta, come se si trattasse di arrivare presto a un appuntamento. Questi sono gli effetti della nicotina: li conosco bene. Lo seguii in silenzio.

Non appena si fu acceso una sigaretta e ne ebbe aspirato a fondo il fumo, la lingua gli si sciolse e mi rivelò la sua opinione. «Dico che è curioso, Lola, perché i monaci di Leyre appartengono all'ordine benedettino e, pertanto, non dipendono dall'arcivescovo.»

«Si tratta di preti e frati, no? Da chi dipendono, se non dall'ordinario della diocesi?»

«Che voto ha preso in diritto canonico, vostro onore?»

«Non me la sono cavata male, ma confesso di aver copiato sfacciatamente allo scritto. Non mi è mai piaciuta quella materia. E poi è stato tanto tempo fa...»

«Be', mentre eri impegnata a copiare, ti sei persa il capitolo che spiegava le relazioni tra gli ordini religiosi e i vescovadi.»

«Dai, Ramiro, rinfrescami la memoria.»

«Sarà un piacere, vostro onore. Vedi, molti ordini religiosi non sono sottomessi all'autorità del vescovo, bensì a quella di un superiore, nominato dall'ordine stesso, e in ultima istanza rendono conto al papa. In quanto prelati, gli abati hanno un'importanza immediatamente inferiore a quella dei vescovi, ma all'interno del loro territorio possiedono, con poche eccezioni, tutti i diritti, gli obblighi e i privilegi di un vescovo.»

«Mi stai dicendo, quindi, che sono liberi.»

«Rispetto al vescovo, sì.»

«Le cose che s'imparano in questa professione! Io pensavo che nella Chiesa l'autorità fosse irrinunciabile. Non sapevo che un monastero potesse sorgere e mantenersi creando le proprie norme.»

«In realtà non è proprio così. I monasteri sono autonomi, mantengono la propria indipendenza in tutto ciò che riguarda le proprie usanze, tradizioni, attività, strutture... però vivono pur sempre sotto un'autorità. Di norma i diversi monasteri regionali o nazionali si uniscono in una specie di confederazione, sotto l'autorità comune di un Capitolo generale e di un abate maggiore, senza per questo rinunciare alla loro indipendenza. Per esempio, a Leyre l'abate viene eletto democraticamente con due terzi dei voti del Capitolo. La Santa Sede conferma il nuovo abate, senza che l'arcivescovo abbia voce in tale elezione. »

« D'accordo, ma che c'entra questo col nostro caso? »

« Quello che suggerisco, Lola, è che si siano sbagliati... »

« Stai forse insinuando che la richiesta di riscatto doveva essere fatta al superiore della congregazione benedettina e non all'arcivescovo? »

« Esatto. Il riscatto doveva essere richiesto all'abate maggiore, nel nostro caso a quello dell'abbazia di Solesmes, in Francia. Oppure all'abbazia stessa: San Salvador de Leyre possiede reliquari, ostensori, calici e altri esemplari di oreficeria che valgono quanto il reliquario richiesto. »

« Ramiro, sei una sorpresa continua! Per essere un medico legale, sai parecchio di arte sacra e ordini religiosi. »

« Essere sposato con una navarrina, professoressa di storia dell'arte, causa questo tipo di disastri », scherzò lui. « Ho appreso qualcosa della materia semplicemente ascoltando Chiqui, proprio come tu hai fatto con la medicina vivendo accanto a Jaime. »

« Sì, hai ragione. Allora, riassumendo... Secondo te, anche se quello che sta steso lì dentro fosse l'arcivescovo, non sarebbe dovuto essere qui. »

Ramiro annuì.

« È curioso, perché don Lucas mi ha detto che tutto questo aveva a che fare direttamente con l'arcivescovo, a detta dello stesso Cañarte. Cioè, non con la sua carica, ma con la sua persona. Forse si sarà posto le stesse domande che ci stiamo facendo noi due in questo momento... Un interrogativo in più tra i molti sollevati da questo caso! »

« Il prete ha lasciato molte questioni in sospeso? » chiese Ramiro.

« Sì. Si è aggrappato al segreto confessionale e non molla la presa. Ti rendi conto di quanto è grande la mia sfortuna? »

Ramiro mi guardò con un'espressione di compatimento: « Sì, mia cara, sei decisamente iellata. Stimo che nella pacifica Navarra un caso come questo avvenga ogni trecento o quattrocento anni e, guarda caso, è toccato istruirlo proprio a te ».

« Bene, questo ci tocca. Che altro mi puoi raccontare della scena? »

« Che l'assassino è attento, presuntuoso e calza scarpe numero 45. »

« Aspetta, andiamo per gradi. »

« D'accordo, andiamo per gradi. Primo: l'assassino è attento, non ha lasciato nemmeno un'impronta; però non ha fatto i conti col pulviscolo che il tempo deposita invariabilmente nei luoghi chiusi. Il soggetto indossa scarpe numero 45. Ciò significa che è alto; inoltre dev'essere forte abbastanza da spostare un cadavere, sempre ammesso che fosse solo, come del resto dimostrerebbero le impronte. »

« Spostare un cadavere? Pensi forse che l'abate non sia stato ucciso qui? »

« Forse sì, forse no, però il suo cadavere è stato senza dubbio trascinato per l'eremo e, con ogni probabilità, è stato poi sistemato in quella posizione. Si vedono i segni di trascinamento a occhio nudo, accanto alle impronte. »

« Quelle del numero 45. »

« Sì, anche se in realtà ci sono altre due serie d'impronte. Dobbiamo ancora verificare, ma crediamo che il primo paio appartenga al prete; il secondo, al contadino che ha trovato i corpi. »

« E le impronte dell'arcivescovo? »

« Non ci sono sue impronte nel corridoio. »

« Che strano! Se non ci sono sue impronte, significa che non lo hanno lasciato nemmeno entrare. Se l'abate era steso sotto l'altare, sarebbe logico pensare che l'arcivescovo si sia avvicinato per soccorrerlo, come hanno fatto le altre due persone che sono entrate. »

« Sì, questo sarebbe logico, ma non ci sono impronte dell'arcivescovo nel corridoio. Solo tre impronte all'ingresso. »

« Lo stavano aspettando e, non appena lo hanno visto, senza dire una parola, gli hanno scaricato contro due proiettili. »

« Sì, è probabile che sia andata così. Forse il sequestratore si è spaventato, nel vederlo; forse è stato colto alla sprovvista. Va' un po' a sapere! »

« Bene, ci rifletteremo. Le impronte del 45, quelle del contadino e quelle... »

« Del pretino... »

« Altro che pretino, Ramiro. Dice di essere il segretario dell'arcivescovo. »

« D'accordo, allora le altre impronte sono di sua eccellenza il segretario. Ha pestato il sangue dell'arcivescovo e il proprio vomito, portando le tracce ovunque andasse. »

« E dov'è andato? »

« Le sue impronte ci raccontano che si è avvicinato all'altare e poi è ritornato sui propri passi, muovendosi in cerchio intorno al cadavere dell'arcivescovo. Un movimento isterico, direi. »

« Quindi pensi che l'assassino fosse da solo. »

« Be', ipotizzo che, chiunque fosse, sia entrato da solo nell'eremo: non è proprio la stessa cosa. »

« Tutto ciò è terribile! » dissi, senza osare pronunciare le parole che avevo in mente.

« Hai ragione. Sequestro, estorsione, arte sacra, membra amputate... »

« Sento puzza di criminalità organizzata. »

« Forse sì, forse no », replicò Ramiro.

« Spiegati. »

« Prima ti dicevo che l'assassino è presuntuoso... Nell'eremo c'è profumo di acqua di colonia. Costosa, di quelle che restano nell'ambiente. Credo che sia Esencia di Loewe; per un certo periodo l'ho usata anch'io. »

« Acqua di colonia? Come fai a dirlo? Il tanfo, là dentro, stava per farmi vomitare. »

« Ho un olfatto finissimo e sono abituato a individuare gli odori. Ripeto, quell'acqua di colonia è costosa, di quelle che lasciano il segno, come recita la pubblicità. Non credo che i monaci benedettini usino quel tipo di colonia, e nemmeno i vescovi, pertanto dobbiamo supporre che appartenga all'assassino. Sinceramente non m'immagino una banda di spietati russi, tutti profumati all'Esencia di Loewe. »

« No, certo... Quanto all'auto, però, la faccenda è diversa: ai mafiosi piacciono le macchine costose. »

« E allora? »

« Il prete afferma di aver sentito partire un'auto a tutto gas. Dice che aveva un motore potente. Come sai molto bene, a me le macchine non piacciono, ma immagino volesse dire che è un'auto di un certo livello. »

« Quanto denaro hanno chiesto? »

« Come ti ho detto, il riscatto non prevedeva denaro, ma opere d'arte della cattedrale di Pamplona. »

« Qualche collezionista capriccioso... Ma allora che cosa ci fanno tutte quelle banconote, là dentro? »

« Un regalo dell'arcivescovo. »

« Tu ci capisci qualcosa? »

« No. »

Rimanemmo in silenzio per qualche istante. Sudavamo: il caldo su quell'altopiano esposto e bellissimo era pesante. Lo splendore del sole e un cielo impeccabile, senza traccia di nubi, facevano dimenticare le miserie del mondo che giacevano occultate dietro quelle mura di pietra cariche di storia.

« Che paesaggio splendido! » esclamai. « Cose simili non dovrebbero succedere in un giorno come questo. »

« Sì, è una giornata magnifica per un'escursione. »

« Come, scusa? » domandai, stupita da quelle parole.

« Lola, guarda verso la strada. Sta arrivando un pullman e ha un cartello con la scritta TRASPORTO SCOLASTICO. Quei ragazzi vengono a visitare le rovine romane e a trascorrere la giornata qui. »

« Ci mancava solo questa! » strillai.

Corsi in direzione di Galbis, che non si era ancora accorto del pullman. Quando li raggiungemmo, una ventina di ragazzini – tra i dieci e i dodici anni – erano scesi dal veicolo, disperdendosi per la spianata. Alcuni, i più audaci, avevano scavalcato il nastro blu e bianco con la scritta POLIZIA – DIVIETO DI TRANSITO e si stavano avvicinando all'eremo.

« Mi dispiace, non si può passare! » strillò Galbis. « Tornate tutti sul pullman! »

Solo due dei ragazzi gli obbedirono; gli altri continuarono a curiosare in giro senza prestare la minima attenzione a quelle parole.

Poi un adulto scese dal pullman e si rivolse a Galbis. « Buongiorno, sono Josu Serrano, professore di questi ragazzi. Siamo venuti in gita per visitare... »

« Mi dispiace, signor Serrano, ma l'accesso a questa zona è interdetto su ordine del giudice. La prego di portare via immediatamente i suoi studenti da qui, prima che contaminino la scena. »

« La scena di che? È successo forse qualcosa di grave? » domandò curioso. « Noi veniamo da Pamplona... »

« La prego di portare via subito i ragazzi da qui. Mi capisce? Subito. »

Il professore cercò di collaborare, ma ormai era inutile. La metà dei ragazzini era fornita di cellulare con fotocamera incorporata; l'altra metà, professore incluso, disponeva di una macchina fotografica. Ciò significava che entro poche ore la stampa avrebbe fiutato la faccenda e che il giorno dopo, sulla prima pagina dell'edizione mattutina di tutti i giornali, avremmo potuto leggere la cronaca degli omicidi.

« Sai che cosa sto pensando, Lola? » intervenne Ramiro.

« Mi sta che stiamo pensando la stessa cosa: piove sempre sul bagnato. »

« Be', anche quello. Ma pensavo soprattutto che con un arcivescovo e un abate in via di decomposizione, un reliquario di mezzo e la stampa che ficca il naso, avrai bisogno di un buon ispettore. Non come quello che è appena arrivato... »

« È arrivato un ispettore? » domandai, sorpresa. Non si era presentato al mio cospetto, il che era obbligatorio poiché avrebbe lavorato sotto i miei ordini.

« Sì. Álvarez è arrivato da un po'. Sta dentro l'eremo e mette il naso ovunque. Lo sai come fa. »

« Álvarez, maledizione! Ecco perché non si è fatto vedere, ma certo... No, nossignore! »

« Non ne dubitavo... Allora, mi dai l'ordine di rimuovere i cadaveri? Abbiamo ancora molto lavoro, e il caldo renderà irrespirabile l'aria dell'eremo. »

« D'accordo, rimuoviamoli. E tu domani vai dal dentista. »

« Domani, domani », replicò lui, imitando un vampiro.

« Concludiamo il nostro lavoro. Poi io torno in tribunale,

chiamami non appena hai qualche notizia per me. Ah, già... mi hanno rubato il cellulare! Chiama il numero di Jaime, mi farò prestare il suo. »

« D'accordo, entriamo. Vuoi una mascherina? »

« Sì, ne avrei bisogno. Però prima vorrei sentire quel profumo. »

« Lola, non mi dire che inizia a piacerti la patologia forense! »

14

Tornai in tribunale su un'autocivetta, maledicendo le mie stupide fobie. Se mi fossi recata con la mia auto sul luogo del delitto, ora sarebbe stato il medico legale, non io, a subire quell'inconveniente. Perché odio guidare, perché questa paura irrazionale della strada? Non ho mai avuto un inconveniente serio al volante. Anzi, nell'elenco della mia compagnia di assicurazione figuro tra i clienti scelti, quelli che godono di uno sconto del quaranta per cento sulla polizza per non aver mai notificato un incidente. Nelle due occasioni, entrambe di piccola entità, in cui sono stata obbligata a portare l'auto dal carrozziere, la responsabilità era di qualcun altro. Eppure, ogni volta che le mie mani sfiorano un volante, ricordo mio padre, una grande persona, che mi ha lasciata da sola quando più avrei avuto bisogno di lui, perché qualcun altro adorava le macchine e la velocità.

Ramiro, medico legale coscienzioso come nessun altro, aveva terminato l'esame preliminare dei cadaveri, ma doveva ancora controllare i punti di potenziale contatto tra le vittime e i sospettati della prima ora, vale a dire tutti quelli che si trovavano vicino ai corpi. Il test per i residui di polvere da sparo sulle mani di Andrés, il contadino, o sul corpo del furetto, così come sulle mani del pretino dalle grandi ambizioni avrebbe potuto essere effettuato dalla Scientifica, il cui furgone era parcheggiato all'ingresso dell'eremo ormai da un bel po'. Ma a Ramiro piaceva ascoltare con le proprie orecchie come i corpi narravano i loro occulti segreti. Scusandosi con parole e gesti, m'informò che gli ci voleva almeno un'altra mezz'ora per concludere la sua indagine. Siccome non volevo aspettare tanto, condivisi il veicolo con l'ispettore della Polizia giudiziaria che si era presentato sul luogo un'ora prima.

Non avevo mai avuto particolare stima dell'ispettore Álvarez. Ne riconosco la competenza e la professionalità, però a mio parere quelle qualità in un poliziotto sono condizione necessaria, ma non sufficiente. A me piacciono agenti e ispettori con l'anima, magari anche un po' a pezzi per l'eco della malvagità umana, forse amareggiata perché l'esodo verso una condizione migliore è lento e tedioso, ma pur sempre con un'anima. Se l'ispettore Álvarez è nato dotato di qualcosa che somiglia a un'anima, deve averla persa per strada oppure la tiene talmente sotto chiave da non portarsela mai sul lavoro.

Con la sua pelle cenerina e gli occhi grigio metallico, per Álvarez le miserie del mondo non rappresentano nient'altro che gradini per salire nella carriera. Per questo, mentre noi tentiamo di mitigare la sensazione di soffocamento che proviamo osservando le nuove cicatrici lasciate dai delinquenti al nostro piccolo universo, lui sorride con le sue labbra sottili e ben disegnate. Davanti a ogni nuovo caso la sua faccia si cesella nella pietra e le sue vene si riempiono di sabbia, fredde, come sono sempre le sue mani.

« Un caso curioso », osservò, mentre tornavamo al tribunale.

« Ispettore, non sono molto sicura che sia questo l'aggettivo più adatto a quanto abbiamo appena visto. Orribile, esecrabile, atroce, persino intrigante... Qualsiasi cosa, ma non 'curioso' », obiettai con voce tagliente.

« E allora intrigante, se preferisce così. In realtà, vostro onore, noi siamo come pazienti aquile che pattugliano il tetto del mondo, in attesa che i topi abbandonino fiduciosi le loro tane e compiano qualche delitto. I casi come questo, all'apparenza senza un movente, senza prove solide e con una certa dose di morbosità – e non lo dico tanto per le mutilazioni, quanto per le sottane –, ravvivano la giornata a qualsiasi investigatore degno di questo nome. » Mentre parlava, mi guardava.

Stavamo sui sedili posteriori dell'auto, guidata da un giovane poliziotto che non aprì bocca. Specchiandomi negli occhi di Álvarez ci vidi riflessi i sentimenti dell'uccello da rapina che era. Ecco perché, quando gli risposi, mi mostrai quasi arrogante, cosa che non sono abituata a fare, tantomeno con la polizia, che mi aiuta in modo straordinario nel mio lavoro e con la quale collaboro amichevolmente. « Ispettore, lei non pattuglia nessun cielo. Se lo facesse, toccherebbe a lei evitare che qualche topo venisse danneggiato da un altro della sua specie. Tuttavia lei non può fare nulla di tutto ciò. Il suo compito, come anche il mio, è di contemplare i silenzi che il dolore provoca, le esplosioni che perforano i timpani dell'anima. E poi piangere come topi e, come topi, correre fino a raggiungere i propri simili che hanno lasciato di nuovo orfano il mondo. Purtroppo noi non pattugliamo nemmeno tutte le strade. Nel migliore dei casi, evitiamo che un'altra vittima le attraversi. Questo è il nostro scopo. Ma, a quanto vedo, non è il suo caso.»

Non replicò. Non ci fu tempo.

Eravamo già all'ingresso principale del tribunale e il giovane agente stava aprendo la porta dell'auto per aiutarmi a scendere. Mi sorrise apertamente. Sembrava volermi dire che condivideva il mio punto di vista; o forse soltanto che neppure a lui stava simpatico quell'ispettore, le cui labbra non erano fatte per sorridere.

«Vostro onore, come vuole che procediamo?» domandò Álvarez.

«Vi avviserò al più presto, notificandovi il mandato per le indagini. Ora devo lasciarla, ispettore, mi aspettano per una riunione.»

«Come vuole. Io vado di qua», disse, imperturbabile.

Gorka non era al suo posto. Come mi aspettavo, era andato a casa con la scusa di non sentirsi bene. Benché l'avessi previsto, verificarlo mi causò un profondo fastidio. Mi avrebbero assegnato un altro segretario il più presto possibile, ma avevo molte cose da fare e Gorka conosceva bene le mie abitudini e il mio modo di procedere, evitandomi di chiedere ogni cosa in modo dettagliato.

Rimasi nel mio ufficio il tempo sufficiente per firmare due documenti, chiamare mio marito chiedendogli di portarmi il suo cellulare e prendermi un'aspirina: la ferita sulla fronte non sanguinava, ma era piuttosto fastidiosa. Subito dopo andai in cerca del presidente del tribunale superiore di giustizia di Navarra, il mio caro amico Gabriel Uranga. Benché fosse domenica, sapevo che lo avrei trovato nel suo ufficio, occupato a portarsi avanti con le questioni in sospeso. Avevo bisogno del suo consiglio.

Ci conoscevamo fin dai tempi dell'università. Avevamo condiviso cinque anni di appunti e di amicizia, che poi si erano intensificati quando mi ero sposata con Jaime, vecchio compagno di scuola e di baldoria di Gabriel.

Tutto ciò apparteneva al passato, ma Gabriel Uranga continuava a essere il mio consigliere privato e il mio confidente per le questioni di legge.

« Gabriel, posso entrare? Hai qualche minuto per me? »

Fu sorpreso di vedermi. Dalla sua reazione mi resi conto del mio pessimo aspetto. Si tolse di colpo gli occhiali, li posò su uno dei mucchi di pratiche che decoravano la sua enorme scrivania barocca e saltò su dalla sedia. « Perdio, Lola, cosa ti è successo? Non sapevo che fossi ferita! »

« Niente di grave, un piccolo incidente automobilistico. È molto vistoso, ma sono solo pochi punti... » Non volli fornirgli altri particolari. Se fosse stato informato dell'accaduto e avessi menzionato la mia velocità da lumaca, non l'avrebbe più smessa di prendermi in giro.

« Non voglio contraddirti, ma la tua faccia sta acquistando tonalità molto diverse dal bianco. »

« Ti ripeto che non è niente di grave, a differenza di quanto vengo a raccontarti. »

« Avanti, Lola, siediti. Devo confessare che ti aspettavo. Le notizie viaggiano alla velocità della luce. »

« Quindi lo sai già. Ti sei accorto di come mi perseguita il destino? In questa città non ci sono mai omicidi e, quando ce n'è uno, molto probabilmente anche plurimo, devo essere di turno proprio io! »

« Devono averti lanciato una maledizione: ti toccano tutte le grane! » esclamò, sorridendo. Poi con voce beffarda aggiunse: « Certo, è pure possibile che in cielo siano stati informati della tua provenienza e intuiscano che una di Bilbao può affrontare questo e molto di più ».

« Non dico di no, maledizione, ma essere di Bilbao non mi dispenserà dall'affrontare il problema. Ti hanno messo al corrente? »

« Per sommi capi. »

« Parliamo seriamente, Gabriel: immagino che davanti all'enormità dell'accaduto e alla categoria di persone coinvolte, potremo trovare un modo per esonerarmi dall'incarico. Non so... Qualcosa ti verrà in mente, no? » domandai, con un briciolo di supplica nella voce.

« È la legge. Non ti posso dire molto altro: ti è toccata, devi tener duro. »

« Gabriel, ascoltami... »

« Non se ne parla proprio. »

Notai un tono di rimprovero nelle sue parole e mi difesi. « Gabriel, tu sai meglio di chiunque altro che non sono pronta per condurre un caso come questo. Santo cielo, fino a ieri il mio lavoro è stato pura teoria! »

« Cosa vuoi che ti dica? Ora sei giudice a tutti gli effetti e devi rispettare le norme. Non posso farci niente, e tu lo sai. »

« Ma si tratta di un duplice omicidio, addirittura di un arcivescovo e di un abate! Denaro, antichità rubate, mutilazioni... Aiutami a trovare un modo per... »

« Benvenuta in prima linea, giudice MacHor! E adesso fammi il favore d'informarmi in maniera accurata », disse, troncando alla radice le mie lamentele. « Non sapevo niente dell'abate; mi hanno riferito soltanto del ritrovamento del corpo di monsignor de Cañarte, con due colpi di schioppo sparati a bruciapelo, e dell'esistenza di un altro cadavere. Mi è molto dispiaciuto; ritenevo l'arcivescovo una grande persona, oltre che un pastore saggio per i suoi fedeli. »

« Io non lo conoscevo, non posso esprimermi a questo proposito. Quello che invece posso dirti è che, a quanto pare, il secondo morto potrebbe essere l'abate del monastero di San Salvador de Leyre. »

Gabriel ebbe un sussulto ed esclamò: « L'abate di Leyre! Dio santo! Ma cosa abbiamo di fronte? Si tratta forse di un omicidio rituale? L'ordinario della diocesi e l'abate di Leyre... le due autorità più importanti della Chiesa locale! »

« Ancora non sappiamo niente », confessai, mentre la mia mente analizzava l'informazione che Gabriel mi aveva appena fornito.

« C'è qualche testimone o una pista affidabile? » domandò.

« Vicino ai cadaveri è stato trovato un prete più giovane, Lucas Andueza, il segretario personale dell'arcivescovo. Era molto nervoso e hanno dovuto somministrargli un tranquillante. Lo interrogherò di nuovo questo pomeriggio, ma pare che i cadaveri sarebbero il risultato di un sequestro fallito. »

« Un sequestro? Che storia strana! E chi sarebbe il sequestrato? »

« L'abate. Il riscatto era stato chiesto all'arcivescovo. »

« E naturalmente la Chiesa non ha sganciato nemmeno un centesimo... » borbottò Gabriel.

« Al contrario: vicino al cadavere del prelato è stata rinvenuta una grande quantità di denaro. Anche se la Polizia giudiziaria non l'ha ancora contato con esattezza, Galbis afferma che supera di gran lunga i centocinquantamila euro. »

« Una bella somma! Eppure non se la sono portata via. »

« Esatto, per questo dico che ci potremmo trovare davanti a un sequestro fallito. Un uomo del posto afferma di aver visto partire un'auto a tutta velocità. È possibile che il rapitore sia stato sorpreso da qualcosa - o qualcuno - e sia fuggito, senza fermarsi a recuperare il bottino. È possibile ma improbabile, tuttavia... »

« Tuttavia? »

« Tuttavia temo che potrebbe trattarsi anche della prima scena di un caso molto più vasto. Il segretario dell'arciverscovo ci ha riferito che con la richiesta di riscatto avevano ricevuto un dito dell'abate. »

« Che bestie! » esclamò Gabriel.

« Sì, è una crudeltà, ma non l'unica. Si dà il caso che pure il cadavere dell'arcivescovo presentasse solo nove dita, e non come conseguenza dei proiettili. Secondo Ramiro Sega, l'amputazione non è frutto dell'onda espansiva di uno degli spari: qualcuno ha mozzato volontariamente il dito. »

« Il sequestratore ha avuto il tempo sufficiente per amputare un dito all'arcivescovo, ma non per portarsi via il bottino. Strano, no? »

Bussarono alla porta. Gabriel Uranga si scusò, ma non cercavano lui bensì me. Il nuovo segretario giudiziario assegnatomi veniva a informarmi che vicino alla palude di Yesa, non lontano dal monastero di San Salvador de Leyre, avevano trovato un'auto di proprietà dello stesso monastero. Il veicolo era aperto e non mostrava segni di violenza, tranne una piccola traccia di sangue. Il segretario giudiziario chiedeva se bisognasse notificare il suo ritrovamento ai monaci.

Risposi di no. Era meglio che prima l'auto venisse analizzata dalla Scientifica. « C'è qualcos'altro? » chiesi, pregando che fosse tutto.

« Sì, vostro onore, c'è qualcos'altro. Ha chiamato l'agente Galbis. Dice che uno dei pastori dell'azienda vicina alla scena del crimine ha visto passare un'automobile: non è in grado di precisarne il modello né la marca, ma afferma che era grande e che andava molto in fretta. Coincide col presunto orario degli spari. Il pastore è riuscito a vedere il conducente. »

« Magnifico! Si può fare un identikit? »

« Temo di no, vostro onore. Dice che la persona al volante indossava una tonaca che ne copriva le braccia, e in testa aveva un enorme cappuccio. »

« Tonaca, cappuccio... Significa che...? »

« Sì, il pastore afferma che l'auto era guidata da un frate. O da qualcuno vestito da frate. »

« Grazie. » Se non fossi stata in un tribunale e in compagnia del presidente del tribunale superiore di giustizia, avrei imprecato. Di nuovo soli, interpellai Gabriel Uranga. « Dammi retta, per favore. Come vedi, questo caso si complica a ogni minuto che passa. Forse il fatto che le vittime appartengano al nucleo della Chiesa non è casuale; è possibile che gli assassini si trovino al suo interno. Ti garantisco che ci vuole un'altra persona per portare avanti questo caso. Devi trovare un modo per esonerarmi! So bene che la legge dice che spetta a me farlo, ma non sono all'altezza. E poi sono una donna, e sai bene che gli ambienti ecclesiastici non ci vedono di buon'occhio... »

Il suo viso rifletteva preoccupazione. Eppure fu irremovibile. « E allora? La giustizia non ha sesso. Come pensi di muoverti, Lola? » mi chiese, avvicinandosi e stringendomi le spalle con affetto.

Gabriel Uranga è molto più alto di me, così mi scontrai direttamente con la sua pancia: pur dissimulata dal completo gessato grigio, spiccava come una curva sublime.

«Come prima cosa, vado a prendermi un caffè e un cornetto», dissi. «Poi pensavo di recarmi al palazzo episcopale, per vedere coi miei occhi la richiesta di riscatto. Nel frattempo spero di ricevere sulla mia scrivania l'identificazione dell'altro cadavere. Gli uomini della Scientifica hanno già recuperato il dito in arcivescovado. Non appena me lo confermeranno, chiamerò Leyre per comunicare la notizia. Sto pensando che, alla luce dei nuovi dati, forse sarebbe meglio andarci di persona.»

«Sai com'è morto l'abate?»

«Ramiro non è sicuro, dobbiamo aspettare l'autopsia. Quello che posso già dirti è che gli hanno stracciato la tonaca, per tutta la lunghezza. E lo stesso hanno fatto con la veste dell'arcivescovo.»

«Vesti stracciate? Come facevano gli ebrei?» domandò Gabriel, incuriosito.

«Proprio così.» Nella mia mente si materializzò l'immagine del grosso stomaco dell'arcivescovo che spuntava dalla camicia scura.

Dopo aver sentito da Ramiro che i due cadaveri avevano gli abiti stracciati, ero tornata dentro a verificare. Non ne avevo fatto parola con nessuno, ma era quello uno dei particolari che più mi causavano agitazione. Dal mio punto di vista, toccare gli indumenti delle vittime era un esercizio gratuito di potere che manifestava la prepotenza dell'assassino, il quale si credeva in diritto d'infierire anche sulla memoria dei morti.

«Nella tradizione rabbinica, stracciarsi le vesti significa esprimere indignazione, collera santa e persino dolore», mi stava spiegando Gabriel. «Di solito l'azione manifesta un grande turbamento interiore, ma può essere anche un gesto puramente formale. La differenza tra ciò che è successo nell'eremo e la tradizione ebraica è che, in quest'ultima, è il soggetto stesso che straccia i propri abiti; mentre nel nostro caso sembra che sia stato un altro a intervenire sugli indumenti dei due religiosi, anche se forse il messaggio è lo stesso: indignazione. Gesù, tutto di domenica e a Pamplona! Ti offro un caffè!» Scoppiò a ridere e, con quel tono informale che lo caratterizzava, aggiunse: « E naturalmente anche il cornetto! »

Lasciai che fosse lui a scegliere il posto. Mi portò in un locale piccolo, luminoso e tirato a lucido, a due isolati dal tribunale. Non era la caffetteria frequentata dalla gente del nostro giro, ma una più piccola, la cui attività principale era la vendita di pane. Sul fondo dell'esercizio, dietro gli scaffali ricolmi di pagnotte e filoni fumanti, avevano sistemato due minuscoli tavolini ornati da allegre tovaglie a fiori sui toni del giallo e del blu. I gradevoli odori di cannella e limone risvegliarono il mio appetito, ma non ero l'unica: Gabriel adorava i dolci.

Ci servì una signora in là con gli anni, sorriso sincero e chignon dal sapore antico, che conosceva il presidente alla perfezione. Era la proprietaria del locale. « Signor giudice, che piacere vederla qui! Erano giorni che non veniva! Vuole che le prepari un caffè con panna e qualche frittella? »

« Zitta, Emilia, per carità! Se la sente mia moglie, mi uccide. Mi ha messo a dieta, ecco perché non sono più passato di qui. Ma credo che oggi farò uno strappo alla regola e proverò una delle sue frittelle. Il caffè nero e con dolcificante, come sempre. A proposito, Emilia, come vedi sono in compagnia: le presento la giudice MacHor », disse, allungando un braccio verso di me. « Sono certo che Lola assaggerà il suo caffè con panna... e una volta che l'avrà fatto, diventerà una cliente abituale. È una buongustaia come me, di quelle che apprezzano un buon dolce! »

Presi il caffè con panna e assaggiai anche le frittelle. Normalmente una simile voracità mi avrebbe provocato un rimorso di coscienza; quella domenica, però, dimenticai il conteggio delle calorie. Le frittelle, ripiene di crema, erano calde e spugnose; il caffè era delizioso. E, così se in rare occasioni metto piede nel locale, è perché la sua pasticceria è straordinaria e mi arrendo davanti alla tentazione.

« Gabriel, se non c'è altra soluzione, seguirò l'istruzione di questo caso », dissi. « Benché sia terrorizzata, allo stesso tempo la sfida mi attira. Ma... »

« Ma, cosa? Ragazza mia, quante moine! »

« Sì, hai ragione. Mi dispiace. Insomma, devo riferirti che ho un problema piuttosto serio da gestire... »

« Dai, sputa il rospo! »

« Il mio problema è l'ispettore Álvarez. »

« Capisco. »

« Davvero mi capisci? » replicai, stupita.

« Sì, non sei l'unica ad avere problemi con lui », disse, confermando i miei sospetti e rallegrandomi il pomeriggio.

« Gabriel, se devo istruire un caso simile, mi piacerebbe poter scegliere l'ispettore incaricato. »

« Vedrò cosa posso fare. Qualche preferenza? »

« No, però non voglio Álvarez. Prima, Ramiro e io stavamo ricordando i vecchi tempi. Certo che se ci fosse qui Iturri, ci troveremmo in ben altre condizioni... »

« Certo, sarebbe stupendo. Ma le cose stanno così. »

Eravamo arrivati alla porta del suo ufficio e decisi di togliere il disturbo. Gli avevo già rubato abbastanza tempo.

« In bocca al lupo, Lola, e tienimi informato. Chiamami sul cellulare. »

« Il cellulare! Il mio l'ho... l'ho perso nell'incidente... Spero che Jaime mi abbia portato il suo. Se hai bisogno di rintracciarmi, chiamami sul suo numero, d'accordo? »

« Va bene. E, se mi permetti un consiglio, rinvia la tua visita al palazzo arcivescovile. Manda Galbis o un altro agente a recuperare quelle prove. Il monastero di Leyre, a prima vista, sembra più importante. Presentati lì prima che vengano informati dell'accaduto: hai un vantaggio su di loro. E metti un po' di ghiaccio su quella ferita: sta cambiando pericolosamente colore! »

Annuii. « Andrò subito a Leyre. E devo affrettarmi, se voglio tornare prima che faccia sera. »

« Fatti accompagnare da un'auto del tribunale, Lola, è meglio. Conosciamo tutti la tua passione sfrenata per l'acceleratore. »

« Che spiritosone! » ribattei. Ma mi veniva da ridere.

Con Gabriel, ridono tutti.

15

Al monastero di San Salvador de Leyre, a cinquanta chilometri scarsi da Pamplona in direzione di Huesca, ci si arriva percorrendo una non sempre comoda strada statale. Eppure, nonostante il caldo e le curve, il viaggio fu come un balsamo per il mio spirito tormentato. Sul sedile posteriore dell'Audi nera guidata da Heliodoro, uno degli autisti di cui il tribunale si serve nel caso di spostamenti brevi, ebbi il tempo di pensare e riposare.

Se c'è una qualità che caratterizza questo impiegato è il suo mutismo quasi assoluto, avvolto in un sorriso cortese ma gelido. Da quando lasciammo il tribunale a quando calpestammo le terre monastiche non proferì parola, il che mi permise di concentrarmi del tutto sul caso: immediatamente prima di partire, mi avevano informata che l'analisi delle impronte confermava che il secondo cadavere apparteneva all'abate del monastero benedettino verso cui mi stavo dirigendo.

Durante il tragitto, non riuscii a smettere di pensare alle terribili immagini che avevo visto nell'eremo. Ma anziché essere inorridita per la contemplazione di tutta quella violenza, mi sentivo pronta, all'erta, davanti a una sfida appassionante. Nel primo tratto del viaggio, mentre si succedevano i grigi e insulsi edifici della periferia, mi ero detta che, in realtà, il rifiuto e l'apprensione provati verso quel tipo d'indagine erano del tutto irrazionali. Le immagini non avevano avuto su di me l'effetto sconvolgente che temevo; esclusa la nausea iniziale, non avevo minacciato di vomitare nemmeno una volta.

Avevo dalla mia parte molte ore passate a guardare i telefilm americani: la visione ripetuta di scene realistiche di massacri e assassini mi aveva preparata per il caso. Ancora non mi rendevo conto di quello che mi sarebbe successo! Col passare dei giorni, dall'eremo di Mendigorría sorsero dettagli imponderabili che minarono il mio sonno. Non saprei precisare se quello che m'impediva di dormire fossero gli occhi senza vita dell'abate, immensamente spalancati, o la pozza di sangue che circondava il corpo dell'arcivescovo, oppure le impronte che avevano sparso ovunque quei fluidi, in una scia appena coagulata che univa i cadaveri. Forse l'insonnia era dovuta ai moncherini nelle mani degli ecclesiastici, o forse dipendeva dalla somma di tutti quei particolari orrendi. Di certo per settimane il mio sonno fu soffocante, agitato, scarso, sordo e oscuro, e dovetti domarlo con l'aiuto dei farmaci.

Poco dopo essere sfuggiti alla frenesia urbana, la strada andò rinunciando al grigio e si riempì di viti e di ulivi, dell'orpello dei cereali maturi, del giallo sgargiante dei prati di soia. Come fantasmi altezzosi, tra rupi e gole, scarpate e anse si alzavano rovine di castelli misteriosi e di chiese, che attendevano pazienti i curiosi che ne avrebbero scoperchiato la storia, i capitelli, lo spirito pellegrino.

Contemplai quel panorama di pace estiva finché, qualche minuto dopo aver costeggiato la palude di Yesa, Heliodoro non mi segnalò il cartello che indicava la deviazione per il monastero. Erano le prime parole che pronunciava, dopo il saluto iniziale, un: « Buonasera, vostro onore, dove andiamo oggi? » sintetico e asettico. Altri colleghi, al mio posto, lo avrebbero definito antipatico ma io, almeno quel giorno, gli fui immensamente grata per aver evitato le banali conversazioni sulla meteorologia.

Tornai alla realtà. L'auto saliva senza protestare lungo la strada che conduceva alla balconata della sierra, dove s'innalzava il monastero. Quasi anticipando la bellezza in cui mi sarei imbattuta all'arrivo, il terreno si fece più verde e più roccioso allo stesso tempo, sino a formare un insieme austero, in felice accordo col silenzio e col volo risoluto di quelli che mi parvero avvoltoi.

Questi monaci sapevano quello che facevano, mi dissi, pensando ai fondatori del monastero intorno al IX secolo.

« Dove desidera che la lasci, vostro onore? »

« Non lo so, Heliodoro. È la prima volta che visito questo luogo e non so dove si trova il monastero. Forse sarebbe stata una buona idea avvisarli del mio arrivo...» dissi, non troppo convinta.

«Io sono stato qui molte volte, vostro onore. Se vuole, posso darle qualche informazione.»

«Certo, gliene sarei molto grata.»

«Ecco, questo complesso è suddiviso in tre parti. La zona turistica è formata dalla chiesa superiore e da una cripta che, se le resta un po' di tempo, le consiglio di visitare; la foresteria è composta da un piccolo albergo e dal ristorante. Il resto degli edifici costituisce il monastero propriamente detto, dove comunque è ammessa la presenza di alcuni pellegrini che desiderino rimanere in ritiro per qualche giorno. Io ci sono stato alcune volte, conosco bene il frate che se ne occupa. Se desidera, vado da lui e annuncio la sua visita. Suppongo che saranno loro a venirle incontro, perché nel monastero non è permesso l'ingresso alle donne», precisò.

«Benissimo, Heliodoro, la ringrazio. Così daremo un po' di tempo agli agenti per raggiungerci. Vedo che ci sono molti turisti a spasso sul piazzale. L'aspetterò vicino alla macchina, così mi troverà subito.»

Heliodoro ci mise più del previsto, e io non sono certo paziente. Dalla mia postazione potevo osservare i visitatori che fotografavano il meraviglioso romanico del portale della chiesa, coi suoi quattro archivolti. Anche se da quella distanza non riuscivo a vedere con precisione le sculture del timpano, se non attraverso l'antiestetico tetto a una falda, mi ricordò il *Pórtico de la Gloria* di Santiago di Compostela.

Da quella parte, il lato ovest, la gente entrava e usciva dal tempio, mentre io passeggiavo avanti e indietro, in pieno sole, sul metro quadrato intorno all'automobile del tribunale. Dopo venti minuti decisi di aver aspettato abbastanza; sono i colpevoli, gli avvocati o i testimoni che aspettano, non i giudici. Tuttavia, mentre già pregustavo la visita, persi la mia occasione.

Heliodoro mi fermò sulla scalinata della chiesa; era accompagnato da un frate sorridente. «Vostro onore, il rettore la sta aspettando nel cortile della foresteria. Questo frate l'accompagnerà fin lì. Io l'aspetto in macchina.»

«D'accordo, Heliodoro, grazie. Stavo aspettando gli agenti

della Scientifica: sarebbe così gentile da accompagnarli al monastero, non appena arriveranno?»

«Certo. Non si preoccupi.»

Con un cenno della mano, il frate m'indicò di seguirlo.

All'inizio cercai di mantenere il suo passo, ma era troppo veloce per me. In realtà ho il sospetto che avesse accelerato fino a lasciarmi indietro. Non mi disturbai a competere con lui: mi limitai a seguire col mio ritmo la scia di quell'uomo che correva chinato in avanti, con le mani nascoste tra le pieghe della sua tonaca.

Raggiungemmo la porta del monastero in poco più di tre minuti. Un gruppo di tre frati mi aspettava al di qua della soglia. Giusto prima d'imbatterci in loro, come per magia il mio accompagnatore scomparve nel nulla, allo stesso modo in cui dal nulla era emerso. Non lo rividi fino a quando non dovetti interrogarlo, alcune ore dopo.

Mentre mi avvicinavo, da quel terzetto emerse un uomo. Non evitò il mio sguardo, come aveva fatto il primo frate. Al contrario, lo sostenne quasi con aria di sfida.

«Vostro onore, sono padre Ignacio, rettore di questo monastero. È un piacere riceverla nella nostra umile dimora benedettina. Mi hanno riferito che voleva parlare con noi a proposito di una questione urgente. Dica pure, siamo a sua disposizione.»

Mi aspettavo d'incontrare un uomo anziano, magro e coi capelli bianchi, dotato di uno sguardo duro e penetrante, capace d'intercettare al volo titubanze nella fede o pecche nella morale delle giovani promesse del prestigioso ordine di san Benedetto. Invece il rettore non era molto più vecchio di me. Biondo e con uno sfuggente sguardo azzurro, emanava un'attrattiva speciale; persino vestito con abiti monacali e col cingolo di corda tipico del suo ordine, risultava interessante. Gli occhiali tondi e la chioma in disordine gli conferivano un aspetto moderno, accentuato dalla pronuncia francese. Soltanto la voce sottile stonava con quel quadro magnifico. Gli altri due frati, piazzati alla sua sinistra, non erano proprio dei cherubini e questo faceva sì che padre Ignacio spiccasse sull'insieme.

Fatta eccezione per le sue parole e per un ampio sorriso, il rettore, che nascondeva le braccia tra le ampie pieghe delle maniche, non accennò a nessun altro gesto di avvicinamento e si mantenne dritto come un fuso, accanto alla porta che dava accesso all'interno del monastero, là dove venivano accolti i viaggiatori in cerca di pace.

Davanti a un'accoglienza tanto fredda, corrugai la fronte e mi agitai sul posto come una barca a vela nel mare mosso. Mi fu chiaro che quegli uomini non erano disposti a collaborare con la giustizia, anche se era possibile che ignorassero il motivo che mi aveva portata fin lì.

A differenza di altri membri della magistratura, non ho particolari pregiudizi contro la Chiesa cattolica, cui peraltro appartengo. Tuttavia quell'atteggiamento così freddo m'infastidì, e mi misi sulla difensiva. Non mi trovavo lì in veste di umile fedele in cerca della benedizione di un alto dignitario del monastero: in quel momento le benedizioni o le maledizioni non m'interessavano neanche un po'. Ero giunta a San Salvador de Leyre nel mio ruolo di giudice impegnato nell'istruzione di un caso, quello della morte violenta del loro abate. A quale titolo il rettore ignorava le più banali norme della buona educazione? Per tutti i santi, che fosse frate, prete o papa, non si sarebbe certo contaminato stringendo la mano a una donna, o presentandomi ai suoi compagni!

Attesi qualche secondo, nella speranza che il rettore si sentisse a disagio e m'invitasse a entrare. Non ero disposta a informarli dei motivi della mia presenza in mezzo al cortile, con gente che entrava e usciva. Ma nessuno di loro si mosse, così alla fine mi decisi a parlare. «Mi chiamo Dolores MacHor, del primo tribunale di Pamplona», dichiarai seccamente. «Sull'auto che sta per raggiungermi viaggiano due agenti della Polizia scientifica. Devo informarvi che sono qui in missione ufficiale.»

«Piacere di fare la sua conoscenza, vostro onore», disse padre Ignacio. Mantenne il suo atteggiamento distaccato, senza nemmeno accennare a volermi presentare i due confratelli, che se ne stavano fermi e muti come lastre di ghiaccio.

«Rettore, conosce già il motivo della mia visita?»

«Lo ignoro, vostro onore. La logica mi suggerisce che se

una giudice si presenta in un luogo, accompagnata da due agenti, dev'essere successo qualcosa di grave.»

Mi resi subito conto che quel monaco mentiva. Aveva risposto troppo prontamente, come se si aspettasse una domanda simile. Né si mostrò mai stupito o preoccupato per la mia visita, come ci si sarebbe dovuti aspettare, bensì estremamente tranquillo, in grado di dominare la situazione. Sono abituata al fatto che gli interrogati tentino di cavarsela ricorrendo alla facile via di fuga offerta dalla menzogna. Non fu questo che m'indispose. Quello che davvero mi nauseò fu che lo faceva senza dare segni, nemmeno minimi, di rimorso. Si suppone che i frati non mentano, ma quello lo faceva con la sfrontatezza più totale, convinto che la sua intelligenza lo avrebbe fatto uscire indenne dall'interrogatorio. Si sbagliava: come dice il proverbio, le bugie hanno le gambe corte.

«In effetti lei ha ragione...» Decisi di stare al suo gioco, offrendo un'informazione parziale. «Il motivo della mia visita è il seguente: non lontano da qui, e precisamente su una strada forestale nell'area della palude di Yesa, è stata trovata una Land Rover che mi risulta essere proprietà di questo monastero.»

«Ah, si tratta della macchina!» esclamò il rettore, tra il sollevato e il confuso.

«Sì. Lei che cosa si aspettava?» replicai con un'espressione da idiota, se mai fosse servita.

«In realtà non mi aspettavo proprio niente, vostro onore», disse il frate, ritirandosi dal gioco.

«Immagino che, venendo a sapere del mio arrivo pochi minuti fa, non avrà avuto il tempo di fare troppe congetture», osservai, addolcendo il tono. «In ogni caso, come rettore di questo monastero sarà in grado di fornirmi qualche notizia su quel veicolo.»

«Sì, certo...»

Estrassi il rapporto dalla valigetta che avevo portato con me e procedetti a leggere il numero di targa, la marca, il modello e il colore dell'auto ritrovata. «Può confermare che il citato veicolo è di proprietà di questo monastero?»

«Sì, lo è. Ma se il problema è questo, avrebbe potuto inviare uno qualsiasi dei suoi collaboratori e gli avremmo fornito l'informazione.»

«Non si preoccupi per me, rettore. Vale la pena venire fin qui, solo per contemplare questo magnifico paesaggio.»

«Sì, sì, senza dubbio in questo periodo la sierra è meravigliosa. E mi dica, vostro onore, l'auto è in buono stato, hanno trovato... qualcosa dentro?»

Beccato! In quella macchina c'è qualcosa che ti preoccupa, vero? «No, non è in buono stato, padre. L'hanno trovata schiantata contro un albero. Oltre al forte impatto che, detto per inciso, ha distrutto completamente il cofano del veicolo, c'è la possibilità che qualcuno dei suoi occupanti si sia ferito nella collisione.»

«Ci sono... feriti?»

«L'automobile era vuota e nei dintorni non è stato trovato nessuno. In questo momento si stanno effettuando le ricerche pertinenti sul luogo, ma le prove sembrano inconfutabili: risulta assai probabile che ci sia qualche ferito, anche se non possiamo valutare la gravità della sua condizione.»

«Capisco...» L'energia del suo viso si stava trasformando a poco a poco in un'espressione di profonda preoccupazione.

«Voi non avete denunciato la scomparsa o sottrazione del veicolo, vero?» domandai.

«Vero.» Sembrava attonito.

«In tal caso, immagino che ne conosceste l'impiego e la destinazione. Avendomi confermato che questo veicolo è di vostra proprietà, potreste fornirmi l'identità del suo conducente e dirmi se detta persona sia tornata al monastero sana e salva?»

«Il veicolo è nostro, senza dubbio, il numero di targa coincide. Quanto al resto, vostro onore, posso soltanto formulare supposizioni.»

«Avanti», lo incoraggiai.

«Suppongo che al volante ci fosse padre Pello Urrutia, il nostro abate. È partito da Leyre lo scorso venerdì per una visita di famiglia. Non avevamo idea che avesse subito un incidente. Ci dispiace moltissimo, e credo di parlare a nome di tutti. Quindi lei non sa dove si trovi l'abate, né tantomeno se sta bene?» domandò, fingendosi tranquillo.

«Non saprei dirle dove sia l'abate in questo momento, rettore », sussurrai mentre m'immaginavo il poveretto, con gli organi sparsi sul freddo tavolo metallico a forma di L dove Ramiro eseguiva il proprio lavoro di patologo. « Mi può fornire qualche dato che ci permetta d'individuarlo? Immagino che il vostro abate vi avrà informati, prima di partire, del suo percorso e della sua destinazione... »

« Sì, sappiamo dov'era diretto: andava in Francia, a visitare l'unica sorella, cagionevole di salute, ricoverata in un ospedale del sud di quel Paese. Forse ha cambiato idea... Nell'auto non avete trovato nessun indizio che possa facilitare la ricerca? »

Ancora! Che cosa spera di trovare, questo frate? pensai. « No, non ci sono altri indizi, rettore. E, del resto, mi hanno riferito che le alte cariche ecclesiastiche utilizzano i servizi di un autista. Non succede così in quest'abbazia? »

Per un istante, padre Ignacio perse la compostezza e non seppe cosa rispondere. Si limitò ad abbassare la testa e a spostare coi sandali di cuoio i ciottoli che ornavano l'ingresso. Simili pause sono molto frequenti negli interrogatori e anche molto significative: uno è preparato per rispondere bene alle domande più compromettenti, ma non altrettanto sui particolari, che sono poi quelli che lo tradiscono.

« Sì, vostro onore, vedo che è ben informata. A Leyre succede come in altri monasteri e vescovadi: abbiamo un autista, ma non lo utilizziamo in ogni occasione. »

« E questo sarebbe uno di quei casi. »

« Esatto. » Stavolta sembrò che mentisse con minore convinzione.

« Mi sa dire perché non stavolta? »

« Be', questo era il desiderio dell'abate: viaggiare da solo. E, naturalmente, noi l'abbiamo rispettato. »

« Capisco. Lasciamo perdere l'auto per un momento. Sapete dove si trova in questo momento l'abate? Lei ha detto che è partito da Leyre venerdì, e oggi è domenica. Avrebbe dovuto comparire da qualche parte. Quando uno ha un incidente, è logico che chiami a casa per avvertire dell'accaduto. Bisogna trovare un carro attrezzi che ritiri il veicolo, cercare un'altra auto o interrompere il viaggio previsto, forse recarsi in un ospedale, se si è feriti... »

« Vostro onore, posso soltanto dirle che, in effetti, il padre abate è partito da qui venerdì, ma da allora non l'abbiamo più visto, né abbiamo ricevuto sue notizie. Potrebbe aver perso la memoria. Sono cose che succedono con gli incidenti. Avete chiamato gli ospedali della zona? »

Mentii di nuovo, senza il minimo rimorso. « Sì, abbiamo controllato presso le cliniche e gli ospedali più vicini, ma non lo abbiamo trovato, anche se non è escluso che la spiegazione sia, come dice lei, una perdita di memoria. Avete una fotografia recente dell'abate? Se era alla guida del veicolo incidentato, il suo viso potrebbe aiutarci nella ricerca. »

« Sì, certo. » Il rettore si rivolse a uno dei due confratelli. « Padre Francisco, può cercare nell'archivio fotografico? Credo che ci sia una foto molto recente, scattatagli nel mese di maggio durante le riunioni di Solesmes; la porti subito, per favore. Le occorre qualcos'altro, vostro onore? Naturalmente intendiamo collaborare per quanto ci è possibile. »

Guardai alla mia destra. In quel momento due persone, che provenivano dall'interno, oltrepassarono la porta e si piazzarono davanti a noi, chiedendo del padre responsabile della foresteria.

Ormai stufa, dissi: « Padre, credo che sarebbe prudente cercare un luogo più riservato per concludere questa conversazione ».

Il rettore si prese qualche secondo per rispondere e, senza dubbio, lo fece in maniera ben diversa da come mi sarei aspettata. « Le piace la campagna, vostro onore? » mi domandò, ornando la sua dolce voce con un sorriso.

« La campagna? Sì, naturalmente. »

« Mi permetta, allora, di mostrarle i magnifici alberi che si ergono nella parte posteriore del monastero. Padre Andrés, sarebbe così gentile da aspettare qui gli agenti e accompagnarli agli orti non appena arriveranno? Vostro onore, i fratelli potranno mostrarvi i frutti del raccolto ormai prossimo. In un certo modo siamo dei privilegiati », continuò, rivolgendo il suo sguardo verso di me e dimenticandosi completamente del frate cui aveva dato l'ordine. « La siccità non ci ha afflitti e i pomodori si annunciano abbondanti. Che dire poi delle zucchine? Quando li vedrà, proverà il morso dell'invidia. Padre Francisco potrà accompagnarci non appena tornerà con la fotografia. Ah, guardi, sta arrivando! »

« Come vuole », replicai, non senza disappunto.

Il giorno, annunciatosi caldo, stava deviando a poco a poco in un grigio minaccioso. I trenta euro e l'ora e mezzo dal parrucchiere sarebbero stati sprecati, se le nuvole si fossero scaricate proprio in mezzo alla campagna.

Presi la fotografia che padre Francisco mi tendeva. Mostrava un vecchio dall'aria simpatica, pieno di vitalità. Che differenza da quel cadavere con l'angoscia negli occhi! Sforzandomi di non lasciar trasparire i miei sentimenti, riposi la foto nella valigetta e seguii il rettore all'esterno. Padre Francisco si piazzò dietro di me, a mo' di scorta: non aveva pronunciato una sola parola nella foresteria e non lo avrebbe fatto per tutto il tragitto; si limitò a farmi da ombra, sempre a testa bassa, sempre concentrando i suoi intricati pensieri nel sottosuolo. All'inizio della passeggiata mi accorsi della strana andatura del rettore.

Benché guidasse la minuscola comitiva, il frate sembrò intuire il mio sguardo. « Un tumore cerebrale », disse, girandosi verso di me.

« Mi scusi? »

« Dico che i miei movimenti bizzarri sono la conseguenza di un tumore cerebrale. Proprio come il torpore al braccio destro. È un po' noioso, soprattutto perché mi fa apparire scortese e perché è complicato scrivere con la sinistra, ma non è grave. »

« Mi dispiace molto », dissi, imbarazzata davanti a quel giovane rettore in grado d'intuire i miei pensieri.

« Non deve farlo. Tutto contribuisce al bene, in coloro che amano Dio. »

« Suppongo di sì », bisbigliai. Dentro di me si alzò imperiosa l'idea dell'uomo bello e piacente che, dopo essere rimasto invalido, decide di rifugiarsi per l'eternità tra i mormorii del canto gregoriano.

« E invece si sbaglia », affermò lui. Nel vedere la mia espressione stupita, aggiunse: « Succede a molta gente. L'idea che un uomo giovane dalla carriera promettente entri in un monastero non è facile da comprendere, così trovano una spiegazione ragionevole nelle conseguenze della mia malattia. Tuttavia è venuta prima la vocazione e poi il tumore. Sono entrato nell'ordine di san Benedetto una dozzina d'anni fa. La malattia e i suoi fastidiosi strascichi sono recenti. Ma basta parlare di me... Sono a sua disposizione».

«Sì, giusto», replicai, cercando di troncare quelle chiacchiere in apparenza inutili. In realtà non era così che avevo previsto quel colloquio. Ero io che dovevo tirare le redini, eppure la mia curiosità, affamata, chiedeva altro cibo. «Mi scusi, di cosa si occupava prima?»

«Di solito, quando entriamo tra queste mura, non ci guardiamo indietro. Se lo facessimo, sarebbe difficile perseverare. Perciò ci concentriamo soltanto sul passaggio che ci conduce alla meta finale. Tuttavia in questo caso farò un'eccezione perché è abbastanza probabile che, narrandole la mia storia, lei riesca a orientarsi meglio. Ero anch'io un magistrato; avevo la memoria di un elefante. Dopo l'operazione è calata abbastanza, però ne conservo a sufficienza per gli incarichi tra queste mura.»

«Ne sono felice per lei, padre rettore.»

«Dio è solito fornirci gli strumenti necessari. Quelli davvero necessari...»

«Ho la sensazione, rettore, che Dio ha messo lei sulla mia strada proprio come strumento necessario. La prego di perdonarmi, ma dovremmo lasciar perdere le chiacchiere. Se in un certo periodo della sua vita ha esercitato come giudice, sa che ho ragione.»

«Sì, senza dubbio. Lo so, il tempo è fondamentale nelle questioni che riguardano... una scomparsa o un incidente...»

Per un momento pensai che quella pausa lo avrebbe tradito, ma non fu così. Disse precisamente quello che voleva dire: scomparsa o incidente.

«Rettore, la prego, vuole spiegarmi che cos'è successo? Come saprà per esperienza, presto o tardi la verità viene sempre a galla. La storia che mi ha raccontato non concorda coi fatti: è evidente.»

«D'accordo, vostro onore, le racconterò come sono andate le

cose. Venerdì l'abate non si è presentato in chiesa per la preghiera delle vigilie, un ufficio che si tiene alle sei del mattino. Lo abbiamo cercato in tutto il monastero, ma non c'era: era scomparso e, con lui, la macchina. Non sappiamo dove sia potuto andare. Da quanto lei ci ha riferito, non troppo lontano. »

« E non vi ha stupito il suo comportamento? Non lo avete cercato? »

« È vero che la sua assenza ci ha preoccupati, ma lui è l'abate... »

« Però siete una comunità. Mi sembra insolito che una persona scompaia senza informare il resto dei monaci o le autorità. E per di più non siete andati a cercarlo... »

« Ecco, di quando in quando andiamo a visitare le nostre famiglie. »

« Mi sta dicendo che il suo abate si trova presso qualche parente? »

« No, signora, non lo sto dicendo. È scomparso, non posso dire altro che questo: non so dove sia, non so perché se n'è andato, non sappiamo niente di niente. È un uomo anziano e ultimamente... a volte... »

« Continui, per favore. È importante. »

« Abbiamo notato che a volte ha dei vuoti di memoria. Niente di grave. Immaginavamo che si fosse dimenticato di avvisarci di qualche viaggio programmato. »

« D'accordo. Ripassiamo insieme i dati certi di cui disponiamo. Da quanto tempo manca dal monastero? »

« Da venerdì mattina. »

« Perché non avete informato la polizia? »

« Perché pensavamo che sarebbe tornato e che avremmo fatto la figura dei tonti davanti all'autorità. Il tempo è passato molto in fretta. »

« D'accordo, capisco che non voleste metterlo in ridicolo. Avete avvertito il vostro vescovo? »

« Vede, la nostra dipendenza dall'ordinario della diocesi non è la stessa dei normali sacerdoti. Noi dipendiamo dalla Casa madre benedettina di Solesmes. »

« Capisco. Ciò significa che avete avvisato la Casa madre, e i vostri superiori vi hanno consigliato di aspettare ancora qualche tempo.»

«Non posso mentirle, vostro onore. Non abbiamo fatto nemmeno questo.»

«Be', sinceramente non lo capisco», fu il mio commento.

Mentre il pomeriggio si faceva plumbeo, iniziammo a entrare nel vivo della conversazione.

«Adesso che lo sento dire da lei, vostro onore, sembra strano anche a me. Ma è la verità: pensavamo che fosse una semplice distrazione; che l'abate sarebbe tornato presto, chiedendo scusa per essersi dimenticato di avvisarci.»

«Bene, rettore, la capisco. Tuttavia ho bisogno di vedere la cella dell'abate e d'interrogare tutti i monaci della sua comunità.»

Padre Ignacio si fermò di colpo e, con la faccia offesa, ribatté: «Vostro onore, non intendo mancarle di rispetto, ma il nostro è un monastero maschile; le donne non possono oltrepassarne la soglia. Sono certo che lei comprenderà le particolari circostanze di questo caso e le vorrà rispettare».

«Padre Ignacio, credo che sia lei a non comprendere e, se è vero che ha esercitato vari anni come giudice, questo sinceramente mi meraviglia. Nessuna delle regole interne che reggono il suo monastero può essere anteposta a un'indagine giudiziaria, e lei lo sa.»

«Ma...»

«Nessun 'ma'. Non lo faccio per capriccio ed è un mio diritto. Tuttavia le propongo un accordo», dissi, conciliante. «Individui un posto adeguato dove possa interrogare i suoi confratelli senza che la mia presenza interferisca con la loro vita monastica; non esiterò a usarlo. Una biblioteca, un refettorio... qualsiasi ambiente comodo che permetta di conservare la riservatezza degli interrogatori. Quanto alla cella dell'abate, aspetteremo che compaiano gli uomini della Scientifica: saranno loro ad affiancarmi nella perquisizione.»

«Apprezzo molto la sua cortesia, vostro onore. Ma, abusando ancora della sua pazienza, devo manifestarle tutta la mia perplessità. Il padre abate è scomparso, ma sono sicuro che non è lontano e che sta bene. Perché tanta...?»

Lo interruppi. « Padre Ignazio, attualmente in nessun ospedale od obitorio di Navarra ci sono persone non identificate, ma sono state rinvenute tracce di sangue nell'auto. »

La semplice allusione al sangue gli fece cambiare subito atteggiamento. « Credo che la nostra magnifica biblioteca servirà allo scopo che lei desidera », concluse, ritirandosi dal duello.

« Sono felice che il nostro accordo sia di suo gradimento, rettore, anche se al momento ho sentito solo il contrario. »

« Come, scusi? »

« In cambio della mia buona fede, alla quale non sono affatto obbligata, desidero che da questo momento, padre rettore, lei la smetta di mentirmi. Sa bene, come lo so io, quanto risulti assurda la versione che sta sostenendo. Per qualche motivo che ancora non riesco a capire, sta occultando determinate informazioni a questa inchiesta giudiziaria. Suppongo che i dati che omette incolpino alcune persone, oppure ne giustifichino altre vicine a lei e alla sua comunità. In entrambi i casi, chiunque vi sia implicato, i suoi segreti stanno rallentando la mia indagine. Se per caso, tra queste sacre mura, avesse dimenticato quanto appreso in facoltà e praticato nei tribunali, le ricordo che gli articoli 450 e 451 del Codice penale in vigore descrivono le omissioni rispetto all'impedimento o alla persecuzione di un crimine e il reato di favoreggiamento... »

« Che io sappia, vostro onore, ancora non è stato commesso nessun delitto, perciò non esiste favoreggiamento che tenga », replicò, trafiggendomi coi suoi occhi azzurri. « Semplicemente, secondo quanto lei ha riferito, è stata ritrovata un'automobile abbandonata, proprietà di questo monastero. Se lei ha qualcos'altro da raccontarmi, per esempio come mai un giudice indaga in prima persona su un veicolo abbandonato e su una persona scomparsa, questo sarebbe un buon momento. In caso contrario, credo che quanto sta facendo con me sia ingiusto. »

Aveva ragione. Doveva aver indovinato, fin dall'inizio, che il motivo della mia visita era un altro, ben differente da quello che avevo addotto; eppure aveva taciuto, omettendo anche i dati che conosceva. Quella sarebbe stata un'interessante partita a scacchi, ma due morti sanguinavano sulla mia scrivania e m'impedivano di divertirmi col gioco del gatto e del topo.

«Ha ragione, padre. Che io sappia, finora non si è ancora consumato nessun delitto. Tuttavia il suo abate si trova in una destinazione sconosciuta da vari giorni e non ha lasciato nessuna traccia: né telefonate, né avvisi, niente di niente, il che non concorda col suo carattere. Ignorate se sia stato privato della libertà, se abbia avuto un incidente o se sia in stato confusionale e non sappia come tornare a casa, eppure non fate, né avete fatto niente in proposito. Trattandosi del vostro abate e non del mio, sarebbe logico che collaboraste con questa indagine, con cui non si pretende altro se non di chiarire i fatti. Anzi, rettore, lei dovrebbe essere estremamente grato per la mia presenza e per il mio aiuto. Eppure sta tentando di rallentare le indagini: vorrei sapere perché. Per sua stessa esperienza, dovrebbe sapere che alla fine la verità viene sempre a galla sopra le bugie, come l'olio sull'acqua.»

«Credo che lei si sbagli a giudicare me e questa abbazia, vostro onore», replicò senza troppa convinzione. «Sta formulando supposizioni senza fondamento.»

«Lo spero, padre Ignacio, lo spero davvero...» Stavolta fui io a lanciargli un'occhiata dura. «Niente mi farebbe più piacere che vedere il padre abate del monastero di San Salvador de Leyre sano e salvo.»

«Sono d'accordo. Preghiamo che questo desiderio si possa realizzare al più presto. E adesso, se è così gentile da seguirmi, l'accompagnerò in biblioteca. Padre Francisco, vuoi occuparti di compilare un elenco dei fratelli e di scortarli secondo l'ordine della lista fino alla biblioteca, perché parlino con la giudice, rispettando per quanto possibile gli orari abituali?»

«Senza dubbio, lo farò subito.» Padre Francisco fece per avviarsi, poi si voltò. «Padre rettore, in quell'elenco devo inserire tutti i confratelli, anche quelli malati? Le ricordo che diversi padri sono a letto da vari giorni, e alcuni sono gravi.»

«Vostro onore, è necessario disturbarli?» m'interrogò il rettore.

«Se sono malati da più di due giorni, credo che non sarà necessario. Altrimenti mi recherò di persona nelle rispettive celle per raccoglierne la deposizione.»

16

Erano quasi tre ore che interrogavo monaci. Stavo facendo uno sforzo titanico per mantenere l'attenzione e mostrare in ogni istante un sorriso di gratitudine, ma la mia pazienza stava calando insieme con la luce della sera. Quante volte avevo sentito la stessa solfa, i dettagli minuziosi che non contenevano nessuna informazione interessante.

Avevo ottenuto ben poco da quei venti interrogatori. Per venti volte mi ero scusata davanti a quegli uomini per averli fatti uscire dal monastero, altrettante avevo mentito e dichiarato che era stato ritrovato un veicolo di proprietà del monastero e che il padre abate, presumibilmente alla guida, era scomparso. E tutto a che scopo? Non avevo raccolto nessun risultato. Mi sentivo stanca e avvilita; ero così lontana dalla conoscenza dei fatti come quand'ero arrivata e, per di più, avevo fame. Non penso bene con un buco nello stomaco e, dopo le fantastiche frittelle assaporate con Gabriel Uranga, non avevo mangiato nemmeno un boccone.

Non mi lamentavo degli uomini abbigliati con quella semplice tonaca: avevano collaborato di buona lena all'istruzione del caso. Semplicemente, era poco ciò che potevano riferire: l'abate non si era recato al vespro né a nessuno degli altri atti di culto nel corso della giornata; non si era nemmeno presentato a studiare in biblioteca. L'ultima volta che qualcuno del monastero aveva notato la sua presenza era stato alla cena di giovedì; nessuno dei monaci né dei membri del personale di servizio l'aveva visto dopo quella sera. Quel comportamento non indicava a priori che esistessero problemi gravi. Anche se al padre abate non piaceva abbandonare il monastero e cercava di evitarlo ogni volta che poteva, la sua carica lo obbligava a visitare altre abbazie o a osservare le norme di cortesia proprie della vita cenobitica. Abitualmente i monaci comuni non erano informati delle sue uscite, né ricevevano spiegazioni in merito alle sue assenze; per questo alcuni frati si erano limitati a constatarne la partenza.

Quando l'ultimo novizio abbandonò la stanza, restai finalmente sola in quella magnifica biblioteca avvolta nella penombra. Approfittai della pausa per alzarmi, sgranchire le gambe e sciogliere i muscoli del collo. La stanza era piena di volumi, molti dei quali antichi. Scelsi un libro a caso: il testo, di dimensioni enormi se confrontato con la foliazione standard cui ci hanno abituato editori e librai moderni, era riccamente rilegato in cuoio scuro, il cui colore faceva risaltare le lettere dipinte e i filetti dorati. Sciolsi i nastri di cuoio che univano le due copertine e m'imbattei in una decisa scrittura gotico-latina e nei suoi istoriati capilettera. Mi saltò subito all'occhio che il testo era intonso, senza nemmeno un briciolo di polvere; c'era soltanto un piccolo graffio nella parte inferiore della copertina, che era stato riparato da mani esperte. Quella biblioteca era, senza dubbio, un luogo di studio utilizzato con frequenza.

Sfogliai il libro per qualche secondo: la pergamena antica, tinta di un beige dorato dal passare del tempo; le incisioni xilografiche all'attacco di ogni capitolo; la censura manoscritta dell'Inquisizione sul retro della copertina. Quel luogo era immerso nel più profondo silenzio. Per un momento, solo per un breve istante, provai invidia per la vita medievale che quei frati tentavano d'imitare. Una vita senza affanni né corse, con tempo per la lettura e l'arte, la poesia e la contemplazione. Quanto era diversa dalla mia situazione e da quella dei tanti che, come me, si sottoponevano al regime dello stipendio, della famiglia e delle relazioni sociali.

E siccome i sogni restano tali e invidiare l'irraggiungibile porta solo allo scoramento e al malumore, cercai di pensare ad altro leggendo quel libro. Il suo titolo era *De Institutione Feminae Christianae*; l'autore, Luis Vives. Rilessi il titolo, sorpresa. Nella mia ignoranza avrei scommesso che nel 1520, anno di pubblicazione dell'opera, nessuno si occupasse dell'istruzione delle donne. Mi sbagliavo. Il testo era scritto in latino e, dopo gli studi universitari, non avevo più frequentato in modo particolare questa lingua, ma in quel momento mi applicai a sufficienza da riuscire ad apprezzarne l'indice. Il *Liber primus* trattava dell'educazione delle bambine prima ancora che parlino, della verginità, degli ornamenti e delle virtù; e degli scrittori la cui lettura una donna onesta doveva rifuggire. Mi punse la curiosità e cercai la sezione. *Qui non legendi scriptores, qui legendi* era un trattato di poco più di otto pagine. Sorrisi mentre tentavo di tradurlo coi miei scarsi mezzi: in realtà, riflettevo, il maestro Vives parlava delle telenovele dell'epoca – scritti in lingua romanza su guerre e innamoramenti – e delle «canzonette» che le accompagnavano, mostrandosi poco propenso alla loro lettura, sia da parte dei gentiluomini sia da parte delle dame.

Mi trovavo immersa in codeste diatribe, il libro tra le mani, cercando di tradurne il contenuto, quando il maestro e superiore dei novizi, padre Francisco, emerse silenziosamente dal nulla. Quell'uomo sembrava trascinarsi attraverso lo spazio senza sfiorare nemmeno il suolo. Quando sentii la sua voce dietro la mia nuca, il cuore mi saltò in gola.

«Vostro onore, credo che ormai abbia interrogato tutti i fratelli disponibili. Se le sue indagini sono concluse, sarei lietissimo di accompagnarla all'uscita. Si avvicina l'ora della cena e dobbiamo riunirci in raccoglimento.»

Il padre rettore e io, di comune accordo, avevamo deciso di esimere dall'interrogatorio tre frati, malati cronici, che non avevano lasciato la cella nei giorni precedenti. Immaginai dunque che padre Francisco si riferisse a ciò, menzionando i «frati disponibili», tuttavia i suoi dati non coincidevano coi miei.

«Padre, è sicuro di quello che sta dicendo? Ha contato bene? Credo che sia rimasto ancora qualche membro della sua comunità con cui devo parlare.»

«Sono assolutamente sicuro, vostro onore. I confratelli disponibili le hanno raccontato tutto quello che sanno, il che, come avrà potuto valutare, è ben poco.»

Mi preoccupai. La maggioranza dei frati interrogati aveva riferito di un piccolo diverbio verificatosi all'alba di venerdì nel corridoio su cui si affacciavano le loro celle. Secondo quanto mi avevano raccontato, il fratello sacrestano – un certo Chocarro – aveva urlato ed era corso per il corridoio prima della preghiera mattutina. Correre senza moderazione, gridare... La prima volta che avevo sentito quel commento, avevo dovuto fare uno sforzo improbo per non scoppiare a ridere scandalizzando il povero frate apprendista che avevo davanti. Ma quando quella testimonianza si era ripetuta, quando anzi, quasi senza eccezione, tutti loro mi avevano raccontato la stessa storia, avevo smesso di considerarla come un aneddoto divertente e l'avevo presa molto sul serio. Avevo capito che qualsiasi cambiamento in una routine, dove si seguiva al millimetro e volontariamente una rigida regola di silenzio e lavoro, poteva risultare eccezionale. Tuttavia frate Chocarro non risultava nell'elenco dei frati che si erano presentati in biblioteca, motivo per cui affrontai il maestro dei novizi che era rimasto davanti a me imperterrito, senza colore né forma, quasi senza corpo.

« Padre Francisco, credo di non avere ancora terminato. Mi scuso di nuovo con lei perché vi costringo a cambiare i vostri orari, ma la scomparsa di una persona è più importante del fatto che consumiate i vostri pasti all'ora prestabilita. Devo proseguire nelle mie indagini... »

« Non capisco cosa intende. »

« È sicuro di non capirmi? »

« Assolutamente, vostro onore. »

« Bene, allora glielo spiego subito: c'è qualcuno con cui mi piacerebbe parlare e che ancora non è passato per questa magnifica biblioteca », dissi, con freddezza.

« Mi perdoni se oso contraddirla, ma ha già parlato con tutti i confratelli che non sono trattenuti in cella per cause di forza maggiore. »

« Credo che lei si sbagli. Non ho ancora interrogato il frate sacrestano, un certo Chocarro », replicai guardando i miei appunti, anche se ricordavo perfettamente quel cognome.

« Ah, il problema è il frate sacrestano! Capisco... Vede, credo ci sia stato un malinteso. In realtà abbiamo ragione entrambi. Lei, perché è vero che non lo ha interrogato; ma anch'io, perché appartiene al gruppo dei fratelli non disponibili, quelli che, secondo l'accordo da lei preso col padre rettore, non avrebbe interrogato. »

« Mi sta dicendo che è rinchiuso nella sua cella? » chiesi, enfatizzando il concetto della reclusione. « Si può sapere di cos'è malato? Se è grave, andrò io stessa nella sua cella per evitargli disturbi.»

«Non è malato, vostro onore, ma è rinchiuso.»

«Non è malato? Scusi la mia confusione, ma non capisco. Pensavo che la ragione per cui alcuni frati non potevano venire a parlare con me fosse che la malattia li costringeva a letto. Inoltre il padre rettore mi ha garantito che nessuno di loro aveva abbandonato la propria cella nel giorno in questione. Io però so per certo, come lo sa lei, che frate Chocarro si trovava nel corridoio superiore del monastero all'alba della scomparsa del vostro abate. Le dispiacerebbe spiegarmi con chiarezza cosa diavolo sta succedendo?» protestai di nuovo, senza troppo preoccuparmi del linguaggio impiegato.

«Le sue supposizioni sono esatte. I padri che non ha sentito sono molto malati e da parecchi giorni non escono dalle loro celle; vi ricevono persino la sacra comunione e i pasti. Ma il caso di frate Chocarro è diverso: il nostro sacrestano è stato scomunicato.»

«È stato... cosa?»

«Scomunicato, vostro onore. È stato severamente punito e non può ricevere la sacra comunione, né fare vita di comunità insieme con gli altri confratelli. Riceve il cibo in un luogo appartato e...»

«Non continui, la prego, è sufficiente.» La mia voce suonò gelida e tagliente; rifletteva fedelmente il mio stato d'animo. «Lo voglio qui, davanti a me, entro cinque minuti. Ha capito bene, padre Francisco? Cinque minuti, non un solo secondo di più.»

«Ho compreso.»

Ma io continuai a insistere; ero piuttosto in collera. «Nel caso in cui le cose non vadano come ho richiesto, lei e il suo caro rettore verrete immediatamente accusati di intralcio alle indagini e trasferiti al commissariato. Nessuna tonaca mi farà tremare la mano!» ruggii.

In silenzio, padre Francisco girò su se stesso e sparì da dov'era venuto. Infilai con forza il libro antico nello scaffale della biblioteca e portai la mia collera verso la grande portafinestra. Mentre masticavo la mia rabbia, mi misi a osservare il cortile su cui dava la facciata interna dell'edificio: era vuoto; il piccolo pozzo centrale era circondato da piante variopinte, disseminate in vasi d'argilla di varia misura. Da quell'altezza credetti d'intravedere ortensie, timo e gerani pendenti di colore bianco.

Qualcuno tossì leggermente alle mie spalle. Immagino che non gli fosse venuto in mente nient'altro per richiamare la mia attenzione; ignorava il mio nome e, se qualcuno glielo aveva riferito, non eravamo stati presentati. Mi girai di colpo e mi ritrovai davanti il frate sacrestano. Stava a pochi passi da me, trepidante, intimidito dalla situazione in cui si trovava. Di elevata statura e corpo robusto, il suo arrivo non sarebbe dovuto passare inosservato. Eppure frate Chocarro era entrato in scena così timidamente che non avevo sentito nemmeno il fruscio dei suoi sandali sulle piastrelle.

Quando mi voltai, alzò lo sguardo. Nel sentirsi osservato, non poté evitare che gli avvampassero le guance. Devo ammettere di averlo osservato con cura e sfacciatamente, mentre rispondeva alle mie domande: avevo bisogno di valutare il testimone. La sua chioma irsuta aveva perso ormai il suo colore biondo paglierino, eppure calcolai che non avesse superato i cinquant'anni. Ma erano gli occhi color miele a rispecchiarne fedelmente lo spirito: erano sinceri e giovanili; dotati di una luce innocente che avevo visto soltanto nei bambini, invitavano alla sincerità e alla confidenza.

Provai un sollievo quasi puerile nel trovarmi a tu per tu con Fermín Chocarro e nello scoprire che aveva quello sguardo candido. Non saprei spiegarne il motivo, ma mi ero costruita la falsa idea che avrei interrogato un monaco dallo sguardo indagatore e dalle mani assassine; forse per aver sentito la parola « scomunica », termine che a una profana come me richiamava una discesa agli inferi. Nella mia ignoranza, immaginavo che potesse subire un castigo di tale portata solo chi avesse violato in modo terribile la legge di Dio, per esempio profanando qualche cerimonia sacra, diffondendo l'eresia o, senza andare molto lontano, assassinando l'abate del monastero e l'arcivescovo. Più avanti, lo stesso frate Chocarro mi avrebbe liberata dal mio errore. Da lui sarei venuta a sapere che, all'interno del monastero, la gravità delle mancanze suscettibili di scomunica era assai minore di quanto io potessi immaginare. Non si trattava, quindi, di gravi peccati, bensì di piccole infrazioni.

Decisa, gli tesi la mano. Lui si avvicinò in tutta fretta e allungò verso di me il suo palmo impressionante; dopo il saluto, tornò a nascondere la mano tra le pieghe della tonaca. Anche se il fisico gli conferiva l'aspetto tipico di un monaco goloso e bonaccione, ebbi l'occasione di constatare che muoveva il suo massiccio corpo di un metro e novanta con sufficiente agilità, grazie probabilmente al lavoro fisico che tutti i monaci, senza eccezioni, effettuavano.

« Frate Chocarro, mi permetta di presentarmi: sono la giudice Dolores MacHor. La ringrazio per avermi dedicato un po' del suo tempo; spero che non sarà molto. Prima di tutto, la prego di scusarmi per la mia ingerenza nella sua reclusione, ma la questione che ho per le mani non può attendere troppo. »

« Vostro onore, se posso esserle utile... » disse con voce tenue.

« In effetti spero che le informazioni che potrà fornire mi siano d'aiuto », replicai. « Vedo che non è troppo stupito di vedermi qui. Posso dedurne che il padre rettore l'ha informata del motivo della mia presenza? »

« Lei deduce correttamente, vostro onore. Il padre rettore mi ha appena informato del suo arrivo e delle sue intenzioni », dichiarò con umiltà, senza perdere il carminio del viso.

« Bene, frate Chocarro. Che cosa le ha raccontato esattamente il suo superiore? »

Di sicuro non si aspettava quella domanda. Tentò di balbettare una risposta, ma riuscì solo ad articolare delle scuse. « Insomma... Mi dispiace. Non pensavo che lei mi avrebbe interrogato così... » Il suo robusto corpo di orso, più corpulento che grasso, iniziò a tremare.

Notai che sbirciava verso l'alto. Alzai lo sguardo abbastanza per rendermi conto che, da una delle tante finestre dell'edificio affacciate sul cortile, due figure ci stavano osservando. « Che cosa le hanno detto? » domandai.

« Mi perdoni, ma non posso rispondere... Sono soltanto un servo che tenta di agire correttamente. »

« Frate Chocarro, mi ascolti bene: io servo la legge civile, e lei è subordinato a quella ecclesiastica. Tuttavia credo che sarà d'accordo con me sul fatto che entrambe le giurisdizioni sono votate alla causa della giustizia.»

«Sì, vostro onore, è così. Ogni giustizia, anche quella civile, ha le proprie radici in Cristo: cammino, verità e vita.»

La maggior parte dei miei colleghi, io inclusa, avrebbe negato con veemenza quel principio che impediva la definizione di una giustizia esclusivamente laica, senza nessun riferimento religioso. Ma in quel momento, ascoltando il frate, la sua affermazione suonava verosimile. Avrei avuto bisogno di più tempo per rifletterci. Siccome non l'avevo, proseguii. «Se è come suggerisce lei, frate Chocarro, deve aiutarmi. Questa legge del silenzio, imposta dalle vostre abitudini, attenta contro l'essenza stessa della giustizia. Una persona, cardine su cui poggia tutta la dignità delle norme sociali, è scomparsa. Lei dispone d'informazioni che permetterebbero di rintracciarla, o almeno ne faciliterebbero la ricerca, e tuttavia le tiene per sé. Giudica forse che la sua regola è giusta rispetto alla persona del vostro abate?» Notai subito come si dibatteva la sua anima. Mi tenni a distanza, in silenzio, sforzandomi di non interferire nel suo spazio. Ero convinta che la bilancia stesse per pendere in mio favore.

Alzò lo sguardo di colpo, deciso, e rispose: «Non è la santa regola che mi obbliga a tacere, vostro onore, ma i miei superiori, ai quali devo obbedienza. Ho formulato un voto in tal senso e non devo violarlo».

«Non deve?» replicai adirata, accorgendomi che stavo perdendo quella battaglia. «È sicuro che si tratti del suo dovere principale?»

«Nossignora, non lo sono. Ma, come insegnano tutti i padri della Chiesa, a partire da Tommaso d'Aquino, obbedendo il frate non sbaglia mai.»

«Obbedivano a Erode anche i soldati che trapassavano i piccoli innocenti a coltellate», ribattei, giocando sporco. Fu la prima cosa che mi venne in mente. Eppure, con mia grande sorpresa, Chocarro interpretò quella replica in un senso differente rispetto alla mia intenzione originale.

«Mi hanno scomunicato...»

« Lo so, padre Chocarro. Posso chiederle che mancanza ha commesso? O forse la mia domanda è del tutto inopportuna? »

Il frate si diresse verso la finestra e, da quella posizione, guardò i suoi superiori. « In realtà, vostro onore, non credo di avere commesso nessuna pecca che meriti una simile punizione. Ma la santa regola è categorica: discutere le decisioni di un superiore o addirittura farlo con insistenza, come nel mio caso, richiede un severo correttivo. »

« Ha discusso con l'abate, frate Chocarro? » chiesi, scagliando la freccia alla cieca.

« Col padre abate? No! Con lui non si discute. È un santo, che tutti stimiamo e onoriamo. Certo, lo facciamo anche perché è l'abate, ma soprattutto perché è un uomo di Dio. »

« Allora è stato col padre rettore? »

« Proprio così, col rettore. »

« E lui la obbliga a tenere segreti i motivi di tale disputa. »

Un denso silenzio s'insinuò tra noi. Una nuvola doveva aver coperto il sole, perché fummo avvolti dall'oscurità.

E da essa emerse la potente voce di frate Chocarro. « È morto, non è vero? »

« Come dice? » Ero sorpresa dalla piega inaspettata che quella conversazione stava prendendo.

« Qualche ora fa, nella mia cella, mentre pregavo per la sua salute, l'ho come presentito. Un'intensa angoscia mi ha invaso l'anima, quindi un dolore acuto e, infine, una dolce tristezza, la tipica tristezza della perdita », mi spiegò il frate sacrestano. « So con certezza che l'abate gode della gloria del Signore, anche se noi l'abbiamo perso. »

Ascoltavo estasiata quel frate coi suoi modi da veggente. Pensai che, se l'orologio fosse tornato indietro di qualche secolo, le sue parole avrebbero potuto condurlo sul rogo. La divinazione – così tipica della storia del popolo ebraico, a partire da Giuseppe, l'interprete dei sogni del faraone d'Egitto – per i cattolici era sempre stata una cosa da condannare.

Chocarro mi guardava coi suoi candidi occhi color miele, in attesa di una risposta.

Non potei mentirgli. « È così, frate Chocarro. Pello Urrutia, abate di San Salvador de Leyre, è morto. »

« Martire? » Formulò la domanda con la stessa semplicità con cui mi avrebbe chiesto l'ora.

Restai senza parole per un istante; quel frate mi sconcertava. « Non saprei dirglielo. Suppongo che sia un martire chi offre la propria vita per motivi di fede. Posso soltanto dirle che il suo abate non è spirato per cause naturali. In questo momento lo stanno sottoponendo all'autopsia. Non conosceremo i particolari ancora per qualche ora », ammisi. « Come potrà capire, l'informazione che le ho appena trasmesso non deve uscire da queste mura. »

« Non l'ha comunicata al rettore? »

« No. Ci sono dettagli dell'istruzione di questo caso che non sono molto chiari. Inoltre deve considerare che l'abate abbandonava di rado il monastero. Perciò è possibile che qualcuno di voi, mi riferisco ai monaci, possa essere coinvolto nel caso. »

« Comprendo perfettamente quello che mi sta dicendo, vostro onore », commentò, sorridendo.

« Lo trova divertente, frate Chocarro? È una faccenda molto seria! » Il suo mezzo sorriso mi aveva infastidita parecchio.

Di colpo si cancellò tutto l'incanto del frate bonario. « Mi scusi, vostro onore. Stavo pensando alle modalità curiose che Dio utilizza per far girare le nostre calcolate strategie. »

« Non la capisco, fratello, ma ho fretta. E ho bisogno che lei mi spieghi il motivo delle sue corse per il corridoio prima del mattutino. Ho bisogno di sapere che relazione ha tutto ciò con la sua scomunica, ammesso che ne abbia una. »

Mi guardò meravigliato. Benché fosse più tranquillo che nei primi minuti della nostra conversazione, ebbi la sensazione che una profonda stanchezza si stesse impadronendo di lui facendolo invecchiare a vista d'occhio.

« Ah, la scomunica... » mormorò.

Era evidente che aveva qualcos'altro da raccontare, qualcosa che io avrei dovuto estorcergli con abilità e attenzione. Non mi sfuggiva il fatto che, quando me ne fossi andata di lì, lui avrebbe continuato a vivere sotto l'autorità di quei due religiosi che lo osservavano, seminascosti dietro una finestra vicina. Tuttavia i due cadaveri rinvenuti nell'eremo m'incoraggiavano a rischiare parecchio. Così, tornai alla carica. « Frate Chocarro, come le dicevo in precedenza, so che non posso affermare di trovarmi qui in nome di Dio. Rappresento soltanto un'istanza umana, civile. Ma la giustizia, lo ha ricordato lei stesso, ha qualcosa di divino. Non saprei citare la frase con precisione, ma mi pare di ricordare che di Dio si dice che è infinitamente giusto, come pure che non lo gratifica la menzogna bensì la verità. Sto cercando di fare un po' di luce su questa vicenda, il che non implica nient'altro che togliere gli ostacoli affinché la verità trionfi. Credo che su questo punto siamo entrambi in sintonia. Per tale motivo le chiedo di essere un buon frate e un buon cittadino. Mi aiuti, devo scoprire la verità! Temo che, se non la troverò, potranno verificarsi altre tragedie delle quali in seguito potremmo pentirci. Lo so, frate Chocarro, che vuole dirmi qualcosa... » Notai che alzava varie volte le spalle e che la sua voluminosa testa si muoveva assentendo, eppure restò zitto. « Non vorrei che mi fraintendesse », continuai. « So che loro sono i suoi superiori e io no. Ma ci sono situazioni nella vita in cui uno deve fare la cosa giusta, anche violando regole consolidate. Non lo crede anche lei, frate Chocarro? La cosa giusta... non quello che altri sperano di farci fare. »

« Sì, vostro onore, in questo ha ragione... Molta ragione. » Frate Chocarro aveva recuperato di colpo la sua loquacità. La voce suonava sincera, senza ombra di dubbio. « La cosa giusta, in questo caso, è che io le racconti quanto so, anche se mi è stato proibito. »

Guardai il soffitto, come per supplicare gli angeli che lo incoraggiassero a proseguire.

« Non sono migliore di loro, sa? Non si tratta di questo. In realtà io non sono nessuno, e questo non mi preoccupa assolutamente. Sono un semplice sacrestano, che s'intende soltanto di candele, pane degli angeli e vino dolce. »

« Uno dei suoi compagni mi ha riferito che lei è un genio della matematica. »

« Ah, sì! Questo non lo nego: in quel settore sono un virtuoso, ma qui la matematica non conta. I miei amati numeri sono rimasti fuori di qui, quando ho preso i voti. Ora sono il sacrestano. Un pessimo sacrestano. » Gli si spezzò la voce, come s'incrina un calice di cristallo sottile.

Chiesi con ingenuità: « Perché dice di essere un pessimo sacrestano? »

Non riuscì a rispondere.

E io, davanti a quel monaco imponente che iniziava a singhiozzare amaramente, restai senza parole. In una situazione normale forse sarebbe stato corretto che mi avvicinassi a lui e gli mostrassi la mia solidarietà, con una pacca sulla schiena o sfiorandogli il braccio; ma quella non era una situazione normale. Ignoravo che cosa avesse causato quell'esplosione di angoscia e di lacrime. Forse si trattava di una questione spirituale, nella quale non potevo né desideravo entrare; oppure rifletteva qualcosa di più profondo che aveva a che vedere col mio caso. Era addirittura possibile che quelle lacrime racchiudessero un'implicita confessione di colpevolezza, e che il rettore e il maestro dei novizi non avessero tentato nient'altro se non di proteggere uno dei loro.

Non ne conosco il motivo, ma nel mio intimo non concessi nessuna credibilità all'ipotesi dell'orso assassino. Il sacrestano sembrava un uomo mite. Nonostante tutto, senza lasciarmi impietosire dalle sue lacrime, insistetti: « Frate Chocarro, perché dice di essere un pessimo sacrestano? »

« Perché lo sono. »

« Perché? Lo vuole lasciar giudicare a me? »

« Giudichi pure, se vuole. Un buon servitore perderebbe forse il suo Signore? Un buono schiavo non andrebbe forse a cercarlo? »

« L'abate è un uomo adulto, che sa prendere le proprie decisioni... »

« Non parlo dell'abate, mi riferisco al Signore! »

Non lo capivo. Mi sentivo così stupida. « Frate Chocarro, chi è il 'suo signore'? La prego, ho bisogno che me lo spieghi, non riesco a capirlo. »

Alzò la voce, perdendo la mitezza precedente. « Vostro onore, crede forse che avrei lasciato le mie amate equazioni differenziali, i miei eleganti modelli di simulazione e la mia teoria dei giochi per un abate, per un rettore o per un uomo qualunque? Io sono qui per Lui. Ed è stato rubato sotto il mio naso! »

« Rubato? Fratello, continuo a non capirla. Mi vuol forse dire che c'è stata una profanazione? »

« Proprio così, una terribile profanazione. Quando mi sono recato a preparare la chiesa per l'ufficio delle vigilie, il Signore non c'era più, era scomparso. Il tabernacolo era aperto, vuoto. Allora sono andato in cerca dell'abate, ma non ho trovato nemmeno lui. Né nella sua cella né in nessun altro locale del monastero. »

Un'onda di pura rabbia s'impossessò di me. Fu come un gigantesco tsunami che al suo passaggio rase al suolo tutta la mia buona educazione. Avrei voluto uscire all'istante, correre verso la stanza dove si nascondeva quella coppia di scarafaggi marroni e torcergli il collo. Intralcio alla giustizia! Non m'importava che indossassero tonache o pantaloni, o che dai loro colli pendessero enormi croci. Solo la faccia di quel frate mi trattenne. « È questo che le hanno proibito di dire i suoi superiori? Hanno preteso espressamente da lei che non lo raccontasse? »

Quando mi rispose, frate Chocarro aveva recuperato la calma. « Non è stato per cattiva volontà, deve credermi, vostro onore. È che pensano come uomini, quando dovrebbero usare la logica di Dio. Credono che questa faccenda debba rimanere nascosta perché, se la notizia si divulgasse, è probabile che il monastero ne uscirebbe malconcio. Credono che l'abate sia impazzito e si sia portato via il Santissimo Sacramento. »

Finalmente capivo. Non stavano pensando all'abate come a una vittima, ma come a un colpevole. Guardai verso la finestra e aggrottai la fronte. « Ma lei non ci crede. »

« No », dichiarò il sacrestano, perentorio. « Non credo che l'abate sia impazzito, né tantomeno che in questo caso sia stata fatta la cosa giusta. »

« E quale sarebbe stata la cosa giusta? »

« Penso che la cosa giusta sarebbe stata fare tutto ciò che era in nostro potere per trovare il Signore e il suo servitore, il nostro amato abate. Quello che dicono gli altri, quello che suggeriscono i rapporti di cortesia o la politica ha poca importanza davanti a fatti di tale gravità. Non lo pensa anche lei? »

« Sono perfettamente d'accordo. »

«Vostro onore, so che vuole dirmi qualcosa, ma non osa. Non abbia paura, Dio mi aiuterà a capirlo.» Fece un passo in avanti e, cercando di convincermi, aggiunse: «C'è qualcun'altro, vero?»

«Sì, esatto.»

«E anche lui è... morto?»

«Sì.»

«Che Dio l'abbia in gloria!» esclamò frate Chocarro, segnandosi. «Sono sicuro che, di chiunque si tratti, ora è quello il suo posto. Con la misericordia del Signore e col suo fedele servizio, si è guadagnato un buon posto in cielo.»

«Fedele servizio? Fratello, adesso è lei che tace qualcosa!»

A quella osservazione il frate esitò e rimase in silenzio.

Lo incalzai. «Frate Chocarro!»

Mi sorrise, muovendo le spalle in segno di resa. «Io non so niente, vostro onore; non ho abbandonato queste mura da quando mancò mia zia Enriqueta, nel 2003. Quello che succede, in realtà, è che sogno delle cose. Cose che, prima o poi, si trasformano in fatti concreti. Lo stesso giorno in cui ho percepito la morte dell'abate, ho sognato un eremo: era piccolo e luminoso. In mezzo alla navata c'era una camicia scura tutta stracciata e, sopra di essa, una grande croce argentata. Il personaggio del mio sogno era, senza dubbio, un ecclesiastico importante.»

«L'arcivescovo Cañarte», rivelai, senza sapere perché stessi svelando dettagli dell'indagine a quel corpulento sacrestano.

«Davvero hanno assassinato l'arcivescovo? Chi è stato? Non è possibile!»

«Lo è. E per questo, ho bisogno del suo aiuto. Credo che, quando troveremo l'assassino dell'abate e dell'arcivescovo, sapremo qualcosa di più anche sulla fine fatta dal suo... Signore.»

«Pensa che le due cose siano unite? Anch'io, ieri, ho formulato la stessa ipotesi. In effetti è la prima cosa che ho pensato quel giorno: che l'abate e il mio Signore fossero insieme.»

«E come mai aveva questa convinzione? C'era qualche indizio che poteva indicarlo?»

«No, era solo un presentimento, un altro dei tanti, ma più

profondo; non so se riesco a spiegarmi, uno di quelli che vengono dal più profondo dell'anima. Quell'odore... »

« Che odore? »

« In chiesa c'era un profumo di acqua di colonia... »

« E com'era questo profumo? » chiesi, stupita.

« Era un profumo forte e denso, con essenza di tabacco... »

Le cose collimavano, ma non si chiarivano affatto. « Lei sarebbe in grado di riconoscere quel profumo, se lo sentisse di nuovo? »

« Senza dubbio. » La risposta fu categorica.

« Frate Chocarro, mi assicura di non aver abbandonato il monastero negli ultimi giorni? »

« No, vostro onore, non l'ho mai lasciato. »

« Sa se qualcuno dei suoi confratelli l'ha fatto? »

« Non saprei. Sono stato scomunicato e non ho condiviso la vita della comunità. »

« D'accordo, fratello, vado a cercare il rettore. Si riposi un po'; più tardi dovremo ripercorrere accuratamente la mattina incriminata, passo dopo passo. E non si preoccupi dei suoi superiori, a loro penserò io. »

Non vorrei ripetere qui le parole che usai; alcune espressioni furono troppo dure. Padre Ignacio e padre Francisco non ne sembrarono eccessivamente sorpresi; rimasero più tranquilli di quanto sarebbe stato ragionevole. Un giudice li stava accusando formalmente di occultamento di prove, oltre al reato di coercizione di testimone, e loro se ne stavano lì con l'animo immacolato e il sorriso pronto.

Lo avevano già previsto, ricordo di aver pensato. *Stanno seguendo una strategia precisa. Hanno scelto di far tacere Chocarro, ma sono disposti a collaborare se il frate crolla e racconta quello che sa. Dio mio, si suppone che questi tizi siano professionisti della verità, che siano candidi come colombe!*

« Signori miei, se non volete comparire su tutti i giornali, attenetevi a quanto vi ho detto: lasciate in pace quel povero frate. Prova già sufficiente dispiacere per aver perso... ciò che ha perso! »

« Come desidera, vostro onore », replicò il rettore, mentre il maestro dei novizi annuiva.

« Molto bene. Ora dimenticatevi per un momento che sono una donna, dimenticate il monastero, cancellate dalla vostra mente la cena, gli uffici sacri e tutto il resto, e portatemi alla cella dell'abate. Voglio conoscere i fatti in ogni minimo dettaglio. Frate Chocarro mi accompagnerà in chiesa, da solo. »

« D'accordo, vostro onore, ma sono sicuro che in chiesa non troverà niente di anomalo », disse il rettore. « Hanno semplicemente svuotato il tabernacolo. Si è trattato di un furto blasfemo, come tanti altri. La pisside era ricoperta di oro e pietre preziose, tra cui un brillante di considerevole valore. Forse l'abbiamo custodita con troppa negligenza. Qualche ladro è entrato e l'ha rubata, di sicuro con l'intenzione di venderla a un collezionista. »

« Questo lo lasci decidere a me. Per il momento, rettore, non voglio che nessuno esca da questo monastero, per nessun motivo. E mi occorre un elenco di quanti lo hanno abbandonato negli ultimi giorni. Subito! »

« Vostro onore! » protestò padre Ignacio.

Ne avevo abbastanza. « Non c'è onore che tenga, farà quello che le chiedo! »

« Vostro onore, ora sta oltrepassando i limiti! »

« D'accordo, rettore, giochiamo a carte scoperte. È possibile che il suo amato abate in questo momento si trovi in gravissimo pericolo. Come le ho già detto, ci sono tracce di sangue sul sedile anteriore del veicolo. » Non gli volevo mentire, ma non ero nemmeno obbligata a rivelargli tutta la verità. « Nei dintorni una persona è stata vista guidare a tutta velocità, con addosso una tonaca benedettina. Mi capisce ora, padre Ignacio? »

L'espressione superba del suo viso si trasformò in una smorfia di dolore, i suoi bellissimi occhi si riempirono di lacrime. Ma questo non fu l'unico cambiamento di quella faccia. Fu invaso da una strana angoscia, che la stravolse.

Compresi che rimorsi terribili gli graffiavano la coscienza.

17

Il pomeriggio si estingueva in fretta, e con esso l'allegria della luce estiva. Era ormai da tempo che il mio stomaco, orfano dei suoi orari, esigeva un po' di cibo lanciando spasmodici ruggiti. Avevo appena terminato l'ispezione della cella dell'abate, senza trovarvi nulla d'insolito; era ordinata e linda, forse troppo ordinata e troppo linda. Lasciai lì gli uomini della Scientifica, occupati nel loro lavoro e muniti degli immancabili guanti di lattice, anche se tutti noi sapevamo che la stanza era stata ripulita. Aleggiava un forte odore di varichina. Quella pulizia a fondo di per sé non significava niente; molte persone puliscono scrupolosamente, quando attendono visite, senza che per questo si possa pensare che abbiano commesso o partecipato a qualche evento delittuoso.

Durante la perquisizione, frate Chocarro attese discretamente sulla soglia della porta, senza mostrare segni d'impazienza, sebbene il viso ne denunciasse lo sfinimento e il suo corpaccio si curvasse goffamente in avanti, come una pianta priva di acqua.

Benché mantenessi il controllo, ero stanca almeno quanto lui, così decisi di posticipare all'indomani la visita della chiesa. Dovevo ancora presentarmi al palazzo arcivescovile. Avevo dato espresso ordine di apporre i sigilli alle stanze private e all'ufficio di monsignor Cañarte, ma non mi fidavo troppo dell'efficacia di quella misura. E poi dovevo interrogare di nuovo il segretario Andueza. Ormai più tranquillo, avrebbe potuto offrirmi molte informazioni di cui avevo bisogno. Del resto, aveva guidato l'arcivescovo fino all'anticamera della morte.

Avrei lasciato il monastero, convocato telefonicamente don Lucas all'episcopato e dato un'occhiata al palazzo. Poi me ne sarei andata a casa: era troppo per un solo giorno.

Mentre tornavo a Pamplona, pensai che sarebbe stata una buona idea invitare Gabriel Uranga a cena e discutere con lui i particolari del caso. Sua moglie e mio marito avrebbero protestato, ma avrebbero finito per chiacchierare di architettura moderna, argomento che affascinava entrambi, benché uno fosse medico e l'altra professoressa di storia dell'arte.

Pensare a quella cena mi rianimò; Gabriel poteva aiutarmi, perché ero ancora convinta che quello fosse un caso troppo grande per me. Da qualunque angolo lo guardassi, presentava un aspetto frustrante: due morti, un tabernacolo profanato, i corpi dei religiosi mutilati, un riscatto non recuperato... E, se ancora non era abbastanza, c'era la possibilità che l'assassino avesse qualcosa a che vedere col pacifico cenobio benedettino. In una maniera o nell'altra qualcuno all'interno di Leyre poteva essere implicato, ma chi? E, soprattutto, perché? Che motivi potevano indurre qualcuno a uccidere due ecclesiastici di rilievo? Il furto di una coppa d'oro, per quanto preziosa potesse essere, non lo spiegava.

Mi avvolse un terribile sopore. Non feci nessuno sforzo per domarlo. Immagino che l'autista dovette stupirsi di sentirmi russare come un carrettiere, ma non m'importava. Mentre l'oscurità graffiava il giorno, mi riposai pensando agli abiti stracciati e all'ira che un simile gesto sembrava nascondere.

Stavo cullando dolci desideri, persa tra gli abissi dell'inconscio, quando un timido richiamo mi distolse. All'inizio il suono oltrepassò con dolcezza il mio sonno; feci orecchie di mercante e continuai a coltivare i miei ricordi. Ma, subito dopo, la voce s'impadronì della mia mente e cominciò a penetrare, fino a divorare la pace del mio piacevole esilio. Quando mi svegliai, Heliodoro mi stava scuotendo senza troppi complimenti.

« Vostro onore, siamo arrivati. »

« Lo vedo. »

L'autista sembrava convinto che, in realtà, io non vedessi niente, perché insistette: « Siamo all'ingresso del palazzo episcopale, vostro onore. Mi è sembrato che lei si fosse assopita e mi sono sentito in dovere di... insomma... »

« Sì, sì, certo. Il palazzo episcopale. Che ore sono? » chiesi, guardando d'istinto verso l'alto. In cielo già si potevano contare alcune stelle, ma la luce indicava che eravamo ancora lontani dai margini della notte.

«Sono quasi le otto.»

«Le otto. Bene, grazie, Heliodoro. Credo che se ne possa andare: qui in città me la caverò da sola. Non so quanto tempo dovrò restare qui e non vorrei trattenerla più del dovuto, considerando poi che è domenica.»

«Vostro onore, non ho problemi ad aspettarla per tutto il tempo che le servirà. Nel caso dovesse tardare molto, potrò andarmene e tornare. L'aspetterò tranquillamente in qualche bar della zona, guardando la partita. Mi chiami sul cellulare non appena vorrà che la venga a prendere e, nel giro di cinque minuti, sarò qui. Le va bene?»

«Benissimo, facciamo così. La chiamerò non appena avrò terminato.» Sorrisi. A Heliodoro doveva piacere molto il calcio, se era capace di pronunciare spontaneamente un discorso tanto lungo. «A proposito, Heliodoro, chi gioca?»

«La Spagna, vostro onore. Giochiamo contro la Tunisia, a Stoccarda. Inizia alle nove. In linea di massima dovrebbe essere una partita difficile.»

«E allora, che Dio ce la mandi buona!» esclamai.

«Lo spero, vostro onore. E si ricordi: sono a sua disposizione.»

Col sonno ancora alle costole, attraversai plaza de Santa María ed entrai nel palazzo episcopale dall'ingresso principale. Nelle immediate vicinanze dell'edificio si muoveva un esercito di gente in uniforme. Ammazzavano il tempo, commentando gli avvenimenti o aspettando ordini; raggruppati intorno alle autopattuglie, dimenticandosi gli abituali screzi tra corpi, fumavano una sigaretta dopo l'altra. Tutti mi notarono, ma nessuno fece cenno di trattenermi, nemmeno uno dei poliziotti municipali, di sentinella sulla porta, che dovette scostarsi per farmi passare.

Vagai in piena libertà per il vetusto chiostro, osservando chi passeggiava nei dintorni. Al suono delle loro conversazioni, scacciai l'intontimento provocato dal viaggio. La dura realtà mi aspettava: i cadaveri erano già all'obitorio, sezionati sul tavolo, mentre l'assassino che aveva concepito quel piano doveva essersi convinto di avere sconfitto il potere della giustizia.

Quando mi stancai di ascoltare i commenti che si alzavano da quei capannelli, mi avvicinai a un giovane poliziotto in uniforme che stava appoggiato contro una delle pareti laterali del chiostro. Era lì da parecchio tempo, e avevo notato che mi osservava con discrezione; mi salutò in posizione marziale. Gli chiesi senza preamboli chi fosse a capo dell'operazione. Mi rispose che il responsabile di quel dispiego di forze era l'agente Galbis, che in quel momento si trovava nell'ufficio del vescovo.

«E dov'è esattamente questo ufficio, agente?» domandai, pensando che a quel punto il giovane poliziotto mi avrebbe chiesto d'identificarmi. Il mio profilo poteva corrispondere a quello di una vicina curiosa, di una giornalista decisa a vincere un premio d'inchiesta sul campo o - perché no? - alla stessa assassina dell'arcivescovo che tornava a compiacersi del suo delitto o a recuperare qualche prova incriminante dimenticata.

Invece, senza domandare nulla, il poliziotto m'indicò con cortesia il modo per raggiungere l'agente Galbis. Ricordo che pensai a quanto lavoravamo male in Spagna; ricordo anche quanto in fretta e felicemente mi dovetti correggere.

«Prenda quell'ascensore e prema il tasto del secondo piano. Una volta lì, proceda diritta, non può perdersi.»

«Grazie, agente.»

«Si figuri, vostro onore, è stato un piacere aiutarla. Mi chiami pure, se ha bisogno.»

Mi aveva riconosciuta fin dall'inizio!

Credo che il poliziotto mi lesse nel pensiero, perché c'era una certa ironia nella sua voce quando aggiunse: «La stanno aspettando da un po'».

Benché fosse vecchio ed emanasse un umido odore di stantio, l'ascensore mi portò senza contrattempi nell'anticamera del secondo piano del palazzo. Come aveva detto il giovane agente, non ci si poteva perdere: chiunque salisse da lì - più tardi venni a sapere che dalle scale si poteva accedere solo con una chiave - s'imbatteva nel segretario episcopale. In tal modo si evitava che l'arcivescovo ricevesse sgradite sorprese.

Seguii l'angusto corridoio fino all'anticamera successiva. La luce era soffusa e le piante artificiali. Di certo quello non sembrava il centro di comando di un'istituzione che possedeva immenso potere e ricchezza; a onor del vero, il luogo sembrava un collegio di seconda categoria del dopoguerra. Le cose non migliorarono avanzando per il corridoio. Come l'ascensore, anche il resto del piano presentava un aspetto invecchiato, per non dire ammuffito. Immagino che fin dall'epoca del famoso vescovo Olaechea, ai tempi della Guerra civile, nessuno avesse più messo mano a quegli arredamenti. Un grande arazzo di stoffa con scene di caccia nei colori autunnali, di moda intorno agli anni '40, condivideva la parete sul fondo col ritratto di nobile fattura di un santo che non seppi identificare. Sotto entrambi, un magnifico cassettone restaurato grezzamente sosteneva una lampada scalcagnata e ornata da un paralume di velluto, logoro come il suo supporto e molto storto. La moquette era, semplicemente, vecchia.

Quando infine m'imbattei in qualche essere vivente, scoprii con soddisfazione che ogni individuo era impegnato nel suo specifico compito. Riconobbi, sia dalle facce sia dagli attrezzi di lavoro, due membri della Scientifica. In fondo, accanto a una grande porta a due battenti che dava accesso all'ufficio dell'arcivescovo, intravidi Galbis: parlava a voce bassa con qualcuno, un uomo di mezza statura, vestito in borghese; stavano chini l'uno verso l'altro, e coi loro corpi proteggevano chissà quali segreti. Lo sconosciuto era di spalle, eppure il suo atteggiamento mi risultava familiare.

Decisa, m'incamminai verso di loro. Non sapevo chi fosse l'altro tizio, ma avevo fretta di terminare quelle pratiche e, se era possibile, anche il maledetto caso. Era domenica e volevo andarmene a casa!

« Agente Galbis! » Alzai la voce, mentre mi avvicinavo.

Lui alzò la testa. Quasi allo stesso tempo, il suo compare si girò quanto bastava per mostrarmi il viso.

E quale fu la mia sorpresa nello scoprire che si trattava dell'ispettore Juan Iturri dell'Interpol. « Iturri? Juan, che gioia! »

Gli uomini della Scientifica alzarono la testa a quella mia esclamazione.

In un accesso di entusiasmo puerile, nel vedere l'ispettore

Iturri il mio primo impulso fu di salutarlo come si fa con gli amici da cui sfortunatamente ti ha separato il tempo. Devo ammettere che, almeno nel mio caso, la sua assenza mi rattristava. Tuttavia, nonostante la gioia di ritrovarlo, le circostanze consigliavano di mantenere una certa distanza, ed entrambi lo sapevamo. Godo della meritata fama di persona seria e riservata. Poiché porto la gonna e lavoro in un tribunale, quella posa glaciale, tanto artificiale quanto lontana dal mio vero carattere, mi aiuta molto: ecco perché la mantengo, contro ogni ostacolo, e la coltivo quando occorre. Perciò, nonostante la nostra amicizia, scelsi di comportarmi con Juan come avrei fatto con qualsiasi altro ispettore che avesse condotto l'indagine di uno dei miei casi; di certo lui si rese conto immediatamente che mi limitavo a mantenere le apparenze.

Proseguii quindi in modo impersonale, dandogli del lei. « Ispettore Iturri, non ci posso credere! Che ci fa qui? La credevamo a catturare delinquenti nell'Europa dell'Est. »

« Giudice MacHor, per tutti i santi! Che cosa le è successo alla faccia? Sembra che abbia ricevuto una gragnola di colpi. »

È vero che, ore dopo aver ricevuto quella botta, il dolore ancora si faceva sentire. Ma tentai di minimizzare la faccenda: c'erano cose più importanti cui pensare. « È il risultato di un piccolo incidente, niente d'importante. È vistoso, ma non grave. »

« In ogni caso è un piacere rivederla, vostro onore », disse Juan, chinando la testa e offrendomi la mano.

Quando gli tesi la mia, lui la prese tra le sue dita morbide e la trattenne, mentre scambiavamo le prime frasi. Mi arrivò al naso l'odore di tabacco da pipa che lo accompagnava sempre.

« Continua a fumare lo stesso tabacco, a quanto pare », gli dissi sorridendo.

Per qualche secondo mi riservò uno sguardo affettuoso. Non disse niente, ma entrambi ricordavamo tutto. Quell'odore di tabacco cancellò in un colpo solo le ombre dell'assenza e ci riportò a quei giorni, tanto magici quanto spietati, che avevamo assaporato insieme.

Poi Juan corrugò la fronte. Estraendo da una tasca la sua inseparabile pipa, mi rispose in tono canzonatorio: « Vedo che il nuovo incarico non ha diminuito affatto l'efficienza delle sue narici. Lo stesso tabacco di sempre... »

Notai quanto il tempo fosse stato generoso con lui. Il suo aspetto, curato ed elegante, non somigliava più a quello del coscienzioso poliziotto di provincia con cui avevo trattato io. Quando ci eravamo conosciuti, sembrava un cafone, privo di gusto e supponente, mentre in quel momento somigliava di più a un dirigente che fosse appena atterrato a Madrid, di ritorno da qualche viaggio transoceanico; uno di quelli che negoziano, senza spettinarsi, contratti per milioni di dollari. Si era lasciato crescere la barba, corta e ben curata; incorniciava l'ovale del suo viso facendo risaltare più del solito i suoi occhi.

Chissà perché, imbattendomi di colpo in quegli occhi, mi spuntarono le lacrime e m'invase un miscuglio di gratitudine e tenerezza. Ma seppi controllarmi per tempo. « Che casualità trovarla qui, ispettore Iturri! Non immaginavo che si trovasse da queste parti. » Anche se non lo feci coscientemente, la mia frase suonò come un rimprovero. Fu come se gli avessi rinfacciato di non avermi avvertita del suo arrivo.

Juan raccolse subito la sfida. « La mia presenza qui è lunga da spiegare, vostro onore. Tuttavia l'avevo prevista: infatti ho lasciato un messaggio del mio arrivo sul suo cellulare. È possibile che ancora lei non lo abbia visto... » insinuò, in tono dolce. Conosceva i miei problemi con la telefonia mobile.

« Sul mio cellulare? Me lo hanno rubato stamattina, durante l'incidente. »

« Davvero? »

« Mi creda, è la pura verità », replicai con un sorriso complice.

« Questo spiega tutto! »

Ci fu una pausa, che interruppi subito. « E a cosa dobbiamo l'onore, ispettore? La sua visita è personale o professionale? »

« Con quel messaggio che non leggerà mai le comunicavo che avrei trascorso qualche giorno a Pamplona. Sono in ferie. »

« Ferie? » ripetei, meravigliata. « Quindi è in Navarra per vacanza? »

« Sì, avevo bisogno di riposarmi e... dove se non a Pamplona? »

« Ma allora che cosa ci fa qui, nel palazzo episcopale? Non mi dica che è una coincidenza fortuita. »

« In realtà, vostro onore, avevo previsto una settimana di vacanze, ma mentre mi preparavo a tornare a casa sono stato contattato dall'arcivescovo, che richiedeva il mio aiuto. Ho promesso di prestarglielo ma, a quanto vedo, sono arrivato troppo tardi. »

« L'ha chiamata monsignor Cañarte? »

« Sì. Lo avevo conosciuto durante l'istruzione di un altro caso, qualche anno fa; si era verificata una serie di furti in questo edificio. L'arcivescovo chiese la collaborazione discreta della polizia e io fui prescelto per fornirgliela. Scoprimmo che il ladro era un ragazzino molto sveglio, figlio di una segretaria che lavorava all'arcivescovado. Se si esclude il dispiacere della madre, finì tutto in niente. Feci amicizia col prelato, un'amicizia che abbiamo mantenuto nel tempo. Per questo, quando ha ricevuto quel macabro pacchetto, mi ha chiamato per chiedermi consiglio. Naturalmente lo avevo pregato di non fare quello che ha fatto... »

Nell'anticamera, gli uomini della Scientifica avevano smesso di raccogliere impronte e ascoltavano con interesse.

« Quindi, ispettore, vedo che lei è già stato informato. Sarebbe un bene se ci confrontassimo, con calma, su quella telefonata dell'arcivescovo », suggerii.

Juan annuì.

« È già arrivato il segretario Andueza? » chiesi all'agente Galbis, che non si era perso una sola sillaba delle nostre parole.

« Ancora no, vostro onore, ma ha chiamato qualche minuto fa dicendo che non avrebbe tardato. Qualcosa deve averlo trattenuto. »

« D'accordo. C'è un posto dove io e l'ispettore Iturri possiamo parlare in privato? »

« Temo, vostro onore, che gli uomini coi guanti di lattice abbiano occupato quasi tutto: stanno perlustrando gli uffici dell'arcivescovo e del suo segretario, l'anticamera e la biblioteca. L'unico spazio libero su questo piano è la cappella di sua eminenza, perché lì hanno già terminato le loro indagini. L'ingresso si trova là in fondo, occultato da quel pannello di legno: è un posto piccolo e raccolto, anche se un po' tenebroso, se mi permette il commento.»

«Credo che lì staremo bene, non pensa, ispettore Iturri?»

«Mi sembra un posto eccellente, vostro onore.»

«Per favore, agente Galbis, mi avverta non appena arriverà Andueza.»

«Agli ordini, vostro onore.» Galbis si mise sull'attenti. Gli piaceva mostrarsi servizievole tanto con le parole quanto coi gesti.

Oltrepassammo la porta nascosta e ci ritrovammo in balia dell'oscurità; la cappella aveva una piccola anticamera senza finestre. Ci volle qualche secondo per trovare l'interruttore: ci toccò tastare gli immensi pannelli di legno che avevano ricevuto da non molto un generoso strato di cera, il cui odore e la cui struttura restarono incisi nelle mani. In realtà ci attardammo tanto perché l'interruttore era stato collocato molto in alto, come si faceva un tempo, mentre noi lo cercavamo a metà parete. Quando alla fine riuscimmo ad accendere i fari, entrammo nella minuscola cappella, le cui decorazioni erano in sintonia con quanto avevo visto finora in quell'edificio. Mentre sul resto del piano la pulizia era coscienziosa e si percepivano l'acqua e il sapone, o addirittura la candeggina, lì i fiori marci che un tempo avevano rallegrato l'altare conferivano alla sala un'accentuata trascuratezza. Chiudemmo la porta. E finalmente scambiai con Juan quell'abbraccio che avrei voluto dargli prima, ma che avevo represso in onore delle formalità amministrative. Lui rispose con lo stesso calore.

«Juan, che gioia vederti! È come se il cielo avesse ascoltato le mie preghiere prima ancora che le abbia formulate. Nessuno meglio di te può seguire questo caso.» E subito aggiunsi: «La barba e il completo ti stanno da dio! Ti ringiovaniscono di dieci anni».

«Anche tu sei stupenda, Lola, nonostante l'occhio nero e i punti sulla fronte. Ti fanno male? Non hanno un bell'aspetto.»

«Non mi danno troppo fastidio. Prenderò un paio di aspirine quando arriverò a casa.»

«Come stanno Jaime e i ragazzi? Ormai non saranno più tanto piccoli.»

« Stanno tutti bene. Jaime... be', lo sai, è immerso nel suo lavoro come sempre; i ragazzi crescono e stanno diventando grandicelli. Quando avremo finito qui, voglio che tu venga a cena da noi: non farti pregare! Avevo già pensato d'invitare Gabriel Uranga per commentare con lui i dettagli del caso, per cui possiamo cenare tutti insieme. Hai notato quanto sono sfortunata? Addirittura due cadaveri in una volta sola! E, se il numero non bastasse, sono pure personaggi illustri. Immagino che Galbis ti abbia messo al corrente. »

« Sì, l'ha fatto », rispose Juan, adottando quell'atteggiamento professionale che conoscevo bene.

« Chi ti ha chiamato? È stato Uranga, o magari la Conferenza episcopale? Suppongo che siano inorriditi per l'accaduto. »

« No, nessuno di loro. Prima dicevo la verità: è stato l'arcivescovo a telefonarmi. »

« Era vero? Pensavo che ti fossi inventato quella storia per giustificare davanti al pubblico la tua presenza qui! »

« No, non me lo sono inventato, mi ha davvero chiamato », disse Juan, scuotendo la testa. « Era terribilmente angosciato: le circostanze del caso, per lo meno quelle che mi ha riferito, non erano certo lusinghiere. Insomma, gli avevo consigliato di aspettare il mio arrivo prima di prendere qualsiasi decisione, ma non mi ha dato ascolto. Ti dirò che ho sempre avuto la sensazione che stesse omettendo qualche dato, ma non so cosa. »

« Che peccato doverci rivedere in circostanze simili », dissi, pur non pensandolo. Da quando mi aveva liberata da quell'ingiusta accusa di omicidio, avevo sempre sognato di condurre un caso con Juan, di condividere con lui indizi e inquietudini, armati entrambi di un piccolo bloc-notes.

« È vero, tutto questo non promette niente di buono. »

« Devi raccontarmi qualcosa del tuo lavoro e della tua vita, Juan. Sei contento all'Interpol, hai trovato finalmente una fidanzata come Dio comanda, giochi ancora alla pelota? Come vedi, una settimana a Pamplona non sarà sufficiente, ho un'infinità di domande da farti, ma... »

« C'è sempre un 'ma', Lola, e in questo momento il dovere ci chiama. »

« Proprio così, e non ha un bell'aspetto, vero? Mi riferisco al caso, non alla mia faccia », precisai.

« No, non ce l'ha. »

« Dimmi cosa ti ha raccontato Galbis. »

« Mi ha detto che monsignor Cañarte si è recato a pagare il riscatto per la liberazione dell'abate di Leyre, ma qualcosa è andato storto: sono morti entrambi, e il sequestratore è scappato senza recuperare il bottino. Soldi e opera d'arte sono rimasti sul pavimento dell'eremo. Si sospetta che un'auto abbia abbandonato la scena del crimine a tutta velocità. È quello che so. A quanto mi ha detto, non ci sono altre piste. »

« Sì, ci sono, anche se Galbis avrà dimenticato di menzionarle. Un testimone ha visto il conducente dell'auto... »

« Un testimone, stupendo! » esclamò Juan.

« Non ha potuto fornirci molti dettagli, ma uno sì: chi era al volante indossava l'abito benedettino, con un grande cappuccio che gli nascondeva il viso. »

« Accidenti! »

« E non è tutto. Tu hai detto che l'arcivescovo ti ha chiamato perché gli era arrivato un dito in una busta. Be', quando abbiamo esaminato il cadavere di monsignor Cañarte, abbiamo scoperto che manca un dito anche a lui. Gli è stato amputato mentre agonizzava, e l'assassino se l'è portato via. »

« E tu temi che non finisca qui... » mormorò Juan.

« È possibile che abbia preso il dito per chiedere un nuovo riscatto, ma a chi? E, cosa più importante, per chi? Cañarte è morto! Non si può chiedere il riscatto per un cadavere. Ma forse siamo in presenza di un collezionista psicopatico... »

Juan assentì, si alzò bruscamente e passeggiò per la piccola cappella. Quando passò davanti al tabernacolo, accanto al quale ardeva un piccolo lumino rosso, non si scompose.

Mi stupì il suo atteggiamento, avevo immaginato che fosse cattolico. Non ero in possesso di nessun dato che corroborasse quella mia impressione, ma, considerata la religiosità della terra navarra, avevo sempre immaginato che lo fosse anche lui.

« Sì, Lola, questo caso sembra complesso », disse dopo un po'.

« E per renderlo ancora più emozionante, qualcuno – credo

la stessa persona che ha commesso i delitti – ha rubato il Santissimo Sacramento dal tabernacolo del monastero di Leyre. »

« Porca miseria, di nuovo! »

Lo guardai, meravigliata. « Come, di nuovo? Che io sappia è successo solo una volta... »

« Forse non te l'hanno raccontato, ma insieme col dito c'era un'ostia. L'arcivescovo Cañarte credeva che fosse stata consacrata, anche se non ha mai fatto riferimento alla profanazione di Leyre. Anzi, scommetterei che la ignorasse. »

« Sembra plausibile che l'ostia inviata provenga dal tabernacolo di Leyre, anche se potrei sbagliarmi. Di una cosa sono sicura, e cioè che questo caso puzza di satanismo. Profanazioni, preti trucidati, eremi... Dimmi che tutto questo non c'entra niente con quei rituali blasfemi che mostrano al telegiornale... »

« Mi piacerebbe, Lola, ma hai ragione. Non si può scartare l'ipotesi che si tratti di una di quelle follie. »

« E allora cosa facciamo? »

« Non credo che questo aspetto cambi eccessivamente le cose. Rituali o no, sono due omicidi e come tali devono essere valutati: bisogna procedere in modo meticoloso, ricavando tutte le informazioni possibili e seguendo tutte le piste che appaiono nell'indagine, iniziando dalla pista più evidente. »

« Leyre... »

« Esatto, il monastero di Leyre. »

« Sono appena tornata da lì! »

Juan mi sorrise. « Brava, Lola! Ho sempre detto che avevi l'animo dell'investigatore. »

« Ho imparato dal migliore », replicai, stringendogli un braccio.

Non era un complimento gratuito. Juan Iturri figurava al posto d'onore nel registro dei poliziotti illustri che la Navarra aveva offerto al mondo. La prova più evidente era che la stessa Interpol fosse venuta in provincia a reclutarlo. Investigatore di razza, meticoloso fino allo stremo, guidava l'élite della casta poliziesca spagnola perché conosceva tutti i trucchi e le metodologie della professione, ma soprattutto perché possedeva due qualità eccezionali: un fiuto migliore di qualsiasi segugio e una pazienza che non sfigurava accanto a quella di certi ragni, in flemmatica attesa che le loro prede commettano un lieve errore e restino intrappolate per sempre nella loro tela.

Eravamo in silenzio, entrambi assorti, quando Galbis entrò senza bussare e disse: « Vostro onore, è arrivato don Lucas Andueza; aspetta in biblioteca. Quelli del laboratorio ormai hanno finito. Come sempre, domani forniranno la loro relazione scritta, ma hanno già anticipato di non aver trovato niente d'interessante ».

Annuii. « Molto bene, andiamo subito. »

Galbis non si ritrasse dalla porta. Al contrario, rimase piazzato lì davanti, molto tranquillo, quasi compunto.

Lo fissai, stupita. « Qualcos'altro, agente? »

« Temo di sì, vostro onore », rispose, restituendomi uno sguardo insicuro e ritornando rapidamente al mutismo.

« Be', non se ne stia lì zitto, di che si tratta? »

« Non le piacerà... »

« Se sono sopravvissuta a due cadaveri, credo che riuscirò a sopportare la sua notizia. Avanti, spari! »

« D'accordo. È appena arrivato l'ispettore Álvarez. »

« Non è una frase così difficile da pronunciare... » replicai, cercando di non cedere al nervosismo.

« Sta mettendo tutto sottosopra. Ha mandato via in malo modo la polizia municipale. Mi sono permesso di ricordargli che al comando c'è lei e mi ha mandato a quel paese. »

« Capisco. » Un'ondata di rabbia mi salì fino in gola, ma mi trattenni.

« Per di più la stampa ha già fiutato lo scoop. C'è una giornalista di sotto che fa domande. L'accompagna un operatore, che ha registrato la discussione di Álvarez coi vigili urbani. Se lei non si affretta, vostro onore, ho paura che l'ispettore finirà per rilasciare una dichiarazione: lo sa che gli piace farsi riprendere... »

« Vieni con me, Juan? » domandai, senza preoccuparmi delle formalità. Non era il momento per avere troppi riguardi.

« Credo, vostro onore, che questo problema lo debba risolvere lei da sola », replicò lui.

Mi resi subito conto che aveva ragione, quindi abbandonai la cappella e seguii Galbis al pianoterra. Vidi Álvarez non appena uscii dall'ascensore. Stava in piedi in mezzo al chiostro e guardava con un sorriso di soddisfazione la polizia municipale che si stava ritirando e la navigata giornalista che tentava di superare le barriere per arrivare fino a lui.

Capii all'istante che dovevo mostrarmi risoluta. Siccome ero sicura che la faccia e le mani mi avrebbero tradita, feci in modo che almeno la voce comunicasse la mia autorità. « Álvarez! » chiamai, quand'ero ormai a un tiro di schioppo.

« Vostro onore », disse lui, girandosi e guardandomi con supponenza mentre mi avvicinavo. Le sue labbra sottili avevano perso il loro sorriso ampolloso.

« Devo parlare immediatamente con lei », dichiarai mentre gli lanciavo un'occhiata gelida, la più dura che fossi capace di sostenere.

Tutti i presenti – agenti della polizia municipale e provinciale che ancora non se n'erano andati, qualche membro della Scientifica e anche la giornalista – osservarono in silenzio il duello.

Non vidi Álvarez sbattere le ciglia, ma piuttosto inarcare le sopracciglia quasi a chiedermi spiegazioni. Benché il giorno fosse arrivato al suo termine, portava ancora un paio di occhiali da sole a specchio. Le lenti, che m'impedivano di vedere i suoi freddi occhi grigi, mi permisero tuttavia di vedere il mio viso adirato.

« Non mi guardi così, vostro onore », disse Álvarez, con arie da ispettore capo. Dal momento che la mia faccia era rimasta impassibile, si chinò verso di me e bisbigliò in tono beffardo: « Deve ricordarsi che io gioco nella squadra dei buoni... »

Il mio sangue prese a ribollire. Le migliori istituzioni, quando si corrompono, si trasformano immancabilmente nelle peggiori. Un poliziotto corrotto, violento o sadico è il peggiore dei corrotti, il più esecrabile tra i violenti, il peggiore dei sadici.

« Ispettore, non so se lei di solito gioca nella squadra dei buoni o dei cattivi. Devo ammettere in tutta sincerità che non m'importa un fico secco di questo particolare. Quello che so è che lei non gioca nella *mia* squadra. La voglio subito fuori di qui. Lasci questo posto e ci permetta di lavorare... Grazie per la sua collaborazione. » Stavolta fu il mio sorriso a colorarsi di cinismo. « A proposito, ispettore Álvarez, ho appena decretato il segreto istruttorio. Quindi se le dovesse venire in mente di riferire anche solo un dettaglio di questa indagine, un solo fatto di cui sia venuto a conoscenza, che abbia visto o udito, mi occuperò personalmente di lei. Mi creda, se dovesse disobbedire, di sicuro non le piacerà la mia reazione. »

Álvarez si tolse gli occhiali con un gesto furibondo. Il suo sguardo apparve ostile quanto il suo sogghigno. I suoi lineamenti, tipici del rapace, si assottigliarono fino a suggerire la struttura del suo teschio. Allora il suo orgoglio esplose. Con una voce pastosa, così densa da sembrare attaccata alla sua pelle, sbottò: « Lei, lei è...! » Credevo che stesse per iniziare a lanciare insulti, e invece scoppiò in una risata. « Sa di non poter contare su nessuno con le palle per fare il lavoro sporco! » sentenziò. « Un lavoro che invece è indispensabile per poter seppellire questi due cadaveri dove dovrebbero stare: sotto terra e dimenticati! Avrà visto il suo caro Galbis e gli altri di quella risma: ragazzetti del cazzo che svengono per qualche goccia di sangue. »

Tutti gli spettatori seguivano la scena come se stessero contemplando una partita di tennis. Venti occhi si voltarono verso di me.

« Buonanotte, ispettore », fu la mia replica.

Nel vedersi di nuovo ignorato, Álvarez subì il terzo attacco di orgoglio della serata, il più sgradevole. « Giudice di merda! Chi si crede di essere? Ma non m'inganna, con quelle arie da troia di lusso! Tornerà da me strisciando... E allora sarò io a ignorarla. Ha appena perso il suo lasciapassare per il cielo, il suo unico lasciapassare », strillò. La sua voce distillava odio puro, miscelato con ghiaccio.

« Ispettore, riferirò ai suoi superiori. Raccomanderò che le venga chiesto di consegnare il distintivo e l'arma in dotazione, ne stia pur certo. E non si roda il fegato, nessuno è insostituibile: il corpo dispone di grandi professionisti. E questo caso può contare già sul migliore. »

« Sì », intervenne Galbis, che non riusciva più a trattenersi. « È arrivato l'ispettore Iturri. »

Senza proferire altre parole, inghiottito dal suo completo

chiaro stirato di fresco – i suoi completi sembravano sempre appena stirati –, Álvarez si diresse verso l'uscita. Prima di oltrepassare la soglia, si voltò a guardarmi. Aveva rimesso gli occhiali, ma seppi che mi ero appena guadagnata un pericoloso nemico.

Tutt'intorno, i curiosi rifiutavano di andarsene. Il giovane agente che mi aveva accolta all'arrivo iniziò ad applaudire. Quel rumore spezzò il mutismo artificioso. Alcuni seguirono il suo gesto. Un membro della Scientifica sollevò una borsa termica, usata per conservare le prove biologiche, e iniziò ad agitarla per aria.

Dovetti impegnarmi a fondo per bloccare sul nascere quelle dimostrazioni di gioia.

18

Non ci furono né una cena né un dopocena a tre per discutere i particolari del caso. Arrivai a casa a mezzanotte passata, sfinita e con un terribile mal di testa.

Dopo lo sgradevole incidente che aveva visto protagonista l'ispettore Álvarez, mi ero sentita obbligata a intrattenere una lunga – e non particolarmente cortese – chiacchierata col capo della polizia, l'immediato superiore di Álvarez nella scala gerarchica, che si accaniva a chiedermi spiegazioni riguardo al mio comportamento col suo uomo. Non gliene avevo dato nessuna, non ero tenuta a farlo, e subito dopo avevo chiamato a casa di Gabriel Uranga. Lo avevo tenuto al telefono almeno mezz'ora, perché desiderava sentire dalla mia bocca i particolari dell'accaduto e i termini con cui sarebbe stata formulata la protesta riguardo ad Álvarez. Non ero tenuta a fare nemmeno questo, ma stavolta mi andava.

Quando Juan e io riuscimmo a liberarci dell'ombra di quell'ispettore stronzo, erano quasi le ventitré. Andammo da don Lucas Andueza, che ci aspettava assopito nella biblioteca del palazzo arcivescovile, semisdraiato su un divano scolorito. Mi resi subito conto che aveva recuperato la presenza di spirito e parte della sua naturale altezzosità. Vestito con un impeccabile completo scuro, profumato di acqua di colonia e coi capelli tenuti a bada dal gel, sembrava dominare di nuovo la situazione. Supposi che avesse parlato con un avvocato, perché, ben lontano dal ricordarsi i dettagli del pagamento del riscatto, sembrava avesse perso la memoria e la lingua. Juan e io gli dedicammo parecchio tempo, durante il quale non ci raccontò niente che non sapessimo e si rifiutò di rivelare quanto non sapevamo. Dichiarò nuovamente di conoscere i dettagli a seguito di una confessione e di essere quindi legato al segreto professionale.

Commentammo con lui il contenuto della richiesta di riscatto, anche se il verbo « commentare » è troppo generoso. Sarebbe più corretto dire che ci tradusse il messaggio, ma dichiarò di non capirlo. Non sapeva niente del peccato al quale alludeva la nota, né tantomeno qualcosa sulla frase in aramaico. La conosceva – era una delle ultime frasi pronunciate da Cristo sulla croce – ma non aveva idea del perché comparisse in quel messaggio.

Alla fine l'unica cosa che riuscimmo a chiarire fu che l'arcivescovo, il giorno della sua morte, si era riunito con due dei suoi vicari e con un consulente finanziario. Li convocai tutti e tre nel mio ufficio per il mattino del giorno dopo. L'ultimo era un laico e, quindi, non era soggetto al segreto confessionale; in qualità di consulente del defunto poteva fornirci qualche dato interessante sulla provenienza del denaro ritrovato. Infatti la squadra di Galbis, nel frattempo, aveva terminato il conteggio: erano stati recuperati centosessantaduemila euro, una cifra curiosa, in quanto poco tonda, per un riscatto.

A mezzanotte, stanchi e frustrati, decidemmo di andare a casa: io a casa mia e Juan a quella di sua zia Alicia, un'anziana signora molto simpatica. Concordammo di vederci il mattino successivo.

Fui colpita da un grande senso di colpa, quando mi ricordai che Heliodoro mi stava ancora aspettando. Era molto tardi, ma arrivò in pochi minuti; non era per niente di cattivo umore e sorrideva apertamente. Per un momento pensai avesse abusato della birra, ma quando si avvicinò per aprirmi la portiera non percepii zaffate di alcol. Mi raccontò della partita, motivo del suo buonumore: la mia lunga indagine gli aveva permesso di vedersi l'intera partita della Spagna, che aveva vinto con una goleada. « Persino la replica delle azioni, vostro onore », mi disse. Mi rallegrai, almeno qualcuno era contento.

Jaime, mio marito, doveva aver avuto l'intenzione di aspettarmi sveglio, ma era stato sopraffatto dal sonno. Quando entrai in casa, lo trovai seduto in salotto, profondamente addormentato, avvolto dalla luce soffusa di un abat-jour e con la testa reclinata sopra una di quelle riviste scientifiche che gli piace leggere. La casa era immersa nel silenzio.

Lo guardai con affetto. Era da tanto tempo che ci eravamo

allontanati: troppo lavoro, troppe preoccupazioni; ma io continuavo a volergli bene e speravo che un giorno non troppo lontano le circostanze sarebbero cambiate e saremmo tornati a essere quello che eravamo. Mi sedetti accanto a lui e gli diedi un bacio sulla guancia, mentre accarezzavo i ricci scuri che gli ricadevano sulla nuca.

« Lolilla! » sussurrò, intontito dal sonno. « Ti stavo aspettando. »

Sorrisi, mentre lo guardavo stiracchiarsi. Jaime è l'unica persona al mondo che mi chiama Lolilla. Sulle labbra di chiunque altro quel nomignolo suonerebbe ridicolo, ma sussurrato dalla sua voce suona incredibilmente giusto.

Dopo una breve pausa nella quale ebbe modo di osservarmi, si alzò di scatto e con espressione preoccupata domandò: « Ma per tutti i santi, che cosa ti è successo alla fronte? »

« Non ti preoccupare, non è niente di grave. » Avevo pronunciato così tante volte quella frase che ormai la risposta era automatica.

Ma Jaime non si lasciò convincere. Non è mai facile convincerlo, nemmeno sulle cose più banali: nella sua ansia morbosa per la perfezione deve sempre controllare tutto. Andò in cerca della sua valigetta e tornò con una piccola lampadina; quindi accese tutte le luci della stanza e si chinò su di me per osservare la ferita più da vicino. « I punti sono stati messi bene, non credo che ti resterà una grossa cicatrice. Ma sono pur sempre quattro, non guasterebbe disinfettare di nuovo la ferita. Immagino che sarai stata di qua e di là, a contatto con ogni tipo di germe... »

« Sì, di qua e di là... » In quel momento non avevo voglia di parlare dell'incidente, il minore dei miei problemi.

Jaime sembrò leggermi nel pensiero, perché cambiò immediatamente argomento. « È stato così orribile come raccontano i tuoi occhi? »

« Sì, parecchio. Cioè, non così tanto... In realtà, non lo so. La brutalità dei fatti è innegabile, e tuttavia non mi è sembrata crudele per lo spettacolo del sangue quanto piuttosto per gli avvenimenti in se stessi. »

« Non capisco... »

«Si tratta di qualcuno che si arroga la facoltà di decidere il momento in cui un'altra persona muore. Ti rendi conto, Jaime? Magari in questo preciso istante quell'uomo sta segnando sulla sua agenda il momento esatto della mia morte. O della tua. 'Ucciderò la giudice MacHor alle 13.43 del giorno sei. Anzi, no, la ucciderò il giorno sette, che è un mercoledì, perché martedì ho il dentista.' Quanto ho visto in quell'eremo era di una crudeltà tremenda! Cose simili non dovrebbero succedere. Qualcuno ha deciso di sostituirsi a Dio, e noi altri ce ne stiamo qui, come agnelli destinati al macello.»

Jaime non replicò. Si limitò, come sempre, a essere pragmatico e domandò: «Hai cenato, Lolilla?»

«No, ma ormai è troppo tardi.»

«Prenditi qualcosa di caldo, ti faccio una cioccolata. Questo pomeriggio ho portato i bambini in pasticceria, abbiamo comprato le zeppole. Ne hanno tenuta una per te, col ripieno alla crema.»

«Che bello, ne ho proprio voglia!»

Rimanemmo seduti in cucina per un po'. In silenzio. Assorta nei miei pensieri, cercavo di catturare col cucchiaino un grumo di cacao che non voleva dissolversi.

Jaime aspettava che mi decidessi a parlare. Immaginava che io volessi raccontargli le mie pene, ma in realtà non potevo né volevo farlo. Dinanzi al mio mutismo, decise d'intervenire. «Perché non me lo racconti? Ti farà sentire meglio.»

«Non è mia intenzione ferirti, Jaime, ma tu sai che non posso raccontartelo.»

«Ti sbagli, puoi farlo, perché so già tutto o quasi», replicò, con un sorriso burlone. «Mi dispiace dirtelo, Lolilla, ma è tutto su Internet. La morte dell'arcivescovo e dell'abate di Leyre, una foto dei soldi del riscatto e un'altra con la copia del reliquario. Tutto esposto alla pubblica curiosità.»

Lo guardai sorpresa, fissando i suoi begli occhi assonnati. «Cosa, è già su Internet? Ma com'è potuto succedere?»

«Non mi sembra vero che sia tu a chiedere una cosa simile, dal momento che i giornali conoscono i verdetti ancora prima che voi giudici li emettiate. Non ti meravigliare, lo sai che succede sempre così: questo mese qualcuno avrà un'entrata extra... »

« Chi è stato? » chiesi, pensando ad Álvarez.

« Ha iniziato *El Mundo*, con una cronaca firmata da una ragazza, una certa Susana... Susana non so che. Ma presto ne seguiranno altri. »

« Ci mancava solo questo! E io a decretare il segreto istruttorio... » Raccolsi un ciuffo che mi cadeva sugli occhi e lo torsi mille volte, pensando a quella giornalista che aveva reso ancora più difficile la mia vita. Vidi che Jaime sbadigliava e proposi: « Dovremmo andare a dormire, è molto tardi e domani dobbiamo alzarci presto ».

« Mozione accettata, Lolilla! » Si alzò. Prese la sua tazza e la lasciò sopra la lavapiatti, che era in funzione. Tornò verso di me e, stringendomi con affetto una spalla, si chinò per dirmi: « A domani! Siccome immaginavo che volessi vederlo, ti ho lasciato il portatile acceso ».

E se ne andò, abbozzando un sorriso.

Mi lanciai sul computer, come un bebè affamato sul seno rigonfio della madre, e ne ricevetti latte acido e un generoso cucchiaino di fiele. L'immagine di copertina del quotidiano, che mostrava l'interno dell'eremo di Mendigorría, lasciava molto a desiderare. Il primo piano era stato preso a considerevole distanza e senza teleobiettivo, la sua qualità era pessima, anche se la fotografia risultava senza dubbio abbastanza illustrativa. Probabilmente era il trofeo di uno dei giovani escursionisti che, a quanto pareva, non avevamo bloccato per tempo. Nonostante le molte imperfezioni, l'immagine mostrava con chiarezza un corpo crivellato, steso bocconi per terra, cosparso di sangue e di banconote da cento euro. Tuttavia non fu la fotografia, bensì il sottotitolo che mi fece drizzare i capelli: *Ritrovati in un eremo abbandonato i cadaveri dell'arcivescovo di Pamplona e dell'abate del monastero di Leyre*. Così recitava il giornale in modo obiettivo, per aggiungere subito dopo la pennellata morbosa che tanto piace ai segugi improvvisati: *I corpi, orribilmente mutilati, erano circondati da una fortuna in banconote e gioielli. Resuscita l'ombra di monsignor Marcinkus?*

Cosa c'entrava monsignor Marcinkus coi miei cadaveri? Il

suo nome mi risultava vagamente familiare, ma in quel momento non riuscivo a ricordare, così aprii una nuova pagina e cercai il suo nome su Google. Mi caddero le braccia nel vedere i tanti link riguardanti quell'arcivescovo nordamericano, responsabile delle finanze vaticane ai tempi dello scandalo del Banco Ambrosiano. Lessi qualche articolo; tutti dicevano pressappoco lo stesso: negli anni '80, per mano di Marcinkus, la Chiesa era apparsa quale proprietaria di varie imprese domiciliate in paradisi fiscali, alcune delle quali collegate con la mafia siciliana e con politici corrotti. Si trattava senza dubbio di un episodio deplorevole, ma non mi riguardava affatto. L'unica cosa che desideravo sapere era perché quell'ecclesiastico venisse citato insieme coi miei.

Tornai sulla prima pagina del quotidiano e continuai a leggere l'articolo. Un intenso brivido mi scosse tutta.

Gli anni dell'arcivescovo Paul Marcinkus sono stati quelli dei grandi « intrallazzi » finanziari internazionali. Frequentando i principali banchieri statunitensi, con la frode e l'ambiguità, il religioso ha accumulato una fortuna che il tempo e la giustizia hanno mandato in fumo. Credevamo che quei tempi fossero passati, ma ci sbagliavamo. Quale altra spiegazione, infatti, si può dare a ciò che abbiamo visto? Giudicate voi stessi: due alti dignitari della Chiesa spagnola morti, i loro cadaveri mutilati, un mucchio di denaro nelle loro mani, oggetti sacri che la polizia ritiene dei falsi...

I fedeli di questa diocesi farebbero bene a pretendere una pronta, chiara e credibile spiegazione di questi fatti. Ormai non è più tempo per i segreti. D'altro canto, il giudice che indaga sul caso dovrebbe dimenticarsi con chi sta trattando e concentrarsi sulle due vite perdute. Nessuna causa giustifica simili delitti.

Com'era possibile che il reliquario fosse una copia? Non m'importava granché di quanto diceva quella giornalista. Capivo che le piaceva caricare le tinte ponendo l'accento sull'aspetto emozionale, come fanno spesso i giovani cronisti, ma non riuscivo a comprendere perché si fosse inventata una cosa simile. A meno che... Era possibile che non se lo fosse inventato? Guardai l'orologio: erano le due e mezzo del mattino. Non potevo verificare la notizia in quel momento. E per di più avevo bisogno di dormire. Chiusi il portatile, spensi la luce e me ne andai in camera da letto.

La persiana era socchiusa e la luce esterna filtrava attraverso gli spiragli, riempiendo la stanza di un chiarore diffuso. Presi uno dei cuscini e me lo misi sulla faccia, tenendolo agli angoli e facendo attenzione a non sfiorare il lato destro della fronte, che ancora mi faceva male. Non ottenni nessun risultato. Allora mi sistemai a pancia in giù e sprofondai la testa nel cuscino.

Non pensare, non pensare, mi dicevo, tentando di vuotare la mente dal sapore delle immagini viste e delle frasi sentite e lette, specialmente quelle del giornale. Non ci riuscii. Resistetti fino alle quattro. Poi, con un sospiro di rassegnazione, mi alzai e presi una pillola per dormire. Ci mise un po' a fare effetto, ma finalmente iniziai a immergermi lungo il piano inclinato del sonno, sempre più vicina al pozzo profondo dove convivono le paure e le speranze perdute.

Mi sembrava ironico che, tra i tanti scenari possibili, mi fosse toccato proprio un crimine in odore d'incenso, ma si trattava giusto di quel tipo d'ironia che Dio si tiene a portata di mano. A quell'epoca, la mia sedizione personale contro la Chiesa stava maturando ormai da tempo. Non avevo fatto partecipe nessuno della mia ribellione, avevo già abbastanza problemi all'esterno da non volerne anche dentro casa. Jaime è un cattolico navarro della vecchia guardia, crede a tutti i dogmi della Chiesa e partecipa alle molte manifestazioni di pietà popolare, più o meno folcloristiche, che caratterizzano queste terre; appartiene alla quarta generazione della Confraternita delle Sette parole, digiuna durante la Quaresima, fa esercizi spirituali coi padri francescani e ogni anno si reca in pellegrinaggio, a piedi, al castello di Javier. Certo, ognuno può credere a ciò che vuole, ma quello che sempre mi è sembrato curioso in Jaime è che, come uomo di scienza, abituato a verificare ipotesi prima di accettarle, sia totalmente privo di dubbi o, persino, di qualsiasi sprazzo di scetticismo in campo religioso.

A differenza di mio marito, la mia mente richiede prove schiaccianti; ho bisogno di vedere per credere, di sentire per comprendere. So che se le prove fossero determinanti, non avremmo bisogno di credere, perché ci basterebbe l'evidenza; eppure devo constatare la presenza di segnali, di indizi che rafforzino le credenze apprese da bambina. Ma i segnali erano cessati ormai da molto tempo.

Non ne ho mai parlato con mio marito, sapevo che si sarebbe arrabbiato moltissimo e a me non piacciono i contrasti gratuiti, ma c'è stato un momento in cui mi sembrava che avessi chiuso per sempre con la Chiesa. Non so in che momento ho perso la fede, ma so per certo che era svanita. Tutto quello che un tempo mi sembrava ragionevole smise di sembrarlo; anzi, cominciò a mostrarsi ai miei occhi come un'enorme assurdità, una favola, l'oppio dei popoli. Non ero disposta ad accettare le cose soltanto perché le aveva dette qualcuno a Roma, e ciò che fino ad allora mi era servito da guida venne meno.

La scienza umana che professo e le conoscenze accumulate m'insegnano come funziona la vita, quali sono le sue risorse, le sue caratteristiche, ma non mi dicono niente su come devo viverla o perché. E io all'epoca avevo urgente bisogno di una risposta. In quel momento tutte le mie esperienze passate risultavano irrilevanti. Mi ero resa conto ormai da un po' che il tempo passava. Non erano state le rughe, anche se avevano giocato il loro ruolo. Era qualcosa di molto più profondo, era la paura della china irreversibile e altre paure. La religione non mi forniva altre risposte che il cielo. Tutto inizia e finisce nel cielo. Ma che cosa troveremo lì? E dov'è?

« Jaime, che cosa pensi ci sia dopo la morte, ammesso che ci sia? » mi ero decisa a domandare un giorno.

Eravamo soli, avevamo spento tutte le luci. Il caminetto, acceso e scoppettiante, lanciava ombre spettrali su di noi.

« Il paradiso, naturalmente », aveva risposto mio marito.

« E che cos'è il paradiso? »

« Oddio, Lolilla, non sei andata a catechismo? »

« Non sto parlando di libri di salmi, Jaime, ma della realtà. Nessuno è tornato per raccontarcelo... »

« Non ce n'è neppure bisogno! Quando finiamo la vita qui, iniziamo quella dell'aldilà. E nel passaggio continuiamo a essere quelli che siamo, ma migliori. »

« E tu come lo sai? »

« Ma cosa significa? Lo so e basta. Lo so allo stesso modo in cui so che non è possibile clonare l'uomo, sebbene in tanti affermino il contrario. La natura è stata costruita troppo bene per non avere dietro di sé un'immagine divina e una bellezza infinita. Non credo che chi ha disegnato tutto questo sia un'entità malvagia, per questo dico che dopo ci aspetta una buona vita. Non ti preoccupare... »

L'avevo guardato con rabbia. Come poteva ragionare così? « Jaime, sei consapevole che stiamo invecchiando? »

« Certo, perdo i capelli, la tonicità dei muscoli e la memoria. Un giorno mi sveglierò e sarò davvero invecchiato del tutto. »

« E non ti preoccupa? Il meglio è già passato; quello che resta è solo caduta libera, dritti all'inferno. Be', o in paradiso », precisai in suo onore.

« Esatto. In paradiso, a ricevere la ricompensa per tanti affanni. »

« Ricompensa? Perché speri di ottenere una ricompensa? Non lavori forse perché ti piace? Lo stipendio è una ricompensa sufficiente. »

« Lolilla, credo che tu abbia bisogno di riposare. Non pensi in modo obiettivo. »

« In modo obiettivo! » avevo ribattuto, lasciandomi trasportare dal mio caratteraccio. « Come puoi definire 'obiettivi' gli angeli e i demoni? »

« I bambini credono senza battere ciglio che ci siano degli extraterrestri tra noi; gli adulti, che la pace nel mondo sia possibile. Ti sembra forse più obiettivo? A me risulta più facile credere in Dio. Non me lo detta la ragione, sarebbe troppo facile. Lo *sento*, Lolilla, allo stesso modo in cui provo amore per te. Non lo potrei spiegare a nessuno, ma non per questo dubito della sua esistenza. Sai cosa ti dico? Che hai affrontato la questione con lo strumento sbagliato: non puoi affrontare Dio con quella testolina dura di Bilbao; devi cercarlo dentro di te, non fuori. »

Avevo rinunciato a controbattere. Quella discussione non ci avrebbe portati da nessuna parte: con Jaime era inutile discutere di quell'argomento. Però ero rimasta coi miei dubbi.

19

Il lunedì successivo scoppiò un gran caldo. Non che nelle ore precedenti facesse freddo, anzi si poteva dire che le temperature della domenica erano già state piuttosto elevate. Tuttavia il lunedì, dal primo istante in cui l'alba si affacciò alla porta del cielo, un calore infuocato inondò Pamplona, agitandosi tra le sue vie come una belva inferocita. Senza un alito di vento, il cielo, in abito grigio, tentava di liberarsi dall'assedio delle nubi. Ma era tutto inutile, loro se ne rimanevano lì, quasi immobili, ad aspettare.

Alle nove del mattino, mentre uscivo di casa, il termometro raggiungeva già i ventotto gradi. All'alba aveva piovuto un po', ma l'asfalto aveva assorbito l'acqua con l'avidità di un moribondo disidratato. Le previsioni meteorologiche annunciate dalla radio affermavano che non avrebbe piovuto fino al giorno dopo, ma io presi l'ombrello e m'infilai un paio di scarpe con la suola di gomma. Non è possibile scendere a patti col tempo di Pamplona.

Quando arrivai, due degli uomini cui avevo dato appuntamento mi aspettavano già. Uno di loro sembrava nervoso; l'altro era fin troppo tranquillo. Immaginai, a ragione, che il primo fosse l'uomo dei soldi e il secondo uno dei vicari dell'arcivescovo.

Petit era un consulente finanziario e, come molti del suo ambiente, aveva l'abitudine di connettersi alla Rete di prima mattina e leggere i titoli dei vari quotidiani. Aveva così ricevuto la notizia degli omicidi e aveva capito anche il motivo della citazione da parte della giudice, che non conosceva e alla quale non era legato da nessun rapporto di collaborazione professionale. Considerando la riunione serale con l'arcivescovo, il suo nervosismo era fondato. Anche il vicario era informato dell'accaduto – lo aveva avvertito il segretario episcopale – ma non aveva ancora letto i giornali e, quindi, ignorava gli ultimi particolari venuti alla luce. Decisi d'iniziare con lui.

Il vicario generale, padre Antonio Mangado, era un uomo sulla sessantina, loquace e sicuro di sé. Indossava abiti civili, pantaloni blu scuro e una camicia a righe senza cravatta. L'unico simbolo che lo collegava alla religione cattolica era una minuscola croce appuntata sul taschino della camicia, che passava del tutto inosservata. I suoi capelli, folti e canuti, erano pettinati all'indietro con cura. Si presentò con un sorriso d'avorio e la mano tesa: « Antonio Mangado, vostro onore, a disposizione. Credo di avere chiaro il motivo della sua convocazione. Che Dio accolga l'arcivescovo nella sua gloria! »

« Si sieda, padre, la prego. »

« Mi chiami Antonio. »

Preferii non farlo, però evitai l'appellativo religioso. « Signor Mangado, lei è vicario generale di questa diocesi, è corretto? »

« Sì, vostro onore, è così. »

« Molto bene. In questo caso, sarà in grado di spiegarmi la situazione finanziaria della diocesi. »

Mi guardò con un certo stupore. « Le finanze? Mi scusi, vostro onore, ma non comprendo la sua domanda. Immaginavo che mi avrebbe chiesto di parlare di... »

« Quello che m'interessa in questo momento è che lei mi racconti qual è lo stato finanziario della diocesi », replicai. « Accanto al cadavere del suo superiore è stata trovata un'ingente quantità di denaro. Vorremmo sapere da dove proviene e se è di proprietà della Chiesa di Navarra. »

« Vostro onore, io non ne so niente. E non conosco nemmeno il bilancio della parrocchia con cui collaboro. »

« Però è il vicario generale. Sta insinuando che l'arcivescovo non condivideva con voi le decisioni economiche? Credo che la diocesi fosse priva di un amministratore... »

Padre Mangado annuì. « È morto qualche mese fa e ancora non è stato nominato un sostituto. Devo ammettere che l'arcivescovo, su questo terreno, era molto riservato. Quand'è mancato l'amministratore, il suo mutismo si è fatto quasi completo. »

« Ma saprà qualcosa dello stato generale delle vostre finanze... »

« Sì, conosco più o meno le cifre. So per esempio che i conti in rosso della diocesi non destano eccessive preoccupazioni. »

« Conti in rosso? Quindi la diocesi ha debiti? »

« Vostro onore, noi tutti abbiamo debiti; la stessa Chiesa deve affrontare problemi economici piuttosto seri. »

Aspettai senza dire nulla, ero sicura che mi avrebbe offerto qualche dato in più. E in effetti lo fece quasi subito.

« La Chiesa cattolica è proprietaria di alcune delle più importanti opere d'arte al mondo e possiede tesori architettonici di valore incalcolabile, ma nelle sue attività ordinarie non riesce a produrre sufficiente denaro liquido; per questo si trova costantemente in perdita. È possibile che questo sorprenda qualcuno, ma le entrate rappresentate dai biglietti d'ingresso dei visitatori di musei o chiese non arrivano a coprire nemmeno una minima parte di quanto occorre per riscaldare quegli stessi locali... Considerando la nostra estensione a livello mondiale, i conti in rosso della Chiesa sfiorano i dieci milioni di euro all'anno. In Navarra siamo molto più modesti, tuttavia abbiamo anche noi qualche problema a far quadrare i conti. »

« Riducete il riscaldamento, allora. »

« Non è il riscaldamento, vostro onore. Dovremmo chiudere qualche missione, e ciò influirebbe sulla nostra capacità di diffondere la parola di Dio. La religiosità in Africa e in America Latina sta crescendo enormemente e dobbiamo occuparci di formare nuovi sacerdoti, costruire chiese e aiutare a combattere la miseria. Dobbiamo seguire il mandato divino e radunare il nostro gregge, un gregge assai disperso e, nella maggioranza dei casi, molto povero. Roma si estende sino ai confini della terra... »

« Ma questo buco nelle finanze del Vaticano costituisce una minaccia per poter agire in futuro. Dovreste contattare un consulente finanziario. »

« Non menzioni nemmeno quella professione, per carità! Ne abbiamo avuto abbastanza con monsignor Marcinkus. »

« Paul Marcinkus? » Ricordavo il titolo del giornale.

« Sì, ha presieduto per quasi vent'anni l'Istituto per le Opere di religione o, come si era soliti chiamarla, la Banca del Vaticano, l'ente preposto alle finanze della Chiesa, che ha la propria sede in un torrione del Vaticano. Lì depositano i propri soldi gli ordini religiosi e le diocesi del mondo intero.»

«E faceva male il suo lavoro?»

«Non si è mai saputo, ma il suo nome è rimasto coinvolto nello scandalo del Banco Ambrosiano, una delle faccende più torbide della recente storia italiana. La loggia massonica P2, la mafia, alcuni giudici, una rete di società con sede in paradisi fiscali, riciclaggio di denaro sporco, traffico di armi... Il Vaticano ha sempre negato qualsiasi relazione col fallimento di quella banca, ma ha imparato la lezione. Non è piacevole che la procura di Milano ordini la detenzione di alti prelati. Marcinkus e i suoi collaboratori sono stati processati; lui si è poi ritirato negli Stati Uniti.»

«È probabile che lei ancora non lo abbia visto, ma su uno dei giornali a tiratura nazionale di oggi si paragona l'arcivescovo Cañarte proprio a Marcinkus.»

«Ma cosa dice? Cañarte era una bravissima persona!»

«Non lo dico io, lo dice la stampa. Il cadavere dell'arcivescovo era circondato da parecchio denaro.»

«Vostro onore, ignoro da dove provenga il denaro cui allude. Forse proviene dal fondo che supporta le missioni con cui siamo gemellate. Credo che quel conto ammonti a quasi duecentocinquamila euro. Può essere che monsignor Cañarte stimasse che, in questo caso, la vita del sequestrato fosse più importante. No, aspetti, ora ricordo i dettagli! Quando abbiamo parlato del rapimento, sono stato io a suggerire la possibilità di utilizzare quei soldi, tuttavia l'arcivescovo ha respinto la mia opzione assicurando che erano già stati inviati.»

«Può verificare questo particolare? Forse, poi, ha cambiato idea.»

«Ma senza dubbio, vostro onore, lo farò subito.»

Si stava già per alzare, quando formulai la seconda domanda. Dovette risedersi. Dall'espressione del suo viso intuii la sua sorpresa.

«Vicario, non so se è a conoscenza del ritrovamento di un reliquario sulla scena del crimine...»

« Un reliquario? Così alla fine gli ha consegnato il reliquario? »

« Devo desumere che lei sapeva... »

« Avevo vivamente consigliato di non farlo. È un'opera d'arte magnifica, insostituibile, ed è collegata profondamente alla storia di questa terra. Mi creda, vostro onore, so quello che dico, sono professore di storia dell'arte. »

« Signor Mangado, esiste la possibilità che il reliquario trovato accanto al cadavere dell'arcivescovo sia una semplice copia. »

Scoppiò a ridere. « Una copia? Vorrebbe dire che monsignor Cañarte ha consegnato un falso ai rapitori? »

« Sembra questa l'ipotesi degli esperti: il reliquario in questione è di ottima fattura, ma potrebbe non essere quello autentico. »

« Bravo, monsignore, bravo, una mossa da maestro! Be', in realtà non tanto, visto che è morto. Mi chiedo... » Si fermò a riflettere.

« Le viene in mente qualcosa? »

« Mi stavo chiedendo come possa essersi procurato una copia in un tempo così breve, tanto più se, come dice lei, è di buona fattura. Il reliquario in questione è un'opera molto ricca di dettagli. »

« In realtà, il segretario Andueza è andato a prenderlo al museo della cattedrale. »

Mi fissò con uno sguardo indagatore. « Non capisco, vostro onore. Che cosa intende dire? »

« Dico che l'opera che voi tenevate esposta al museo coincide con quella consegnata dall'arcivescovo, e potrebbe essere falsa. »

Come se qualcuno avesse caricato una molla nascosta, padre Mangado si alzò con un salto dalla sedia. « Ma questo è impossibile! Impossibile! Ho pubblicato uno studio esaustivo sull'esemplare. Ho dedicato a quel reliquario molte ore di ricerca. »

« Appunto, padre, quanto tempo fa? »

« Non ricordo di preciso, non è così tanto. » Era ancora confuso e impressionato dalla notizia. « Saranno due anni, forse tre. »

« Dunque, se due o tre anni fa era autentico, in qualche momento da allora a oggi qualcuno lo ha sostituito con un falso », dissi.

« E dov'è quello autentico? »

« Non ne ho idea. »

Ormai cosciente dei fatti, padre Mangado scoppiò in singhiozzi. Sembrava che parlasse di una figlia più che di un'opera d'arte. Gli chiesi d'informarsi su tutto quanto gli fosse possibile e di tenermi informata. Mi fece promettere che non avrei rivelato quella notizia, a meno che non si fosse dimostrato strettamente necessario. Lo promisi, ma che importanza poteva avere la mia promessa? La notizia era già uscita su Internet...

Accompagnai alla porta il vicario e feci entrare Petit. Nonostante la temperatura, indossava completo e cravatta. Le sue iniziali erano state cucite, secondo la moda, sui polsini della camicia, chiusi da un grazioso paio di gemelli in tinta con la cravatta di seta. Era perfettamente pettinato, coi capelli neri tirati all'indietro e fissati col gel.

« Buongiorno, signor Petit. Entri, la prego. Volevo farle qualche domanda », dissi, mentre gli indicavo la sedia.

« Signora giudice... »

« Sa perché è stato convocato? »

« Non precisamente, ma lo intuisco: ho letto i titoli sui giornali di oggi. Quello che è successo è orribile... »

« Infatti lo è », dissi, troncando le chiacchiere inutili. Non avevo tempo da perdere. Entro mezz'ora Juan Iturri sarebbe passato a prendermi: dovevamo tornare al monastero di Leyre. « Credo che, insieme con don Lucas, lei sia stato una delle ultime persone a vedere vivo monsignor Cañarte. »

« Sì, è molto probabile. Mi ha dato appuntamento verso le diciotto e ci siamo visti di nuovo pochi istanti prima di mezzanotte. »

« Può dirmi perché si è recato da lui? »

« Mi ha chiamato. Aveva bisogno del mio aiuto. »

Stavo per chiedere direttamente dei soldi, ma mi trattenni. « Le ha chiesto una consulenza finanziaria, di sabato sera? Che cosa c'era di così importante da non poter aspettare il lunedì? »

«Mi ha detto che aveva urgente bisogno di vendere alcune proprietà. Per la precisione, il suo pacchetto di azioni.»

«L'arcivescovo aveva delle azioni in portafoglio?»

«Sì, ce le aveva. Altri depositano il proprio denaro in beni immobili o in banca, oppure sotto il materasso avvolti in un calzino; Cañarte l'aveva depositato in azioni.»

«Pensavo che i preti fossero poveri...»

«La maggioranza di loro lo è, ma il vescovo Cañarte era figlio unico di una famiglia blasonata. Si trattava della sua eredità...»

«Capisco. E lei crede che abbia venduto la sua eredità per pagare il riscatto.»

«Sì, per concludere un pessimo accordo.»

«Un pessimo accordo?»

«'Voglio che trovi un compratore per il mio pacchetto di azioni', mi ha detto. 'Ho bisogno di liquidi, al più presto.' Ovviamente l'ho consigliato di non farlo. Quando uno ha fretta di vendere, perde una grossa percentuale del valore del portafoglio.»

«Ma non l'ha ascoltata.»

«No. Gli ho detto: 'Eminenza, come suo consulente, le raccomando di tenere ancora un po' le azioni. L'Ibex 35 è molto basso. Se vende ora, domani si strapperà i capelli...' Mi ha risposto: 'Lo so, Ildefonso; seguo le quotazioni a ogni chiusura di Borsa. Ti sei dimenticato di dire che ho un bel pacchetto di Arcelor e Abertis: avanzano entrambi come buoni cavalli da corsa... Ma devo vendere tutto'.»

«Quindi ha proseguito nel suo proposito.»

«Infatti. 'Devo farlo', ha dichiarato. 'Quanto pensi che potremmo ottenere?' Gli ho detto che il lunedì avrebbe potuto guadagnare duecentoventicinquemila euro. 'Lunedì è troppo tardi, dev'essere oggi. Ho bisogno che individui qualcuno che voglia investire in un buon portafoglio, e che abbia denaro in contanti.' Mancavano margini per la manovra; ho fatto qualche telefonata e ho trovato un compratore che mettesse il denaro contante e sonante sul tavolo quella sera stessa. Ho ottenuto un'offerta di soli centonovantamila euro. Oggi in pratica avrei raddoppiato quel valore.»

Di colpo una luce d'allarme si accese nella mia testa. « Mi scusi, ha detto che dalla vendita ha ottenuto centonovantamila euro? »

« Esatto, è la metà del suo valore reale. »

Annotai quella cifra sul fascicolo. L'agente Galbis, incaricato di recuperare tutto il denaro sparpagliato nell'eremo di Mendigorría, mi aveva riferito la cifra esatta della somma raccolta; in quel momento non ricordavo quale fosse l'importo, però avevo l'impressione che fosse inferiore a quella indicata da Petit. Dovevo verificarlo. Forse l'arcivescovo si era tenuto una parte, anche se durante la perquisizione del suo ufficio non erano stati trovati soldi.

« Se ha visto i giornali, avrà letto dell'ipotesi secondo cui il reliquario sarebbe un falso », dissi.

« Sì, l'ho letta. »

« Lei forse sa qualcosa di quel reliquario? »

« No. »

Non mi era sembrato molto categorico. Insistetti. « Ne è certo? »

« No. »

« Non è certo o non sa niente? »

« Ho sentito qualcosa, ma sono voci. »

« Non si preoccupi di questo, saprò valutarle. Me le riferisca. »

« Temo di non poterlo fare, rientra nel segreto professionale. »

« Signor Petit, ci sono due cadaveri in ballo. »

« Mi dispiace, devo consultarmi prima col mio avvocato. »

« D'accordo, è un suo diritto. Voglio soltanto che mi dica se ciò ha qualcosa a che fare con monsignor Cañarte. »

« Devo parlare col mio avvocato », ripeté.

« Lo prenderò come un sì. »

Aspettavo Juan in ufficio, ombrello alla mano, da ormai quindici minuti. Era in ritardo, e io iniziavo a innervosirmi. Ci eravamo dati appuntamento alle dieci. Dopo il fiasco della conversazione col segretario episcopale, avevamo analizzato le poche possibilità su cui potevamo contare e avevamo deciso di recarci nuovamente a Leyre.

Juan assicurava che il furto delle ostie e il sequestro dell'abate fossero relazionati, ed entrambe le cose avevano avuto origine in quel monastero. «Se vuoi ammazzare un serpente, devi cercare la sua testa: è quello il suo inizio; se vuoi risolvere un caso, devi scoprirne l'origine. È lì che si trova la logica di tutto ed è lì che si capisce tutto», aveva sentenziato.

Io non ci vedevo chiaro come lui, ma non avevo nemmeno molte altre alternative da proporre. Avevamo due cadaveri, molto sangue e un crudele accanimento a ricordarci che un assassino sconvolto girava ancora a piede libero, deciso ad aumentare la sua collezione di dita.

La Scientifica stava ancora studiando le prove: la richiesta di riscatto, il denaro, l'ostia impacchettata e il dito; Ramiro Sega stava effettuando ulteriori analisi sul cadavere dell'abate, poiché era convinto che gli fosse sfuggito qualche dettaglio, e l'agente Galbis stava compilando un elenco degli antiquari della zona specializzati in libri antichi.

Juan e io non potevamo fare nient'altro che tornare al monastero e verificare che nessuno di quei monaci, o qualcuno della loro cerchia, avesse ucciso l'abate. Stavolta avevamo annunciato la nostra visita, chiedendo al rettore che frate Chocarro fosse a nostra disposizione per mostrarci, passo passo, il percorso che come sacrestano effettuava tutte le mattine prima dell'alba.

Erano le dieci e mezzo passate e stava iniziando a piovere; prima leggermente, poi a catinelle. Continuavo a rodermi nel mio ufficio. Se avessi avuto il suo numero, avrei chiamato Juan. Purtroppo quel numero non l'avevo io, ma un ladro cui nemmeno serviva. Stavo pensando al reliquario falso, quando si aprì la porta. Era Juan.

«Juan! Cosa ti è successo, non eravamo rimasti d'accordo per le dieci? Arriveremo tardi al monastero.»

«Lo so, Lola, ma non è l'unico caso che seguo.»

«Scusami, pensavo fossi in ferie», mi affrettai ad aggiungere, sentendo il tono della sua replica.

«E infatti lo sono! Ma... Insomma, andiamo.»

Juan Iturri non è un uomo loquace. I suoi collaboratori lo

giudicano un ispettore serio e taciturno, poco amante delle chiacchiere e delle formalità sociali. Se gli si mostra rispetto, non è senza dubbio per il suo carattere divertente o per l'ingegno vivace. È stimato per ciò che ha dimostrato di essere nel corso degli anni: uno degli investigatori più capaci che la polizia spagnola abbia fornito.

Io conoscevo tutti quei particolari e, pertanto, la mia normale reazione alla sua replica sarebbe stata di prendere la borsa e seguirlo alla macchina. Tuttavia, in quel momento, osservando la fronte dell'ispettore, la vidi popolata da molte nuvole di piombo e gli offrii il mio sostegno. Ebbi il sospetto che lo avrebbe rifiutato con aria di sufficienza. Mi sbagliavo.

« Aspetta, Juan, stavo pensando di prendermi un caffè. Uranga mi ha mostrato un posto nuovo, una piccola panetteria che sa di cannella. Ti va? »

« Come vuoi... »

« Forse, se me li racconti, quei ricordi bui perderanno parte del loro carico emozionale. »

« Di quali ricordi parli? »

« Di quelli che t'increspano la fronte, Juan. Lo vedo. »

Sembrò non sentirmi, ma mi seguì fino alla panetteria di Emilia.

« Non posso offrirti la mia collaborazione, ma di solito ascoltare i propri pensieri aiuta », proseguii. « A me succede così; mi dà sollievo condividere i pesi con qualcuno. »

Non ci fu bisogno che dicessi altro. Mentre camminavamo, con voce roca e aria affranta mi confidò le sue preoccupazioni. Nell'istante stesso in cui menzionò il tipo di crimine, seppi che non avrei dovuto chiedere. Quella notte avrei avuto un nuovo motivo per restare sveglia.

« Si tratta di un pedofilo, uno dei peggiori », mi rivelò. « Sto dietro a questo degenerato da parecchio tempo, Lola, ma non riesco che ad aumentare la mia frustrazione, mentre lui si vanta dei suoi successi. »

« Che orrore! Spero che non stia in Navarra, mi spaventa questo tipo di delitti: ho dei figli piccoli! »

« Non ti sei accorta che siamo nell'era di Internet, Lola?

Queste aggressioni non hanno frontiere geografiche, ma digitali.»

«Lo stai per prendere?»

«No, mi è sfuggito di nuovo. Dall'interno, qualcuno gli sta passando le informazioni necessarie per eludere la mia caccia.»

«Qualcuno dall'interno, vuoi dire un poliziotto?»

«Proprio così, un poliziotto. Non può essere diversamente, purtroppo, anche se non so da dove vengano le soffiate. E ignorare l'identità del traditore mi sconvolge.»

«Scusami se sono sincera, ma... Sì, insomma, so che ci sono poliziotti coinvolti nel traffico di droga e nella prostituzione; lo so, perché ho incriminato alcuni di loro. Però non immaginavo che qualche tuo collega potesse collaborare con un crimine esecrabile come quello della pedofilia.»

«Nemmeno io. E per di più si tratta di qualcuno molto in alto. Ho indagato sul conto dei miei uomini e sono tutti puliti. Devo confessare che mi ha rallegrato molto, anche se salire verso l'alto implica difficoltà sempre maggiori.»

«Fa' attenzione, Juan, ti daranno addosso e potrebbero avere il potere sufficiente per schiacciarti.»

«È appunto questo che mi ha fatto ritardare. Uno dei miei superiori è venuto a sapere che ho dato l'ordine d'indagare sui suoi conti bancari. Non so quante chiamate ho ricevuto in proposito: la prima, sicuramente sgradevole, proveniva dal ministero degli Interni; la seconda dall'Interpol. E qui mi è stato richiesto espressamente di smettere di 'disonorare le grandi menti incaricate di annientare il crimine'. Mi hanno avvertito che i criminali vanno cercati fuori, non all'interno.»

«Non lascerai perdere, vero? Prima che tu entrassi all'Interpol, la parola 'abbandono' non compariva nel tuo dizionario.»

«No, non lascerò perdere, anche se ho preso le mie precauzioni. Ho chiamato il giudice che aveva firmato il mandato necessario. Ci ho messo un po' a rintracciarlo, un altro motivo del mio ritardo.»

«E cosa ti ha detto? Collabora?»

«È un giudice esperto, resiste da più di un decennio alle più sfacciate proposte dei capi galleghi della droga.»

« Ma collaborerà con te o no? »

« Sì, lo farà. Mi ha soltanto chiesto se ero pronto a sopportare la pressione. »

« Gli avrai detto di sì, vero? »

« Non m'importa quali siano le personalità coinvolte, spero solo di catturare quel pedofilo. Se chi lo aiuta condivide con me lavoro e distintivo, merita una doppia punizione. Puoi scommetterci che andrò avanti, Lola. Tuttavia in questo momento faccio un passo indietro. Ho lasciato l'indagine nelle mani di un mio uomo di fiducia. Voglio dare l'idea che, davanti alle pressioni, desisto e mi ritiro dal gioco. Quando tutto si sarà calmato, riprenderò a spaccare mele... fino a trovare il verme. E adesso, a Leyre! »

Sorrisi. A dire il vero, non è facile lasciare i problemi in sospeso. Non è come attaccare l'uniforme all'appendiabiti e vestirsi in borghese, lasciando la cravatta sul fondo dell'armadio. I crimini non rapinano solo la storia, ma lasciano anche tracce nei ricordi di chi si affanna per risolverli. Tracce di dolore e di angoscia, di rabbia e di frustrazione. Un conto salato per un secondo di pace. Un prezzo troppo alto, se non hai qualcuno con cui condividerlo. In quel momento, quasi come in una visione istantanea, vedendo Juan Iturri che giocava col cucchiaino della zuccheriera, palpai la sua assoluta solitudine. Come una frustata, m'invase una pena profonda e una terribile voglia di abbracciarlo e di dirgli che non si preoccupasse del resto del mondo, che io ero lì, che sarei sempre stata lì, vicino a lui.

« Non mi guardare così, Lola, lo prenderò », mi disse, confuso.

« Non stavo pensando a questo, Juan. » La voce mi uscì mielosa, troppo sentimentale. Cercai di dominarla, mentre pregavo che lui non se ne fosse accorto. In realtà tutto ciò era assurdo. Juan non era più un ragazzino, e io nemmeno. Erano passati i tempi in cui si raccoglievano gli uccellini indifesi, caduti dal nido per la tempesta.

« E allora a cosa pensavi? » Ignaro dei miei pensieri, conficcò i suoi occhi nei miei. La sua bocca era semiaperta in un'espressione di sfida.

In quel momento un sottile senso di colpa m'invase. Stavo flirtando con un uomo molto piacente che stimavo e che, fino a un momento prima, ero pronta ad abbracciare per consolarlo. Ma cosa mi stava succedendo?

« Penso che i monaci di Leyre ci staranno aspettando. Sono fanatici degli orari e delle routine. » Mentre rispondevo, abbassai lo sguardo. Non volevo che Juan mi vedesse arrossire come una stupida.

Quella valanga di sentimenti si sfaldò con la stessa facilità con cui si era formata, nel momento in cui entrammo in macchina e iniziammo a discutere i particolari del caso. Il viaggio mi sembrò corto. Stavolta non ebbi l'occasione di contemplare il paesaggio: la conversazione e il manto grigio che ricopriva il cielo me lo impedirono. Durante il tragitto ripassammo mille volte i fatti, cercando eventuali incongruenze, provando a delineare una strategia affidabile per il futuro immediato, ma non avanzammo di molto.

Avevamo appena preso la deviazione per il monastero, quando chiamò il medico legale: la sua voce denotava un'evidente soddisfazione. Conoscendolo, intuii che era riuscito a decifrare quell'incognita che gli impediva di chiudere il suo referto.

Mi avvicinai a Juan e misi il telefono tra noi due, perché non dovesse ascoltare in modo furtivo.

« Lola, come ti dicevo ieri, l'autopsia dimostra che il tuo abate è morto in seguito a un arresto cardiorespiratorio. »

Ramiro assegna sempre a qualcuno la proprietà dei morti che passano sul suo tavolo, una proprietà che di norma coincide col responsabile del caso, in questo caso io. Ecco perché il povero monaco era il *mio* abate e Cañarte il *mio* arcivescovo.

« Ma questo significa tutto e niente, ecco perché ho effettuato alcune analisi complementari. Esse mostrano come il processo infiammatorio esteso e intenso, che abbiamo trovato in tutte le vie respiratorie, concorda con un grave episodio di asma. »

« Vuoi dire che è morto per una crisi asmatica? »

« Sì. Tuttavia la morte per asma è piuttosto rara. Se la malattia viene curata bene, la maggior parte delle crisi si supera senza gravi problemi. Il tuo abate seguiva un trattamento broncodilatatore efficace: nel suo sangue e nei tessuti ho trovato tracce di teofilina, ipratropio, fenoterol... Ma non voglio tediarti col mio gergo medico; quello che intendo dire è che, se era affetto da una patologia asmatica cronica, lo stavano curando. In casi simili, la morte è inusuale. Quindi o gli è stata sospesa bruscamente la cura, oppure c'è stato qualche fattore che ha scatenato un attacco acuto. Propendo per il secondo caso.»

«La cosa più probabile è che il rapitore non abbia preso gli inalatori...»

«Sì, ma la dose nel sangue... Insomma, qualcosa non quadrava, per questo ho continuato a indagare.»

«Non ricordo se la relazione degli agenti della Scientifica che hanno setacciato la sua cella menzionasse la presenza di medicinali antiasmatici. Voglio rileggerla», intervenne Juan, avvicinandosi al cellulare.

«Ramiro, non appena arriviamo al monastero, lo chiediamo.»

«D'accordo, aspetto vostre notizie. E, già che siete lì, informatevi sui gatti.»

«Gatti?» replicai, stupita.

«Sì, abbiamo individuato abbondanti tracce di peli di gatto sull'abate. La tonaca ne era tutta piena, dalla zona del collo ai piedi. In realtà ho isolato tre tipi di pelo, tutti di felino.»

«Pelo di gatto...» mormorai. «Forse l'abate aveva dei gatti. Chiederemo anche questo, Ramiro.»

«Gatti in un monastero, Lola?» obiettò Juan. «Che ci fa un gatto in un posto come quello? Non credo che lo portino a cantare i vespri.»

«Be', non so perché ti stupisci, Juan. Ho letto su una rivista che papa Benedetto XVI convive con diversi felini, in Vaticano. Dicono che sia un 'gattaro' impenitente, al punto che i tanti felini stanziati tra Borgo Pio e il Vaticano lo salutano quando passano.»

«D'accordo, è possibile che mi sbagli. In fondo, lo sapremo tra un attimo.»

«Qualcos'altro, Ramiro?»

«Gli hanno dato uno schiaffo, e ci sono segni di pressione intorno alla bocca e al naso. Credo che abbia tentato di difendersi, perché sotto le unghie della mano destra abbiamo trovato resti di pelle.»

«L'abate ha graffiato il suo assassino?»

«Sì, ma non è tutto: le analisi rivelano tracce di cloroformio.»

«D'accordo, mischiamo tutto insieme e ricostruiamo la scena», intervenne Juan. «Qualcuno ha sorpreso l'abate alle spalle e lo ha obbligato a inalare la sostanza anestetica; lui si è difeso, ma non abbastanza. È molto probabile che fosse nell'auto, perché sono state trovate tracce di sangue che non corrispondono al gruppo dell'abate.»

«Proprio così. Il sangue di Pello Urrutia è A positivo, quello dell'auto 0 positivo», disse Ramiro. «Stiamo analizzando i resti di pelle, ma per il momento non posso raccontarvi altro. Però attendo una vostra telefonata, ve ne sarei grato, non appena scoprirete se l'abate aveva dei gatti e se si curava per l'asma.»

«Tranquillo, lo faremo.» E interruppi la comunicazione.

Quando intravedemmo la torre primitiva, perforata dagli archi irregolari, esplosi. Mi ero ripromessa di tacere a quel riguardo, ma come sempre la mia volontà non riuscì a tenere la bocca chiusa. «Prima che arriviamo, Juan, vorrei avvertirti a proposito del rettore, che risponde al nome di padre Ignacio, e del suo seguace padre Francisco, il maestro dei novizi.»

«Avvertirmi, in che senso? Secondo quanto mi hai raccontato, non hanno mai abbandonato il monastero. Né avevano qualche problema con l'abate o con l'arcivescovo.»

«Non sono degli angioletti, Juan, te lo dico io.»

«D'accordo, ti credo, ma come mai hai avuto questa impressione? Immagino che non ti fonderai sul fatto che hanno facce da assassini, vero?»

Mi accorsi del suo sarcasmo, ma decisi di non farci caso. «No, non è per questo. È che mi hanno mentito. Si erano accordati per mentirmi.» Gli raccontai dell'interrogatorio: la loro evidente mancanza di collaborazione, l'esclusione di frate Chocarro dall'elenco degli interrogati e l'occultamento d'informazioni sul furto delle ostie consacrate.

«Lola, secondo la mia esperienza, davanti a un caso di omicidio gli investigatori tendono a cercare subito dei colpevoli, affrettandosi a trarre conclusioni. Così, nel loro desiderio di catturare quanto prima il pazzo che si è eretto a guardiano della vita e della morte, riversano i propri pregiudizi sulle persone più vicine ai defunti. Non dico che in questo caso tu stia seguendo simili errori, dico soltanto che bisogna muoversi con cautela.»

«Va bene», replicai, mordendomi la lingua.

«Da quello che mi dici, il rettore e il suo assistente tentavano solo di proteggere il loro mondo. Se pensavano all'abate, colpito da un attacco di zelo angelico, come colpevole del furto al tabernacolo, è logico che non volessero rendere partecipe di ciò il giudice che si presumeva fosse lì per occuparsi di un incidente d'auto e di una sparizione. Inoltre devi considerare come assai probabile che ignorino la fine del loro superiore, a meno che non siano essi stessi gli assassini. In questo momento sanno della scomparsa dell'abate e delle ostie consacrate. Per farla breve... Sebbene il loro comportamento possa essere collegato con l'omicidio, è molto più probabile che non sia così. Osserveremo bene le loro facce, quando comunicheremo la notizia.»

«Forse hai ragione, ma a me sono stati subito antipatici. Soprattutto il rettore, con quei suoi occhi azzurri che sembrano trapassarti l'anima quando ti guardano. E, per di più, è un giudice... o lo è stato. Sa occultare prove e travisare fatti.»

«Lola, devi ricordare che noi non giudichiamo le persone, ci limitiamo ad analizzare le loro azioni. L'indagine investigativa non è un lavoro di pancia, ma razionale. I soggetti possono starci più o meno simpatici, possono mentirci, sputarci addosso e persino derubarci, ma l'unica cosa che ci deve importare è se sono o no degli assassini.»

«Lo so, Juan, scusami: come sempre mi lascio trasportare dalle mie impressioni. Ma, in ogni caso, il rettore mi ha mentito deliberatamente. Sembra capace di qualsiasi cosa.»

«Tra il mentire e l'assassinare c'è una bella distanza. Credo che tu stia perdendo l'obiettività. D'accordo, ti è antipatico, ti ha nascosto il furto del tabernacolo e ha scomunicato il tuo testimone, ma dire che lo credi capace di uccidere... Insomma, vedremo cosa raccontano i suoi occhi.»

20

Consolare non fa parte dei miei compiti di giudice. Noi magistrati ascoltiamo, domandiamo, istruiamo e decidiamo, ma – grazie a Dio! – non offriamo alle parti una spalla su cui piangere. Sappiamo che molte delle nostre decisioni interesseranno in modo considerevole la vita di quanti ci ascoltano, ma evitiamo di vedere le pene e la gioia, perché arrivano sempre incarnati in persone con una faccia e una storia. Noi giudici non siamo psicologi, non valutiamo benefici e perdite, dolori e gioie; ci limitiamo a risolvere i conflitti, misurando col metro della legge e pesando con la bilancia della giustizia. Solo così, in modo freddo e obiettivo, coi sentimenti ben nascosti, siamo capaci di restare impassibili davanti ai risultati che le nostre decisioni provocano nelle persone. Solo così possiamo osservare la legge quando essa ci ordina di liberare un soggetto che sappiamo colpevole; soltanto in questa maniera commíniamo una pena al soggetto che sappiamo debole e bisognoso d'aiuto.

No, non è compito mio consolare i testimoni. Eppure quel giorno, dopo aver informato il superiore benedettino della morte violenta del suo abate, feci un'eccezione e m'impegnai a fondo. Vidi lo stato penoso in cui sprofondò il rettore del monastero di Leyre e mi lasciai trasportare dalla compassione.

Si rannicchiò su se stesso e, con entrambe le braccia incrociate sopra il ventre, gemeva e si dibatteva; il suo tremito si accentuava a ogni dettaglio che gli fornivamo. Chi avesse ignorato i fatti, avrebbe pensato che padre Ignacio fosse stato colpito da una colica acuta, ma ciò che davvero gli doleva era l'anima. Per chi, come me, lo aveva visto muoversi in tutta la sua superbia, quell'immagine risultava sconvolgente.

Proprio come il maestro dei novizi, che piangeva piano, il rettore pativa la zampata del vuoto nel suo stato più puro. La perdita di un essere amato trapassa l'anima da capo a capo, ma quando la scomparsa è inaspettata il foro si apre con violenza e provoca un dolore incisivo, immune al conforto.

Soltanto un miracolo avrebbe permesso che il monastero ascoltasse, anche solo per l'ultima volta, la dolce voce dell'abate mentre intonava la benedizione del mattino. I monaci non lo avrebbero visto mai più né lo avrebbero udito, e non ne avrebbero sentito più nemmeno la presenza. Mai più. Padre Ignacio fu costretto ad assimilare subito il fatto che non c'era possibilità di freno né marcia indietro, che non avrebbe mai più potuto dire quello che aveva lasciato nella penna per un'occasione migliore: chiedere perdono, ringraziare, sorridere... E a quanto vidi, il rettore non era preparato per accettare una simile eventualità.

Eppure, se mi decisi a offrirgli parole di consolazione, non fu per quel motivo, bensì per un altro più profondo: sembrava che all'oppresso padre Ignacio bruciassero le viscere per la colpa e per il rimorso. Nietzsche diceva che il rimorso è come « il morso di un cane a una pietra: una stupidaggine ». Aveva ragione, il rimorso è un sentimento stupido: stupido come l'amore, irrazionale come la gelosia e, come essi, umano. Se proviamo dolore per il danno che causiamo involontariamente, come non sentirlo quando sappiamo che parte della colpa è da attribuire a noi? Questo e nient'altro era il dolore che tormentava l'anima di padre Ignacio. Lo diceva il suo viso, lo raccontavano le sue labbra sottili, contorte in un rictus strano, lo narravano i suoi occhi umidi riflettendo scintille che erano di pura disperazione.

Temetti che quell'angoscia avrebbe fatto scoppiare una tempesta inarrestabile. Quell'uomo era un frate che aveva come professione la speranza, ma mentre ripeteva l'ennesima volta il suo rosario di colpe, mentre si rimproverava, pensai di chiudere le finestre della biblioteca, caso mai gli fosse venuto in mente di buttarsi di sotto.

Le mie parole d'incoraggiamento e i miei richiami alla natura imponderabile della vita non sortirono nessun effetto; soltanto frate Chocarro, recitando testi biblici - ignoro quali, anche se qualcosa mi parve familiare -, ottenne che il rettore si calmasse e recuperasse a poco a poco il senno. Né io né Juan riuscimmo a ottenere qualcosa da padre Ignacio, né tantomeno da padre Francisco, in preda a un attacco di silenzio spettrale. Il maestro dei novizi continuò nel suo pianto silenzioso, senza sapere cosa dire o senza voler dire niente. Alla fine decidemmo di seguire il suggerimento del sacrestano e li lasciammo entrambi in biblioteca.

« Perché non venite con me, così vi mostro il cortile interno? È un posto magnifico. E magari potrò risolvere qualcuno dei vostri dubbi. Intanto diamo loro il tempo di riprendersi... »

Girando e rigirando per il pacifico quadrato di pietra, frate Chocarro ci confermò che l'abate soffriva di asma e che, su indicazione del medico, prendeva alcuni farmaci; di quando in quando era soggetto a qualche crisi, soprattutto in primavera, ma di solito quel tipo di disturbo non gli dava troppi problemi. I monaci di San Salvador de Leyre non avevano gatti. C'era qualche esemplare selvatico che popolava i dintorni dell'abbazia, ma evitavano di nutrirli perché, quando s'intrufolavano negli orti, combinavano parecchi danni e inoltre, in situazioni di abbondanza, procreavano in continuazione: il monastero non poteva permettersi di alimentare un branco crescente di felini.

Stavamo percorrendo il nostro ennesimo giro quando un temporale lasciò ricadere tutta la sua furia sulla terra. Corremmo a ripararci all'interno del chiostro, anche se non fummo abbastanza veloci, o almeno non lo fui io, che mi bagnai completamente. Lo ricordo bene, non solo perché il giorno dopo dovetti tornare dal parrucchiere, ma anche perché mi si stinsero le scarpe e ci vollero ore prima che i miei piedi tornassero al loro colore normale. Tuttavia il fresco di quella cortina d'acqua ebbe effetti balsamici su tutti noi. Fu come se, mentre bagnava la terra, la pioggia asciugasse invece le lacrime dell'anima.

Non erano trascorsi che pochi minuti dall'inizio del diluvio quando il rettore ci venne incontro: era molto più tranquillo, anche se una strana ombra aveva avvolto i suoi occhi fino a cancellare del tutto la loro brillantezza. « Vostro onore, ispettore, vi prego, vogliate scusarmi. Il mio comportamento non ha giustificazioni. E, pur sapendo che questo non mi discolpa, vi dirò soltanto che la notizia è stata tanto dolorosa quanto inaspettata. Se volete, possiamo tornare in biblioteca; ci serviranno il caffè coi pasticcini. Il mio più ardente desiderio è aiutarvi in ogni modo possibile. Il pensiero del nostro amato abate e dell'arcivescovo uccisi in simili circostanze mi fa stare male. Dobbiamo fermare quei pazzi quanto prima.»

«Gliene siamo molto grati, rettore. Miriamo tutti allo stesso scopo, e la sua collaborazione ci sarà molto utile», replicai senza fare nessun riferimento al passato, sollevata da quella trasformazione.

«Andiamo, allora. Padre Francisco ci aspetta. Vieni con noi, fratello?» disse rivolto a Chocarro.

«Come desidera, padre Ignacio.» La voce del sacrestano non suonò altezzosa, ma nemmeno miserevole. Sembrava che la sua memoria avesse cancellato qualsiasi offesa passata. Il rettore lo ringraziò con un aperto sorriso.

Seduti intorno al magnifico tavolo della biblioteca, in compagnia di mille anni di storia, cercammo di far luce su quel rebus. Solo io assaggiai i pasticcini e accettai il caffè. Gli altri si accontentarono dell'acqua fresca. Le finestre erano leggermente aperte; un gancio laterale impediva che sbattessero per la violenza del temporale. Entrava una frescura benefica, particolarmente gradita dopo l'afa delle prime ore del mattino.

«Padre Ignacio, le sarei grata se ci descrivesse com'era il suo abate. Qualsiasi dato che secondo lei può essere collegato alla sua scomparsa ci sarà utile.»

«Dunque, vediamo, non saprei da dove iniziare. Pello Urrutia era un uomo molto buono, un santo oserei dire. Un tempo era un abate severo, anche se giusto», puntualizzò. «Tuttavia col trascorrere del tempo si era ammorbidito. In effetti, negli ultimi anni poteva risultare persino troppo benevolo per le responsabilità della sua carica. Amava molto nostro Signore e vedeva nella santa regola l'espressione della sua volontà, ma ogni giorno gli costava più fatica applicare le sue disposizioni, e tendeva sempre a giustificare il trasgressore. A volte padre Francisco e io ci sentivamo obbligati a ricordargli la necessità di una disciplina... Non so cos'altro dire, vostro onore. Era un uomo virtuoso ed esemplare, un affezionatissimo servitore della comunità e di nostro Signore sacramentato...»

« Tuttavia lei e padre Francisco non avete nutrito troppi dubbi nell'attribuirgli la sottrazione », replicai. « Stando alla sua dichiarazione, quand'è scomparso il Santissimo avete creduto entrambi che fosse l'abate l'autore del furto sacrilego. »

« Così come lo descrive lei, vostro onore, suona terribile, ma non lo è. Non abbiamo mai pensato a un furto sacrilego... »

« Forse ho capito male, padre, ma la prego di chiarirmi questo punto: non avete forse creduto che il vostro abate avesse portato via la pisside d'oro conservata nel tabernacolo della chiesa? »

« È vero. Abbiamo pensato, erroneamente a quanto risulta, che l'avesse presa lui, ma in nessun momento abbiamo supposto che fosse per un motivo blasfemo o di profanazione. »

« E allora quale poteva essere il motivo? Che cosa spinge un religioso a portarsi via una collezione di ostie consacrate? »

« A volte, un eccesso di zelo... »

« Davvero non lo capisco, rettore. In effetti mi sono persa già da un po' in questo groviglio di dichiarazioni che lei tesse abilmente. Non abbiamo tempo da perdere. La prego di spiegarmi in modo semplice e chiaro. Come ha potuto verificare, non è questo il momento di perdersi in sillogismi o in politiche da salotto. »

« Mi scusi, vostro onore, non era nelle mie intenzioni. Ma si dà il caso che non sia facile da spiegare o, meglio ancora, è difficile da comprendere, anche perché - ora mi è chiaro - ci siamo sbagliati in pieno. Vediamo se sono in grado di esporlo con chiarezza. Con l'età, il nostro amato abate era stato preso da alcune manie relative al Santissimo. Ormai da anni soffriva d'insonnia, non dormiva quasi: un paio d'ore di sonno gli erano sufficienti. Non appena si svegliava, si recava alla cappella del Santissimo e trascorreva le notti a vegliare davanti al tabernacolo. »

« Be', non è poi una cosa tanto strana: faceva parte della sua professione, se mi permette di esprimermi così. »

« Non c'è dubbio che fosse la sua professione, come lo è per tutti noi. Ma noi dormiamo. Non mi fraintenda, vostro onore, quello che intendo è che ultimamente non era troppo lucido: non ricordava cose che aveva ordinato lui stesso, dimenticava gli impegni presi, faceva confusione coi nomi e con le facce. Nulla di troppo allarmante, ma segno pur sempre di un processo che stava iniziando. Padre Francisco e io pensavamo che si trattasse di questo: la sua routine abituale si stava trasformando in ossessione, in un eccesso di zelo.»

«Adesso capisco, rettore, grazie per il suo chiarimento. L'abate di tanto in tanto perdeva la memoria, e i suoi vuoti riguardavano proprio le cose che più amava, cioè quelle su cui si concentravano le abitudini della sua vita.»

«Sì, succedeva proprio questo. Così, quando sono scomparsi il Santissimo e l'abate, abbiamo pensato che fossero insieme e che il nostro superiore avesse perso momentaneamente la nozione del tempo e dello spazio. Immaginavamo che in un breve lasso di tempo sarebbero tornati entrambi al monastero, sani e salvi. Capisce ora la nostra posizione? Perché allertare la polizia o la Casa madre per qualcosa che si sarebbe presto risolto da sé? Adesso so che ci sbagliavamo, ma allora - senza poter contare sui dati di cui disponiamo ora - abbiamo ritenuto che il costo di metterne a conoscenza le autorità civili o ecclesiastiche fosse troppo alto. Del resto era coinvolto il Santissimo: poche persone avrebbero capito.»

«E non è possibile che i fatti si siano svolti come dice il padre rettore e che, una volta fuori del monastero, qualcuno abbia aggredito il nostro abate e rubato la pisside che casualmente era in suo possesso?» domandò il maestro dei novizi. Con grande sorpresa di tutti, dopo essere rimasto immerso per ore nel più completo mutismo, si unì alla conversazione e intervenne in diverse occasioni.

«Ho paura che non sia molto plausibile, padre», rispose Juan. «Dietro questa vicenda sembra esserci molta organizzazione, troppa per spiegare l'accaduto col caso. Secondo me è da tempo che veniva progettato tutto. Una nota in latino scritta su una pergamena antichissima, il cui contenuto originale è stato cancellato con la massima cura; il piccolo recipiente utilizzato, a forma di bara, sembra artigianale, grezzo, costruito appositamente per l'occasione, secondo quanto riferiscono gli esperti. Se l'assassino non è uno di voi, ma girava avvolto in una tonaca benedettina, ha dovuto procurarsela. Insomma, niente sembra lasciato al caso.»

«Sì, lei ha ragione, ispettore, mi scusi», ammise il maestro dei novizi.

«Non deve scusarsi, bisogna valutare molte ipotesi per trovare quella più azzeccata.»

Per un momento rimanemmo tutti in silenzio. Juan sembrava immerso in profonde riflessioni, e immagino che i monaci pregassero in silenzio. Quanto a me, ero semplicemente stanca; volevo andarmene a casa e tornare a fare quello che sapevo fare: istruire piccole violazioni di domicilio e furti di scarsa importanza. Per quanto Iturri lodasse le mie doti investigative, l'indagine poliziesca non rientrava nelle mie abitudini. Il mio compito era elaborare in fretta l'informazione che mi offrivano, il più delle volte monca, e verificarla con gli strumenti della legge. Ma in questo caso ero io a dover cercare le informazioni e non disponevo di nessun modello che mi permettesse di giudicarne la veridicità o l'importanza.

D'un tratto Juan ruppe il silenzio e cominciò a considerare ad alta voce le varie ramificazioni del caso. Lo ascoltavamo tutti, nonostante un certo spossamento collettivo. «Molto bene, consideriamo tutte le opzioni possibili. Supponiamo, prima di tutto, che in effetti - secondo le vostre intuizioni - sia stato l'abate, non del tutto cosciente, a portar via il contenuto del tabernacolo. Se, come sembra, era tutto pianificato da tempo, com'era possibile per il suo assassino sapere in anticipo che proprio quel giorno l'abate sarebbe stato colto da una strana crisi che lo avrebbe spinto a commettere azioni tanto singolari? In linea di principio, tale ipotesi risulta assai poco plausibile. Tuttavia è possibile che l'abate abbia preso il Santissimo, ma con un altro scopo. Rettore, ultimamente l'abate vi era sembrato nervoso, timoroso, inquieto?»

«No. Era come sempre: sorridente e pacifico, quasi angelico. Che cosa sta insinuando, ispettore? Non riesco a capirlo.»

«Crede sia possibile che qualcuno lo minacciasse in qualche modo, che lo intimorisse con la prospettiva di fare del male a lui o a un altro confratello e che il Santissimo fosse l'oggetto del ricatto?»

« No, è impossibile. » La voce del rettore si spense per qualche istante. Quindi manifestò la propria idea: « In un caso come quello che prospetta, sarebbe stato possibile che io, nella mia stupidità e nel mio orgoglio, prendessi in considerazione una simile possibilità. Ma il nostro abate non lo avrebbe mai fatto, non avrebbe mai consegnato il Santissimo. A volte confondo i mezzi col fine e cerco di proteggere il monastero anche al di là del suo Signore, come ho appena fatto. Tuttavia, basandomi su tutti gli anni trascorsi sotto la sua protezione, posso dire che il nostro abate avrebbe agito in modo assai diverso dal mio. In maniera corretta. Credo che frate Chocarro potrà confermare le mie parole: c'era molta stima tra lui e l'abate ».

« È così, frate Chocarro? » domandai io, inserendomi nella conversazione.

« Sì », rispose il sacrestano.

Aspettammo tutti in silenzio, pensando che avrebbe continuato la frase, ma il frate non fornì altri dettagli.

« D'accordo, le credo. Non è stato lui », disse Juan. « Chi l'ha fatto, allora, e come? »

Nessuno gli rispose.

« Molto bene, che cosa sappiamo? » continuò Juan. « Solo che lei, frate Chocarro, ha notato qualcosa di strano. È sicuro di avere notato indizi della presenza di qualcuno in chiesa, quel mattino? »

« Proprio così », rispose il sacrestano, guardandomi di sottecchi. « L'ho soltanto percepito, ma credo che ci fosse qualcuno lì... o che questo qualcuno se ne fosse appena andato. »

« È possibile che, per la paura e per il naturale nervosismo causati dalla profanazione, la sua immaginazione le abbia giocato un brutto scherzo? » chiese Juan.

Frate Chocarro fece due volte di sì con la testa.

« Quindi è questo che crede, che sia stato tutto frutto della sua immaginazione? » domandai, consapevole che il frate non si sarebbe espresso di sua iniziativa, a meno che non venisse interrogato.

« No, vostro onore, non è ciò che credo, anche se ammetto che quanto ipotizza l'ispettore Iturri è possibile. »

« Ma allora, frate Chocarro, com'è possibile che solo lei abbia percepito quell'essenza... quell'odore? » insistette Juan, che dava l'impressione di ritenere il frate un testimone poco affidabile, un sognatore con troppo tempo per pensare.

« La faccenda dell'odore ha la sua spiegazione, ispettore. Ho sempre avuto un olfatto eccellente. È vero, però, che quegli aromi potevano essere lì per qualche altro motivo... anche se non credo. »

« Perché non lo crede, frate Chocarro? »

« Lo avevo annusato già prima... Nel monastero, intendo. Ma non riesco a ricordarlo con precisione. Credo di averlo percepito uno dei giorni passati, in refettorio. »

« Sì, ha ragione! » esclamò padre Francisco. « Anch'io ricordo quell'odore: uno dei visitatori usava un profumo molto intenso. »

« Un visitatore? Si riferisce a qualche cliente dell'albergo? » chiese Juan.

« No, non mi riferisco a un cliente. Disponiamo di un albergo con trenta stanze e il ristorante, è vero, ma tra il monastero e i clienti dell'albergo non c'è nessun contatto; sono due luoghi completamente indipendenti. Tuttavia ci sono alcune persone che, in cerca di pace, silenzio o preghiera, chiedono di trascorrere qualche giorno con noi all'interno del monastero stesso. A tale scopo abbiamo qualche cella. Queste persone - sono ammessi solo gli uomini - vivono coi fratelli, condividendo vitto e alloggio. Se lo desiderano, partecipano con noi agli uffici divini; se preferiscono, restano nelle loro celle oppure passeggiano per il chiostro, gli orti o il bosco. »

« Ha sentito ancora quel profumo, frate Chocarro? »

« Non da quel giorno, ispettore. »

« Molto bene. » Juan si alzò. La sua figura snella si materializzò in mezzo alla biblioteca con la forza di un ciclone. Il suo sguardo penetrante si concentrò sul rettore, sapendo che quest'ultimo si sarebbe dimostrato ricettivo. « Padre Ignacio, mi occorre nel minor tempo possibile un elenco di tutte le persone che nell'ultima settimana hanno pernottato nella foresteria interna. Anzi, nelle ultime due settimane. Che dati richiedete loro, quando arrivano? »

« Di solito chiediamo un documento d'identità, perché lo

esige da noi la polizia: annotiamo il numero, il nome per esteso e l'indirizzo.»

«Perfetto.» In piedi, davanti a tutti, ordinando più che chiedendo, levando la sua voce di comando sopra di noi, Juan era nel suo ambiente.

Non dissi nulla. Anche se si era assunto tutte le funzioni, il caso era di mia competenza e lui era al mio servizio. Non m'importava troppo che avesse oltrepassato il limite, ma mentirei se negassi che ero un po' irritata. Pensai che non avrei avuto bisogno della sua sfilza di conoscenze per chiedere quell'elenco: ero inesperta, non tonta. Se Juan si rese conto del mio malessere, certo non lo diede a vedere. Lasciai perdere.

«Frate Chocarro, prima che se ne vada, mi piacerebbe ripercorrere con lei i suoi movimenti di quel giorno in chiesa», dissi. «Secondo quanto mi ha raccontato ieri, ha acceso tutte le luci e controllato tutti gli angoli della navata centrale, come pure di quelle laterali.»

«In effetti, è così.»

«La mia domanda è: l'assassino - o il ladro, se non si tratta della stessa persona - poteva nascondersi con tutta quella luce in una chiesa così aperta?»

«Non è facile, ma è possibile. Ci sono cappelle laterali che sono dotate del proprio sistema d'illuminazione e quindi, di solito, restano in penombra. E poi la chiesa è grande. Ma, se devo essere sincero, credo che sia scappato mentre controllavo la cripta. Doveva essere nascosto in una cappella e, quando mi ha visto scendere, ne ha approfittato per andarsene...»

«Con la pisside e con le ostie...»

«Sì, almeno così credo.»

«Un'altra cosa, fratello. A quanto ho visto, il tabernacolo ha una serratura, ma non è stata forzata. Come hanno potuto aprirla?»

«Una leva o una comune forcina, di quelle usate dalle donne per i capelli, sarebbe stata sufficiente. La serratura non serve a molto, si tratta di un semplice deterrente.»

«D'accordo, il ladro ha preso il contenuto del tabernacolo ed è uscito di corsa dalla sacrestia. E poi?»

«Se era ospite nel monastero, poteva nascondersi nella sua cella. Sarebbe stato il posto più sicuro.»

Annuii, pensierosa. «E perché, frate Chocarro? Lei lo capisce?»

«A cosa si riferisce, vostro onore?»

«Perché si sono presi tanto disturbo per rubare un'ostia? Se gliene serviva soltanto una da inviare all'arcivescovo, perché complicarsi la vita? Ci sono metodi più tranquilli e molto più sicuri.»

«Non lo capisco nemmeno io», intervenne il rettore.

Il maestro dei novizi assentì a sua volta.

Tutti tacemmo, finché la voce di Chacarro non ci riportò alla realtà.

«Io credo di saperlo... anche se magari è una sciocchezza...» Il tono del suo vocione si elevò potente, per poi interrompersi di colpo.

«Non credo che sia una sciocchezza, ma in ogni caso mi piacerebbe sentirla», lo incoraggiai.

«Penso, vostro onore, che tutto ciò può aver avuto la sua causa nell'abate...»

«Nel nostro abate?» domandò il rettore, scuro in volto.

Lo guardai con severità. La sua ostinazione mi esasperava. «Continui, frate Chocarro, la prego.»

«Padre Ignacio, forse mi sbaglierò, ma penso che il tabernacolo fosse l'esca perfetta per catturare padre Urrutia.»

«Catturare?» ripeté il maestro dei novizi.

«Padre Francisco, come avrebbero potuto far uscire altrimenti il nostro abate dal monastero? Lei sa bene che non gli piaceva affatto abbandonare Leyre. Evitava perfino di andare a Solesmes.»

«Vuol dire che hanno rubato il contenuto del tabernacolo per costringerlo a uscire?» chiesi, sorpresa.

«È quello che credo, vostro onore.» Il viso del sacrestano diventò di un rosso granata. La sua sedia era lontana dalla scrivania e teneva le mani in grembo, nascoste sotto la tonaca.

Sembrava imbarazzato. Eppure, nonostante il rossore, ebbi la sensazione che fosse soddisfatto di essere intervenuto.

Con circospezione il rettore prese la parola e gli domandò in tono prudente: « Fratello, quello che hai appena detto lo credi o lo hai sognato? »

« Entrambe le cose, padre Ignacio. A livello razionale credo che sia l'ipotesi più sensata e, per di più, l'ho sognato. »

« Ci descriva i suoi bei sogni, fratello », disse Juan, sorridendo.

Non c'era stata nessuna intenzione ironica nella voce del rettore, quando aveva formulato la sua domanda, ma il sarcasmo era ben presente in quella di Juan. Non avevo omesso di riferirgli i poteri che il destino aveva concesso in regalo al sacrestano, ma Juan si prese lo stesso gioco di lui. Non mi sfuggì l'irritazione del rettore davanti a quell'atteggiamento, ma pensai che si sarebbe limitato a una smorfia. Mi sbagliavo.

In quel preciso istante, i suoi occhi felini tornarono a illuminarsi e, con fastidio nello sguardo e sfida nella voce, il rettore si rivolse a Juan: « Lei si sbaglia, ispettore. E mi sorprende, tra l'altro, che con la sua esperienza dubiti di qualcosa e lo disprezzi semplicemente perché lo ignora. Deve sapere che il dono della profezia è concesso dallo Spirito Santo a chi gli piace e come gli piace. Le garantisco che frate Chocarro ne è dotato... Mi pento di non avergli dato retta prima. Se lui assicura che è andata così, stia pur certo che si è svolto tutto come dice », concluse padre Ignacio, sfidando l'ispettore a fare qualunque altra osservazione in proposito.

Dopo un lungo silenzio, durante il quale il rossore del sacrestano sembrò estendersi per tutto il suo corpo, Juan riprese la parola. « Benissimo, supponiamo che abbiano sottratto le ostie per obbligare l'abate a uscire dal monastero alla loro ricerca, ma come farglielo sapere? Come renderlo partecipe della sottrazione e delle sue richieste? » Senza lasciarci intervenire, si diede lui stesso la risposta. « Potrebbero avergli lasciato una nota all'interno del tabernacolo stesso... Certo, quando Chocarro arrivò era aperto! Però, allora, sorge un altro dubbio più grosso: come assicurarsi che l'abate e non frate Chocarro, per fare un esempio, trovasse quel messaggio? Be', ovviamente, se era così devoto e trascorreva tante ore in chiesa, era più probabile che... » Juan si alzò di nuovo e iniziò a passeggiare per la biblioteca a braccia conserte. Si fermò davanti a una finestra.

Sorrisi. Conoscevo i suoi processi mentali: in quel momento

il suo cervello elaborava a tutta velocità la nuova informazione, attribuendo varie possibilità ai fatti.

Dopo un po', Juan si girò e tornò a sedersi. « D'accordo, tracciamo uno scenario. Prima di tutto devo dire che questa ipotesi esclude completamente le donne: è vero, una donna avrebbe potuto travestirsi o avere un corpo dalle forme mascoline, ma in una comunità di soli uomini sarebbe risultato difficile dissimulare un seno un po' troppo abbondante o i fianchi generosi... D'accordo, stavo dicendo che una persona, un uomo, chiede di trascorrere alcuni giorni in monastero, viene ammesso e gli viene assegnata una cella. Quando tutti dormono – persino l'abate che, secondo quanto ci avete raccontato, dormiva solo un paio d'ore per notte – quest'uomo va in chiesa, riesce a introdursi nella cappella del Santissimo, profana il tabernacolo, ne ruba il contenuto e quindi ritorna nella sua cella, non senza aver lasciato prima un messaggio e aver spento il lumino. L'abate si sveglia e, come sua abitudine, si reca in chiesa a metà nottata: trova il tabernacolo vuoto, legge il messaggio ed esce dal monastero in tutta fretta. Prende l'auto e va lì dove gli è stato indicato; lo rapiscono e, in seguito, lo uccidono. Sì, dev'essere andata più o meno così. »

« Ispettore, quanto lei afferma dà per scontato che si tratti di un assassino che conosceva le abitudini dell'abate, il che riporta irrimediabilmente i sospetti verso questo monastero », disse padre Ignacio.

« Sì, rettore, temo che lei abbia ragione. L'assassino doveva conoscere i costumi della massima autorità del monastero per pianificare la propria strategia... e, soprattutto, doveva disporre delle chiavi. Frate Chocarro sosteneva che in un'abbazia come questa le serrature sono vecchie e facili da aprire: con una leva, con un coltello o persino con una forcina per capelli. Sono d'accordo, ma, se le serrature fossero state forzate, i ragazzi del laboratorio avrebbero dovuto trovare qualche indizio, e invece affermano che erano intatte. »

« Uno dei nostri, ispettore? Non crederà che uno dei monaci abbia aperto le porte e permesso il furto? Dio mio! Come si può insinuare una cosa simile? »

« Voi tutti disponete delle chiavi della sacrestia? Espresso con altre parole, avete tutti libero accesso alla chiesa? » domandai.

« No. Soltanto io, padre Francisco e frate Chocarro - oltre al padre abate, che riposi in pace - disponiamo della chiave della sacrestia. Però in refettorio, accanto alla bacheca degli avvisi, c'è un mazzo completo di chiavi: contiene una copia di tutte le chiavi del monastero. Quindi chiunque potrebbe averlo preso, anche se, a nostra discolpa, devo dire che tutti i confratelli vivono nel monastero da parecchio tempo: credo che l'ultimo arrivato sia con noi da più di cinque anni. In tutta sincerità, non riesco a immaginare nessuno di loro impegnato nelle cose che lei suggerisce. »

« E i novizi, che cosa può dirmi di loro? Hanno accesso anche loro a quel mazzo di chiavi? » domandò Juan.

Padre Ignacio guardò pensieroso il maestro dei novizi, che rispose con una lieve inclinazione del capo. « Sì, suppongo che pure loro potrebbero averle prese... » disse il rettore.

« Quanti novizi ospita il monastero, in questo momento? » chiesi.

« I tempi sono cambiati, vostro onore. Attualmente abbiamo un unico candidato; vive con noi da sei mesi e sembra che abbia la vocazione. Il mese scorso ci ha abbandonati un secondo candidato, che si è scoraggiato abbastanza presto, dopo poco più di tre settimane. Ci ha messo un po' di tempo a rendersene conto, ma risultava chiaro a prima vista che non era portato per la vita contemplativa. »

« È questo il nostro uomo! » esclamò Juan. « Ha potuto farsi una copia di tutte le chiavi e consegnarle all'assassino, non appena uscito dal monastero. »

Per me le cose non erano così chiare come per lui. Senza dubbio, però, quella pista andava seguita, perché poteva condurci ad altre. « Verificheremo, è chiaro, ma in ogni caso dobbiamo considerare seriamente l'ipotesi che la scelta del vostro abate non sia stata casuale », dissi. « In altre parole, gli autori di questi fatti non intendevano sequestrare un abate qualsiasi, bensì l'abate del monastero di Leyre. Perché? Lo ignoriamo, ma, se riusciamo a gettar luce su questo mistero, troveremo le origini del caso. D'altro canto, nella sua testimonianza, il segretario episcopale ha riferito che l'arcivescovo di Pamplona aveva manifestato quella stessa impressione: monsignor Cañarte ha sempre creduto che questo dilemma non riguardasse l'ordinario della diocesi o la Chiesa in quanto tali, ma lui personalmente. Pensava di trovarsi nel mirino di qualche complotto, per motivi che lui stesso ignorava. Sfortunatamente aveva ragione. Alla luce di una simile coincidenza, la mia domanda è la seguente: che cosa poteva unire l'ordinario della diocesi di Pamplona e l'abate del monastero di Leyre? »

« Vede, vostro onore, la nostra abbazia, come molte altre – anzi, direi come la maggior parte delle comunità cenobite – non dipende dal vescovo ordinario della diocesi », disse il rettore. « S'intrattengono rapporti di reciproca cortesia e vi sono celebrazioni congiunte in momenti particolari. Abbiamo relazioni più strette nel caso di ordinazioni o consacrazioni: negli ultimi anni, nessuna. Insomma, dal mio punto di vista, nessun legame particolare univa i due defunti. Camminavano insieme, ma su strade parallele. »

« D'accordo, non li univa nessun legame istituzionale, ma è possibile che, sul piano personale, avessero qualche tipo di vincolo », replicai.

« Vostro onore, in un monastero come il nostro tutto il tempo disponibile è misurato, dosato e assegnato a qualche attività. Il nostro orario è molto rigido e non ci permette di coltivare amicizie private. È vero che un abate dispone di una certa flessibilità, ma padre Urrutia non la sfruttava. Seguiva strettamente la vita cenobitica: vigilie, laudi, ore minori, studio, preghiera, lavoro. Che io sappia, il nostro abate e l'arcivescovo si stimavano reciprocamente, ma non si frequentavano al di fuori degli obblighi comuni. »

Scese di nuovo il silenzio. Gli effetti benefici della tempesta si erano già consumati e il caldo soffocante tornava a chiamarci dalle finestre semiaperte.

Mi guardai intorno: sembravano tutti stanchi. Stavo per proporre un intervallo, quando notai che il sacrestano si risvegliava. Percepii di nuovo un cambiamento sulle sue guance, che ripresero a colorarsi. « Cosa succede, frate Chocarro? È come se lei avesse visto un angelo. »

« Mi perdoni, vostro onore, stavo pensando all'eleganza delle soluzioni. »

« Come, scusi? » dissi, confusa.

« L'eleganza delle soluzioni. Vede, la scienza matematica insegna a risolvere i problemi complessi. La cosa più importante, senza dubbio, è la risoluzione, ma si considerano anche l'eleganza e l'efficienza con cui ci si arriva. Una soluzione in tre passaggi è sempre migliore che una in sei. »

« È molto interessante, fratello, ma... »

Lui continuò come se non mi avesse sentito. « Per raggiungere l'efficienza, bisogna impiegare sempre la logica razionale, non quella dei sentimenti. La razionalità obbliga a iniziare dal dato più probabile. Per risolvere un integrale, la prima cosa che si fa è guardarlo a lungo, esaminarlo, a meno che non sia di soluzione diretta... »

Credo che nessuno dei presenti seguisse il ragionamento. Tuttavia ciò che diceva suonava molto bene, e lo ascoltammo con attenzione.

« Cominciare dall'evidente, ecco che cosa dovremmo fare. Se esaminiamo in modo razionale il problema che c'impegna, dobbiamo abbandonare il particolare e andare verso il generale, eliminando tutti i dati superflui. Se non sapessimo che sono stati assassinati entrambi, quale relazione troveremmo tra l'arcivescovo di Pamplona e l'abate di Leyre? » Tutti aspettavamo la risposta in silenzio. « È facile: sono, in questo preciso ordine, i numeri uno e due della Chiesa di Navarra. »

Lo fissavamo a bocca aperta: era un'ovvietà, ma poteva avere ragione lui. In quel momento ricordai che Gabriel Uranga l'aveva già accennato.

« Quindi... » mormorai, guardando Juan.

« Sì », disse, senza aggiungere altro.

Juan e io avevamo deciso di omettere il particolare del dito dell'arcivescovo. Ma se frate Chocarro aveva ragione, il caso si addentrava su terreni molto più complessi. Se il dito dell'abate era servito come esca per l'arcivescovo, quale preda intendevano catturare col dito di monsignor Cañarte?

« Rettore, l'abate di Leyre può essere considerato il numero due della Chiesa di Navarra? » domandai.

« Sì, ne sono convinto. Senza dubbio San Salvador de Leyre è il monastero più importante di questa regione. »

Mi trattenni un istante, pensando a quale fosse il modo migliore per formulare la mia domanda successiva. Non trovai nessuna maniera soddisfacente. Tutto ciò che mi veniva in mente, scopriva le mie carte e mostrava la giocata. Eppure lo feci, nonostante l'occhiata di rimprovero di Juan.

« Rettore... oltre il vescovo chi c'è? A livello gerarchico, intendo. »

« Be', non le saprei dire. In realtà la gerarchia della Chiesa è molto semplice: si limita ai vescovi e ai cardinali in comunione col Santo Padre. Ciascuno di loro, nella sua diocesi, fa e disfa secondo la propria volontà, ovviamente rispettando le direttive generali del Vangelo. »

« Mi sta dicendo quindi che al di sopra di monsignor Cañarte c'è soltanto il papa? »

« In senso stretto è così. Di fatto esiste una Conferenza episcopale, che tutti ascoltano, benché non abbia nessuna gerarchia formale. D'altro canto, il papa ha un suo nunzio apostolico a Madrid. »

« Grazie per il chiarimento, rettore », s'intromise Juan, infastidendomi profondamente. « Sarebbe possibile avere subito l'elenco coi nomi dei visitatori che hanno pernottato al monastero nelle ultime due settimane? E avrei bisogno anche di nome e indirizzo del vostro ultimo novizio. »

« Sì, certo. Frate Chocarro, puoi occupartene tu, per favore? »

Il sacrestano abbandonò la stanza senza proferire parola. Lo osservai mentre usciva, spingendo con facilità la robusta porta della biblioteca. Decisi che, alla prima occasione, gli avrei chiesto apertamente che cosa pensasse del caso: ero sicura che Fermín Chocarro sarebbe stato ancora utile in futuro.

21

Quando uscimmo dall'abbazia, il cielo sembrava dipinto di fresco: il suo blu riempiva tutto con una luminosità fiduciosa. Delle nuvole plumbee non restava traccia, così come non aveva lasciato traccia il temporale; il caldo accampava di nuovo i suoi diritti. Mi levai il giubbotto non appena uscimmo dal monastero: la camicetta iniziava a incollarsi alla pelle, in parte anche per il fastidio causatomi dal comportamento di Juan. Lui invece non sembrò accorgersi del drastico aumento della temperatura; non disse parola, navigava nel suo mondo di indizi e di prove.

In realtà preferivo che fosse così. Avevo bisogno di un margine di tempo per dominare la mia rabbia: Juan mi aveva scavalcata in pubblico e questo non dovrebbe mai succedere con un giudice, anche se il suddetto era, come nel mio caso, un magistrato inetto o novellino. Stringevo l'elenco delle persone che avevano condiviso la clausura coi monaci di Leyre negli ultimi quindici giorni; quando mi sedetti in macchina, mi misi a studiarla, mentre Juan guidava in silenzio.

La lista era stata compilata diligentemente dal portinaio, un simpatico e magrissimo frate di nome Daniel, la cui pelle sembrava fosse stata spremuta fino a estrarne qualsiasi umore. Ignorando che gli Stati moderni controllano tutti i loro cittadini in mille modi e che, con un solo dato, le autorità possono conoscere persino i più reconditi pensieri, frate Daniel aveva enumerato ogni genere di dettaglio: numero del documento d'identità e indirizzo esatto, cui venivano aggiunti l'età dell'ospite, la professione attuale, il tempo che aveva soggiornato nel monastero - tre notti, nella maggior parte dei casi - e una descrizione completa delle facce che il fratello ricordava. Devo dire che frate Daniel, come la maggior parte di quelli che, in un modo o nell'altro, esercitano compiti di portineria, aveva uno squisito spirito di osservazione e una memoria prodigiosa. A eccezione di uno degli ospiti, del quale non fu in grado di fornire altro che particolari sconnessi, ci offrì ritratti talmente esaustivi da far invidia alla polizia.

Mentre Juan guidava sovrappensiero, io mi dedicai ad analizzare quella lista. Non era troppo lunga, vi comparivano quindici nomi. Il più giovane aveva ventun anni, il più anziano sessantasei. Sembrava evidente che le motivazioni che spingevano quelle persone ad abbandonare le comodità della routine quotidiana e a ritirarsi dal mondo, anche solo per pochi giorni, potevano essere molto diverse. Contrariamente a quanto avevo immaginato, San Salvador de Leyre non attirava solo persone dei dintorni. Benché ci fossero monasteri disseminati in lungo e in largo nel Paese, alcuni visitatori arrivavano anche da lontano per alloggiare lì.

Guardai fuori del finestrino e corressi all'istante le mie prime sensazioni. Sotto la luce di quell'imponderabile cielo azzurro, la pacifica abbazia era ammaliante. Nel volgere di nuovo lo sguardo sull'elenco che avevo posato in grembo, non mi meravigliò che alcuni di quegli uomini si fossero trasferiti da Minorca, Siviglia, Valencia o Malaga, anche se la maggioranza di loro proveniva - per ovvi motivi - dalle vicinanze: otto dalla Navarra, due da Saragozza e uno da La Rioja. Per mia disgrazia, non disponevamo di nessun sensore che permettesse d'identificare tra loro un assassino di frati e preti. Per quanto leggessi quella raccolta di nomi e dati, non riuscivo a identificare nessun fatto che mi facesse sospettare di qualcuno di loro.

Quando la città era ormai alla portata dei nostri occhi, girai la testa verso il mio accompagnatore e gli rivolsi la parola. A quel punto del viaggio, la mia rabbia era ormai quasi scomparsa. «Juan, da questo elenco potremo ricavare poco o niente... Ce ne sono di tutte le età e città; e, come se non bastasse, arrivano anche da lontano. Ho paura che dovremo studiarceli uno per uno. Per interrogarli ci vorranno ore!»

Senza dare spiegazioni, Juan sterzò bruscamente, fermò l'auto sulla banchina e si girò verso di me. «Lola, dobbiamo parlare.»

«Sì, certo», replicai in modo meccanico.

«No, sul serio, ascoltami...»

« Va bene, ma non fare quella faccia: ti ascolto. »

« Devo... Voglio chiederti scusa. Non sei più la donna impaurita che ho conosciuto ammanettata a un letto di ospedale tanto tempo fa. »

In effetti, non ero più quella. Juan era stato l'ispettore che mi aveva tolto le manette: ero stata accusata della morte di un collega. Ben presto si era dimostrato che non avevo nulla a che vedere con quell'omicidio, tuttavia ero stata trattenuta vari giorni in regime di carcerazione preventiva. La debolezza del mio cuore aveva fatto sì che passassi dalla cella del penitenziario alla stanza di una clinica, dov'ero ammanettata e piantonata giorno e notte da due agenti. Juan mi aveva visto piangere, mi aveva sentito riferire i miei problemi coniugali, mi aveva osservato abbigliata con una di quelle camicie da notte che non riescono mai a coprirti del tutto il corpo... Insomma, mi aveva vista nel momento più basso della mia vita. Dall'alto.

« No, non lo sono. » La mia voce tradiva il fatto che, nonostante tutto, l'arrabbiatura aveva attecchito in profondità. « Ora indosso una toga e mi occupo dei problemi degli altri. Per esempio, di questo caso. »

« Sì, è per questo che ho fermato la macchina: mi sento obbligato a chiederti scusa. Purtroppo non sono abituato a lavorare sotto gli ordini di qualcuno; da molti anni ormai sono io quello che comanda. Non c'è democrazia nella mia squadra. »

« Lo so, Juan, tu sei il capo perché sei il migliore. Ma devi ricordarti che il caso non lo istruisce la polizia, bensì il tribunale. La responsabilità è mia. Quando questo caso verrà chiuso, tu tornerai all'Interpol, t'immergerai di nuovo nel tuo mondo, arresterai quel pedofilo cui dai la caccia, e poi un importante trafficante d'arte o un mafioso. Ma io continuerò qui, e la gente mi giudicherà per l'efficienza con cui avrò condotto questo caso. »

« Vuoi che mi ritiri? » chiese con voce incerta.

« No, Juan, non voglio che ti ritiri », risposi. « Sei sempre il migliore, e ho bisogno di te. »

« D'accordo, allora: sei tu al comando. Ti consulterò prima di prendere qualsiasi decisione. »

« Perfetto, è tutto quello che ti chiedo. Sono contenta che ci siamo chiariti. Ora dovremmo proseguire, non si può sostare sulla banchina.»

«D'accordo, capo», disse, sorridendo.

Chinandosi verso di me, con una strana luce negli occhi verdi, mi schioccò un dolcissimo bacio sulla guancia, lasciandomi senza parole. Juan era sempre stato gentile con me e, in effetti, avevamo una relazione molto speciale, ma non aveva mai fatto nulla di simile. Non dissi niente, perché lui iniziò subito a parlare del famoso elenco.

«Per quanto riguarda i nomi, come prima cosa verificheremo i precedenti di tutti. Le fedine penali di solito possono costituire un modello orientativo del comportamento dei soggetti indagati, benché non sempre risultino troppo affidabili.»

«Bene, non appena arriviamo al tribunale...»

«Non serve», replicò, estraendo dalla tasca del giubbotto quella che sembrava un'agenda elettronica. «Introduci qui i dati, lo schermo ti fornirà l'informazione in pochi secondi.»

Osservavo quell'apparecchio con un'espressione incredula.

«Non guardarlo così, questo aggeggio eguaglia in potenza qualsiasi computer. È in grado di confrontare impronte, connettersi con tutti i database del mondo e identificare tramite satellite qualsiasi luogo. Potere dell'Interpol, Lola...»

Mentre Juan guidava, iniziai a inserire nomi e cognomi. Aveva ragione: ottenni le fedine penali in un istante.

Essere schedato significa che la società ti considera un cittadino a rischio. La criminologia si basa perciò su un principio molto semplice: se l'hai fatto una volta, sei capace di ripeterlo. Per esperienza so che, a volte, uno scontro con la giustizia provoca gli effetti opposti al principio generale. Per determinate persone una volta basta e, dopo aver provato sulla propria pelle quanto costa infrangere la legge, i benefici di un crimine sembrano loro molto meno allettanti. Una notte in cella e una fotografia di profilo, condividere la colazione con un omicida o uno spacciatore, farsi perquisire da un funzionario non troppo gentile o ascoltare l'arringa del pubblico ministero: tutto ciò può servire da monito. Ma, sfortunatamente, nella maggior parte dei casi i criminologi sono nel giusto quando affermano che, sorpassata la linea divisoria tra il bene e il male sociale, è normale ricascarci.

Dobbiamo riconoscere che la società è molto progredita, al punto che non incolla più sul portale delle chiese le liste coi nomi dei condannati, la causa della loro condanna e i particolari del meritato castigo. Simili cose non accadono più, ci mancherebbe! Tuttavia alle liste fisiche si sono sostituite quelle informatiche.

In tre minuti scarsi lo strumento di Juan ci fornì tre nomi: il primo era quello di un visitatore andaluso. Il nostro mistico sivigliano era stato arrestato nel 1974 per possesso di cocaina: una modica quantità, ma pur sempre illegale. Ma quand'era giunto a Leyre, era un onesto cittadino di sessantasei anni, con sei figli, sedici nipoti e un'azienda familiare di cui occuparsi. Alcuni giorni dopo, Juan lo chiamò, fingendo di essere un frate benedettino, e gli chiese se avesse dimenticato in monastero un ombrello nero. In poco più di quindici minuti – Juan era molto abile in quel genere d'interrogatori –, il sivigliano raccontò di avere l'abitudine di abbandonare le sue attività quotidiane per qualche giorno di ritiro all'anno; gli serviva per pensare, per reimpostare la sua vita e per placare la coscienza. Era entusiasta del suo soggiorno a Leyre, ma l'ombrello non era suo.

Un ragazzo di Saragozza, secondo dei nomi offerti dal computer, era impiegato presso il reparto di moda maschile del Corte Inglés ed era stato fermato per guida in stato di ebbrezza. Il suo errore, che si era concluso schiantandosi con l'auto contro un albero a cento chilometri all'ora, aveva provocato lesioni di media entità alla sua passeggera: una ragazza minorenne. Stando al suo dossier, il ragazzo aveva manifestato davanti al giudice il proprio pentimento e la sincera intenzione di cambiare vita. Leyre sembrava far parte di quelle buone intenzioni.

Il terzo nome con precedenti era navarro e ci mostrò come l'abitudine di accusare i recidivi presentasse i suoi difetti. Il temibile computer di Juan poteva mettere sullo stesso piano un omicida, un evasore fiscale e un cittadino che rifiuta di pagare le multe per sosta vietata. Il navarro ne aveva sei in sospeso.

Visto che non potevamo chiedere al computer più di quanto ci potesse dare, decidemmo d'indagare caso per caso. Ritenevamo entrambi che l'uomo d'affari di Siviglia e il commesso pentito sarebbero stati esclusi in prima battuta. Ma ci restavano ancora tredici candidati. Decidemmo di occuparci prima e personalmente dei più vicini geograficamente; davamo infatti per valida l'ipotesi che l'assassino non avesse scelto Leyre e Pamplona a caso, ma per qualche motivo il cui chiarimento ci avrebbe portati a comprendere quegli atti di estrema violenza.

Se è vero che si odia solo quello che si conosce bene, dovevamo iniziare dai dintorni di Pamplona.

LIBRO TERZO

L'INFINITÀ DEI NUMERI PRIMI

Ogni numero pari maggiore di due
è la somma di due numeri primi.
Congettura di Goldbach

« Come dice, padre? » Non ricordavo di avergli chiesto nulla.

« Le ho portato i dati sulle persone che avrebbero potuto danneggiare l'arcivescovo... »

« Ah! » Annuii, facendo mente locale in tutta fretta.

Era vero. Nella nostra seconda conversazione al palazzo episcopale, avevamo parlato delle minacce ricevute e delle persone che avevano abbandonato la Chiesa, arrabbiate con l'istituzione e, in particolare, col prelato. L'intromissione dell'ispettore Álvarez e la sua sgradevole scenata me lo avevano fatto dimenticare.

« La lista è corta, grazie a Dio. » Don Lucas aveva proseguito la conversazione senza preoccuparsi se lo stessi ascoltando. « Siccome non riuscivo a dormire, ho passato la notte in ufficio a rileggere la corrispondenza. Se vuole, le posso fare un riassunto delle circostanze che caratterizzano questi casi, così forse le facilito il lavoro. Dall'esterno queste cose non sempre si comprendono bene. »

« Gliene sarei molto grata, padre. Perché non mi segue nel mio ufficio? Lì potremo parlare con più tranquillità. Non ho molto tempo, ma... »

« Cercherò di essere breve. Al servizio di monsignor Cañarte ho appreso un nuovo significato dell'efficienza: usare il minor tempo possibile per svolgere la massima quantità di pratiche. »

« Perfetto. Mi segua, la prego. »

Mentre infilavamo il corridoio sulla sinistra, incrociammo un piccolo gruppo di persone che avanzavano in modo precipitoso verso l'uscita. Con la coda dell'occhio vidi il rosso. Il colore risaltò ancora di più quando s'incrociò col nero della sottana. In quel viso c'erano anche tocchi di blu e di giallo, ma primeggiava soprattutto il rosso. Rosso sangue, rosso percossa, rosso furore.

Mi voltai e aguzzai la vista. Strinsi i denti di colpo; se non lo avessi fatto, la rabbia dentro di me sarebbe esplosa con tutta la sua violenza. La giovane portava al collo un foulard costoso che non era nel suo stile; l'etichetta pendeva ancora da un angolo. La fiancheggiavano due sgradevoli personaggi, madre e figlio, due sorrisi sbiancati che nascondevano miserie maleodoranti.

Feci accomodare il prete nel mio ufficio, gli chiesi di aspettarmi qualche minuto e uscii in tutta fretta alla ricerca del nuovo segretario giudiziario che mi avevano assegnato. Ma non lo trovai. Con mia grande sorpresa, Gorka era tornato al suo posto. «Gorka, sei tornato in fretta! Ti sei già ripreso?» domandai.

«Ero passato un momento per recuperare una cosa che avevo dimenticato, ma vedendo tutto questo pandemonio sono rimasto. Tanto ho capito che lei non sa cavarsela senza di me», concluse, convinto della veridicità di quell'affermazione.

Sorrisi. Non m'importava affatto pagare quel pegno. Nonostante le sue manie e stranezze, Gorka Larrea era un buon segretario, e in quei momenti avevo bisogno di poter contare sul suo aiuto. «Te ne sono molto grata. E sono contenta che tu stia meglio...» replicai, prima di tornare al lavoro. Non avevo tempo da perdere e, per di più, ero ancora invasa dalla rabbia. «A proposito, Gorka, quella ragazza che se n'è appena andata non era Angela...?»

«Sì, vostro onore, era lei. Mi dispiace che l'abbia vista, so bene come la colpiscono queste cose. È arrivata all'alba, accompagnata dall'assistente sociale. Ha presentato una denuncia: il referto sulle lesioni dice che le hanno rotto tre costole, due dita della mano sinistra e il setto nasale. E ovviamente è stata violentata, questo non manca mai... Però ha appena ritirato la denuncia. Se l'ha vista uscire, si sarà resa conto che l'accompagnavano il marito e la suocera.»

«Un giorno la ucciderà!»

«Sono sicuro che lo farà. E guardi che stavolta sembrava decisa a denunciarlo...»

«Non è mai stata completamente convinta», mi rammaricai. «È questo il problema.»

«Una gravidanza cambia parecchio le cose, vostro onore. Come madre lei può capirlo meglio di me.»

«Una gravidanza? È incinta?»

«Sì, glielo hanno confermato all'ospedale, quando l'hanno visitata. È al terzo mese. I pugni nello stomaco stavolta non le hanno provocato danni, ma cosa succederà la prossima volta? Eppure si sa come vanno queste faccende: quand'è tornato sobrio, lui ha chiesto perdono...»

Non lo lasciai terminare. Da quanto mi aveva riferito, avevamo il referto sulle lesioni. « Va' subito a cercarlo! Corri, prendi un paio di agenti e fa' portare qui il marito! È tutto a posto. Stavolta possiamo procedere. »

« Ma, vostro onore, dichiareranno che... »

« Dichiarino pure quello che vogliono. Voglio parlare con lei. Corri, Gorka, o ci scapperanno! »

Gorka uscì di corsa e io tornai in ufficio. Don Lucas mi stava ancora aspettando; mi ero completamente dimenticata di lui.

« Mi scusi, padre, un caso di violenza domestica... Si sieda, la prego, e mi parli delle sue ricerche », dissi, pur non essendo affatto sicura di avere il tempo per poterlo ascoltare.

« D'accordo. Devo dirle, con mia grande soddisfazione, che nell'ultimo anno nessuno ha abbandonato il seminario diocesano. Sono in pochi a entrare, però di solito sono convinti di ciò che fanno. Ai giorni nostri, il sacerdozio non è una professione ben vista: si guadagna poco e si rinuncia quasi a tutto. Chi decide di seguire la chiamata di Dio e intraprendere questo cammino sa già a quali difficoltà va incontro. »

« Molto bene, scartiamo i seminaristi. C'è qualcun altro? »

« Non ci sono stati licenziamenti. Intendo dire che nessun impiegato dell'arcivescovado può essere infuriato per un problema lavorativo. »

« E questo va bene: predicare con l'esempio », dissi, mentre iniziavo a innervosirmi. « Qualcos'altro? »

« Sì, un sacerdote della diocesi ha chiesto di essere dispensato. L'arcivescovo ha avallato le sue richieste. Come sempre. »

« Don Lucas, non ho molta familiarità con questo tipo di questioni, può spiegarsi meglio? »

« Mi scusi, vostro onore, ha ragione. Volevo dire che l'anno scorso c'è stato un sacerdote che ha scelto di abbandonare la propria vocazione, per sposarsi. Come saprà, diaconi, sacerdoti o vescovi – insomma, tutti coloro che siano stati in qualche modo consacrati –, pur avendo rinunciato alla loro condizione e non essendo soggetti agli obblighi della condizione clericale, hanno bisogno di una dispensa speciale per sposarsi, poiché dall'obbligo del celibato può dispensare soltanto il papa. Una volta concessa la dispensa, la vecchia condizione smette di essere un ostacolo al matrimonio. Ebbene, quella persona ha richiesto una dispensa e le è stata concessa. Roma ha domandato il parere dell'arcivescovo e lui ha avallato la richiesta. »

La domanda mi scappò, anche se era ovvio che non faceva al caso nostro. « Perché, don Lucas? Avendo già così pochi preti, non dovreste incoraggiare l'abbandono... »

« È meglio che siano fuori, cercando di condurre una vita cristiana meno impegnata, anziché restare all'interno dando il cattivo esempio con le loro azioni sregolate. »

« Azioni sregolate... Di cosa stiamo parlando, padre? » Nella mia testa si era acceso un allarme. Sapevo che, in più di un'occasione e con esiti differenti, la Chiesa aveva provato a coprire azioni illegali commesse dai propri membri. Tuttavia un omicidio era un delitto troppo grave.

« Vede, vostro onore, se al prete del suo villaggio piace troppo giocare a briscola nel bar, lei dirà: 'Il padre tal dei tali sarà anche un giocatore, ma è un buon prete'. Se gli piace il cognac e non disdegna mai un calice di vino, lei dirà: 'D'accordo, è una spugna, ma è un buon prete. Si occupa della parrocchia e delle cose sante'. Ma se il prete del suo quartiere si lascia coinvolgere in questioni di gonne, né lei né gli altri parrocchiani direte che è un buon prete... Se non può rinunciarvi, è preferibile che abbandoni. »

« Quindi mi sta parlando di azioni immorali per un prete. »

« Sì. »

« Si dà il caso, padre, che tali azioni non sono illegali e, pertanto, restano fuori della mia competenza. Quel prete che ha chiesto la dispensa non è candidato a diventare un delinquente solo per quello. »

« Lo so, ma lei non mi ha lasciato finire. Quel sacerdote ha chiesto la dispensa, e gli è stata concessa. Ultimamente nella diocesi non ci sono stati altri problemi. »

« Quindi siamo tornati all'inizio... »

« Be', possiamo dedurre che se, come l'arcivescovo credeva, questa faccenda è direttamente collegata alla sua persona o alla diocesi di cui era a capo, deve avere radici antiche. Dev'essere di molto tempo fa... »

« Cosa mi dice della lettera di riscatto? »

« Niente più di quanto le ho già detto: una parte in aramaico e l'altra in un latino di scarsa qualità. »

Nemmeno gli uomini della Scientifica avevano ottenuto granché dall'analisi della pergamena. Era molto antica, ma non era difficile trovare esemplari come quello. Galbis stava cercando tra gli antiquari della zona, fino a quel momento senza successo.

« Don Lucas, la ringrazio molto per il disturbo. La prego di chiamarmi, se dovesse trovare qualcos'altro. »

« Vostro onore, per quanto riguarda i soldi... Insomma, non voglio darle un'impressione sbagliata. Non posso parlarne, perché sono venuto a conoscenza dei fatti durante la confessione, ma... »

« Non si preoccupi, siamo al corrente. Almeno in parte. »

« Siete al corrente? »

« Il denaro lascia sempre una traccia: estratti bancari, tasse, commercialisti... Sappiamo che l'arcivescovo era ricco di famiglia; siamo anche al corrente del fatto che ha tentato di usare il proprio denaro per pagare il riscatto. »

« Come l'avete saputo, se posso chiedere? »

« Abbiamo parlato con Petit, il suo consulente. Bisognava soltanto tirare le fila. »

« Questo mi rallegra, lei non sa quanto! So bene che quando uno è morto, la fama poco importa, ma mi sarebbe dispiaciuto che qualcuno potesse pensare male dell'arcivescovo. Al giorno d'oggi non ci sono molti vescovi ricchi, sa? Nessuno potrebbe capire. »

Sorrisi, la vita era davvero complicata. « Ma rispetto a questa questione, don Lucas, ho un'altra domanda da farle: dei soldi portati dal consulente, l'arcivescovo ha trattenuto una certa quantità o li ha consegnati tutti? »

« Credo che li abbia consegnati tutti. »

« Crede? »

« Sono quasi sicuro. Io, almeno, non l'ho visto estrarre niente dalla sacca sportiva. »

« Grazie, padre. » Gli strinsi la mano e gli aprii la porta dell'ufficio. Stavo per richiuderla, quando lui mi trattenne.

« Vostro onore, mi stavo quasi dimenticando! Le ho già riferito che il mittente della busta contenente la bara col dito mozzato era una società domiciliata a Dublino, di nome *Compassion, no sacrifices...* »

« Sì, lo so. »

« Be', deve sapere pure che esiste davvero: è un'organizzazione d'ispirazione cristiana, ma non sono stati loro a inviare il pacchetto. Ho contattato la sede centrale e non sanno niente di quella busta. »

« La polizia nemmeno, padre. Lei sarebbe un ottimo investigatore. La busta è stata consegnata a un ufficio della ditta SEUR, *Servicio Urgente de Transporte,* di Pamplona. »

« Vedo che questo caso è in buone mani, vostro onore. L'aiuterò con le mie preghiere. »

« Grazie, ma non si dimentichi di chiamarmi, se dovesse ricordare qualcos'altro. Per esempio la storia di un reliquario contraffatto. »

Don Lucas si limitò a sorridere con una smorfia amara.

Chiusi la porta e mi sedetti alla scrivania, cercando di delineare il quadro della situazione, ma non fu possibile. Le grida e le bestemmie si facevano sempre più vicine: lo avevano già arrestato. Non era facile che quel procedimento andasse a buon fine, ma almeno mi avrebbe permesso di guadagnare un po' di tempo, che avrei usato per cercare di convincere Angela. Avevo un buon asso nella manica.

Bussarono un paio di volte alla porta e, senza aspettare la mia risposta, entrò Gorka. « Vostro onore, Angela è qui. E fuori c'è la suocera, che sta minacciando il mondo intero. Dice che chiamerà non so quale suo parente, che lavora alla Corte Suprema. »

« Per favore, fa' entrare Angela... Da sola. »

Usai tutte le mie armi, ma quella povera donna era così spaventata che non mi ascoltò nemmeno. È curioso: era una bella ragazza e veniva da una famiglia che aveva fatto di tutto per darle una buona educazione. Avrebbe potuto crearsi una carriera, ma aveva avuto la sfortuna di prendere una decisione sbagliata. Le molte volte che avevamo parlato insieme, avevo notato come lei tendesse ad appiattire il suo io fino a trasformarlo in un tappetino che suo marito calpestava a piacere. Anche quella volta mi resi conto che i colpi non avevano ferito tanto la faccia, quanto la sua anima.

« Non si preoccupi, vostro onore, non è niente. Non ne vale la pena... »

« Angela, ora non sei più sola: devi pensare al bambino. Lui può fargli del male. »

« Non sopravvivrà, ma è meglio così. »

« No, non è meglio così! Tutto questo può cambiare, puoi iniziare una nuova vita. Tu e il tuo bambino! Noi ti aiuteremo. La legge ha i mezzi per farlo. »

Non disse niente.

Cercai nella tasca esterna della valigetta la foto del mio figlio più piccolo. Gliela mostrai. « Guarda, Angela, il tuo bambino sarà così. Lo vedrai crescere, diventerà un grande architetto e ti costruirà una bella casa dove vivere. »

« Mio marito non mi lascerà mai andare, e lei lo sa bene, vostro onore. Mi troverà ovunque io vada e, poi, mi vedrete al telegiornale e la gente racconterà com'ero brava... » Se ne andò senza che le mie parole avessero fatto breccia nel suo animo.

Fuori l'aspettava la suocera, con un'espressione d'orgoglio e con lo sguardo assassino. « Andiamo a casa, figlia mia », le disse. « Questa gente non sa quello che fa. »

Con la rabbia che mi usciva da tutti i pori, afferrai la lista di nominativi e iniziai le ricerche. Se non potevo evitare quel crimine, avrei almeno cercato di non far amputare altre dita.

I sei visitatori di Leyre su cui mi toccò indagare risultarono piuttosto diversi tra loro: tutti si erano recati al monastero per isolarsi dal mondo, ma le motivazioni erano molto diverse. Due, professori universitari, volevano concludere le rispettive ricerche. Un altro, abbandonato di recente dalla moglie, non voleva restare solo in quella casa così piena di ricordi dolorosi: mentre i figli cambiavano l'arredamento, si era ritirato in clausura. Il quarto voleva smettere di fumare; il quinto, combattere lo stress. Il sesto uomo sull'elenco ambiva soltanto a un paio di giorni di meditazione.

Stava finendo il pomeriggio, quando chiamai Juan.

Neanche lui aveva trovato niente di significativo. « Innocenti come colombe, Lola. Niente di niente. Forse abbiamo sbagliato l'ipotesi di partenza, e il nostro caro frate Chocarro non è nient'altro che un sognatore che anela il profumo di sua madre.»

«Non sono d'accordo. Chocarro era uno scienziato.»

«D'accordo, era uno stimato matematico, e allora? Andiamo, Lola, tutti gli scienziati come lui vivono tra le nuvole!»

«Non *era* un matematico, Juan. Anche se indossa la tonaca, lo è ancora.»

«E cosa cambia? Il fatto che conosca benissimo la matematica non rende il suo racconto più credibile.»

«Questo è vero. Tuttavia sapeva già che l'abate era morto e che c'era un'altra persona coinvolta.»

«Magari l'implicato è lui e proprio per questo sa così tanto su questo caso.»

«Juan, dov'è finito il tuo famoso istinto?» replicai. Il sacrestano non gli era piaciuto fin dall'inizio e senza nessuna ragione. «Non posso credere che sia tu a dire una cosa simile. Guardalo negli occhi, santo cielo, ha un animo semplice! Inoltre ti ricordo che è rimasto sempre nel monastero: non può essere stato lui.»

Uno sgradevole silenzio calò tra noi.

«Che cosa facciamo adesso?» domandai, cercando di rompere il ghiaccio.

«Ci restano i visitatori di Minorca e Malaga. Se da lì non emerge qualche dettaglio poco convincente, vorrà dire che abbiamo ignorato qualche indizio e dovremo ricominciare da capo.»

«Sappiamo qualcosa del novizio?»

«No, è scomparso. Ho parlato con sua madre: dice che il figlio voleva abbandonare la vita monastica. Per voltare pagina definitivamente, avrebbe fatto un viaggio con un amico. Al cellulare non risponde; abbiamo diramato un avviso di ricerca, anche se non sarà facile: i giovani dormono in ostelli o in luoghi improvvisati, dove non arrivano i nostri tentacoli.»

«Molto bene, aspetteremo. Domani ci saranno i funerali. Ho letto che gli assassini partecipano sempre alla sepoltura delle loro vittime per compiacersi del successo.»

«Mi sa che questo succede solo nei film, ma staremo all'erta.»

«Uomo di poca fede», bisbigliai. «Ah, Juan, sappiamo qualcosa del reliquario?»

«Sembra confermato che si tratta di un falso, di ottimo livello, non c'è dubbio. Il vicario generale è addolorato per la perdita di un simile esemplare, e anche sbalordito che nessuno se ne sia reso conto prima. La buona notizia è che ha esaminato il resto dei beni custoditi al museo della cattedrale e sembra tutto a posto. Per lo meno non siamo di fronte a un furto più esteso.»

«Non ti sembra un po' troppo per essere una coincidenza che i sequestratori chiedano proprio il reliquario contraffatto?»

«Sì, è strano.»

«Forse per questo il vescovo diceva che la vicenda aveva a che fare con lui.»

«Ma questo significherebbe che Cañarte era a conoscenza della falsificazione e, quindi, che c'era lui dietro.»

«Sì, Juan. E spiegherebbe perché portava con sé anche i soldi, oltre al reliquario. Se però sapeva che era falso e non ha detto niente, doveva essere il responsabile della scomparsa di quello autentico.»

«Hai ragione. Magari quando gli hanno chiesto proprio quell'oggetto in cambio, ha sospettato che volessero arrivare a lui e basta. Qualche amante dell'arte che lo aveva saputo e aveva deciso di ucciderlo per vendetta.»

«Poco fa è venuto a trovarmi il segretario episcopale. Gli ho chiesto del reliquario e lui ha sorriso senza dire niente. È significativo, eppure...»

«Eppure cosa, Lola?»

«Pensavo a Pello Urrutia: la sua presenza non si spiega. Per quanto ne sappiamo, non aveva nulla a che vedere con quell'esemplare.»

«È vero. Finché non troveremo l'orefice che ha realizzato la riproduzione, continueremo a dubitare. Ma è ancora presto. Per individuare tutti gli artisti capaci di un lavoro simile ci vorrà un po' di tempo. Eppure penso che sia importante. Stiamo controllando le finanze del monastero, della diocesi e anche quelle dell'amministratore apostolico deceduto. C'è qualcosa di strano, ma dovremo verificare esattamente di cosa si tratta.»

Riagganciai piuttosto angosciata: ogni giorno si aprivano nuovi fronti, ognuno più complesso dell'altro. Dovevo avanzare a piccoli passi, altrimenti i nervi mi sarebbero saltati.

Afferrai di nuovo il ricevitore e chiamai il mio segretario. «Gorka, puoi farmi un favore?»

«A sua disposizione, vostro onore.»

«Saresti così gentile da andare nella profumeria più vicina e comprare una boccetta di Esencia di Loewe? È un'acqua di colonia da uomo. Compra la boccetta più piccola che trovi. Chiedi la fattura, l'addebiteremo al tribunale.»

Gorka attese qualche momento per assicurarsi che io avessi terminato, quindi replicò: «Su quale conto dice di addebitarla?»

Compresi all'istante la sua resistenza. «Gorka, si tratta del caso degli omicidi. A Leyre e a Mendigorría è stato individuato un forte odore di colonia. Il medico legale dice che quella dell'eremo era Esencia di Loewe. Ho bisogno che i monaci del monastero di Leyre confermino se si tratta dello stesso profumo.»

«Mi dispiace, vostro onore, io...»

«Non ti scusare, Gorka, la tua cautela ti fa onore.»

«Grazie. Proverò a farmi regalare un campioncino di quella fragranza, così non dovremo addebitare la fattura a nessuno.»

«Perfetto! Potresti farlo pervenire a frate Chocarro?»

22

Essere una pessima guidatrice offre alcuni vantaggi. Uno di questi è che ti puoi dimenticare del parcheggio: fai a meno di girare e rigirare o di litigare con qualche sgradevole cafone per aver lasciato la tua auto su un passo carraio alla mercé del carro attrezzi.

Juan mi depositò proprio all'ingresso del tribunale. Nel momento in cui oltrepassai la porta a doppia anta tornai alla normalità: l'atrio era pieno e, come sempre, l'eco di conversazioni spezzate riempiva l'ambiente di un caratteristico sottofondo.

Mi stavo incamminando verso il mio ufficio, quando qualcosa richiamò la mia attenzione: in mezzo a persone vestite tutte in modo più o meno uguale, spiccava la sua collarina. Appoggiato contro una delle pareti laterali, mi aspettava don Lucas Andueza. Accorgendomi che mi aveva vista e si avvicinava, mi fermai.

« Buongiorno, vostro onore, la stavo aspettando », disse, cercando di farsi sentire sopra il baccano. A differenza della sicurezza dimostrata il giorno prima, sembrava molto pallido e abbattuto.

« Don Lucas, come sta? »

« Non troppo bene », ammise. « Non riesco a togliermi quelle immagini dalla testa. Né i dubbi, né tantomeno il rimorso. »

« Queste cose hanno bisogno di tempo. Se accetta un consiglio, non si giudichi; non è questa la sua funzione. »

« Lo so, solo Dio può vedere i veri sentimenti del cuore, ma anche se mi sforzo non riesco a evitarlo. »

« È stato da un medico? Forse per qualche tempo potrebbe aver bisogno di un aiuto professionale per superare la pena e il dolore. »

« Ci sono andato: il dottore mi ha prescritto delle pillole, che non ho preso. Ecco, vostro onore, le ho portato quello che mi aveva chiesto. »

23

Martedì era giornata di funerali. A mezzogiorno, sotto un sole implacabile, circondato dalla sua comunità al gran completo e da un esiguo gruppo di persone estranee al monastero – tra le quali c'ero anch'io perché l'avevo chiesto espressamente –, l'abate di San Salvador de Leyre fu sepolto nel piccolo cimitero del monastero. Direttamente sopra la terra, una lapide senza ornamenti ricordava il nome e le due date chiave della sua vita terrena: la nascita e la morte, ossia l'ingresso nella vita eterna. Alle spalle avevamo già una cerimonia durata quasi due ore e alla quale avevano partecipato le più illustri autorità politiche ed ecclesiastiche del luogo; non a caso il monastero di Leyre è una nave ammiraglia della comunità della Navarra e custodisce le insigni spoglie dei suoi re.

Fatta eccezione per l'esuberanza del canto gregoriano, la lunghissima cerimonia, interamente cantata dai monaci, era stata semplice, proprio come la cassa di pino che custodiva il corpo dell'abate. L'omelia era durata appena dieci minuti.

Per officiare la solenne cerimonia, era arrivato dalla Casa madre di Solesmes l'abate maggiore dell'ordine benedettino. Con pronunciato accento francese, ma squisita conoscenza della grammatica castigliana, nella predica aveva spiegato che il buon abate si era addormentato in questo mondo per risvegliarsi sorridente nei suoi alloggi celesti.

Quando la cerimonia era terminata, i monaci avevano intonato una melodia fuori programma in lingua basca: *Agur Jesusen Ama*. Era uno *zorcico*, un ballo tradizionale. Venni poi a sapere che al defunto abate, originario di Bermeo, piaceva particolarmente e, anche se qualche autorità aveva storto la faccia perché non apprezzava che nel monastero navarro si cantasse in euskera, nessuno aveva protestato apertamente.

Mi ero seduta su una delle panche posizionate a metà della navata centrale. Stavo attenta, scrutavo volti ed espressioni, cercavo l'ombra dell'assassino come avevo visto fare nei romanzi, ma l'assassino non apparve o, se lo fece, non lo riconobbi. Vidi soltanto autorità e curiosi, turisti e gente dei villaggi vicini.

Dopo la sepoltura, l'abate maggiore si avvicinò per salutarmi. Era un uomo dall'età indefinita, poteva avere cinquant'anni o sessanta, magari persino sessantacinque. Non aveva nessun tratto particolare, a eccezione forse del naso all'insù e dei capelli, radi e brizzolati.

« Mi chiamo Olivier Leguod, vostro onore », si presentò, con gentilezza contenuta. « Volevo ringraziarla sentitamente per il suo impegno. So che tanto lei quanto la polizia state usando tutti i mezzi a vostra disposizione per far luce su questa sventura. »

« Lei non mi deve ringraziare, abate. È parte del mio lavoro e lo faccio con tutta l'attenzione possibile, anche se ovviamente preferirei non doverlo fare. »

« Immagino che tutti questi professionisti e così tanti sforzi... le sue indagini avranno fatto progressi. Forse hanno persino dato qualche frutto... » L'abate maggiore si fermò, sperava che fossi io a terminare la sua frase. E che gli fornissi ogni informazione disponibile.

Ma non ero disposta ad andargli incontro fino a quel punto e restai zitta.

Nel vedere che non mi sbottonavo, chiese a bruciapelo: « Vostro onore, è stato scoperto qualche elemento interessante? » Il suo accento francese di colpo mi sembrò ancora più pronunciato.

Mi stupii che un abate maggiore dell'ordine non si dimostrasse più diplomatico. Poi pensai che essermi imbattuta come prima istanza in padre Ignacio aveva viziato la mia visione dell'intera categoria. In fondo il loro campo era la contemplazione, non la cortesia e le relazioni pubbliche.

Gli risposi con diplomazia: « Temo, per ora, di non poterle dire niente, se non che l'indagine sta procedendo. Lentamente, ma senza interruzioni. Inchieste come questa hanno bisogno di tempo ».

« Lo capisco, vostro onore. È presto. Ma, come lei comprenderà, sono estremamente preoccupato. La morte violenta di un uomo tanto pacifico, un tabernacolo profanato... »

« Sì, è una situazione davvero deplorevole », lo interruppi, nella speranza che smettesse di chiedere, ma non lo fece.

« Padre Ignacio mi ha riferito che i dati in suo possesso suggeriscono l'implicazione di qualcuno molto vicino a questo luogo. Ciò sarebbe doppiamente deplorevole. E, in più, i media mostrano un interesse crescente per la vicenda. Con queste circostanze aggravanti, vostro onore, comprenderà che le ponga tante domande, anche se lei ha decretato il segreto istruttorio. »

« Bisogna sospettare sempre dei più vicini, padre, è una delle prime regole dell'inchiesta criminale. Nessuno detesta chi non conosce, né invidia quelli che gli sono estranei. Al contrario si odia, si desidera, si brama quanto è vicino. Nella misura in cui certi omicidi o furti dipendono da sentimenti simili, dobbiamo presumere che i loro autori vadano cercati nei dintorni. Tuttavia credo che in questo caso non dobbiamo anticipare conclusioni. Padre, so che è difficile per lei firmarmi un assegno in bianco, ma le chiedo un po' di pazienza. Il caso è in buone mani: l'ispettore che lo segue è uno dei nostri uomini migliori. »

« Conosco l'efficienza della polizia spagnola, vostro onore. Ma, nei limiti del possibile, le chiedo di tenermi informato. Il signore della vita e della morte è Dio, e non c'è peccato più grave che quello di volersi sostituire a Lui in tale funzione. Prego perché nessuno dell'ordine o vicino a questo monastero sia implicato. »

« Non si preoccupi. Nei limiti del possibile, la terrò informato », dissi. « Come posso rintracciarla? Vuole che lo faccia attraverso il padre rettore? »

« No, no, vostro onore. Preferisco che si metta in contatto direttamente con me. Questa piccola comunità ha sopportato già abbastanza dolore. » E mi lasciò il suo biglietto da visita.

Pensai immediatamente che la condotta di padre Ignacio fosse stata giudicata scorretta, quindi ne approfittai. « È vero, il dolore è stato tanto grande quanto inaspettato. Eppure temo di dover continuare a disturbare i monaci con le mie domande. In effetti avrei bisogno di parlare ancora con frate Chocarro. »

« Frate Chocarro... » ripeté, mentre cercava di ricordare. « Ah, sì, il sacrestano. »

« Esatto, il sacrestano... scomunicato. »

« Ma certo, vostro onore! Avrà tutta la nostra collaborazione. Anzi, mi occuperò personalmente di avvisare il fratello sacrestano. Mi offro come... »

« Preferirei che non ci fossero testimoni. »

« D'accordo, lo manderò a chiamare. »

Frate Chocarro venne a cercarmi quasi subito. Al funerale la sua faccia era rimasta fuori del mio campo visivo, ecco perché il suo aspetto mi stupì. Doveva avere usato un gel, che ne aveva cancellato i ricci facendo comparire una lunga e dritta riga laterale. Se non fosse stato per l'età, sarebbe sembrato uno studente il giorno della festa scolastica. I suoi occhi tuttavia mostravano tracce evidenti di pianto.

« Mi hanno detto che vuole parlare con me... »

« Sì, frate Chocarro. Se non le dispiace, vorrei che mi dedicasse qualche minuto. »

« Non c'è problema, vostro onore, ma credo di averle già riferito tutto quello che so. »

« Mi ha detto quello che ha visto, ma non mi ha raccontato tutto. »

Mi guardò con dolcezza per qualche secondo, poi chiese: « Le piacciono i pomodori, vostro onore? »

« Sono buoni nell'insalata, ma... insomma... »

« Lasci che le mostri i pomodori del nostro orto. Resterà a bocca aperta: quest'anno sono enormi! »

Annuii. « Ma certo, fratello, mi farebbe piacere. »

Camminammo in silenzio lungo una stradina lastricata, finché non scorgemmo gli orti. Le piante di pomodoro si ergevano lungo una palizzata di canne, sistemate a forma di V capovolta. Fissati con strisce di raffia, i rami stavano su nonostante il peso di certi pomodori giganti.

« Ha visto che bellezza, vostro onore? »

« Sono davvero enormi, e sembrano anche saporiti. »

« Lei non immagina quanto! Li coltiviamo con grandissima cura e coi migliori concimi. Otteniamo un rendimento notevole. Giudichi lei stessa: ciascuna di queste piante produce quat-

urlo: 'Aiutalo, ti prego', ma lui m'ignora. Continuo a urlare finché non si gira e non mi guarda in modo inquisitorio. Lo osservo: ha un viso armonioso, gradevole, dolce. Torno a insistere che aiuti l'uomo che si sta dissanguando, ma lui si volta e mi mostra un'altra faccia, stavolta dura e minacciosa: dalla fronte spuntano due piccole corna e dalla bocca escono lunghe zanne affilate. Le due facce hanno in comune soltanto gli occhi: sono verdi e vi si può leggere la parola 'morte'. »

Restai in silenzio, senza sapere cosa dire. Sembrava il soggetto di un film horror di serie B. Certo non mi aspettavo nulla di tutto ciò. Ero sicura che quella conversazione mi avrebbe fornito una pista affidabile, invece sarei tornata in ufficio né più né meno come ne ero uscita.

Frate Chocarro, rosso come uno dei suoi pomodori, guardava per terra quasi con vergogna. « Mi dispiace, vostro onore, le ho detto che spesso queste visioni sono senza senso. »

« Un'informazione non è mai insignificante, fratello, persino quando non la si capisce. Insomma, un uomo giovane a due facce e un altro anziano, in riva al mare. Qualcos'altro? »

« No, vostro onore, per ora è tutto. »

« Vorrei che mi chiamasse, se dovesse ricordare o sognare qualcos'altro. D'accordo? »

« Sì, d'accordo. »

« Ha un cellulare, fratello? »

« No, ma nel monastero c'è un telefono. »

« Bene, lo usi. Ecco, tenga. » Presi un biglietto da visita dalla valigetta e gli scrissi il numero del cellulare di Jaime, che ormai era il mio. « A questo numero mi trova sempre. E se ritiene che sia importante, non si preoccupi dell'ora. »

24

A differenza della cerimonia raccolta cui avevo presenziato in mattinata al monastero di Leyre, i funerali per l'anima di monsignor Blas de Cañarte non mancarono di ostentazione. La notizia dell'assassinio dell'arcivescovo si era diffusa in un lampo e la cattedrale di Pamplona – 24 metri di larghezza e 69 di lunghezza – era stipata di gente. Oltre a una massa di curiosi che non avevano altro da fare, assistevano alle esequie quattordici vescovi, due cardinali e il nunzio apostolico del papa in Spagna, agghindati con le loro porpore migliori.

Non dovetti farmi largo a spintoni: don Lucas Andueza mi aveva riservato un posto d'onore in una delle prime panche dell'ala destra della chiesa. Ero abbastanza vicino da poter osservare attraverso la bella inferriata quanto avveniva sull'altare maggiore e spiare, allo stesso tempo, le prime file.

Alle autorità che avevo già visto al mattino se ne erano aggiunte molte altre: alcune civili, la maggior parte ecclesiastiche. Però mi dedicai assai poco all'osservazione. Il chierichetto stava leggendo il salmo previsto, quando avvertii una certa agitazione alle mie spalle. Non volli guardare indietro per non mostrare troppa curiosità, ma forse sarebbe stato meglio se l'avessi fatto. L'agente Galbis stava tentando d'individuarmi in mezzo alla folla. Don Lucas gli aveva fornito qualche dritta sulla mia posizione, ma non doveva essere stato troppo esauriente. Mi girai proprio quando Galbis stava per raggiungermi.

Senza preamboli mi sussurrò all'orecchio che era richiesta la mia presenza al palazzo episcopale. «È successo qualcosa di serio, vostro onore, e non possono aspettare.»

«Be', non so come usciremo da qui, agente Galbis, guardi com'è stipata la chiesa...»

«Tutto sotto controllo, vostro onore. Don Lucas ha risolto questo ostacolo: usciremo dal chiostro. Vede quella porticina là?» Galbis puntò il dito verso una porta policroma, quasi di sicuro gotica, sovrastata da una statua della Vergine.

«Sì, la vedo», risposi, girando la testa in quella direzione come fecero pure tutti quelli che sedevano lì vicino.

La curiosità è nell'indole umana.

«Be', basta che arriviamo fino a lì: quell'accesso comunica col chiostro, che ha un'uscita diretta verso l'esterno.»

Impiegammo più di dieci minuti e almeno un centinaio di «mi scusi» per raggiungere il nostro obiettivo.

Quando oltrepassai la soglia, restai senza parole. Non avevo mai visto niente di simile, mai. Non era un buon momento per la contemplazione, ma mi dovetti fermare qualche secondo. «Mio Dio, che meraviglia!»

«Sì, non è malaccio», disse Galbis, sorridendo tra i baffi. «Non è proprio un campo da calcio, ma...»

«Non mi prenda in giro e mi racconti che cosa sta succedendo», ribattei mentre abbandonavamo in tutta fretta i sacri recinti dalla porta laterale del chiostro.

«Un altro invio da parte di *Compassion, no sacrifices*, vostro onore», mi riferì in preda a una grande agitazione. «Come già sa, si tratta del mittente che compariva nella prima spedizione, quella del dito...»

«Sì, ricordo», replicai, risparmiandogli lo sforzo di ripetere dati che già sapevo. Mi sforzai di mantenere la calma, ma le gambe cominciavamo a tremarmi come se avessi corso per cinque chilometri.

Pur ignorando l'identità dell'assassino - o degli assassini - dei due ecclesiastici, ci aspettavamo una nuova mossa, dal momento che il cadavere dell'arcivescovo era stato mutilato. Mozzare un dito all'ordinario della diocesi di Pamplona - l'indice della mano sinistra, per l'esattezza - poteva essere interpretato come una manifestazione gratuita di violenza e rabbia, ma anche come una connessione tra i due omicidi che avevamo per le mani ed eventuali delitti futuri.

Juan e io ne avevamo parlato: il secondo dito poteva mostrare che ci trovavamo davanti a una catena di cui conoscevamo soltanto due anelli, ma che ne presentava molti altri. Ecco perché, nel momento in cui sentii di nuovo l'espressione *Com-*

passion, no sacrifices, fui cosciente della profonda paura che provavo. « Agente, sa che cosa contiene la busta? » domandai, cercando di dominare il terrore e di non farlo trasparire dalla mia voce.

« Ancora non l'abbiamo aperta, vostro onore. L'ispettore Iturri ha insistito perché aspettassimo i suoi ordini, vostro onore. Ha anche chiamato gli artificieri, nel caso servisse il loro intervento. »

Sorrisi: Juan stava mantenendo le sue promesse. Poi di colpo il mio viso si rannuvolò. « Artificieri? Iturri sospetta forse che la busta possa contenere una bomba? »

« Non lo so. »

« Dov'è arrivata, la busta? »

« Al palazzo episcopale, vostro onore, già da un po'. Il custode in servizio – di sicuro lo stesso che ha ricevuto l'altra busta –, non appena ha letto il nome e ricordato i fatti, ha chiamato don Lucas. E lui ci ha contattato subito, ma è stato costretto a trattenersi nella cattedrale. »

« D'accordo, l'hanno inviata all'episcopato... Sa a chi era diretta? »

« Sì, vostro onore. Era diretta a uno dei monsignori che sono venuti per il funerale... » Una leggera nota di sarcasmo ornava il suo accento andaluso.

« Galbis, la cattedrale è piena di monsignori! »

« Lo so, ho visto volare le loro cappe al vento », replicò con una punta d'ironia.

« D'accordo, siamo alle solite. So bene che lei è agnostico e anticlericale, ma ora non si tratta di questo. Sa o non sa chi è il destinatario della spedizione? »

« Lo so, vostro onore. Si tratta del nunzio apostolico, l'osservatore inviato da Roma. Sembra che abbia previsto di alloggiare nell'arcivescovado per tutta la durata della sua visita a questa diocesi. » Il tono con cui Galbis aveva pronunciato la parola « osservatore » metteva il nunzio sullo stesso piano di una spia, anche se non usò quel termine perché sapeva che mi sarei infuriata.

« Dio santo, il nunzio! *A peccato liberatus, apostolis debet sati-*

sfacere», ricordai ad alta voce, dinanzi allo sguardo stranito dell'agente.

« Come dice, vostro onore? »

« Niente, Galbis, andiamoci subito! »

Mentre nella cattedrale s'intonavano antifone e canti funebri, la squadra di artificieri della Polizia nazionale - tre uomini accompagnati da un simpatico labrador dal pelo nero e con gli occhi cisposi - controllò la sicurezza della busta sospetta. In precedenza, come misura di sicurezza, avevano proceduto all'evacuazione di tutte le abitazioni situate nel raggio di un isolato. In un silenzio perfetto scoprimmo che la misura era stata eccessiva: la busta non conteneva una bomba.

Quando ci permisero di tornare nell'edificio, Juan Iturri e io ci dirigemmo verso il capo della squadra degli artificieri, che usciva in quel momento, per ringraziarlo.

« Mi dispiace di avervi disturbato », disse Juan.

« Non si preoccupi, ha fatto bene. In realtà avrebbe davvero potuto essere una bomba. E i precedenti ci obbligavano a trattarla come tale. »

Ricordo chiaramente che l'artificiere si rivolse a me con queste parole: « Non mi ringrazi, vostro onore, ma prendete presto quel figlio di puttana. Quando lei vedrà la 'bomba' che l'aspetta sopra la scrivania, sono certo che le dispiacerà che dentro la busta non ci fosse un petardo... »

Non ci fu bisogno che dicesse altro. Sia Juan sia io capimmo cosa avremmo trovato.

Il dito aveva un brutto aspetto ed esalava un odore nauseabondo, benché fosse stato conservato - e spedito - nel ghiaccio. Erano stati proprio l'involucro di sughero e la cima di naylon che lo legava - e che poteva passare benissimo per il cavo di un detonatore - ad aver allertato i sospetti di Juan. Com'era successo col primo invio, era accluso un messaggio, scritto anch'esso su una pergamena, ma molto più piccolo. Quasi un'etichetta.

Tracciati con inchiostro nero c'erano i soliti caratteri istoriati in gotica bastarda, ma, a differenza del caso precedente, il messaggio risultava incomprensibile.

« 3313. Che numero è? Cosa significa? »

tro o cinque chili di pomodori. Ah, che belle insalate che ci mangiamo in estate! »

Sono una donna di città. Non coltivo neppure un geranio sul balcone, ma non volevo contrariare il frate sacrestano mentre mi mostrava ogni singola varietà del suo orto. Tuttavia, quando propose di mostrarmi le piante della serra, decisi di troncare quella conversazione. « Fratello, mi piace molto ammirare il suo orto, ma devo tornare presto a Pamplona. »

« Mi scusi. Credevo che mi volesse chiedere qualcosa... »

« Proprio così. Ho bisogno che lei mi dica quello che sa. »

Mi guardò con un mezzo sorriso. « Quello che vuole da me è che le racconti i miei sogni. »

« Esatto, è proprio quello che voglio. »

« Non credo che ne valga la pena. Dicono tutti che sono semplici fantasticherie di un matematico pazzo. »

« Ieri padre Ignacio ha detto che era un dono dello Spirito Santo. »

« In teoria lo è, senza dubbio, ma in concreto ritengono tutti che abbia la mente disturbata. »

« Io non sono 'tutti', fratello. Me li racconti! »

« Guardi che non sono come crede lei. »

« Come dice, fratello? »

« I sogni, vostro onore, non sono come pensa lei. »

« Non so nemmeno bene quello che penso. »

« Voglio dire che, in quei momenti, non vedo le cose che stanno per succedere. I miei sogni sono come degli strani flash dove si mescola tutto, il passato e il futuro, quello che accadrà e quello che non succederà mai. Insomma, io dopo tiro le fila e interpreto. A volte indovino, altre no. »

« Lei non si preoccupi, correrò questo rischio. »

« D'accordo, ecco a lei. Sono settimane che sogno un uomo anziano. Non so quale sia esattamente la sua età, ma ha i capelli di un bianco immacolato. Nonostante gli anni, ha un aspetto atletico ed è molto abbronzato; sullo sfondo si sente il rumore del mare. Sorride, ma la sua testa è spaccata e il sangue gli cola lungo la schiena. Vicino a lui, sopra una nube, c'è un giovane che prende il sole a torso nudo; è muscoloso e di bell'aspetto. Vede che il suo compagno si dissangua, ma non fa niente. Io gli

« Non ne ho idea, Lola... »

Credevo che Juan volesse aggiungere qualcosa, ma non lo fece. Io dovetti tacere, la mia anima si riempiva di paura. Immaginai la vicinanza di quel fantasma assassino - forse in quello stesso momento ci osservava dalle vicinanze - e avvertii la stessa scossa opprimente che subisco quando prendo un ascensore pieno di gente: in pochi istanti mi sembra che i loro corpi si dilatino fino a rubarmi tutta l'aria. Mi preoccupava l'impossibilità di decifrare il testo, ma molto di più mi terrorizzava chi lo aveva scritto.

« Una cosa è chiara: il nunzio apostolico è stato designato come vittima, e si trova a pochi metri da qui », disse Juan, strappandomi alle mie elucubrazioni.

« Pensi che i tuoi uomini potranno scortarlo fin qui senza richiamare troppo l'attenzione? L'ultima cosa che desidero, in questo momento, è avere il cortile pieno di giornalisti e di curiosi. »

« I miei uomini lo scorteranno senza nessun problema, nonostante la baraonda che si creerà al termine del funerale. Darò ordine che venga impedita a chiunque l'uscita dal chiostro finché non sarà passato il nunzio. Quanto alla seconda richiesta, posso solo dirti che ci proveremo: sai bene che, quando la polizia dispiega i suoi mezzi, lo sanno anche su Marte. Non c'è molto tempo per reclutare agenti in borghese capaci di passare inosservati. Faremo tutto il possibile. »

Ci trovavamo nella parte bassa del palazzo, al centro del suo bel chiostro. Di lì andavano e venivano preti e poliziotti che commentavano i fatti. Ero rivolta verso la porta e, mentre parlavo con Juan, osservai come un artificiere, con ancora addosso la tuta per il disinnesco, passava di fianco a noi reggendo una borsa nera.

« Qualcosa non va, agente? » gli chiesi, inquieta. « Pensavo che la sua unità si fosse già ritirata. C'è ancora pericolo? »

« Va tutto bene, signora MacHor, vostro onore, è solo un controllo di routine. Devo assicurarmi che sia stato recuperato tutto il materiale usato. Se qualche attrezzo va perso, ne sento di tutti i colori. Il tenente diventa una furia quando alle verifiche non tornano i conti. »

« Vada subito, agente. Non voglio incorrere nelle ire del tenente », scherzò Juan.

« Ma... è un'operazione pericolosa? » domandai.

« No, per niente. Cacciaviti, torce, un po' di cloratite altamente instabile... Insomma, cose del genere... » rispose l'artificiere, ridendo.

Io non ridevo. « Ma se non è pericoloso, perché non si leva quella tuta tanto pesante? Col caldo che fa, ci starà cuocendo dentro ».

Mi sembrò che l'agente esitasse, il che accentuò le mie perplessità, ma non tardò molto a rispondere. « Ha ragione, vostro onore, questo completino è più caldo dell'inferno, ma devo resistere ancora un po'. Ci metto troppo a togliermelo, in effetti, e ho bisogno dell'aiuto di qualcuno. Per di più va piegato in modo particolare; ecco perché preferisco aspettare di aver completato il mio lavoro. Poi potrò riposarmi. »

Juan riprese a parlare del trasferimento del nunzio, ma la mia attenzione era assorbita da quella tuta così pesante: sembrava un omino Michelin più che una persona.

« Lola, mi senti? »

« Certo... Cosa stavi dicendo? »

« Anche se la distanza tra la cattedrale e questo palazzo è molto breve, quando avremo sgombrato le vie, trasferiremo il nunzio a bordo di un'auto blindata. Sarò più tranquillo. Lo terremo qui sotto sorveglianza fino alla sua partenza, poi passeremo la patata bollente a Madrid. Naturalmente gli consiglieremo di ritirarsi in qualche posto discreto per un certo periodo. »

« D'accordo, faremo come dici, Juan. Stando così le cose, forse sarebbe corretto informare dell'accaduto il resto dei vescovi e dei cardinali. Anche se s'innervosiranno un po'. »

« Bene. Mettiamoci al lavoro! »

Juan si diresse verso la cattedrale con l'intenzione di dare istruzioni ai suoi, io andai a parlare con don Lucas che era appena arrivato e mi aspettava in un angolo del chiostro.

Stavolta indossava la sottana, ed era pallido come durante il nostro primo incontro. « Quando finirà tutto questo, vostro onore? » mi chiese a bruciapelo. Sembrava davvero terrorizzato.

«Non si deve preoccupare, padre, è tutto sotto controllo», mentii. Mi sembrò che in quel momento valesse la pena alterare leggermente la verità.

«Che Dio l'ascolti!»

«Padre, lei sa dove alloggia il nunzio apostolico?»

«Certo. Alloggia in una delle stanze per gli ospiti, al terzo piano. Ho portato su i suoi bagagli io stesso, stamattina. Lo abbiamo sistemato nella camera più grande, che naturalmente è fornita di bagno.»

«Potrei vederla, padre?»

«Ma certo. Teme qualcosa, vostro onore?»

«No, è un semplice presentimento. Ma sarei più tranquilla se vedessi la stanza coi miei occhi.»

Don Lucas mi offrì gentilmente di salire con l'ascensore del palazzo, ma rifiutai: era piccolo e claustrofobico, e io provavo già una discreta sensazione di soffocamento. Salimmo a piedi. Stavamo raggiungendo il terzo piano quando vedemmo scendere l'artificiere. Si era tolto il giubbotto e gli enormi pantaloni imbottiti, che si trascinava dietro; indossava una maglietta bianca attillata, che ne faceva risaltare i muscoli sviluppati, e un paio di jeans; in testa portava ancora il casco, ma era a mani vuote. Mi stupii che, avendo dovuto recuperare l'attrezzatura, arrivasse senza niente, ma ancora di più che pur essendosi liberato di una parte del suo abbigliamento avesse tenuto il casco in testa. Di solito la parte più scomoda è proprio quella.

Sembrò sorpreso di vederci, anche se si riprese quasi all'istante. «Tutto a posto, signori», disse, senza trattenersi, quando lo incrociammo.

«Agente, aspetti», lo chiamai.

Non avrebbe dovuto trovarsi su quel piano. La busta sospetta era stata trovata e analizzata nel cortile del pianoterra.

Dinanzi alla mia insistenza, accadde ciò che io – ancora non so perché – avevo previsto: si mise a correre come un forsennato. Era il mio assassino! Era passato accanto a me chiamandomi vostro onore e si era burlato di me, aggirandosi sulla mia scena e cercando la sua prossima vittima.

Feci per inseguirlo, ma inciampai nei tacchi e, nel tentativo di aggrapparmi al braccio di don Lucas, finimmo per rotolare tutti e due lungo le scale di legno. Ancora per terra, mentre cercavo di rassettare la gonna, che si era alzata fino a mettere in bella vista la mia biancheria intima – e Andueza faceva lo stesso con la sottana –, afferrai il cellulare e chiamai Juan. « Non portare qui il nunzio! Dopo ti spiego, ma devi tenerlo il più lontano possibile; qui potrebbe essere in pericolo. »

« E che cosa faccio con gli altri? La cerimonia sta per terminare. »

« Non lo so, inventati qualcosa: un albergo, una sede ufficiale... »

« Per Dio, Lola, sono un mucchio di vescovi e cardinali! Non posso portarli in un locale a bere birra e a mangiare stuzzichini... »

Ci pensai su, ma non mi venne in mente nessun posto adatto. « D'accordo. A mali estremi, estremi rimedi: portali a casa mia. »

« Ma cosa stai dicendo, Lola? A casa tua? »

« Che almeno si riprendano dallo spavento in un luogo sicuro. Spero che il salotto sia in condizioni decenti, credo di avere passato ieri l'aspirapolvere... »

« D'accordo, li porto da te, ma dimmi cosa sta succedendo. »

« Dio mio, mi stavo dimenticando la cosa più importante: devi mandarmi di nuovo gli artificieri, e in fretta! Assicurati che non siano degli impostori. »

La vera bomba era stata installata per esplodere quando il nunzio avesse deciso di aprire la porta dell'armadio. Collocata all'altezza degli occhi, gli avrebbe distrutto completamente la faccia e, con ogni probabilità, lo avrebbe ucciso.

Non riuscimmo a rintracciare il falso artificiere, che aveva rubato una tuta dal furgone della squadra mentre gli uomini erano andati a rinfrescarsi. Indossava i guanti e non aveva lasciato nessuna impronta, tranne un intenso profumo di paura che fendeva l'aria. Come nei romanzi, l'assassino torna sempre sui suoi passi, ma in questo caso per una nuova preda.

Mi sarei diretta a casa mia in auto, non appena possibile. Don Lucas si offrì di accompagnarmi, ma non glielo permisi. Presi un foglio bianco dalla valigetta e copiai il numero scritto nell'ultimo messaggio: 3313. « Ho bisogno di sapere che cosa significa questo numero, padre, e al più presto.» Iniziavo a essere stanca di tanti stupidi indovinelli, anche se almeno quello non era scritto in aramaico.

Il segretario episcopale guardò il foglio e, dopo qualche secondo, disse: «Sembra un numero cabalistico, anche se non lo è in senso stretto; non si legge allo stesso modo da destra e da sinistra. Ma a dire il vero, vostro onore, ignoro che cosa possa significare. Chiederò in giro, vediamo se riesco a sapere qualcosa».

«Gliene sarei grata», replicai con uno sguardo carico di rimprovero, anche se lui non aveva nessuna colpa.

Stava fermo accanto a me, in silenzio. Aspettava. Coi polpastrelli accarezzava l'orologio da polso.

Guardai di sfuggita il quadrante: si era fatto molto tardi e non potevo trattenermi ancora. La comitiva di porporati ormai doveva essere arrivata a casa mia. «Ora devo andare, padre. La prego d'indagare a fondo sul significato di quel numero e di chiamarmi non appena lo scopre.»

«Lo farò, vostro onore. Dovrebbe riposarsi un po'. Sempre che i monsignori glielo permettano...»

25

Per qualche strana connessione neuronale – forse soltanto perché sperava che certi suoi amici si fermassero a cena, o perché aveva urgente bisogno della schiuma da barba –, mio figlio maggiore aveva fatto la spesa della settimana proprio quel mattino. Siccome mi aveva visto troppo presa dal caso, era andato su Internet e aveva inviato l'ordinazione abituale al supermercato. Grazie alla sua diligenza, riuscimmo a offrire a quella accolita di ecclesiastici una cena più o meno decente.

Devo aggiungere che mangiarono a quattro palmenti, con grande arrabbiatura di mia figlia Maria che vide volatilizzarsi la scorta di olive, sua grande passione. È probabile che lo spavento avesse stuzzicato l'appetito. Quella che posso riferire con un sorriso fu l'espressione stupefatta di mio marito, quando tornò dall'ospedale e s'imbatté in una decina abbondante di sottane ricamate di rosso o porpora che chiacchieravano amichevolmente nel suo salotto, bevendo il suo vino.

A mezzanotte comparve l'agente Galbis. Compiaciuto, confermò che non c'era più pericolo: gli artificieri avevano setacciato il palazzo episcopale. Nelle rispettive vetture – gli autisti avevano atteso a bordo delle macchine, con grande fastidio dei miei vicini, che videro riempirsi di mozziconi il marciapiede –, i vescovi e i cardinali tornarono ai loro appartamenti provvisori nel palazzo episcopale. Partirono tutti; cioè, tutti tranne il nunzio, monsignor Tagliatelli, che decise di fermarsi « ancora un po' » e di approfittare dell'occasione per commentare con noi i dettagli del caso.

Secco, piccoletto, con un paio di occhi infossati e penetranti, Tagliatelli risultò un grande conversatore. Riuscimmo a cacciarlo di casa alle tre del mattino, dopo aver discusso a quattro voci – con Jaime e Juan – tutti i particolari dell'indagine. Il nunzio e Juan bevevano cognac; Jaime e io, tisana di menta. Nel mio caso condii l'infuso con la terza aspirina della giornata e un antiacido per lo stomaco.

« Insomma, caro ispettore, siamo tanto lontani dal vedere il nostro assassino quanto dal sapere chi ordinò l'attentato contro Giovanni Paolo II », osservò il prelato, in tono sarcastico. Si era disfatto della sua pesante sottana non appena aveva salutato i colleghi e l'aveva lasciata, piegata con cura, sulla spalliera di una sedia della sala da pranzo. In maniche di camicia sembrava ancora più magro, e anche più simpatico.

« Queste cose hanno bisogno di tempo, eminenza. Anche se a lei non sembra, l'indagine avanza e abbiamo varie piste interessanti aperte. »

« Per esempio? » domandò, prendendo un'altra sigaretta da un pacchetto di bionde americane che aveva lasciato sul tavolo. Il portacenere straripava.

« Prima di tutto, eminenza, stiamo cercando l'origine delle due pergamene che gli assassini hanno inviato, due oggetti molto singolari. Stiamo interrogando con discrezione tutti gli antiquari della zona specializzati in libri antichi. Il materiale su cui l'assassino ha scritto i suoi messaggi risulta straordinario e, pertanto, difficile da rintracciare. Siamo sicuri che abbia dovuto contattare uno specialista oppure, in sua assenza, sottrarlo da qualche biblioteca. Perciò stiamo controllando anche tutte le denunce per ingressi illegali nelle biblioteche e nei musei, come pure eventuali furti di documenti antichi. »

« Forse è uno di loro », disse il nunzio apostolico.

« Come dice, eminenza? »

« Dicevo, caro ispettore, che l'assassino potrebbe essere un antiquario o un collezionista di libri antichi. »

« Sì, senza dubbio, questa è un'altra delle ipotesi che stiamo considerando. In realtà, l'impiego di questo tipo di pergamena risulta sorprendente. Se non si vuole essere individuati – e l'assassino è sempre stato molto attento a usare i guanti –, sarebbe logico utilizzare della carta comune. »

« Be', magari è un assassino raffinato, uno con stile », intervenne Jaime. « O forse, semplicemente, desidera essere preso al più presto e a tale scopo offre piste eleganti, che possano condurre alla sua persona. »

« L'aspetto elegante è certo », replicò monsignor Tagliatelli. « Sembra che questo assassino non voglia essere confuso coi criminali comuni. Pergamena, latino, aramaico, vesti stracciate... O è un satanista oppure è qualcuno di ceto elevato. Io propenderei per la seconda opzione. »

« Forse sta soltanto giocando, nel tentativo di dimostrare che è molto più furbo di voi », insinuò Jaime.

« Senza dubbio, ispettore, quella delle pergamene è una buona pista, ma ha detto di averne diverse », disse il nunzio.

« Sì, è vero. Lasciando da parte le pergamene e la scrittura, stiamo controllando l'elenco dei visitatori che nelle ultime settimane hanno alloggiato nel monastero di Leyre. La maggior parte degli ospiti è già stata interrogata, mancano solo i forestieri; per l'esattezza due, residenti a Minorca e a Malaga. »

« Ma lei non confida in nessuna di queste piste, vero, ispettore? Non crede che vi aiuteranno a spiegare i fatti. »

« Al momento, no; ma attendiamo lo sviluppo degli eventi. Questi omicidi si risolvono sempre seguendo piste irrilevanti; il piccolo si vede solo quando si scarta il grande. »

« Vuole che le faccia una confessione completa, vostro onore? » chiese monsignor Tagliatelli, alzandosi.

« Che io sappia, eminenza, la Chiesa dice che non fa mai male confessarsi, ma credo che l'assoluzione non sarà necessaria », replicai alzandomi anch'io, seguita da Juan e Jaime.

« Ciò mi rincuora », concluse il nunzio, dirigendosi verso la sala da pranzo per recuperare la sottana. « Mi dispiace di avere occupato la sua casa, dottore », disse a mio marito. « Immagino che sia tornato stanco dal lavoro... »

« Non si preoccupi, eminenza, è stato un piacere conoscerla », replicò Jaime, affabile.

« Eppure è stato molto silenzioso... »

« Lola potrà garantirle che il silenzio è un tratto del mio carattere. Semplicemente, eminenza, riflettevo su quanto stavate dicendo. »

« E concorda con noi, dottore? » Monsignor Tagliatelli si ostinava a non andare via, benché fosse già sulla porta e fossero le due passate.

« Sì, certo, eminenza. Stavo soltanto guardando le cose da

un'altra angolazione. Ma questo non ha la minima importanza.»

«Lei è psichiatra, dottore?»

«No, Dio me ne liberi!» ribatté Jaime, ridendo. «Preferisco il corpo. La mente umana è troppo complicata per il mio cervello quadrato.»

«Ispettore, non crede che il dottore potrebbe aiutarla a elaborare un profilo psicologico dell'assassino?» disse il nunzio, con rinnovato ottimismo. «Pur non essendo psichiatra, ne saprà comunque molto più di noi.»

«Adesso?» replicò Juan.

«Perché no? Non sono affatto stanco, a meno che voi...»

Ci sedemmo di nuovo e, con viso di circostanza, tornai a scaldare acqua per l'infuso alla menta e a riempire bicchieri di cognac.

Monsignor Tagliatelli prese l'ennesima sigaretta e continuò a parlare. «Che cosa ne pensa, Jaime, crede che si possa sezionare la psicologia di un assassino?»

«Credo che nessuno sia riuscito a decifrare completamente il funzionamento della mente di un assassino, eminenza, così come non si è riusciti a spiegare i modelli di comportamento di una persona normale. Molte volte, ahimè, sorprendiamo noi stessi con determinate azioni di cui non ci saremmo mai ritenuti capaci: alcune buone, altre meno. Certi psicologi e psichiatri hanno gettato qualche spiraglio di luce sulla materia, ma ci troviamo ancora nella più assoluta oscurità: non abbiamo idee precise su quali fattori trasformino un cittadino qualsiasi in una macchina per uccidere, soprattutto quando questo cittadino ripete varie volte lo stesso atto criminoso. La complessità racchiusa in un'azione simile è enorme.»

«Immaginavo, in effetti, che il tema fosse complesso. Ma lei, dottore, che cosa ne pensa: si nasce o si diventa assassino?»

Quando sentii quella domanda, caddi nello sconforto. Per Dio, erano le due e mezzo passate!

Eppure Jaime rispose come se avessimo tutto il tempo del mondo. «Vede, eminenza, nei secoli passati si sono scritti libri cosiddetti scientifici, individuando il problema criminologico prima nella morfologia del cranio, quindi nei geni. In breve, l'ipotesi era che i criminali nascessero per esserlo, anche quando tardavano nello sviluppo dei propri istinti: assassini con le fosse occipitali incavate, i canini troppo lunghi o la fronte sfuggente. Quando si catturava un assassino, la gente diceva: 'Ma certo, avremmo dovuto rendercene conto prima! Non vedete che è completamente glabro?' oppure: 'Guardate che mascelle marcate; è chiaro che questo tizio non era normale!'

« E tuttavia non tutti gli uomini con quei lineamenti erano assassini, cosicché quelle teorie genetiche andarono perdendo man mano peso a favore di una spiegazione sociologica, che considera l'ambiente in cui lo psicopatico cresce: una lunga convivenza con la miseria, l'abbandono o la dissolutezza dei genitori, specie se vissuta in giovanissima età quando la personalità si sta ancora formando, potrebbe provocare disturbi e tendenze criminali. Figli di prostitute, vittime di abusi a livello fisico o sessuale, rampolli di tossicodipendenti o farmacodipendenti, che fin dall'infanzia hanno identificato in un'unica azione piacere e dolore, cielo e morte, incarnerebbero il prototipo dell'assassino spietato o pluriomicida...

« Tuttavia i dati reali non sembrano propendere nemmeno verso questa teoria: confermano alcuni casi, ma ne smentiscono molti altri. » Jaime si strinse nelle spalle. « In sintesi, eminenza, cosa vuole che le dica? Come accade con tutto ciò che riguarda il comportamento umano, i distinti fattori si presentano mischiati; è difficile diagnosticare il male. O, almeno, è questa la mia opinione. Ma lei che ne pensa? Immagino che, dopo aver trascorso tante ore in un confessionale ad ascoltare le confidenze delle persone più diverse, un sacerdote debba avere una visione precisa del lato oscuro dell'animo umano. »

« Sì, questo è vero. Un sacerdote con una certa esperienza ormai non si spaventa più davanti a niente o quasi. »

« Ed è arrivato a farsi un'impressione sulla personalità criminale, eminenza? »

« Dato il mio ruolo, ovviamente propendo per il secondo tipo di teorie. Credo che uccidere sia sempre un atto che esige l'espressa presenza della volontà: non si uccide per istinto. Tuttavia concordo con lei: nella maggior parte dei casi, dietro uno psicopatico si nasconde un grave disturbo della personalità, provocato da molti fattori, alcuni dei quali non sono attribuibili all'individuo.»

«Ma allora perché uccide, il *nostro* assassino?» chiesi, cercando di tornare in argomento. Era molto tardi e quelle discussioni bizantine non ci portavano da nessuna parte. «È chiaro che il nostro uomo uccide in maniera programmata; il suo non sembra un atto incontrollabile. Non è così, Juan?»

Mi sembrò che stesse solo aspettando che qualcuno gli desse l'opportunità di offrire la sua visione. «Non sono uno psichiatra né mi sento in grado di entrare nella mente di nessuno. Mi baso unicamente sull'esperienza accumulata in questi anni, leggendo a delitto compiuto molti referti dei medici legali e cercando coincidenze. Secondo la mia esperienza, e semplicemente in termini di probabilità, posso dire che alcuni assassini incalliti confessano di provare un'eccitazione di natura sessuale nel sentirsi detentori di potere supremo sulla vita e sulla morte; ad altri, uccidere accresce l'ego, li fa sentire superiori; c'è chi si sente un creatore, chi infligge ad altri il danno subito su di sé...»

«E a chi somiglia l'uomo che stiamo cercando noi?» domandai. A quel punto, ero decisa ad arrivare a un profilo, sia pure approssimativo.

Rispose, di nuovo, Juan. «Vedi, Lola, se potessimo classificarlo in qualche modo, potremmo stringere il cerchio: un assassino di massa, per esempio, commette sempre i suoi crimini in un ambiente a lui vicino e di solito ha precedenti di schizofrenia o un lungo curriculum di tossicodipendenza. Tuttavia un pluriomicida compie delitti in luoghi distinti e con qualche particolare finalità che a priori s'ignora...»

«Se mi permettete di giudicare dall'esterno, direi che il vostro assassino è un uomo particolarmente tormentato», disse Jaime.

«Perché, dottore?» chiese monsignor Tagliatelli.

«Vede, eminenza, da un lato sembra una persona organizzata e metodica: conosce la vittima, sembra averne studiato le abitudini e gli orari prevedendo ogni dettaglio. Inoltre non ha lasciato tracce, pur nella complessità delle sue azioni. Quando uccidono, gli assassini organizzati dimostrano il loro controllo sulle vittime, ci fanno sapere di aver scelto il momento e il luogo: sono loro a detenere la chiave, ad avere il potere... Eppure il vostro uomo ha mutilato entrambi i cadaveri. È possibile che mozzare le dita non fosse un atto passionale, bensì la semplice ricerca di una prova o un indizio, ma stracciare gli abiti delle vittime è ben diverso: una simile azione sembra denotare disordine, passione, ira. Stracciare le vesti... Ira, vergogna davanti a un comportamento che giudica blasfemo. Lola, tesoro, com'erano quelle frasi della prima pergamena? »

Non risposi. In realtà non avremmo dovuto parlare di cose simili in casa mia. Ma svelare addirittura il messaggio era un passo che non mi potevo permettere, anche se a quel punto sembrava inevitabile.

« Non si preoccupi, vostro onore, conosco i dettagli perché il segretario Andueza ha copiato integralmente il messaggio e me l'ha mostrato, non perché ci sia stata una fuga di notizie interna », disse il nunzio apostolico. « Se faccio uno sforzo, credo di poterlo ricordare. *A peccato liberatus, apostolis debet satisfacere. Mera iustitia hoc exigit,* o qualcosa di simile. Il nostro uomo si straccia le vesti per un peccato che, secondo lui, hanno commesso le sue vittime. Sembra credere che i suoi delitti siano richiesti dalla stessa giustizia divina. »

Juan annuì. « Crede di fare il bene, di essere in possesso della verità... Ma quale verità? »

« Deve trattarsi di qualche questione ecclesiastica, è ovvio », commentai io. « E c'entra quel reliquario falso. »

Monsignor Tagliatelli non disse niente al riguardo, benché Juan e io lo stessimo interrogando insistentemente con lo sguardo. Prese la sua coppa di cognac e s'inumidì le labbra. Quindi si rivolse a Jaime e disse: « Il dottore non sembra d'accordo con noi. È su questo che stava riflettendo, non è così? »

« In effetti, eminenza, lei è molto perspicace. »

« Perspicace no, dottore. Sono soltanto un buon osservatore. Lei ha abbassato lo sguardo e lo ha posato per terra mentre sua moglie e l'ispettore facevano congetture. »

Jaime sorrise. « D'accordo, mi arrendo. Non credo che il nostro assassino sia un giustiziere puro. Ma, in realtà, è una semplice intuizione. »

«Ce ne parli...» lo incoraggiò il nunzio.

«Stavo pensando alla bomba che, a quanto pare, era destinata a lei, eminenza. Se io avessi voluto ucciderla, per assicurarmi che morisse avrei sistemato l'esplosivo all'altezza del petto o dell'addome: sono zone più estese della testa e, quindi, la probabilità di riuscita è maggiore. Oddio, magari l'assassino ignorava la sua statura...»

«No, no, continui! Lei si sta chiedendo perché l'assassino ha sistemato l'ordigno così in alto. È chiaro: voleva sfigurarmi!»

«Lo penso anch'io, eminenza, voleva cancellarle il viso! Per di più, bisogna ricordare che pure all'arcivescovo è stata fatta saltare la faccia. Lo hanno ammazzato con un colpo al petto. Il secondo sparo è stato completamente gratuito: con esso hanno voluto cancellare il suo sguardo.»

Il nunzio e mio marito ormai parlavano tra loro, concentrati sugli eventi. Juan e io ascoltavamo in silenzio.

«E questo cosa significa, dottore?»

«Be', potremmo dire che indica disprezzo, ma non tanto verso le sue vittime quanto verso se stesso: non vorrebbe vedere, riflesse nei loro occhi, le proprie debolezze. È un uomo che si vergogna di qualcosa e, qualunque sia il motivo, il suo turbamento ha a che vedere con voi, voglio dire con la Chiesa. Da un lato vi parla di un peccato imperdonabile, dall'altro cita la frase di Cristo sulla croce: 'Perché mi hai abbandonato?' Clemenza e giustizia unite: curiosa combinazione.»

Monsignor Tagliatelli sembrava sempre più preso da quella conversazione. Pensai che non se ne sarebbe andato più via.

«È come una schizofrenia, no, dottore? L'assassino crede di possedere la verità e vuole tenere la Chiesa sotto scacco, ma allo stesso tempo prova vergogna e implora clemenza. Si vergogna di uccidere?»

«No, eminenza, non credo. La mia ipotesi più probabile è che l'assassino si vergogni di quella verità, perché non si sente troppo sicuro. Insomma, non lo so, mentre lo dico adesso non mi sembra più così verosimile, ma in ogni caso credo che se troverete il motivo di quella vergogna, Juan e Lola, troverete anche la strada verso l'assassino.»

«Un'ultima domanda per tutti, se siete così gentili. Prometto che, non appena mi avrete risposto, me ne andrò e vi lascerò dormire», disse il nunzio. «Sono particolarmente preoccupato per la presenza, in questa vicenda, di alcune ostie consacrate. Credete che l'individuo in questione possa avere qualcosa a che vedere con qualche setta satanica? Mi hanno riferito l'esistenza di alcune confraternite di magia nera, che effettuano sacrifici rituali con esseri umani. Ispettore... vostro onore, vi supplico di essere sinceri.»

Riuscii a dissimulare una smorfia e attesi che rispondesse Juan.

«L'Interpol ritiene questa possibilità piuttosto improbabile. Quel tipo di sette è controllato con discrezione da gruppi specializzati. Qui da noi, negli ultimi tempi, non si sono visti movimenti significativi.»

«Ispettore, non sa che peso mi toglie di dosso, anche se io stesso non lo ritenevo probabile.»

«M'interessa la sua riflessione, eminenza», disse Juan. «Lei crede davvero che il demonio non sia altro che una favola per spaventare i più impressionabili?»

«No, ispettore», replicò monsignor Tagliatelli, serio in viso. «La Chiesa ha sempre sostenuto che il diavolo esiste. Lui e gli altri demoni sono stati creati buoni di natura da Dio; sono poi stati loro stessi a farsi del male. Dopo Adamo, la loro voce seducente continua a tentare l'uomo incitandolo a commettere migliaia di soprusi, come per esempio quelli che vediamo ora.»

«E Cristo li combatte», mormorai, con un leggero accento ironico. I dubbi ripresero ad assalirmi. Non avevo mai compreso quell'insistenza della Chiesa a proposito delle forze del male.

«No, vostro onore, la storia della salvezza non è quella di una lotta tra Gesù Cristo e il padre della menzogna. Cristo è venuto sulla terra per distruggere le opere del demonio. Dalla sua resurrezione, tutto l'operato di Satana è segnato dalla sconfitta.»

«Eppure...»

«Già. Lo so cosa mi sta per dire, cara Lola. Pur essendo una creatura sconfitta, Satana non cessa di creare difficoltà ai figli di Dio. Questo è vero, e continuerà a farlo sino alla parusia, cioè l'avvento finale di Cristo, ma non sarà mai così potente da non poter essere sconfitto.»

«D'accordo, eminenza», lo interruppe Juan. «Il demonio esiste e fa danni, ma lei non crede che questo caso abbia qualche legame con lui.»

«No, non lo credo.»

«Potrebbe dirmi perché? Come ha detto bene lei, ci sono implicate delle ostie presumibilmente consacrate.»

«Questo è vero, ma finora non è stato riscontrato nessun segno d'impurità o di degradazione morale.»

«Impurità, eminenza?» replicò Juan, che sembrava sempre più nervoso. «Non capisco cosa intende dire.»

Con mio stupore, fu Jaime a rispondere: «Tutto ciò che riguarda il diavolo è immondo, questo è vero. Tuttavia i due cadaveri avevano la biancheria intima al suo posto».

«Le opere del diavolo sono note, diceva san Paolo: fornicazione, impurità, libertinaggio, orge e cose simili.»

«Eppure, eminenza, risulta chiaro che, in quel percorso che Jaime c'illustrava poco fa, le ostie svolgono un ruolo su cui dobbiamo indagare.»

Monsignor Tagliatelli si alzò con un'espressione molto seria, prese me e Juan per il braccio, quindi sussurrò: «Il mio Signore e la mia vita sono nelle vostre mani. Non appena arriverò alla nunziatura, pregherò per tutti noi».

Juan borbottò qualcosa che non ricordo, io non riuscii ad articolare parola.

«Una bellissima serata, nonostante le circostanze. Grazie a tutti di cuore», aggiunse il nunzio. «Sono sicuro che mi terrete informato sulle novità.»

«Può starne tranquillo», disse Juan.

Quella notte dormii malissimo. E invece gli eventi che si succedettero nei giorni a seguire avrebbero richiesto un lungo sonno riparatore.

26

Avevo appena premuto l'interruttore della macchinetta per il caffè quando suonò il telefono. Non avevo nemmeno guardato fuori della finestra; mi ero alzata con un unico pensiero nella testa: inspirare al più presto lo squisito aroma della caffeina. Ignoravo se mi aspettasse una di quelle umide e rinfrescanti mattinate di giugno, o se al contrario il sole si apprestasse a incendiare di nuovo la giornata fino a soffocarci tutti con le sue vampate. In quel momento la meteorologia non m'importava: ero solo stanca e avevo bisogno di una buona dose di caffè.

Avevo passato la notte buttata sul letto, cambiando continuamente posizione per cercare di conciliare il sonno. Pensavo a quell'uomo col casco da artificiere e la maglietta attillata sotto le bretelle. Ormai sapevo che era giovane e aveva una bella voce, con cui mi aveva chiamata per nome: « Signora MacHor, vostro onore », così aveva detto. Aveva persino scherzato con me. « È pericoloso? » gli avevo chiesto io, e lui mi aveva risposto ridendo, insinuando che stava cercando « cloratite altamente instabile ».

Mi conosceva, sapeva chi ero, e forse progettava di prendere anche me. Eppure, senza sapere perché, mi sentivo tranquilla. Vedevo la scena in modo nitido, come se il vento avesse soffiato lontano il resto degli elementi, lasciando soltanto quell'uomo e ritagliando la sua sagoma atletica contro l'infinito. Ogni suono era cessato, alle mie orecchie arrivavano soltanto le sue frasi falsamente gentili. Non ne avevo visto la faccia, ma poco importava. Davanti a me appariva quell'uomo: un bel corpo proporzionato, con una muscolatura ben delineata e una voce avvolgente; ma sotto quella maschera affascinante abitava un mostro.

Ricordai il sogno di frate Chocarro. Sopra una nube, un giovane prendeva il sole a torso nudo. Era forte, robusto e di bell'aspetto, con un viso dolce... Quando gli dava le spalle, però, mostrava un'altra faccia, dura e minacciosa, con due piccole corna che spuntavano dalla fronte e lunghe zanne affilate. « Le due facce hanno in comune soltanto gli occhi: sono verdi e vi si può leggere la parola 'morte' », aveva detto il sacrestano. Io non avevo visto gli occhi di quell'uomo, nascosti dietro il travestimento da artificiere, ma sapevo di non essere mai stata tanto vicina all'inferno come quando lo avevo sfiorato sulle scale della residenza episcopale.

Perché? Quale male gli traboccava dall'anima, facendogli suppurare tanto odio? Che cosa aveva contro la Chiesa o contro coloro che la dirigevano? Coloro che la dirigevano: quanto sembravano diversi da chi dicevano d'imitare! Non ho una vasta cultura religiosa, ma ogni volta che leggo i Vangeli mi sorprende la semplicità dei loro messaggi. Richieste semplici: « Se tu vuoi, puoi curarmi », risposte semplici: « Lo voglio » e miracoli poco scenografici: « E sia ». Ciechi, zoppi, lebbrosi, contorti malati dell'anima o bambini che corrono: per tutti la stessa ricetta, la stessa semplicità. Che contrasto con l'immagine di pompa e spettacolo che avevo visto il pomeriggio prima nella cattedrale! Cerimonie complesse che richiedevano almeno un dottorato per essere compresi, riti che finivano per nascondere Dio in mezzo a tanti paramenti liturgici... Sì, i messaggi originali erano semplici e chiari; la Chiesa, complicata e oscura. Almeno in parte, mi dissi, ricordando il funerale dell'abate, la cassa di pino e la terra secca. E pensando a frate Chocarro, o persino al commiato del nunzio apostolico.

Certo, tutto ciò che si rilevava nella Chiesa accadeva anche in politica, in magistratura e, per finire, in tutto ciò che noi umani costruiamo. Per quanto semplici siano i progetti, alla fine ciò che realizziamo è pieno di falle. Per tutta la notte mi ero ripromessa di non giudicare – dovevo solo osservare, annotare e confrontare col metro della legge –, ma il tintinnio dei miei dubbi era troppo tenace per riuscirci.

Il telefono insisteva.

Sollevai la cornetta, guardando con la coda dell'occhio l'orologio sulla parete: erano le sette e cinque. Mentre parlavo, iniziò ad arrivare al mio naso il tanto atteso aroma di caffè. « Pronto? »

Una voce familiare mi rispose tra sussurri ovattati. « Vostro onore, mi dispiace disturbarla a casa, ma ho pensato che volesse saperlo subito. »

« Non ti preoccupare, Gorka, raccontami cosa succede. »

« Si tratta di Angela. Oh, mio Dio, è morta! » Scoppiò a piangere.

« Quel gran figlio di puttana! » strillai, sentendo il sangue che ribolliva per effetto della rabbia e del dolore. Mi alzai e mi avvicinai alla finestra. Scostai la tendina di pochi centimetri, quanto bastava per vedere che nessuna nuvola velava un sole splendido.

« Non è stato il marito, vostro onore. Lui se ne stava a bere in qualche bar », replicò Gorka. « Approfittando dell'occasione, Angela ha riempito la vasca da bagno di acqua calda, ci è entrata e si è tagliata le vene con un rasoio. »

« Poveretta, non ha sopportato la pressione. Avrei dovuto essere più convincente. »

« Non si torturi, vostro onore, era destino. »

« E, per di più, il marito ne uscirà indenne! »

« Forse no, giudice. Prima di suicidarsi, Angela ha scritto una lunga lettera in cui riferisce tutto quello che ha sopportato in questi anni di calvario. Non ha potuto testimoniare da viva, lo farà da morta. Vostro onore, crede che una simile dichiarazione avrà valore probatorio? »

« Non lo so, bisognerà conoscere tutti i dettagli. Ora l'unica cosa chiara è che Angela è morta. Grazie per aver chiamato, Gorka. »

« Di nulla, vostro onore. Mi dispiace. »

Crollai sulla sedia della cucina. La macchina del caffè aveva terminato il suo lavoro. Riempii una tazzina fin quasi al bordo e aggiunsi qualche goccia di latte scremato e il dolcificante. In altre circostanze quei movimenti rituali avrebbero rappresentato un piccolo piacere, ma non quel giorno. Appoggiai il gomito sul tavolo e osservai come si dileguava la schiumetta del caffè, senza decidermi a berlo.

Il telefono suonò di nuovo.

« Pronto... »

« Lola, sono Juan. So che è presto, ma avevo bisogno di parlare con te. Sei riuscita a dormire un poco? »

« Be', se definisci 'dormire un poco' qualcosa come due ore, allora sì, ci sono riuscita. Pensavo di andare in tribunale tra un po', ma dal tono della tua voce intuisco che stai per rovinarmi anche tu la colazione. »

« Anch'io? »

« Gorka ti ha battuto sul tempo. Un caso di violenza domestica... Un'amica che si è suicidata. »

« Accidenti, mi dispiace. »

Ci fu una pausa imbarazzante, nella quale stavo per raccontargli tutta la vicenda, ma poi cambiai idea: non avevo voglia di parlarne con qualcuno che non conosceva Angela, perché sarebbe potuto sembrare un episodio di cronaca del notiziario e non quello che era realmente, una perdita irreparabile. Una doppia perdita, mi corressi, ricordando che era incinta.

« In realtà non era un'amica, ma una conoscente », precisai.

« Lola, io posso aspettare, però in realtà preferirei che mi raggiungessi al più presto. »

« Se è necessario, ci proverò. Ma dimmi, cos'altro succede? »

Juan partì di corsa, come un toro indomito appena uscito dal recinto. Da quando lo conosco, è sempre stato così: prima, il lavoro; le leccornie, come i sentimenti, per dessert. « Sono arrivati i dati dei nostri visitatori residenti a Minorca e a Malaga. In realtà sono arrivati ieri pomeriggio, ma col pandemonio della bomba all'arcivescovado non ho visto il fax fino a pochi minuti fa. »

« E cosa dice questo fax, da chiamarmi con tanta urgenza? »

« Sull'uomo di Minorca non segnala niente d'interessante: è una persona normale, venuta a espiare qualche tipo d'infedeltà, immagino coniugale. Lo strano è che il visitatore malagueño è morto. Lo hanno seppellito ieri pomeriggio, quasi alla stessa ora dell'arcivescovo Cañarte. »

« Morto? Un altro omicidio? » domandai, incredula.

« Sembra che la sua morte sia dovuta a un incidente nautico. Un inaspettato cambio di vento ha fatto muovere il boma della sua barca a vela, che lo ha colpito. »

« È quanto dichiara il referto autoptico? »

« Sì, è quello che si legge nella relazione. Tuttavia... »

« Mi dispiace per lui, Juan. Ma la sua morte non ci riguarda. »

Juan sospirò. Mi sembrò un modo per esprimere la disperazione di fronte a un capo incapace, eppure la sua voce non lo rivelava affatto quando aggiunse: « Ho parlato pochi minuti fa con l'ufficio forense del tribunale di Malaga. Il patologo dice di aver effettuato l'autopsia in conformità con le pratiche abituali, ha seguito cioè il protocollo standard. Il suo referto indica come causa della morte 'una frattura cervicale in conseguenza del trauma cranico encefalico subito'. Benché il corpo del defunto sia stato ritrovato in mare, non è morto affogato: non c'era acqua nei suoi polmoni. Quand'è caduto in acqua, il tizio doveva essere già morto ».

« In poche parole, è morto per un colpo fatale alla nuca... »

« Esatto, il medico legale garantisce che è morto così: su questo punto non sussiste nessun dubbio. Però mi ha confessato di avere confermato senza pensarci troppo l'ipotesi più probabile formulata dalla polizia... »

« Che era quella di un incidente fortuito dopo un colpo di mare. »

« Proprio così. Il medico ammette di aver avuto altri due cadaveri da esaminare, come conseguenza di due diversi incidenti automobilistici. Ha dato ragione alla polizia, che ha chiuso il caso. La relazione conferma che è stato trovato il sangue della vittima sull'albero della barca, che è in alluminio, ma non si sono effettuati ulteriori esami complementari. »

« E tu insinui che il referto del perito forense potrebbe combaciare con un colpo mortale, inferto volontariamente da un altro essere umano », conclusi.

« Sì. »

Rimanemmo in silenzio per un po'. Poi dissi: « Non mi pare di vedere sufficienti indizi per riaprire un'indagine già conclusa ».

« Ma, Lola... »

« Lo so. Ora argomenterai che non credi nelle casualità e che quella morte non ti convince. »

«È vero, non credo alle casualità. E tu, in passato, hai potuto constatare l'efficienza del mio fiuto.»

«D'accordo», dissi dopo averci pensato qualche secondo. «Tutto questo implica un giro di pratiche terribile, per non parlare del flagello della stampa, ma, se credi che sia necessario riaprire il caso, lo farò. Spero che non sia necessaria un'esumazione.»

«Ho paura che sarà inevitabile. Il tizio era uno stilista con una discreta fama internazionale, credo.»

«Uno stilista rinomato? Chi era?»

«Aspetta, fammi ritrovare il suo nome, l'ho evidenziato sul fascicolo... Sì, eccolo: si chiamava Faustino Gorla, sessantadue anni, di nazionalità spagnola.»

Dannazione! pensai. In effetti avevo visto il suo cognome, tra quello degli altri indagati, ma non trovandosi accanto al nome non aveva richiamato la mia attenzione. «Ma cos'ho fatto, per meritarmi questo?» sbottai.

«Quindi il suo nome ti dice qualcosa?»

«Sì, è uno stilista famoso. Ho un abito da sera con la sua griffe, molto costoso. Qualche mese fa ho letto un servizio sulla sua vita, su una rivista del parrucchiere... Be', non l'ho proprio letto, ma mi sono soffermata a contemplare le foto della sua casa: un posto meraviglioso.»

«Un tizio di successo, quindi?»

«Sì, anche se sembrava piuttosto discreto. Non ricordo perché si fosse mostrato in pubblico... Immagino che si fosse recato presso qualche membro dell'aristocrazia per qualche avvenimento mondano e la stampa gli avesse dato risalto.»

«Nuove complicazioni, Lola.»

«Sembra che sia questo il mio destino», replicai in modo meccanico.

La luce del mattino superò il muro ed entrò dalla finestra, facendo brillare gli armadi laccati di bianco.

«Avevo previsto di partire per Malaga dopo pranzo. In questi casi è meglio lavorare sul posto», dise Juan. «Andrò in auto, i collegamenti aerei sono terribili.»

«Mi sembra ottimo, bisogna verificare.»

Ci fu qualche attimo di silenzioso imbarazzo. Io intuii quanto Juan stava per dire.

E lo disse. « Vieni con me? »

« Io? Non so, insomma... Non mi piace viaggiare in modo improvvisato. La scuola dei ragazzi, Jaime... »

« Se il giudice che istruisce il caso sarà presente, tutto risulterà molto più facile. Nessuna famiglia in lutto accetta volentieri che un poliziotto bazzichi nella casa del morto e, meno ancora, che voglia dissotterrarne il corpo. »

Sapevo che aveva ragione. Non potevo rifiutare. « D'accordo, se non c'è altra soluzione, verrò. Vado a dare la notizia a Jaime: si arrabbierà. Sarò pronta per l'ora di pranzo. Puoi venirmi a prendere qui? Così lascio l'auto a casa e non porto la valigia in tribunale. »

« Bene, vengo a prenderti all'una. »

« Quanti giorni pensi che staremo via? »

« Una notte, due al massimo. »

« Una, e basta... » replicai.

Juan non nascose la propria insofferenza. « Non mettere le mani avanti ancora prima di aver iniziato, Lola! Questa è un'indagine su un pluriomicida, l'orario di scuola dei tuoi figli non può condizionarla! »

« Lo so bene. Ma anche se la mia presenza lì è importante, la mia permanenza lo è meno. Dopo aver sistemato le pratiche, lascerò le cose nelle tue mani e tornerò a casa. »

« D'accordo », disse Juan. E interruppe la comunicazione.

Tornai al mio caffè, che nel frattempo si era raffreddato. Stavo per prepararmene un altro, quando - di nuovo - mi fermò un martellio ritmico. Stavolta a squillare era il cellulare.

« Potrei parlare con la giudice MacHor, per favore? »

« Chi la cerca? » Nessuna precauzione era eccessiva in quei momenti.

« Sono don Lucas Andueza. »

« Buongiorno, padre. Ha risolto il rebus? »

« Ho gettato la spugna, chiamavo solo per comunicarglielo. So che il tre, come il sette, sono numeri importanti per i cattolici, numeri cabalistici, in un certo senso magici. Il tre lo è perché rappresenta la Trinità, tre persone in un solo Dio, ma che io sappia 3313 non ha nessun significato, nemmeno diabolico. Temo che dovrà rivolgersi a qualcun altro. »

« D'accordo, padre, non si preoccupi. » Mi apprestavo a chiudere la conversazione, quando mi accorsi che il mio interlocutore esitava ancora al telefono. « Don Lucas, voleva dirmi qualcos'altro? »

« Devo confessare, vostro onore, che ho passato tutta la notte ripensando a quei numeri. »

« E a che conclusione è arrivato? »

« A nessuna in particolare, spero solo che non sia il numero di omicidi che si perpetreranno. Tuttavia mi colpisce quell'uno, che scompagina la cifra globale. »

« Devo ammettere che non riesco a seguirla. »

« Vede: il primo tre potrebbe essere l'abate di Leyre; il secondo, l'arcivescovo. Quindi segue l'uno, che è chiaramente diverso dai tre: potrebbe essere il nunzio, con cui l'assassino non è riuscito a terminare il suo lavoro. »

« E l'ultimo tre? »

« Ecco, se la mia interpretazione risultasse corretta, significherebbe che lei avrà presto altro lavoro... perché se l'assassino usa il numero tre quando riesce nel suo intento... »

Provai un brivido ricordando ciò che Juan mi aveva appena riferito: poteva essere proprio Gorla l'ultimo numero di quella lista? « Questa sua teoria è interessante, anche se spero che si sbagli. Lo dico per l'ultimo tre », commentai, senza sapere cos'altro dire.

« Lo so, vostro onore, è un'interpretazione assurda, ma non mi è venuto in mente niente di meglio. »

« Padre, credo che quello di cui entrambi abbiamo bisogno sia dormire. »

« È vero, almeno per quanto mi riguarda: stanotte non ho chiuso occhio. Ma è ovvio che questo non è il mio campo. Dovrebbe cercare qualcuno che s'intenda di numeri. Un matematico... »

« Questo è un ottimo consiglio, padre, grazie. Non esiti a chiamarmi se si ricordasse qualche elemento in più. »

Un matematico, certo! Afferrai il telefono e digitai il numero di San Salvador de Leyre, pregando che il frate portinaio fosse al suo posto.

« Pronto? Qui monastero di Leyre. »

« Grazie a Dio ha risposto al telefono, frate Daniel. Sono la giudice MacHor... »

« Buongiorno, vostro onore, vedo che lei si sveglia presto. »

« Sì, che altro posso fare! » *Mi si accumulano i morti,* pensai. « Senta, fratello, so bene che è un'ora indecente per disturbarvi, ma avrei bisogno di parlare qualche minuto con frate Chocarro. Crede che sia possibile? »

« Be', è fortunata, vostro onore! Se lo avesse chiamato tra quindici minuti, non avrei potuto aiutarla, perché ci avrebbe trovati riuniti per la preghiera del mattino e non avremmo risposto al telefono. »

« Sono felice di essermi alzata all'alba, allora. Potrebbe chiamarlo, per favore? »

« Certo. Lo cerco subito e gli dico di richiamarla. Questo monastero è molto grande e il nostro confratello si muove parecchio. Mi lasci un numero dove possiamo rintracciarla, lui la richiamerà. »

Gli dettai il numero. Il frate portinaio lo ripeté due volte ad alta voce per assicurarsi di esserselo segnato bene.

« Grazie, frate Daniel. Quando il caso sarà chiuso, mi piacerebbe venire a Leyre, un giorno, con la mia famiglia. Ci farà da guida? »

« Senz'altro, vostro onore! Non le mostrerò soltanto le molte gioie che conserviamo, le racconterò anche le nostre leggende. Ai suoi figli piaceranno: draghi e fantasmi... »

Riagganciai e mi avvicinai alla finestra. Non so perché, l'idea di condividere i miei dubbi con frate Chocarro mi tranquillizzava. Dietro le tendine iniziava a risplendere il sole di giugno. C'era un po' d'aria, ma l'atmosfera sembrava pesante e appiccicaticcia: mi aspettava un'altra giornata torrida.

Sentii un rumore. Prima ancora che la porta a battente della cucina girasse sui suoi cardini, seppi che mio marito si stava avvicinando: quando le sue pantofole dalla suola morbida avanzano per il corridoio, aderiscono leggermente al pavimento ed emettono un suono particolare. Mi girai, in tempo per accoglierlo con un mezzo sorriso. Aveva gli occhi pesti e i capelli più arruffati del solito; i suoi ricci corvini iniziavano a imbiancarsi intorno alle orecchie, ma con mia grande sorpresa era quasi privo di rughe.

Jaime si avvicinò, ricacciò indietro la sua zazzera e mi baciò con dolcezza su una guancia. « Buongiorno, Lolilla, sei riuscita a riposare? » La sua voce suonava più roca del solito.

« Non molto... E tu? »

« Ho dormito poco, ma bene. Che tipo, quel Tagliatelli: pensa che l'ho sognato! Naturalmente discutevamo dell'anima degli assassini. »

« Sì, è un tipo simpatico. Sai che cosa mi ha stupito di lui e dei suoi colleghi? »

« Che fossero vestiti tutti dello stesso colore? »

« Non fare lo scemo! Mi ha stupito che non parlassero di religione. Quando vi ritrovate voi medici, anche se siete solo in due, finite inevitabilmente per operare qualcuno. Quando lo facciamo noi magistrati, ecco che immediatamente saltano fuori le ultime sentenze della Corte suprema. Loro invece non hanno citato una sola volta Dio, che sarebbe la loro specialità. E solo l'arcivescovo di Burgos si è interessato ai ragazzi, mi ha chiesto se sono studiosi, se mi aiutano in casa, se hanno ricevuto il sacramento della cresima e se a scuola hanno l'ora di religione. »

« Be', di sicuro hanno visto che i ragazzi sono stupendi e non è parso loro educato domandare altro. » Jaime lasciò la tazza di caffè sul tavolo per andare alla ricerca dei suoi toast integrali. « Non c'è pane da toast, Lolilla. »

« Se lo sono mangiato ieri gli uomini in nero. Tutto. Chissà perché i religiosi sono sempre affamati... »

« Ragazza mia, oggi ti sei svegliata anticlericale. »

« No, non è questo. Sono solo stanca. »

« Stasera bisognerà comprare i toast. »

« Dovrai farlo tu, perché mi tocca partire per lavoro », replicai. Sapevo dove conduceva la strada che avevamo appena imboccato.

« Parti? E dove vai? »

« Vado a Malaga con Iturri, per una faccenda legata al caso. »

« E perché non ci va lui da solo? In fondo voi giudici siete al di sopra di tutte quelle cose da poliziotti. »

« In questo caso, no », risposi, stizzita.

Jaime distolse lo sguardo dalla sua tazza di caffè per rivolgerlo a me. Non disse niente, si limitò a osservarmi mentre girava il caffè a tutta velocità col cucchiaino d'argento.

« Che c'è? » gli chiesi, restituendogli lo sguardo con un lampo furioso.

« Stasera arriva Treisman. »

« Chi è Treisman? »

« David Treisman, il professore della Columbia, non ti ricordi? L'hai conosciuto l'anno scorso a Parigi, alla cena di chiusura del congresso sulla terapia cellulare. »

« Stupendo! Sono molto felice che venga. Vi divertirete un mondo, insieme. »

« Si fermerà due giorni, soltanto due giorni: domani e dopodomani. L'ho invitato io, con una sovvenzione del ministero. Se tu non ci sei, chi si occuperà dei ragazzi? »

« Tu, naturalmente. »

« E Treisman? »

« Dovrà aiutarti, oppure dovrete concordare un orario di lavoro civile. Tornare a casa alle tre del mattino non è molto civile », aggiunsi.

Mentre lui parlava, mi era tornata in mente quella cena a Parigi. Più tardi mi avevano accompagnato in albergo, e Jaime era rientrato in stanza alle tre passate. Mi aveva svegliata per dirmi che quel Treisman era un genio in non so quale settore della terapia genica e che era stata una delle serate più interessanti della sua vita. E io avevo passato l'unica mia notte a Parigi contemplando la tappezzeria pacchiana di una stanza d'albergo!

« Sono sicuro, Lolilla, che puoi posticipare il tuo viaggio. Si tratta solo di due giorni. »

« No, non posso. »

« Di' piuttosto che non vuoi. »

« No, dico che non posso. Sei l'unico a non capire che come

giudice ho degli obblighi improrogabili. Ti ricordo che là fuori c'è qualcuno che va in giro a uccidere la gente. E non gente qualunque, ma i tuoi amati preti! »

« E io ti ricordo che, anche se sei un giudice, hai degli obblighi familiari », replicò, inarcando le sopracciglia e torcendo la bocca in un'espressione amareggiata.

« Questo è un colpo basso », ribattei, infuriata.

« Sì, lo penso anch'io. » E se ne andò, lasciandomi con la replica in bocca.

Stavo per iniziare a strillare furibonda, quando suonò il telefono. « Chi è? »

« Vostro onore, mi dispiace di avere tardato tanto, ma dovevo preparare i paramenti per celebrare la santa messa. »

« Frate Chocarro, grazie per aver chiamato. »

« Mi ha riferito frate Daniel che voleva chiedermi qualcosa... »

« Sì, è vero. Ieri l'assassino ha cercato di compiere un attentato contro il nunzio apostolico di Spagna, venuto a Pamplona per presenziare ai funerali dell'arcivescovo. »

« Santo Dio! »

« Non si preoccupi, abbiamo vanificato i suoi propositi. Però ha lasciato una nota... un messaggio che non capiamo. Ho pensato che lei poteva aiutarmi a comprenderlo. »

« Ci proverò. Cosa dice il messaggio? »

« Non dice niente, è solo un numero: 3313. »

« Curioso... » mormorò frate Chocarro.

« Sa che cosa significa? »

« I numeri non devono per forza significare qualcosa, vostro onore. »

« Padre Andueza pensava che potrebbe trattarsi di un numero cabalistico. »

« La cabala è a un altro livello rispetto a questo. »

« Quindi non mi può dire niente sul numero in questione. »

« Ah, invece posso dirle molte cose! È un numero elegante, semplice, ma con personalità, non le sembra? E, per di più, è primo. »

« Primo? »

« Sì, è un numero primo. »

« Mi dispiace, frate Chocarro, io sono una donna di lettere. Equazioni e funzioni iperboliche mi fanno venire l'allergia. »

« Non si preoccupi, glielo spiegherò in maniera semplice: un numero primo è quel numero che si può dividere soltanto per se stesso o per l'unità. 2, 3, 5, 7, 11, 13, 17, 19, 23 e 29 sono primi... Il 4, per esempio, non lo è, come non lo è il 77 in quanto prodotto di altri due numeri primi: il 7 e l'11. »

« Sì, ora capisco. Ma cosa li rende così speciali, sono pochi? »

« No, per niente: sono un'infinità, ma sin dall'antichità i numeri primi sono stati considerati come i numeri più misteriosi e puri di tutto il linguaggio matematico. Nella mia vita passata, tra le altre cose, ne studiavo la distribuzione tra i numeri interi. Alcuni sostengono che la loro ripartizione si spiega esclusivamente come frutto del caso. Ma io non credo al caso. So che esiste un modello discernibile che spiega la nascita di un numero primo; il fatto che non sia in grado di scoprirlo dimostra soltanto la mia incompetenza, non la sua inesistenza. »

« D'accordo, fratello. E cos'hanno a che vedere i numeri primi con la Chiesa? »

Il frate sacrestano tardò qualche secondo a rispondere. « Che io sappia niente, vostro onore. Tuttavia credo di aver letto da qualche parte che si poteva effettuare una comparazione tra tali numeri e i santi. Dovrei recuperare quella citazione... »

« Potrebbe farlo, fratello? »

« Sì, ma credo che mi ci vorrà un po' di tempo. Siamo impegnati con lo studio fino alle undici. »

« Non si preoccupi e, per favore, mi chiami sul cellulare, non appena l'avrà trovata. Sarò in viaggio. »

« D'accordo. È così gentile da ripetermi il suo numero? »

« Ha da scrivere? »

« Non ho bisogno di scriverlo, vostro onore: sono numeri, li imparerò a memoria. »

Stavo per agganciare, quando mi ricordai del profumo. « Fratello, non metta giù! »

« Sono ancora qui, mi dica. »

« Ha ricevuto la boccetta di profumo? »

« No, non ho ricevuto niente... Attenda, vado a chiedere al frate portinaio. »

Attesi il suo ritorno incollata all'apparecchio, mentre cercavo di tranquillizzarmi respirando profondamente. Tutto inutile, la mia inquietudine si poteva toccare con mano.

«Vostro onore, eccolo qui», sentii all'altro capo della linea. «Vuole che lo annusi?»

«Sì, la prego.»

«D'accordo, ora lo apro...» Non si prese più di qualche secondo. «Non è questo. Decisamente no!» esclamò. «L'aroma che aleggiava nella sacrestia era più denso. Con più legno.»

«Quindi il nostro assassino ha davvero avuto un complice. Due profumi: uno nella vostra chiesa abbaziale, l'altro nell'eremo di Mendigorría. Il suo forse ha rubato il Sacramento; l'altro ha assassinato i religiosi...»

«Sì, è molto probabile. Due profumi straordinari nascondono due esalazioni mefitiche. Il fetore dello zolfo avvolto nell'essenza di gelsomino. Che pena!»

«Sì, fratello, una gran pena... Come quella che provo ora nel lasciarla.»

«La saluto, vostro onore.»

Uscii di casa in taxi alle nove, trascinando la valigia e sbattendo la porta, mentre urlavo a squarciagola che il mio lavoro risultava tanto utile e necessario per il bilancio familiare quanto quello di chiunque altro. A metà mattinata presi il telefono per chiamare Jaime, ma il mio orgoglio me lo impedì: se voleva, poteva chiamare lui. Sapeva dove trovarmi, avevo il suo cellulare.

27

La prima volta che avevo visto Juan Iturri, qualche giorno prima di essere accusata ingiustamente della morte di un compagno di università, stava sulla porta dell'obitorio di Pamplona e parlava a voce bassa col medico legale. A quell'epoca il suo aspetto era trascurato: portava degli orribili occhiali con una dozzinale montatura marrone che ne nascondevano i begli occhi - la sua maggior attrattiva - e un antiestetico paio di baffi. Ma quelli erano tempi in cui l'ossessione di Juan era passare inosservato. Di quell'aspetto originario restava poco, a eccezione forse della nebbia di tabacco che gli avvolgeva la faccia nei luoghi aperti e, naturalmente, del suo carattere.

Sorrisi. Non era facile sostenere una conversazione con Juan. Eravamo in viaggio dalle dieci del mattino, e all'una avevamo scambiato appena qualche frase.

Il giorno era afoso, quasi plumbeo, e l'auto non aveva l'aria condizionata. Viaggiavamo coi finestrini anteriori aperti. I miei capelli, già ricci di loro, si erano intrecciati fino a impedirmi di pettinarli con le dita. Estrassi un elastico dalla borsa e mi feci una coda.

Quel gesto risvegliò Juan dai suoi pensieri. «Ti dona», mi disse. «Ti fa più giovane.»

«*Sono* giovane, non ho bisogno di farmi una coda di cavallo per dimostrarlo!» strillai per farmi sentire nonostante il fragore di un camion che passava in direzione contraria.

«D'accordo, nonnetta.» Mi accarezzò i ricci rosso fuoco. «Sono le due. Vuoi che ci fermiamo a mangiare un panino e a bere qualcosa, e poi facciamo il resto del viaggio tutto di filato? Ho paura che, altrimenti, non arriveremo in tempo per vedere la casa del defunto Gorla.»

«Credevo che non l'avresti mai detto.»

Juan sorrise con dolcezza mentre si fermava in una modesta

trattoria che vantava le proprie tradizioni tipiche sotto un cartellone pubblicitario della Coca-Cola.

Durante il tragitto avevamo parlato poco del caso. Juan era assorto in qualcuno dei suoi fantasmi e io continuavo a ripensare alla mia discussione con Jaime, ultimamente un'abitudine un po' troppo frequente. Eppure in quella trattoria, davanti a un paio di enormi panini al *jamón serrano* e a una bottiglia di acqua gelata, ci si sciolse la lingua. Facendo mostra della mia consueta deferenza nei suoi confronti, gli chiesi di parlare per primo.

« Be', Lola, io la vedo così: un assassino sconosciuto, ma vicino alla Chiesa, sta facendo fuori le sue più alte cariche. Non vuole denaro né altre ricompense di tipo materiale. A riprova di ciò non ha portato via niente di quanto gli hanno offerto, nemmeno il reliquario, che pure aveva espressamente richiesto. Pertanto possiamo concludere che quanto vediamo è il risultato di una vendetta. Se arriviamo a capire perché vuole vendicarsi, è probabile che riusciamo a catturarlo. »

« In linea generale concordo con te, Juan, ma tralasci alcuni dettagli importanti... »

« Per esempio? »

« Per esempio che il reliquario è falso. L'assassino lo sapeva e l'ha chiesto proprio per quello oppure, al contrario, se n'è andato risentito rendendosi conto che non era l'esemplare autentico? La sua vendetta consiste proprio nel segnalare ai fedeli che le loro guide spirituali trascurano i beni della Chiesa? »

« È una buona domanda, Lola. Qual è la tua risposta? »

« Non lo so, ma se dovessi scegliere credo che scommetterei sull'assassino. »

« Che intendi dire? »

« I nostri esperti d'arte ci hanno messo varie ore, impiegando tecniche e strumenti sofisticati, per dirci che il reliquario era una semplice copia. A meno che l'assassino non sia un autentico esperto, non avrebbe potuto capirlo in pochi minuti e nella penombra di un eremo. »

Juan si mostrò d'accordo, il che mi riempì d'orgoglio. « Hai ragione, la prima ipotesi è che l'assassino sia un esperto d'arte, un collezionista o un antiquario; ciò concorderebbe con l'invio delle pergamene. La seconda è che conoscesse la falsificazione a priori, il che ci riporta alla Chiesa, proprio come altri indizi, per esempio il fatto di conoscere le abitudini dell'abate di Leyre o che l'arcivescovo era ricco.»

«Sì, quello è un altro fattore fondamentale. Monsignor Cañarte era ricco, quando si suppone che oggi i prelati siano poveri», dissi.

«Non nego che possa esserci qualcosa di torbido in questa diocesi e che far emergere tutta quella merda faccia parte del piano dell'assassino, ma quello che non sappiamo è se le due cose siano collegate oppure no. In altre parole, ciò che don Lucas Andueza non ci ha voluto raccontare, tirando in ballo il segreto confessionale, riguarda la vita della diocesi prima di questi omicidi o le vittime stesse?»

«Mi stai dicendo che forse si sono sovrapposte due questioni, quella del denaro col reliquario e quella dei segreti delle vittime?» domandai.

«Proprio così. Anche se questo non cambia la premessa iniziale. Il nostro assassino è arrabbiato e vuole vendicarsi. Bisogna scoprire perché.»

«E come?» replicai. «Non dirmi, come sempre, a poco a poco.»

Juan scoppiò a ridere e mi prese una mano. «Invece devo proprio dirtelo, Lola, perché non c'è altra scelta. Procederemo a poco a poco, scartando le varie opzioni. A proposito, sai qualcosa del numero scritto nell'ultima nota?»

«Sì, so che è primo.»

«Primo? Che vuol dire?»

«Me l'ha detto frate Chocarro. Il 3313 è un numero primo, cioè può essere diviso soltanto per se stesso o per l'unità. Naturalmente gli ho chiesto l'eventuale relazione tra quel numero e la Chiesa. Mi ha promesso di fare qualche ricerca e di chiamarmi quando troverà qualcosa.»

«Hai il cellulare acceso?»

«Credo di sì.»

«Perché non controlli? Non è il giorno giusto per tenerlo spento. È strano che nessuno ti abbia ancora richiamato: Ramiro, Galbis, Andueza, Chocarro... A quanto dici, stanno per concludere tutti le rispettive indagini e ricerche.»

Aprii la borsa mentre lui ancora parlava. Con mia vergogna, scoprii che si era scaricata la batteria. Chiesi al cameriere il permesso di ricaricarlo un po' a una presa elettrica, avevo il cavo in valigia. Intanto prendemmo un caffè.

Avevo tre messaggi e una chiamata persa. L'agente Galbis e Ramiro Sega mi chiedevano di mettermi in contatto con loro il prima possibile. Frate Chocarro aveva lasciato scritto: *Vostro onore, non risponde al cellulare, ma ho già scoperto quello che mi aveva chiesto: c'è un teologo famoso, un certo Von Balthasar, che fa un paragone tra i numeri primi e i santi. Ho la citazione esatta, se ha bisogno di consultarla. Quello che mi sfugge, però, è il perché di questa cifra, essendoci infiniti numeri primi ed essendo essa così poco comune.* La chiamata proveniva da un numero fisso di Pamplona che non conoscevo.

Per un attimo il cuore mi saltò in gola. Poteva essere Jaime che chiamava per scusarsi. Avevo tenuto il suo cellulare, per cui era possibile che stesse chiamando da un telefono pubblico.

Fu il primo numero che digitai. Mi rispose la segreteria telefonica di una ditta che fabbricava profilati metallici; di sicuro non era Jaime. Chiusi la chiamata, delusa.

«Non ti rispondono?» chiese Juan.

Mi affrettai a dire: «Sono tonta, devo essermi sbagliata e ho chiamato una fabbrica. Adesso riprovo».

«È facile, Lola, basta richiamare il numero che ti compare sul display», replicò Juan.

Non ho mai saputo se quella fosse ironia o semplicemente una lezione gratuita. Considerando le mie difficoltà con quegli apparecchi, non ci sarebbe stato nulla di strano.

Telefonai a frate Chocarro, quando già ci eravamo immessi nel denso traffico di Madrid. Stavolta misi il cellulare in viva voce, affinché Juan potesse ascoltare la conversazione.

Rispose frate Daniel, il portinaio. «Vostro onore, abbiamo provato e riprovato a rintracciarla, ma senza successo.»

«Lo so, fratello, è colpa mia: ho lasciato scaricare le batterie del cellulare. Ho appena letto il messaggio di frate Chocarro. Potrei parlare con lui?»

« In questo momento, temo di no, vostro onore. »
« Accidenti! » ribattei, seccata.
« Ma mi ha lasciato un messaggio per lei. Vuole che glielo legga? »
« Sì, fratello, per piacere. »
« Aspetti, che mi metto gli occhiali. »
Nel giro di pochi secondi, Juan e io ascoltammo il preciso riassunto che Fermín Chocarro aveva preparato per noi.
« 'Vostro onore, ecco che cosa dice il teologo Von Balthasar: all'interno della Chiesa ci sono due diversi percorsi di santità, uno che va dal corpo alla testa - cioè dalla Chiesa a Dio - e un altro che fluisce più dall'alto al basso - da Dio alla Chiesa -. Nel primo percorso nascono missioni che sbocciano dal seno della Chiesa - includendo in tale struttura tanto la comunità quanto gli ordini religiosi - e che, per la loro purezza e coerenza, si trasformano in modelli per gli altri. Nel secondo caso, la missione sembra scagliata come un fulmine dal cielo sulla Chiesa: viene ordinata da Dio ed è instaurata sulla terra da persone che obbediscono direttamente a quei dettami dello Spirito Santo. Entrambi i tipi di santi vivono dello stesso spirito divino, ma il secondo gruppo ha un'impronta speciale perché è stato emanato direttamente da Dio. Tali santi si presentano come pietre angolari della Chiesa e sono quelli che Balthasar chiama "numeri primi": puri, imprevedibili, venuti direttamente dal cielo, essi esprimono la forza di uno Spirito che spira dove e quando vuole.
« 'Questa, vostro onore, è la spiegazione teologica. Quello che non riesco a comprendere è come applicarla al caso dell'abate e dell'arcivescovo. Risulta chiaro che nessuno di loro è un numero primo. L'unica cosa che mi viene in mente è che li si sta accusando proprio di non esserlo; vale a dire, si crede che alcune delle loro decisioni non vengano da Dio, ma da loro stessi. Decisioni sbagliate. Mi dispiace di non poterle essere più utile. Frate Fermín Chocarro.' »

Dopo avere ringraziato il frate portinaio, mi affrettai a chiedere un parere a Juan. Fin dall'inizio mi ero accorta che Chocarro non gli stava simpatico, ma sapevo che era capace di dimenticare le inezie e di giudicare con obiettività.

«In realtà, Lola, quanto dice il frate matematico concorda con l'ipotesi che discutevamo prima. All'assassino alcune decisioni della Chiesa e di questi ecclesiastici sembrano infelici; tuttavia, se essi le elevano al rango di dottrina, si comportano come se fossero numeri primi, la cui saggezza è stata infusa direttamente da Dio.»

«Ma i due cadaveri appartengono a ecclesiastici di provincia, non a grandi teologi che salgono in cattedra», obiettai. «E non possiamo considerare un teologo nemmeno il nunzio.»

«Questo è vero, Lola, ma forse l'assassino la vede in un altro modo. Forse confonde la parte col tutto e identifica la Chiesa col prete del suo villaggio.»

«Stai dicendo che dobbiamo cercare l'assassino a Pamplona e, all'interno della diocesi, nelle località più vicine a Leyre? Davvero non ci credo: questo criminale ha a disposizione tempo e mezzi.»

«*Touché!*»

«Sono stanca di questi stupidi enigmi.»

«Lo so, ma è tutto quello che abbiamo... Smetti di lamentarti e rispondi alle chiamate.»

Lo feci, iniziando da Galbis. L'agente mi riferì esultante di avere rintracciato l'artista che aveva creato la copia del reliquario.

«Chi è?» domandai.

«È un artista molto stimato! A quanto dicono, uno dei migliori.»

«E come mai si è lasciato coinvolgere in questo complotto?»

«È questa la cosa curiosa, vostro onore: non c'è nessun complotto, è tutto legale. Ha persino conservato la fattura presentata all'arcivescovado: 13.500 euro.»

«Non capisco.»

«Dice che l'arcivescovo in persona gli ha affidato l'incarico, un anno fa. Avrebbe trascorso un intero pomeriggio a fotografare il reliquario e a prendere appunti dal vivo, nel museo stesso, che per l'occasione sarebbe stato chiuso.»

«Caspita, questa non me l'aspettavo!» Capii che Galbis sorrideva, soddisfatto della rivelazione. «Quindi la fattura risale a un anno fa.»

« Sì. »

« E allora l'amministratore apostolico era ancora vivo... »

« Non lo so, vostro onore. »

« Questa non è una domanda, Galbis, è un'affermazione. » Guardai Juan, che annuì. « Lasci stare tutto il resto. Ho bisogno che lei scopra tutto il possibile sul defunto amministratore. Adesso non ricordo il suo nome. Chiami padre Andueza all'arcivescovado, lui le fornirà tutti i dati. »

« Questa sì che è una sorpresa », osservò Juan.

« Ciò significa che la questione riguarda il passato. L'assassino lo avrà saputo? »

« Non ne ho idea. »

Faceva molto caldo e aprii di nuovo il finestrino. Inspirai profondamente, felice di sentire l'aria sulla faccia. « Sai che ti dico, Juan? »

« Scommetti che l'assassino lo sapeva... »

« Sì! Ma ti dirò anche di più: ogni minuto che passa vedo con più chiarezza che dev'essere qualcuno dell'ambiente degli antiquari. Il mondo dell'antiquariato, per lo meno quello legale, non dev'essere poi tanto grande. »

« È molto probabile che sia così. Scoprire un'opera d'arte, evitando che t'imbroglino; classificarla; seguirne il restauro, se occorre; stimarla e metterla sul mercato... Tutto questo richiede un livello professionale e tecnico piuttosto elevato, oltre a un considerevole capitale. »

« Be', sono convinta che sia quello il nostro terreno. »

« Non dimenticare, Lola, che stiamo facendo questo viaggio per il cadavere di uno stilista, non di un antiquario. »

« Chi potrebbe comprare un pezzo del passato, spendendoci l'occhio della testa, se non gente come il nostro celebre stilista? Un mobile spagnolo del XVII secolo, legno santo e intarsi di madreperla e osso, naturalmente; un'acquaforte di Chillida; uno Stradivari del 1721; un olio di Breitner; la prima edizione di un diario veneziano del XV secolo o una sciabola di gala giapponese intagliata nell'avorio... »

« Non sapevo che t'interessasse l'arte, Lola. Sei una sorpresa continua! »

« M'interessa più o meno quanto a Ramiro le auto dei ricchi:

guardo, ammiro e mi limito a sognare. Tutto ciò che ho appena citato è inaccessibile al mio portamonete e continuerà a esserlo, tuttavia mi piace ammirarne la bellezza.»

«E credi che il nostro assassino abbia questa sensibilità?»

«Mi darai ragione se dico che non si è compiaciuto dei suoi delitti. Ha ucciso con efficienza e, tranne gli abiti stracciati, che probabilmente hanno un valore simbolico, è stato piuttosto... estetico, direi.»

«E le dita?»

«E l'harakiri giapponese? L'estetica è una variabile molto elastica.»

Juan tornò al suo mutismo.

Ne approfittai per richiamare il patologo, ma Ramiro non rispose. Senza niente di meglio da fare, mi adagiai sul sedile e mi concentrai sullo scenario esterno, dedicandomi al piacere della contemplazione.

Durante il corso della conversazione, il paesaggio aveva subito un'importante metamorfosi. Il verde aveva lasciato il posto alla bionda pianura con vecchi olivi. L'atmosfera era forse meno promettente e il panorama più prevedibile, ma emanavano una luce così seducente e insinuante che riuscii a comprendere perché l'Andalusia rappresenti lo sfondo propizio alle malie d'amore.

Incoraggiata dal caldo di quel pomeriggio torrido e dall'ininterrotto alternarsi di olivi maturi, finii per addormentarmi così profondamente che, quando arrivammo, Juan dovette svegliarmi.

«Sveglia, Lola! Siamo arrivati.» Mi passò più volte la mano sul braccio. Lo fece con affetto, ma anche con impazienza.

«Siamo arrivati?»

Stava scendendo la sera, ma c'era ancora luce.

«Davanti a lei, vostro onore, ecco Puerto Banús, perla del Mediterraneo e colonia tedesca.»

Mi raddrizzai. Davanti a me si dischiudeva tutta la bellezza del Mediterraneo, avvolta in uno scialle di vegetazione abbondante ed esotica. In quel momento un motoscafo solcava le onde a tutta velocità, mentre sullo sfondo due veloci barche a vela dispiegavano al vento i loro variopinti spinnaker. Nell'aria aleggiava un dolce profumo, e il panorama incitava a non distogliere lo sguardo. Era un paesaggio da cartolina.

«Che ore sono?» chiesi, stiracchiandomi con discrezione. Il collo si faceva sentire.

«Sono le sette e mezzo di sera. Quasi mille chilometri in nove ore, senza contare la sosta: una buona media...»

«Gorla viveva qui?»

«Sì, è un complesso privato chiamato Las Playas del Duque. Non credo che ti mancheranno dati sul vicinato.»

Mi rassettai la gonna, piuttosto sgualcita. Il mio abbigliamento lasciava molto a desiderare in quell'ambiente lussuoso.

«Ho appena chiamato l'ispettore Garrón. Ci aspetta tra quindici minuti nell'appartamento del defunto. L'edificio sta a due isolati da qui, quindi abbiamo il tempo di prendere un caffè e, se ne hai bisogno, di sistemarti un po'. Ecco, guarda, lì c'è una caffetteria.»

«Mi dispiace di essermi addormentata.»

«Sembravi molto stanca.»

Ci fu una pausa d'imbarazzo. Mi vergognavo un po'. Alla fine glielo chiesi. «Ho russato?»

«Hai russato, ma conoscevo già questa tua caratteristica.»

«Che orrore!» mormorai, arrossendo. Russo con un'intensità degna di un treno e con le modalità di un cane in calore.

La caffetteria aveva un'enorme terrazza con accesso diretto alla spiaggia. Ci sedemmo lì. Visitai il bagno con una certa curiosità e lì cercai di ricompormi. L'unica mia salvezza furono la boccetta di colonia e il rossetto che porto sempre nella borsa. Se proprio si deve fare una cattiva impressione, almeno profumare e sorridere bene.

A piedi ci dirigemmo verso l'edificio, situato a pochi metri dal golf club. Come promesso, l'ispettore Garrón ci aspettava sulla porta. Accanto a lui, un uomo un po' più giovane – che si presentò come medico legale – e un portiere in uniforme, che aprì la porta quando ci mancavano ancora cinquanta metri per raggiungerla: non appartenevamo a quell'ambiente, ed era evidente. Juan decise di restare di sotto a chiacchierare col patologo per ottenere tutti i dati possibili riguardo all'autopsia. L'ispettore Garrón, che sorrideva ma non parlava, mi accompagnò in casa.

L'immobile a cinque piani trasudava l'inconfondibile stile dei ricchi quando cercano di non far notare che sono nuovi ricchi ma per nulla al mondo desiderano essere confusi con la gente comune: un po' di eleganza mischiata con elevate dosi di esibizionismo di dubbio gusto. Il tirato e appiccicoso portiere aveva avvisato della nostra visita il personale del defunto stilista che, in attesa di conoscere il proprio futuro lavorativo, continuava a fare il proprio lavoro come se lì non fosse successo niente. Perciò, quando salimmo, trovammo i domestici sulla porta, schierati in formazione perfetta: c'erano una grassa cuoca dall'evidente caratteraccio, una ragazza latinoamericana che si occupava delle pulizie, un autista, un cameriere e un segretario. « Assistente personale », come si definì lui.

Faustino Gorla viveva nell'attico. La sua dimora era l'unica su quel piano; l'ascensore sboccava nell'atrio della casa stessa, camuffato da due enormi pannelli di noce. Il marmo del pavimento, a forma di scacchiera bianca e nera, era in parte nascosto da un grande tappeto persiano.

Se è vero che le opere d'arte autentiche sono alla portata di pochi, l'uomo in questione con ogni probabilità era appartenuto a quel gruppo selezionato. O, quantomeno, la sua abitazione era lussuosa come la ricordavo da quelle foto sulla rivista *Hola*.

Un arco dischiudeva la prospettiva sul grande salone, con quattro ambienti differenziati. I mobili erano pochi, ma di squisita fattura, e rendevano ancora più ampi gli spazi. Per l'arredamento erano state usate solo due tonalità, il beige e il grigio, con alcune lievi pennellate di rosso. Il risultato generale era imponente. Sapevo che la cultura cinese era millenaria e splendida quanto a raffinatezza e sensibilità, ma non avevo mai visto prima mobili come quelli, ognuno più affascinante dell'altro.

Un'enorme vetrata collegava la casa a una terrazza abbellita da una rigogliosa vegetazione e da una piccola piscina a forma di rene. E, sullo sfondo, il blu del Mediterraneo. La luminosità, nonostante la sera incombente, la spaziosità di tutti gli ambienti, la sensazione di grandiosità e di ricchezza mi fecero pensare che, senza dubbio, quel luogo era troppo grande e sontuoso per essere chiamato « appartamento ».

Chiesi all'assistente personale del defunto, un cittadino di origine filippina che di cognome faceva Alindato, cortese fino a sembrare affettato, che mi mostrasse la casa e mi parlasse del « suo signore », come lui chiamava il defunto Gorla.

Lo fece, più la prima che la seconda cosa, poiché iniziò a riferire il nome o l'epoca di mobili, sculture e pitture in cui c'imbattevamo. « Questo lavabo, vostro onore, vanta l'esclusivo design dell'architetto Jorge Muradas. Questa graziosa scatola proviene dal Vietnam del Nord ed è stata laccata con pigmenti naturali: è un'autentica antichità. Questa scultura s'intitola *Sobre dos momentos* ed è di Ennio Iommi. I toni di quel tappeto antico di origine pakistana si combinano alla perfezione; lo ha portato il signore da uno dei suoi viaggi, insieme con un quadro che è appeso nella stanza degli ospiti. »

Mentre parlava, ricordai la conversazione che Juan e io avevamo intrattenuto sulla possibile professione dell'assassino. *Senza dubbio questo stilista aveva bisogno di un buon architetto d'interni*, pensai. Il segretario proseguiva nel suo inventario, ma io ormai non lo ascoltavo più. « Mi scusi se l'interrompo, signor Alindato, sa dirmi se Faustino Gorla aveva una famiglia? Una moglie, o dei figli? »

« No, vostro onore. Che io sappia, non aveva familiari prossimi. Aveva una sorella, che è morta di cancro, e una nipote che non vedeva mai perché vive a Chicago. »

« Amici? »

« Il signore era molto cortese, ma anche molto riservato. Non gli piaceva che qualcuno indagasse sulla sua vita. »

« Eppure qualche tempo fa ha permesso che la rivista *Hola* pubblicasse immagini della sua casa. »

« Sì, l'ha fatto su richiesta del suo designer. Se n'è pentito immediatamente, ma aveva dato la propria parola e non ha potuto tirarsi indietro. »

« Lei sa per caso il nome di questo designer? »

« Sì, certo, tutto quello che vede è stato supervisionato da lui. Si chiama Peter Zahan, è molto conosciuto nell'ambiente artistico. È davvero uno dei migliori. »

Annotai il nome sul mio bloc-notes, non senza prima chiedere quale fosse la grafia corretta del cognome. « Signor Alindato, ho notato che in diversi portaritratti il signor Gorla compare insieme con un uomo bruno, molto abbronzato... »

Il domestico restò in silenzio.

« Non sa a chi mi riferisco? » chiesi. In mancanza di risposte, mi avvicinai alla mensola più vicina e presi una delle molte foto incorniciate. Il padrone di casa, col suo sorriso eburneo e col viso abbronzato, stava in primo piano. A sessantadue anni suonati aveva un aspetto invidiabile: non un grammo di grasso né una ruga di troppo. Nella foto appariva in compagnia di un uomo molto più giovane. Dire bello non lo avrebbe definito con precisione, né gli avrebbe reso giustizia; e, a dire il vero, il suo naso era grande e aquilino, la pelle troppo olivastra. Tuttavia la profondità dei suoi occhi marroni, decisamente arabi, risultava irresistibile; il nero corvino dei capelli contrastava con la candida chioma di Gorla, che lo stringeva alle spalle con entrambe le mani. Mostrai la foto al segretario.

« Ah, sì, vostro onore! Si tratta di un amico del signor... »

« Un buon amico, suppongo. Compare nella maggior parte delle fotografie... Sa dirmi il suo nome? »

« Peter Zahan. »

« L'arredatore? »

« Sì, vostro onore, anche se quel termine non gli rende giustizia. Il suo negozio di Marbella ha rifornito di antichità davvero squisite tutta la gente importante di questa zona. »

« A quanto vedo, il signor Gorla era molto più che un cliente per lui. Potremmo definirlo un suo amico? »

Dopo un lieve silenzio e con un sospiro di rassegnazione, il manierato domestico disse: « Be', sì, potremmo considerarlo un amico speciale ».

« Intimo? » azzardai.

« Sì, questa sarebbe un'espressione corretta. »

« Capisco. Lei mi sta dicendo che erano... una coppia. »

« Esatto, vostro onore, lo erano. »

« E perché lui oggi non è qui? »

« Non so se si è resa conto, giudice MacHor, ma ho usato il passato. Sono stati una coppia... »

« In un passato vicino o lontano? »

« Vicino. Il signor Gorla non aveva nemmeno tolto le sue foto dalle cornici. Immagino che entrambi pensassero che ci fosse ancora qualcosa. »

« Entrambi? »

« Mi segua, la prego. »

Lo seguii. Attraversammo il salone deviando verso il gruppo di divani ubicato sulla sinistra. Dietro si allungava un'enorme parete di legno laccato color avorio. Una porta scorrevole dava accesso alla camera da letto principale.

Mi fermai qualche istante sulla porta: era una stanza di grande luminosità, anch'essa con vista mare. Un letto di notevoli dimensioni, con un pesante copriletto nelle tonalità del grigio e del beige, presidiava l'ambiente. Al posto della testiera, un grande murale in stile africano. Come nel resto della casa l'arredamento era minimalista, ma senza un dettaglio fuori posto. Una copia di armadi simmetrici, laccati in rosso, le conferivano il tocco di colore necessario.

Alindato aprì uno degli armadi. Dentro pendevano varie camicie, perfettamente stirate. Tutte bianche. « Vede, vostro onore, sono del signor Zahan. Non le ha portate via. »

« Significa che se n'è andato in tutta fretta? Forse dopo una discussione? »

« Qualcosa del genere. »

« Sa dirmi in che data? »

« A Natale, vostro onore. È stato a Natale che quell'uomo è comparso, demolendo tutto al suo passaggio. Il signor Zahan ha ceduto. E, quando credevamo tutti che il peggio fosse passato, è successo. »

« È successo cosa? »

« Quell'uomo ha conquistato il signore. »

« Mi scusi, ma di chi mi sta parlando? » chiesi.

« È questa la cosa più buffa, vostro onore: non lo so. Né io né nessun altro domestico! Quando lui veniva qui, il signore ci dava il giorno libero. Navigavano, viaggiavano... Doveva essere un uomo molto importante, perché il signore proteggeva in modo ossessivo la loro intimità. »

« E non c'è qualche fotografia? »

« Niente. »

« Deduco che non fosse di queste parti. »

« No. Lo so perché un giorno il signore mi riferì che doveva andare a Madrid... 'Affari?' gli ho chiesto, perché dovevo preparagli la valigia. 'Stavolta no', mi ha risposto. 'Nella vita ci sono cose più importanti del denaro.' 'Ne è sicuro?' ho replicato io. 'Certo, l'amore', ha detto lui. Capisce, vostro onore? Ha parlato di amore! Non gli avevo mai sentito dire quella parola. »

Restai qualche istante in silenzio, cercando di capire dove mi portava tutto ciò. Non ambivo a conoscere la vita privata di quel defunto, se non era strettamente necessario. « Il signor Gorla era religioso? »

« Religioso? Ma certo che no, vostro onore. Era un agnostico convinto. »

« Eppure, signor Alindato, si è ritirato per qualche giorno in un monastero benedettino... »

« In un monastero? Ma è impossibile! »

« Ricorda la data di quel viaggio a Madrid di cui mi ha appena parlato? »

« Dovrei consultare l'agenda, ma direi che sono passate più o meno tre settimane. È stato fuori quattro notti, questo lo ricordo con precisione. »

« Le sarei molto grata se potesse controllare la sua agenda. L'aspetto qui. » Restai ad ammirare l'arredamento, caldo e luminoso come il resto della dimora. Pareti vuote, antichità, sempre gli stessi colori, nulla fuori posto. E tuttavia l'insieme risultava freddo, impersonale, privo di vita, metallico.

« L'ho trovato, vostro onore, è stato tra il quattro e il nove di giugno. »

Le date coincidevano.

« Il signor Zahan vive nei dintorni? » domandai.

« Ha una casa in questo stesso complesso residenziale, ma ora è all'estero. Subito dopo aver litigato col signore è partito per gli Stati Uniti, credo per la California, ma non potrei giurarlo. Doveva aprire un negozio anche lì: a Los Angeles e a San Francisco ci sono grandi fortune, e gli statunitensi ricchi adorano le antichità. Ho provato a rintracciarlo per i funerali, ma è stato impossibile contattarlo. »

« Ci proveremo anche noi, signor Alindato. Faustino Gorla frequentava qualche palestra, o magari qualche locale di tendenza? »

« Raramente. Preferiva rilassarsi navigando, viaggiando o leggendo. Conduceva una vita tranquilla. » Alindato sembrava sempre più a disagio per quella conversazione.

Io però avevo bisogno d'informazioni, quindi ignorai le sue espressioni di stanchezza. « E in quelle rare occasioni, sa dirmi dove andava? »

« Vostro onore, sono faccende private. Non dovrebbe indagare su questo. »

« Non ho molta scelta », replicai, cercando di adottare un tono comprensivo che però mettesse in chiaro la mia funzione. « È stata aperta un'indagine; ogni aspetto della vita del signor Gorla mi riguarda. »

Il segretario esitò qualche secondo. « Come le dicevo, usciva in pochissime occasioni. Non c'informava mai della sua destinazione, ma l'autista doveva andarlo a prendere. »

« E dove lo recuperava, signor Alindato? »

« Si recava in un club chiamato Brothers, proprio qui, a Puerto Banús. »

« Ricorda se ci è stato ultimamente? »

« Sì, è in quel locale che ha conosciuto il suo nuovo amico. » Un lampo di luce illuminò gli occhi del segretario, cancellandone la stanchezza. Mi sembrò che fosse un lampo di odio.

« Questo nuovo amico ha partecipato ai funerali del signor Gorla? »

Stavolta Alindato rispose prontamente. « Non lo so, vostro onore. Se anche l'avesse fatto, non avrei potuto riconoscerlo. »

« Certo... mi ha detto prima che non l'ha mai visto. »

« Mai, vostro onore. »

« Ma non l'hanno visto nemmeno l'autista o qualche altro domestico? »

« No, neanche loro. È come un fantasma. »

« Un fantasma... » Consultai di nuovo i miei appunti fino a trovare una frase che avevo sottolineato più volte con una penna rossa. Le precauzioni non erano state vane. L'avevo del tutto dimenticata. « Signor Alindato, un'ultima cosa. Capisco che la mia richiesta le sembrerà strana, ma in ogni caso devo fargliela. »

« Chieda pure tutto ciò che le serve, vostro onore, cercherò di soddisfare le sue richieste. Così avrebbe voluto il signore. »

« La ringrazio molto. Mi dica una cosa, il signor Gorla usava vari tipi di acqua di colonia? »

« No, sempre la stessa: un profumo d'autore. Lo aveva creato appositamente per lui un profumiere famoso. In questo momento non ricordo il suo nome, ma posso cercarlo. »

« Non credo che sia necessario. Però mi piacerebbe che lei cospargesse un fazzoletto con quel profumo. Lo terrò per qualche giorno, ma prometto di restituirlo non appena avremo terminato. D'accordo? »

« Ma certo, lo faccio subito. » Alindato uscì in tutta fretta e tornò col fazzoletto.

Dalla scia che lasciava il profumo, supposi che sarebbe bastato. Tuttavia introdussi il fazzoletto in una bustina per le prove, che sigillai. Il buon olfatto di frate Chocarro avrebbe potuto confermare o smentire che Gorla fosse stato complice dell'assassino.

« Molto bene, signor Alindato, credo che sia tutto. Le sono grata per il tempo che mi ha dedicato. Qui le lascio il numero di telefono del mio ufficio in tribunale. » Gli porsi un biglietto da visita che comprendeva anche il numero di Gorka. « La prego, non esiti a chiamarmi, se dovesse ricordare qualcosa d'importante. »

« Lei non crede sia stato un incidente, vero? »

« Queste sono indagini preliminari. Ci stiamo ancora lavorando, ma restano aperte tutte le ipotesi. »

« Era molto esperto, sa? Il signore conosceva il mare e, proprio per questo, era prudente: il Mediterraneo può essere parecchio traditore. Faccio fatica a credere che sia stato sorpreso da un colpo di vento. »

« Stia pur certo che indagheremo, non si preoccupi. »

Il segretario mi accompagnò fino alla porta e chiamò l'ascensore.

Ero dubbiosa e preoccupata. I dati che avevo appena raccolto non erano propriamente lusinghieri.

« Arrivederci, vostro onore, e buona giornata. »

Non so perché in quel momento mi ricordai di Jaime: a lui quella casa sarebbe piaciuta. Così, quando me lo raffigurai vestito col suo camice bianco, una luce fiduciosa si accese nella mia mente. « Signor Alindato, un'ultima domanda... »

« Dica pure, vostro onore. »

« Il signor Gorla aveva un medico di famiglia, qualcuno di sua confidenza? »

« Sì, naturalmente: il dottor Ribes. Il suo ambulatorio si trova nel centro di Marbella, ma, quando il signore era malato, il dottore veniva a visitarlo in casa. »

« Grazie ancora. A presto. » Scesi un po' rinfrancata. Era probabile che il medico ci potesse dire qualcosa e che mi risparmiasse una visita al famoso club. Quell'ambiente e quelle abitudini avevano poco in comune con la vita di un pugno di monaci benedettini e con la missione di un arcivescovo di provincia, ma se per una sfortunata combinazione del destino ce l'avevano, ero sicura di non voler conoscere i dettagli.

Quando la porta si aprì, mi scontrai con Juan, che stava per salire.

« Bella casa », commentò.

« Una meraviglia, non c'è dubbio, anche se il suo padrone non potrà più godersela. »

« Se ci sbrighiamo, possiamo arrivare all'ormeggio della barca di Gorla prima che faccia buio », disse Juan. « È molto vicino, nel porto sportivo. »

« D'accordo, ma vorrei parlare anche con l'ispettore Garrón: credo che gli uomini della Scientifica dovranno raccogliere impronte in casa, soprattutto in camera da letto. »

« Impronte? »

« Sì, sembra che nell'abitazione del defunto si aggirasse un fantasma. Un personaggio misterioso che frequentava questa casa. Al momento non ha volto né nome o cognome, ma immagino che avrà lasciato le proprie impronte. »

Lo sguardo di Juan non ne rivelava i pensieri, ma sulla sua bocca tremolava un sorriso. « Ti riferisci all'amante di Gorla? »

« Come fai a saperlo? »

« Lola, non mi guardare così, non sono uno stregone. Non lo

sapevo, mi sono limitato a trarre conclusioni e a fare supposizioni. »

« Conclusioni? »

« Be', tanto per cominciare, Gorla era un tizio ricco e di bell'aspetto, e non si è mai fatto una famiglia. »

Sollevai le braccia per protestare contro la sua mancanza di obiettività. « Anche tu sei di bell'aspetto, non sei povero e ti aggrappi con tenacia alla tua libertà, eppure non hai nessun amante di sesso maschile. »

Il suo sorriso di trionfo si spalancò del tutto. « In questo hai ragione, Lola, ma le lesioni anali rilevate dal patologo sul cadavere di Gorla sarebbero compatibili con... »

« Basta così! La tua intuizione è azzeccata. Gorla era omosessuale; aveva formato una coppia più o meno stabile con un certo Peter Zahan, un designer e antiquario della zona. Poi hanno litigato a causa dell'entrata in scena di un terzo uomo e Zahan, deluso, se n'è andato a vivere in California. Pare che sia successo circa sei mesi fa. Il posto di Zahan è stato occupato da questo fantasma di cui ti parlavo prima: un uomo che nessuno dei domestici ha mai visto. Non conoscono la sua faccia né il suo nome, nemmeno la voce, ma affermano che 'il signore' era pazzo di lui. »

« Sappiamo dove l'ha conosciuto? » domandò Juan.

« Il segretario e l'autista suggeriscono un locale chiamato Brothers. »

« Suggeriscono? »

« Sì, ho detto proprio così. L'assistente del defunto dice che non era sua abitudine bazzicare gente sconosciuta, ma quando usciva frequentava quel locale. Credono che proprio in seguito a una di queste uscite sia iniziata la storia col fantasma. »

« Chiediamo all'ispettore Garrón, di sicuro lui lo conosce. Ma dobbiamo affrettarci, ci sta aspettando di sotto. Ci accompagnerà al molo dove Gorla ormeggiava la barca a vela. »

Andammo a piedi, ci volevano appena dieci minuti. Senza l'aiuto di Garrón, credo che ci avremmo messo tutta la sera. Il porto risultò essere un folto groviglio di yacht di lusso, sistemati l'uno accanto all'altro intorno a decine di ormeggi.

Durante quella breve passeggiata, Garrón ci confermò che il

Brothers era un locale frequentato da omosessuali. Poi indicò una delle barche. « È quella. »

« Quale, quella piccola? » chiesi.

« Sì. »

Tra quelle imbarcazioni enormi, quella di Gorla sembrava minuscola. Si trattava di un Franchini di quattordici metri di lunghezza, con un'ampia coperta rivestita in teak birmano. Era senz'altro bella, ma i suoi interni erano sobri; più funzionali e confortevoli che pretenziosi. A quanto sembrava, quell'uomo preferiva navigare che sfoggiare proprietà.

« Navigando a vela, con questa imbarcazione si raggiungono tranquillamente sette nodi, anche otto se si spiega il trinchetto », ci spiegò il dipendente del porto che si occupava della barca, un giovane con le mani rovinate e con la carnagione bruciata dal sole. « Il signor Gorla sapeva come manovrarla al meglio. Lo so perché a volte gli facevo da equipaggio. »

« Quindi, secondo lei, era un buon marinaio. »

« Sì. Andava in barca a vela fin da piccolo. Era cresciuto tra barche e sartiami. » Stavo ragionando su quella rivelazione, quando il giovane si rivolse a me: « Se sta pensando di chiedermi dell'incidente, devo dirle che non mi sembra probabile. Con un altro marinaio forse sì, ma non col signor Gorla ».

« Ne è sicuro? »

« Il signor Gorla era un navigatore esperto. Gli piaceva andare per mare; lo faceva spesso e lo faceva bene. »

« Lei lo ha visto il giorno in cui è morto? »

« Sì, certo. Era molto gentile, si fermava sempre a chiedermi qualcosa. »

« Si è imbarcato da solo? »

« No, salpava con un amico. »

« E l'equipaggio? »

« Quel giorno era senza. »

« Davvero? Era una barca a vela piuttosto grande da manovrare in solitaria », commentai.

« No, vostro onore. È grande, ma ben allestita. Inoltre non era insolito; al signor Gorla piaceva navigare da solo. »

« E hanno trovato la sua barca alla deriva... »

« Esatto. »

« Ma l'amico del signor Gorla? Mi riferisco alla persona con cui si è imbarcato. »

« Quando hanno riportato la barca in porto, quell'uomo non si trovava a bordo: forse era sbarcato su qualche spiaggia. Mancava uno degli Zodiac. »

« Quell'imbarcazione è poi stata recuperata? »

« Temo di no. »

« Si ricorda l'aspetto che aveva la persona salita a bordo col signor Gorla? » domandai.

« Mi ricordo benissimo: era un uomo molto piacente e di classe. Scuro, slanciato, abbronzato e con certi occhi verdi che richiamavano l'attenzione. Erano molto brillanti, non so come spiegarlo... molto verdi! »

« Ci potrebbe aiutare a tracciare un identikit? »

« Sì, certo, sarò felice di aiutarvi. »

« Domani si metteranno in contatto con lei dal commissariato. »

« Bisogna scoprire chi è questo tizio dagli occhi verdi », disse Juan mentre tornavamo all'auto. Avevamo appena salutato Garrón.

« Forse non è un lavoro di nostra competenza, Juan. Non c'è niente che unisca questa morte coi due omicidi di Pamplona, tranne il fatto circostanziale che Gorla è stato ospite qualche giorno a Leyre. »

« Non mi chiedere perché, Lola, ma so che hanno qualcosa in comune. »

« Ho bisogno di prove. Non posso emettere il mandato di esumazione senza motivarlo. »

« D'accordo, le troveremo. Andiamo in quel locale, al Brothers. »

« Nemmeno per sogno! Non hai sentito l'ispettore Garrón? È un locale di pessima reputazione. »

« E allora? »

« Devo vegliare sulla mia reputazione », dissi, sorridendo. « Se vuoi che ci andiamo, lo faremo, ma domani, alla luce del sole e senza clientela. Mi presenterò come giudice istruttore e porrò loro tutte le domande che vorrai. »

Il sorriso di Juan scomparve di colpo. « Ma in che mondo vi-

vi? Pensi forse che esibendo un distintivo del tribunale o della polizia potrai scoprire qualcosa su questo tizio dagli occhi verdi? Non gli scucirai neanche una parola! » mi rimproverò.

« Come vuoi. Se preferisci fare a modo tuo, vacci da solo. Io non entro in quel posto. Tra l'altro, se non te ne fossi accorto, sono una donna... »

« Anche alcune donne frequentano locali come il Brothers. »

« Peggio ancora! »

« Lola, per favore, non fare così! Sei diventata una bacchettona, alla tua età? Sarò lì con te e per di più è ancora presto... Le orge iniziano più tardi », aggiunse, facendomi l'occhiolino.

Non so perché mi lasciai convincere, ma alla fine entrai da quella porta e conobbi, pur di nascosto, uno strano posto che qualcuno chiama paradiso.

28

Il Brothers non era un club di lusso, anche se i suoi esterni superbi e i prezzi esorbitanti facevano pensare il contrario.

Ordinai una Coca-Cola, sperando che quel liquido sciogliesse il nodo che mi stringeva la gola da quando avevo varcato la soglia e mi ero tuffata in quell'ambiente a me tanto estraneo. Me la servirono in un bicchiere alto, graffiato dall'uso. Senza troppa motivazione il barman aggiunse alla bibita una cannuccia, quindi un ombrellino di carta decorata con un grande arcobaleno, che conficcò nella buccia di un minuscolo spicchio di limone semigalleggiante tra alcuni cubetti di ghiaccio; per quella bibita mi chiesero cinquanta euro. Juan invece aveva ordinato un cognac servito, stavolta senza ornamenti, in una coppa panciuta di cristallo finto.

Stando a quanto annunciava il variopinto manifesto che pendeva sulla facciata, l'ingresso in quel locale era libero; tuttavia, quando cercammo di aggregarci alla festa, un uomo ci trattenne. Ci parlò con molta calma e in modo estremamente corretto, ma il suo fisico non lasciava spazio ai dubbi. Vestito in nero integrale, il suo sviluppo muscolare e la statura indicavano quali fossero le sue funzioni in quel club. In tono impersonale, ci spiegò che il Brothers era annoverato tra i più pacifici locali della città, libero com'era dalla presenza di armi. Mentre c'informava di tale pedigree, passava su di noi un piccolo metal detector.

Iniziò con me. Ovviamente non portavo armi, ma quando si avvicinò alla mia borsa l'apparecchio iniziò a emettere fischi stridenti. Il buttafuori mi obbligò a svuotare il contenuto della borsa su un tavolo bianco, approntato per l'occasione. Lo feci di malavoglia, lanciando occhiate assassine a Juan, che non mi aveva lasciato presentare per quello che ero: una giudice in cerca di un colloquio.

Quando tutta la mia vita privata fu esposta alla luce del sole, si scoprì che quello scalpore era stato provocato dalla lima per unghie. Scoppiai a ridere, un po' nervosa, ma il buttafuori fu implacabile. La sfortunata arma metallica venne confiscata; in cambio mi fu dato un gettone rosso col numero tredici, che riposi frettolosamente nella borsa.

Juan portava con sé la sua arma regolamentare, una semiautomatica calibro nove millimetri. La estrasse e la depositò sul tavolo dell'ingresso prima che l'aggeggio elettronico la individuasse. Mi stupì la sua prontezza – un polizitto non dovrebbe mai separarsi dalla sua arma – e mi girai a guardare la reazione del buttafuori. Questi non fece una piega; si limitò a tranquillizzare Juan, assicurandogli che la « sua cliente » sarebbe stata del tutto al sicuro là dentro: lo aveva preso per il mio guardaspalle.

Il gettone che consegnarono a Juan era blu e portava scritto il numero ventidue. Mi sono sempre chiesta perché non ricevette il numero quattordici, consecutivo al mio, e perché il suo gettone non fosse rosso. Sono alcune delle risposte che non ho ottenuto.

Dopo averci disarmati, il buttafuori spalancò verso l'interno i due battenti dell'enorme porta d'ingresso e c'invitò a entrare.

Non potei evitare di mostrare a Juan il mio stupore. « Perché ci perquisiscono? Pensavo che questo fosse un locale normale. Be', insomma, nel suo genere... Sì, insomma, hai capito... »

« Lola, l'universo omosex è un mondo particolare, in cui s'incontrano molte passioni sfrontate. A me, per essere sincero, sembra che evitare il mix sesso e denaro sia sempre una misura di sicurezza corretta. »

Sapere che non c'erano coltelli o pistole nel locale non mi tranquillizzò neanche un po'. Riconosco di avere sempre provato la morbosa curiosità di conoscere quel mondo, uno spazio che di solito si presenta con tocchi esotici e creativi, oltre che provocatori. Tuttavia devo confessare che, oltre quella curiosità, sentivo un certo disagio. E il mio look non mi aiutava.

Come ho detto, avrei preferito identificarmi sulla porta e chiedere di parlare coi camerieri e i responsabili del locale. Ma Juan aveva assicurato che, agendo in quel modo, avremmo perso qualsiasi briciolo di pista; lì poliziotti e giudici non erano ben visti. Avevo accettato, ma restava pur sempre il problema del genere: ero una donna, e quello era un locale gay. Juan mi aveva pregato di vestirmi in maniera vistosa, insistendo che mi truccassi molto. Il color carota dei miei capelli e le lentiggini del viso secondo lui avrebbero fatto sì che il travestimento funzionasse, soprattutto considerando che là dentro la luce era molto tenue.

Davanti a quei ragionamenti avevo finito per accettare. Non possiedo abiti vistosi e non pensavo proprio di comprarmi qualcosa per l'occasione, ma Juan aveva chiamato Garrón, che si era presentato con un paio di pantaloni della moglie, molto più magra di me.

Vestire due taglie in meno è sempre un'esagerazione. Pensare che, in qualsiasi momento, quel capo avrebbe potuto scoppiare o che potevo torcermi la caviglia coi tacchi a spillo – un'anticaglia che la moglie dell'ispettore conservava nell'armadio – non mi spaventava tanto quanto il fatto di sembrare un apache prima di lanciarsi in battaglia. Quand'ero uscita dalla stanza dell'albergo dove alloggiavamo, avevo pensato che Juan sarebbe scoppiato a ridere e che mi avrebbe permesso di addolcire qualche elemento, per esempio il contorno degli occhi. Invece, in tono di trionfo, aveva esclamato: « Ragazza, sei perfetta! »

Il Brothers era un locale mediocre: si notava lontano un miglio la scarsa qualità dei tavolini e degli alti sgabelli che li circondavano; sfuggiva a un simile giudizio soltanto l'immenso bancone, in marmo nero e in un solo pezzo. Devo riconoscere tuttavia che l'architetto aveva fatto un buon lavoro. Il locale, minimalista, aveva un certo stile: niente specchi né tendine kitsch o tubi al neon.

Il club era stretto e lungo. Il banco si trovava vicino all'ingresso, a destra. Sul fondo c'era una grande pista da ballo e, di fianco, gruppi sparsi di poltrone e sedie alte. Quando entrammo, una mezza decina di uomini seguiva il ritmo della musica sotto lo scintillio della luce bianca dei riflettori. In grande maggioranza erano giovani e vestivano casual. Avanzammo. Io mi aggrappavo al braccio di Juan per non inciampare, perché avevo perso l'abitudine di camminare come gli aironi.

Ci fermammo al banco. Lì, il panorama cambiava: c'erano uomini maturi, in completi eleganti. Ci accomodammo in mezzo a due di loro. Quello che Juan aveva alla sua sinistra era di bell'aspetto, portava la fede, un abito grigio gessato e un'ampia camicia rosa che non riusciva a dissimulare un'incipiente pancetta; si era tolto la cravatta, che spuntava da una tasca, e intavolò subito una conversazione con Juan. Quello che stava alla mia destra sembrava un idiota. Era alto e magrissimo. Indossava una camicia a maniche corte, e gli ornava il collo un rosario a grani rossi e bianchi.

Stavo pensando che quel posto non era molto diverso da una qualsiasi discoteca, quando vidi i cubi. Su entrambi i lati della pista da ballo si elevavano due piccole colonne. Sopra di esse si esibivano due ragazzi giovani, entrambi nudi, eccetto i ridottissimi shorts e un berretto. La cosa che in quel momento mi stupì di più fu che non indossassero le scarpe. Ho sempre ritenuto i piedi la parte più brutta della nostra anatomia; se io avessi dovuto esibirmi davanti a qualcuno, senza dubbio li avrei nascosti.

Il ragazzo che ballava sulla destra, dimenandosi insinuante al ritmo della musica, aveva scelto il cuoio nero per entrambi i capi. Lo fissai a lungo: guardava quelli che ballavano, come per cercare qualcosa che non trovava. Pensai che fosse un consumatore di cocaina o di qualche altra droga, perché sembrava inquieto, quasi avesse il disperato bisogno di qualcosa.

Mi sbagliavo, almeno per quanto riguardava la droga. Quando ci vide, puntò gli occhi su Juan. Sorrise e iniziò a ballare più in fretta, slacciandosi e togliendo lo spesso collare d'argento annodato al collo, mentre continuava ad ancheggiare. Juan si limitò a ignorarlo, e il ragazzo proseguì la sua ricerca altrove.

Il secondo ballerino era molto più alto e attraente. Indossava un paio di jeans attillati, cui aveva tagliato le gambe fino a lasciare che si vedesse la parte inferiore delle natiche. Con un immenso cappello bianco che ricordava quelli dei cowboy delle pianure, ballava senza guardare in nessun luogo preciso. Sembrava molto giovane, poco sopra i diciotto, e con mia sorpresa masticava una gomma in maniera piuttosto evidente.

Perfettamente depilati, brillavano entrambi sotto la luce dei riflettori. Immaginai che si fossero unti il corpo con qualche olio. Il primo sfoggiava una capra dalle corna ritorte tatuata sulla spalla sinistra; il secondo aveva preferito una piccola Harley-Davidson sull'avambraccio.

Juan sembrava rilassato, come se avesse frequentato locali simili per tutta la vita. Io cercavo di dissimulare il mio imbarazzo, ma i miei occhi volevano giudicare da sé e si fissavano su ogni singolo dettaglio. Facce sorridenti con sprazzi di tristezza; ansia di emozioni forti, nuove, inquietanti. In realtà quello era un territorio di caccia, dove l'importante non era bere, bensì battere la concorrenza.

Juan mi sussurrò all'orecchio: « Lola, per favore, se continui a guardare in quel modo, ci scopriranno. Controllati! »

« Ci proverò. Andiamo a parlare col cameriere? »

« D'accordo. Vuoi che ci parli io? »

« È tutto tuo! In realtà non saprei cosa dire. Ti chiedo solo un favore: fa' in fretta. »

Iniziò a parlare col cameriere – un ragazzo nero, calvo e con le spalle larghe, sotto una maglietta chiara molto attillata –, ma siccome parlavano a bassa voce e la musica era alta, io riuscivo a sentire solo qualche frammento sparso. Quindi finii per concentrarmi sulla pista. Quanto più guardavo, tanto più mi convincevo della mia sensazione iniziale: proprio come me, tutti quegli uomini sembravano aver adottato una posa e interpretavano in modo del tutto volontario un ruolo che, in qualche maniera, non era il loro. Sì, fu quella la mia sensazione più forte: di partecipare a una festa di carnevale, dove tutti i presenti potevano mascherare le proprie frustrazioni, trasfigurandole in maniera tale che la realtà passasse inosservata, ma con un elemento di artificiosità che in qualche modo li tradiva. Perciò, anch'io mascherata, li sentivo curiosamente vicini; mi sarebbe piaciuto poter fare loro qualche domanda a tu per tu. Qual era la verità di quella gente? Che cosa provavano in quelle notti in cui il sonno si rifiutava di visitarli? Si trovavano bene con se stessi? Avevano paura della morte? Gli importava di essere usati? Inseguivano il vero amore?

Immersa in quei pensieri, non mi resi conto che il tempo passava. Juan aveva lasciato il cameriere e aveva intavolato una conversazione con l'uomo in gessato grigio e con la fede al dito. Insieme con lui attaccò il suo secondo cognac, cui ne seguì un terzo. Parlarono a lungo tra loro, come se si conoscessero da tutta la vita. Io me ne restai al mio posto e, fatta eccezione per le occhiate di disprezzo del cameriere, passavo del tutto inosservata.

Il locale iniziò ad animarsi. Verso mezzanotte la confusione era ormai immensa. I faretti di luce bianca soffusa si erano trasformati in un enorme spettacolo scintillante, la musica in potente disco-dance. L'atmosfera andava riempiendosi di vapori, dal fumo dei sigari al sudore della gente.

Poi di colpo – quand'ero persino riuscita a identificare qualcuno dei ritmi – l'intensità delle luci scemò bruscamente e la musica si fece sdolcinata. Restammo praticamente al buio e io, che ero del tutto impreparata e stavo pensando se ordinare un'altra Coca-Cola, mi spaventai a morte. Mi alzai e cercai Juan con lo sguardo.

Stava venendo verso di me. Senza dire mezza parola, mi prese per un braccio e con una certa fretta mi trascinò verso l'ingresso.

« Cosa succede, perché mi stai tirando? » domandai, infastidita, rifiutandomi di varcare la soglia in quel modo.

« Ho quello che cercavamo, Lola. »

« Ne sono contenta, ma non c'è bisogno di spingere », replicai, estraendo dalla borsetta il mio gettone rosso.

« Sì, ce n'è bisogno. Mi ha detto il cameriere che a mezzanotte e un quarto scocca il momento magico », mormorò, consegnando il proprio gettone al ragazzo del guardaroba.

« Il momento magico? »

« Si spengono tutte le luci... »

« Non capisco. »

« Tolgono la luce, nessuno li vede. E giocando al buio... »

« Giocando al buio? Ma che dici? »

« Ragazza, mi sembri tonta! Nascosti dall'oscurità, possono fare quello che più gli piace. »

Mi passai la mano tra i capelli e levai la forcina, liberando la mia chioma. Non potevo credere che qualcuno arrivasse a quel livello.

« Hai capito? » chiese Juan, malinterpretando il mio silenzio. « Amore libero *à la carte.* »

« Ho capito. »

Salimmo in macchina e ci dirigemmo verso l'albergo.

Non appena seduta, mi tolsi le scarpe; non sopportavo più il dolore alle caviglie. Poi presi un fazzoletto dalla borsa e lo usai per togliermi il trucco, con rabbia. Non sapevo perché fossi così infastidita. « Che cos'hai scoperto? » domandai, cercando di pensare a qualcos'altro.

« Andiamo in albergo, ci cambiamo e te lo racconto mentre ceniamo. »

« Mi dispiace, ma sono molto stanca. Ho solo voglia di farmi una doccia calda e mettermi a letto. Anticipami qualcosa ora, poi continueremo domani a colazione. »

La faccia di Juan mostrò frustrazione. E lui rimase in silenzio.

« Dai, mettimi al corrente », dissi.

« D'accordo! Faustino Gorla non era un cliente abituale del Brothers. Negli ultimi tempi c'era andato al massimo un paio di volte col suo partner abituale, quel Peter Zahan. Poi, però, come dicevi anche tu, i due hanno rotto e Gorla si è recato al club per diversi giorni di seguito. Da solo. »

« E ha trovato qualcosa d'interessante? » Avrei dovuto dire « qualcuno », ma, da quanto avevo visto, l'espressione poteva essere corretta: quel club sembrava una fiera del bestiame.

« Non essere così rigida, Lola. »

« Rigida? Io sarei rigida, quando quelli spengono le luci per non vedere chi si...? Insomma, lasciamo perdere. Semplicemente, non lo capisco. E non perché sono uomini; non lo capirei nemmeno tra eterosessuali. »

« Lola, torniamo ai fatti. Durante una delle sue visite al club, Gorla ha incontrato un uomo. Nessuno lo aveva mai visto prima da quelle parti né l'hanno visto più dopo, in seguito alla morte dello stilista. Ma non è passato inosservato: era atletico, bello, molto abbronzato, occhi verdi, capelli neri, alto e vestito con eleganza. »

« Una descrizione che si adatta a migliaia di persone », replicai.

« Ma ci può indicare che la morte di Gorla... »

« ... forse non è stata accidentale. » Senza che ne avessimo parlato, era arrivato alla mia stessa conclusione. « C'è qualche particolare in più che potrebbe permetterci d'identificarlo? »

« Pare che portasse al collo un grande crocifisso smaltato. »

« Un crocifisso? Non ti sembra strano un crocifisso in questo ambiente? »

« Sì, è strano, almeno quanto il fatto che Gorla si sia ritirato in un monastero. »

« C'è altro? » chiesi.

« Sì. Curiosamente il nostro adone non si fermava mai per il momento magico. »

« Non restava? Curioso! E come dobbiamo interpretare quest'informazione? »

« Non lo so con certezza. Secondo le persone con cui ho parlato, il momento più atteso in quel locale è la mezz'ora successiva alla mezzanotte e un quarto. Non è logico pagare cinquanta verdoni per un cognac di terz'ordine e andarsene proprio sul più bello. »

« Be', tu poi te ne sei scolati tre... » gli rinfacciai.

« Stavo lavorando, Lola! » Aveva gli occhi molto brillanti e iniziava a farfugliare.

« Va bene, come non detto. Comunque no, non è logico perdersi il motivo per cui si pagano quei prezzi. Chissà, forse il misterioso fantasma voleva farsi un po' pregare. »

« In un posto dove spengono le luci per l'orgia quotidiana. Non credo. Hai visto quel ragazzo che abbordava i vari gruppi con un vassoio d'argento, offrendo i suoi prodotti? »

« Sì, l'ho notato. Oltre alla legge che vieta di fumare nei locali, è illegale venderlo in quel modo. Avremmo dovuto sollecitare un... »

« Non era tabacco... » m'interruppe Juan. Il suo sorriso trasudava malizia.

« E cosa, allora? »

« Cocaina, viagra e affini. Mezz'ora è lunga... »

« Che schifo, dio mio! » Abbassai il finestrino, dovevo prendere un po' d'aria.

«Doveva pensarla così anche il nostro uomo, perché non si è mai fermato.»

«Ciò significa che potrebbe non essere omosessuale...»

«È possibile.»

Ci pensai qualche istante, ma di colpo non ebbi più dubbi. «Le due facce! Certo, si trattava di questo.»

«Di cosa parli, Lola?»

«Non te l'ho raccontato perché so che non credi a certe cose, ma me l'aveva predetto frate Chocarro: nel suo sogno compariva un uomo con due facce, insieme con un altro, più anziano, che ballava mezzo nudo sopra una nuvola. Dobbiamo trovare quel tizio con gli occhi verdi, a tutti i costi!» dissi, scendendo dall'auto dopo essermi rimessa le scarpe.

Eravamo arrivati all'albergo. Cercando di diventare trasparente, passai di corsa attraverso l'atrio e mi diressi agli ascensori.

Juan mi seguiva, mezzo morto dal ridere. «Non correre, che è peggio! Ormai tutti ti hanno catalogato...»

«Spero che nessuno mi abbia fatto una foto. Non favorirebbe certo la mia carriera il sospetto di esercitare la prostituzione nel tempo libero.»

«Dai, fa' la brava, cambiati e andiamo a mangiare qualcosa», disse Juan, in ascensore. «Sono sicuro che, anche a quest'ora, a Puerto Banús si riesce a trovare un buon filetto. Muoio di fame.»

«No, davvero, sono stanca. È meglio che vada a nanna, ci vediamo domani.»

Rimasi a lungo sotto la doccia; l'acqua era bollente, proprio come piace a me. Tuttavia, anche se riuscii a togliermi di dosso le tracce di quella serata, ero ancora nervosa. Il club mi aveva impressionata parecchio, ma non quanto pensare a quel «momento magico»; non riuscivo a togliermelo dalla testa. Me ne stavo con un asciugamano annodato sulla testa e un altro intorno al corpo, a mo' di toga, quando bussarono alla porta. So che è stupido, ma mi sforzai di non respirare: forse, se non rispondevo, se ne sarebbero andati.

Ma bussarono di nuovo.

« Chi è? » domandai con voce tremante, in parte per il nervosismo e in parte perché mi ero chinata per cercare di spiare dal buco della serratura.

« Lola, sono io. Devo dirti una cosa. »

« Juan, accidenti, mi hai spaventato! »

« Su, apri. » La sua voce mi sembrò strana.

« Sono appena uscita dalla doccia. Non sono presentabile. »

« Solo un momento... »

« D'accordo, fammi vestire. » Indossai in tutta fretta una gonna e una camicetta, senza biancheria sotto. Nessuno di quegli indumenti era trasparente e si trattava solo di un secondo. Presi il resto dei vestiti, sparsi per terra, ne feci un gomitolo e lo gettai in bagno, sbarrando la porta. Poi aprii. « A sua disposizione, ispettore. » I capelli gocciolavano, bagnandomi le spalle. « Non mi dire che hai già trovato quell'uomo bellissimo. »

Scosse due volte la testa. « Si tratta di un'altra faccenda che volevo discutere con te, Lola. »

Lo guardai sorpresa, stavolta non avevo la minima idea di quale piega avessero preso i suoi pensieri. « A quest'ora? »

« Sì », disse, muovendo un passo verso l'interno della stanza e chiudendo la porta.

« Si tratta del pedofilo? »

« No, si tratta di un'altra cosa. È da molto tempo che avremmo dovuto parlarne... »

« Be', meglio tardi che mai », replicai, sorridendo. « Ma spero che sia una cosa breve. Domani devo fare un mucchio di chilometri. »

Juan si avvicinò, mi strinse forte per le spalle e poi mi attrasse a sé, fino ad avermi a pochi centimetri dal suo viso. Mi raggiunse l'odore della sua colonia, intensa ma fruttata, come pure quello del cognac che aveva bevuto. Io ero perplessa, mentre osservavo come nei suoi magnifici occhi risplendesse una luce strana.

« Lola, ti amo. Ti ho amata fin dal primo momento, credo da sempre », disse Juan. Poi mi baciò.

Dinanzi a quel gesto inaspettato, il mio cuore impazzì. Ricordo ancora il brivido, simile a quello provato quando Jaime mi aveva sfiorato le labbra per la prima volta. Ormai non ricordavo quasi quel sentimento, così lontano e insieme così vicino.

A poco a poco, Juan aprì le labbra sfiorandomi con la sua barba. Non risposi, e non perché non ne sentissi il desiderio, ma perché ero ancora stordita, intontita, stupefatta. Abbassò la mano destra; le sue dita danzarono sulla mia camicetta, fino a trovare il mio seno nudo sotto la stoffa.

Lo allontanai da me, spingendolo via a forza. Lo tenevo ancora stretto, con le braccia tese al massimo, quando mi accorsi di come mi guardava. I suoi occhi mi supplicavano di riavvicinarmi, di lasciargli finire quanto aveva iniziato. Ricordai quel club, quella oscurità che regalava sesso senza nome...

« Ti amo, vostro onore », disse. « Sono anni che non aspiro ad altro. Avrò cura di te per sempre, vivrò per te. »

« Sei ubriaco, vattene! »

« Ti amo », ripeté, avvicinando le mani ai miei fianchi.

Scoppiai a piangere. Il mio cuore si dibatteva nel più crudele degli abissi. Quegli occhi brillanti mi catturavano, mi offrivano qualcosa che credevo di aver perso per sempre, ma che era lì presente, di nuovo a portata di mano. Ero eccitata dalle scene erotiche del club, e il mio corpo mi chiedeva di accettare la sfida, la novità. Non amavo Juan e, benché dicesse tutt'altro, non era amore quello che lui mi offriva.

Nei romanzi che leggo, i protagonisti cadono sempre nelle fitte reti del desiderio. L'insieme dei racconti di solito non è edificante dal punto di vista morale, ma lo scrittore riesce immancabilmente a farmi identificare coi protagonisti. Se l'autore è bravo, ottiene la mia immedesimazione e la mia comprensione. Eppure non sarei mai riuscita a capire me stessa, se avessi lasciato che quelle dita continuassero il loro percorso.

« Lola, non piangere! Non voglio farti soffrire. L'unica cosa che voglio è farti felice. È da tempo che Jaime ha smesso di preoccuparsi di te. »

« Non è vero! » gemetti. « Lui mi ama. »

« No. Non ti ha nemmeno chiamata per sapere com'è andato il viaggio. Vive solo per il suo lavoro, è l'unica cosa che gli interessa. »

« Proprio come interessa a te e a me. È questa società, non Jaime... »

« No, Lola, non sei sincera. Da tempo tuo marito ha perso il senso della realtà: tu sei la cosa più preziosa che ha, ma a forza di trascurarti ha finito per disdegnarti. Io rimarginerò quella ferita. »

Mi baciò di nuovo. Gli resistetti, di nuovo troppo tardi.

« Juan, così non va bene. Non posso farlo. Ti prego... Non mi conosci davvero, e io non conosco te. Ci siamo sempre incontrati in situazioni limite e l'adrenalina ci ha giocato un brutto scherzo. Tu sei solo; io, a volte, mi sento sola. Insomma, adrenalina e ormoni, questo non è amore... Quelle immagini al club... Siamo entrambi suggestionati, e tu hai bevuto troppo. Torna in camera tua e dimentichiamo questa sciocchezza. »

« Non m'importa la causa che ha fatto scoppiare tutto questo. È l'inizio di qualcosa, Lola. Credo di non essere mai stato più felice di qualche momento fa, quando ho sentito come ti abbandonavi a me. »

« Non l'ho fatto! » obiettai con foga, arrossendo visibilmente.

« Volevi farlo, Lola. Guardati: i tuoi occhi parlano per te. » Le sue mani tornarono ai miei seni. E iniziò a slacciarmi la camicetta.

« No! » strillai. Infuriata, aprii la porta della stanza.

Un cliente stava passando nel corridoio proprio in quel momento. La sua figura mi fece trasalire.

Juan non gli prestò attenzione. « Aspetta, Lola, per favore... »

« Non ti avvicinare! Stammi lontano! » gridai.

« So che ti amo, Lola, e so che tu hai bisogno di amore. Uniamo le nostre vite! »

« No, non se ne parla! Questo anello mi lega a Jaime e ai miei figli », dissi, indicandogli la fede che ornava il mio dito. « Un bacio non mi farà gettare tutto a mare. »

« Lola... »

« Ascolta, Juan, tutto questo non è mai successo. È stato... un equivoco. Sono i tuoi tre bicchieri di cognac scadente a parlare. Non è successo né succederà mai, d'accordo? »

« Non lottare contro te stessa. Sono anni che non penso ad

altro che a tenerti con me, dentro di me...» Le sue mani tornarono a sfiorare la mia camicetta. «Sono convinto che pure tu...»

«No, vattene! Credo che proseguirò questa indagine da sola.»

«Lola, non fare così... Sei sicura?»

«Sì, lo sono», mentii. «Loro sono la mia vita e, nonostante tutto, la mia felicità. Se ci pensi un attimo, capirai che ho ragione. Tu hai bisogno di qualcuno che ti ami, perché io amo Jaime. Se vengo a letto con te, ti avrò soltanto usato. Credimi, dovresti uscire di corsa da questa stanza.»

«E allora usami, non desidero altro! Jaime non lo saprà mai, resterà fra te e me. Se dopo questo non mi amerai, me ne andrò per sempre.»

Non credevo alle mie orecchie. Fino a qualche attimo prima mi giurava amore eterno. Ora mi offriva una scappatella senza impegno.

«Vattene! Altrimenti mi metto a gridare finché non verrà qualcuno in mio aiuto.»

«Va bene. Vedo che hai bisogno di tempo. La mia proposta la conosci», disse prima di uscire dalla camera.

Indossai di gran carriera la biancheria intima. Buttai la valigia sul letto. Ci gettai dentro in un lampo e senza soffermarmi a piegarli i pochi capi di vestiario che mi ero portata. Poi andai in bagno. L'acqua di colonia e il trucco, la crema e il dentifricio erano sulla mensola. Ci passai sopra il braccio, spazzando quanto c'era sopra direttamente nel beauty-case. Gettai anche quello in valigia e mi sedetti sopra per chiuderla.

Feci tutto in gran fretta, come se stessi perdendo un aereo, come se il resto della mia vita dipendesse da quei secondi guadagnati. Però quando riuscii a chiudere la valigia, crollai a sedere sul pavimento e chiusi gli occhi. Bastarono pochi secondi perché iniziassi a rinfacciarmi l'accaduto.

Avrei dovuto rendermene conto prima, c'erano indizi a sufficienza. Ricordai i suoi baci sulla guancia, come mi prendeva le mani con qualsiasi scusa, come mi guardava. Eppure avevo accettato di partire con lui per una città sconosciuta, soli, con tempo e denaro a disposizione e, come se non bastasse, circondati da un ambiente che ci urlava a squarciagola che quella era la stagione degli amori. Mi guardai, ricordando quello stupido travestimento. Non ero così e non lo sarei mai stata; mascherarmi non avrebbe cambiato le cose. E nemmeno cambiare scenario mi avrebbe fatto smettere di essere chi ero, chi sono.

Jaime non avrebbe mai saputo. Se io non avessi deciso di dirglielo - e non ci pensavo proprio -, il segreto sarebbe rimasto tra me e i miei ormoni. Lì non mi conosceva nessuno: Juan e io avremmo potuto essere scambiati per una coppia d'innamorati che entrano insieme in una stanza e si chiudono la porta alle spalle. Nessuno ci avrebbe chiesto un certificato, nessuno ci avrebbe chiesto di rendere conto. Eppure...

Nessuno se ne sarebbe accorto, tranne me. Ma come avrei dormito, dopo? Mi sarei sopportata ancora? Avrei potuto concedermi un capriccio, ma il conto da pagare sarebbe stato troppo alto: avrei perso me stessa. Avrei perso tutto.

Jaime e i ragazzi. Jaime...

Mi si riempirono gli occhi di lacrime. Jaime, il mio Jaime, solo mio. Quegli uomini si esibivano sulla pista da ballo cercando la scommessa migliore, il miglior offerente. Io non volevo fare così. Juan aveva detto di amarmi, ma Jaime me lo aveva dimostrato mille volte. Ma volevo sentire di nuovo il *suo* bacio, come quei ballerini desideravano catturare una nuova preda. Un trofeo, l'emozione della caccia, della nuova preda. No, io non ero migliore di loro, né più furba. Dovevo solo andarmene, di corsa.

Dicono i moralisti che lo spirito è preparato ma la carne è debole. La mia, senza dubbio, lo era; ecco perché volli andarmene di corsa. Ma quello che mi aiutò a scappare da lì non fu la coscienza, bensì i dettagli. Sì, furono i dettagli a salvarmi da quella trappola. Migliaia di dettagli minuscoli che, come un'eredità vitale, si trovavano nascosti nel fondo della mia memoria e rispuntarono di colpo, proprio quando pensavo di cedere alla tentazione. Dettagli che piovevano sulla terra bagnata dai tanti giorni pieni di piccoli aneddoti, allegri e tristi. Dettagli, soltanto dettagli: un sorriso, un gesto complice, dei fiori selvatici, tante chiacchiere dopo cena, tante lacrime versate insieme.

Stavo col telefono in mano, decisa a chiamare la reception per chiedere un taxi, quando bussarono ancora alla mia porta.

« Lola, per favore, aprimi. » Quella che m'implorava era una voce balbettante.

« Vattene! » urlai.

« Ho bisogno d'aiuto. Sto da cani! »

« Anch'io, Juan, per questo ti prego... ti ordino di sparire. »

« Mi gira la testa, il mondo sembra irreale e questi colori... Se tu potessi vedere che colori... Mi fanno male gli occhi a furia di guardarli. »

« Ecco cosa succede a bere più del dovuto... »

« No, non è quello. Ho avuto già molte sbornie... è diver... Sei... »

« Non mi convincerai ad aprirti, vattene! »

Un rumore sordo proveniente dal corridoio mi fece sobbalzare. Ma m'inquietò ancora di più che Juan non rispondesse alle mie domande.

« Juan, stai bene? Rispondimi, per favore! »

Non lo fece.

Ripetei la domanda, ma invano. Alla fine aprii.

Era steso per terra, raggomitolato in posizione quasi fetale. La tenue luce del corridoio non permetteva di scorgere bene la sua faccia, ma senza dubbio lo sguardo era strano e il colore cinereo. Aveva gli occhi spalancati, persi in qualche punto del soffitto.

Per un istante ricordai lo sguardo smarrito dell'abate Urrutia, morto sotto l'altare dell'eremo. Sentii una fitta di paura. Mi chinai e, senza osare toccarlo, gli chiesi: « Cosa ti succede, Juan, come stai? »

Restò muto, senza muovere un muscolo, ma con gli occhi spalancati.

Gli scostai con dolcezza la frangia, anche se non sembrava disturbarlo. Accostai una mano alla sua: era gelata. Per un momento temetti il peggio, ma quando avvicinai la mia testa al suo petto potei sentire i battiti del cuore.

« Dio santo, sei vivo! Vado a cercare aiuto, non ti preoccupare, ci sono qui io. » Rientrai di corsa e chiamai la reception per chiedere un'ambulanza.

29

C'è un tempo fisico irreversibile, inflessibile, ostinato. Niente gli resiste, niente gli sfugge, non ammette nessun tipo d'intervento. Dotato di inveterata precisione, il suo metronomo s'impone per decreto senza fare distinzioni tra persone o circostanze.

Ma c'è un altro tempo, di sentimenti cosmici e fluidi viscerali. Il tempo che fa il verso alla misura; il tempo vitale, caotico, di andata e ritorno; un metro anarchico del proprio vivere, fatto di piacevoli convulsioni e lacrime di ghiaccio, un miscuglio di paura e di speranza. In esso diventa breve ciò che è più gradito, ed eterna la noia. Quando gli va, balla a ritmo di tango; altrimenti fluisce con disperante lentezza, sembra che non terminerà mai. Ma non finisce qui. C'è un'altra forma di tempo ancora, quella del verso libero, quella dei morti, quella che ti strappa controvoglia dal mondo quando ormai non ne puoi più.

Sotto le insulse luci al neon, mentre guardavo Juan, bianco come un cero con quell'enorme tubo in gola, vissi quei tre tempi in simultanea.

Trascorsi la prima ora gemendo e lamentandomi; poi, con spirito più pragmatico, decisi di riempirmi di rimproveri e improperi. Il medico aveva confermato che il tempo era vitale, come se non lo fosse sempre! Solo che, in questo caso, se lui avesse lasciato il mondo io sarei stata colpevole. Per sempre. Lo avevo lasciato supplicare attraverso la porta per vari minuti; la sua voce era diventata roca e i suoi messaggi avevano perso senso, ma non avevo aperto finché non lo avevo sentito crollare in corridoio. Se non avesse bevuto tanto... Se non si fosse ubriacato... Se non l'avesse fatto, non ci saremmo ritrovati in quella situazione. Nessun tribunale mi avrebbe condannata, ma io mi sarei imposta l'ergastolo da me.

In quei momenti avrei desiderato soggiogare il dittatore, negoziare una tregua: qualsiasi cosa pur di far retrocedere le lancette dell'orologio. Ma non trovai la maniera di cancellare le ultime otto ore della mia vita.

Quando ebbi consumato tutta l'amarezza, iniziarono ad apparire i minuti: tutti identici, l'uno dopo l'altro, senza interruzioni né intralci. Fu allora che mi resi conto come in quell'angolo del mondo vestissero tutti di verde. Entravano e uscivano, con una mascherina che gli tratteneva il fiato. Di quando in quando un suono stridente metteva in moto quell'alveare e tutti correvano da una parte all'altra, al suono di una voce maschile che vomitava ordini. La prima volta mi colse impreparata e mi spaventai; la seconda, non più.

Più tardi, il giorno e la notte si fusero. Sotto la ritmica protezione del respiratore, Juan e io scappammo dallo spazio e dal tempo. Fu un buon modo di estirpare il passato: perdere la nozione del tempo.

Non so per quanto tempo la persi. So solo che, quando la pacca su una spalla da parte del medico di guardia mi obbligò a tornare alla vita, per me fu come se qualcuno mi avesse svegliato da un incubo in piena notte. Aprendo gli occhi, la prima cosa che feci fu guardare l'orologio per orientarmi di nuovo nel mondo: ero dispersa nel nulla.

«Giudice, potrebbe venire qualche minuto con me?»

Guardai Juan con preoccupazione, poi il medico di guardia.

«Non si preoccupi, è in buone mani», aggiunse il medico.

Uscimmo dal reparto di rianimazione. Sempre senza parlare, lo seguii fino a uno studio vicino. Era molto piccolo, ma aveva una finestra. E da lì vidi la luce del sole, splendida come una sposa vergine.

«Si sieda, la prego», m'invitò, togliendo una pila di scartoffie dalla seggiola.

«Santo cielo, una copia del *New England Journal*!» dissi, pensando a Jaime. Fui sul punto di scoppiare a piangere.

«La conosce, vostro onore?»

«Sì, la riceve mio marito a casa... nella mia casa», risposi, cercando invano di evitare che gli occhi mi si riempissero di lacrime.

«È medico anche lui?»

Annuii, rianimata dall'immagine di Jaime che leggeva con

gli occhiali sulla punta del naso. « È internista, ma si dedica più alla ricerca che alla pratica. »

« Perfetto, allora il linguaggio che usiamo le risulterà familiare. Di solito spaventa parecchio i parenti... »

« Non sono una parente », dissi. « È solo l'ispettore che collabora con me al caso che sto seguendo. »

« Capisco », disse il medico, anche se il tono della sua voce indicava il contrario.

Mi pentii subito e aggiunsi: « Be', certo, siamo anche amici. Ci conosciamo da molti anni... »

« Bene, in questo caso sono doppiamente contento di darle buone notizie. L'ispettore Iturri ha subito un'intossicazione da olio di noce moscata. È un fenomeno raro, ma non straordinario. Tuttavia i suoi effetti di solito si dilatano nel tempo. È probabile che resti in questa situazione altre 24 o 48 ore. Lo tratteniamo in rianimazione per pura precauzione, perché è ipoteso: così saremo più tranquilli. Può darsi che stasera o domani mattina venga trasferito. »

« Noce moscata? Si riferisce alla spezia? »

« Esatto, si è trattato di un'intossicazione da olio di *Myristica fragrans*, meglio conosciuta come noce moscata. Normalmente ha un periodo d'incubazione assai maggiore, ma... Insomma, non ci sono malattie senza malati. »

« Ignoravo che fosse tossica, io ci condisco le polpette », confessai.

« Lo è solo se s'ingerisce in grandi dosi. »

Rimasi sovrappensiero per qualche secondo. Avevamo mangiato un panino in autostrada e poi bevuto un caffè... Come aveva potuto intossicarsi?

« Ha qualche domanda, vostro onore? » chiese il medico, nel vedermi meditabonda.

« Mi stavo chiedendo come si sia potuto intossicare. Non abbiamo mangiato altro che uno stuzzichino in autostrada... »

Il dottore mi guardò allarmato. « Vede, non credo che sia dipeso dal panino... »

« Non la seguo. »

Il suo cercapersone iniziò a vibrare e lui si alzò immediatamente. « Mi dispiace, ma ora non posso trattenermi. La sta aspettando un ispettore della polizia di Marbella, immagino che lui potrà metterla al corrente. Naturalmente bisognerà aprire un'inchiesta... »

Un'inchiesta? Quando sentii quel termine, desiderai che la terra mi si spalancasse sotto i piedi. Accesi il cellulare – in rianimazione non permettevano di tenerlo acceso – e chiamai Garrón.

« Vostro onore, questa è telepatia! Sono all'ingresso dell'ospedale. »

« D'accordo, allora non si muova. Scendo subito da lei. »

« Come sta Iturri? »

« Pare che sia fuori pericolo, anche se ci metterà ancora un po' a rimettersi. »

Da Garrón venni a sapere che Juan aveva subito quella che comunemente si definisce overdose. Non si era trattato di eroina, né di cocaina, ma di olio di noce moscata, con cui si creano droghe come l'ecstasy. E questo era il caso.

« Com'è potuto succedere, ispettore? » domandai. « È stato con me per tutto il tempo in cui ci siamo intrattenuti al Brothers. Certo, si è bevuto tre bicchieri di cognac. Ma è tutto. Glielo posso giurare, io ero lì. »

« Se è come dice lei, vostro onore, qualcuno deve aver versato quell'olio nel cognac... »

« Versato? Mi sta dicendo che qualcuno ha cercato espressamente di fargli del male? »

« Sì, qualcuno deve averci provato. Forse il *suo* assassino... »

« Il mio assassino? Non è possibile! Come poteva sapere che eravamo qui? Che saremmo andati in quel locale? E poi, non ci conosce. » Un brivido mi percorse la colonna vertebrale.

« Be', non mi viene in mente nessun'altra spiegazione. »

Juan e io avevamo dedotto che l'assassino di Gorla fosse quel bell'uomo dagli occhi verdi di cui tutti parlavano. Ma se fosse stato al Brothers, ero certa che lo avremmo notato. No, non poteva essere, doveva esserci un'altra spiegazione. Così esposi quella teoria a Garrón. « Non può essere, ispettore. Dev'essere stata un'altra persona. »

« Ricorda se ieri l'ispettore Iturri ha conversato con qualcuno? »

« Conversato? Ha parlato un po' con tutti, siamo andati per questo! »

« Capisco, vostro onore, ma quello che le chiedevo è se ha parlato con qualcuno in particolare... »

« Be', ora che mi ci fa pensare, devo dirle che in effetti ha parlato a lungo con un uomo in gessato grigio. È stato lui a offrirgli il suo ultimo cognac e l'ha presentato a diverse persone... »

« D'accordo, gessato grigio, cliente abituale, qualche altro dato? »

« Sui cinquanta, tarchiato e panciuto. A occhio e croce non arrivava al metro e sessanta e superava i novanta chili. Vestiva in modo elegante: indossava un paio di scarpe lucide e vistosi gemelli di Cartier, color turchese. Aveva i capelli lisci, di un castano brizzolato. »

L'ispettore mi rivolse uno sguardo ironico. « Che fortuna per i contribuenti che lei non sia un'ispettrice del fisco, vostro onore! »

« Be', il meglio deve ancora arrivare: l'uomo di colore che serviva al banco lo ha chiamato per cognome. »

« Spero che non fosse Pérez o González... »

« No, si chiamava Montalvo. »

« Perfetto, parlerò col cameriere. Lo rintracceremo subito e lo convocherò per un confronto all'americana. »

« Io devo partire, ispettore. Devo tornare a Pamplona. »

« D'accordo, le invierò una foto per fax. Indagheremo su questo tizio; sono certo che ha qualcosa a che vedere con tutto ciò. »

« Crede che questo Montalvo sia collegato a Gorla o ai religiosi assassinati? »

« Sinceramente, vostro onore, non so cosa pensare. Senza dubbio Iturri non si è intossicato volontariamente. La dose che ha ingerito avrebbe potuto causarne la morte, meno male che c'era lei nelle vicinanze! Ma perché qualcuno voleva eliminarlo? »

« Non lo so. La cosa più inquietante è come abbiano saputo che eravamo qui. Come le dicevo, eravamo arrivati da poco e non avevamo visto nessuno tranne lei e il personale di servizio di Gorla. Crede che possa essere stato Alindato?»

«No, ho già controllato: i domestici non sono usciti né hanno telefonato.»

«Che strano!»

«Insomma, vostro onore, sarà meglio che trovi al più presto quel Montalvo, ma prima lasci che la metta al corrente dei nuovi sviluppi.»

L'ispettore Garrón m'informò dei nuovi esami effettuati sulla barca e nella casa di Gorla. Le impronte erano diffuse e, quindi, non definitive, ma l'analisi del boma aveva fornito nuove evidenze. Dopo l'autopsia, il medico legale assicurava che il danno sull'albero dell'imbarcazione non concordasse con la forza con cui avrebbe dovuto colpire Gorla per provocargli una contusione mortale. In definitiva, risultava molto probabile che l'avesse causata un altro oggetto contundente. In altre parole: c'era un assassino in circolazione.

«Con gli occhi verdi», aggiunsi.

«Sì, bruno e con seducenti occhi verdi», replicò Garrón, dimostrandomi che aveva fatto i compiti.

«Qualche altra pista?»

«Solo l'identikit del ragazzo del molo. Non risulta molto utile, coincide col trenta per cento della popolazione maschile del Paese, sempre che sia di qui.»

«Il patologo permette che si proceda all'inumazione?»

«Dice di fare come lei crede. Con quanto ha in mano si può formulare l'ipotesi dell'omicidio e riaprire il caso.»

«Sì, resta solo da verificare se l'omicidio di Gorla abbia qualcosa a che vedere con quelli di Pamplona o se, al contrario, si tratta di due casi indipendenti.»

«Vostro onore, lei che cosa crede?» domandò Garrón.

«Io non credo niente, ispettore, sono soltanto un giudice.»

«Non è quello che dice Juan. Mi ha avvertito che lei ha molto talento investigativo, che sa guardare... e vedere.»

«Non gli dia troppo retta. Ma se vuole il mio parere, temo che lei e io ci rivedremo spesso. Anche se sarà tra qualche giorno, ora devo tornare a casa...»

«Sì, certo, lo capisco.»

« Ispettore, Juan Iturri non ha altri parenti che una vecchia zia. Io non posso fermarmi. È possibile che lei o uno dei suoi uomini si accerti costantemente del suo stato? »

« Di questo non deve preoccuparsi. Lo lasci nelle mani della polizia... e in quelle di mia moglie! »

« Gliene sarei molto grata, ispettore. Prenderò il primo volo per Pamplona. Vuole che saliamo a vedere come sta? Magari si è svegliato. »

Chiamai un taxi dall'albergo, dov'ero tornata per recuperare le cose mie e di Juan, liberando le camere. Anche se i costi li avrei addebitati al tribunale, mi sembrava uno spreco pagare per qualcosa d'inutile. Il tassista non ci mise molto ad arrivare, gli chiesi di portarmi all'aeroporto. Afflitta per non aver potuto parlare con Juan, presi il primo volo per Madrid con successiva coincidenza per Pamplona.

Un secondo taxi mi lasciò all'ingresso del tribunale. Gli avevo dato l'indirizzo di casa mia, poi però avevo cambiato idea e gli avevo chiesto di portarmi in tribunale. Mi sentivo incapace di affrontare la faccia di Jaime, che, detto per inciso, non mi aveva ancora chiamata. Non appena scesi, l'auto ripartì a tutta velocità e si perse in mezzo al traffico.

Il giudice Uranga stava entrando proprio in quel momento.

« Lola, che coincidenza! Stavo pensando proprio a te. Mi hanno detto che ti è apparso un angelo. »

« Come dici? » Avevo la testa altrove e non capii a cosa si riferisse.

« Ti sto parlando di Iturri: si è presentato come un miracolo, proprio quando più ci serviva. »

« Sì, Iturri è arrivato, ma se n'è andato di nuovo. »

« In che senso? »

« L'ho lasciato a Malaga, ricoverato al reparto di rianimazione dell'ospedale. Ma non temere, è fuori pericolo: lo trattengono per precauzione. »

« Che cos'è successo? »

« Seguivamo una pista. Siamo stati in un locale gay per interrogare i camerieri, e gli hanno versato dell'olio di noce moscata nel cognac. Una reazione allergica...» Mentii, anche se sapevo che prima o poi sarebbe venuto a sapere la verità.

«Lola, perdonami, ma cosa ci facevi tu a Malaga, in un locale gay?»

Istintivamente estrassi un fazzoletto di carta dalla tasca e mi asciugai le labbra. Ebbi la sensazione che chiunque mi guardasse, soprattutto Gabriel, avrebbe letto su di esse la mia debolezza. «Vorrei saperlo anch'io. L'avevo detto a Iturri che quello era un lavoro per lui, ma c'era da emettere un ordine di esumazione e preferiva che io fossi presente. Una volta lì, mi ha convinta ad accompagnarlo...»

Gabriel restò qualche istante in silenzio; fu una pausa brevissima che a me parve eterna. «Devi aggiornarmi: a quanto pare, il caso avanza in fretta e si complica. Ora non posso ma, se ti va, ti chiamo più tardi e andiamo a prendere un caffè da Emilia.»

«D'accordo», risposi, ricordando la dolcezza del caffè con panna.

«Lola, aspetta che Iturri si riprenda... Prenditi un po' di tempo per te: casi come questi possono distruggere i nervi.»

«Non ce n'è bisogno, Gabriel, posso farcela anche senza l'ispettore Iturri. Chiuderò questa istruttoria da sola.»

«Non ti capisco, tre giorni fa dicevi di non essere qualificata e, ora che hai al tuo servizio il miglior ispettore del mondo, dici di non averne bisogno. Cos'è successo?»

«Niente, Gabriel. Vorrei semplicemente provarci da sola e lasciare che lui si rimetta con calma. L'indagine avanza a pieno ritmo», arrivai a dire.

Ma lui intuì la verità. «Non dire sciocchezze! Si trattava di due personaggi in vista della comunità, entrambi ricoprivano alte cariche ecclesiastiche e in entrambi i casi si è trattato di morte violenta. E, come se non bastasse, la notizia è rimbalzata sui media. No, Lola, non puoi farlo! Se hai qualche... problema con Iturri, risolvilo subito, perché si vede che ti sta a cuore.»

Con quella minaccia nelle orecchie, entrai in tribunale e crollai sul divano dell'ufficio, dove piansi fino a cadere esausta.

Era un po' che avevo esaurito tutte le lacrime, ma le loro tracce erano visibili sulla mia faccia e Jaime le notò subito.

Entrò senza bussare, mi sollevò dal divano e mi abbracciò. « Lola, mi dispiace! Perdonami, sono uno stupido. »

« Non mi hai chiamata », protestai, nascondendomi contro il suo petto.

« No, non l'ho fatto. Immaginavo che avresti indovinato cosa era successo. »

« Di che parli? Stanno tutti bene? »

« Pablo si è rotto il femore destro. Lo abbiamo operato il giorno che sei partita... »

« Pablo? Il femore? Ma dove... come? »

« Li hanno portati in gita con la scuola e hanno visitato una fabbrica di profilati metallici. Lì avevano un nuovo prototipo di kart... Mentre lo provava, si è schiantato contro il muro. »

« Profilati metallici... Allora eri tu, mi hai chiamata da lì! »

« Sì, ma siccome non rispondevi, ho preferito lasciar perdere. Ti avrei costretta a tornare di corsa. »

« E il tuo professore americano? »

« È in ospedale anche lui: prima di venire a Pamplona, ha mangiato frutti di mare in un ristorante di Madrid. Gli stanno somministrando un medicinale contro la diarrea. E tu? Gabriel mi ha appena raccontato di Iturri. Che orrore, in letteratura è persino contemplato un caso di morte per overdose da noce moscata. »

« I medici dicono che sta bene, è solo questione di tempo. Il peggio è che non sappiamo chi l'ha fatto né perché. E, come se non bastasse, abbiamo un altro cadavere: quello di Faustino Gorla. »

« Hanno assassinato anche lo stilista? »

« Sì. Credo che questi casi possano essere collegati, ma non so come continuare. Forse mi potrebbe aiutare frate Chocarro. »

« Adesso dimentica tutto, andiamo a casa. Ti preparerò un piatto gigante di spaghetti alla carbonara. Dai, non guardarmi così: vada per un'insalatona condita con aria! Pablo ti starà aspettando. »

Scoppiai a ridere e uscii dietro di lui. Non so se si rese conto di qualcosa; anche se mi rimordeva la coscienza, mi sforzai di non pensarci né di parlarne, almeno per il momento.

30

« Era da tempo che pensavo di chiamarla, vostro onore, ma finora non sono riuscito a farlo », mi disse frate Chocarro. « Abbiamo avuto un piccolo incidente domestico che da ieri mi ha tenuto occupato. »

Si stava facendo giorno, un altro giorno di afa, quando il monaco chiamò. Stavolta avevo il cellulare carico e acceso, in attesa che da Malaga mi comunicassero eventuali novità. Occupavano la mia mente tanto lo stato di salute di Juan quanto l'identità del misterioso uomo dagli occhi verdi.

« Non si preoccupi, fratello, l'importante è che lei stia bene. »

« Sto benone, vostro onore, non è successo niente di grave. Alcune infiltrazioni di acqua hanno causato il distacco di una delle pareti laterali della dispensa e si è rotta la metà delle conserve. Ci è voluto del tempo per sistemare tutta quella confusione. Insomma, chiamavo per avere notizie sue e dell'ispettore. Soprattutto dell'ispettore. »

« Come dice? » replicai, sbalordita.

« Volevo sapere se l'ispettore Iturri è sano e salvo. »

Ero imbarazzata e non seppi cosa rispondergli.

Lui dovette notare il mio stato d'animo perché aggiunse subito: « Ho di nuovo fatto lo stesso sogno. Ma stavolta vi compariva anche l'ispettore. Mi capisce, vostro onore? »

« Credo di sì, fratello. E devo confessarle che il suo dono m'inquieta parecchio: in queste ore l'ispettore Iturri è ricoverato in ospedale. Ha subito una grave intossicazione, ma sembra fuori pericolo. »

« Sapevo che stava succedendo qualcosa! Ultimamente mi sentivo inquieto, nervoso. Sa come succede alle persone coi reumatismi? »

« Be', no, non lo so. »

« Sentono che arriverà la pioggia molto prima che ciò succeda; pare che gli facciano male le ossa. A me succede qualcosa di simile: quando sta per succedere qualcosa, m'invade uno strano nervosismo che poi di notte mi fa sognare.»

Chiusi gli occhi e cercai di concentrarmi sulla sua voce avvolgente. Ero sicura che Juan non avrebbe gradito quanto stavo per fare. «Frate Chocarro, potrebbe abbandonare il monastero per qualche ora?»

«Sì, se i miei superiori mi danno il permesso. Perché me lo chiede?»

«Potrebbe venire da me?»

«Vostro onore, non credo sarebbe prudente...» disse, titubante.

«Non glielo chiederei se le circostanze non mi obbligassero a farlo. Vede, fratello, oggi è sabato e sono a casa con Pablo, mio figlio di dieci anni. Si è rotto il femore e hanno dovuto operarlo. È dolorante e si lamenta di continuo, non posso lasciarlo da solo. E poi sono stata due giorni fuori casa e mi sento sfinita. Tuttavia avrei bisogno di parlare con lei...»

«D'accordo. Lo chiederò al padre rettore.»

«Vuole che mandi un'auto a prenderla?»

«Questa sì che sarebbe una bella idea.»

«D'accordo, allora. Più o meno tra un'ora sarà lì. Frate Chocarro, la ringrazio moltissimo. Dica al rettore che non ci vorrà tanto e che non si preoccupi.»

«Vostro onore, anche se è fondamentale evitare qualsiasi occasione di peccato, le assicuro che vivo nel monastero di Leyre per mia stessa volontà. Non perderò l'anima per aver abbandonato il monastero qualche ora. Bella vocazione avrei, in quel caso!»

«Mi scusi», dissi, senza sapere bene perché. Pensavo alla grande differenza che esisteva tra lui e me.

Quando riagganciai, mi alzai e andai in cucina. Preparai un dolce di mela e un gelato al cioccolato. Senza dubbio pensavo a Pablo, ma soprattutto a frate Chocarro: desideravo ringraziarlo in qualche modo per il suo prezioso aiuto.

Prima che arrivasse, chiamai l'ispettore Garrón. Volevo conoscere gli sviluppi.

« Vostro onore, lei inizia a lavorare prestissimo! Si è accorta che è sabato? »

« Lo so, ispettore, ma ero un po' nervosa. Non ho più ricevuto sue notizie da quando sono tornata a Pamplona. »

« Mi dispiace, l'ho un po' trascurata. A mia discolpa, le dirò che abbiamo catturato Montalvo e che Iturri sta bene. »

« Ah, l'avete preso! »

« Con la sua descrizione, vostro onore, non era difficile. Sta dietro le sbarre. »

« Caspita, lei è un asso! Siccome non mi ha inviato la foto, pensavo non lo avesse ancora trovato. Ha confessato? »

« Non ce n'è stato bisogno, le prove sono evidenti. »

« Prove, quali prove? Si riferisce a resti di noce moscata? »

« No, vostro onore, mi riferisco alle videocassette. »

« Videocassette? Non capisco. »

« Non mi stupisce, vostro onore. Montalvo non ha niente a che vedere coi suoi morti, ma con Iturri sì. »

« Continuo a non seguirla, ispettore. Mi spieghi... »

« Ecco, dopo aver parlato col cameriere del Brothers e aver confermato il suo cognome, abbiamo individuato la casa di Montalvo, in un quartiere residenziale di lusso a Marbella. Siamo andati a prenderlo e abbiamo trovato un'infinità di materiale pornografico, una sala di registrazione e due bambini molto piccoli. Le analisi forensi sono irrefutabili, povere creature! »

« Pornografia infantile? »

« Sì. Montalvo era il capo di una rete internazione di vendita e diffusione di quel tipo di materiale. »

« Quindi Montalvo era il pedofilo cui dava la caccia Iturri? »

« Proprio lui. L'ispettore Iturri non lo conosceva, ma il pedofilo conosceva bene il suo avversario e non si è lasciato sfuggire l'occasione. »

« Immagino che Juan sarà felice! »

« Glielo dirà lui stesso, sono nella sua stanza. Un attimo che glielo passo. »

« Non lo disturbi, ispettore. Gli dica soltanto di rimettersi in fretta. »

« Vostro onore, mi sta facendo dei gesti. Credo che voglia dirle qualcosa. »

Cercai nella mia testa qualche scusa credibile per non parlare con Juan, ma non ne trovai nessuna.

Strascicando le parole, la sua voce si fece strada attraverso lo spazio e il tempo. « Vostro onore, Lola... sei tu? »

« In persona », risposi. Un nodo mi si stava formando alla gola. « Come ti senti? »

« Ancora un po' strano, molto stanco. Ma ne sto uscendo. Non ricordo niente, riesco a vedere appena lo strano effetto di luci che mi girava intorno alla testa, mentre uscivamo da quel club. »

Non ho mai saputo se con quell'affermazione Juan intendesse seppellire un errore evidente o se, quando cercava freneticamente le mie labbra, la sua mente vagasse attraverso una densa nebbia di noce moscata che annullava qualsiasi barlume di buonsenso. Per molto tempo ho propeso per la prima spiegazione perché, dopo quell'episodio, niente è stato più uguale tra noi. Juan ha iniziato a comportarsi con me proprio come con tutti gli altri: distante, silenzioso, chiuso in se stesso. Ormai ho cambiato parere. Credo che essersi trovato sul punto di morire per mano del suo peggior nemico lo abbia disorientato sino a farlo sprofondare in un'improvvisa depressione. In ogni caso, poco importa quale di queste spiegazioni fosse quella giusta: con la sua arringa di difesa, Juan dava la morte a quella creatura già vecchia prima di nascere, che morì senza rumore, come il sole sulla linea dell'orizzonte, in una calma pacifica, senza risa né lamenti. Semplicemente, abbandonammo entrambi la barca e tornammo a essere naufraghi.

« Be', vedi di rimetterti presto, ho bisogno che mi aiuti a catturare quel figlio di puttana. »

« Ci proverò, anche se temo di aver perso il mio fiuto. »

« Un buon segugio resta un segugio per sempre », lo incoraggiai.

« Ti passo Garrón », disse, a fatica. « Mi stanco subito. »

« Aspetta! Volevo dirti quanto sono felice che tu lo abbia preso. »

« Non l'ho catturato io, Lola. Tanti sforzi, tanti progetti, tante ipotesi e poi... per puro caso! »

« Il caso non esiste, Juan, siamo noi che lo creiamo. E poi la cosa importante è che quel delinquente marcisca in prigione. »

« Sì, questo è vero... proprio come io sto marcendo qui », mormorò, scoppiando a piangere.

Il telefono tornò all'ispettore Garrón. Sentii che si scusava e usciva dalla stanza. « Vostro onore, è ancora lì? »

« Sì, ci sono. Pover'uomo, deve sentirsi molto male... »

« Non si preoccupi, si riprenderà. »

Per un momento restammo in silenzio. È sempre doloroso assistere ai brutti momenti di qualcuno che, in circostanze normali, è pieno di risorse.

« Qualche novità? » domandai.

« Siamo riusciti a contattare Peter Zahan. In effetti risiede a San Francisco, e il suo passaporto testimonia che negli ultimi tre mesi non ha lasciato gli Stati Uniti. Non credo che sia il nostro uomo. »

« Ma ha conosciuto l'adone dagli occhi verdi? »

« Sì. E intimamente, credo. »

« Come? L'avventura non era stata con Faustino Gorla? »

« Quello è stato il piatto forte, Zahan l'aperitivo. L'uomo misterioso è stato il motivo per cui i due hanno rotto. »

« Capisco. E cos'ha potuto dire di lui? »

« Ha detto di averlo conosciuto superficialmente - in termini di tempo, ovvio -, soltanto due settimane. Pare che l'uomo gli avesse detto di essere membro di una società d'investimenti che opera con la Borsa di Madrid. »

« Un agente di cambio? » domandai, stupita.

« Sì. Però Zahan non gli ha creduto. »

« Come mai? »

« Dice che era troppo colto. 'Conosco quelli di Wall Street, vivono in balia della paura, del rischio e nello stress continuo', mi ha confessato. 'Non hanno tempo per niente, e sicuramente non leggono libri di arte o di filosofia come faceva Robert. Non appena hanno un minuto libero, pianificano una nuova strategia per approfittare di qualsiasi occasione propizia.' »

« Robert? »

« Pare che si sia presentato con questo nome. Pur essendo più che probabile che sia falso, stiamo verificando nelle agenzie di cambio. »

« Qualcos'altro, ispettore? »

« Vostro onore, devo confessarle che mi sembra di aver imboccato una strada senza uscita. »

« È possibile che lei abbia ragione, ma ci potrebbe anche sorridere la fortuna. La vita spesso è capricciosa e surreale. »

« Che Dio l'ascolti! La chiamerò non appena ci sono novità. E non si preoccupi per Iturri, andrà tutto bene. »

Preceduto da un enorme sacco di plastica, frate Chocarro attraversò il giardino anteriore e poi l'ingresso, dove si distrasse qualche istante a osservare l'antica mappa che pendeva alla parete: una carta nautica di Terranova e delle Bermude utilizzata dall'ammiragliato inglese nel XVIII secolo. Emettendo un impercettibile verso di approvazione, oltrepassò la soglia.

Nonostante la situazione, mi confortò vedere quell'omone fino al punto di provare un inaspettato entusiasmo. « Frate Chocarro, che gioia vederla! Benvenuto a casa mia. Entri, la prego. »

« Ha una bellissima casa! » esclamò, guardandosi intorno. La sua abituale timidezza gli aveva imporporato le guance, ma un mezzo sorriso regnava sulle sue labbra.

Quell'espressione fu per me come una ventata d'aria fresca in un afoso giorno di agosto. « Grazie. Il viaggio è andato bene? »

« Benissimo, vostro onore. Una bella macchina e un autista simpatico. »

« Simpatico? » replicai, stupita. Avevo chiesto a Heliodoro di andarlo a prendere con l'auto di servizio.

Vedendo la mia espressione sorpresa, il monaco aggiunse: « Sì, certo! Abbiamo parlato di molte cose. Sapeva che è un virtuoso del violino? »

« Ah, sì? »

« Proprio così. In effetti il suo viso mi risultava familiare, ma non riuscivo a capire perché. Poi mi ha detto che viene sempre in ritiro nel nostro monastero durante la Settimana santa. »

Con la mano gli mostrai dove si trovava il salotto e chiusi la porta d'ingresso. Il sole era già alto nel cielo. «Ho preparato un dolce di mele e il gelato al cioccolato. Le andrebbe?»

«Gelato al cioccolato, che buono! Sono secoli che non ne mangio. Be', proprio secoli no, ma saranno passati almeno cinque o sei anni dall'ultima volta.»

«Stupendo! Allora gliene porto una bella porzione.» Lo sguardo mi cadde sulla sua mano. «Frate Chocarro, vuole posare il sacco?»

Lui guardò giù e sembrò stupito. «Caspita, me n'ero già dimenticato! Questo è per lei.» Sollevò il dono e me lo consegnò.

«Che cos'è, fratello?»

«Pomodori del nostro orto, appena colti.»

«Non doveva disturbarsi...» iniziai a dire, ma lui non mi lasciò terminare.

«Come sta suo figlio?»

«Un po' dolorante, ma bene. Vuole conoscerlo? Ha solo dieci anni, ma adora la matematica. Soprattutto il calcolo mentale.»

«E allora conoscerlo sarà un piacere doppio.»

Dalla cucina li sentii ridere; a quanto pareva, avevano simpatizzato. Del resto chi non simpatizzava con Fermín Chocarro? Dopo aver lasciato una bella fetta di dolce decorata con una pallina di gelato per Pablo, tornammo in salotto e Chocarro si offrì di portare il vassoio.

Mentre mangiava il suo gelato, lo misi al corrente dell'intera storia senza omettere niente. Non so perché gli raccontai di Juan ma lo feci, causandogli un rossore che mi fece dubitare della convenienza di terminare la storia. Eppure era necessario. C'è sempre un dato che si considera irrilevante e che, per qualcun altro, risulta invece un passepartout.

«Ha detto di aver raccolto tracce del suo profumo?» chiese.

«Sì, ne abbiamo cosparso uno dei fazzoletti del defunto e l'ho portato con me.»

«Potrei annusarlo, vostro onore?»

«Certo, è per questo che l'ho portato.» Andai subito a cercarlo.

Quando ebbe il fazzoletto sotto il naso, frate Chocarro ebbe un'espressione di dolore e gli si riempirono gli occhi di lacrime. « È proprio questo l'odore che aleggiava nella chiesa quel fatidico giorno. E adesso chi ha osato rubare Dio si trova sotto terra! Signore, spero che tu lo abbia perdonato. »

« Lo spero anch'io. Ma si sente bene? »

Aveva l'aria provata. « Sì, sì, vostro onore! Che cosa mi stava dicendo? »

« Dicevo che molto probabilmente anche Faustino Gorla è stato assassinato. Sappiamo che, nonostante il suo agnosticismo dichiarato, era ospite a Leyre proprio in quella data. Secondo il registro di frate Daniel, è partito il mattino stesso degli avvenimenti. Tuttavia, salvo quanto indicato, non c'è nessuna prova tangibile che colleghi queste morti. Il contrasto tra uno scenario di lusso e di omosessualità e un altro di povertà e di astinenza è piuttosto forte, non crede, fratello? » domandai.

Mi rispose senza esitare. « Vostro onore, credo che lei stia confondendo piani diversi, e questo disorienta la sua comprensione ».

« Sto confondendo piani... » ripetei, confusa.

« Sì, temo che lei metta sullo stesso piano l'assassino e le sue vittime. Lo stilista Gorla era omosessuale e ricco; il nostro abate e l'arcivescovo non erano ricchi né omosessuali: d'accordo, sembrano due scenari incompatibili. E tuttavia i dati fondamentali vanno cercati nella persona dell'assassino: com'è? Come vede le proprie vittime? Come si situa dietro le quinte? »

« Be', sembra molto più a suo agio nel primo scenario che nel secondo. »

Frate Chocarro scrollò la testa. « Da quanto lei mi ha raccontato, deduco che non ha prove per affermare che il suo assassino sia omosessuale. »

« Be', mi sembra ovvio... »

« No, non è poi così ovvio. Credo che lei stia dando per scontata un'ipotesi non provata. Il soggetto ha frequentato quel locale, il Brothers, ma secondo i testimoni era solito andarsene prima delle orge. È vero che ha stretto amicizia con due omosessuali, i quali sono persino arrivati a litigare per causa sua, ma non si può sapere se ne è diventato intimo o se, semplicemente, li ha tenuti sulla corda. Lei afferma che entrambi erano molto ricchi: forse mirava a una ricompensa economica...»

«Nella sua testimonianza, Peter Zahan ha dichiarato che pure quell'uomo sembrava facoltoso e colto...»

«Comunque l'elemento che mi risulta più confuso è la permanenza dello stilista nel monastero», disse frate Chocarro mentre raccoglieva un pezzetto di dolce che gli era caduto. Lo depositò con cura sul piatto e fece per proseguire il discorso, ma lo squillo del telefono lo fermò.

«Sì?» risposi.

«Lola, sono Ramiro... Sono all'obitorio...»

«È sabato! Ma lavorate tutti di sabato? Dove hai lasciato Chiqui e i tuoi figli?»

«Mi stanno aspettando fuori, ai giardini. Adesso li raggiungo, ma prima devo dirti una cosa. Sono venuto a controllare un dettaglio e ho scoperto un dato che potrebbe cambiare la tua indagine.»

Lo lasciai parlare e, quando ebbe terminato, domandai: «Sei sicuro di entrambe le cose?»

«Lo sono, Lola. Sangue e pelle hanno lo stesso DNA: non appartengono all'abate, bensì al suo assassino.»

«Be', Ramiro, senza saperlo hai finito per darmi ragione.»

«Vuoi dire che te lo aspettavi?»

«In realtà, no. Ma te lo racconterò quando ti vedo di persona.»

«Ho tutto il tempo», replicò, in attesa di una spiegazione.

«E la tua famiglia?»

«Non ti preoccupare, raccontami tutto.»

«D'accordo. Saprai che sono stata a Malaga con Iturri per indagare sulla morte, in apparenza accidentale, di un uomo che era stato ospite a Leyre nei giorni anteriori ai fatti. Be', abbiamo scoperto che anche in quel caso si è trattato di un omicidio.»

«Lo so, me l'ha raccontato Gabriel. Sono stato informato anche del vostro contrattempo, anche se credo che l'ispettore Iturri stia meglio.»

«È così, grazie al cielo. Ma proseguo: mi hai appena detto che il sangue ritrovato sulla tappezzeria dell'auto di proprietà del monastero e la pelle che l'abate Urrutia aveva sotto le unghie hanno lo stesso DNA. Motivo per cui sei arrivato alla conclusione che si tratta del sangue del nostro assassino.»

«Proprio così.»

«E mi hai detto di aver effettuato il test per l'HIV, che è risultato positivo.»

«Sì.»

«Adesso ascolta: il morto di Malaga, uno stilista di fama, era omosessuale ed è stato visto frequentare un locale gay di dubbia reputazione in compagnia di un altro uomo non meglio identificato. Nella misura in cui omosessualità e Aids possono andare per mano, il dato che mi hai appena fornito potrebbe collegare le due scene e portarci a un unico assassino.»

«Sì, può essere... Ma in tal caso dovresti spiegarmi perché un omosessuale sieropositivo se ne va in giro ad ammazzare frati e vescovi. A meno che non sia stato contagiato da loro. Anche se questo, ovviamente, risulta piuttosto improbabile.»

Restai in silenzio.

«Lola, che cosa stai pensando? Non mi starai suggerendo di effettuare il test anche su...?»

«Sì, per favore.»

«D'accordo, come vuoi. Farò la prova sui due cadaveri.»

«Falla pure lunedì. Questo fine settimana: riposo.»

«Non crederai davvero che il vescovo o l'abate fossero sieropositivi?»

«No, ma ho bisogno di provarlo. Ramiro...»

«Lo so, Lola, non occorre che tu me lo dica. Prima d'inviare i campioni in laboratorio, metterò dei codici al posto dei nomi...»

Riattaccai, pensando a quella nuova rivelazione. Un assassino sieropositivo! Il solo pensiero mi diede una specie di vertigine, che mi obbligò a sedermi.

Mi ero del tutto dimenticata che frate Chocarro se ne stava ancora lì, molto taciturno, sul divano, col piatto ormai quasi vuoto in mano. Quando mi accorsi di lui, notai che faceva grandi sforzi per restare sereno, ma non ci riusciva: dai suoi occhi scendevano lacrime ed era rosso in viso.

«Vostro onore...»

« So cosa sta per dirmi, fratello, ma deve capire che ho l'obbligo di percorrere tutte le vie, anche le più ripugnanti. »

« Certo, lo capisco. In molte occasioni, la soluzione di un'equazione complessa risulta essere anche la più brutta. »

« Sì, fratello, ma questo nuovo dato ci offre un vantaggio: un individuo sieropositivo potrebbe collegare le due scene. Almeno come ipotesi di lavoro. »

« Eppure nel mio sogno l'uomo dagli occhi verdi aveva due facce. Una normale, bella e sorridente; un'altra viziosa e malvagia. Dove rimane la sua prima faccia in questa storia? »

« Non lo so », dissi con franchezza. « In realtà l'ho chiamata proprio perché mi spiegasse meglio il suo sogno. Gli occhi verdi sono già comparsi, ma gli altri elementi no. Se potessimo anticipare i suoi movimenti... »

Frate Chocarro lasciò vagare gli occhi sul soffitto, poi li riportò sul piatto. « Non posso farlo, vostro onore. Nemmeno io capisco a fondo il mio sogno, ma di una cosa sono sicuro: un omosessuale, anche se sieropositivo, non abbandona necessariamente la caccia. Perché lasciava il locale, quando iniziava la baldoria? »

« Magari per evitare di contagiare gli altri con la sua malattia. »

« È possibile, anche se non ci credo. »

« Perché? »

« In tal caso si sarebbe chiuso in casa o avrebbe passeggiato in qualche bosco. Non ha senso recarsi in un locale come quello e poi ritirarsi. C'è qualcosa che ci sfugge, l'aspetto razionale del problema. Quello che permetterebbe davvero di collegare l'abate Urrutia e monsignor Cañarte con un malato sconvolto. »

« Fratello, mi sono persa! » esclamai, alzandomi e avvicinandomi di nuovo alla finestra, come per trovare qualche certezza nella luce. « L'unica pista che mi resta da seguire è l'elenco di antiquari che lavorano nel settore dei libri. È immensa e per riconoscere l'assassino non ho altri indizi che i suoi occhi verdi e il suo gruppo sanguigno. Devo emettere un mandato per fare l'esame del sangue alle 8231 persone censite? Il tribunale non può permettersi un simile spreco, specie con un collegamento così debole. Per di più potrebbe non trattarsi del proprietario, ma di un addetto, di un impiegato o, peggio ancora, di un cliente.»

«In tal caso, vostro onore, deve aspettare. Quasi sempre le soluzioni finiscono per saltare agli occhi quando si lascia decantare il problema. Si riposi, si occupi di Pablo: è un ragazzo splendido. E se mi permette un consiglio, si dimentichi tutto il resto. Non ci pensi più, o finirà impigliata in una rete estremamente intricata.»

Sapevo a cosa si riferiva e sapevo pure che aveva ragione. Tuttavia qualcosa dentro di me voleva continuare a compiacersi di quella strana sensazione.

«Potrei avere una copia dei messaggi inviati dall'assassino?» chiese frate Chocarro.

«Sì, senza dubbio. Le farò pervenire una trascrizione.»

«No, la trascrizione ce l'ho già; vorrei vedere la sua grafia. E, soprattutto, i suoi numeri. Continuo a pensare a quel 3313...»

«È vero! Le ultime notizie mi hanno fatto dimenticare tutto il resto. Quel numero era un altro dei motivi per cui l'ho chiamata.»

«Ha forse trovato la risposta, vostro onore?»

«No, non ho trovato niente, ma volevo condividere con lei le mie riflessioni, se può fermarsi ancora un po'...»

«Sì, certo, tutto il tempo che vuole.»

«Bene, vediamo... Il 3313 è un numero primo.»

«Proprio così, un bel numero primo.»

«Lei mi ha detto che, dal punto di vista della Chiesa, il numero prima rappresenta gli illuminati, per così dire. Le persone che intraprendono determinate azioni in quanto toccate dalla mano di Dio. Ho capito bene?»

«Perfettamente.»

«Tuttavia ha detto pure che in matematica un numero primo è un numero speciale... Com'era la frase? Divisibile solo per se stesso e per l'unità.»

«Vedo che ha imparato bene la lezione.»

«Ho avuto un buon maestro», replicai. «Sarebbe corretto affermare che essere divisibile può significare avere una famiglia, una genealogia? Il numero 12 discende dal 3 e dal 4, il 4 dal 2, e tutti dall'1.»

« Sì, questo è un modo corretto di esprimerlo. E ho capito dove vuole arrivare. Seguendo il suo ragionamento possiamo dire che un numero primo non ha famiglia, ha solo se stesso e la fonte comune a tutti i numeri: l'1. »

« Proprio così! » Esultavo nel vedere che condivideva le mie riflessioni.

« Se indichiamo Dio con l'1, l'origine di tutti i numeri, un numero primo dovrebbe rendere conto solo a Dio e a se stesso. Non ha una famiglia, non si riproduce, è... »

« Sì, esatto! È come un omosessuale che abbia scelto di non generare figli. Deriva dalla fonte di tutti i numeri, ma non può riprodursi, né creare una discendenza. »

« Vostro onore, l'assassino si sta definendo come un numero primo. 3313: un uno tra molti tre. »

« Siamo arrivati alla stessa convinzione partendo da due strade diverse. Però il grande dubbio rimane: che relazione c'è tra l'uno e i tre? Che cosa ci fa un numero primo in mezzo a due ecclesiastici? »

Frate Chocarro si alzò e si mise a passeggiare per la stanza. Teneva le braccia incrociate sulla pancia e la tonaca, già stretta, metteva in evidenza il suo corpo voluminoso. Lo guardai con trepidazione, poi con un po' di timore. Le sue smorfie mi rivelavano che era immerso in riflessioni sempre più oscure. Non so quanto tempo passò, ma a me parve un'eternità.

Alla fine tornò a sedersi. « Lo abbiamo inquadrato male, vostro onore. »

« Mi spieghi perché », lo pregai.

« L'abate Urrutia e l'arcivescovo Cañarte, a modo loro, sono entrambi dei numeri primi. »

« Non capisco. Vuol forse dire che...? »

« Lo dicono i santi Vangeli. Se non vado errato, Matteo, capitolo 20: 'Vi sono infatti eunuchi che sono nati così dal ventre della madre; ve ne sono alcuni che sono stati resi eunuchi dagli uomini, e altri che si sono fatti eunuchi per il Regno dei cieli'. Capisce, vostro onore? L'abate e l'arcivescovo erano numeri primi per il Regno; sembra che il nostro assassino lo sia diventato per gli uomini. »

« Quello che dice ha una sua logica, frate Chocarro. Crede

quindi che il primo dei messaggi potrebbe riferirsi all'omosessualità? Diceva qualcosa tipo: 'Per liberarsi dal peccato, l'apostolo deve espiare; questo esige la mera giustizia'.»

«In effetti, secondo il Vaticano, si tratta di un grande peccato, non vi è dubbio. Ma qualcosa continua a non quadrare...»

«È vero. Siamo ancora tanto lontani dalla spiegazione quanto lo eravamo prima. Perché li ha uccisi?»

«Lo ignoro, vostro onore, dobbiamo continuare a riflettere. Mi potrebbe mostrare una foto dei messaggi? I miei sogni sono stimolati molto più dalle immagini che dalle parole.»

«Lo farò senz'altro. Anzi, se lo desidera, posso mostrarle l'originale», dissi, ricordando che nei film americani i medium insistevano sempre per toccare qualche oggetto del sequestrato.

«Credo che le foto basteranno. Vostro onore, mi permette di tornare a casa ora? Inizio a stare un po' in ansia. Non so se il mio sostituto si prenderà buona cura della sacrestia.» Frate Chocarro si trattenne qualche istante, poi si corresse, mentre tornava ad arrossire. «In realtà so di non essere indispensabile, ma mi manca già il monastero. Era da molto tempo che non uscivo.»

«Le sono grata di essere venuto, mi è stato di grande utilità. Avverto Heliodoro di riaccompagnarla al monastero. Mi promette che continuerà a meditare sul caso?»

«Glielo prometto. Ne discuterò col Signore.»

«Grazie», fu l'unica cosa che riuscii a dire. La profondità della fede di quell'uomo mi sorprendeva fino al punto di provocare in me una sincera invidia. Perché io avevo così tanti dubbi e lui così pochi? Perché la sua mente, molto più brillante della mia, era giunta a una convinzione che a me sembrava tanto puerile? Avevo una gran voglia di domandargli da dove gli venisse la fede. Ma conoscevo già la risposta: la fede non viene da fuori, bensì da dentro il cuore di ciascuno. «Fratello, potrebbe pregare per me... e per la mia famiglia?»

«Già lo sto facendo, specialmente per lei. E, da oggi, anche per Pablo. Posso andare a salutarlo?»

«Ma certo!»

Trascorsi il resto della mattinata come una vera casalinga. Raccolsi giocattoli sparsi in giro, spolverai mobili, caricai una lavatrice con capi colorati e cucinai le polpette accompagnate da una grande insalata di pomodori, quelli dell'orto di Leyre.

Era passata l'una da pochi minuti, quando sentii arrivare l'auto di Jaime. Aprii la porta prima che lui potesse usare la sua chiave. Mi sorprese vederlo così: era molto pallido e i suoi occhi brillavano come se fosse malato. « Ti senti male? »

Non mi rispose.

Lo scrutai meglio: nei suoi occhi lessi la tristezza e intuii il suo sforzo per non far sgorgare le lacrime. « Che c'è, Jaime? Cos'è successo? »

Mi abbracciò senza dire una parola.

« Che cosa ti succede? »

« Mi dispiace, Lolilla. Certe volte sono più rozzo di un bue. »

« Ti dispiace? Perché? »

« Mi dispiace di essere tanto egoista, mi dispiace di essere ossessionato dalla mia ricerca, mi dispiace di non sapermi mettere nei tuoi panni. A volte perdo la nozione del tempo... Quando sto in laboratorio è come se mi rubassero l'orologio e mi lasciassero sospeso nello spazio. Io lì mi perdo. »

« Oddio, questa non è una novità, e di certo non spiega che tu sia ridotto in questo stato. »

« E invece sì! Ero così assorto nel mio mondo da non aver saputo valutare i problemi che stavi affrontando. Quando mi hanno dato la notizia, all'improvviso mi sono reso conto di quello che ti poteva succedere. »

« Notizia? Quale notizia? »

Jaime si tolse gli occhiali e si sfregò gli occhi. Poi, sempre in silenzio, pulì le lenti con un fazzoletto estratto dalla tasca. Per finire mi guardò. La sua faccia denotava stanchezza, ma ebbi la sensazione che le sue iridi riflettessero un punto oscuro. Rabbia, forse persino disprezzo. « Si tratta di Juan Iturri... »

« Iturri? Che cosa gli è successo? Perché non mi hanno telefonato? »

« Ci hanno provato, ma non eri raggiungibile. E siccome non sono riusciti a rintracciarti, hanno chiamato me. »

Guardai il telefono, su cui brillava una lucina. « Devo essermi scordata di riagganciare dopo aver parlato con Ramiro. Ma cos'è successo? »

« Un inaspettato rialzo pressorio e un blocco renale. La noce moscata è una sostanza infida: il suo consumo riesce ad alterare il funzionamento di certi neurotrasmettitori modificando in modo sensibile la sfera emozionale del consumatore. Provoca tremori, euforia, confusione e sentimenti di turbamento, ma aumenta anche il ritmo cardiaco e la pressione arteriosa. L'esercito statunitense è arrivato a sperimentare questa spezia come arma chimica. »

« È... morto? »

« No, ma fino a un'ora fa era in uno stato critico. Ho parlato coi medici, sono ottimisti, anche se ci sono stati momenti di ansia. E da allora non smetto di pensare che al suo posto potresti esserci tu. Mi ha preso un'angoscia terribile! »

A quel punto fui io ad abbracciarlo, ma il mio pensiero tornò subito a Juan. « Quando l'ho lasciato, i medici mi avevano detto che era fuori pericolo. »

« Con le droghe non si può mai sapere. Per di più, la noce moscata ha un effetto ritardato... » Jaime mi afferrò per le spalle. « Lolilla, devi promettermi che rinuncerai a questo caso. I bambini hanno bisogno di te... io ho bisogno di te! Parla con Gabriel, per favore, e rinuncia. »

« Non posso farlo. Sai che non posso. »

« Certo che puoi! »

« Tu smetteresti di visitare un paziente soltanto perché potrebbe contagiarti con la sua malattia? »

« No, ma è diverso. »

« E invece non lo è. Prenderò le precauzioni necessarie, ma non rinuncio. »

« Ti prego, Lola... »

« Non ti dona per niente quest'aria da cane bastonato, Jaime. Sai che non posso farlo. E smettiamola qui. »

« D'accordo, allora ti accompagnerò io. Ci avevo già pensato; mi prenderò qualche giorno di vacanza e sarò la tua guardia del corpo privata. »

Lo guardai stupita: sembrava serio. « Non essere sciocco! » dissi. « Non mi succederà nulla; quello di Juan è stato un semplice incidente. Niente che avesse una relazione con gli omicidi. Se fossimo stati lì per un caso di fatture false, sarebbe successo lo stesso.»

Per un istante, il suo viso diventò di pietra. Mi accorsi che stava succedendo qualcos'altro, ma lo attribuii a quel nuovo intoppo. Mi sbagliavo.

Dopo qualche istante di silenzio, Jaime disse: «Non credo proprio che per un caso di fatture false avresti accettato di partecipare a uno spettacolo gay, travestita da sgualdrina».

«Ora capisco», replicai, infastidita. «Il problema non è la noce moscata.»

«No.»

«Chi te l'ha detto?»

«Che importa? Lo so, punto. E avrei preferito che fossi stata tu a raccontarmelo.»

«Cambia qualcosa?» Mi sedetti sul divano, in attesa che lui mi seguisse.

Invece restò in piedi, con lo stesso sguardo inquisitorio.

Scossi la testa. «Cosa vuoi che ti dica? Ho commesso un errore: non dovevo dare retta a Iturri. Invece mi sono lasciata convincere e sono entrata in quel posto, cercando la pista perduta. L'ansia di scoprire se ci trovavamo davanti a un altro omicidio mi ha fatto abbandonare la prudenza. Sbagliando, s'impara. Ma, nonostante tutto, non penso di dovermi scusare con te per questo.»

«Sono molti anni, Lolilla, molti. Ti conosco al punto da poter decifrare i tuoi pensieri. Non ti chiederò niente; immagino come può essere andata. Spero solo che non ti lascerai coinvolgere, non è nel tuo stile.»

«Vuoi sapere la verità?»

«Mi piacerebbe.»

«Non vale nemmeno la pena parlarne. A cosa servirebbe? Non era altro che una fiera del bestiame: gente sconosciuta che consumava tristezza avvolta nella seduzione. Ci siamo stati un'ora circa, e io sono rimasta tutto il tempo al banco mentre Iturri parlava con un po' di persone. Forse non ci sarebbe stato bisogno che lo accompagnassi, ma ormai è fatta. Sono arrivata a convincermi che l'ho fatto perché provavo curiosità. All'entrata mi hanno perquisita, sai? Mi hanno tolto persino la lima per unghie, come se fossi una possibile criminale; mi hanno guardata, mi hanno valutata. Devo ammettere che quel posto mi ha colpito: era come se una sostanza appiccicosa avvolgesse tutto. Ho bevuto una Coca-Cola, Iturri un cognac. Cognac e noce moscata, a sua insaputa. È tutto quello che è successo. Ti basta? »

« Lolilla, non volevo... Io... »

« Credo che tu sappia già tutto. Ma non riesco a staccarmi da quelle immagini, da quei ricordi... Non sono migliore di loro, non sono quella che tu credi... Non sono come te. A volte, quando ricordo quelle immagini, penso di essere stata fortunata a finire in questo ambiente, con te e coi ragazzi. Che cosa ne sarebbe stato di me, se il destino si fosse presentato diverso? Spesso mi sento sola. Immagino come debbano sentirsi loro. »

Jaime mi abbracciò. Stavolta fu il suo lungo silenzio a chiedere scusa. Poi di colpo si scostò. « Lolilla... »

« Sì? »

« Ti amo. Sono un idiota, ma ti amo. Non dimenticarlo mai, quando te ne vai in giro per il mondo. »

« E come potrei? Ti amo anch'io. Ma adesso devo accantonare tutto il resto e concentrarmi sul caso, lo capisci? Devo risolverlo. E per farlo ho bisogno di una mente serena. »

« Sì, bisogna catturare quel criminale. »

« Dovrò catturarlo e, a quanto pare, da sola. Dai, va' a lavarti le mani e poi vieni a tavola. »

Mentre Jaime si allontanava, mi avvicinai alla finestra e l'aprii. Entrò un sole che esalava ancora il suo alito inclemente, ma anche il profumo del vicino roseto, uno splendido cespuglio di rose rampicanti bianche. Proprio come la vita: una volta il bastone, un'altra la carota.

31

Per me il lunedì iniziò quando i fari di un'auto sconosciuta illuminarono la strada vuota e filtrarono attraverso le fessure della persiana della mia camera. Il suo passaggio sull'asfalto fu quasi impercettibile, ma la luce mi svegliò. Guardai l'orologio sul comodino: erano le cinque e mezzo. Con le palpebre socchiuse, aspettai che il sonno mi riavvolgesse, ma non mi sfiorò neppure. Alla fine aprii gli occhi e iniziai a pensare a quanto era successo negli ultimi giorni.

Non pensai a Juan. La sera prima aveva lasciato il letto di terapia intensiva ed era stato sistemato in una stanza del reparto di medicina interna. Tuttavia avevo intuito che il suo era soprattutto un processo di guarigione interiore, perché non aveva menzionato il caso né manifestato impazienza per essere reintegrato nell'indagine. Io, naturalmente, avevo omesso qualsiasi riferimento agli omicidi ed evitato di parlare del nervosismo vissuto in quegli ultimi giorni. Giorni di vertigine, giorni strani, che mi avevano fatto apprezzare di nuovo quella meraviglia definita quasi con disprezzo « normalità ».

« *Niente è più bello di ciò che non hai mai avuto* », cantavo in gioventù, imitando la voce sofferta di Joan Manuel Serrat. Ma il cantautore catalano si sbagliava. I meandri della normalità sono ancora più belli, racchiudono l'essenza stessa della bellezza, benché a volte siano composti da particolari così minuscoli da non poter essere apprezzati.

La casa era immersa nel silenzio e nella penombra, ma per me era come se fosse illuminata da quella luce inedita. Ero a casa mia: l'unico posto dove sarei potuta sempre tornare, qualsiasi cosa accadesse. Il posto mio, la mia tana, il mio guscio. Pareti bianche graffiate, pavimenti freddi da percorrere con le calze ai piedi, profumo di limone. Lo strano colore di quella macchia sul divano che non eravamo mai riusciti a togliere, una tazza senza piattino. Mobili che avevano perso la lucentezza sotto i dolcissimi baci del sole, a volte felpati e a volte ardenti. Un baccano di voci, rumori di bicchieri, l'eterno sgocciolamento, il piccolo disordine che regna sempre lì dove vivono bambini che sognano. Il timido alberello dell'ingresso, mezzo morto, mezzo vivo. E poi Jaime e io.

Jaime. Sorrisi nel ricordare la sua espressione maliziosa prima di addormentarsi. Non ripeterò qui le parole che mi disse; le posso capire soltanto io.

All'epoca nessuno avrebbe scommesso un centesimo su noi due, né le nostre famiglie né i nostri amici. «Siete troppo diversi», insistevano. «Un po' può essere divertente, ma troppo... troppo è sinonimo di fallimento.» Avevano ragione solo in parte. Castano e rossa; monarchico e repubblicana. Tacchi decisi e comode scarpe con le suole di gomma; la nebbia e la sagoma cangiante della luna. Il buonsenso e la temerarietà a confronto, il silenzio e il balbettio continuo. Eppure che bellissima normalità, la nostra! Un autentico lusso alla nostra portata. E, quando succede così, tutto il resto rimane fuori.

Adagiata sul cuscino di cotone bianco, ricordai in un istante tutto quello che avevo dimenticato con gli anni. Come mia madre ci sfregava le orecchie con quella spugna che raschiava la pelle sino a farla arrossire, così io mi sfregai via la sporcizia dall'anima.

Mentre rimuginavo sugli inizi di quella mia vita passata, dovette vincermi il sonno, perché il mio ricordo successivo è il rumore infernale della sveglia.

Come una madre qualsiasi, la madre che in realtà sono, mi alzai di botto, feci colazione svegliando la famiglia, corsi per portare i ragazzi a scuola senza arrivare in ritardo e attesi il mio turno nell'ambulatorio del medico finché l'infermiera non si degnò di farmi passare. Non appena mi ebbero tolto i punti di sutura sulla fronte, m'incamminai verso il tribunale. Puntualmente oltrepassai la porta d'ingresso e m'immersi di nuovo nella routine di una giornata di turno.

«Glielo giuro, vostro onore, io non volevo farlo!» Due occhi impiastricciati di nero per effetto delle lacrime e del rimmel mi guardavano da dietro un paio di brutti occhiali.

« Entrare in un negozio con le cesoie in mano e farsi beccare mentre si cerca di tranciare la catena che protegge un giubbotto di cuoio indica chiaramente volontarietà. »

« Sì, questo non lo nego, ma mi hanno costretta a farlo, vostro onore. Dicevano che se non avessi obbedito ai loro ordini, non mi avrebbero ammessa nel gruppo. E se non mi ammettono loro, chi mi proteggerà lì dentro? »

« Lì dentro? Ti riferisci alla scuola? »

« E che altro potrebbe essere? » ribatté, lanciandomi uno sguardo di rimprovero.

« Be', da come la racconti, sembrerebbe che tu stia parlando del carcere, o anche peggio. »

« Vostro onore, si vede che lei ha studiato in un liceo privato. »

Restai in silenzio, mentre osservavo quella tarchiata ragazzina di quindici anni travestita da fanciulla perduta. Aveva i capelli tinti di nero e tagliati in modo così asimmetrico da far pensare che le forbici fossero state usate dal suo peggior nemico. Gli abiti - identici a quelli del gruppo che attendeva il mio verdetto per strada - le stavano malissimo e, per di più, erano lerci. A quella ragazza mancavano almeno venti centimetri e avanzavano dieci chili: una combinazione che la lasciava senza difese nelle mani dei cattivi della scuola. Prima sarebbero venuti i furti, poi gli spinelli e più avanti il sesso d'obbligo. A sedici anni, la gravidanza indesiderata e, subito dopo, un aborto traumatico.

Eppure, a giudicare dalla sua espressione, l'accusata sembrava essersi presa un bello spavento. Era minorenne e aveva commesso per la prima volta un reato. Decisi di spaventarla ancora di più, ben sapendo che non appena fosse uscita con la sua prima ammonizione seria, i compagni l'avrebbero accolta come un'eroina e lei avrebbe scorto una via d'uscita.

« Altro, Gorka? » chiesi al mio segretario, quando terminammo con lei.

« Sì, vostro onore, e mi dispiace. Inizio a pensare che l'ipotesi della sfortuna non sia così sbagliata. »

Mi alzai di colpo, tremando fuori e dentro di me. « Un altro omicidio? »

«No, vostro onore, un incidente. È stato rinvenuto un corpo, ma non sanno ancora se sia vivo o già cadavere.»

«Di chi si tratta?»

«Sembra essere un escursionista, precipitato da una cima. Per fortuna indossava una camicia dai colori vivaci. Qualcuno lo ha visto dall'alto e ci ha chiamati. Non è un posto molto frequentato.»

«Dov'è successo?»

«Sul monte El Perdón, tra i mulini a vento. Ed è stato proprio un dipendente della ditta Gamesa ad avvisare: si trovava lassù a revisionare l'installazione, quando ha notato qualcosa di strano.»

«Le squadre di soccorso sono già sul posto?»

«Sono appena arrivate, ma l'accesso risulta piuttosto difficile. Prevedono di metterci un po' a raggiungere il corpo.»

«D'accordo, mi reco subito sul posto.»

«Vuole che le chiami un autista?»

«Non ce n'è bisogno. È a un passo da qui e mi farà bene guidare, così sarò costretta a concentrarmi su qualcos'altro. Scrivimi le indicazioni precise, casomai mi perdessi.» *Anche se è quasi impossibile*, pensai ricordando i mezzi dispiegati dalla polizia in simili casi.

Il giorno era coperto fin dall'alba, ma ormai la minaccia di pioggia andava facendosi più vicina. Le nubi si scaricarono proprio mentre mi trovavo ferma alle strisce pedonali, in attesa che due signore molto appariscenti attraversassero finalmente la strada; lo facevano con molta lentezza, come se tutto il mondo si dovesse fermare ad ammirarle.

Senza rimpianti per quello che avrei dovuto pagare poi in tintoria, tenni il finestrino aperto e lasciai che l'acqua entrasse nell'auto. Volevo tenermi sveglia.

Mentre guidavo, ebbi una premonizione. Mi misi in testa che quanto avrei trovato in quel dirupo era relazionato col fatidico caso che stavo seguendo. Era una stupidaggine, lo so, ma non riuscivo a togliermela dalla mente.

Nessuno mi prestò attenzione. Mi riparai con l'ombrello e, come il resto dei convenuti, osservai le manovre di salvataggio. In quel momento due membri del servizio di salvataggio della *Guardia Civil* tentavano di raggiungere l'alpinista infortunato, ma la pioggia, il terreno scosceso e il vento, che si era alzato insieme con la tempesta, glielo impedivano. I pompieri cercavano di collaborare, ma c'era ben poco da fare se non aspettare.

Mezz'ora dopo, i soccorritori riuscirono a raggiungere il corpo. Tutti i presenti espressero con un'ondata di applausi il loro entusiasmo per quella rischiosa missione. Mi unii alla confusione generale, ma intuii subito che qualcosa non andava.

« È morto? » chiese l'agente che supervisionava l'operazione dalla cima.

« Morto? » strillarono dal basso. « È un bambolotto del cazzo! Abbiamo rischiato la pelle per salvare questo pezzo di plastica. »

Ben presto iniziarono le battute, senz'altro fuori luogo. Qualcuno insinuò che il pupazzo potesse essere stato dimenticato dopo le esercitazioni dell'anno prima.

Quando ognuno ebbe espresso il proprio parere, mi avvicinai a chi sembrava coordinare l'operazione e mi presentai.

« Vostro onore, come vede, il suo intervento non sarà necessario, grazie a Dio. »

« Grazie ai suoi uomini, piuttosto. Sono stati davvero bravi. » Ritornai alla macchina. Scossi l'acqua dall'ombrello, lo chiusi e mi sedetti al volante. Ero fradicia. Decisi di raccogliere i capelli per non rovinare la tappezzeria. Almeno la mia premonizione era sbagliata, mi dissi.

Guidai molto piano. Con la pioggia, la stretta via di terra si era trasformata in una fangaia cui la mia utilitaria non era preparata. Qualche metro più avanti notai un profondo fosso in mezzo allo sterrato. Pensando alla possibilità che una delle ruote ci rimanesse impantanata, scelsi di aggirarlo sulla destra, dove nasceva un altro piccolo sentiero che sembrava una scorciatoia. Nel preciso momento in cui mi avventurai per quello sterrato, qualcuno mi strinse con forza facendomi sentire tutto il peso della paura.

Strillai.

« Continui lungo lo sterrato finché non glielo dirò io », mi sussurrò all'orecchio, impregnandomi le narici di un profumo intenso. La sua voce era dolce, quasi angelica, anche se ben presto mi sarei accorta che era un tono di voce studiato.

La prima cosa che mi venne in mente fu di girare la testa per affrontare il mio aggressore, avvinghiato alla mia schiena come un serpente. Ma, quando ci provai, il braccio che mi aveva circondata s'irrigidì per impedirmelo, permettendomi invece di vedere il luccichio del metallo: quell'uomo brandiva un enorme coltello. Se la mia prima reazione era stata di perplessità, quella luce metallica fece crescere dentro di me una profonda paura, un panico estremo che non avevo mai provato fino a quel momento, né avrei provato dopo.

Cercai con tutte le forze di liberarmi da quel braccio. Ottenni soltanto che la stretta aumentasse quasi fino a impedirmi la respirazione.

Senza mostrare rabbia, lo sconosciuto disse: « Tenga gli occhi sulla strada. Non vorremo mica avere un incidente, vero? »

Disposta a fingere per salvare la pelle, non opposi altra resistenza e tentai di guidare senza abbandonare i margini dello sterrato. Però non potei evitare di chiedere: « Chi sei? Che cosa vuoi? »

Da dietro la mia nuca, gonfiata dai capelli raccolti a coda, emerse di nuovo la sua voce: « Conosce Budapest, vostro onore? »

Gelata dalla sorpresa non risposi. Il mio silenzio non era dovuto tanto al fatto che avesse menzionato una città lontana, il cui nome non mi diceva nulla, quanto al fatto che usasse una forma di cortesia. Quell'uomo aveva detto « vostro onore » e ciò cambiava tutto... in peggio. Con quella parola mi aveva mostrato di non essere un volgare ladro in cerca di qualche euro. Era lì per me... e io sapevo chi era: profumava di Esencia di Loewe. Stavo per divincolarmi di nuovo, ma temetti che la mia insistenza desse la stura a una nuova pazzia.

Lui intanto si sforzava di farmi parlare. « Vedo che non conosce quella città, è un peccato. Ci saremmo capiti meglio. Dicono che lei abbia una buona parlantina e anche miglior comprendonio. »

Era ovvio che quel tizio mi conosceva. Non serviva a niente restare in silenzio, avrebbe comunque portato a termine quello che era venuto a fare. Perciò replicai: «Comprendonio? Devo dedurne che mi sta trattenendo contro la mia volontà per spiegarmi dove sta Budapest?»

La sua voce cambiò timbro e la pressione aumentò. «Non faccia sciocchezze, vostro onore. Questo non è il suo tribunale, qui non si trova nella posizione di negoziare», disse, mentre mi mostrava con un certo sadismo l'enorme e lucente coltello da caccia.

Quando percepii il movimento della lama, la mia vescica cedette. Lui non sembrò accorgersene, mentre io notavo sconvolta come la sensazione di calore si estendesse lungo la gonna e poi, con minor brio, tra le gambe fino a colare in una delle scarpe. Quella dimostrazione di paura, anziché avvilirmi, mi diede nuovo coraggio. Forse mi avrebbe uccisa, ma non ero disposta a lasciarmi umiliare in quel modo.

Mentre osservavo come la pipì si raffreddasse a contatto con la temperatura ambiente, fui invasa da un mucchio di domande. E curiosamente avevano poco a che fare con il coltello o con l'aggressore. In quei momenti pensavo alla mia famiglia. Perché avevo perso tanto tempo in quel modo? Perché avevo disdegnato il dono della pace, discutendo spesso per sciocchezze? Perché non avevo dato un ultimo bacio a Jaime, prima di uscire? Perché la mia firma non decorava il gesso di Pablo? Perché non avevo cercato Dio? Convinta che quell'uomo mi avesse dato la caccia per sgozzarmi, la mia mente si aggrappava a un unico pensiero: in quale quantità d'idiozie avevo sprecato la mia vita, una vita che si stava inevitabilmente esaurendo. *Dio, o chi per lui, saprà perdonarmi?*

Il mio aggressore interruppe l'idillio che intrattenevo con la mia anima, per una volta limpida, parlandomi di quella maledetta città. «Ci sono stato qualche mese fa. E ho scoperto con stupore che il Danubio non è blu. Ci pensa?»

Non sapendo cosa dire, rimasi in silenzio.

Lo sconosciuto non sembrò offeso dalla mia indifferenza. «Santo cielo, il Danubio blu non è blu! Se non ha visitato la città, dovrà credermi: le garantisco che il mitico fiume non ha quel colore. Sembra identico a tutti gli altri grandi fiumi che conosco: un letto sporco e pericoloso, cattivi odori, spazzatura... E che dire di Budapest? Come per il letto del fiume, gli anni di comunismo hanno lasciato un segno. Ha un aspetto grigio. Sono stato contento di abbandonare quell'intenso odore di miseria. E, senza dubbio, sono stato altrettanto felice di liberarmi di quella folla di mendicanti, insistenti come zanzare notturne. Persino i quartieri più nobili della capitale hanno perso la bellezza e l'eleganza che avevano ai tempi della mitica regina Sissi. »

Decisi di spezzare il mio mutismo. « D'accordo, il Danubio è marrone, Budapest è sporca e trascurata. Ma adesso può dirmi che cosa c'entra questo con me? Cosa vuole? Perché mi minaccia? »

A quel punto fu lui a ignorare la mia domanda e continuò col suo resoconto. « Il Danubio è stato la mia prima delusione, ma non l'unica né la più dolorosa. Anche lei mi sta deludendo. »

Con quell'affermazione sembrò dischiudersi uno spiraglio. Finalmente avrei capito il motivo della mia morte. « Io la sto deludendo? E perché? Chi è lei? Le garantisco che, se c'è stato qualche errore giudiziario, farò il possibile per rimediare... Anche i giudici possono sbagliare. Ma deve sapere che non è questo il modo migliore per ottenere qualcosa. Trattenendomi contro la mia volontà, otterrà soltanto di peggiorare la sua situazione. »

Ignorandomi, il mio aggressore continuò a parlare con voce tranquilla, senza smettere un solo istante di premermi il coltello sul collo. Non potevo vederlo in viso, ma avevo identificato all'istante la sua voce: era il finto artificiere.

« La notte in cui *lei* morì, la tormenta stava iniziando a scemare. Era quel giovedì in cui sulla Navarra cadde l'ultima grande nevicata dell'anno. La spessa coltre bianca che rivestiva le strade dall'inizio della settimana aumentò quella notte fino a raggiungere i quaranta centimetri; poi smise bruscamente di nevicare. Riesce a immaginarsi il paesaggio, vostro onore? Fustigati dal peso dei fiocchi, i rami degli alberi si piegavano; alcuni non riuscivano a sostenerlo e cedevano schiantandosi a terra, per essere immediatamente ricoperti da un manto candido. Imprigionata nelle tubature, l'acqua finì per gelare; i vagabondi, più silenziosi del solito, proteggevano i propri corpi sotto coperte e cartoni, riempiendosi le viscere di vino per superare la temperatura polare. Mi segue, giudice MacHor? »

Quando sentii il mio nome mi spaventai, ma stetti al suo gioco. Era chiaro che quell'uomo era venuto per me.

« Mentre la nevicata riduceva l'Arga fino al limite del congelamento, il suo viso andò perdendo colore, contagiato dal freddo della notte. Le graziose tendine bianche che lei aveva abbellito con un nastro rosa ne nascosero il cadavere. I doppi vetri della finestra e i rumori di una televisione vicina coprirono i violenti spasmi che precedettero il richiamo della morte. »

« Di chi mi sta parlando? » domandai. Era chiaro che voleva raccontarmi qualcosa, ma cosa? Perché riferirmi di quella nevicata?

Lo sconosciuto continuò il suo racconto, senza battere ciglio. « Il venerdì spuntò di nuovo il sole. Lavorando senza sosta, gli spazzaneve permisero alla cittadina di recuperare, a poco a poco, il flusso delle proprie arterie. Per poter camminare di nuovo sui marciapiedi bisognò aspettare che tonnellate di sale sciogliessero il ghiaccio. Fino alla domenica, la popolazione non poté dedicarsi ai suoi agognati ritmi quotidiani. E fu allora che la trovarono. Il suo corpo dondolava tra il soffitto e il pavimento di un appartamento in centro, lordo delle sue stesse feci. E, a quanto vedo, lei questo lo può capire molto bene. »

Ammetto che mi vergognai enormemente, ma subito dopo fui invasa da una rabbia terribile. « Che cosa vuole? Mi dica cosa vuole da me! »

« La giudice che istruiva il caso diede l'ordine di rimuovere il cadavere quel pomeriggio stesso, mentre le campane della chiesa di San Andrés annunciavano la messa delle sette, funzione cui lei partecipava tutti i giorni da vent'anni. »

« Mi dica che cosa vuole! »

« Voglio che lei faccia il suo lavoro, maledizione! Arresti finalmente il demonio. »

« Io? È lei che dovrebbe farlo! Perché non si ferma? » replicai, tremando. Era possibile che, incolpandolo in modo così diretto, mi sarei trasformata nella sua quarta vittima.

« Ma lo vede, lei non capisce niente. Non sono io l'assassino, sono soltanto il giustiziere! Cerchi Satana: si trova all'interno, il suo fumo malvagio è penetrato dalle fessure della Chiesa, invadendo ogni cosa. Non riesce proprio a capire che il diavolo indossa abiti religiosi? »

« No, non lo capisco, ho bisogno che lei me lo spieghi. Di chi mi sta parlando? »

« Le parlo di Satana. Ha il viso dolce e la voce mielosa, ma non è altri che il diavolo. »

« E questo cosa c'entra con la donna che si è impiccata? »

Furono le mie ultime parole. Un forte colpo alla testa mi fece perdere coscienza.

Quando riaprii gli occhi era quasi buio e aveva smesso di piovere. Provavo una paura atroce. Per qualche secondo restai immobile, quasi senza respirare, nel caso lui fosse ancora lì. Quando fui certa di essere sola, provai a muovermi. Ci riuscii senza problemi. Ero ancora seduta al posto del conducente della mia piccola Ford, come se nulla fosse successo.

Mi tastai i vestiti: erano bagnati. Sentivo freddo e avevo la vista annebbiata. La testa mi pulsava come se fosse il cuore. Cercai la borsa e la trovai subito, sul sedile del passeggero, proprio dove l'avevo lasciata. Individuai il cellulare. Benedissi l'angelo che me lo aveva ricaricato e chiamai casa. Curiosamente rispose Jaime. Scoppiai a piangere non appena sentii la sua voce.

« Lolilla, come stai? Dove sei? Ti cerchiamo da ore! »

Non riuscivo a smettere di singhiozzare.

« Lolilla, calmati. Dimmi solo dove sei e vengo a cercarti di corsa. »

« Non ti ho dato un bacio... »

« Come dici? »

« Stamattina, Jaime... Andavo di fretta e non ti ho dato un bacio... Mi dispiace! »

« Adesso non ti preoccupare, non appena ti troverò avrai l'occasione di fare ammenda. »

In quel momento, sentendo una delle tipiche battute di mio marito, fui consapevole che un futuro era ancora possibile.

Avevo davanti a me una seconda opportunità per essere felice, per essere onesta, per essere pronta. Di nuovo si accendeva la scintilla, e stavolta nessuno, nemmeno io, avrebbe potuto evitare che mi consumassi al fuoco della passione sincera, quella che resiste anche all'approssimarsi della morte.

« Jaime, devo confessarmi. »

« D'accordo, cercherò un prete bendisposto, ma per l'amor del cielo, Lolilla, dimmi dove ti trovi! »

« Non lo so. In qualche posto vicino a El Perdón, su uno sterrato abbandonato... »

« Sei in macchina? »

« Sì. »

« Riesci a muoverti? »

« Sì, almeno le braccia. Ho preso il cellulare. »

« Adesso prova a muovere le gambe. »

Lo feci, sembrava tutto a posto. Tuttavia non tardai molto ad accorgermi del sangue che mi riempiva la camicetta ed era colato fino alla gonna. Mi spaventai e scoppiai di nuovo a piangere. « C'è molto sangue, Jaime, vieni per favore! »

« Hai nausea? Respiri bene? »

« È tutto annebbiato e buio. Vieni, ti prego, ho paura! »

« D'accordo, ma fa' quello che ti dico. Metti la sicura e non lasciare l'auto per nessun motivo. Verrò a prenderti con un'ambulanza. Solo cinque minuti, non ci metterò più di cinque o dieci minuti! Voglio che pensi a me e ai bamini. E voglio che canti! »

« Cosa? »

« Non lo so... non mi viene in mente nulla... Sì, ecco, canta una canzone di Serrat! Voglio che canti Serrat. Io riaggancio un attimo e poi ti... »

« No, non riagganciare! »

« Va bene, sta' tranquilla, non lo farò. Ti lascio con Pablo, raccontagli come stai. Voglio che continui a parlare, d'accordo? Io chiamo l'ambulanza. Ti ho ricaricato il cellulare ieri sera, quindi non ci saranno problemi. Non riaggancio, adesso canta a Pablo le canzoni che tu e io cantavamo quando avevamo più capelli e meno chili. D'accordo? »

Con la nausea che cresceva, cantai Machado con la voce di

Serrat e Serrat con la mia. Volarono le mie canzoni per Lucía, pensando a Jaime, la più bella storia d'amore che ho avuto e avrò mai. Cantai per non cercare mai una luna nuova o un sole più brillante.* Cantai senza smettere, perché, quando non cantavo io, cantava lui con la sua voce stonata e pacificatrice di medico dell'anima.

E, quando alla fine la sua voce si trasformò in un volto, svenni.

* Sono citazioni di testi del cantautore catalano Joan Manuel Serrat dedicati o ispirati al grande poeta spagnolo, Antonio Machado. (*N.d.T.*)

32

« Cerca un altro giudice, Gabriel. Lola è in malattia », dichiarò Jaime.

Gabriel Uranga lo osservava in silenzio. La sua espressione rispecchiava le sensazioni che tutto ciò produceva in lui, ma io sapevo che in qualità di presidente del tribunale superiore non poteva lasciarsi guidare dai sentimenti. Alla fine annuì e disse: « D'accordo, Jaime. Voglio che si rimetta almeno quanto te. Ma abbiamo bisogno di sapere che cos'è successo, affinché la polizia indaghi ».

« Non se ne parla proprio! Ma non ti rendi conto? Iturri è in ospedale e Lola... A Lola quel disgraziato ha ficcato un coltello di caccia sulla giugulare! Non hai visto l'auto? »

« Lo so, ma gli omicidi... »

Jaime non lo lasciò nemmeno terminare. « Gabriel, non voglio essere frainteso. Provo un enorme rispetto verso la Chiesa e gli ecclesiastici assassinati, ma ormai sono morti e Lola è viva. Non voglio rischiare di perderla. Nemmeno per idea! Tu metteresti a repentaglio la vita di Beatriz? »

« Nessuno vuol mettere in pericolo tua moglie, ma devo sapere che cos'è successo. Ci sono stati alcuni sviluppi che... »

« Vedi, è proprio a questo che mi riferisco: ora le racconterai i nuovi sviluppi, e lei si alzerà dal letto per seguire il suo caso! »

« Ma, Jaime, cerca di ragionare... »

« Ti servono i dati? D'accordo, te li può scrivere. »

A quel punto intervenni io. Dopo altri cinque punti di sutura, stavolta sulla nuca, e la trasfusione di due sacche di sangue per compensare l'emorragia, non mi sentivo poi tanto male. Curiosamente non provavo più paura, soltanto una grande rabbia dentro. « Jaime, devo parlare con Gabriel. Non mi muovo da qui, te lo prometto, ma devo conoscere gli sviluppi. Bisogna catturarlo prima che uccida qualcun altro, magari proprio me. Credo che abbia organizzato la faccenda del manichino in quel burrone per potermi rapire. Se lo ha fatto una volta, può farlo di nuovo. Rinunciare al caso non eviterà affatto che mi cerchi. Chiederò protezione», aggiunsi con l'intenzione di offrire a Jaime un'uscita decorosa.

La mia argomentazione sembrò convincerlo, e smise di protestare. Ma non era sufficiente.

«Potresti portarmi un caffè, Jaime? Sono sicura che al bar hanno i bicchierini di plastica.»

«Sarebbe meglio un bicchiere di latte...»

«Quello che vuoi tu», accettai, guardandolo con affetto mentre lasciava la stanza.

«Mi dispiace, Gabriel, ma lo conosci...»

«È a me che dispiace, soprattutto perché ha ragione: ti sei esposta senza motivo.»

«Non ti preoccupare. E poi non sono stata io: ricordati che è venuto a cercarmi. Raccontami gli sviluppi del caso.»

«No, inizia tu. Voglio anche i dettagli.»

«Non c'è molto da raccontare. Mi aspettava nascosto nell'auto. Stava seduto dietro di me e mi parlava come se mi conoscesse. Indossava un completo marrone e portava i guanti. Sono quasi sicura che la sua voce fosse quella del finto artificiere che ha collocato la bomba destinata al nunzio apostolico. Mi ha parlato di un caso di suicidio: una donna. Ha detto che è avvenuto il giorno dopo una grande nevicata, avvenuta di giovedì, ma non ha riferito l'anno. Ha aggiunto che una giudice ne aveva fatto rimuovere il corpo. Ormai siamo in parecchie donne a esercitare in questo tribunale, e io non mi ricordo né una grande nevicata né un cadavere; se quel caso l'avessi istruito io, sono sicura che me lo ricorderei. Gli ho chiesto che cosa volesse. Mi ha risposto che è stato costretto a cercarmi, perché non faccio bene il mio lavoro.»

«In che senso?»

«Ha detto che devo arrestare l'assassino.»

«Arrestare l'assassino? Ma non è lui?»

«Gli ho fatto la stessa domanda. Mi ha risposto che lui è solo il giustiziere; gli assassini si trovano sopra di lui.»

«Cercheremo notizie su tutte le nevicate eccezionali e sui

casi di suicidio in qualche modo collegati alle nevicate. Forse troveremo qualcosa che spiega quella relazione. »

« Sì, è possibile... » Rimasi qualche secondo sovrappensiero. Mi era appena tornato in mente qualcosa.

« Stai bene? » chiese Gabriel.

« Sì, molto bene... Mi sono appena ricordata un particolare che ha menzionato quell'uomo... »

« Di che si tratta? »

« È una sciocchezza e non ha nulla a che vedere con quanto ha detto dopo. »

« Non ti preoccupare, raccontamelo. »

« Mi ha parlato del Danubio. »

« Il fiume? »

« Sì, ha detto che non era blu e che quella era stata la sua prima delusione. Poi ha parlato di Budapest, ha detto che era vecchia e malodorante. Lo ricordo perché... » mi arrestai, imbarazzata, e fissai Gabriel. Non volevo parlargli della mia urina. E proprio allora mi accorsi che lui era impallidito. « Che c'è? » domandai.

« Notizie da Budapest. »

« Non ti seguo. »

« L'Interpol ha comunicato il ritrovamento di un altro cadavere. Un omicidio. Lo hanno identificato come Xavier Mezquíriz, originario di Pamplona. »

« E chi sarebbe? Il cognome mi risulta vagamente familiare, ma... » Scossi la testa.

« Si trova sul tuo fascicolo; si tratta del giovane converso di Leyre. »

« Chi? » Non ricordavo nessun converso.

« Quel novizio del monastero che ha rinunciato alla sua vocazione nel giro di poche settimane... Quello che stavate cercando. »

« Dio santo! È stato di nuovo il nostro assassino? »

« Temo di sì. La polizia ungherese ha ricostruito le sequenze dell'omicidio. Xavier Mexquíriz è arrivato a Budapest in aereo da Madrid il giorno 15 e ha preso una stanza in un albergo troppo lussuoso per le sue tasche. Quella sera ha chiesto il servizio in camera: caviale, champagne e compagnia. Maschile, a quanto pare.»

«Un altro omosessuale...» mormorai.

«Sì, così sembra. Il mattino successivo, alla réception ha acquistato un biglietto per il Budapest Tour, un giro sull'autobus turistico che mostra le bellezze della città. Sono andati a prenderlo direttamente in albergo; la guida ricorda di averlo visto salire da solo e sistemarsi nell'ultima fila. A una delle fermate previste è salito un altro uomo, che la guida ha definito un bel bocconcino; infatti, dopo aver riscosso da lui il prezzo del biglietto, si è girata e l'ha seguito con lo sguardo. C'erano parecchi posti vuoti sull'autobus, ma il prestante gentiluomo ha percorso l'intero corridoio e si è andato a sedere nell'ultima fila, accanto al nostro ragazzo. Secondo la guida non si conoscevano: finché li ha osservati non si sono salutati né hanno scambiato nessuna parola. Tuttavia la donna ha anche ammesso di non aver più prestato attenzione a quei due.

«Quando hanno raggiunto la piazza degli Eroi, l'autobus si è fermato e tutti sono scesi per ammirare l'obelisco e le imponenti statue equestri degli antichi re magiari. Be', tutti tranne Xavier Mezquíriz, che a quell'ora era già steso sul fondo dell'autobus, nascosto tra due sedili, senza che nessuno se ne fosse accorto. Non poteva muoversi, era morto o forse moribondo: overdose da eroina. La guida dice che, dopo quella fermata, il 'bello' non è più risalito sull'autobus. Xavier Mezquíriz non è stato ritrovato fino al giorno dopo, quando un turista che voleva scattare una foto si è spostato sul fondo del veicolo. I tecnici stanno analizzando il computer di Mezquíriz; credono che il contatto tra i due sia avvenuto in Rete.»

Dopo quel resoconto, Gabriel scrollò la testa in segno di disgusto. Rimanemmo entrambi in silenzio per qualche secondo, maledicendo quell'uomo spietato che stava riempiendo il mondo di cadaveri. I corpi si andavano ammucchiando: quattro omicidi e un tentativo fallito.

Il sangue mi ribolliva nelle tempie. Non avevo la minima idea di come procedere; tutte le piste risultavano sbagliate. Sapevamo che un tipo con gli occhi verdi e sieropositivo uccideva i religiosi e i suoi probabili complici, anch'essi omosessuali, ma ignoravamo chi fosse e, soprattutto, non sapevamo perché lo facesse. Questo ci negava sistematicamente la possibilità di comprenderlo e, pertanto, di catturarlo. Mi aveva dato dell'incompetente, e lo ero: non riuscivo a fermarlo. Lui era sempre un passo avanti e io mi limitavo a dare l'ordine di rimuovere i suoi cadaveri.

«Pensi che voglia essere preso?» mi chiese Gabriel.

Ci pensai su. «Sì, sembra di sì. Ha detto che lo stavo deludendo, ma ha detto anche di non essere l'assassino bensì il giustiziere. A cosa si sarà riferito?»

«Non ne ho idea.»

«Ci resta solo da controllare l'elenco degli antiquari», dissi. «A proposito di antiquari, abbiamo saputo qualcosa di nuovo sul famoso reliquario e sui conti dell'arcivescovado?»

«Sì, abbiamo qualche sviluppo anche in quel settore», rispose Gabriel, con una smorfia.

«A giudicare dalla tua faccia, direi che le nuove non sono delle migliori.»

«Be', è la condizione umana. Abbiamo scoperto che il defunto amministratore apostolico era un giocatore compulsivo, anche se nessuno lo sapeva.»

«Com'è possibile?»

«Lo abbiamo rintracciato su Internet: aveva accumulato parecchi debiti di gioco. Quando uno dei suoi assegni è risultato scoperto, sono andati a cercarlo. A quanto pare, gli hanno rotto una gamba e lo hanno minacciato di morte. Così ha chiesto un prestito presso un antiquario, offrendo in garanzia uno degli oggetti esposti al museo. Già immaginerai quale hanno scelto...»

«E che cosa c'entrava l'arcivescovo con questa trama?»

«L'arcivescovo è stato informato dello scambio a danno compiuto e non ha potuto farci molto. Secondo i nostri dati, si era impegnato a riunire l'ammontare del debito – centoventimila euro – in meno di sei mesi. In tal caso gli avrebbero restituito il reliquario e nessuno si sarebbe accorto di niente.»

«Ma non l'ha fatto.»

«Non possiamo saperlo con certezza, Lola. È possibile che non fosse scaduto ancora il termine, oppure che l'arcivescovo non avesse pagato perché non era riuscito a mettere insieme quella somma.»

«Lui, però, era ricco!»

«Sì, ma quello era denaro suo, non della Chiesa.»

«La condizione umana, come dicevi tu. In ogni caso, la mia unica possibilità continua a essere l'elenco degli antiquari. Dev'essere uno di loro!»

«Non ti dimenticare la neve: non ci sono state grandi nevicate, negli ultimi anni; e poi sappiamo che era un giovedì. Chiamerò il *Diario de Navarra*, immagino che in archivio riusciranno a risalire alla notizia.»

In quel momento entrò Jaime col mio bicchiere di latte. Gabriel Uranga ne approfittò per svignarsela.

33

Dopo anni che giro per le sue vie e per le sue piazze, mi sono convinta che in Navarra regna un qualche fato capriccioso che, come le divinità ancestrali, è solito mostrare il suo potere sopra i propri sudditi sconvolgendo gli elementi. Quello di Navarra, in particolare, si diverte a confondere le stagioni e a minacciare i pacifici abitanti con tuoni e siccità. Come frutto di tali irrefrenabili bizzarrie, dalle nostre parti al mattino entra la luce dalle finestre e di sera tocca alla grandine. Piove e fa freddo per un giorno intero e nel successivo le piante si cuociono al vapore. Di sera senza camicia, con una coperta di notte e la nebbia a merenda.

All'epoca avevo già una discreta conoscenza del meteo regionale. Eppure, vedendo i risultati di quello studio retrospettivo, mi stupii: non ero al corrente del fatto che persino la neve fosse inclusa nel catalogo.

Negli anni precedenti aveva nevicato parecchio in Navarra. Naturalmente la zona dei Pirenei deteneva il primato, ma non era l'unica. Il locale centro meteorologico si dimostrò molto diligente e, in poco più di ventiquattr'ore, c'inviò un voluminoso archivio informatico coi dati richiesti. I suoi rapporti erano semplici e risultavano classificati per zone geografiche. E in ogni zona si specificavano i giorni di precipitazione, si offriva una stima delle quantità cadute e si riferivano in modo succinto i problemi che la neve aveva causato alla popolazione.

Dal momento che l'assassino non aveva precisato il luogo di cui parlava, fummo obbligati a verificare i dati di tutti i centri abitati della regione. Tuttavia, consapevolmente o forse no, aveva menzionato il giovedì. Utilizzammo tale chiave per semplificare il lavoro. Se mi aveva offerto quel riferimento in modo volontario, non avevamo motivo per pensare che volesse depistarci.

L'ultima decade presentava il martedì come giorno con la

maggior frequenza di nevicate abbondanti, seguito subito dopo dalla domenica. La capricciosa divinità navarra si era espressa con furia solo in due giovedì, entrambi in febbraio: il primo nel 1996 e il secondo nel 1998.

Minacciando un altro prolungato congedo lavorativo come conseguenza dell'effetto nocivo della polvere sui suoi polmoni, Gorka riesumò dal cimitero del tribunale i rapporti corrispondenti a quelle date: tre dozzine in totale. Pur sapendo che, ovunque iniziasse, il rapporto cercato sarebbe stato quasi di sicuro l'ultimo, dopo averci riflettuto un po' decidemmo di cominciare dalla data più vicina. Niente. Così continuammo esaminando il fascicolo relativo a giovedì 22 febbraio 1996.

Fu Gorka a trovarlo. «Vostro onore, deve vedere questo», mi disse, posando sulla mia scrivania un fascicolo che conteneva una decina di pagine e qualche fotografia.

«Cos'è? Un suicidio?»

«Sì. È il terzo in cui m'imbatto, però nei due precedenti il soggetto era un uomo, mentre in questo è una donna: Monica Mugarra Garciandía.» Senza nemmeno lasciare che ci dessi un'occhiata, prese l'intestazione del documento e lesse ad alta voce: «Pratica 3245-C-96.22.02: Monica Mugarra Garciandía, originaria di Mendigorría, Navarra, quarantotto anni, residente a Pamplona, quartiere della Rochapea...»

«Un momento, Gorka», lo interruppi, sorpresa. «Hai detto che è originaria di Mendigorría?»

«Sì, così sta scritto», mi confermò. «Non è dove sono stati rinvenuti i cadaveri?»

«Infatti, sono stati trovati proprio lì.»

«Vostro onore, alla fine aveva ragione! La scena del crimine non è stata solo preparata con meticolosità, ma il posto stesso non è stato scelto a caso.»

«E dice che si chiamava Monica?»

«Sì, Monica Mugarra Garciandía.»

«Il nome mi risulta vagamente familiare... Ma prosegui, per favore.» Chiusi gli occhi per concentrarmi sulle sue parole.

Mentre ascoltavo l'asettico resoconto del segretario giudiziario, cercai di sintonizzarmi con quella donna sconosciuta che sembrava la chiave per risolvere quelli che i giornali ormai chiamavano « i delitti del numero primo ». Ogni parola suscitava familiarità col caso. Però era strano: se fossi stata io a seguire la pratica, me ne sarei ricordata. Decisi di smettere di pensarci e cercai di mettermi nei panni di quella donna sventurata.

In quei giorni la neve era scesa così abbondante che tutti erano rimasti tappati in casa. Per quel motivo il cadavere di Monica non era stato rinvenuto che trentasei ore dopo la sua morte. L'allarme era partito grazie alle sue compagne del gruppo di preghiera. La donna andava a messa due volte al giorno, era un membro di spicco dell'*Adorazione notturna* e dirigeva personalmente la recita del rosario. La domenica mattina, verso le nove, era solita sistemare le decorazioni floreali della chiesa allo scopo di disporle in modo adeguato per la solennità della messa principale.

« Tra tutte noi, Monica era quella col pollice verde », avevano riferito più tardi le sue compagne. Ecco perché l'aspettavano: passata la tempesta, non c'era ragione perché mancasse ai suoi obblighi. Siccome ritardava, avevano cercato di rintracciarla, ma le loro molteplici chiamate non avevano ricevuto risposta e così si erano rivolte alla polizia, insistendo con caparbietà finché, arresesi alla logica o allo sfinimento, le autorità non avevano dato loro ascolto.

Con grande curiosità del vicinato, decine di occhi si erano accalcate sul pianerottolo e avevano osservato stupefatte come, con una semplice carta di credito, gli agenti della polizia municipale aprissero il domicilio dell'inquilina del 3A; la porta della camera da letto invece aveva richiesto l'utilizzo di una mazza, perché era sprangata.

L'avevano trovata lì, vicino al letto, con la testa rasata e con la bocca grottescamente aperta. Indossava una tonaca da carmelitana; col cingolo si era appesa per il collo fino a morire.

Per settimane nessuno nel vicinato aveva parlato d'altro. Dopo i pettegolezzi erano arrivate le ipotesi, che nascevano ovunque, dai locali del pianoterra alla guardiola del portiere, situata in un'inospitale zona della terrazza. Nessuna di esse tuttavia aveva offerto spiegazioni ragionevoli. Monica era una donna comune, né bella né brutta, né piena di soldi né morta di fame. Ciò che senz'altro spiccava in lei era il suo puritanesimo, ma non era una fanatica integralista. Non c'erano elementi per preoccuparsi. Era semplicemente « una beghina dall'espressione distaccata ».

Chiusi gli occhi un istante, concentrandomi su quella donna. Un suicidio mette sempre in scena un grave fallimento. Rompere con la vita implica accettare che ne sei stato vinto, che è stata più forte di te. Ma per le persone di fede un simile tipo di sacrificio risulta devastante, non tanto perché indica rottura con questo mondo, quanto invece perché esclude il suicida dal paradiso. Perché si era suicidata una persona tanto religiosa? Doveva essere successo qualcosa di molto grave, così grave da farle perdere la ragione e andare contro ciò in cui aveva sempre creduto.

Tornai al fascicolo, la chiave doveva trovarsi lì. Molti dei testimoni avevano riferito dell'unico figlio della suicida che, seguendo la devozione materna, era entrato in monastero. La donna parlava molto di lui, sempre con orgoglio. Chi non menzionava mai era suo marito, di cui affermava che era morto da anni. Qualcuno pretendeva di vedere delle ombre in quell'affermazione e, con un sorrisetto ebete, parlava di lei come della « vedova eterna ».

Infermiera di notte, Monica Mugarra Garciandía viveva per la sua chiesa, che serviva con preghiere ed elemosine. I vicini e gli amici interrogati erano stati concordi: non frequentava altre compagnie maschili al di fuori del suo confessore, e quest'ultimo sempre in parrocchia.

Il figlio era stato avvisato subito per telefono, ma non era riuscito ad arrivare che due giorni dopo. Sulla pittoresca strada che univa il suo monastero al resto del mondo la neve aveva continuato a imperversare. Disorientato, confuso, estremamente triste, il novizio non aveva versato una sola lacrima, ma durante i funerali celebrati nella chiesa di san Andrés e officiati dal vescovo ausiliare non aveva smesso di ripetere la stessa cantilena: « Era troppo giovane per morire ».

« Lo era, Gorka. Stando alle date che hai citato avrebbe compiuto quarantotto anni l'aprile successivo », precisai.

«Be', doveva sentirsi troppo vecchia per continuare a vivere», replicò lui. «Non ha lasciato nessun messaggio.»

«Sì, deve aver detto basta.» Scossi la testa. «A proposito, Gorka, prova a vedere chi celebrò i funerali.»

«Non credo che sia citato, vostro onore. Aspetti... Qui c'è un ritaglio di giornale. Accidenti, non ci crederà, il funerale fu celebrato dal vescovo ausiliare!»

«Non ti pare strano che sia stato il vescovo ausiliare a celebrare la funzione? In fondo era una semplice fedele, e per di più suicida.»

«Sì, ha ragione.»

«E il nome del prelato, è indicato?»

«Non lo so, aspetti che lo cerco. Forse la polizia si è posta questa stessa domanda. Sì, eccolo: vescovo ausiliare, monsignor Blas de Cañarte.»

«Cañarte!» esclamai.

«Lui in persona. Secondo la sua dichiarazione, la defunta era parente del prelato: una lontana nipote.»

«Ma certo, per questo ha officiato i funerali.» Per un istante mi sembrò che tutto iniziasse a quadrare. Mi sbagliavo alla grande. In realtà mi trovavo nella stessa situazione di prima, eppure formulai quella domanda. «Per caso ai funerali si è presentato qualcuno del monastero di Leyre? Guarda in quel ritaglio, di sicuro figurano i presenti.»

«Sì, infatti, fu l'abate Urrutia a concelebrare. Il ragazzo della suicida si trovava lì come novizio.»

«Santo Iddio, sta tutto qui! Blas de Cañarte, Pello Urrutia, la suicida...»

«Le manca l'assassino, vostro onore.»

«Ce l'abbiamo davanti, Gorka: non può essere che il figlio, è ovvio.»

«Ovvio? Io non lo vedo così chiaro, vostro onore. Perché li avrebbe uccisi?»

«Non ne ho la più pallida idea, ma dobbiamo scovarlo al più presto. È l'unico a potercelo spiegare: sia perché ha le mani sporche di sangue sia perché può cogliere la relazione esistente tra sua madre e l'assassino. Come si chiama?»

«Francisco Javier Mugarra Garciandía.»

« Porta solo i cognomi materni! Doveva amarla molto, per aver fatto questa scelta. »

« Forse non aveva un padre, vostro onore. »

« C'è sempre un padre, Gorka. »

« Mi dispiace contraddirla, ma quello che c'è sempre è uno spermatozoo, non un padre. »

« Hai ragione. » Sprofondai di nuovo nelle mie riflessioni, finché di colpo non mi si accese una scintilla. « Chi è il giudice che ha firmato il rapporto? »

Gorka controllò gli incartamenti. « Lei, vostro onore. »

« Impossibile! Un caso di suicidio, e così particolare poi... Me ne ricorderei! »

« Secondo quanto sta scritto qui, quel giorno lei era di turno. »

« Non può essere, Gorka, lo ricorderei. Controlla un'altra volta. »

« Vostro onore, il suo nome apre il fascicolo. »

« A quale data hai detto che si riferisce? »

« Il 22 febbraio 1996. »

« Sì, quell'anno lavoravo già a tempo pieno in tribunale. Un momento... Hai detto il 22 febbraio? »

« Proprio così. »

« Ma è il giorno in cui è nato Pablo! Lo ricordo, ho dovuto lasciare il mio turno a metà mattinata. Aspetta... ora ricordo! Ci avevano chiamato per la rimozione di un cadavere, ma siccome c'era neve e le strade erano intransitabili non mi hanno lasciata andare. Per di più, un paio d'ore dopo ho iniziato ad avere le doglie. »

« Sì, ha ragione, sul fondo c'è un'annotazione in tal senso. È stato il giudice Castellano a siglare la pratica. »

« Eppure lui mi ha parlato al femminile. Ha detto 'la giudice'! Oddio, deve aver consultato il fascicolo! Ed è venuto a cercarmi... » Mi presi qualche secondo di riflessione, ma quanto più ci pensavo tanto più evidente mi risultava. La decisione fu immediata. « Gorka, devi emettere un ordine di ricerca e cattura contro Francisco Javier Mugarra Garciandía, ma prima voglio che chiami Leyre: di' loro che ho bisogno di parlare con urgenza col maestro dei novizi e col rettore. Che li rintraccino e mi richiamino al più presto. Esiste la possibilità che quell'uomo si trovi ancora lì e che non c'entri niente con tutto questo.»

Furono cinque minuti di tensione trattenuta. Il mio nervosismo e quello di Gorka, il quale affermava che lo stress del tribunale lo avrebbe ucciso prima dei quaranta. Alla fine squillò il telefono.

«Vostro onore, sono padre Francisco. Mi hanno detto che desiderava parlare con me.»

«Sì, padre, grazie per aver chiamato. Abbiamo un'urgenza e ho bisogno di farle una domanda.»

«Ma certo, mi chieda pure. Spero di esserle utile.»

«Grazie. Padre Francisco, da quanto tempo è il maestro dei novizi?»

«Da una quindicina d'anni, vostro onore.»

«Sempre nel monastero di Leyre?»

«Sempre qui.»

«Quindi si ricorderà di un novizio che si chiamava Francisco Javier Mugarra Garciandía...»

Non esitò neanche un istante. «Certo che mi ricordo.»

«È ancora nel monastero?»

«No, vostro onore, alla fine non arrivò alla professione di fede.»

«Posso domandarle perché?»

«Non glielo abbiamo permesso. Non racchiudeva in sé i requisiti adatti.»

«Mi può dire di quali requisiti sta parlando?»

«Non aveva la vocazione, vostro onore. Questa di per sé è già una spiegazione sufficiente.»

«No, padre, non lo è. Dev'essere successo qualcosa, e io ho bisogno di saperlo.»

«Temo di non poterle riferire altro.»

«Padre, è molto probabile che quella persona sia il nostro assassino o che, per lo meno, ne conosca l'identità. Mi serve sapere il più possibile su di lui.»

«Allora dovrà scoprirlo in un altro modo, vostro onore. Io non posso raccontarglielo: ero anche il suo confessore.»

«Di nuovo con questa solfa!» strillai. «Ma non volete risolvere l'omicidio del vostro abate?»

« Lo desideriamo moltissimo, vostro onore, è ovvio. Ma non posso offrirle quella informazione contravvenendo alle regole. »

« Risponda almeno alle mie domande. Io le propongo un'ipotesi e lei la smentisce, oppure sta zitto. D'accordo? »

« Non credo che... »

Non lo lasciai continuare. « Padre, Francisco Javier Mugarra Garciandía era omosessuale? »

« Non posso rispondere. »

« Deve solo negarlo o, in caso contrario, non dire niente. »

« Non posso farlo. Sono sicuro che Dio la illuminerà affinché trovi la soluzione più adatta », disse. Poi riattaccò all'istante.

« Merda! » strillai.

« Vostro onore, si calmi. Le verrà un infarto. »

« Come posso calmarmi, Gorka! Hai sentito che cosa dice? Emetti subito quel mandato. » Afferrai la borsa e uscii dal tribunale, infuriata. Senza pensarci due volte, mi diressi alla caffetteria di Emilia e ordinai un caffè con panna e due ciambelle. Sul più bello squillò il cellulare. « Vostro onore, mi scusi, sono Gorka. »

« Hai diffuso l'ordine? »

« No, vostro onore. »

« Non sono in vena di scherzi, Gorka. »

« Nemmeno io, ma temo che abbiamo un problema. »

« Un problema? Non posso nemmeno emettere un mandato senza che si presenti un problema? » gridai. Ero fuori di me.

« Non si arrabbi, vostro onore. Pensi al suo cuore. »

« Il mio cuore non ti riguarda. Dimmi cosa cazzo succede! Gorka... Gorka... Scusa... »

Le scuse erano emerse quasi subito, ma Gorka aveva riagganciato.

Gli chiesi di nuovo perdono non appena rientrai in tribunale. « Mi dispiace molto, questo caso mi sta facendo ammattire. Voglio soltanto emettere un mandato e che la polizia catturi quel disgraziato. Lo capisci? »

« Non è possibile », replicò.

« Perché? »

« Francisco Javier Mugarra Garciandía è morto nel 1997. »

«È morto? Cosa significa?»

«Che è morto, vostro onore. Sul registro civile figura come 'defunto'. L'annotazione risale al 22 febbraio 1997.»

«Il 22 febbraio? Lo stesso giorno in cui è morta sua madre?»

«Lo stesso giorno, ma un anno dopo.»

«Si è suicidato anche lui?»

«No. Non c'è nessuna indicazione in tal senso. Compare solo come defunto.»

«Dev'essere un suicidio. La probabilità di morire lo stesso giorno della propria madre è minima. No, uno non sceglie la data di una morte naturale. Gorka, vorrei che tu facessi questa ricerca. Se c'è stato qualche suicidio, dovrebbe comparire sui quotidiani locali. E se non è successo qui, sarà stato in qualche altra città.»

«Vostro onore, ci sono cinquantadue province!»

«Una in meno, se escludiamo la nostra. Chiama i giornali importanti di ogni provincia e chiedi che cerchino nei rispettivi archivi. Di' loro che è per un caso importante. Bisognerà cercare solo un paio di giorni: tra il 23 e il 24 di febbraio. È facile.»

«E lo farò se lei me lo chiede, ma non ne capisco il motivo», replicò Gorka.

«Ho bisogno di una conferma che quell'uomo sia davvero morto!»

«E dove starebbe, altrimenti? Uno ha bisogno della tessera sanitaria, della carta d'identità, della patente...»

«Lo so, è solo un'intuizione. Ma mi sentirei più a mio agio se vedessi il suo necrologio. E allora saremo punto e a capo.»

Ci vollero dodici lunghe ore per parlare coi quotidiani regionali di più ampia tiratura. Tra una pausa e l'altra, telefonammo al cimitero di Pamplona e constatammo che non c'era nessuna tomba con quel nome. Né dettero maggiori risultati le impronte cercate sul computer.

Francisco Javier Mugarra Garciandía era ufficialmente morto, ma non era stato seppellito e nessuno lo aveva visto morire. Dieci anni dopo quell'annotazione era impossibile risalire a chi aveva fornito quell'informazione.

«È vivo, Gorka. Si è procurato un altro nome e un'altra identità, ma è il figlio di Monica Mugarra Garciandía. Mi ha detto di non essere un assassino, bensì un giustiziere. Per lui Cañarte, Urrutia e il nunzio apostolico erano i veri criminali. Perché? Che cosa avevano fatto a sua madre? Il vescovo era un parente, l'abate un amico, suppongo, almeno nella fede. Cos'hanno fatto a sua madre per far sì che li odiasse fino al punto di ucciderli? »

« Non lo so, vostro onore, ma quella brava signora doveva essere impazzita. Suicidarsi abbigliata da monaco e con la testa rapata! »

« Non era un abito da monaco, Gorka, era una tonaca carmelitana. Un tempo si usava come sudario. »

« Un sudario? »

« C'era scritto nel fascicolo. Le sue amiche hanno riferito che l'aveva fatta confezionare qualche anno prima: era destinata al suo funerale. Se la provava tutti i sabati. Mentre al pianoterra del suo palazzo i giovani fornicavano tra musica assordante e alcol, lei faceva penitenza infilata nel suo severo abito marrone. »

« Vede che mi dà ragione, vostro onore? Matta da legare! Chi potrebbe provarsi il sudario tutti i sabati, se non una pazza? »

« Be', ognuno ha le proprie abitudini. »

« È così, vostro onore, ma deve ammettere che una simile abitudine non è molto normale. E la testa? Perché si era rasata la testa? »

« Non so nemmeno questo. I monaci erano soliti farlo. E alcune culture praticano tale usanza in segno di rispetto e di lutto. »

« E adesso che cosa facciamo, vostro onore? »

« Ora me ne vado a casa, Gorka. Ho bisogno di uscire da qui. »

34

Con una confortante tazza di caffè e tutto il pomeriggio davanti, m'installai in una delle comode sdraio sulla terrazza di casa. L'incartamento sui « delitti del numero primo » riposava sulle mie ginocchia, in attesa di svelarmi quei segreti che io sembravo incapace di decifrare. La luminosità del cielo era al suo apogeo e il caldo incalzava con accanimento. Benché fossi protetta da un tendone, in pochi secondi mi arrivò lo schiaffo di aria calda. Eravamo alla fine del mese di giugno e quello ci toccava; eppure, dopo aver dedicato la mattinata alla lettura di tutti quei rapporti che parlavano di neve e di freddo, sentire l'artiglio del sole sulla faccia mi confortò. Mi spogliai, non attendevo visite.

Ero stanca e dolorante. In poco più di una settimana avevo collezionato tredici punti di sutura. E la testa era quella messa peggio, anche se la ferita non mi doleva tanto quanto il fatto che avevano dovuto rasarmi una striscia di capelli per suturarla in modo adeguato. Non avevo voluto indagare sul mio aspetto più del necessario – avrei avuto bisogno di un gioco di specchi per vedere la ferita, situata nel lobo temporale destro –, perché ero sicura che il mio coraggio sarebbe crollato in picchiata nel vedermi conciata in quel modo. Non ne valeva la pena, avevo cose più urgenti cui pensare.

Ero ancora piuttosto disorientata, persa in un mondo sconosciuto, senza bussola né mappa. Non avevo idea su come proseguire con le indagini. Nonostante ciò che mostrano i serial televisivi sul lavoro forense, di certo non esiste nessun liquido magico, nessuna squadra informativa, nessuna macchina che permetta d'individuare un assassino, per quanto piccolo e maldestro, come sembrava quello del mio caso. Dovevo farlo io stessa. Non avevo a disposizione molte armi per risolvere quel rebus, e l'assassino mi aveva rimproverato per la mia incapacità. A quanto pareva, aveva lasciato tracce a sufficienza per essere localizzato, ma io non le seguivo in modo adeguato.

Presi l'incartamento, che si era notevolmente irrobustito negli ultimi giorni, e rilessi ogni singola testimonianza, annotando su un nuovo foglio i punti oscuri dell'indagine. Volevo mettere nero su bianco le difficoltà del mio lavoro. Era ovvio che avevo trascurato qualche dettaglio importante, una pista che avrebbe dovuto portarmi a un'altra e poi a un'altra ancora, fino a individuare quelle tracce che - con un po' di fortuna - mi avrebbero portato all'assassino.

Due ore dopo ero riuscita a redigere un elenco di undici punti, che però mi lasciava parecchio in dubbio.

RELIQUARIO: Che relazione ha questo oggetto con gli assassinii? Sono due storie parallele o due scene della stessa opera? Perché lo hanno abbandonato sul pavimento dell'eremo? L'assassino sapeva che era una copia? E se così fosse, com'è venuto a conoscenza del segreto?

DENARO: Perché l'assassino ha lasciato nell'eremo il denaro? Perché qualcuno dovrebbe infischiarsene di una somma come quella? È forse ricco? Perché ha sparso le banconote per tutta la scena del crimine? Che cosa voleva dire? Denaro e reliquario vanno a braccetto?

ANTIQUARIO-PERGAMENA: Il nostro assassino utilizza pergamene e chiede come riscatto opere di arte sacra. È un antiquario? Ce le invia come pista per farsi trovare?

FORMULA CHE CARATTERIZZA L'INVIO: «Compassione, non sacrifici». Verso cosa o chi non si è avuta compassione? Si riferisce alla Chiesa in generale o all'arcivescovo in particolare?

PRIMO MESSAGGIO: «Perché mi hai abbandonato?» è scritto in aramaico, in modo che solo l'arcivescovo lo avrebbe capito. Cañarte ha abbandonato l'assassino? Se così fosse, si conoscevano bene: che cosa li univa? La loro lontana parentela? Qual è la vera relazione dell'assassino con la Chiesa, con l'arcivescovado e con Leyre?

SECONDA FRASE DEL PRIMO MESSAGGIO: Parla di un

peccato e di una espiazione, stavolta in latino. Sta parlando di un peccato generale della Chiesa o di uno personale di Cañarte? Si riferisce al reliquario? Se sì, che ruolo gioca l'abate Urrutia in tutto ciò? Se invece così non fosse, quale peccato potrebbero condividere Urrutia e Cañarte?

SECONDO MESSAGGIO: 3313. Numeri primi. L'assassino parla di se stesso? Vuole forse comunicarci di essere omosessuale? Nel caso compaiono vari uomini con questa caratteristica. Se questa lettura è corretta, che cosa c'entra l'omosessualità con Leyre o con l'arcivescovado? È possibile che l'assassino non parli di sé ma di qualcun altro? Si sta riferendo forse a qualche nuovo illuminato della Chiesa?

GIUSTIZIERE E ASSASSINO: Il criminale non si sente un assassino, ma un giustiziere. Ciò significa che Urrutia e Cañarte sono i veri colpevoli? Cosa li unisce? Soltanto la gerarchia ecclesiastica? C'è qualcosa di più che ci sfugge?

MADRE-SUICIDIO: Monica Mugarra Garciandía, madre del presunto assassino, riesce a riunire al proprio funerale Urrutia e Cañarte. È lei l'elemento mancante? Non saremmo arrivati a tale elemento, se non fosse stato per l'intervento dell'assassino. Se è così, perché mi definisce «incapace»? Come avrei mai potuto conoscere tali fatti? Perché l'assassino ha cambiato identità? Ha già ucciso prima? Crede che qualcuno abbia ucciso sua madre?

NOVIZIO ESPULSO: Era omosessuale. Nell'albergo di Budapest ha chiesto compagnia maschile. Perché, allora, ha cercato di entrare a Leyre? Forse su richiesta dell'assassino, per ottenere un duplicato delle chiavi? E se è così, perché dopo è stato ucciso? Forse perché non denunciasse l'assassino, ma allora perché sembra che questi voglia essere scoperto? L'assassino ha cercato appositamente un omosessuale o si è trattato di un caso? Si muove sempre in quegli ambienti?

OMOSESSUALI: L'assassino ha cercato Gorla negli ambienti gay. Di nuovo. Perché lì? Perché così lontano? Perché ha detto che la morte di Gorla è stato un incidente? Intende dire che non lo voleva uccidere? Intende dire che con lui era diverso? E se lo era, perché?

Tra i punti deboli dell'indagine, il reliquario era il primo a figurare nel famoso elenco. Prima di lasciare il tribunale, avevo ricevuto una telefonata da monsignor Tagliatelli. Dopo essersi informato sulla mia salute e aver ascoltato le mie pietose bugie – « Tutto bene, eminenza... E il caso procede col vento in poppa! » –, mi aveva riferito che il giorno successivo la Conferenza episcopale pensava di emettere una severa nota di condanna nei confronti dei comportamenti dell'amministratore diocesano e dell'arcivescovo di Pamplona. Sembrava che le azioni di entrambi avessero scatenato le ire delle autorità di Navarra, degli amanti dell'arte sacra e dei fedeli in generale. Le questue dell'intera Navarra erano diminuite del quarantadue per cento. Naturalmente la colpa del disastro andava imputata solo a quei due individui, uno colpito dal demone del gioco e l'altro perché imprudente. Tuttavia ciò risultava difficile da spiegare ai fedeli.

A me non importava un fico secco che il famoso esemplare fosse autentico o una semplice riproduzione. Sono sicura che, se me li avessero mostrati insieme, non avrei notato nessuna differenza. L'unico aspetto di questo punto che m'interessava era se in qualche modo quel capolavoro ricoprisse un'importanza vitale per comprendere i fatti. Se ce l'aveva, io l'avevo ignorata. Forse la questione fondamentale stava nel sapere se reliquario e delitti fossero collegati in modo circostanziale – quella richiesta di riscatto era stata scelta per il suo valore artistico, con la malasorte di aver optato proprio per un falso – o, al contrario, il reliquario era solo la tessera di un puzzle più vasto.

Juan era ancora in ospedale, fuori gioco, ma se fosse stato lì ero certa che avrebbe negato la casualità. Il denaro e il reliquario non erano là per caso. Formavano parte della trama, ma perché? Qual era la relazione? Vedevo il caso disegnato davanti a me, ma l'immagine non mi conduceva in nessun posto. L'assassino aveva inviato una pergamena molto particolare, il che lo collocava vicino o nell'ambiente degli antiquari; il reliquario poteva essere considerato a ragione un pezzo d'antiquariato, valeva una somma considerevole. Ma come mai sapeva che era falso?

Dopo essermi lasciata sfuggire un grugnito di stizza, mi alzai e cercai il rubinetto. Mi rinfrescai le braccia, il viso e la nuca, poi passeggiai per il giardino. Il caldo era insopportabile e il mio malumore stava aumentando. Non avrei mai risolto quegli enigmi! Se il criminale voleva che lo catturassi, perché si comportava in modo tanto stravagante? Perché non si arrendeva? Tornai al rubinetto. Inciampai e mi bagnai le infradito. Erano rosse ed ero sicura che avrebbero stinto. Le tolsi, chiusi di colpo il rubinetto e tornai scalza al mio caso.

Il secondo degli indizi era il nome della compagnia che si presumeva avesse inviato le due buste con le dita amputate: *Compassion, no sacrifices*. A quel punto dell'indagine, sapevamo già che esisteva una ONG con quel nome e che non c'entrava niente con quel caso. L'assassino poteva aver usato un nome reale col proposito di non sollevare sospetti: sarebbe risultato un invio come tanti altri. Tuttavia quello scelto era un nome assai poco comune, giacché la ONG irlandese era ancora in fasce. Se avesse firmato il mittente come Caritas o *Manos unidas*, avrebbe ottenuto lo stesso effetto. Era chiaro che l'utilizzo di quelle particolari parole doveva avere un significato.

Compassion, no sacrifices... Una strana frase. Secondo don Lucas Andueza quella era una locuzione d'ispirazione biblica, anche se inesatta. La rivolgeva Dio al popolo ebraico, lamentandosi per la pompa delle sue forme esterne e per la scarsa attenzione al mandato dell'amore. « Voglio compassione, non sacrifici. » L'assassino, che aveva inviato quel messaggio all'arcivescovo, sembrava rimproverargli lo stesso peccato: si offrivano sacrifici rituali, mentre chi soffriva pene e disgrazie veniva ignorato.

Nella sua comunità, Blas de Cañarte era ritenuto un buon pastore, compassionevole e misericordioso. Eppure gli ultimi avvenimenti avevano messo in evidenza che c'erano due Cañarte. Il primo, tutto carità e amore per i poveri, si occupava con grande zelo di un gregge che lo seguiva con docilità. Il secondo, sconosciuto a tutti fino alla morte, nascondeva gelosamente un segreto che, se fosse stato scoperto, avrebbe provocato lo sbandamento di molte delle sue pecorelle. In se stesso, il comportamento del prelato non racchiudeva nessuna mancanza, ma molti vi avrebbero visto una chiara incompatibilità col messaggio evangelico che l'arcivescovo predicava.

Quella frase si riferiva all'eredità del prelato? Era quello il suo peccato, custodire un capitale e degli interessi mentre le opere di Dio languivano per mancanza di fondi? Nel cospargere oscenamente il suo cadavere con le banconote, l'assassino aveva voluto richiamare l'attenzione su quell'errore?

D'altra parte l'omicida aveva preteso, come prezzo del riscatto, il reliquario del *Lignum Crucis*, benché non fosse il più prezioso di quelli che formavano la collezione diocesana. Perché? Aveva forse avuto notizia della sua falsificazione? E se era così, come ne era venuto a conoscenza? Neppure il vicario generale della diocesi risultava informato. Come mai l'assassino aveva avuto accesso a un'informazione custodita con tanta cura?

Qualsiasi fosse la prospettiva adottata, arrivavo sempre alla stessa conclusione: l'assassino doveva avere una relazione diretta con l'antiquario che era entrato in possesso del reliquario autentico in pegno per il pagamento di un debito di centoventimila euro. O aveva un rapporto diretto con lui, oppure era lui stesso quell'antiquario. Così doveva aver ragionato l'arcivescovo, mi dissi, se si era recato in cerca dell'esemplare portando con sé centosessantamila euro e la copia del reliquario. C'era da supporre che con tale quantità di denaro intendesse liquidare il debito e recuperare il tesoro della diocesi, anche a costo di rimetterci la propria fortuna personale. Il dito lo aveva convinto in tal senso.

Quell'ultimo gesto rendeva onore all'arcivescovo, non c'era dubbio, anche se era giunto troppo tardi. La pazienza dell'assassino si era ormai esaurita, quando Cañarte si era presentato col riscatto, e così quell'uomo aveva tenuto il reliquario autentico. In definitiva, la vita sembrava ossequiarci con un nuovo capitolo di una serie trita e ritrita: ambizioni, denaro, vendetta.

« No, no e poi no! » dissi a voce alta. « Non può essere così, sono sicura che manca qualcosa. »

I dati sembravano convergere su un contrasto finanziario come spiegazione dell'accaduto, ma io non ci credevo. Del resto potevo sbagliarmi. Non era la prima volta che m'imbattevo in qualcosa di simile, ed ero sicura che non sarebbe stata l'ultima, tuttavia c'era qualcosa che non combaciava, un fattore essenziale: Pello Urrutia. L'abate di Leyre non c'entrava col denaro né con la falsificazione. Per niente. Tutto ciò gli era estraneo; era solo un abate anziano e un po' smemorato.

Prima il suo dito, poi il suo cadavere... Pello Urrutia avrebbe ben potuto essere l'esca per attrarre la preda principale, l'arcivescovo Cañarte. Tuttavia la strada percorsa era troppo tortuosa per risultare credibile. In primo luogo, l'assassino aveva dovuto convincere il novizio Mezquíriz ad aiutarlo a duplicare le chiavi, se non lo aveva addirittura convinto a entrare a Leyre come aspirante benedettino; il maestro dei novizi aveva dichiarato che Mezquíriz era privo di vocazione. Quindi aveva organizzato un viaggio in Ungheria, dove lo aveva tolto di mezzo. Ma la sua cospirazione era andata molto più in là. Con quel mazzo di chiavi in mano, aveva cercato qualcuno che lo aiutasse a far uscire l'abate. Si era trasferito fino a Malaga, dove si era introdotto nell'ambiente gay. Aveva orchestrato una prima manovra con Peter Zahan. Per un qualche motivo non era andata a buon fine e allora aveva messo gli occhi su Faustino Gorla. Dopo averlo sedotto, facendogli dimenticare il suo ateismo e l'avversione verso la Chiesa, lo aveva convinto a trascorrere qualche giorno nel monastero navarro e a depredare il tabernacolo col favore dell'oscurità e un mazzo completo di chiavi a disposizione. Per finire aveva sfruttato quel furto per far uscire dal monastero l'abate e, una volta nelle sue mani, gli aveva tagliato un dito per inviarlo, insieme con l'ostia consacrata, all'arcivescovo.

No, non poteva essere. Era troppo complicato. Urrutia doveva avere un ruolo in tutto ciò. E inoltre andava considerato anche il tentativo di aggressione subito dal nunzio apostolico; nemmeno Tagliatelli era inquadrabile in quella scena.

Quanto più ci pensavo, tanto più mi convincevo che frate Chocarro aveva ragione: Cañarte e Urrutia erano, rispettivamente, i numeri uno e due della Chiesa di Navarra. Il nunzio poteva essere considerato il successivo in una scala gerarchica che conduceva fino al pontefice. L'assassino stava risalendo la cupola ecclesiastica. Un brivido mi percorse il corpo al pensiero di ciò che non aveva portato a termine.

Tuttavia nemmeno quella ipotesi era esente da dubbi. Il primo era Gorla. Quando l'assassino mi aveva trattenuta, gli avevo rinfacciato i suoi crimini. E sentendo il nome dello stilista, aveva dichiarato che Gorla era stato solo un incidente. Allora non ero ancora in grado d'interpretare quella frase nei suoi giusti termini, ma l'utilizzo della parola « incidente » era significativo. Un problema più serio era costituito dalla sede dei fatti. Secondo il segretario episcopale, monsignor Cañarte aveva insistito sul fatto che la scelta di Pamplona non era stata casuale. Inoltre, il fascicolo sul suicidio di Monica Mugarra Garciandía situava sulla scena sia Pello Urrutia sia Blas de Cañarte: una coincidenza che non si poteva ignorare. L'assassino si era dato molto da fare perché io vedessi quel fascicolo.

In realtà esisteva anche la possibilità di collegare entrambe le ipotesi. L'assassino poteva volersi vendicare della Chiesa, ma di quella che aveva conosciuto lui, vale a dire quella di Navarra. Era passato da Leyre come novizio, era parente del vescovo. Ma qual era il motivo della vendetta? Sua madre si era suicidata, e ciò lo aveva colpito profondamente. Era molto probabile che, se fossi riuscita a comprendere il motivo del suicidio, avrei individuato anche quello della vendetta. Però il rapporto sull'accaduto in quella notte di neve e freddo non rivelava niente. E io mi ritrovavo né più né meno come all'inizio: lontana dalla verità, lontana dalla possibilità di mettere fine a quella scia di sangue.

Mi portai istintivamente la mano alla testa, proprio sulla zona rasata. Ero certa che, vista da dietro, dovevo essere orribile. Forse per Natale quel disastro non si sarebbe più notato, ma di sicuro durante le prossime vacanze estive avrei dovuto mettervi una crema solare. No, era meglio che mi comprassi un ampio foulard per coprire le conseguenze del caso.

Mi alzai per farmi un altro caffè. La temperatura era scesa di qualche grado, ma continuava a fare molto caldo. Misi del ghiaccio nel bicchiere.

Tornai a sedermi e a scontrarmi con la relazione sui punti insoluti dell'indagine. Avevo riflettuto sulla maggioranza di loro, ma restavano ancora degli strascichi: i numeri primi, la dichiarata omosessualità di due dei cadaveri – e probabilmente dello stesso assassino, malato di Aids – e la frase in aramaico: *Perché mi hai abbandonato?*

Quella fu l'ultima cosa che lessi, credo. Nemmeno la caffeina ghiacciata fu in grado di scacciare il sonno. Invasa da una profonda stanchezza, mi addormentai di botto.

Al risveglio guardai l'orologio: era passata un'ora abbondante. La temperatura era migliorata, ma non quell'elenco che continuava a minacciarmi dal foglio posato sulle mie ginocchia. Tornai a rileggerlo. Forse fu il riposo a restituirmi la perduta prontezza mentale, oppure al risveglio vedevo quei punti sotto una nuova luce; è anche possibile che le lettere avessero cambiato di posto perché io leggessi il segreto che nascondevano. Quando riportai lo sguardo su quel foglio, intuii all'istante il collegamento: «Ma certo, dev'essere questo!» esclamai.

Mi alzai con un balzo e corsi a cercare il telefono. Composi più volte il numero del cellulare di don Lucas Andueza, ma ero sempre messa in comunicazione con una casella vocale. Avevo urgente bisogno di parlare con qualcuno che conoscesse bene la dottrina della Chiesa cattolica. Digitai il numero di Leyre. Neanche lì mi risposero: immaginai che in quel momento fossero riuniti in preghiera, perché nemmeno il frate portinaio sollevava la cornetta.

Allora cercai sul mobile dell'entrata, sperando di trovare il biglietto da visita di monsignor Tagliatelli. Mi aveva detto di chiamarlo, se avessi avuto bisogno di qualcosa: in quel momento mi servivano le sue conoscenze. Composi il numero del suo cellulare, pregando che il nunzio rispondesse. Lo fece subito.

«Sì?»

«Desidero parlare con monsignor Tagliatelli.»

«Lo sta già facendo, con chi parlo?»

«Buonasera, eminenza. Sono Lola MacHor.»

«Vostro onore, che gioia sentire la sua voce! Ha buone notizie per me? È tutto il pomeriggio che mi arrovello sul suo caso. Credo che finirò per odiare quel reliquario.»

« Non si preoccupi, la chiamo per un'altra questione. In realtà, eminenza, ho bisogno che mi spieghi una cosa... qualcosa che riguarda la dottrina cattolica. »

« Mia cara signora, io non sono un teologo, ma piuttosto un politico. Tuttavia le prometto che, se non sarò capace di risponderle, mi assicurerò che lo faccia un esperto. Che cosa desidera sapere? »

« M'interesserebbe sapere, con riferimenti alla dottrina, l'opinione della Chiesa sull'omosessualità. »

Un silenzio imbarazzato calò sulla nostra comunicazione. Suppongo che il nunzio si fosse perso in mille congetture.

« Eminenza, è ancora lì? »

« Sì, sì, eccomi. Mi scusi, ma la sua domanda mi ha sorpreso. Spero non abbia a che fare col nostro... caso. »

« Temo invece che potrebbe essere così. »

La voce del nunzio cambiò all'istante, diventando seria e preoccupata. « In tal caso, vostro onore, verrò a trovarla a casa sua il più presto possibile. Ora sono a Bilbao, devo concludere alcune pratiche ineludibili, ma nel giro di tre ore potrei essere lì. »

Sarebbe stata una buona idea, senza dubbio. Tuttavia nel guardare l'ora e ricordare la passione di monsignor Tagliatelli per le conversazioni notturne e per il cognac di marca, respinsi la sua proposta. « Non si disturbi, eminenza, questa pista è ancora agli esordi. Prometto d'informarla puntualmente sugli sviluppi. Per il momento avrei solo bisogno di conoscere la dottrina generale. »

Con voce quieta, il religioso mi rimproverò per la mia scarsa prudenza. « Lei dovrebbe sapere, vostro onore, che il telefono è un mezzo di comunicazione sicuro soltanto se si tratta di trasmettere messaggi superficiali... »

« Certo, ha ragione... Stavo pensando che, magari, potrebbe prepararmi un piccolo schema su quella parte della dottrina e inviarmelo per fax, o con un corriere, in tribunale. No, al tribunale no, lì c'è il rischio che si perda. Sarà meglio che me lo faccia recapitare a casa. Me lo studierò e, se avessi qualche dubbio, la richiamerò. La prego, però, di farlo il più in fretta possibile. »

« D'accordo, le preparerò un dossier e glielo farò avere con un corriere. »

« Eminenza, neanch'io sono una teologa. Sarebbe tanto gentile da scriverlo in modo per me comprensibile, senza rinunciare alla precisione? »

« Certo. In fondo non stiamo parlando dello Spirito Santo, no? »

« Sì, è vero. Dovrebbe essere più facile... almeno da spiegare. »

Il nunzio si prese di nuovo qualche secondo di pausa.

Mentre rifletteva, io approfittai per bagnare le labbra nel caffè freddo. Le prospettive sembravano già più lusinghiere.

« È una faccenda grave? » domandò.

« Qualsiasi omicidio è grave, eminenza. Ma se si riferisce al dossier che le ho richiesto, temo possa esserlo, anche se al momento non è che un'ipotesi. »

« M'informerà prima di rendere pubbliche le sue conclusioni? »

« Lo prometto. »

« Gliene sarò grato in eterno. E saluti da parte mia il suo cortese marito. »

« Lo farò », replicai, anche se aveva già riagganciato. Mi diressi in camera mia decisa a farmi una doccia, quando sentii aprirsi la porta di casa.

« Mamma, siamo in vacanza! Finalmente è finita la scuola. »

« Ragazzi, che sorpresa! »

« Sorpresa? Torniamo sempre alla stessa ora! » risposero in coro.

« Sì, è vero », dissi, cercando di ritornare in tutta fretta allo scenario della mia vita quotidiana. « Ehi, ma come siete carichi! Che non vi venga in mente di lasciare tutto questo all'ingresso: prendete le vostre cose e portatele in camera vostra. Domani sistemeremo i libri. »

« Come sta Pablo? » chiese Maria.

« Pablo! » esclamai. Mi ero completamente dimenticata di lui. Raggiunsi correndo la sua camera.

« Mamma, ti ho chiamato a squarciagola: mi scappava la pipì. Dov'eri finita? E meno male che eri rimasta a casa per curarmi... »

Cercai di rimediare. Quando mi concentro in qualche cosa, ho l'abitudine di evadere dal mondo. « Hai ancora bisogno di me? »

« No. Sono riuscito ad alzarmi e a saltellare fino in bagno. »

« Bravo! » gli dissi, accarezzandogli la guancia. « Sono tornati i tuoi fratelli. »

« E papà? »

« Ancora no, ma sarà qui presto. »

« Mi puoi aiutare a vestirmi? »

« Vestirti, a quest'ora? Perché? »

« Mamma, ma peggiori a vista d'occhio! Davvero non ti ricordi? »

Lo guardai, sbalordita. « Che cosa dovrei ricordare? »

« È la notte di san Giovanni! Non andiamo a vedere i falò, come tutti gli anni? »

« San Giovanni! L'avevo completamente dimenticato. »

« Devi chiedere a papà di darti qualche medicina per la memoria. Ogni giorno sei peggio. »

« Non mi mancano le vitamine, per curarmi ci vuole il nome di un assassino », borbottai tra i denti mentre uscivo.

35

Era la notte più corta dell'anno e, senza dubbio, anche la più bella. Il cielo s'insinuava con un indaco quasi trasparente sopra migliaia di minuscole stelle accese apposta per lo spettacolo. Una leggera brezza rinfrescava la torrida serata rendendola gradevole.

Prima di uscire riposi l'incartamento e le mie note sotto chiave, nel cassetto principale della scrivania dello studio, uno dei pochi posti che i miei figli rispettano scrupolosamente. Mentre lo facevo, provai a mettere al sicuro anche le mie emozioni. Si supponeva che, girando quella chiave, avrei appeso la toga per indossare i panni della madre che saltava sopra i falò, come voleva la tradizione di san Giovanni. Tuttavia non risultava poi tanto facile dissociare i vari piani della mia vita; non erano aspetti indistinti e indipendenti che si sovrapponevano come linee parallele. Un pollo più un altro pollo più un altro pollo non fanno un'aquila. Allo stesso modo, lavoro più famiglia più amicizie più inclinazioni non dà come risultato una vita. La vita è un dedalo: il luogo dove tutte queste cose e molte altre interagiscono a proprio piacimento immergendo lo spirito nel dolce ordine del caos. Non è rossa, poi verde e dopo blu. È una marea di colori indefiniti, sempre condita da sprazzi di bianca allegria e dolore nero.

Non riuscii a far calare il sipario. Non ce la feci a rinchiudere i miei morti nel cassetto, ma almeno mi sforzai di sorridere vedendo come gli altri si divertivano cercando di schivare le fiamme che danzavano sopra i tronchi.

Si fece tardi; il fuoco è sempre stata una tentazione affascinante per gli uomini di tutte le età. Tornammo a casa verso mezzanotte, sotto la pallida luce dei lampioni. Jaime guidava la processione, con in braccio il più piccolo profondamente addormentato. Io lo seguivo a pochi metri di distanza, trascinando a fatica il resto della comitiva.

Di colpo mio marito si fermò. «Lolilla!» disse, girandosi verso di me con espressione interrogativa.

«Non mi fare fretta, la sedia a rotelle è piuttosto pesante.»

«Credo che abbiamo un problema...»

«Si è fatto la pipì addosso?» Avevamo appena tolto i pannolini al piccino, ma non sempre sembrava ricordarselo.

«No, non è quello. Abbiamo visite.»

«Visite? A quest'ora?»

«Giudica tu», replicò, facendomi passare davanti.

Lasciai la sedia di Pablo nelle mani di suo fratello maggiore e mi avvicinai. Una Mercedes nera coi finestrini posteriori scuri era parcheggiata davanti a casa nostra e ostruiva l'ingresso del garage. «Non so chi possa essere, ma di sicuro non promette niente di buono. Credo che chiamerò Galbis. Sei capace di leggere la targa da qui?»

«Mi hai preso per una lince? Santo cielo, sta a trecento metri!»

«Scusa, sto diventando nervosa, non so quello che dico.»

«Be', io ho portato il binocolo», disse Fernando.

Gli sorridemmo entrambi, rifiutando la sua offerta. Il binocolo lo davano in omaggio con la scatola dei cereali.

«Chiamo Galbis?»

«È l'auto di un presidente o del re», disse Fernando.

«Come dici?» Mi voltai verso di lui.

«La targa non è come quella di papà, e poi c'è una bandiera... Dev'essere il re. Ma certo, ecco perché è una Mercedes tanto grande! Ma perché il re viene a trovarci?»

Sorpresa, gli chiesi in prestito il binocolo. Era di plastica, di quelli che si fabbricano da qualche parte in Oriente; però la curvatura delle lenti permetteva una proiezione sufficiente perché potessi affermare con una certa sicurezza che non era necessario chiamare l'agente Galbis. «Credo di sapere chi è.»

«Solo leggendo la targa, Lolilla?»

«Sì, l'auto ha la bandiera del Vaticano. Ho paura che il nunzio apostolico ci stia aspettando sulla porta di casa.»

«Tagliatelli? Hai idea del perché sia qui?»

«Temo di sì, Jaime. È venuto per gli omosessuali...»

Mio marito mi sorrise con ironia. Ha un talento naturale per tradurre i suoi pensieri in espressioni e gesti. Col tempo ho imparato a capirlo senza nemmeno sentirne la voce.

« L'ho chiamato per avere informazioni sulla dottrina della Chiesa cattolica a questo riguardo. Mi ha promesso di farmi un riassunto comprensibile e d'inviarmelo per corriere. Ma, a quanto pare, ha deciso di portarmelo di persona. Stava a Bilbao. »

« A che ora pensi che andremo a letto, stanotte? » chiese Jaime.

« Be'... andiamo... » replicai, scuotendo il capo. Senza dubbio era una domanda pertinente.

Una delle portiere si aprì molto prima che arrivassimo davanti a casa. Un uomo in abito scuro scese in tutta fretta dal posto del guidatore e aprì la porta posteriore.

« Grazie, Isaac, cercherò di non fare troppo tardi », disse monsignor Tagliatelli. « Vorrei tornare a Madrid stanotte. Perché non va a cenare? La chiamo non appena mi libero. »

« Molto bene, eminenza. Resterò nei paraggi. »

« Allora non è il re », mormorò Fernando, deluso.

Il nunzio indossava un semplice abito nero, con camicia dello stesso colore. Né grandi crocifissi né altri distintivi.

« No, non è il re », dichiarò Maria. « È uno di quelli che si mangiano tutte le olive. »

Non potei fare a meno di scoppiare a ridere. Le interconnessioni neuronali dei bambini producono risultati davvero divertenti.

« Lola, Jaime! » esclamò monsignor Tagliatelli, venendoci incontro a braccia aperte. « Per un attimo ho temuto che aveste cambiato casa. »

« Eminenza, che sorpresa », replicò Jaime.

« Sì, a dire il vero lo è anche per me. Ma dopo aver parlato con sua moglie, stasera, mi è venuto un desiderio irresistibile di farvi visita. »

« Io sono Fernando e ho sette anni. Ma tu chi sei? Sei il re? »

« No, no, nessun re! » ribatté monsignor Tagliatelli, divertito.

« Allora sei un principe... »

« Nemmeno. »

« Sei del Barcellona? »

« No, sfortunatamente! Faccio il tifo per la Juventus e questo non è il nostro momento migliore. »

« Be', qualcosa devi essere, perché hai una macchina troppo forte. »

« Posso dirti un segreto? »

« Va bene. »

« Me l'hanno prestata. »

« Ah, lo dicevo io! Tu sembri un signore normale. »

« Lo sono. E questo gesso? » domandò a Pablo, abbassando lo sguardo sulla sedia a rotelle.

« Mi sono schiantato con un kart e mi sono rotto due ossa », rispose Pablo con orgoglio, quasi fosse reduce da una prodezza.

« Ti fa molto male? »

« Dipende. »

« Basta così, bambini! Adesso entriamo. Ognuno in camera sua: pigiama e spazzolino! » Mentre inserivo la chiave nella serratura cercai di ricordarmi in che stato fosse il salotto. Così, giusto per precauzione, mi scusai prima ancora di spingere il portone e fare entrare il nunzio.

« Dio mio, non si scusi! Sono io l'intruso e a un'ora davvero tremenda. In realtà ero sul punto di andarmene, si è fatto molto tardi... »

« Siamo andati a vedere i falò di san Giovanni », mi giustificai. « Ha aspettato a lungo? »

« Due ore, ma ne è valsa la pena. Quand'ero bambino, andavo matto per i falò di san Giovanni. Mia madre ci portava sempre. Siamo otto fratelli... e la mamma è rimasta vedova piuttosto presto. Eravamo una strana famiglia, più poveri di gran parte del vicinato ma molto più felici. » Per un istante gli s'inumidirono gli occhi.

Cercai di distrarre la sua attenzione. Non era il momento di rievocare l'album di famiglia. « Eminenza, ha cenato? »

« No, ma non si preoccupi. Abbiamo cose più importanti da fare. »

« Preparerò qualche panino. Non ci metto molto. Prosciutto e formaggio? »

« Perfetto », rispose.

« Le olive sono finite », disse una vocina, da lontano.

Per fortuna, il nunzio non captò l'allusione.

Quella notte monsignor Tagliatelli rifiutò il cognac; bevve soltanto acqua fredda. Si leggeva una profonda preoccupazione sul suo viso, che mi sembrava molto diverso da quello del giorno in cui ci eravamo conosciuti. Allora, forse come reazione allo spavento per il fallito attentato e al successivo rilassamento, il nunzio si era mostrato loquace e disteso. Ma stavolta le cose erano diverse.

« Eminenza, cosa le succede? » domandai. Eravamo già seduti in salotto, i bambini erano andati a letto e i panini aspettavano sul tavolo.

Monsignor Tagliatelli si prese qualche secondo prima di rispondere.

Jaime accennò ad alzarsi. « Lolilla, forse preferite parlare da soli. Andrò a sbrigare qualche faccenda di là. »

« No, Jaime, la prego, resti », disse il nunzio. « Sono sicuro che il suo consiglio professionale potrà esserci molto utile... »

« D'accordo, se vuole così. »

Monsignor Tagliatelli lasciò fluire i suoi sentimenti, mentre coi polpastrelli si accarezzava la tela dei pantaloni. Già magro di suo, in quel momento mi parve che si riducesse fin quasi a scomparire tra i cuscini del divano. « Vede, vostro onore, non sto certo scoprendo l'America se le dico che l'Europa sta subendo uno strano processo di desacralizzazione. Pare che sia frutto del progresso: col benessere la gente si dimentica di Dio. Il popolo non ha bisogno dell'oppio, quando può comprare automobili e televisori al plasma. Tuttavia questo non è del tutto vero. Gli Stati Uniti, il Paese più progredito e industrializzato del pianeta, stanno vivendo un ritorno senza precedenti al piano della religiosità; tutti gli studi lo confermano. Ma l'Europa è un caso particolare. Mentre dall'America all'Africa, passando naturalmente per tutti i Paesi asiatici, i cittadini pregano il loro Dio, quale che sia il suo nome, in Europa – l'Europa un tempo cristiana – gli voltiamo le spalle. »

Jaime e io seguivamo il suo discorso con attenzione. Non sapevamo dove ci avrebbe portati, ma non pronunciammo una sola parola. Sapevamo entrambi che i membri dell'élite ecclesiastica adorano i sermoni.

« L'Europa ha rovesciato le proprie ansie nell'ecologismo, nei diritti umani e nella pace. Come se fossero valori laici! Come se la religione si limitasse a offrire riti ultraterreni, senza nessuna implicazione sociale. L'Europa, la borghese Europa, dalla cui cruna passa un cammello e non filtra un minuscolo filo di paglia!

« Ci sono migliaia di sacerdoti santi, centinaia di missionari impegnati. Tutti loro ci mettono l'anima, e qualche volta anche la vita, per difendere i diritti dell'uomo, la dignità della sua esistenza e la pace. In quei mondi lontani vivono migliaia di Teresa di Calcutta, centinaia di vescovi come Duarte o Gerardo, ma questo sembra non valere niente dinanzi a un unico caso di condotta sregolata. Nessun giornale dedicherà una sola riga al lavoro dei missionari; ma tutti invieranno i loro migliori reporter per coprire un caso di omicidio. Capisce perché sono qui, vostro onore? So che mi ha promesso d'informarmi delle sue indagini, e sono convinto che avrebbe mantenuto la promessa, tuttavia avevo bisogno di vederla di persona. »

« La capisco benissimo. » Ciò che sottolineava era vero.

« Mi ha chiesto alcuni dati: glieli porto direttamente. Mi chieda tutto ciò che vuole. »

Jaime seguiva la conversazione con un'espressione sbalordita. Anche se, in seguito all'aggressione da me subita, m'interrogava di continuo sugli sviluppi del caso, quei sospetti erano molto recenti e non avevo ancora avuto occasione di metterlo al corrente.

« D'accordo, eminenza, ecco il mio dubbio: supponiamo che un uomo, un ragazzo giovane, entri in un centro di vita consacrata in qualità di novizio. Sembra che abbia la vocazione, ma i responsabili del monastero si rendono conto della sua condizione di omosessuale. Che atteggiamento si adotterà rispetto a questo postulante? »

« Come se ne sono resi conto? »

« Scusi, padre? »

« Lei ha affermato che i maestri del candidato si sono resi conto della sua omosessualità. Le chiedo come sono giunti a una simile convinzione. »

« Capisco... » Mi presi qualche secondo. « Non lo so, padre.

Non avevo pensato a questo particolare, ma possiamo valutare diverse opzioni.»

«Non si preoccupi, la domanda non è fondamentale.»

«Ah, no?» replicai, stupita.

«No. Qualunque sia il modo in cui tale aspetto viene scoperto, il risultato sarà sempre lo stesso.»

«Vuol forse dirmi che il novizio verrà comunque espulso?»

«Sarebbe più preciso dire che, in nessun caso, gli verrà permesso di prendere i voti. La sfumatura risulta importante: non è mai stato ammesso e, pertanto, non è mai stato espulso.»

«Mi scusi, ma non capisco. Lei afferma che il novizio che intrattiene relazioni sessuali con un altro uomo e quello che, semplicemente, prova una simile tendenza verranno classificati allo stesso modo?»

«No, non ho detto questo: non ho mai parlato di 'classificazione'. Se vuole che lo faccia, le dirò che nel primo caso il novizio avrà commesso un grave peccato. Mentre rispetto a chi avverte simili tendenze e non le mette in pratica, è possibile che ci troviamo dinanzi a un atto di virtù di una persona che lotta contro ciò che la danneggia. Tuttavia sono entrambi omosessuali: nessuno di loro sarà un buon candidato per la vita consacrata a Dio né, ovviamente, per il sacerdozio.»

«Confesso, eminenza, che continuo a non capire. Comprendo che un omosessuale attivo, proprio come un eterosessuale promiscuo, non venga accettato quale rappresentante di una vocazione che considera la castità e l'astinenza i pilastri su cui basare l'esistenza. Ma coloro che provano solo quella tendenza non ne hanno colpa: cosa devono fare?»

«È colpa mia, vostro onore, non ho saputo spiegarmi. La Chiesa non ha niente contro chi sente una simile predisposizione; al contrario, ne comprendiamo il dolore e cerchiamo di aiutarlo, ma la vita consacrata non è un rifugio contro ciò. In un monastero non si curano le pene, anzi si aggravano. Si contano a centinaia le ore di silenzio, a rimuginare sempre le stesse cose. Chi si stabilisse lì per dimenticare, finirebbe per impazzire!»

«E allora che cosa fate? Lo abbandonate alla sua sorte?»

«Questo mondo prima o poi si trasforma in una valle di lacrime. Nonostante ciò che crediamo noi occidentali europei, la vita di oggi è imperfetta quanto nel Medioevo. Moriamo lo stesso, e lo stesso soffriamo.»

«Ma questo non è giusto!»

«La natura è ingiusta. Il mondo è pieno d'ingiustizie, di povertà, di oppressione. A chi nasce cieco è vietato dipingere, agli zoppi correre, agli schizofrenici sottoscrivere determinati contratti commerciali. Un omosessuale può e deve essere religioso, ma non potrà ricevere gli ordini sacri. Alcuni secoli fa, un sacerdote particolarmente promiscuo, che aveva molti problemi a vivere una vita casta, domandò alla Chiesa il permesso di essere castrato. Tolto il dente, levato il dolore. Quel permesso gli fu negato. Dobbiamo servire Dio accettando quello che siamo e quello che possiamo diventare, facendolo in piena libertà. Non possiamo ammettere un omosessuale in una comunità di uomini 'normalmente' formati che, al momento opportuno, hanno scelto la castità: per lui e per gli altri sarebbe un'istanza innaturale. Ciò non significa che una persona con tendenze omosessuali non possa essere un buon cristiano.»

Provai a capire la logica di quanto avevo appena sentito e a confrontarla col caso che avevo per le mani, ma mi risultava difficile.

Mentre riflettevo, il nunzio m'incalzò. «Vostro onore, posso domandarle perché tutto questo la preoccupa? Ha qualcosa a che fare coi delitti?»

«Sì, credo di sì.»

«Potrebbe spiegarmi come?»

«Eminenza, sono soltanto supposizioni. Al momento non so niente più di questo.»

«Le andrebbe di condividerle con me? La prego.»

Ci pensai soltanto qualche secondo. Poi accettai; mi poteva servire conoscere la sua opinione in proposito. «D'accordo, le racconterò la storia di questi delitti, così come la interpreto io. Immagini una donna, una certa Monica, che vive in un piccolo villaggio di radicate tradizioni religiose. Mendigorría, giusto per fare un esempio. Appartiene a una famiglia conosciuta in paese: parenti del signor arcivescovo! La ragazza non è molto graziosa, e forse anche troppo timida», aggiunsi, ricordando le foto allegate all'incartamento. «Sia come sia, risulta vulnerabile e si getta tra le braccia di chi non dovrebbe. Come conseguenza di quello sbaglio, resta incinta. Per evitare i pettegolezzi, probabilmente stigmatizzati dalla sua stessa famiglia, si trasferisce nel centro urbano più vicino, Pamplona, e cerca d'iniziare una nuova vita in un posto dove non la conoscono. Lì dà alla luce un figlio illegittimo che chiama come il santo patrono locale: Francisco Javier. Lo registra all'anagrafe col suo cognome, e lo cresce a furia di lavori temporanei e mille privazioni.

«Finisce per odiare il genere maschile e si trasforma in una beghina, come quelle che aveva visto a casa sua. Immagino che s'inventi qualche storia credibile che le permetta di salvare le apparenze. Quando le domandano notizie, dirà per esempio di essere vedova; che suo marito, militare di professione, è morto in un incidente sul campo. Coperto il fianco dalla maldicenza, dedicherà tutte le sue ore libere alla Chiesa, si sottoporrà a dure penitenze e aiuterà nelle mille incombenze: i fiori, gli ornamenti, la pulizia, dirigere le preghiere comuni... C'è da supporre che educherà il suo unico figlio secondo questa linea di vita.

«Col tempo – e con una piccola spinta materna – il ragazzo decide di entrare in un monastero, nel principale della regione. La donna telefona immediatamente all'arcivescovo, informandolo della decisione del giovane; in fondo, sono cugini di secondo grado. Immagino con che orgoglio glielo dice. Dio è capace di far sorgere il bene dal male! Da un peccato, un santo.

«Monica è così felice che non sta più in sé. Tutto sembra progredire, vento in poppa, in direzione del paradiso. Ma la gioia è breve: viene bruscamente interrotta quando Francisco Javier è costretto a spiegare alla madre che non gli lasciano prendere i voti come monaco benedettino.

«Quello era un giorno di forti nevicate. La tormenta aveva costretto a interrompere la circolazione su molte strade, e a Leyre erano isolati. L'acqua gelata aveva fatto scoppiare un tubo e danneggiato la caldaia. Faceva molto freddo, anche se il giovane novizio non lo sente tanto all'esterno quanto dentro di sé. Per ordine del padre abate, Francisco Javier deve informare la madre che, di lì a poco, avrebbe abbandonato il monastero di Leyre e sarebbe tornato a casa. Naturalmente la madre pretende una spiegazione. Immagino che lui non le offra molti particolari, è probabile che non osi: non sono cose che si comunicano per telefono. Dice semplicemente che l'autorità del monastero lo ha informato di non ritenerlo pronto per proseguire sulla via della vocazione.» Feci una breve pausa. «I fatti che seguirono a quella rivelazione sono facilmente ipotizzabili. Monica chiamò all'istante il monastero di San Salvador de Leyre. Con una sola battuta e la diplomazia di uno sparo alla tempia, il maestro dei novizi le confermò che suo figlio non era un candidato idoneo alla vita contemplativa. Sarebbe stato un buon laico, probabilmente un laico in odor di santità, ma doveva abbandonare il monastero.

«La donna pensò subito che si fossero sbagliati. Chi erano loro per giudicarlo? Erano solo pochi mesi che il figlio viveva tra le mura millenarie di quella comunità: non era un tempo sufficiente per valutare una vocazione. Non era riuscito a restare nemmeno il periodo necessario per pronunciare i voti temporali. Monica era consapevole che suo figlio poteva essere debole di corpo e arrogante negli occhi, in questo somigliava al padre, che lei non nominava mai; a volte si mostrava lunatico e sempre troppo silenzioso, ma era un bravo figliolo. Nonostante i tempi che correvano, tempi in cui i giovani erano egoisti e maleducati, il suo ragazzo si era occupato di lei con affetto e, ogniqualvolta le circostanze lo esigevano, si era comportato come un santo. Ecco perché lei non provava invidia per nessuna madre, nemmeno per quelle fornite di splendidi mariti.

«Non esitò. Irritata per la notizia inaspettata, senza preoccuparsi delle inclemenze meteorologiche, indossò l'abito nero e si ornò con la spilla. E dopo essersi passata varie volte il pettine tra i capelli lisci, tirati all'indietro, andò a chiedere spiegazioni all'arcivescovo. Le dissero che sua eminenza quella sera non si sarebbe presentato, perché era bloccato dalla neve. Ma lei non ci credette e aspettò invano per ore. Cedette solo quando il segretario dell'arcivescovo le promise che sua eminenza l'avrebbe chiamata per telefono non appena fosse arrivato.

«Anche se dovette attendere un giorno intero accanto al telefono, aspettò compiaciuta. Era sicura che il suo lontano parente avrebbe rimesso in riga il presuntuoso abate. Non fu così. Dopo aver fatto un giro di telefonate, l'uomo dallo zucchetto viola e dalla croce pettorale fu perentorio: benché fosse suo nipote, con quelle tendenze era obbligatorio negare al ragazzo l'ingresso in quello o in qualsiasi altro monastero.

« 'Tendenze'? Quali 'tendenze'? domandò Monica, meravigliata. Lei non aveva notato niente di strano. Dinanzi alla tenace insistenza della madre, l'arcivescovo si vide costretto a esplicitare i dettagli.

« La terra le si aprì sotto i piedi e la inghiottì, nel momento in cui il telefono trasmise quell'orribile parola. Fu allora, in quell'ultimo giovedì di febbraio, che Monica si rese conto di essere morta. Respirava, parlava, pregava, ma non esisteva più. Dopo vent'anni di penitenza, Dio continuava ancora a punirla. In preda a una strana stanchezza, si volse verso l'immagine che dominava il suo salotto. Per ore guardò inerme la figura di Cristo, ma quelle riflessioni non le fecero cambiare opinione: non era disposta a sopportare di nuovo il peso di una vendetta pubblica.

« Trascorse il pomeriggio davanti alla finestra, in silenzio, osservando come i grossi fiocchi di neve conquistavano l'aria. Bianco su bianco, freddo su morte. La televisione dell'inquilino di sopra, sordo come una campana, riferiva a gran voce che la tormenta si andava placando e che di lì a poco le comunicazioni sarebbero state ripristinate. Monica rifletté. Quando ciò fosse avvenuto, sarebbe stata costretta a fornire spiegazioni ai conoscenti. Né le sue amiche né il confessore avrebbero compreso, e non voleva dare loro il piacere di criticarla. Prese la decisione di colpo.

« Era sola in casa, ma sbarrò la porta col comò di rovere perché la sua stanza non aveva la chiave. Respirò profondamente e, con solennità, cominciò a spogliarsi. Lasciò soltanto il cilicio. Tremava. Nonostante il riscaldamento centralizzato, faceva freddo. Tuttavia non dimenticò le buone abitudini: piegò con cura gli indumenti e li posò sul copriletto a uncinetto che aveva protetto i suoi sogni più dolci. Senza coprirsi, si piazzò davanti al minuscolo specchio della toilette e si rasò meticolosamente la testa in segno di lutto; quel taglio le allargava ancora di più l'ovale del viso. Abbassò lo sguardo contemplando il suo corpo flaccido e cascante. Le sfuggì un sospiro di disgusto. Si era sempre vergognata di sé, ma ormai non c'era più spazio per i dubbi: la nuova piaga era insopportabile.

« Era riuscita a malapena a resistere alla sottile ma gelida voce dell'arcivescovo; non sarebbe stata capace di sopportare quella del suo confessore. Si era tanto vantata di suo figlio! 'Sono sicura che presto diventerà abate', gli aveva detto. Lo credeva un ragazzo capace. Era timido e riservato, ma non avrebbe mai immaginato che il demonio avesse messo radici dentro di lui.

« Con gli occhi vitrei, aprì l'armadio e ne estrasse la tonaca carmelitana. L'aveva fatta confezionare alcuni anni prima: era destinata alla sua sepoltura. Se la provava tutti i sabati. Come riferisce il rapporto, 'mentre al pianoterra del suo palazzo i giovani fornicavano tra musica assordante e alcol, lei faceva penitenza infilata nel suo severo abito marrone'. Ma tutti quegli sforzi non erano serviti a nulla.

« Era giovedì, ma indossò con molta cura la tonaca. Soppesò il cingolo tra le mani. Molto più tranquilla di quanto sarebbe stato ragionevole, salì su una sedia e legò una delle estremità di quella cintura al lampadario a gocce che pendeva dal soffitto. L'altra se l'annodò al collo. Era convinta di non meritare una fine diversa. Lei e il frutto del suo ventre: due nuovi Giuda.

« Un calcio deciso del piede scalzo fece cadere la sedia. Il suo corpo restò di colpo sospeso tra la terra e il cielo. Secondo quanto segnala il referto del medico legale, a differenza di quanto accadde a Giuda Iscariota, l'impiccagione produsse i propri effetti lentamente. Quando infine la donna morì, aveva smesso di nevicare. Suo figlio, che a causa della neve arrivò con grande ritardo, cercò invano un messaggio d'addio, ma Monica non aveva più niente da dirgli. Fu questo che più addolorò il giovane. L'arcivescovo Cañarte e l'abate Urrutia celebrarono i funerali. Voglio mostrarvi qualcosa... » Interruppi il racconto per un attimo e corsi nello studio per recuperare l'incartamento. Quando tornai in salotto, mostrai loro l'intestazione e la firma: « Alla giudice titolare, Lola MacHor, venne in mente la felice idea di partorire proprio il giorno in cui fu rinvenuto il corpo senza vita di Monica. Il cadavere venne fatto rimuovere dal suo sostituto, che archiviò il caso non appena il perito forense decretò il suicidio come causa della morte. Il gesto venne attribuito a un improvviso raptus di follia, ma Francisco Javier Mugarra Garciandía sapeva che quella valutazione era errata. Lui conosceva bene la causa e decise di vendicarsi: contro Urrutia, contro Cañarte e contro Lola MacHor... »

Jaime e monsignor Tagliatelli mi guardavano a bocca aperta, come se in quel modo potessero assorbire meglio la sequela di dati che stavo propinando loro. Quando terminai, rimasero entrambi in silenzio.

« Accidenti, che storia! » disse infine Jaime, rompendo il silenzio.

« Com'è arrivata a queste conclusioni, vostro onore? È in possesso di dati che le sorreggano? »

« In realtà è stato l'assassino stesso a mostrarmi la via. Se non mi avesse parlato del suicidio di sua madre, temo che non lo avrei mai scoperto, anche se aveva lasciato tracce significative. Sì, eminenza. Tutto torna. Sull'auto di proprietà del monastero sono state trovate tracce di sangue, e non appartenevano a Pello Urrutia. Inoltre sotto le unghie della mano destra dell'abate abbiamo trovato resti di pelle. Supponiamo che il nostro uomo lo abbia aspettato nascosto sul sedile posteriore dell'auto e che lo abbia aggredito quando si era già seduto. Urrutia deve aver cercato di difendersi e l'ha graffiato. Abbiamo analizzato il sangue: è HIV positivo, probabile risultato di un comportamento sessuale a rischio. »

« Come fa a saperlo? Può essere stata una trasfusione oppure... »

« Senz'altro, può essersi contagiato in altro modo, però si è servito di due omosessuali dichiarati per portare a termine la sua vendetta: lo stilista Gorla e il novizio Mezquíriz. Questo ci dice molto di lui. A Leyre non hanno voluto rivelarmi il motivo della sua espulsione, dichiarando che era legata al segreto confessionale: anche questo è illuminante. Cosa c'è da nascondere sotto il mantello della confessione se non un fatto... vergognoso? Se non fosse stato qualcosa di simile, mi avrebbero spiegato il perché della sua espulsione. Per di più, l'assassino si è autodefinito come numero primo. Un numero senza genealogia né riproduzione.»

«Eppure lasciava quel club sul più bello», obiettò Jaime.

«Il club? Temo di essermi perso una parte della storia», osservò monsignor Tagliatelli.

«È vero, lei ignora qualche dettaglio. In breve, il nostro assassino ha intercettato Faustino Gorla in un locale frequentato da una clientela gay. In questo esercizio, a un certo momento della serata, spariscono i divieti...»

«Quali divieti? Non capisco.»

Guardai Jaime, supplicando di raccontarlo lui. Di solito usava le parole giuste nelle occasioni più variopinte. Ma in quel momento glielo spiegò proprio come avrei fatto io: con parole schiette.

«Spengono le luci, eminenza, e ognuno si accompagna con chi gli capita.»

«Ah, capisco. Quindi l'assassino si è recato varie volte in quel locale, ma se ne andava quando le luci erano ancora accese. Questo potrebbe indicare che non apparteneva al club.»

«Potrebbe essere, eminenza, ma io non credo. La mia opinione è che frequentasse quel posto per orchestrare una vendetta. Voleva vendicare sua madre e sapeva che proprio i comportamenti tenuti nel club l'avevano uccisa. Frate Chocarro mi ha riferito di aver visto nel suo sogno un uomo a due facce: una vita alla luce del sole, l'altra nascosta. Questa seconda lo riempie di vergogna, ecco perché ha cancellato con uno sparo il volto di suo zio, l'arcivescovo Cañarte, e ha poi tentato di fare lo stesso con la sua, eminenza. Per lo stesso motivo ha fatto fuori il finto novizio, Xavier Mezquíriz, l'omosessuale contattato via Internet, il tipo di persona che ha sempre disprezzato.»

«Ma è sicura che incolpa noi?»

«Lo sono. Ricorda il primo messaggio? L'ha firmato con uno strano nome: Azenar. All'inizio credevamo che quella sigla fosse destinata contro il monastero di Leyre, ma forse ci sbagliavamo. Un certo Azenar era stato uno dei costruttori della chiesa di Leyre, morto però per mano dell'Inquisizione. Il nostro assassino ha voluto fare una similitudine.»

« L'Inquisizione? Lola, non riesco a capire. Perché imputa a noi le sue colpe? »

« È ovvio: si era rifugiato a Leyre per fuggire dalle tentazioni, ma voi lo avete ributtato in quel mondo. Ricorda le intestazioni delle lettere, eminenza? La prima diceva: 'Dio mio, perché mi hai abbandonato?' Sa qual era il mittente delle buste con le dita amputate? *Compassion, no sacrifices.* Voglio compassione, non sacrifici. Lui crede che voi lo abbiate abbandonato, che non abbiate mostrato la dovuta compassione. Se gli avessero permesso di rimanere all'abbazia, la madre sarebbe ancora in vita e si mostrerebbe orgogliosa di quel suo figlio. Lui, da parte sua, manterrebbe il proprio segreto e non avrebbe di che vergognarsi... né sarebbe malato di Aids. »

« Come le dicevo prima, Lola, non avrebbe resistito a quella vita... »

« È molto probabile, ma lui non lo crede; per questo ha ucciso tutti quelli che si sono messi sulla sua strada. In primo luogo, l'abate che ne ha permesso l'espulsione; poi l'arcivescovo, che non ha voluto intercedere per lui pur essendo suo zio. »

« E io, Lola? Che cosa c'entro con tutto questo? »

« Lei è il nunzio apostolico, eminenza. Rappresenta l'ortodossia di Roma, sulla quale si sono basati i due assassinati per espellerlo. »

« E Gorla, o il novizio? Perché li ha uccisi? »

« La morte del novizio posso spiegarla soltanto come le ho detto prima: essere e vivere come un omosessuale, questo forse gli ricordava la sua stessa debolezza. Quanto a Gorla, l'assassino mi ha riferito che la sua morte è stato un incidente. È probabile che lo stilista avesse gli stessi problemi del nostro assassino con la propria omosessualità. La teneva nascosta, evitava di essere come Mezquíriz... »

« Però lui lo ha ucciso. »

« Sì, lo ha assassinato. Forse quando Gorla è venuto a sapere che, depredando il tabernacolo di Leyre, aveva contribuito a due esecuzioni, ha minacciato di denunciarlo. »

« Mia cara amica, ma sono passati dieci anni dal suicidio della madre! Perché aspettare tanto tempo per vendicarsi? Le due vittime erano ormai molto anziane. Se avesse aspettato ancora un po', sarebbero morte entrambe nei loro letti. Se voleva vendicarsi, avrebbe dovuto farlo molto tempo fa.»

«Questo è vero, ma la prospettiva cambia quando entra in scena il reliquario.»

«Il reliquario?» ripeté monsignor Tagliatelli, stupito. «Cosa c'entra il reliquario con tutto questo?»

«Vede, eminenza, fin dal principio abbiamo supposto che l'assassino fosse collegato, in un modo o nell'altro, col mondo dell'antiquariato. Non ha usato banali fogli di carta per scrivere i suoi messaggi, ha inviato delle pergamene di notevole qualità e perfettamente trattate. A ciò va aggiunto che ha preteso un esemplare specifico e prezioso di arte religiosa. Credo non sia poi tanto assurdo pensare che non sia solo un cliente, bensì un antiquario. E uno di alto livello.»

«Sono d'accordo che l'uso delle pergamene lo collochi nell'ambito degli antiquari, ma da lì a dire che è un esperto... Insomma, non mi pare così sicuro.»

«Sì, l'ho pensato anch'io all'inizio, ma ci eravamo dimenticati del fattore casualità.»

«Il caso? La ritenevo una giudice obiettiva.»

«E lo sono, eminenza. Lasci che le racconti i fatti, così come li immagino io. Dopo il suicidio della madre, il nostro uomo cambia identità e indirizzo, e si rifà una nuova vita. Il maestro dei novizi mi ha riferito che Francisco Javier Mugarra Garciandía possedeva un fine senso artistico e un buon occhio per gli affari. Immaginiamo che, dopo l'uscita dal monastero, s'introduca nel mondo dell'antiquariato. Dieci anni fa il mercato era in piena effervescenza e lui aveva una certa esperienza di arte sacra. Le due cose gli hanno permesso di accumulare insieme fama e fortuna. Non dimentichiamo che tutti i testimoni del Brothers lo descrivono come un individuo particolarmente elegante e colto.»

«Ma quanto ha detto finora, Lola, è pura speculazione!» ribatté monsignor Tagliatelli.

«Mi faccia terminare, poi giudicheremo anche questo. Dicevo che sono trascorsi dieci anni: il nostro uomo ha ottenuto fama e denaro. Ma non si è dimenticato di Leyre, né di quel nevoso giorno di febbraio. E nemmeno del disprezzo di sua madre, che non gli ha dedicato nemmeno una riga. Tuttavia in quell'ambiente vive tranquillo. Forse, a volte, si lascia trasportare dalla sua natura nascosta che non ha mai reso pubblica. In ogni caso, nessuno lo molesta: nel mondo dell'arte, le stravaganze sono frequenti. Un bel giorno si presenta nel suo ufficio l'amministratore della diocesi di Pamplona. È probabile che già si conoscessero. Se Francisco è specializzato in arte sacra, i suoi laboratori possono aver restaurato qualche esemplare dell'arcivescovado, pulito una tela, datato una nuova scoperta: non so, qualcosa del genere. Quando l'amministratore della diocesi si ritrova in un pasticcio da cui non sa come uscire, ricorda di essere circondato da parecchio denaro potenziale. La Chiesa è ricca di patrimoni artistici. E così, si presenta presso il nostro antiquario e gli richiede un prestito, lasciando in pegno un oggetto del museo della cattedrale, o magari glielo offre perché lo compri; in tal caso avrebbe già dovuto ordinare la copia. Francisco intuisce subito l'affare e stringe un accordo. Presterà il denaro e, se non gli sarà restituito per tempo, si terrà il reliquario.

«Col denaro ricevuto, l'amministratore paga i debiti ed evita altre pressioni da parte dei creditori, ma quando sembra che tutto stia prendendo una buona piega lo informano che ha un cancro allo stadio terminale. Ormai quasi sul letto di morte, l'amministratore confessa ogni cosa all'arcivescovo. Gli rivela che il reliquario esposto al museo è un falso: è stato lui stesso a ordinarne una copia a uno dei migliori artigiani della zona e la fattura è ancora da saldare. Inoltre mancano solo pochi mesi allo scadere del debito. Se non verrà pagato, l'antiquario si terrà il reliquario per sempre.»

«Quindi l'arcivescovo paga l'artigiano e poi si mette in contatto con l'antiquario...»

«E quello vede riaprirsi una ferita che non si era mai rimarginata», concluse Jaime.

«Sì, davanti a lui c'è l'arcivescovo, colui che non era stato capace di perdonare il suo peccato, ora impegnato a commerciare coi beni della Chiesa e tuttavia considerato un uomo buono, rispettato da tutti. Questo deve avere fatto impazzire Francisco. Paragonato al suo problema, quello dell'arcivescovo dev'essergli sembrato molto più serio... »

« Così ha deciso di vendicarsi e di metterlo in evidenza. »

« Esatto, eminenza, è proprio questa la chiave: evidenziarlo. Il reliquario non ha rappresentato che l'occasione propizia. Quando l'arcivescovo ha ricevuto il dito col messaggio è rimasto di sasso. Non sapeva se fosse una coincidenza, o se avesse a che fare con un usuraio mafioso. Ecco perché ha venduto il suo pacchetto di azioni, si è presentato all'appuntamento col denaro e si è portato pure la copia del reliquario: se non si trattava di una coincidenza, poteva recuperare quello autentico e chiudere per sempre la questione. Aveva comunicato varie volte ad Andueza che tutto ciò accadeva per causa sua, non per il valore dell'oggetto in questione Ma l'assassino ha rifiutato il denaro e, affinché risultasse evidente che non erano i soldi quelli che lui cercava, ha cosparso di banconote il cadavere. Non ha toccato nemmeno un centesimo. »

« Ciò significa, vostro onore, che il vero reliquario è ancora nelle sue mani. »

« Sì, il reliquario e la pisside piena di ostie consacrate sottratta a Leyre. Credo che li abbia messi al sicuro. Ha inviato l'ostia in un contenitore sigillato. Non voleva che si danneggiasse, perché continua pur sempre a essere un cattolico praticante, quasi come un monaco. Veste come loro e adora l'eucarestia; ne sia prova che ha domandato a Gorla di spegnere il cero che ardeva accanto al Santissimo, quando se lo fosse portato via. »

« Cara Lola, vedo che ha scoperto molte cose sul conto di questo assassino, ma sa di chi si tratta? »

« No, ancora no. Ho un elenco con oltre ottomila nomi di antiquari attivi in Spagna. Siccome ha cambiato identità, non possiamo escludere nessuno. Tuttavia domani chiederò che la semplifichino, tenendo solo coloro che operano nel settore dell'arte sacra. Credo che l'elenco risulterà molto ridotto; quando lo vedrò, capirò di chi si tratta. »

« Come? » domandò Jaime.

« Non lo so, ma confido nel fatto che il suo nuovo nome conservi qualcosa di simbolico... L'assassino vuole essere catturato. Ha disseminato tracce ovunque e, siccome non le sapevamo interpretare, è venuto a cercarmi e mi ha parlato di sua madre.»

«La ferita che ha alla testa!» esclamò il nunzio.

«Proprio così, padre, ma non si preoccupi. Non mi fa quasi più male. Sono sicura che su quell'elenco troveremo qualcosa per intuire l'identità dell'assassino... Se così non fosse, lo porterò a frate Chocarro: lui riuscirà a identificarlo.»

«Lolilla, una cosa ancora non mi è chiara: perché ce l'ha con te? Non rappresenti la Chiesa, e certo nemmeno l'ortodossia...» disse mio marito, con una certa ironia.

«È vero, non c'entro nulla, ma lui crede che sia stata io a seguire il suicidio di sua madre. M'incolpa perché avrei archiviato il caso come suicidio, mentre lui crede che siano stati Urrutia e Cañarte a indurre la madre a morire.»

«Ma a differenza di Urrutia e Cañarte, di Gorla e Mezquíriz, ti ha lasciata in vita», replicò Jaime.

«Ci ho pensato molto... Credo ci siano due motivi che spiegano perché l'altro giorno non mi ha ammazzata: in primo luogo, sono una donna. Be', sai bene come tengo la macchina: un gioco abbandonato sul sedile, una merendina per terra, un lecca-lecca dimenticato... In qualche modo deve avermi vista come una madre, non come un giudice: questo l'ha trattenuto. In secondo luogo, aspetto molto più importante, ha ancora bisogno di me per portare tutta la vicenda alla luce. Sto istruendo il caso che completerà la sua vendetta, eppure...»

«Eppure, cosa?» La voce di mio marito suonava angosciata.

«Credo che, se non farò bene il mio lavoro, la prossima volta non avrà pietà. O lo catturiamo o mi ucciderà. Una volta iniziata, la sua vendetta non può fermarsi finché non sarà completa.»

«Ma non sei stata tu a istruire il caso della madre!»

«È vero, però lui non lo sa.»

36

Il mattino seguente, benché intontita dal sonno, affrontai l'elenco coi dati degli antiquari. Scartando tutti quelli che non coltivavano l'arte sacra, gli informatici l'avevano ridotta in modo considerevole; però c'erano ancora 382 nomi. All'inizio leggevo ogni fascicolo. Di spessore variabile, includevano almeno il codice fiscale e la definizione commerciale dell'attività, l'ammontare del capitale sociale e l'anno di creazione, la sede sociale e i punti di vendita, il numero di dipendenti e le specializzazioni.

Dopo averne analizzato un centinaio senza trovare niente di significativo, mi fermai e ripresi da capo. Pur avendo preso l'elementare precauzione di aiutarmi con un righello, mi resi conto che non stavo prestando la dovuta attenzione e man mano accumulavo piccole sviste: scorrevo di riga in riga saltandone qualcuna, leggevo lo stesso documento più volte mentre ne omettevo altri. Per un qualche insolito prodigio, la maggior parte di quelle ditte aveva nomi simili. Abbondavano i nomi d'ispirazione greca o romana, i latinismi e la pacchianeria, nomi pomposi che - devo confessarlo - io non avrei mai scelto.

Il tempo passava, e quel compito mi sembrava sempre più frustrante. Il giorno prima, trovare l'assassino in quell'elenco mi era sembrato facile, quasi ovvio, ma quello che davvero risultò evidente fu che mi ero di nuovo sbagliata.

Dopo tre ore, quando la temperatura aveva raggiunto ormai livelli asfissianti, mi resi conto che avrei dovuto pianificare quel lavoro prima di eseguirlo. Molte di quelle voci cariche di dati non mi fornivano nessuna informazione. Avrei dovuto concentrarmi esclusivamente su ciò che poteva contribuire in qualche modo alla risoluzione del problema. Secondo le informazioni ricavate dai testimoni, la persona che cercavo doveva avere un'attività fiorente; in caso contrario, non le sarebbe stato offerto un reliquario di tale valore. Tuttavia la cifra del capitale sociale con cui le varie attività erano state avviate poteva dirmi ben poco in tal senso. Pensai che sarebbe stato molto più sensato controllare il numero degli impiegati; supponevo che un antiquario famoso disponesse di molte graziose signorine per servire i suoi capricciosi clienti. Inoltre sapevo che l'attività era stata avviata in data successiva alla morte di Monica Mugarra Garciandía, pertanto avrei analizzato solo le società fondate successivamente al 1997.

Ricominciai con ostinazione, e di nuovo mi disperai. Riuscii a ridurre la lista a trentadue nominativi, ma in nessuno di quei fascicoli riuscii a trovare una qualche traccia, il che mi avrebbe costretta a interrogarli uno per uno. Ciò richiedeva tempo, ma era appunto il tempo a mancarmi.

« Dev'essere qui! » strillai, lanciando contro la parete l'evidenziatore fluorescente che avevo in mano. Poi me la presi con le centinaia di documenti che riempivano la mia scrivania. Bilanci, inventari e atti di vario tipo volarono per tutta la stanza, cadendo caoticamente per terra, sul divano o sul tavolo.

« Che cosa ti hanno fatto quei documenti? » sentii dire.

Pensavo di essere sola, nell'ufficio. Alzai lo sguardo e m'imbattei nella sagoma del giudice Uranga. Quindi guardai con disperazione il caos che avevo creato. « Mi dispiace », mormorai, abbozzando un nuovo gesto di delusione.

« Non ti preoccupare. Ti aiuto a raccoglierli. »

Lasciai vagare lo sguardo sul pavimento, disseminato di documenti. « No, lascia stare. Quello di cui ho bisogno ora è pensare. »

« Perché non mi accompagni? Se ci sbrighiamo, riusciremo ad arrivare prima che finiscano le frittelle », suggerì Gabriel.

Annuii, mentre cercavo di rintracciare la mia borsa. « Grazie per l'offerta. Ho il collo indolenzito e la testa in panne. »

Gabriel ha il dono di lenire i problemi più gravi con un sorriso. Ma quel giorno non ci riuscì. Non ricordo nemmeno che cosa ordinai nella piccola caffetteria. Continuavo a rimuginare sulla mia frustrazione; ero sicura che ci fosse un via che non avevo esplorato.

Tuttavia, mentre ci stavamo incamminando di nuovo verso il tribunale, Gabriel disse qualcosa che mi risollevò l'animo.

« Ma insomma, Lola, questi antiquari avranno pure un'associazione di categoria... »

« Immagino di sì. »

« E allora lo troverai lì! Informati su chi è il presidente, vallo a trovare e interrogalo: all'interno di questi gruppi si conoscono tutti. »

« Ma certo, hai ragione! » Tornai in tribunale di corsa. Senza dubbio quella era stata un'idea geniale.

Nel giro di mezz'ora, Gorka ottenne il nome della Federazione e il numero di telefono di chi ne era a capo. Il presidente della Federazione spagnola degli antiquari, un ente che raggruppava le associazioni locali di antiquari disseminate per tutta la Spagna, si chiamava Edmundo San Agustín e dirigeva una promettente attività con sedi a Madrid, Barcellona, Londra, Pechino e Tokio.

Pregando che al momento si trovasse in Spagna, riuscimmo a contattare la sua segretaria e a convincerla che si trattava di una questione della massima importanza. Quando sentì la mia carica e comprese che era una faccenda ufficiale, promise di organizzare un appuntamento per il giorno successivo. Il signor San Agustín riposava nella sua tenuta di Toledo, ma era certa che sarebbe stato felice di riceverci.

Jaime si offrì di accompagnarmi. E accettai con piacere: ero stanca di lottare da sola contro quegli strani giganti travestiti da mulini a vento.

Prendemmo il primo volo che collegava Pamplona e Madrid. Ci toccò viaggiare in classe business, perché la classe turistica era piena. « Quello delle sei e cinquanta è sempre pieno », ci spiegò la hostess, una signora parecchio in là con gli anni. Ci offrirono un liquido nero - caffè, così dissero - e un minuscolo cornetto che, senza dubbio, non compensava in nessun modo il sovrapprezzo. Poco dopo le otto, c'immergemmo nell'intenso traffico della M30 a bordo di una piccola Volkswagen noleggiata all'aeroporto.

Edmundo San Agustín ci aveva dato appuntamento alle dieci del mattino a casa sua, una tenuta a metà strada tra Madrid e Toledo. Al telefono, la sua segretaria ci aveva fornito le indicazioni per raggiungerla. « Benché sia un luogo privilegiato, solo pace e rosmarino, è facile perdersi », ci aveva detto. E aveva ragione.

Anche con la mappa stradale e con le dritte ricevute, per una buona mezz'ora non riuscimmo a orientarci e fummo obbligati a chiedere a un contadino, il quale ci confermò che avevamo preso la deviazione sbagliata. Dopo essere tornati indietro, azzeccammo finalmente l'uscita e potemmo verificare coi nostri occhi che, in effetti, la posizione era magnifica. Un ponte di pietra recentemente ristrutturato attraversava il piccolo ruscello, in secca, e collegava la strada provinciale con la porta d'ingresso della tenuta dell'antiquario.

A Pamplona il giorno era spuntato già caldo, con un cielo di un azzurro intenso; a Madrid, il tempo era simile. Tuttavia, man mano che ci avvicinavamo a Toledo, nubi scure provenienti da ovest avevano cominciato a smuovere quella torrida quiete. Condita di essenze aromatiche, la brezza che avevamo apprezzato all'alba iniziò a incresparsi sollevando al suo passaggio mulinelli di polvere che impedivano la vista. In realtà il tempo non faceva altro che vestire a lutto gli avvenimenti: non lo sapevamo, ma era giorno di funerali. Quando arrivammo, presi gli occhiali da sole; la polvere sospesa nell'aria era davvero fastidiosa.

Dopo che ci fummo identificati al citofono d'ingresso, il cancello metallico si dischiuse abbastanza da lasciar passare la nostra auto, poi si richiuse immediatamente. Anche la telecamera di sicurezza, che si era girata fino a inquadrare la nostra targa, ritornò alla sua posizione.

Salimmo verso la casa lungo un viottolo di ghiaia orlato da maestosi cipressi, che rivelavano l'antichità della tenuta. Sulla destra, ci lasciammo alle spalle una piccola costruzione a un solo piano – probabilmente la casa dei guardiani – e le scuderie. Sulla natura di queste ultime restavano pochi dubbi: c'era odore di sterco e si sentivano colpi di zoccoli. Quello che attraversavamo era un paesaggio povero: un po' di arbusti, querce centenarie, vari olivi, ma soprattutto cespugli. Notai subito come il timo e il rosmarino corteggiassero gli spazi vuoti. Ricordo che nel notare la presenza del rosmarino, ebbi un brivido. Così era iniziato tutto, con quell'aroma...

Dalla cancellata d'ingresso si riusciva a intravedere l'edificio principale, sull'altopiano. Ciò mi confuse le idee e calcolai male l'estensione della tenuta. In realtà la distanza era grande e impiegammo diversi minuti a raggiungerlo.

La casa, di mattoni rossi e ristrutturata da poco, si elevava su tre piani. La facciata era abbellita da superbi balconi di ferro battuto e non meno splendide cornici di pietra bianca. Sopra il tetto spiccavano diversi comignoli e due grandi antenne. Era quel genere di casa che non può occultare il suo antico retaggio.

Mentre parcheggiavamo l'auto, notai che c'era un uomo all'ingresso della villa. Si appoggiava a una delle enormi colonne che sostenevano il portico. In compagnia di tre enormi mastini, proteggendosi gli occhi dal riverbero con la mano destra, ci guardava arrivare. Immaginai che fosse il nostro anfitrione – arrivavamo con quindici minuti di ritardo –, ma non fui in grado di osservarlo per bene. I cani mi avevano lasciata senza fiato.

Benché avesse iniziato a piovere, scese la scalinata per venirci incontro fino al parcheggio. I cani lo seguirono. Sentii scricchiolare la ghiaia sotto i suoi stivali da equitazione, come pure sotto le zampe dei cani. Non mi sento a mio agio con gli animali, grandi o piccoli che siano. E la loro presenza m'innervosì parecchio. Non volevo iniziare col piede sbagliato, ma non ero in grado di dominare la mia paura. Tuttavia, prima che raggiungesse la macchina, l'uomo fece un gesto cui i mastini obbedirono all'istante, rimanendo immobili a una rispettabile distanza di sicurezza.

Risolto il piccolo inconveniente, mi concentrai sull'uomo. Era alto e snello, con le spalle di un nuotatore. Indossava un paio di semplici pantaloni beige da equitazione e una camicia blu con le maniche rimboccate. Il collo era protetto con un fazzoletto di seta, gli occhi con un paio di occhiali da sole. L'ebano dei suoi lunghi capelli, appena increspati, gli ricadeva disordinatamente sulle spalle. Il viso abbronzato, tipico di chi vive abitualmente all'aria aperta, risultava ancora giovanile. Era senza dubbio un individuo attraente.

« Vostro onore, sono Edmundo San Agustín. È un piacere conoscerla. »

Mi scusai per il ritardo.

« È stata l'uscita a confonderci », aggiunse Jaime. « Per il resto, arrivare non è difficile e il posto è magnifico. »

« Grazie, è molto gentile. Ed è vero che qui, in mezzo al nulla, sono felice. Si tratta di un paesaggio agreste, nulla a che vedere col Nord, ma si respira la pace, il che non è affatto facile coi tempi che corrono. »

Ascoltavo la conversazione sorridendo, ma senza proferire parola. Stavo all'erta, in attesa a ogni battuta di risentire il timbro della sua voce. Forse sarei stata capace di riconoscervi la frequenza del mio aggressore, del finto artificiere, il responsabile dei delitti del numero primo.

Dopo aver scambiato con noi varie frasi di cortesia riguardanti il paesaggio e il tempo, l'antiquario ci mostrò la strada di casa. « Vi prego, avviatevi. Se mi scusate un secondo, vado a rinchiudere i cani. »

Lo aspettammo sotto il portico.

Arrivò in un attimo. Una volta all'interno, si levò gli occhiali da sole. Il cuore mi saltò in gola quando vidi i suoi occhi, verdi come il prato che si estendeva sulla sinistra, vicino alla piscina. Incorniciati da folte ciglia, scure quanto i suoi capelli, brillavano di una luce strana. Cercai di controllarmi come meglio potei.

Edmundo San Agustín ci portò nella biblioteca, situata a destra della grande scala centrale che, per un attimo, mi fece retrocedere ai tempi di *Via col vento*. Dominata da un'enorme stufa rustica dall'aspetto vetusto, la biblioteca, colma di libri antichi, mi ricordò quella di Leyre. Mi girai su me stessa per contemplare il resto dell'ambiente. Quando vidi i trofei di caccia che pendevano alle pareti, non potei fare a meno di ricordare il coltello che scintillava contro la mia gola. Il brivido precedente si trasformò all'istante in paura. Eppure lui rimaneva assolutamente tranquillo, e ciò mi fece pensare che vedevo fantasmi dove non ce n'erano. In fondo molta gente ha gli occhi verdi e ama la caccia.

« Che magnifica stufa! » esclamai, cercando di pensare ad altro.

« Lei ha buon occhio per le cose antiche, vostro onore. Questo è un pezzo unico, l'ho recuperato da un castello medievale in rovina. Quando l'accendo e vedo come si alzano le sue fiamme, mi sento un principe cristiano che ha appena combattuto contro i mori in Extremadura. Ma vi prego, accomodatevi », disse, indicando alcuni divani di cuoio color tabacco. « Posso offrirvi qualcosa? Un caffè? »

« Non si disturbi », rispose Jaime proprio mentre io accettavo l'offerta.

Mio marito mi guardò stupito. Non amavo particolarmente il caffè, ma prenderlo mi avrebbe offerto qualche minuto per poter curiosare in casa.

Non appena l'antiquario uscì dalla stanza, mi alzai e cercai qualche foto nella biblioteca. Ce n'erano diverse, suddivise tra un tavolino rotondo e gli scaffali. Mostravano tutte il nostro anfitrione, nell'atto di ricevere premi o tributi; non ce n'era nessuna privata. Perlustrai l'ambiente. Tutto stava al suo posto, troppo ordinato, troppo perfetto, freddo.

Un uomo solitario con ottimo personale domestico, pensai.

« Bene, eccomi qui. Lo vuole con latte, vostro onore? »

« La prego, mi chiami Lola. »

« D'accordo. Zucchero? »

« No, lo bevo nero. »

« E lei, don Jaime? »

« Solo un po' d'acqua, grazie. »

« Benissimo », disse l'antiquario mentre si sedeva. « E che cosa vi porta da queste parti? Al telefono mi è sembrata molto misteriosa, Lola. »

« È difficile parlare per telefono, non è vero? Soprattutto quando non si conosce personalmente il proprio interlocutore. Preferisco chiacchierare di persona... Inoltre l'argomento può risultare un po' delicato... »

« Ha ragione, il telefono è piuttosto freddo... e Toledo troppo calda! » replicò, sorridendo.

Fuori pioveva dolcemente.

« Signor San Agustín, se ho capito bene lei è il presidente della Federazione degli antiquari spagnoli... »

«Sì, vostro onore. Sono stato eletto l'anno scorso, all'unanimità.»

«Ottimo, l'unanimità è sempre una buona cosa. Posso dedurne che lei conosce bene tutti i soci?»

«Li conosco quasi tutti. Tratto personalmente coi più grandi, ma le mie porte sono aperte per ciascuno di loro. In fondo sono il presidente.»

«Certo, è naturale...» mormorai. «In tal caso, la sua esperienza ci sarà di grande utilità.»

«Sono a sua disposizione.»

«Vede, signor San Agustín...»

«Edmundo, la prego.»

«D'accordo, Edmundo, stiamo cercando un antiquario specializzato in arte sacra. Supponiamo che possieda una grossa società di notevole fama.»

«Quello dell'arte sacra è un settore vastissimo, vostro onore. La nostra specializzazione non segue il criterio da lei considerato. Ci dividiamo, piuttosto, per epoche o per stili e tariffe, anche se naturalmente posso offrirle un elenco di persone che coltivano questo genere con eccellenza.»

«Gliene saremmo molto grati», dissi, ma nel vedere la luce di quegli occhi decisi di tentare la sorte. Fino a quel momento la sua voce non mi aveva detto niente, ma forse si trattava solo di un cambiamento delle circostanze. «E lei, Edmundo? Si dedica anche lei all'arte sacra?»

«Sì, tra molte altre cose. Sono specializzato nel periodo tra il XV e il XVIII secolo. M'interessa particolarmente il libro antico. Per l'epoca e per la bellezza del lavoro conventuale, molto di ciò che coltivo è sacro. Inoltre possiedo una collezione sublime di ornamenti e contenitori sacri.»

«Reliquari, per esempio?»

Jaime, che stava finendo il suo bicchiere d'acqua, ebbe un sussulto e mi guardò con aria inquisitoria. Non gli feci caso.

«Sì, ovviamente. Ne possiedo quattro davvero notevoli. Di solito i reliquari sono oggetti di estrema bellezza. Gli antichi orefici sapevano che la loro opera avrebbe ospitato qualcosa di molto prezioso e s'impegnavano a utilizzare i materiali più costosi e la manodopera più qualificata.»

«Qualcuno dei reliquari della sua collezione proviene dalla Navarra?»

«Sì, certo, uno viene proprio da lì. Un altro po' di caffè, vostro onore?»

«No, la ringrazio.» Rifiutai quell'offerta. Il caffè era molto amaro e io avevo un po' di nausea.

«Vorrebbe vederli, Lola? Intendo i reliquari...»

«Li conserva qui?»

«Naturalmente! Io vivo qui. Come potrei goderne, se li tenessi rinchiusi in una cassaforte?»

«Ha ragione», dissi, alzandomi. Le grandi misure di sicurezza che, lo riconosco, mi avevano sorpresa, sembravano dunque giustificate. «Vieni anche tu, Jaime?»

«Credo che vi aspetterò qui», si scusò lui. «Ho un po' di nausea.»

Seguii meccanicamente l'antiquario per quegli ampi corridoi, pieni di mobili, porcellane cinesi e tele d'autore. Raggiungemmo una porta metallica blindata, affiancata da due armature medievali.

«Questa è la mia tana segreta, vostro onore», m'informò, mentre inseriva a tutta velocità un codice a quattro caratteri su uno schermo tattile. «Apriti, Sesamo», disse con enfasi, sorridendo.

La porta si aprì immediatamente, senza il minimo rumore.

«Avanti», bisbigliò Edmundo San Agustín, mostrando la direzione con la mano destra.

La mia nausea era sempre più intensa, le gambe mi obbedivano a fatica. Tuttavia avanzai fino al centro di quell'ambiente. Era una stanza molto grande, senza finestre, intonacata di un bianco immacolato. Sulle pareti e per terra si accumulavano centinaia di esemplari bellissimi, uno più prezioso dell'altro. E in mezzo a loro, sorretti da una coppia di colonne ioniche identiche, si trovavano il *Lignum Crucis* della diocesi di Pamplona e la pisside d'oro del monastero di Leyre. Accanto a quest'ultima ardeva una piccola lucina rossa.

«Ce ne ha messo di tempo, giudice MacHor.»

«Lei! È...» Mi sforzai di terminare la frase, ma riuscivo solo a farfugliare.

«Non si preoccupi, non è doloroso. La droga sortirà il suo effetto a poco a poco. In ogni caso, starà meglio seduta», mi disse, costringendomi ad accomodarmi su un enorme trono di legno dorato.

«Perché?» riuscii a dire.

«Ancora non sa perché?»

Annuii.

«Lo immaginavo... All'inizio mi ero convinto che non ci sarebbe arrivata, anche se nel fondo sapevo di poter confidare in lei. Grazie alle sue indagini, tutti sapranno di che pasta erano fatti coloro che definivano se stessi come apostoli di Cristo. Hanno venduto il Regno per il denaro e per la fama!»

Iniziavo a sbavare, ma non riuscii a muovere il braccio per asciugarmi la bocca. Feci uno sforzo quasi sovrumano per dire: «Sua madre non approverebbe...»

Edmundo San Agustín mi schiaffeggiò. Non sentii dolore, ma notai che un filo di sangue si mescolava alla mia saliva.

«E lei che ne sa? Non è stata nemmeno capace d'istruire bene la sua pratica!»

«Non ero io...»

«Come dice?»

«Non l'ho istruita io... Ero di turno, ma ho avuto le doglie... Stavo partorendo...»

Mi ascoltava perplesso, a occhi sgranati. Si avvicinò, chinandosi, e mi raggiunse il suo profumo: Esencia di Loewe. «Stava partorendo?»

«Il 22 febbraio 1996... è nato mio figlio... Non ero io, ma il mio sostituto...»

Si mantenne in quella posizione per qualche secondo, guardandomi fisso, a pochi centimetri dalla mia faccia. Immaginai che stesse valutando cosa fare. Alla fine, rimanendo in quella posizione e parlando molto lentamente, disse: «Giudice MacHor, mi dispiace moltissimo. È stato davvero un imperdonabile equivoco: il suo nome figurava nell'intestazione del fascicolo. Mi pesa terribilmente lasciarla morire, e lo stesso vale per suo marito, ma non posso fare marcia indietro. Mi capisce, vero? Pensi che con la sua morte sta contribuendo a un'opera buona...»

Le lacrime mi scorrevano lungo le guance. Aveva detto che sarebbe morto anche Jaime! Chi si sarebbe preso cura di Pablo, chi avrebbe comprato le olive, chi avrebbe saltato sui falò di san Giovanni, l'anno successivo? La rabbia m'invase. « Il fumo di Satana... » mormorai, riecheggiando ciò che quell'uomo mi aveva detto durante il nostro primo incontro.

« Come? » Edmundo si era alzato e contemplava estasiato la pisside d'oro. Sentendomi sussurrare, si girò.

« Il fumo di Satana... » ripetei.

Percepii uno spasmo di tensione sul suo viso. « Vedo che mi ha capito bene. È vero, il fumo di Satana è filtrato attraverso le fessure della Chiesa, facendo sì che gli ecclesiastici dimenticassero la carità... Ma ora tutto cambierà. »

« No, il diavolo è qui. Lei è un assassino... »

« Non è vero, eseguo solo l'opera di Dio. Non l'ha ancora capito? Sono un numero primo, sono chiamato a cambiare ciò che loro hanno fatto male. Se non mi avessero allontanato dalla vita monastica, staremmo tutti bene. Mia madre sarebbe viva e orgogliosa di me. E io... io non avrei... quello che ho. »

« Jaime, io... i miei figli... Monica non approverebbe... »

Stavolta sbottò: « Stia zitta, lo faccio per lei! »

« No! »

« È stato tutto per lei! »

« No! »

In quel momento il suo spirito crollò. Piangendo, cadde in ginocchio ai miei piedi. « Ho l'Aids, sa? Sono stato contagiato, e non si può tornare indietro. »

« I miei figli... Monica Mugarra Garciandía... Lei non approverebbe. »

Edmundo San Agustín si rialzò, si avvicinò alla parete e afferrò un'arma antica.

« Monica Mugarra Garciandía... » Lo pronunciai meglio che potei. « Anche lei era madre... »

L'uomo smise di piangere e restò immobile.

In quel momento la mia attenzione cadde sulla pisside d'oro e sulla piccola lampada rossa che ardeva al suo cospetto. « Compassione, non sacrifici », mormorai. « Così diceva ai religiosi... »

Si voltò verso di me e con lo sguardo percorse l'intera stanza, come se tutto quello che vedeva gli risultasse sconosciuto.

Feci un ultimo sforzo; avevo la sensazione che presto avrei perso conoscenza e tutto sarebbe finito. « Compassione, non sacrifici... Chi dimora in quella pisside non vuole altro sangue né crudeltà. »

« Ha ragione », disse mentre si sistemava l'antica arma da fuoco sotto il mento. I suoi occhi brillarono una volta ancora. « Addio, vostro onore. » E si sparò.

« No... » mormorai. Avrei voluto gridare, ma non trovai la forza per farlo.

Le bellissime iridi verdi, l'elegante ovale del viso, i ricci corvini, la dolce pelle abbronzata, l'angoscia tenuta sotto chiave... tutto saltò per aria e si trasformò in una massa sanguinolenta che schizzò per la stanza. In un piccolo istante, appena un sospiro, quella grotta del tesoro si trasformò in una tomba.

Mi sentii morire, pur volendo vivere. La paralisi progrediva, al pari del mio stordimento. Davanti a me brillava quella lucetta rossa che, a mo' di faro, mi segnalava la presenza delle ostie della discordia. La sua luce mi raggiunse come una carezza tranquillizzante e, quasi in un soffio, sussurrai: « Ti prego... » Chiusi gli occhi. Il respiro si faceva affannoso. In mezzo a quelle boccate sempre più profonde, sentii un suono metallico, quindi notai una brezza fresca.

« Lolilla... »

« Qui », farfugliai.

Aprii gli occhi e vidi Jaime. Aveva la faccia cinerea ma stava in piedi.

« Resisti, sta arrivando l'ambulanza. »

« Come? »

« Lo sai che sono debole di stomaco... Ho vomitato tutto. »

Sorrisi. Di nuovo, la debolezza si trasformava in forza. « Come? »

« Ti riferisci alla combinazione? »

Annuii.

« È stato facile. Era il suo numero primo. »

EPILOGO

So che il mio nome è scritto sul Libro dei morti, ignoro soltanto la data di registrazione. Forse sarà domani od oggi stesso; forse mancano ancora quarant'anni.

È possibile che l'aereo, il cui cancello d'imbarco sto presidiando invano da un po', subisca un'avaria meccanica e che le copertine di questo quaderno compaiano sullo schermo durante il notiziario del pomeriggio. Nel migliore dei casi, morirò nel mio letto, secondo un perfetto stile borghese, o sulla barella di un freddo ospedale, dove sarà la morfina a decidere il momento. Il quando e il come mi sono del tutto ignoti, ma dopo questi avvenimenti ho imparato che importa poco. Camminiamo sempre sul filo del rasoio; l'unica cosa degna di significato è scommettere sul cavallo vincente. Nulla ci è vietato, nessuna proibizione, niente è di per sé sconveniente, nulla è illecito, ma ci sono due cavalli in gioco e si scommette una volta sola.

Frate Chocarro mi ha mostrato un cielo che odora di erba appena tagliata, un cielo giallo con finestre aperte sulla via. Da lì entrano echi di risate infantili e rumori ovattati. Un cielo senza semafori né aeroporti, un cielo dove tutto si lava in casa e non scolora. Un cielo di secondo grado, un integrale triplo di pace indefinita, da zero all'infinito. Un cielo che ha un unico principio: non danneggiare nessuno, fa' come Lui.

Ma davanti ai nostri occhi si presenta un altro cielo, che esibisce una moltitudine di piaceri. Un cielo calante ma irresistibile sul quale si staglia il fumo di battaglie maledette, cosparse di profumi cari e lussi d'asfalto. Sete di tintoria, taffetà stropicciati, sale da pranzo rumorose dove tutti ridono mentre tutti piangono. Prima classe, destinazione inferno. Trionfare correndo, perdere correndo, morire correndo e sciupando il silicone di due seni nuovi fiammanti. Il cielo di Álvarez, promosso a ispettore capo; quello dell'anonimo poliziotto che approfittando della disattenzione generale si appropriò di sessantamila euro in quell'eremo; il cielo di Montalvo, innaffiato dal pianto di bimbi violati; il cielo di cartongesso, quello della vendetta di San Agustín (santa Monica benedetta... Come avevo fatto a non capire prima che il suo nome rivelava tutto?)

Con mia grande sorpresa, Juan gettò a mare tutto il suo passato e si unì alla scommessa di frate Chocarro. Senza soluzione di continuità, passò da paziente d'ospedale a ospite di Leyre. È rinchiuso da tre mesi nel monastero senza vedere nessuno, nemmeno me. Quando uscirà, è probabile che parleremo anche di questo, ma non in dettaglio...

Io nuoto ancora tra due fiumi, svegliandomi in un regno e addormentandomi in quello del nemico, lottando per ricordarmi dove sta il nord. A volte mi sveglio a mezzanotte, tremante, con la camicia da notte zuppa di paura. Allora mi rannicchio contro la schiena di Jaime sinché i fantasmi non scompaiono. So che a lui non piace, perché si sveglia presto, ma quando mi spinge via mi chiama Lolilla, e quel nome, sulle sue labbra, sa di notte di nozze.

Il mio aereo ha subito un altro ritardo. Se continuiamo così, non arriverò per tempo. Sono diretta a Solesmes, la Casa madre da cui dipendono i benedettini di Leyre. I monaci di San Salvador hanno esercitato il loro diritto di voto e frate Chocarro ha travolto tutti.

« Ha visto, vostro onore, com'è ridotta la Chiesa? Ormai governa il sacrestano! » mi ha detto, ridendo, l'ultima volta che ci siamo visti. « Dobbiamo pregare Dio affinché mandi lavoratori alle sue messi. »

« Fratello, qual è il numero primo che le piace di più? » gli ho chiesto in quell'occasione.

« Il cinque, vostro onore. Sembra una S capovolta... »

Ho annuito, senza capire la sua risposta.

« La crescita a S è quella che spiega la diffusione delle malattie, delle voci e delle gioie », mi ha spiegato. « Prima ti si avvicina il virus, dopo ti contagi. Così agisce Dio. In silenzio, travestito da caso, si colloca accanto all'uomo aspettando che questi gli permetta di contagiarlo con la sua allegria. Se l'uomo lo desidera, il giro si completa e compare il cinque.»

«Travestito da caso, fratello?» gli ho chiesto, sorridendo.

«Certo! Cosa credeva, che ci avessero lasciato soli?»

Chiamano color inferno il rosso intenso, carminio, mazzo di passioni accese da desideri ardenti. Si sbagliano: il colore del demonio è il verde. Un verde freddo e asettico, vendicativo, il glauco brillante dell'odio più radicale. Un verde menzogna, astuto. Un verde morte, il verde del diavolo.

Quel verde è stato il detonatore. Tutto il resto - le membra amputate, i cadaveri profanati, l'artistica pisside d'oro, il ridicolo club di dubbia fama, la barca - sembrò combinarsi in un secondo momento, molto più tardi. Fu come se tutte quelle cose avessero aspettato con pazienza che arrivasse quella tonaca che nascondeva uno sguardo verdastro, tanto attraente da lontano quanto freddo da vicino. Uno sguardo cui la mia mente restò irrimediabilmente avvinta.

Ora che tutto è finito, valuto il mio reale e quasi nullo contributo al chiarimento dei fatti. Non voglio far credere che io e Juan non siamo stati indispensabili; lo siamo stati, ma nelle notti d'insonnia arrivo alla conclusione che la soluzione non è mai stata alla nostra portata. In quelle ore morte di dormiveglia dal tono ardesia, penso che nulla di tutto ciò sia successo in risposta alle pur azzeccate azioni dell'ispettore Iturri o alle mie. Quanto più passa il tempo, tanto più mi convinco che tutti i dettagli, inclusa la fine, erano stati meticolosamente previsti. Il nostro ruolo in quella rappresentazione è stato di mere comparse.

Tutto è iniziato quando lo ha voluto lui ed è terminato quando lui lo ha disposto. Ma non aveva preso in considerazione che Dio non gioca a dadi.

RINGRAZIAMENTI

Per scrivere questo romanzo ho potuto contare su molti e inestimabili aiuti.

La collaborazione con la Squadra scientifica del Corpo nazionale di Polizia di Pamplona, di cui cito l'ispettore capo José Manuel Fernández, mi ha permesso di combinare finzione e realtà. Fernando Valbuena mi ha permesso di mettermi nei panni del poliziotto in borghese; Rafael Teijeira, direttore dell'Istituto navarro di Medicina legale, d'infilarmi i guanti di lattice della scienza forense.

Ringrazio i miei colleghi della facoltà di diritto dell'Università di Navarra e la professoressa Pía Calderón per la correzione della terminologia, che hanno adattato ai procedimenti giudiziari spagnoli. Ringrazio anche, per la loro disponibilità, Juan Manuel Fernández, presidente del tribunale superiore di giustizia di Navarra; l'arcivescovo di Pamplona, Fernando Sebastián, che mi ha ricevuta con cortesia non appena è stato informato del mio progetto e alcuni sacerdoti amici, tra cui José Luis Morrás, che mi hanno aiutata a capire meglio la loro vocazione.

La decisione di due vecchi colleghi, che si sono lasciati alle spalle passato e professione per condurre una vita contemplativa in monastero, continua a essere per me un mistero. A loro va il mio ricordo.

Ringrazio Javier Luis Fortín per le sue informazioni su Leyre e sull'abbondante bibliografia che è stata pubblicata in merito alla storia e all'arte di questo monastero. Tuttavia devo riconoscere che ho percepito le sue ispirazioni migliori leggendo semplici pagine scritte da monaci anonimi.

Un ricordo particolare va ai membri del monastero e agli studenti della facoltà di scienze economiche e imprenditoriali dell'Università di Navarra, coi quali condivido gessetti e *papers*.

Come pure a Xavier Oliver e a Karol VƆi’ttwa, i primi a leggere il manoscritto, ai quali si deve in gran parte il fatto che ora venga pubblicato. A Eduardo Gonzalo, che si è occupato del suo editing. Devo ammettere che è stato un piacere lavorare con lui, come con Joaquim Palau.

Patricia Schjaer e, prima di lei, Rosa Zugasti hanno dato la caccia a errori, refusi e anche a me stessa, affettuosamente riportata sulla retta via.

Juan Pastrana ha ricoperto la doppia funzione di consulente medico e sottile critico letterario. Lui, così come i nostri figli – Juan, Javier, Chema, Gonzalo, Maria, Marta, Covadonga, Borja e Reyes – hanno sopportato con enorme pazienza sia i miei periodi creativi sia quelli di secca, hanno discusso argomentazioni, criticato affermazioni, letto le mie prime versioni o scarabocchiato coi loro colori le rispettive bozze. Mia madre, pessima critica, è stata come sempre straordinaria a rafforzare la mia autostima e la mia ansia di superamento.

Mio padre leggerà il testo con la connessione senza fili del cielo. Spero che ti piaccia!

Questo è per tutti voi.

Narrativa Nord – Volume 376 – settembre 2009
Pubblicazione periodica registrata al Tribunale di Milano in data 2/2/1980, n. 49
Direttore responsabile: Stefano Mauri

Finito di stampare
nel mese di settembre 2009
per conto della Casa Editrice Nord s.u.r.l.
dal Nuovo Istituto Italiano d'Arti Grafiche - Bergamo
Printed in Italy